“一封家书 · 信仰”诵读会

“一封家书·信仰”诵读会现场

诵读会嘉宾和工作人员合影

主持人小强、高雯

著名播音员陆洋在诵读

著名演员郭凯敏在诵读

中国传媒大学副教授、硕士生导师王宇红在诵读

浙江卫视主持人王帅在诵读

著名主持人、演员刘忠虎在诵读

“两弹一星”功勋奖章获得者陈芳允之子陈晓东（右）接受访谈

陈晓东接受媒体采访

施光南堂弟施根叶在访谈中

俞秀松之子俞敏接受采访

陈招娣女儿郭晨（右）、原中国女排队员沈散英（中）接受访谈

陈招娣队友、原中国女排队员沈散英

诵读会嘉宾、前中国女排运动员，奥运冠军周苏红与少先队员合影

“全国脱贫攻坚先进个人”李春萌（中）、安吉黄杜村村支部委员徐正斌（右）接受访谈

陈韬、朱家乐、陈瑞乐、高桂源合唱《不忘初心》

感谢虹云、黎江、陆洋、郭凯敏、王宇红五位老师对《一封家书·信仰》音频制作工作给予的指导和支持！

虹云
中央广播电视总台著名播音艺术家、节目主持人、播音指导、朗诵艺术家；享受国务院特殊津贴；“学习强国”播音员

黎江
中央广播电视总台播音指导、央广播音员主持人导师。曾长年担任《新闻和报纸摘要》和《全国新闻联播》等节目的播音

陆洋
中央广播电视总台播音指导、央广播音员主持人导师、国家广电总局专家组成员

郭凯敏
国家一级演员、导演

王宇红
中国传媒大学副教授、硕士生导师

浙江廣播電視集團
ZHEJIANG RADIO & TV GROUP
FM107
浙江城市之声
一封家书
声音博物馆
浙江广电集团城市之声
监制 | 来　钧、农书荣
统筹 | 潘康康、李轶男
音乐 | 杨泰来
播音 | 虹　云、黎　江、陆　洋、郭凯敏、王宇红
技术 | 刘晓飞、徐晓轶、赵雪琦、乔奕阳、张紫萱、陈铁夫、张志华

一封家书

Yifeng Jiashu Xinyang

来钧 主编
农书荣 徐为 副主编

中国广播影视出版社

图书在版编目（CIP）数据

一封家书·信仰 / 来钧主编. -- 北京 : 中国广播影视出版社, 2022.7（2025.5重印）
ISBN 978-7-5043-8874-2

Ⅰ. ①一… Ⅱ. ①来… Ⅲ. ①书信集—中国—近代 Ⅳ. ①I265

中国版本图书馆CIP数据核字(2022)第116007号

一封家书·信仰

来　钧　主编

责任编辑　毛冬梅
装帧设计　元泰书装
责任校对　龚　晨

出版发行　中国广播影视出版社
电　　话　010-86093580　010-86093583
社　　址　北京市西城区真武庙二条9号
邮　　编　100045
网　　址　www.crtp.com.cn
电子信箱　crtp8@sina.com

经　　销　全国各地新华书店
印　　刷　河北鑫兆源印刷有限公司

开　　本　710毫米×1000毫米　1/16
字　　数　580（千）字
彩　　插　12面
印　　张　37.25
版　　次　2022年9月第1版　2025年5月第2次印刷

书　　号　ISBN 978-7-5043-8874-2
定　　价　88.00元

编委会

目　录

红船启航地

革命英烈

和平守护者

时代楷模

援藏、援疆、援青，抗疫

红船启航地

邵飘萍：觉醒年代　铁肩辣手

记者：刘浩

实习记者：徐咏仪

编辑：潘康康

【人物名片】

邵飘萍（1886年—1926年），金华东阳人，中国传播马列主义、介绍俄国十月革命的先驱者之一，杰出的无产阶级新闻战士，中国新闻理论的开拓者、奠基人，被后人誉为“新闻全才”“乱世飘萍”等。1926年因发表文章揭露张作霖统治的种种黑暗，而被张作霖杀害。有“铁肩担道义，辣手著文章”之称。

邵飘萍

修慧爱鉴：

接八月五日来书，令人急死。时事新报之情形，亦早知之。然无如何也！此处亦困不可言，北京报纸皆被警厅干涉，神州报又不寄款来。弟虽有余款六十元，然两月饭，至今又有旧欠，如何维持。

夏衣均已当去，本月之粮不知何在？只有金戒两只尚在手中，然君之病，弟岂不急，同时事报之所以如此，弟文亦有函以致之。故弟又不可归，若曰随波逐流，同去附和，弟宁死不能为此！现将金戒两只脱下寄君，本欲此处换银以汇，然中国金日人须折扣，不如君自换之，鱼肝油亦已送来寄上。

鸣呼！请君勿再言弟不过问，弟之心无刻不念君。但有天知之耳！此间，弟惟竭力设法，君可不必以弟为念。细思弟不知何以有此厄运，真是天时人事相逼而来，使弟不可一日安心也！弟本有与君同来东之心，然君未毕业，此总是小事。且君有老父在，同来则不能，因年老也！不同来又不可，因无人也！试思弟以百忙之身，诸事日萦于脑际，又安能期身体之健康。弟惟不愿告君而已！盖弟爱君，誓必自始至终，毋负君也！

即寄钱唐道尹之书，好话说尽，若为他人必不肯无志气至此。然君病旦夕不能正医，除求人之外，尚有何法。况有效与否，尚未可知。真真凄凉人也！

前日以数篇文字，卖与上海新闻报，得二十余元。此时，君病之信未到。弟以家中兄弟甚多，我父函来又屡言困难，故不得已欲尽我心，又将二十余元全寄往金华。君试思，弟处境之苦，有以复加乎！

君如谅及此，则弟虽死犹甘矣！

潦倒海边，无家可归。

书此以当吻！晤惟希爱照千万自重！

1915 年秋

弟振青

“这是邵飘萍流亡日本期间给妻子汤修慧写的信，看得出他流亡期间生活还是很拮据的，但他还是有自己的坚持。当时接到这封信后，汤修慧也非常后悔将自己病重的事情告诉邵飘萍。”邵飘萍的曾侄孙邵诚民说。

邵诚民说，收到信后的汤修慧没过几天又接到了邵飘萍从日本的来信。

邵飘萍在信中说：“弟以傲骨天成，岂能寄人篱下。故唯有勉励所为，欲以新闻记者终其身，世不仕王侯，高尚其志，君亦赞成否？”

邵诚民：“可见邵飘萍一是有自己的主见、骨气；二是用这种询问式的口吻寻求妻子的意见，说明他尊重女性、尊重妻子。从信中汤修慧也真切地体会到邵飘萍刚毅的性格和热烈追求新闻事业的坚定理念，并且很支持他，二人志同道合。这很难得。”

出生于1886年10月的邵飘萍13岁考中秀才，三年之后，又顺利考入浙江高等学堂（前身为求是书院）。

三年里，邵飘萍读到了《民报》《新民丛报》等报纸，大开眼界，之后更是将全部精力都倾注在新闻事业上。

邵飘萍的新闻事业还得从金华市浮桥街89号说起，这是目前金华城内唯一对外开放的邵飘萍旧居。

据管理员盛基俊介绍，邵飘萍旧居建于民国时期，砖木结构、两层两进、内有天井。1904年，金华名士张恭与邵飘萍父子结下不解之缘。张恭等人在浙江金华创办《萃新报》，这是一份辛亥革命前的进步报纸，也是金华历史上的第一张报纸。由于《萃新报》的办公地址距离邵飘萍家不远，步行也就十来分钟，年轻的邵飘萍就是在这里学习了大量社会主义和马克思主义理论。

中学时代，邵飘萍与同学创办了《一日报》，虽然只出版了20多期，但由于呼吁摒弃旧观念、迈向新社会，这份报纸在师生中广受好评，邵飘萍于是萌发了“新闻救国”理想。

1911年11月，邵飘萍离开金华赶赴杭州，创办《汉民日报》。当时的中国正处新旧社会激烈碰撞时期，像邵飘萍这样敢写敢说、敢于揭露袁世凯当局倒行逆施的新闻人，并不多。

因为邵飘萍相继撰写250多篇、共计20多万字的文章，斥责袁世凯军阀政府的黑暗统治。他连续被逮捕3次，入狱9个月。最后《汉民日报》被迫关停，邵飘萍暂避日本，进入东京法政大学，学习法律和政治。

1915年12月，邵飘萍学成归国，在上海《申报》担任主笔。1918年10月，他一手创办了《京报》。

与此同时，北京大学校长蔡元培邀请邵飘萍担任学校新闻研究会导师。这就是中国新闻教育的开端。邵诚民说：“当时《京报》刚刚创立，工作非常

京报馆旧址

繁忙，但他一直坚持每周去学校上课。”

1919 年 10 月，顺利拿到结业证书的有 55 人，其中，有不少人是中共早期的领导者和参与者，如毛泽东、高君宇、谭平山、陈公博、罗章龙等。

1919 年 5 月 3 日晚上，“五四”前夜，作为北大新闻学研究会的导师，邵飘萍发表了慷慨激昂的演说。邵诚民：“他说‘北大是最高学府，应当挺身而出，把各校同学发动起来救亡图存，奋起抗争’。”

同年 8 月，邵飘萍遭到全国通缉，第二次亡命日本。1920 年后，他致力于新闻教育事业并赞颂十月革命，介绍马克思主义思想。1925 年在李大钊和罗章龙介绍下，他秘密地加入了中国共产党，对共产主义运动作了大量的报道。

1925 年年底，邵飘萍在《京报》历数张作霖的恶迹。1926 年 4 月 18 日，张作霖悬赏捕杀邵飘萍。邵飘萍在家人的反复劝说下，他不得不躲到了东交民巷六国饭店。1926 年 4 月 24 日，邵飘萍被人出卖而遭逮捕。4 月 26 日凌晨，被押赴北京天桥东刑场，以“宣传赤化”的罪名被奉系军阀政府杀害，年仅 40 岁。

在曾侄孙、《邵飘萍传》作者邵诚民眼中，邵飘萍是一个敢于坚持真理、不畏强权的新闻战士：“他一生多次被捕下狱，两度流亡日本，却始终坚守信仰。尤其是经过五四运动的洗礼后，从自由民主主义者向马克思主义者转变，直至成为中国共产党员。”

而邵飘萍也是中国新闻学的全才，他个人编写了中国第一本新闻学教材，在中国新闻史上有着举足轻重的历史地位。

【专家点评】

邵飘萍是中国新闻史上的一个重要人物。毫无疑问，在他身上既有中国古典文人的才情与风骨，又兼具现代新闻工作者的赤心和担当。“铁肩担道义，妙手出文章。”这句李大钊曾经用来赞美邵飘萍的话，今天已经成了中国新闻界对记者不畏艰险、勇于战斗的专业精神的最高赞誉。作为一名媒体人，邵飘萍以报纸为平台，以文章为武器，抨击黑暗，宣传真理。同时，他也是中国新闻学的奠基人和新闻教育的开拓者，为中国的新闻事业作出了巨大的贡献。曾是邵飘萍学生之一的毛泽东评价他是“一个具有热情理想和优良品质的人”。邵飘萍的一生矢志不渝地追求和实践着言论自由、新闻自由、出版自由的理想。这种纯粹而执着的精神，今天依然值得每一个文化工作者敬仰和学习。

浙江教育出版集团　蒋婷

张秋人：追求真理　至死不渝

记者：李轶男
编辑：刘浩、邢恒超

【人物名片】

张秋人（1893年—1928年），浙江诸暨人，1920年在上海结识俞秀松、施存统、陈独秀等，开始接受马克思主义，参加了早期建党建团活动。1922年年初，加入中国共产党。1922年夏，经陈独秀推荐，赴长沙会见毛泽东，被聘请为湖南省立第三师范（衡阳）英语教员。1926年3月到广州，继毛泽东、沈雁冰之后，担任《政治周报》编辑，同时兼任黄埔军校政治教官，讲授《各国革命史》，与恽代英、萧楚女并誉为“广州三杰”。1927年“四·一二”反革命政变后，党中央决定派张秋人回浙江担任省委书记。明知自己随时会被捕，但张秋人坚决服从党的决定。1927年9月29日，张秋人被捕，1928年2月8日在狱中英勇就义。

张秋人

玉英姐：

来函早悉。你能这样，也好；不过三月后，中央谁堪当责呢，这点我们应顾到。

共学社所提出的人，我颇赞成；不过他们外交（国际）上不够一点（指语言）。我以为太雷有加入的必要，不知你以为如何？

晓云已回家，他已有信给你。他明年（旧历）不得来此了，此间烦言很多，连我校底校长——一个忠厚长者——（也）对我说他是一个流氓。

我，学校里很怕我，但也无如之何。明年（旧历）秋季定要换我，但学生间感情颇好，而喜欢我底教法，或不易换吧！

此间接共学社通告，要纪念李卢二先生，但人数过少，也没有举行。

学生运动，可大得手。此间学生联合会，已到我们手里了。《前锋》自当不出，改出学生联合会周刊，经费，该会会负担的，春季开学的时候，就会出版。

大考，最好定二、三月相交之时。

各处情形不佳，湘区比较还好。

祝健

秋人

一·二一

这是张秋人于1923年1月21日写给团中央的信，报告湖南三师团的工作和学生运动情况。玉英姐，是施存统的代号，当时任团中央书记。

1927年3月17日，国民党右派开始在广州屠杀共产党员和革命群众。在黄埔军校工作的张秋人也受到通缉。这时，张秋人接到党的指示，要他立即离开广州去武汉。他和阳翰笙一起取道香港，旋赴武汉。到武汉后，在黄埔分校任教官，并与向警予等同志一起从事党的宣传工作。

4月11日，国民党右派开始在杭州大肆搜捕共产党员，许多同志牺牲了，浙江省委机关遭到了严重破坏。正是这样一个严峻的时刻，8月，中央决定派遣张秋人任中共浙江省委书记。张秋人虽然知道自己的政治身份早已暴露，而且在杭州熟人很多，随时都有被捕牺牲的危险，但是当他接到中央的正式通知后，就将个人的生死安危置之度外，义无反顾地慨然从命。临行前，他对战友风趣地说："看来，我的头是要砍在杭州了！"

9 月 27 日，张秋人和他的爱人从上海到达杭州。他是肩负着重建党组织、发动群众、壮大革命力量、向敌人进行有力斗争的重任而来的。他们在杭州城站华兴旅馆找到住处，顾不上休息，当晚就在皮市巷嵊县会馆召开了在杭州的全体共产党员活动分子大会。与会者先听取了中央特派员王若飞的政治报告，和原省委组织部负责人王家谟报告原省委的工作。在这次会议上，正式改组了中共浙江省委。张秋人决心和省委其他同志一起，尽最大努力，在抓紧恢复、改组、整顿全省党的组织的同时，迅速贯彻党中央政治局八七会议的精神，积极准备力量，组织发动各地农村的秋收暴动，以革命的武装斗争回击国民党反动派的反革命屠杀政策。

不幸的事件终于发生了。张秋人到杭州工作的第四天上午，他带着爱人，又约了几位同志一起外出。到达湖滨时，迎面碰上了几个熟悉他的黄埔军校反动学生。张秋人即租船下了西湖。船到西泠印社时，张秋人发现那几个反动学生依旧尾随，便叫船工用力划桨。船向刘庄驶去。他们刚在刘庄上岸，几个反动学生也急忙上了岸，并假惺惺地问张秋人："张教官，什么时候到杭州的？住在哪里？请到黄埔军校同学会去玩一玩。"张秋人进一步意识到这几个人不怀好意，一边镇静地回答："好！你们同学会在哪里？我有时间就去看你们。"张秋人返回原船，用英语对爱人说："我们遇着危险了，不要慌张！你脱身回去，赶快想办法把放在旅馆里的文件销毁或转移出去！"这时，反动学生迫不及待地跳上船来，张秋人机智地解开鞋带，甩掉皮鞋，纵身跳下西湖，把藏在身上的一份党员名册踩进湖底淤泥中。接着他奋力前游，引开了敌人。张秋人水性很好，很快游到了对岸，但因耗尽体力，湖岸离水面较高，一连几次也没有攀上去。紧追的反动学生大喊大叫："抓共产党！""抓共产党！"张秋人不幸被捕。

张秋人的爱人，因敌人不认识她，得以脱身，也保住了党的机密文件。

张秋人被捕后，被转押到浙江陆军监狱。期间，党组织和他的爱人、亲友虽然想尽各种办法力图营救，但因"案情"重大，反动派拒绝减刑、释放的要求。

张秋人被捕入狱后，虽然料到必死无疑，却并不因此悲观消沉，总是以自己豪放爽朗的性格、生动风趣的谈吐和高度的革命乐观主义精神，不断地教育和鼓励狱中的难友。他见同狱的“政治犯”中，有不少是参加革命不久的青年，就经常向他们讲世界各国的革命史。从法国大革命到巴黎公社，再讲到俄国十月社会主义革命，每个历史事件、人物、时间、地点，他都讲得很清楚，并且不时穿插一些生动的故事，使大家不但听得津津有味，而且从中受到深刻的教育。直到牺牲前的一天晚上，他还讲了“二七”大罢工的历史，给难友上了最后的一课。他以坚强的毅力，每天在狱中坚持读书学习五六个小时。同志们问他：“你既然等着枪毙，为什么还要天天孜孜不倦地读书呢？”张秋人说：“我们共产党人，活一天就要为革命工作一天，在监狱里既然不能为革命工作了，就要认真学习，岂能坐以待毙！”他的这些言辞极大地激励和鼓舞了青年难友为革命努力学习，寻求真理的信心和勇气。当年和他关在同一间牢房里、合盖一条棉被的薛暮桥，少年失学，正是在张秋人的鼓舞下，在狱中阅读了许多经济学著作和政治历史著作，还自学了外文，为出狱后进一步研究深造，奠定了初步的基础。事隔半个多世纪后，这位已经闻名全国的马克思主义经济学家，仍然以无限崇敬的心情，缅怀他在“监牢大学”里的启蒙导师：“张秋人同志虽然同我们永别了，但他勤奋学习的精神，永远铭记在我们心里……使我们在革命的艰险时刻，都充满了勇气和信心。”

1928 年 2 月 8 日，张秋人和薛暮桥正在下棋，突然听到敌人传呼：“张秋人出来！”张秋人知道生命的最后时刻终于来到了，他整了整衣服，从容地走出牢门。他轻轻地把近视眼镜取下来送给了一位同情革命的进步看守，随即大声向牢房里的同志们说：“同志们，今天要同你们永别了，你们继续努力吧！”并高呼“共产党万岁！”整个牢狱的难友都被张秋人这种正气凛然的精神所深深感动了，他们含着热泪，跟着张秋人唱起了雄壮的《国际歌》。此刻，张秋人就要和他们永别了，大家心里是多么难过啊。但是张秋人那镇定自若的神情，又给了难友们极大的精神力量。大家在各自的铁窗前向这位曾经使他们懂得了很多革命道理、看清了革命前途、坚定了为共产主义而奋斗信念的共产党员默默地挥手告别。

张秋人就义前，一次又一次地高呼：“马克思列宁主义万岁！中国共产党万岁！中国革命必然成功！……” 罪恶的枪声响了，党的优秀儿子，我党早期的杰出宣传家张秋人，身中数弹，壮烈牺牲，时年 30 岁。

1931 年，毛泽东在瑞金时曾回忆说：“张秋人同志是一个好同志、好党员，很有能力，很会宣传，很有群众基础，可惜他牺牲得太早了！”

【专家点评】

张秋人烈士参加革命后，在黄埔军校任政治教官时曾与恽代英、萧楚女一起被誉为“广州三杰”。他在信中所称的“玉英姐”（施存统），浙江金华人，1920 年参与发起成立上海的共产党早期组织，是中国共产党的最早党员之一。信中所说“学生运动，可大得手。此间学生联合会，已到我们手里了”。是指 1923 年元旦，他在衡阳第三师范任教员时，组织党团员公开以社会主义青年团的名义，在社会上广发传单，支持工人罢工，使当局大为震惊。表现了湖南学生运动日渐高涨的大好形势。

中共浙江省委党史研究室　朱健

杨贤江：马克思主义教育理论家

记者：李轶男

编辑：潘康康、邢恒超

【人物名片】

杨贤江（1895年—1931年），又名英甫，笔名李浩吾、柳岛生等。浙江余姚（今浙江省慈溪市）人。马克思主义教育理论家。1921年，被商务印书馆聘为《学生杂志》主编，任职六年。杨贤江是中国共产党早期党员之一。他参与了五卅运动和上海三次工人武装起义的组织工作。大革命失败后，他转移到日本，在日本边进行革命活动边从事社会科学和教育科学的研究及翻译工作。1929年他秘密回国，继续从事革命斗争。由于在白色恐怖下斗争，环境恶劣，工作繁重，他积劳成疾，于1931年逝世，年仅36岁。

杨贤江

䌹之先生：

照你的境遇看来，确是可怜的。但是，我劝你，不要常以可怜者自居，而要以坚决勇猛的精神，求达到你所欲达的目的。

还有，在中国，在世界，有许许多多天资聪明的人，只因处境不良，不能受适当的教育以发展他们的天才，以致终于没没（默默）无闻。这不但是他们自己的不幸，实在也是人群（类）文化的不幸。这种现象最大的病根，当在私有财产制度的上面。现代社会里边，更显然分出贫富两个阶级。属于贫穷阶级的子女，更不容易享受教育的权利了。所以现在有觉悟的人，为全人类的普遍幸福计，不能不起来高唱社会革命的调子了……

我对于你的“可怜”的境遇，是很表同情的。而我对于你的肯做自学功夫的勇气，更是极佩服的。至于你的两个疑问，如第一问：“自学同有教师教授者，将来的结果，是否一样？”我虽不能确实回答，但我相信：只要自学得法，将来的结果，是可以同有教师教授者一样的。你不看见电学大家爱迪生吗？他没有正式入过学校，他从小就须做工度日。但是他有这许多发明。这不是自学的成效吗？原来求学的最（重）要关头全在学者的自己教育。虽然有了教师教授，仍然要靠自修、自学的功夫。不过在别的事情相等的条件下面，有教师教授者的进步，比自学者的可以较快一点罢了。

我对于第二问的意见是这样：每看书时，必备一笔记簿。遇有不明白的地方，就记下来。如果就近没有人可以解答，不妨另托朋友请求学者解答。但有时我们自己也会索解出来，或者当阅他书时忽然得到一种解决的方法。这确是我们经验中所常有的。不知你也曾遇到过吗？万一没有办法，也可把疑难告诉本社，我们当就能力所及，替你解答。你以为好吗？祝你康健！

贤江（1923 年 8 月）

这是 1923 年 8 月，杨贤江给张纲之的一封信。

杨贤江是我国马克思主义教育理论家。1917 年秋，杨贤江毕业于浙江省立第一师范学校。随即到南京高等师范当职员。他亲身经历了五四运动，参加了由李大钊等发起组织的“少年中国学会”，先后被推为南京分会书记、第

杨贤江青年时期（前排右二）

二届学会评议员。1920年9月，杨贤江去广东肇庆高要县国民师范补习所任教。1921年1月，受上海商务印书馆之聘，主编《学生杂志》。不久，他参加了社会主义青年团。1922年春夏间，参加了中国共产党。1923年起，他先后担任中共上海地方兼区执行委员会国民运动委员会委员，上海地方兼区委候补执委、委员。同时担任国民党上海特别市党部执委、常委兼青年部长。

五卅运动中，杨贤江和沈雁冰等发起组织了“上海教职员救国同志会”，进行反帝救国的宣传活动。上海工人第三次武装起义胜利后，他被推选为上海临时市政府委员。“四·一二”反革命政变后，他因受反动当局通缉，秘密前往武汉，在国民革命军总政治部担任《革命军日报》社社长等职。7月下旬，返回上海，坚持地下斗争。年底，他根据党的指示，东渡日本，除负责中国留日学生党的工作外，主要从事社会科学和教育科学的研究著译工作。1929年夏回到上海，参与党的文化工作委员会的领导工作。

杨贤江长期坚持党的地下工作，积劳成疾。1931年7月病倒后，在党组织和友人的帮助下，被送往日本医治，不幸于8月9日在长崎逝世，时年36岁。

1958年4月，浙江省民政厅批准追认杨贤江为革命烈士。

【专家点评】

杨贤江烈士1923年至1924年主编《学生杂志》时开辟的“通讯”和“答问”专栏，由他亲自解答读者提出的各种问题，范围涉及世界大势、国家命运、革命事业、人生意义、兴趣爱好、恋爱婚姻、升学求业等，读者视他为良师益友。他还组织了“学生干政”和“学生入党”问题的两次专题讨论，发表了不少讨论文章。这种生动活泼的专题讨论，澄清了“学界脱离政治”的糊涂思想，对青年学生教育很大，不少学生写信给杂志社，表示要积极参加革命运动和革命政党。

中共浙江省委党史研究室　朱健

安体诚：冲锋在前的革命先行者

记者：李轶男

编辑：潘康康、邢恒超

【人物名片】

安体诚（1896年—1927年），字存斋，笔名存真，河北丰润人。中国共产党早期的优秀党员，工人运动的领导者，陕西地区党组织的创建人之一，知名教育家。历任中国劳动组合书记部北方分部领导成员、中共北京区委委员、杭州党支部书记、西安特支书记等职务。在他短暂的一生中，为传播马列主义、建立和发展党团组织，扩大党的统一战线和革命武装，领导广大人民群众开展反帝反封建斗争，作出了重要的贡献。

安体诚

宗文仁友：

廿五日来函，已悉。不错，那次我到上大上课去，本说星期五返杭，不料到申得津信（舍弟在津），促我北归探亲。此时顾不了什么，就北去了。幸而到津已知系一时急症曾室息一次，所以舍弟慌了，据医生（津医院）说已不妨事，我就又返杭了。近得舍弟信，知更好了，已无可念。

不错，我返杭时本该给你信，但闻你自己已经到上大去探问一切了，因此我既已经代问，又值考忙，所以就未给你信。祈原（谅）之！

你的活泼精神，我很佩服，但我对于活泼的人总愿请其加以“深沉”、“坚忍”，以使尽美而且尽善！对你也愿如此。

我七月五日后要离杭，八月中旬可返沪。再谈吧！祝

夏好

体诚复

13.6.30 午　杭州

冀东烈士陵园保存着一张珍贵的历史照片，它是1919年部分新中学会成员在日本京都的合影。中共早期的优秀党员安体诚就在其中。对于安体诚，周恩来曾多次提及，并深情地说：“这个同志非常好，是在1927年被蒋介石杀害的。”

安体诚，又名安诚斋、安存增、安灿真，笔名存真，1896年出生于河北省丰润县（今唐山市丰润区）阎家铺村。1918年在日本京都帝国大学经济部学习时，开始接触马克思主义，并参加爱国学生团体——新中学会，与周恩来等人结下了深厚的革命友谊。1920年冬，他写信给上海共产党早期组织的成员邵力子，了解工人运动的情况，并把自己写的讨论劳工神圣的文章《对于“神圣”二字意义之所感》寄回国内，被当时的《民国日报》副刊《觉悟》破例刊登。

1921年夏，安体诚由日本回国后，应邀到母校天津法政专门学校任教，讲授马克思主义经济学。同年9月，在李大钊指导下，参与创办天津工余补习学校，任主任。他在给学员讲授国内外大事和劳工运动的同时，特别注重对学员阶级意识的培养，以提高他们的政治觉悟。当时工余补习学校成为党在天津领导工人运动的基地，被誉为“天津工人运动的一道曙光”。

1919 年 4 月 6 日安体诚烈士（前排右一）与新中学会会友在日本京都拍摄的欢送周恩来（前排左二）回国，拍照留念

1922 年年初，经李大钊介绍，安体诚加入中国共产党。后任中国劳动组合书记部北京分部领导成员兼天津特派员、中共北京区委委员。他利用京奉铁路密查员的合法身份和乘车免票的有利条件，走遍了京奉路的大小各站和厂矿，深入到工人和学生中，宣传马克思主义，启发工人和学生们的觉悟，帮助工人建立俱乐部和工会，秘密发展党团员，建立党团组织，并先后参与领导了山海关和唐山两地的铁路工人大罢工。

1923 年年初，安体诚在奉天从事工运时不幸被奉系军阀逮捕入狱。虽受尽酷刑，他仍坚贞不屈，严守党的机密，后越狱回到北京。

根据中共第三次全国代表大会关于国共合作精神，安体诚以个人身份加入国民党。1924 年 3 月任国民党浙江临时省党部执行委员，创办《浙江周刊》，宣传孙中山的三大政策。1925 年 1 月 4 日，任浙江省国民议会促成会总务委员。9月，受党组织委派，以中共北京区委兼地委特派员的身份抵达西安，开展建党工作。10月下旬创建陕西省历史上第一个党组织——中共西安特别支部，并任书记。

1926年3月18日，中共北方区委在北京组织了声势浩大的国民反日大会。安体诚担当重任，并始终走在游行示威队伍的前列。当段祺瑞政府派军警镇压游行群众时，他临危不惧，保护群众，同军警展开英勇的搏斗，身负重伤。

"三·一八"游行示威后，为躲避段祺瑞政府和奉系军阀对共产党员的迫害，保存革命力量，迎接即将到来的北伐，中共北方区委将安体诚等一大批党员干部调离北京。安体诚到黄埔军校任教，主办《黄埔日刊》。

1927年4月，蒋介石在上海发动反革命政变。4月15日，安体诚在上海被捕，关押在龙华监狱。同年5月在龙华英勇就义。

【专家点评】

安体诚烈士当时身为张崇文的老师，但在信中却亲切地称其为"崇文仁友"，可以想象他们的关系已远远超出了一般的师生交往。安体诚当时已是杭州中共组织的主要领导人，信中以非常亲切的语气肯定了张崇文的"活泼精神"，但更希望他能变得"深沉""坚忍"，充满了对张崇文在政治上更加成熟的厚望。张崇文就是在安体诚的教育启发下，走上了革命道路，于1926年加入了中国共产党。新中国成立后，张崇文于1955年首批被授予了人民解放军少将军衔。

中共浙江省委党史研究室　朱健

蔡鸿猷：烈士绝笔明壮志

记者：赵鹏

编辑：刘浩、邢恒超

【人物名片】

蔡鸿猷（1897年—1928年），乳名德宣，浙江缙云小章村人。1922年加入中国共产党。1925年9月从黄埔军校毕业后，历任国民革命军第一军排长、连长等。广州“四·一二”反革命政变后，蔡鸿猷不幸于4月16日遭捕入狱。在狱中坚贞不屈，翌年10月6日牺牲于广州郊外，时年31岁。

我最亲爱的双亲：

缺候许久了，真惭愧而且抱歉得很。你们现在好么？我乘此片刻晨光，写了几句给你们留着做纪念。请你们以后不要想念我。不要想到我而悲哀。这是我最后所希望于我最亲爱的双亲的。

敬祝

康健

儿德宣

绝笔

蔡鸿猷

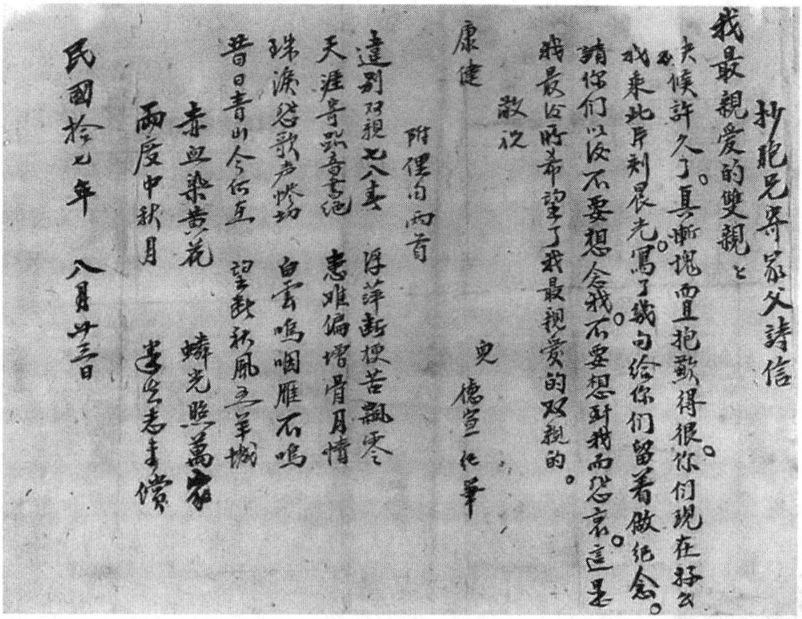
抄胞兄寄家父诗信

我最親爱的雙親：

缺候許久了。真慚愧而且抱歉得很。你们现在好么？我乘此片刻晨光写了幾句给你们留着做纪念。請你们以后不要想念我不要想到我而悲哀。這是我最后的希望了我最親爱的双親的。

敬祝

康健

兒 德宣 化筆

附俚句兩首

違别双親七八春 浮萍断梗苦飄零

天涯寄跡音书绝 患难偏增骨月情

珠淚悲歌声惨切 白云鳴咽雁不鳴

昔日青山今何在 望断秋风五羊城

赤血染黄花 燐光照萬家

兩度中秋月 半生志未償

民國拾七年 八月廿三日

抄胞兄寄家父诗信

附俚句两首

违别双亲七八春，浮萍断梗苦飘零。

天涯寄迹音书绝，患难偏增骨肉情。

珠泪悲歌声惨切，白云呜咽雁不鸣。

昔日青山今何在，望断秋风五羊城。

赤血染黄花，磷光照万家。

两度中秋月，半生志未偿。

民国十七年　八月二十三日

——资料来源缙云县档案馆

这是缙云籍革命烈士蔡鸿猷 1928 年牺牲前写给家人的一封家书，他在信中写道：“我最亲爱的双亲：缺候许久了，真惭愧，而且抱歉得很。你们现在好么？我乘此片刻晨光，写了几句给你们留着做纪念。请你们以后不要想念我。不要想到我而悲哀。这是我最后所希望于我最亲爱的双亲的。”

随信一起的还有两首绝笔诗，其中一首是：“赤血染黄花，磷光照万家，两度中秋月，半生志未偿。”他在诗中说：自己被捕在狱中度过了两个中秋节，现在临刑了却壮志未酬，自己即将以鲜血染红正在开放的黄花（此时正是菊花开时节），但愿死后以自己身上发出的微弱磷光照亮黑暗笼罩下的万家百姓。整首诗表达了一名共产党员矢志不渝、献身人民解放事业的伟大胸怀。

蔡鸿猷，浙江缙云县小章村人，因家境贫寒，读完小学后在家务农，1914 年随父母迁居兰溪，租种地主田地，后任小学教师两年。1919 年，他外出当兵，在浙江陆军中服务。1922 年加入中国共产党。

1924 年 8 月，蔡鸿猷进入广州黄埔军官学校第二期步兵科学习，他中等身材，脸庞瘦削，一双明亮的眼睛，透射出坦荡之光。为人朴实无华，学识渊博，深沉有胆略，办事干练，深受组织器重和同志信任。

1925 年毕业后，蔡鸿猷历任国民革命军第一军排长、连长等。1927 年 4 月 16 日被捕入狱。敌人将他关了一年多，软硬兼施威逼利诱，妄图拉拢他投靠国民党，但蔡鸿猷坚贞不屈，还劝前来探监的同乡同学吴震参加共产党，后转囚于国民党广州警察局拘留所。

1928 年 10 月 4 日下午，国民党军警将蔡鸿猷从广州警察局拘留所“特别法庭”带出押上囚车，朝监狱疾驰而去。牢门打开，军警凶狠地将蔡鸿猷推进牢房。狱友们急切地迎了上去，搀扶被打得遍体鳞伤的蔡鸿猷，扶他靠着墙根坐下。

“表兄，你吃得消吗？他们怎么一点王法也不讲，竟然在法庭上把你打成这个样子？”问话的是蔡鸿猷的表弟李培荫，他眼里饱含泪水，非常气愤。

但蔡鸿猷知道，反动派是没有道理可讲的。他知道，不久之后，自己可能就要被害了，但脸上没有丝毫畏惧，反倒劝狱友不要悲伤。在生命的最后时刻，他豁达乐观甚至还在狱中从容谈笑吟诗。

1928 年 10 月 6 日上午，蔡鸿猷给父母亲写下了最后一封信和两首诗。悄悄对李培荫说：“你如果有机会出狱，托你将这信和诗带出去，交给我家里。”说完，他将信和诗卷成小纸筒，塞进李培荫怀中。

10 月 6 日下午 4 时，狱警果然来传唤。蔡鸿猷捧着手铐、拖着脚镣走到门边，转身面对着狱友从容地说："我走了，以后大家如果有机会出狱，请给我父母带个口信，叫他们不要太思念我。"说罢，他走出监狱大门，昂首挺胸迈向刑场，英勇就义，时年31岁。

1958年，周恩来总理复信中共缙云县委，亲自证明蔡鸿猷是共产党员，后被捕牺牲。请地方政府给予烈士待遇，并对其家属代致慰问。

【专家点评】

蔡鸿猷1924年从上海大学考入中国国民党黄埔陆军军官学校第二期步兵科学习。此时，黄埔军校的政治部主任正是周恩来。他在平定广东商团叛乱、第一次东征、平定滇桂军阀叛乱等战斗中屡立战功，历任国民革命军排长、连长、连党代表等职务，并参加了第二次东征。他学识渊博、有胆有识、公正无私、为人干练，为革命作出了重大贡献，深受党组织信任。1927年蒋介石在上海发动"四·一二"政变后，蔡鸿猷被捕牺牲，时年31岁。新中国成立后，中共缙云县委给周恩来总理写信，请求确认蔡鸿猷生前在黄埔军校学习以及开展革命活动直至牺牲等相关情况。1958年6月1日，周恩来总理复信中共缙云县委（原件藏于中央档案馆），亲自证明蔡鸿猷是共产党员，后来被捕牺牲，要求地方政府给予烈士待遇，并对其家属代致慰问，表达了人民总理对革命烈士的深切怀念。今天，我们同样要缅怀先烈，更要从烈士献身革命事业的满怀豪情和矢志不渝的大无畏精神中汲取精神动力，做到学党史、悟思想、办实事、开新局。

浙江省档案局　周峰林

叶天底：决不愿跪着生，情愿立着死

记者：李珏铭

编辑：华冰

【人物名片】

叶天底（1898年—1928年），原名霖蔚，学名天瑞，浙江绍兴上虞人。他是上海社会主义青年团最早的发起人、创始人之一，1923年加入中国共产党。1925年大革命时期最先建立了中共苏州独立支部，任书记。后因病回上虞，1926年创建了上虞第一个共产党组织——中共上虞独立支部，任书记，是中国共产党早期优秀的组织领导者。由他传入上虞的《共产党宣言》中文首译本至今珍藏在上虞档案馆，是国内保存最好的文本之一。

叶天底

大哥：

我决无生路，不死于病，而死于敌人之手。大（丈）夫生而不力，死又何惜！先烈之血，主义之花。但我最放心不下的母亲，希望你代我尽责扶养母亲。我决不愿跪着生，情愿立着死！

请你转告念先，他是幼年失了母亲的人，我的母亲是非常怜爱他的。我在希望他，在我生时一样的看待我母亲。他现在既不能回上虞，又无处存身，我希望他投奔费德昭之处存身。李、罗同志是最英雄、最忠实的同志，不要以我死而灰心，继续奋斗！因时间关系，不能多写，从此永诀！

你的弟弟最后一书信

天底

一九二八年二月三日

这是叶天底烈士1928年2月3日在浙江陆军监狱写给大哥的最后一封家书，目前保存在绍兴上虞的叶天底故居里。

在浙东运河中段的四十里河一侧，一幢坐北朝南、白墙黑瓦的二层民居静静矗立着，这就是叶天底的故居，他的部分书信、手稿、照片就存放在这里，用过的雕花木床、书桌、衣柜等简单家什依旧保持着原样。走进故居，正门上方胡愈之书写的“叶天底纪念室”门匾，两侧檐柱挂着“为有牺牲多壮志，敢教日月换新天”的楹联。这短短的两行字，写尽了他一生的热血与忠烈。

叶天底故居

叶天底纪念室

进步思想的启蒙

叶根法是叶天底的侄孙，今年已经80岁高龄了，从叶天底故居修缮开始起，他已守护在这里十余年。作为故居管理员，他常常在故居里给游客们义务讲解，一口浓重的上虞话里百年前那个热血澎湃的上虞青年仿佛在眼前重现。

1915 年，叶天底从上虞县第一高等小学毕业，第二年秋天，他就考入了浙江省立第一师范学校。“一师”是浙江新文化运动的中心。叶天底颇有艺术才华，善绘画，能篆刻，成为了李叔同先生的得意门生，同时还得到了夏丏尊、陈望道等名师的教导。1920 年 2 月，在五四运动的影响下，杭州发生了著名的“一师风潮”。当他看到警察镇压学生运动，再也抑制不住内心怒火，冲上前抗议，却被警察殴打倒地。“一师风潮”后，叶天底愤然离校去了上海。

经过陈望道推荐，叶天底在一家印刷所校对《新青年》文稿，还结识了陈独秀、邵力子、杨明斋等进步人士。在他们的影响下，叶天底接受了马克思主义启蒙教育。8 月 22 日，上海社会主义青年团成立，叶天底和俞秀松等人成为上海社会主义青年团的创始人和第一批团员。之后，叶天底接受组织安排，在上海共产主义小组的外国语学社里主持团务。

叶根法觉得：“就是从那个时候开始，他心中就已经萌发了革命的火苗，想要寻找祖国未来的出路。”

在上海外国语学社主持团务期间，叶天底阅读了大量的俄语作品和马克思主义著作，思想认识有了明显的提高。他认为中国的问题只能靠马克思主义的指导才能解决。1921 年春天，他本来已经获批前往苏联学习，但因突发疾病，只得先回家养病。

回家养病的他，并没有停息心中跳跃的火苗。他前往上虞第一小学、上虞春晖中学任教，在师生中传播革命思想。这期间，他还坚持文学艺术创作，经常作画或写文章寄到上海《民国日报》副刊《觉悟》上发表。1921 年，他创作了一幅版画《世风》，现在复印件就收藏在故居里。上虞区新四军历史研究会副会长、上虞档案馆原馆长李金海给记者介绍了这幅画：“这幅画体现了当时我们

叶天底《世风》

中国的农民深受三座大山的压迫，希望翻身，求得解放。”陈望道还为这幅画题词：劳工们组织起来！团结起来！去维护社会正义，去救护受饥饿的人们！

1923 年，叶天底回到上海，不仅担任了《艺术评论》编辑，还经常去上海大学听课，和陈独秀、瞿秋白、罗亦农、恽代英等著名的共产党人频繁交往。同年底，他加入了中国共产党。李金海告诉记者，当时叶天底入党宣誓以后就决定要改名，“现今我加入中国共产党，就是把自己的全部交给了党，以天为棺材盖，地为棺材底，随时准备为革命流血牺牲。”至此，他改名为“天底”。

革命运动的领导

1926 年春天，叶天底旧病复发，再次回到了家乡，但这一次回乡，他带回了丰富的革命斗争经验和成熟的领导技巧才能，他还肩负着党组织给他的两项任务：一是养好病；二是在家乡发展党的组织，开展农民运动。回乡期间，他拖着病体奔走呼号，积极开展了革命活动。7 月 16 日，病重的叶天底不惧斗争艰苦，在自家的书房秘密集会，主持召开了中共上虞独立支部成立大会，被选为书记。上虞第一个共产党基层组织——中共上虞独立支部由此诞生。李金海说，当时叶天底还带回了《共产党宣言》的首个中文译本，“当时的上虞成为浙江马克思主义较早传播的地区”。

“听老一辈人说，在创建独立支部，开展革命运动那段时间，他晚上常常

中共上虞独立支部纪念室

睡不好觉，因为要提防反动派来抓人。”谈起叶天底的革命生涯，叶根法感慨万千，说他三爷爷叶天底从来不惧怕，时刻做好为革命献身准备。

中共上虞独立支部成立后，连续开展了成立农会、发动农民武装、发展党员等一系列活动，迅速赢得了全社会民众普遍的支持，彻底唤醒了民众的爱国热情和参与意识，上虞革命事业在共产党的领导下蓬勃发展。

1927 年“四·一二”反革命政变后，上虞的局势急剧逆转，国民党右派势力乘机反扑。叶天底召开党支部紧急会议，决定埋藏武器，分散隐蔽，农友们不避风险，连夜把他隐蔽到一个叫“十八折”的山区。国民党右派势力几次派兵搜捕他，都扑了空。

5 月初，大捕杀的局势稍稍缓和，叶天底便成立进步组织“石榴社”，又秘密组织农会，成立小型的农民武装队伍，上虞的革命活动又逐步活跃起来了。11 月，中共浙江省委遵照党的“八七”会议精神，决定举行浙东大暴动，以上虞、象山港为暴动的中心区，叶天底负责组织和指挥工农武装占据上虞城，消灭反动武装。叶天底抱病调配武装力量，制定行动路线。不料，行动尚未开始，省委机关却被敌人破坏，《浙东暴动计划》被泄露，叶天底等各地暴动领导人被捕，关入浙江陆军监狱。

叶天底入狱后，病情日愈加重，但他仍不忘团结难友，与逞凶称霸的狱吏进行斗争。他常对难友们说：“一个人能为社会主义、共产主义工作，那是最幸福的。世上没有一件事业比这更高尚更伟大。”以此鼓励难友在监狱里坚持斗争。敌人多次提审，叶天底都守口如瓶。敌人只好降低要求，对叶天底说：“只要讲一句我以前走错了路，就可放你。”他理直气壮地回答：“我天底走的是正大光明的路！没有错！”敌人对他无计可施。

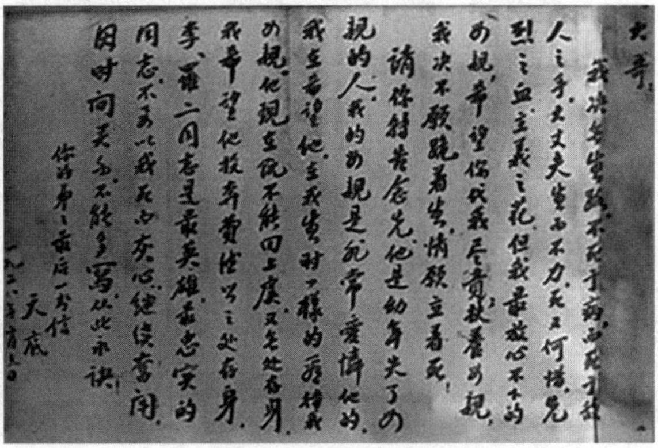
大哥：
我决定要死了，不死于病而死于敌
人之手，大丈夫生而不力，死又何惜，先
烈之血，主义之花，但我最放心不下的
是母亲，希望你代我尽责奉养母亲，
我决不愿跪着生，情愿立着死！
请你转告念先，他是幼年失了母
亲的人，我的母亲是他常爱的，
我更希望他与我生时一样的看待我
的母亲，他现在既不能回上虞，又无处容身，
我希望他投奔[illegible]二处去，
李、罗二同志是最英雄最忠实的
同志，不要以我死而灰心，继续奋斗。
因时间关系，不能多写，从此永诀！
你的弟弟最后一封信
天底
一九二八年二月八日

叶天底烈士给大哥的信

叶天底也意识到敌人很快就会对自己下毒手，

于是在 1928 年 2 月 3 日，他给哥哥写了最后一封家书：“我决无生路，不死于病，而死于敌人之手。大丈夫生而不力，死又何惜，先烈之血，主义之花……我决不愿跪着生，情愿立着死！”2 月 8 日拂晓，敌人用门板把病得不能动弹的叶天底抬到刑场上。叶天底撑着几乎瘫痪了的病体，挺起胸膛，昂首高呼：“中国共产党万岁！”叶天底牺牲时年仅 30 岁。

红色火炬的传承

“不愿跪着生，宁愿立着死！”这十个字铿锵有力，展示了一位共产党人铮铮铁骨、献身革命的情怀。叶天底虽然已经离去，但他的天地英雄之气却永远回荡在家乡。

叶天底曾侄孙叶春 1983 年入伍，曾经参加过对越自卫反击战，他说当时他和战友们都已经写好了遗书，随时准备为国家牺牲。“三太公的精神对我的一生都产生了影响。我在部队时，时刻严格要求自己。您的革命精神将会一直在家族中传承下去。我因为有您这样一位太公而感到骄傲。”

上虞区档案馆原馆长李金海 30 多年来一直致力于研究、宣传叶天底烈士的事迹。之前，他和同事们通过努力，还将现存于世的 12 本《共产党宣言》

叶天底烈士像

首个中文全译本中的一本收入上虞档案馆。在接受记者采访时他表达了对叶天底烈士的崇敬之情：“您是一位彻底的共产主义战士，上虞的革命斗争起源于您，上虞共产党创建也与您密切相关。您真正把自己的一切献给了党、献给了共产主义事业。”

叶根法、叶春、李金海……这一位位上虞人正从老一辈人的手中接过革命精神和红色基因的火炬，讲好党的光辉历史，传承党的优良传统，让年轻一代像革命先辈一样，为了中华民族伟大的复兴，作出自己的贡献。

【专家点评】

无论是家书中“不愿跪着生，情愿立着死”这样豪迈而坚定的诀别之语，还是敌人在劝降时叶天底回应的那句“我天底走的是正大光明的路！没有错！”都充分显露出了一位革命者视死如归的勇气和不屈不挠的精神。而中国革命之所以能获得最后的胜利，靠的就是一代代革命者前赴后继的勇气，抛头颅洒热血、将个人生死置之度外的坚定信念，是他们的牺牲与付出，才换来了一个全新的中国。时代虽然在改变，勇于付出、敢于牺牲革命精神则需要一代代中国年轻人不断接力下去，在新时代的中国谱写新的乐章。正如叶天底自己所说：“一个人能为社会主义、共产主义工作，那是最幸福的。”

浙江教育出版社集团　邢杰

吴振民：企望革命早日成功

记者：李轶男

编辑：刘浩、邢恒超

【人物名片】

吴振民（1898年—1927年），又名志卿、吴毅，别号化赤，浙江省嵊县城关镇东圃村人，生于1898年。革命烈士，1927年牺牲。吴振民烈士是中国共产党早期的优秀军事干部，为海丰农军建设作出了重大贡献。

父亲大人尊鉴：

二月初十日来信接到，家中一切情形，我现在也只（至）少要明白七八分。四月六日，与元庆同会于广州，长谈至天明者两夜。十一日，元庆同至海丰。元庆约有一个星期的勾留，然后返虎门。此后对老父一切负担，我们两个人当然要常常顾到。我出来是没有盘费的，和游山僧一样流到广东，总算在海丰寻着一间庙宇，也招到许多小和尚念功课，现在算有一点头绪。

吴振民

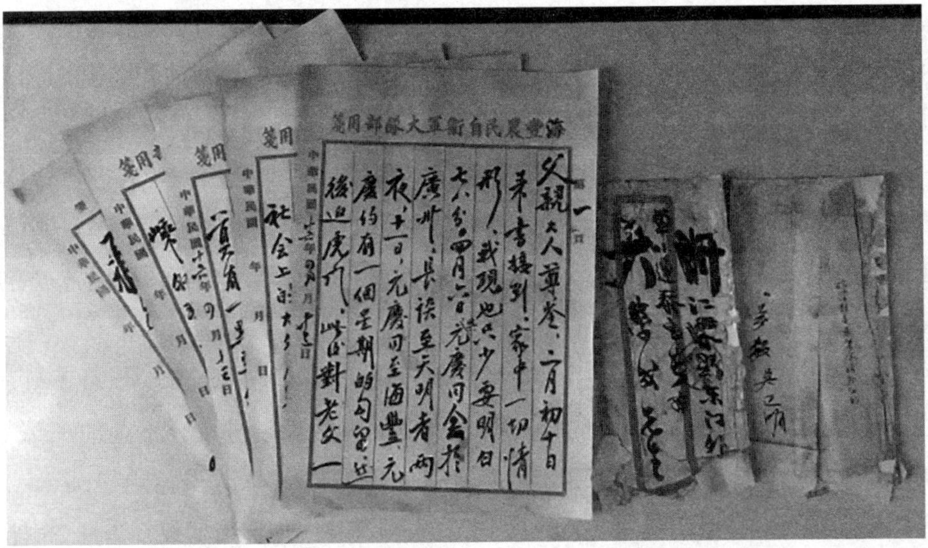

吴振民烈士写给父亲的家书，现存于浙江革命烈士纪念馆

但是讲到人生的一切呢，我仍旧好比一个和尚，除献身社会而外，一无所有。我不敢说我所做完全对，确实是一条光明的道路，不过连赖（累）父亲苦些罢了。因为要使社会上的大多数人得到解放，不能不使我的家庭苦些，这就是大人说天下没有两全的道理。如此，吴氏方算有子，不然，庸碌一生，父亲也何必要这样一个儿子。

嵊县现在情形怎样？革命到后，父亲的感想如何？

大姐、妹妹，大概现在都很苦，有什么法子想呢？我回答是没法，只有企望我们的革命早日成功。

敬请

福安

男　志卿禀

四月十三日

这是吴振民于 1927 年 4 月 13 日写给父亲吴学成的一封家书。

吴振民1898年出生于浙江嵊县东圃村，字志卿，号化赤，奶名阿堂，曾用名吴毅。在本县二戴小学毕业后，曾到绍兴等地读书。1924年冬到广州参加革命，为黄埔军校第二期学员，并加入中国共产党。

1925年2月，他随军校教导团参加第一次东征，攻克海丰后，受周恩来委派，任国民革命军驻海丰党代表、海丰农民自卫军训练所教官兼第三中队长。后担任中共海陆丰地委军事委员兼农民自卫军大队长、中共广东省东江特委委员等职。

1927年“四·一二”反革命政变后，吴振民发动农军起义，5月1日成立海丰县临时人民政府，任政府委员。由于敌人的大举进攻，不久他率部退出海丰，汇集惠（阳）、潮（州）、梅（县）农军，任总队长，转战闽、湘、粤边境。之后，吴振民又率“工农救党军”400多人，拟北上武汉。7月25日，当途经湖南汝城县时，遭军阀袭击，吴振民不幸腹部中弹，转移至汝城农村，于8月牺牲，时年29岁。

【专家点评】

这是吴振民烈士牺牲前三个多月给父亲的一封家书。信中谈到了“人生”“献身”和“光明的道路”。革命的事业，使他深感连累了老父亲和家人，但这是“要使社会上的大多数人得到解放”之路。他相信自己的所作所为，正是受到身为乡村私塾教师的父亲从小教育儿女“天下没有两全的道理”的影响。唯一能对家人表白的就是“企望我们的革命早日成功”。信中充满了对革命必胜的信念。

中共浙江省委党史研究室　朱健

王一飞：家书寄相思　暗语传信念

记者：邹雯

编辑：潘康康、邢恒超

【人物名片】

王一飞（1898年—1928年），原名燕鹏，又名北鹏，化名陆崇文，苏联留学时取名王伊维，1898年11月17日生于浙江省上虞县丰惠镇。中国共产党早期优秀党员、革命活动家。1922年春加入中国共产党，中共五届中央委员，负责筹建中共中央军事委员会并首任秘书长，以中央军委代表的身份参加著名的“八七会议”，代理主持中央军委工作，中共湖南省委书记。1928年1月，被国民党特务机关逮捕，英勇就义，年仅29岁。

王一飞

雯文我爱：

半月来，只接得你从沪寓寄我的一函，及由三哥转来照片一张，于是，就日复一日，等不到片言只字之见慰了！如此情况，能毋使我愈想愈不安耶？妹妹，你何以不提起笔来，每日写“平安”二字告我呢？

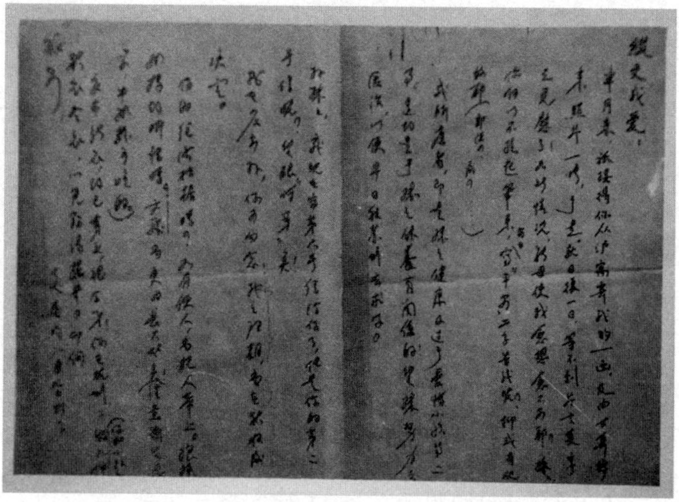

抑或有他故耶（邮阻？病？……）

我所虑者，即是妹之健康及过于爱惜小孩等二事。这均是于妹之修养有关系的！望妹努力去医治，以便早日往苏州求学。

好妹妹！我现在写第六号信给你了，但是你的第二号信呢？望眼“将穿”矣！

我在店安好，你可勿念！我之归期秋收后决定。

你的经济拮据吗？如有便人，当托人带上。娘姨奶妈均听话吗？文飞当更为长大些矣！（注意卫生要紧，牛奶粉可吃的。）

夏布新衣，均已穿上，很合身！你在杭州，可做几件你和小孩的秋衣冬衣，以免临渴掘井。即询

旅安！

飞 接吻

八月七日灯下

这是1927年8月7日晚，刚刚参加完“八七会议”的王一飞在湖北汉口给在浙江上虞避难的妻子陆缀雯写的一封信。当年继蒋介石发动“四·一二”

反革命政变后，汪精卫又在武汉发动了“七·一五”反革命政变，全国陷入一片白色恐怖。为了保护妻子和不满周岁的儿子，也为了能专心投入紧张的革命斗争，王一飞把妻儿送回上虞自己母亲家里。

分别半个月，他陆续给妻子写了5封信，却一直没有收到回信，很是牵挂担心。其实妻子有回信，但因为当时王一飞到处奔波，没有固定的住所，所以没能收到。

8月7日这晚是他给妻子写的第6封信。当天白天，他以中央军委代表的身份出席中共中央在湖北汉口秘密召开的紧急会议——即历史上著名的“八七会议”。这次会议，是大革命失败以后，事关党和革命事业前途和命运的重要会议，会上提出了著名的“枪杆子里出政权”的论断，并决定发动秋收起义，开展武装斗争。正是这次会议改变了中国革命命运，使共产党绝处逢生。其中王一飞参与制订发动湘鄂赣粤四省秋收暴动计划，并受党中央委托参加湖北秋收暴动工作。

革命事业将重振旗鼓，而此时的王一飞也更加思念牵挂妻儿，所以参加完紧急会议的当晚，立即提笔飞书。由于当时往来书信都要经国民党审查

革命烈士王一飞和妻子陆缀雯

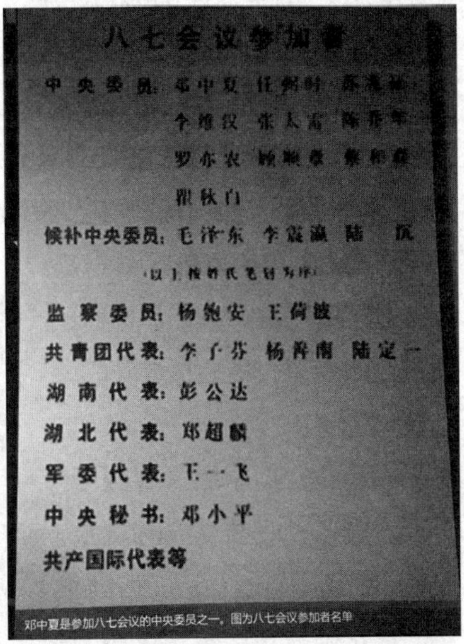

八七会议参加者

中央委员：邓中夏 任弼时 苏兆征
李维汉 张太雷 陈乔年
罗亦农 顾顺章 蔡和森
瞿秋白

候补中央委员：毛泽东 李震瀛 陆沉

（以上按姓氏笔划为序）

监察委员：杨匏安 王荷波

共青团代表：李子芬 杨善南 陆定一

湖南代表：彭公达

湖北代表：郑超麟

军委代表：王一飞

中央秘书：邓小平

共产国际代表等

邓中夏是参加八七会议的中央委员之一，图为八七会议参加者名单

邓中夏是参加“八七会议”的中央委员之一，图为“八七会议”参加者名单

检验，所以家书里处处是暗语。比如："在店"——指在汉口的中央军委所在地；"秋收"，暗指秋收暴动；"灯下"——是指白天开完会，夜里在灯下给妻子写的信；"往苏州求学"也是暗语，这里的"苏州"暗指苏联。上虞档案馆原馆长李金海解释说，王一飞和妻子陆缀雯是一对革命夫妻，妻子生完孩子后身体一直很弱，他在家书中除了挂念担心妻子的身体外，更勉励她坚定革命信仰，"他希望妻子赶快把身体调养好，把儿子安顿好，就到莫斯科东方劳动者共产主义大学，也是王一飞曾经留学的地方去深造，回来以后继续为中国革命复兴奋斗！"

王一飞是在1921年春，作为领队与刘少奇、任弼时、肖劲光、曹靖华等由上海共产主义小组派赴苏联留学，进入莫斯科东方劳动者共产主义大学中国班学习。1922年春，王一飞在莫斯科由中国社会主义青年团团员转为中国共产党党员，后留校任政治课翻译。1924年遵照党组织决定由东方大学转入苏联红军伏龙芝军事学院学习军事，培养军事指挥人才。

1925年春夏之交，王一飞带领叶挺、聂荣臻等20余名军事干部奉命离开苏联回到上海，担任中共中央军委筹建工作负责人。9月，调任中共上海（江浙）区委书记兼宣传部部长，主持上海市和江浙两省的党务工作。而他与妻子也就是在这一年相识。妻子陆缀雯当时在上海区委机关任收发、交通工作，两个年轻人志同道合、情投意合，于1926年2月7日建立了革命家庭。

婚后不到两个月，王一飞就被派往汉口、长沙等地执行重要任务。聚少离多的日子里，王一飞只能通过尺素传情："我每次回想我妹天真烂漫的态度，爱我的真切，使我感奋百倍。愿振作全副精神为校（指党）做事，俾有以付妹之爱！"

王一飞和妻子陆缀雯

每封信中，王一飞都以雯妹相称，在信中时常督促妻子要"学习、进步、自强、自立"，不做"时代之落伍者"，要"求正确新颖思想，谋相当技能""如果你我的爱情，不

革命烈士王一飞故居

能在学问事业上互相勉励上进，总是抱歉的！至于我自己呢，自然也须随时努力”……他也常对妻子说：“我们的生活是奋斗的，在动的状态中，如庸夫庸妇之终老牖下，寸步不出雷池者，不可能，亦不愿！”

婚后不到两年的时间里，夫妻相聚的时间加在一起还不到 9 个月，大多数时候都是靠书信遥寄相思。王一飞在奔波中给妻子写了 51 封家书，却没有等到团聚的那天。

秋收起义受挫后，1927 年 12 月 10 日夜，王一飞领导发动长沙“灰日暴动”，率数十名武装工人进攻敌军卫戍司令部。因敌我力量悬殊，暴动失败。上虞档案馆原馆长李金海说：“他因为长沙暴动已经暴露了，而且他是上虞人，浙江口音很重，最容易暴露，但在如此危险的情况下，王一飞没有躲避，还是坚持组织武装力量冲在最前线，体现了一种大无畏的革命精神！”

可由于叛徒告密，1928 年 1 月中旬，中共湖南省委机关遭破坏，王一飞在长沙被国民党当局逮捕。在狱中他化名陆崇文。党组织派去探监的同志见他寒冬腊月穿的衣服很单薄，对他说：“下次我们给你送棉被和衣服来。”王一飞当即拒绝，说：“党内出了叛徒，为保存更多的革命同志，保护地下省委机关，不宜再派人前来探监或送御寒衣物。”在经受了一周的刑狱折磨后，当年 1 月 18 日，王一飞高喊“中国共产党万岁！”“工农暴动万岁！”的口号，牺牲在长沙教育会坪。

（感谢上虞档案馆原馆长李金海为本文采访提供帮助）

【专家点评】

王一飞牺牲时没有留下任何财产，只给妻子留下两人合拍的照片和51封饱含深情的家书。这些家书不仅承载了爱人之间的离愁别绪，还承载了革命者的浪漫情怀和乐观精神，也是王一飞峥嵘岁月最真实的见证。这位革命者面对敌人的屠刀，留下了最清澈的爱和最热忱的血。

浙江上虞档案馆　李金海

梁柏台：人民司法开拓者

记者：李轶男

编辑：刘浩、邢恒超

【人物名片】

梁柏台（1899年—1935年），又名越庐、月庐，字苏生，号梯云。浙江新昌县人。中国共产党早期党员，中华苏维埃共和国中央政府领导人之一，中国人民法制和人民司法的开拓者。

梁柏台

梁柏台写给某老师的信

夫子大人函丈敬禀者：

阅报而见北京大学生之事，不胜欣喜之至。夫学生在校不能干预国事，此是国家承平之秋。目今借款也，密约也，莫非少数军人及卖国贼之私见。小民不学，虽楚歌四逼，而尚不知祸之将至也。此时学生而不发扬其士气，为小民请命，则国家养士何为？此北京大学生之所以起也。今国贼章宗祥既被击毙，而余者尚存。曹宅之火起，谓学生所放，而欲严办学生。得北京大学来函，谓电灯打破及家中人之乘机放火抢掠，所以有此之奉（举）。去国贼，无异身上方去一疽，而减少痛苦；办学生无异心中增无数之痛苦。此各省学生莫不愤怒，所以群起，而为大学生之后盾矣。夫日本野心悖悖（勃勃），有得陇望蜀之思想。此次和平大会，预想可以收回中国之权利，中国之主权，而保其固有之土地。不意卖国奴以亡国为义务，以日本人之得中国权利（力）为尽忠，断送了吾中国之山东半岛，则和平返（反）不和平若也。今日学生不起而争论，则中国亡矣。嗟乎！吾侪何不幸之至，而生此危亡之中华民国，良心不死，俱愿效死战场，身可死而山东半岛不可失，头可断而青岛不可去。励其心志，鼓其热血，得还我土地而后已。今值国耻，而特志奉，有恐将来之国耻，更有不可想是也。稍有血气者，其肯受此辱哉！特此敬请。

道安！

五月九日　受业柏台谨上

16 岁那年，梁柏台挥笔写下《丈夫誓许国说》，立誓要做一个“以身付诸国，竭力以担国事，以保国家，不以私而忘公”的“许国大丈夫”。

从浙江省新昌县新林乡查林村出发，梁柏台走上了革命的道路。和众多革命者一样，他有坚定不屈的革命信仰，有坚毅如星的眸子，更有一颗勇敢无畏的心。

1921 年，梁柏台进入莫斯科东方大学学习，研究马克思主义，并成为中国共产党建党初期的党员。

当他阅读苏联宪法时，深切感受到一个国家不能没有法律。他下定决心，刻苦钻研，系统学习苏联法律，并打下了扎实的法学理论的根基。

在苏联远东的法律诉讼中，有很多案件涉及中国人，苏联法官不懂中文，翻译又不能直接解决问题，法院要求将精通中文与俄语的梁柏台调到伯力省（今哈巴罗夫斯克）法院担任审判员。梁柏台没有放弃这次机会，在担任审判员期间，他一直把公正司法的理念放在心中。参加一次次的审理，他提高了自己的司法水平，丰富了司法经验。

梁柏台在苏联期间没有用化名，因为名声响，敌人对他虎视眈眈。“中国人总是要回到中国去干革命的。”梁柏台身在苏联，心系祖国。

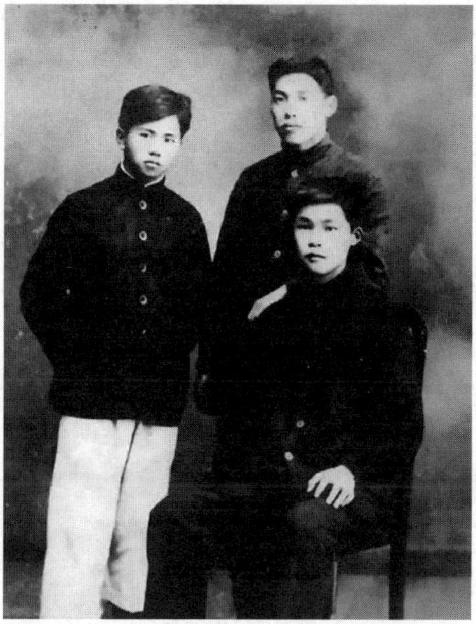

梁柏台在浙江省立第一师范大学和同学的合影

1931年，新生的中华苏维埃政权迫切需要自己的法律人才。梁柏台得知后，立即回国，参与起草了《中华苏维埃共和国宪法大纲》。

此后，梁柏台还参与起草了《中华苏维埃共和国婚姻条例》《中华苏维埃共和国土地法》等10多部重要法律，初步建立了苏区的法律体系，为创制人民法制和人民司法做了大量开拓性的工作。

著名党史专家石仲泉评价梁柏台说，他从一个农民的儿子成长为无产阶级革命家，从一位朴素的爱国主义者转变为共产主义战士，开创了我国人民法制和人民司法事业，是中国人民法制和人民司法的开拓者和奠基人，是依法执政、依法治国的先驱。

红军长征后，梁柏台奉命留守赣南，坚持游击战争。1935年3月，梁柏台在突围时重伤被俘，后被敌人杀害，年仅36岁。

【专家点评】

梁柏台烈士1919年5月在浙江第一师范学校学习。5月6日，杭州学界接到北京大学学生的电文，得到了北京五四学生运动的最新消息。5月9日，梁柏台参加了浙江第一师范学生举行的“国耻日”纪念大会，声援北京学生。当晚，梁柏台参加了在杭各校代表协商成立杭州学生联合会的会议，并决定于5月12日召开全市中等以上学校联合救国大会和游行示威。他按捺不住激动的心情，在当天给家乡老师的信中表示："今日学生不起而争论，则中国亡矣。嗟乎！吾侪何不幸之至，而生此危亡之中华民国，良心不死，俱愿效死战场。"表达了梁柏台心潮澎湃、誓为祖国而献身的心境。

中共浙江省委党史研究室　朱健

王国桢：愿将腰下剑，直为斩楼兰

记者：李珏铭

编辑：华冰

【人物名片】

王国桢（1899年—1931年），原名杨柳，字叔材，温州苍南县蒲城人。1925年加入中国共产党，是中共温州独立支部主要成员之一。1926年参加由毛泽东主办的第六期农民运动讲习所学习，结业后作为中央特派员赴浙南开展农民运动，积极组织农民协会，领导武装暴动，被选为永嘉县农会会长。曾以温、台游击区域代表身份参加全国苏维埃区域代表大会，担任过中共浙南特委书记和温州中心县委书记，为党在浙南地区组织发展和武装斗争作出了巨大贡献。1931年12月11日因叛徒出卖被捕，牺牲于温州市区松台山。

王国桢在温州牢狱中写给老母亲的家信（残存部分）

……

你生六子，好比养活五个，千万不要为我伤悲……这条路我走定了，一定要走到底！

1931年9月

王国桢

王国桢烈士的故居，位于温州苍南蒲城乡西门外村的上门垅，这里是他的出生地和早期地下革命活动的地方。在崇山峻岭脚下，25 间房子组成一座完整的四合院，黛瓦白墙，一派江南风光，体现着王家曾经的富裕阔绰。

1899 年 9 月，王国桢诞生在这个殷实的家庭。他 7 岁就入新苗私塾，11 岁到马站高小读书，13 岁考入宜山学堂。16 岁从宜山学堂毕业时，父亲询问他的志向，他满怀壮志地说："愿将腰下剑，直为斩楼兰。"从少年时代起，王国桢就立下了报国之心。

但后来，由于父亲围垦海涂失败，家道中落，王国桢不能继续求学，只好先到蒲城、镇下关当塾师。突如其来的贫困并没有使他甘愿随波逐流，为了多学知识、开阔视野，他克服重重困难，于 1919 年南下福建厦门，就读于集美师范，毕业后又留校做了一年的小学部书记员。

1925 年，王国桢从福建漳州回乡，在中共温州独立支部成员林去病的介绍下加入了中国共产党。王国桢曾经是温州永嘉地区最早的农民运动组织者和领导者之一，也是浙南地区武装斗争的组织者和领导者之一，是中共浙南特委和红十三军的创始人，担任浙南特委书记和温州中心县委书记，对党在浙南地区组织发展和武装斗争呕心沥血、奋勇战斗。

王国桢烈士故居

如今，故居纪念陈列室里还悬挂着一幅幅关于王国桢求学、生活及革命工作等方面的历史资料及珍贵照片。在王国桢曾用过的蓑衣、竹笠、锄头照片前，他的孙子王祖聪讲述起了一个有趣的小故事。1927 年"四·一二"反革命政变后，国民党在温州地区进行全面"清党"。那时王国桢在家里窗户上看见敌人从下南垅小路上包围过来，他急中生智，

陈列室一角

1927–1931 年间王国桢在温州进行秘密活动时曾用过的藤篮（原物）

穿上蓑衣，扛着锄头，头戴竹笠，打扮成农民，若无其事地走过去。敌人以为是村民，便问他："国桢在家吗？"他很镇定地答道："在家里。"随后，走进田间锄草干活，骗过了敌人的追捕。可是等他回去，才发现家里已被抄光，门也被枪打了好几个洞，至今仍留有痕迹。

在被抄家之后第二天，王国桢在蒲城内遇见少年时的同窗陈尧，相互寒暄之后，陈尧问他："桢兄，你年近三十，为什么还不考虑成家立业，当'夜猫子'有啥乐趣呢？"王国桢回答说："一个人死一般地活着，又碌碌无为地死去，那是最无意义的人生，你现在虽有万贯家财，生活过得舒服，但你想过没有你的舒服是建立在劳苦农民身上，农民群众一旦觉醒，便会起来作反压迫、反剥削、争生存、争自由的斗争，那时你会觉得悔之晚矣……"陈尧听后频频点头，当场就要解囊资助革命。在陈尧的资助和群众的掩护下，王国桢再次离开家乡，摆脱了国民党的搜捕。

虽然出生在富裕之家、生活无忧，但是王国桢一直在积极地组织参与农民运动和武装斗争，为农民群众争权益、要权利。1928 年，他应浙江省委特派员郑馨邀约，又潜回温州永嘉，领导农民群众，组织赤卫队，开展农运工作，为发动游击战争，建立工农红军创造条件。此后，王国桢一直在浙南一带进行着武装革命活动。

1931年9月，王国桢由于患病回温途经瑞安飞云江码头时，被叛徒出卖，不幸被捕。敌人绞尽脑汁，软硬兼施，王国桢始终没有屈服。当他知道敌人要对他下毒手时，给母亲写了一封简短的信："……你生六子，好比养活五个，千万不要为我伤悲……这条路我走定了，一定要走到底！"同年12月11日中午，他被解押到温州松山台刑场，惨遭敌人杀害，年仅32岁。1955年，毛泽东曾亲笔为他题写了"王国桢烈士永垂不朽"的烈士证书。

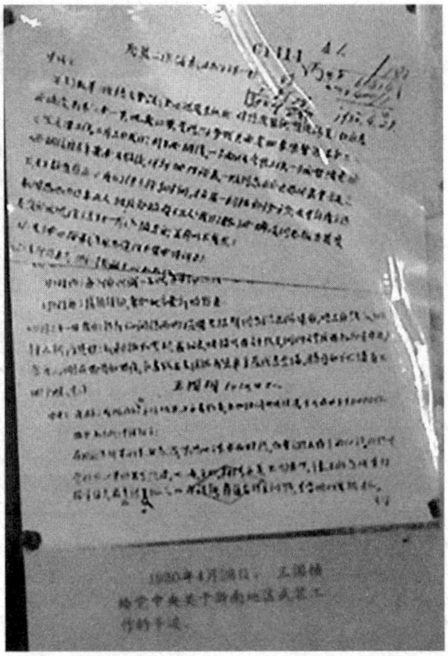

1930年4月8日，王国桢给党中央关于浙南地区武装工作的手迹

【专家点评】

王国桢作为一个富庶人家出生的孩子，从小立志报国，"愿将腰下剑，直为斩楼兰"，非常难得。而在20世纪二三十年代，也有一批像他这样出身殷实家庭的热血青年，毅然与自己家庭所属的阶层分道扬镳，全身心地投入中共早期的革命浪潮中。正如王国桢回应朋友的疑问时所言，他们关心的不只是个人的小家庭、小幸福，而是要为天下劳苦大众"争生存、争自由"，这种博大宽广的胸怀与境界，不禁让人联想起《钢铁是怎样炼成》中保尔·柯察金的那段著名的独白："一个人的生命是应该这样度过的，当他回首往事的时候，他不会因虚度年华而悔恨，也不会因碌碌无为而羞耻……"生命也许短暂，但当一个人能够在有限的生命中为国家、为人民作出属于自己的贡献时，那他就不算是虚度。

浙江教育出版社集团　邢杰

俞秀松：中共最早党组织成员之一

记者：刘浩

编辑：潘康康

【人物名片】

俞秀松（1899年—1939年），又名寿松，字柏青，化名王寿成，浙江诸暨次坞镇溪埭村人。中国共产党早期杰出的革命活动家，中国共产党发起组的成员，中共最早的党员之一，曾任最早的青年团——上海社会主义青年团第一任书记。

俞秀松

父亲、母亲和家中诸人：

我于三月廿九日从上海乘快车北上，卅日到北京，稍有些事住了三天。四月二日夜八点半从北京乘京奉通车赴奉天，三日夜七点钟在南满站换乘日本人所管辖的南满车赴长春，四日早七点四十分到长春，再换乘俄人所管辖的中东铁路的车，上午八点四十分从长春开车，下午五点半到哈尔滨。我现在住在道里中国三道街中华栈，拟住一二天后，即行再进。我此番虽是孑身孤行，稍觉寂寞，但一路平安，请父亲、母亲不以此长程跋涉为念，我一切举动，自知十分谨慎小心。

我此番这样匆促地走，原因事实尚未曾报告家中，现在就简单说明几句，使家中人不以我为突如其去了。我这次赴R（俄），有三个目的使我不能不立刻就走：1.第二次国际少年共产党定于四月十五日在R京开大会，他们于前月派代表到中国来，请派代表与会，我被上海的同志们推选为代表；2.上海我们的团体有派送学生留俄的事，我又被同志们推为留俄学生代表，因此又不能不先往R去接洽了；3.我早已决定要赴R求些知识，以弥补我的知识荒，我便不顾别的就走了。

父亲，你训勉我的几件事，我当刻刻记在心头。你给我的两封信，我带在身边，不时诵读。父亲，从R京寄信到中国来，要经过几道手续，恐不能直接寄到家中。我没有信来的时候，我总是很平安的；但有事要报告的，我当写快信或打电报来，至于是何办法，候我将手续办妥之后，即行报告。

我在北京照了一张相片，过几天，由北京的朋友寄到家中。

我在上海的行李，一只皮箱，一只网篮，一个被包，托朋友转送了。咳嗽丸两瓶，托人带到家中。

我遥在几千里之外，引颈南望，惟祝家中人个个平安。

寿松

1921年4月6日从哈尔滨发

这是中共最早党组织成员之一俞秀松，于1921年4月6日，在前往莫斯科途中，写给浙江诸暨家中父母亲人的一封家书。俞秀松，又名寿松，字伯青，浙江诸暨大桥乡人。俞秀松之子、上海市中共党史学会监事、上海中共党史人物研究中心副秘书长俞敏告诉记者，1916年，俞秀松考入浙江省立第一师范学校学习，1919年，五四运动爆发后，俞秀松在杭州多次组织学生罢课游行，

俞秀松读书照

随后，在陈望道、刘大白的指导下，俞秀松联合施存统、宣中华、沈端先等人参与筹办青年进步刊物《浙江新潮》，自此开始了革命历程。

俞敏："俞秀松是1916年考入浙江省立第一师范学校，这里的老师有陈望道、刘大白、李叔同等一批人。当时《浙江新潮》传播量很广，特别引人注目的是在湖南发行《浙江新潮》的就是毛泽东。"

当年11月，俞秀松主编的《浙江新潮》发表的一篇文章引起了轩然大波，引发了当时浙江军政界的围攻和指责，这就是轰动一时的"一师风潮"。

事后，《浙江新潮》被迫停刊。

浙江新潮社虽然存在时间短，但以其激进的主张、犀利的文笔在杭州知识界产生重要影响，从而促进了新文化运动在浙江地区的开展。

也就是在这一年，俞秀松最后一次回乡离开时，便立志要为全国劳苦大众的幸福而奋斗，其侄俞治华说："他离家的时候说了这样一句话，他说'我今天离家，要等到全国的劳苦人民有饭吃，才能回来。'"

离开家乡之后，俞秀松继续为革命奔走，1920年3月27日由北京抵达上海，1920年6月，俞秀松与陈独秀、施存统、李汉俊、陈公培等人在上海老渔阳里2号创立上海共产党早期组织。21岁的俞秀松，成为中国共产党最早的党员之一。

俞秀松之子俞敏

俞敏："5 月份，陈独秀发起成立了马克思主义研究会，1920 年的 6 月份，陈独秀、李汉俊、俞秀松、施存统、陈公培五人决定成立共产党这个党组织，实际上是起了中国共产党发起组的作用，为中共一大的召开做了很多重要的筹备工作。"

俞敏说，此时的俞秀松思想正在发生着激烈的转变。他曾在一张表格填写的"对自己影响最深的书"一栏里，写到了《共产党宣言》。此时，陈望道受托翻译的《共产党宣言》已经基本成型，而当时正是自己的父亲俞秀松将中国第一本全译本的《共产党宣言》送到陈独秀手中的，如果没有 1996 年在一个破旧柴房中的意外发现，这些细节可能永远都不会被世人知晓。

俞敏："一直到了 1990 年，我母亲到诸暨去，小姑姑说好像以前发现过有铅笔、钢笔写的字，我妈妈很激动，说那赶紧找，后来我姑父说到柴房去看一看，结果发现了一个本子，上面全是灰，拿出来一抖，一看是父亲写的日记。1920 年 6 月 25 日至 7 月 31 日。日记发现以后，有两点很重要：一个就是关于共产党的成立，第二个就是《共产党宣言》的出版流程。它现在是国家一级文物。"

成为中国共产党早期组织发起人之一的俞秀松，联合施存统等八名成员，于1920年8月22日，在上海法租界霞飞路新渔阳里6号的《新青年》编辑部里，组成了上海社会主义青年团，这也是中国共产主义青年团的前身，由俞秀松担任书记，随后，团员们迅速积极地发动和指导北京、武汉、长沙、广州、天津等地青年团组织的建立。

在俞秀松的努力下，到1921年上半年，上海的团员已发展到200多人，党的许多活动也是以青年团的名义进行。1921年3月，俞秀松启程前往苏俄学习，并受邀参加1921年7月在莫斯科举行的青年共产国际第二次代表大会。期间，俞秀松给家中寄回多封信件，详细讲述自己的经历和学习情况。

俞秀松从此坚定地踏上了革命的道路，投身共产主义事业，为党和中国社会的发展贡献了自己的全部力量，最终用自己的生命点燃信仰的火光。

从书生到革命者，俞秀松17岁便立志“做一个有利国、有利民的东南西北人”，他也用一生在践行着自己的承诺。原中共上海市委党史研究室党史研究专家徐国良评价：“他们起来革命绝对不是为了个人，是为了社会，是为了把我们中国黑暗的面貌进行改变。他们宁可献出自己的生命，就是为了这个信仰。”

【专家点评】

作为中共最早的党组织成员之一的俞秀松，身上始终秉持一种书生本色，国家的未来与民族的命运是他这一代经受过“五四”精神洗礼的革命者心中不变的情怀。俞秀松17岁起便立志“做一个有利国、有利民的东南西北人”，他的一生也确实履行和实践了自己的这一志向。正所谓“有国才有家”，东南西北、四海为家，是无数革命者的选择，为国为民、胸怀天下，是他们不懈追求的目标。像俞秀松这样一群怀着“等到全国的劳苦人民有饭吃，才能回来”信念的先辈，将自我价值的实现与国家民族的命运连接在了一起，为实现中华民族复兴而奔走，最终以心中的星星之火，照亮了中国的未来。

浙江教育出版社集团　邢杰

竺清旦：“抛妻别女”只为心中的信仰

记者：崔正昊

编辑：潘康康

【人物名片】

竺清旦（1899年—1935年），是大革命时期浙江农民运动的杰出领导人。他从一个胸怀“教育救国”壮志的小学教师，经过革命斗争，成长为坚定的共产主义战士。在20世纪20年代，他担任首届中共宁波地委农民运动委员会书记，又在中共一大当选为上海（兼江浙）区农民运动委员会委员，被群众拥戴为宁（波）绍（兴）台（州）农民协会会长。他领导过十几个县的农民运动，发动20万农民、盐民和渔民投入反霸抗税、减租减息的斗争，建立起县、乡、村各级农民协会，成立农民自卫军，进行武装斗争，曾一度攻占余姚县城，以迎接北伐军东进。

我的湘卿：

年是过了，但我不知你们是怎样过的年？……我在阳历过年的时候，就设法想寄几元钱给你，可是不但借钱难，而要汇寄过来更难。我现在有十多块外国洋钱，

竺清旦

大约可兑十块中国洋钱，但是到现在还没有寄出。现在我已托外国朋友去寄，或者不久就可寄来。

第二封写给你的信，不知收到没有？你的信我收到了，你说家里生活还可以过去，我认为这是你安慰我的话，我仍旧不放心。你实在告诉我罢，你们在家如何困苦的情形，希望你写信给我（邮票十分够了）。

我的身体比（以）前快活，比从前强壮了。可是我的心头是比从前痛苦。我所痛苦的不是别的，就是想象你的苦楚，想象赛蓉、赛薇的可怜，还有一个没有看到过父亲的小孩子，更觉伤心！我天天想着，我夜夜梦着，我仍是同你在一处，或在家里或在宁波。可是一觉醒来，却在几万里以外，能不令人酸心！

你们在家里的苦楚，我是想象得到的。就算是有钱，那吃水和烧柴也够得你辛苦了，何况没有钱！今年上（半）年，我或者不能回来。望你告知我，你将如何去过这半年？新生的小孩子取名“劳生”，以纪念先父劳苦一生的嗣续，又纪念你我在流离劳苦的时候所生。

我还要你去打听打听，我在去年曾有信给文祥（二封），给如霖一封，可是没有接到他们的回信，不知信收到没有？你可问他们，接到我的信没有？

我还有几件事嘱咐你：

（一）对于小孩，不要打骂。要知道都是几个可怜的人儿，打骂起来反引起大家的伤心。

（二）对于邻舍要和睦，凡事让人三分。要知道你们现在差不多是孤儿寡妇，吃了亏，何人替你出头？吃大亏不如吃一些小亏罢了！

以上两桩事情，你要切记在心。还要时常告知赛蓉、赛薇。家里一切事情都由你作主。你做的就是我做的，你做我全权代表，如家里的生活不能过去，我家里所有产业，许你自由典卖。如后头楼屋空着、关着、腐着，不如典卖给人家去居住，因为这间房子是最没有出息的。

赛蓉去学行业这事办了没有？如办得到，务须叫他（她）去学，不要迟疑不决。因为一个人有了职业才不会吃苦。你自己就是这样吃苦的，你不要把你自己的苦再叫女儿吃！赛蓉我不是不爱他（她），要他（她）去学职业，正因为爱他（她），所以要他（她）去学。他也是有十多岁了，总也会懂得这句话……

不多说了，祝你脚轻手健，并请在婶婶及诸堂兄处代请安！

你的夫　起元写

阳历一月廿八

再者你写回信，可把附来的二张小纸贴在信壳上就能寄到。又附联甫哥一封，望你递去！

婶婶及诸堂兄望代问好！

这是竺清旦写给自己妻子卢湘卿的一封信，那时的他因为参加工农运动不得不暂时隐蔽疏散革命武装，许多共产党人和革命志士相继被捕，他只能忍痛离开长期斗争的故土。在自己抵达莫斯科后不久，在国外度过第一个中国传统的春节时，他对家人倍感思念，在正月初六给远在家乡的妻子写了这封信，表达自己的思念和对爱人的嘱托。

竺清旦 1899 年出生于奉化县地处四明山边缘的董村，父亲是个穷苦的乡村塾师。竺清旦年幼丧母，父子俩凄苦无依，只好从四明山深处的一户赤贫山农之家聘来少女卢湘卿做童养媳，照应父子的生活。

竺清旦 12 岁考入剡源高等小学，这里的教师常向学生灌输孙中山的民主革命思想，竺清旦深受影响。每逢假期回家，他都积极向邻居们宣传反对封建礼教、提倡男女平等、反对妇女缠足等进步思想。

1917 年，竺清旦开始了教书生涯，先后在奉化、镇海、鄞县的一些小学当教员、校长。他热心于教育事业，寄希望于少年儿童，向学生灌输新思想、新文化，揭露帝国主义、封建军阀和土豪劣绅的罪行。竺清旦在教育界七八年的坎坷经历，特别是在阅读了马列著作和进步书刊之后，他开始认识到“教育救国”的道路是走不通的。他在宁波《时事公报》发表的《研究救国的方法》

一文中指出："政治不表明，教育费无由增加，教育难以普及；教会、乡绅的恶势力不推翻，是没有法子可以普及教育的"，只有"万众一心"、"打倒军阀，打倒帝国主义，建设苏维埃天堂"，才是正确的救国方法。在20世纪20年代，他担任首届中共宁波地委农民运动委员会书记，又在中共一大当选为上海（兼江浙）区农民运动委员会委员，被群众拥戴为宁（波）绍（兴）台（州）农民协会会长。他领导十几个县的农民运动，发动20万农民、盐民和渔民投入反霸抗税、减租减息的斗争，建立起县、乡、村各级农民协会，成立农民自卫军，进行武装斗争，曾一度攻占余姚县城，以迎接北伐军东进。

1927年4月9日宁波国民党反动派发动反革命"清党"事件，竺清旦遭到通缉，正在余姚指挥农民武装同反动集团作战的他不得不暂时隐蔽疏散革命武装，忍痛离开长期斗争的故土。当年6月全国第四次劳动代表大会在湖北汉口召开，他作为浙江代表出席大会，被选为大会主席团成员。之后他被送往苏联学习。竺清旦走后，他身怀六甲的妻子卢湘卿拖着几个女儿，逃出宁波回到奉化山村。远在异国他乡的竺清旦，日夜为妻儿的生活忧心忡忡。他频频寄回家书，表达对妻儿的眷念和深情。每当接到丈夫的远方来信时，她都如获至宝，即使在白色恐怖的环境中也悉心珍藏。

但由于回到老家，卢湘卿生活万分艰难。到苏联后，在东方大学就读的竺清旦省吃俭用，把苏联政府每月发给的20卢布的零用钱，先汇到上海，再托人转交给卢湘卿，以养活四口之家，好让几个子女吃上一口饭，解救她们的燃眉之急。他时时刻刻在为往家寄钱的事情而费尽心思，牵肠挂肚。

竺清旦从离家至牺牲八年间没见到妻儿们，全靠一封封家书寄托相思，字里行间充满着对妻子的眷念和对儿女的舐犊之情。现存的18封家书，字字泣血，句句含泪，感人肺腑，动人心魄。

可天有不测风云，大女儿赛蓉15岁时患上肾炎，因无钱医治离世。竺清旦骤失爱女，悲痛欲绝。当时二女儿赛薇在信里写道："妈妈太悲伤了，爸爸你快回来呀！我们日日夜夜在想你、盼你回家来呀！"竺清旦在给二女儿的一封信中写道："恨不得立刻飞回来！"

当时竺清旦从莫斯科回到新疆工作后，处在军阀的严密控制下，如履薄冰，处境十分艰难。1930年10月，竺清旦被派遣回国。他和莫斯科步兵学校毕业的同学共6人，从中苏边境进入新疆。当时，新疆还没有建立中共组织，反动势力、封建势力很强，又因人地生疏，开展工作困难重重。但他和同学们凭着对共产主义事业的坚定信念，宣传发动群众，很快就站稳了脚跟。

1933年，反革命两面派盛世才充任新疆督办，打出“反帝亲苏”的旗号，获得苏联的支持。联共中央陆续派专家、顾问及已分配在西伯利亚工作的莫斯科中山大学中国毕业生到新疆工作。这时，竺清旦被安排在盛世才直接掌握的教导团工作。可是，盛世才借口新疆情况复杂，对联共派到新疆工作的同志加以种种限制，规定不准公开党员身份，不准发展党的组织，不准宣传共产主义。竺清旦抱着要把祖国的新疆建设成为一个革命根据地的赤诚愿望，团结同事，积极工作，提倡民主、自由、平等，宣传、传播马列主义，深得人心，引起盛世才的妒恨和恐惧。1935年12月底的一天，盛世才以开会为名，在一个花园里开枪杀害了竺清旦。

卢湘卿望眼欲穿，丈夫杳无音讯，二女儿赛薇又因突发心脏病失去了生命。卢湘卿含辛茹苦，顽强地挣扎在贫困的生活线上，拉扯最小的女儿劳生成长。

抗日战争时期，卢湘卿毅然将身边相依为命的唯一的小女儿劳生送去参加新四军浙东抗日纵队。劳生入伍后，为了不使住在敌战区的母亲遭受连累，将自己改名竺明程。竺明程随部队征战南北，先后参加了抗日战争、解放战争和抗美援朝战争。她一边参加革命战斗，一边寻找父亲的心思却始终未变。

1949年5月，宁波奉化解放。当时奉化县长严式轮与竺清旦大革命时一起工作过。严式轮县长非常重视卢湘卿保存的宁绍台农协会会旗和竺清旦从莫斯科写回来的家信，他提议要把这些东西上交中央，作为宁绍台农民协会斗争的证明。

卢湘卿保存的宁绍台农民协会会旗

竺明程依靠奉化、鄞县党史研究室的帮助，了解到父亲竺清旦1925年、1926年在鄞县东乡、在宁波与农民一起斗争的故事。改革开放后，离休干部竺明程奔走南北，遍访浙江农运的参加者和她父亲的不少老战友，终于寻找回了父亲一生的峥嵘岁月，重温了几近湮没的浙东农民运动的璀璨历史。

竺清旦的一生颠沛流离，但他始终坚守着共产主义信仰，至死抱着重回故乡投身革命的夙愿。在很长一段时间内，竺清旦的英名被湮没了。也正是竺明程寻觅了近半个世纪，终于知晓了父亲的下落，拂去了历史的尘埃。让烈士的英名和伟绩，为宁波人民世代传颂。

【专家点评】

众所周知，中国共产党是以领导工农运动起家的，而竺清旦就是我党早期开展农民运动的杰出领导人。他有幸躲过了国民党反动派的追捕，被党组织派往苏联学习，学成回国，回到新疆，准备重回内地投身革命斗争的时候，却惨遭反动军阀盛世才的毒手，牺牲时年仅36岁，使我党失去了一位具有丰富理论和实践经验的农运骨干。

羁旅海外和新疆多年，竺清旦深知革命斗争环境的险恶，无时不在挂念远在家乡的妻子和女儿，尤其是与他相濡以沫的妻子，承担了巨大的风险和压力。从竺清旦寄回的家书中，我们可以看出，他是一位情感丰富的丈夫和爸爸，对妻子爱意浓浓，对女儿关爱有加。妻子生病需要医治，女儿需要上学，全家人需要生活，他省下有限的津贴寄回家，还入不敷出。家书中充斥着“借钱”“困苦”“痛苦”“苦楚”“酸心”“辛苦”“流离劳苦”“可怜”“吃苦”“悲伤”“没有钱”等词语，读来令人心酸不已！这就是党的农运领袖的经济状况和内心写照。革命者也是血肉之躯，面对敌人时，他们挺起的是铮铮铁骨，面对家人时，他们满怀的是一腔柔情。然而，为了心中的信仰，他们不得不放弃与家人共享天伦之乐的渴望，毅然投身血与火的战场……时光飞逝，家书犹在。无论何时，我们都不能忘记他们。

中国人民大学家书博物馆、家书文化研究中心　张丁

邵李青：半世恩爱中途抛，满腔愁情难欲别

记者：韩晓雨
编辑：华冰、邢恒超

【人物名片】

邵李青（1900年—1930年），浙江武义人。1926年8月加入中国共产党，曾任中共武义县委书记，浙武红军游击队党代表兼副总指挥等职。1928年秋组织武义农民参加永武联合暴动。1930年年初以大公山为根据地开展游击战争。同年9月在赴上海购枪途中被捕，10月2日在兰溪就义。

春凤我妻：

这是我最后的一封信，我俩谨此诀别罢。我死以后，儿女们托汝抚养教训。汝日后的事情请你自己主张，因为我没有什么东西遗给你，况且儿女尚幼，汝年又不甚大，倘有适意人物，你可不必拘束，任汝另配。一来衣食有靠，二来免得终生寂寞。我的尸体在兰溪，你若可能的时节可来取领，如有困难，尽可不必。我这封信

邵李青

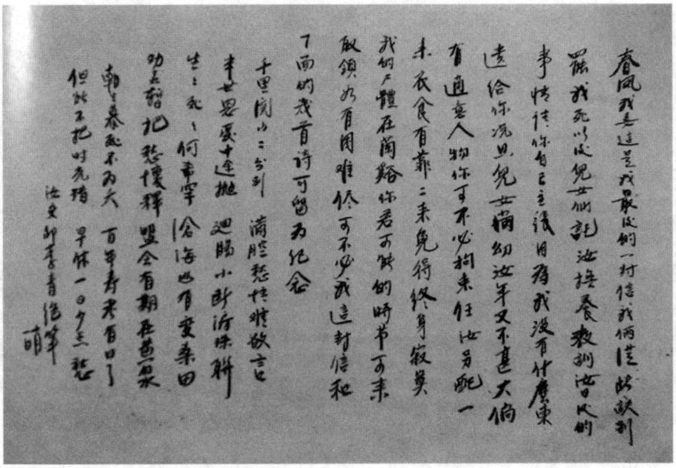
春风我妻这是我最后的一封信我俩从此诀别
罢我死以后儿女们就由你接养教训管他们的
事情请你自己主张好了我没有什么[illegible]
遗给你况且儿女尚幼你年又不甚大倘
有适意人物你可不必拘束任你另配一
来衣食有靠二来免得终身寂寞
我的尸体在兰溪你若可能的时节可来
收殓如有困难亦可不必我这封信和
下面的几首诗可留为纪念
千里关山二分别　满腔愁情难欲言
半世恩爱中途抛　回肠小断泪珠联
生生死死何希罕　沧海也有变桑田
劝君暂把愁怀释　盟会有期在黄泉
朝生暮死不为夭　百年寿考有日了
但能不把时光错　早休一日少点愁
汝夫邵李青绝笔

和下面的几首诗可留为纪念。

千里关山二分别，满腔愁情难欲言。半世恩爱中途抛，回肠小断泪珠联。生生死死何希罕，沧海也有变桑田。劝君暂把愁怀释，盟会有期在黄泉。朝生暮死不为夭，百年寿考有日了。但能不把时光错，早休一日少点愁。

邵李青　绝笔

这短短 285 字的绝笔书，是武义革命烈士邵李青留给妻子陈春凤的最后一件遗物，诉说着对儿女妻子的挂念、对革命的坚定、对生死的淡然。

现年 72 岁的洪式亮跟我们讲述起了外公邵李青的那段峥嵘岁月：

“外公邵李青是武义县较早的共产党人之一，早在 1926 年 8 月就加入了中国共产党。中共武义县支部成立后，选为支部委员，分工农运工作。他在邵宅建立了武义第一个农民协会，领导实行‘二五’减租，把邵宅村常产庙会的一百多亩粮田收归农协，分配给 60 多户无地少地的农民耕种。”

“1927 年春荒时，又打开邵氏宗祠粮仓，把豪绅保管的四五百担积谷借给农协会员度荒。正因如此，邵李青成了反动统治阶级和土豪劣绅注目的

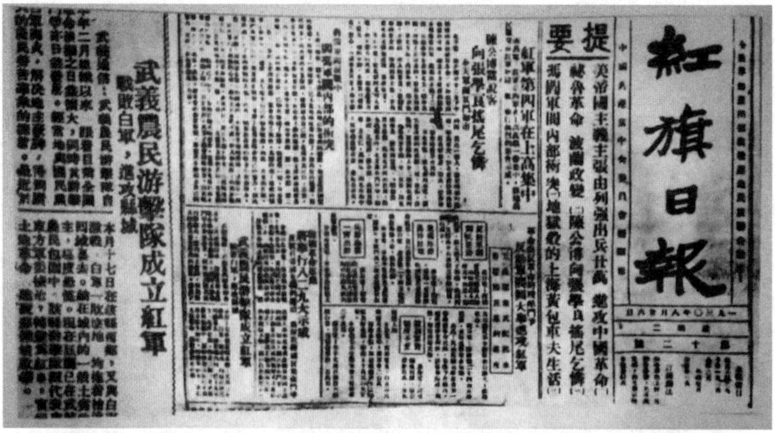
紅旗日報
提要
美帝國主義主張由列強出兵共同進攻中國革命(一)
鄂省革命 波瀾改變(二)陳公博向張學良搖尾乞憐(一)
馮閻軍閥內部衝突(二)地獄般的上海黃包車夫生活(一)
紅軍第四軍在上高集中
向張學良搖尾乞憐
武義農民游擊隊成立紅軍
戰敗白軍，進攻縣城

1930年8月26日，中共中央机关报《红旗日报》一版刊登武义红军消息

‘红面’人物。”

由于邵李青参加革命早，家里的一切多由妻子打理。为躲避反动派的围捕，妻子带着两个女儿东躲西藏地过日子，先后辗转下埠口、黄家铺、宣平、松阳等地，装过船老大的妻子，帮人做鞋洗衣挣钱，母女三人艰难度日。

“过去干革命，家庭遭难，骨肉离散。但即便是这样，外公外婆也依然以革命大家为先，以小家利益为后。”洪式亮说。

在武义县档案馆，珍藏着一张1930年8月26日的中共中央机关报《红旗日报》，在头版重要位置报道了《武义农民游击队成立红军》，文中写道：“武义农民游击队自本年2月组织以来，跟着目前全国革命浪潮的日益扩大，同时其游击斗争亦日益发展……现在该县已在武装农民包围中。该县游击队派代表与东方军委接洽，转变为红军……”

这支红军游击队的组建领导人之一就是邵李青。1930年1月，邵李青召集徐金财等8人在王村龙潭坑开会，决定成立武义红军。2月，红军队伍就发展到200余人，鼎盛时期发展到3000多人，坚持斗争了近一年。

而这背后，是邵李青为了筹建红军，为“大家”变卖房屋换钱，对“小家”却极为“抠门”。时任武义西区区委书记陶德尊的胞妹陶家菊同邵李青夫妇交好，她曾回忆起这样一件往事：

当时，陈春凤外出避难，邵李青只给了两元钱。一个女人拖儿带女，两元钱怎么过日子？陶家菊对邵李青说："搞这么危险的事，请你时刻留心，春凤姐难免担惊受怕，又有几个小孩，你钱应多交点给她，以备后用。"

然而，邵李青却摇摇头说："钱要给同志们发薪用，每个人都有家庭负担，我更不能取作私用。我的胞兄已被逮捕，脚骨也被打断了，我当革命到底，必须共产党胜利而后止。如果有事故，我绝不丧失信心，前人种树后人享，我们一起的人，个个为国不为家，谁也不怕牺牲，革命不流血是不能成功的。"

由于红军队伍迅速发展，武器不足，1930 年 9 月，经组织研究决定，由邵李青带队第二次外出购枪。随后，他就辞别亲友，经丽水、温州去了上海。

离别的那一刻，陈春凤打心底希望丈夫也能像第一次买枪那样平安归来。只是没想到，这一别竟成诀别。

因奸细告密，邵李青在上海租界被捕，浙江省保安处将其押到杭州，软硬兼施，用尽各种办法，妄图迫使他投降，然而审讯一夜毫无收获。

这封读之泣泪的绝笔信，就是邵李青在临刑的前一天，在狱中写给妻子陈春凤的。10 月 2 日，邵李青被押到兰溪台基枪杀。穷凶极恶的反动派还砍下他的头颅，押解回武义挂在城门上示众。

邵李青牺牲时，年仅 30 岁。这一年，他的"春凤我妻"也不过 29 岁，长女丽华 7 岁，次女新华 3 岁。春凤拖儿带女在松阳给人做鞋过日子，养猪磨豆腐，再租几亩地种田。最后，她连佃租也交不上。好在革命同志担起了邵李青作为父亲的责任，送来了钱财，帮忙抚养女儿。

邵李青的一生很短，短到来不及与挚爱的妻女道别就匆匆走了；他的一生也很长，在刑场上仍坚定呼喊："今天杀了我，我的同志是杀不完的，他们将来全会为我报仇的。"他写下了"人虽死精神不死，野火烧不尽，春风吹又生"，更坚信"静心以待，必有光明之日"，字里行间，铁骨铮铮。

【专家点评】

和所有的革命烈士就义前写给亲人的诀别信一样，邵李青烈士的这封《诀别与妻书》之所以读来会让人无比的感动与震撼，关键在于信的文字表达出了一种无产阶级革命者所特有的崇高精神，尽管他和常人一样地爱生而恶死，一样的有着儿女情长——诀别信讴歌部分的开头四句“千里关山二分别，满腔愁情难欲言。半世恩爱中途抛，回肠小断泪珠联，”为此提供有力的证明。但是受了理想信念的鼓舞，为了谋求社会的进步和人民的幸福，他超越了这些情感，并且因此树立起了一种通达的生死观，即：“生生死死何稀罕，沧海也有变桑田”，否则，他也不可能在生与死的紧要关头，决然地放弃了生，而选择了死。

他在向妻子交代身后之事时，寥寥数语、极为平淡地嘱咐她：若有可能可去兰溪领回他的尸体。但“如有困难，尽可不必”。他为何能从容不迫？原因正是他身上的伟大革命精神。

中共浙江省委党校　曹文彪

柔石：为人民之幸福教书，为国家之富强写作

记者：韩晓雨

编辑：华冰、邢恒超

【人物名片】

柔石（1902年—1931年），本名赵平复，民国时期著名作家、翻译家、革命家，中国共产党员，左联五烈士之一。柔石先生一生积极从事新文化运动，唤醒民众忧国忧民的革命意识，代表作品有短篇小说集《疯人》《希望》《为奴隶的母亲》，中篇小说《二月》《三姊妹》等。主办《朝花》《语丝》等进步杂志。1931年，因叛徒出卖，遭国民党军警逮捕后与殷夫、欧阳立安等23位同志被秘密杀害。

柔 石

柔石给哥哥的信（节录）

……

专求一己之肥，毫不顾及下民之困苦饥馑。其更残暴者，则逞一己之私意，斗干戈，动炮火，此种声息，日有所闻。故感情剧烈者，多有薙发入山，或抱石沉河之举。意志决烈者，则提倡无政府主义，

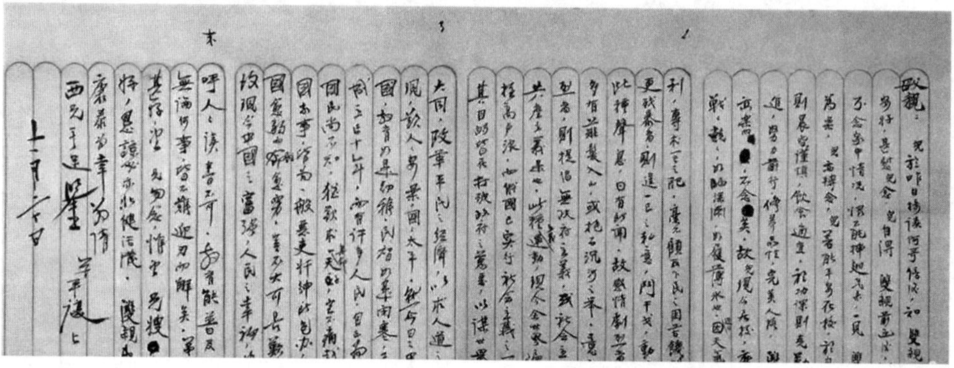

或社会主义、共产主义是也。此种主义运动，现今世界遍有极高声浪，而俄国已实行社会主义之一国也。其目的皆在打破政府之万恶，以谋世界之大同，改革平民之经济，以求人道之实现，欲人人安乐，国国太平。然今日之中国，教育如是幼稚，民智如是闭塞，民国成立已十年，而有许多人民，自己为共和国民尚不知，犹欲求一真命天子，岂不痛哉！故国家事，皆为一般恶吏奸绅所包办，以致国愈弱而民愈穷，岂不大可长叹也！故现今中国之富强，人民之幸福，非高呼人人读书不可，教育能普及，则无论何事，皆不难迎刃而解矣。弟在校甚好，望兄勿念，惟望兄嫂安好，恩谅必亦壮健活泼。双亲望康泰为幸。

敬请

西兄手足鉴

弟平复上

十一月二十日

这封家书（前一部分残缺）是柔石约于1921年在杭州省立第一师范学校读书时写给哥哥赵平西的。

1902年9月28日，柔石出生于浙江省宁海县城的一个小商人家庭。1917年秋，柔石考入台州省立第六中学。谁知这所学校师资薄弱、管理不善，加之费用太高，他只得中途退学，回家自修。1918年夏，柔石考取了官费的浙江省立第一师范学校，遂兴高采烈地走出大山，从宁波乘船至上海，再坐火车到杭州，跨入了这所梦寐以求的校园。

求学期间，柔石积极向上、勤奋好学、多才多艺，深得老师和同学们的赞许。还与长他5岁、比他早3年入校的同乡潘天寿结下了深厚的友谊。1920年，19岁的柔石回家与西乡东溪人吴素瑛结婚。1921年10月，柔石参加了著名新文学作家叶圣陶、朱自清任顾问，浙一师同学潘漠华、冯雪峰负责的“晨光文学社”，开始从事新文学运动。

1923年夏天，柔石从浙一师毕业，应聘到杭州当家庭教师。因与自己“教育救国”的抱负相去甚远，不到半年，他就辞教回乡。1924年春，他到慈溪普迪小学任教，教学之余坚持文学创作。1925年元旦，在宁波自费出版了第一部短篇小说集《疯人》。时年2月，柔石怀着求知的渴望北上，到北京大学当了一名旁听生。在此期间，听过鲁迅先生讲授中国小说史和文学理论课。五卅惨案爆发后，柔石的思想受到极大的震动，开始把个人命运和国家命运联系起来，用小说、独幕剧、诗和散文等各种文体，写下了大量作品，或诅咒现实的黑暗，或歌颂爱情的坚贞，或倾吐个人心头的郁闷。同时，他在作品里发出了改造世界的呼声。1926年春，柔石离京南下，为生计奔波于沪、杭之间。

1926年2月的一天，宁波镇海县立中学校来了一位新教师，他年约二十四五岁，高高的额头，清瘦的脸。他叫赵平复（柔石），担任国语课和音乐课教师，后来又任教务主任。学生们很喜欢听赵先生的国语课。他既用教科书，又自编大量教材。鲁迅先生的《阿Q正传》《风波》等佳作都编入讲义之中。他知识渊博，可备课从不马虎，上课时深入浅出，深受同学们的喜爱。

在他的影响支持下，学校里出现了学生文学社团。上音乐课的第一天，赵先生告诉学生：“用音乐来涵养高尚的品性，音乐会使人崇高、活泼、快乐。”柔石不仅教唱歌，还自己谱曲作词。他创作的《工农歌》，学校规定每天早操前必唱，歌词是这样的：青的山，绿的水，灿烂的山河；美的衣，鲜的食，玲珑的楼阁。全世界，农工们，联合起来啊！歌词简短有力，郎朗上口，在当时大革命低潮时期教唱这样的歌，需要有一定的勇气。

1927年秋，柔石应邀到宁海中学担任国语教师，兼教音乐和小学部的英语。宁海中学是中共宁海临时县委开展革命活动的秘密基地。在此执教期间，柔石也参加了党领导的一些革命活动。为了有利于开展秘密工作，宁海地下党组织非常关注县教育局长的人选。他们选中埋头教育、表面无党派色彩，其实倾向革命、同情共产党的柔石。经过努力，终使柔石于1928年年初出任县教育局局长。柔石上任后，在掩护地下党工作方面起了很大的作用。

1928年5月，中共宁海县委组织了著名的“亭旁暴动”，后被国民党重兵镇压，宁海中学也因此被勒令解散。柔石掩护县委特派员杨毅卿脱离了险境，自己也辗转到了上海。在上海，柔石和大儿子及女儿，一同度过了短暂的美好时光。

到上海后，柔石埋头读书创作，历时两个月修改完成了长篇小说《旧时代之死》。1928年9月，柔石经友人介绍，拜会了他敬仰已久的鲁迅先生，获得了这位导师的信赖。在柔石短暂的一生中，大文豪鲁迅对他的创作和生活起到了重要的影响。

在鲁迅的帮助下，柔石和崔真吾等人一起组织了旨在介绍东欧、北欧文学，输入外国版画，提倡刚健质朴文艺的“朝花社”。“朝花社”为当代中国文学的发展作出了不可磨灭的贡献。后来，鲁迅又推荐他担任《语丝》的编辑。柔石在为“朝花社”操劳的同时仍勤耕不辍，这一年多时间，堪称是他创作的黄金时代。他出版了长篇小说《旧时代之死》和《二月》，中篇小说《三姊妹》，短篇小说、散文集《希望》，还有两部独幕剧、诗歌，以及被收入《近代世界短篇小说集》之一、之二中的译作，收获甚丰。1930年担任“左联”领导职务期间，柔石创作了短篇小说《为奴隶的母亲》、通讯《一个伟大的印象》和诗《血在沸》。柔石留下了40余万字的文学作品和译著，这些作品已列入世界文学的宝库，先后被译成日、英、俄、法、德、泰、印等多种文字，赢得了国外读者的喜爱和好评。

1929年秋，党中央决定组建一个以鲁迅为首的革命统一战线的文艺团体——中国左翼作家联盟，柔石成为筹备“左联”的12名基本构成人员之一。同年5月，柔石经冯雪峰、黄理文介绍，在上海加入了中国共产党。从此，党的一些主张，就通过柔石转达给鲁迅先生，柔石成为党组织和鲁迅联系的一个桥梁。不久，柔石和胡也频、冯铿一起，以“左联”代表的身份，参加了在上海秘密召开的全国苏维埃区域代表大会。

1931 年 1 月 17 日，他参加在上海东方饭店举行的讨论王明路线问题的会议时，因叛徒出卖，遭国民党军警逮捕。23 日，他被移送到国民党上海龙华淞沪警备司令部牢房，被钉上重达 10 多公斤的铁镣——“半步镣”。

在狱中，柔石坚贞不屈，并做通狱卒的工作，先后送出两封信件，向鲁迅和战友们通报信息，提醒他们及早转移。

2 月 7 日夜，反动军警将 24 位革命同志仓促行刑，柔石头部和胸部连中 10 弹，壮烈牺牲。

在白色恐怖的年代，一个以揭露时弊为己任的作家想要生存是极为不易的。赵帝江说：“父亲办杂志每每遭遇负债累累的境地，他就自学外语，翻译国外著作出版赚取稿费，而且大多以进步书目为主，尤其欣赏高尔基的作品。他无时不刻地在学习，在汲取养料。”这份勤奋好学的态度甚至带到了龙华监狱，柔石每天找殷夫学习德文，他说平时没有空，坐监倒是学习的好机会，他要抓紧时间多学点东西，以便出狱后可以为革命多做些工作。

令人扼腕叹息的是，柔石终究无法完成其未竟之业，然而有幸的是，他在宁海老家的教学经验被三个子女继承了，赵帝江说：“父亲曾经说过中国之富强，人民之幸福，非高呼人人读书不可，我们兄妹三人不及父亲的才干，但都从事了教书育人的工作，努力培养下一代。”

作为柔石的革命战友和挚友，鲁迅创作了《为了忘却的记念》，这篇文章中“忍看朋辈成新鬼，怒向刀丛觅小诗”寄忧愤于沉痛的悼文，让后人把柔石深深地镌刻在记忆中。虽然柔石的人生历程被残酷地定格在 29 岁，但在人们眼里，他的生命却是永恒的。

【专家点评】

柔石于 1918 年考入省立第一师范学校，开始投入了新的生活。在校期间，恰逢五四运动的洗礼，对他的思想产生了极为深刻的影响。俄国十月革命和自己所经见的现实社会，朦胧中使他对中国的政治和社会变革产生了希望。正如这一时期他给哥哥信中的倾诉："意志决烈者，则提倡无政府主义，或社会主义、共产主义是也。此种主义运动，现今世界遍有极高声浪。""然今日之中国，教育如是幼稚，民智如是闭塞，民国成立已十年，而有许多人民，自己为共和国民尚不知，犹欲求一真命天子，岂不痛哉！"表达了他对社会现实的愤愤不平，因而也急于想找到一条理想和希望的光明之路。

中共浙江省委党史研究室　朱健

徐玮：跨越54年的家书

记者：刘浩

编辑：潘康康

【人物名片】

徐玮（1903年—1928年），原名宝兴，化名秦明、谢公玫、胡公达，江苏省海门县麒麟镇（现海门市三星镇瑞南村）人，1923年加入中国社会主义青年团。1925年转为中国共产党党员。曾创办上海沪西工友俱乐部，从事工人运动，并参加上海五卅运动和第三次工人武装起义。1927年8月任共青团浙江省委书记和中共浙江省委委员。1927年11月被捕。1928年5月3日在杭州英勇就义。

徐 玮

我的家庭：

在我的血流尚未停止时，得有机会遗书于你们，这是一件差强人意的事。我要告诉你们的有下列几件事：

（一）你们应当看我是社会进化的原动力，是无产阶级革命的战斗员，而不是一个家庭的子弟，更绝对不是孝顺的子弟。

我一生尽力革命，未尝稍懈，对于你们既没有丝毫补助，又缺少经常关系，所以我死后你们不应视我为家庭的一分（份）子而为我悲伤，你们应继续我志而奋斗。

（二）我求学做事颇得友朋资助，债是我个人所借，当不能由你们代偿，我的友朋也不会索偿，请放心。

（三）我并未有异性的结合，请免挂念。未婚妻俞女与我概无关系，当听其自由。

（四）我以天下为家，我的遗骸随处可放，由它腐败，不必运回，也不要化（花）钱在杭营墓，这都是无意义的。

（五）一切诵经拜忏道场祭奠等等无聊举动，为我所坚决反对者，当不宜有，即追悼会发讣文等等亦属无谓，不应举行。

（六）我友周赞明与我相知较深，大哥石弟应与之来往，可以解决许多困难问题。

（七）我现在心平如镜，并不痛苦，人生莫不有死，枪毙死得最痛快，况我死得有意义，请勿念。

祝

康健！

九如

一九二八年二月九日

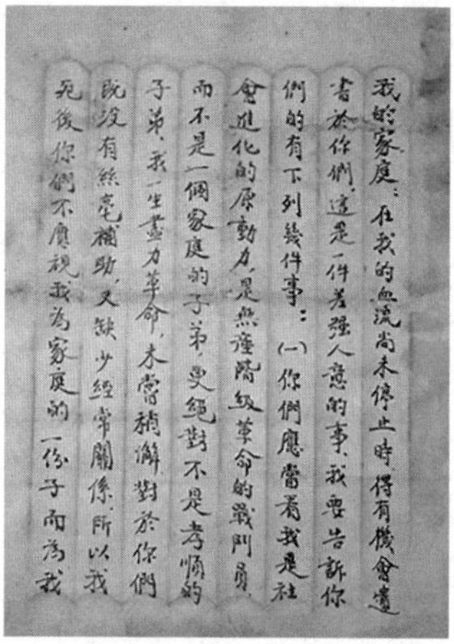

我的家庭：在我的血流尚未停止時得有機會遺書於你們，這是一件差強人意的事。我要告訴你們的有下列幾件事：(一)你們應當看我是社會進化的原動力，是無產階級革命的戰鬥員而不是一個家庭的子弟，更絕對不是孝順的子弟。我一生盡力革命，未嘗稍懈，對於你們既沒有絲毫補助，又缺少經常關係，所以我死後你們不應視我為家庭的一份子而為我

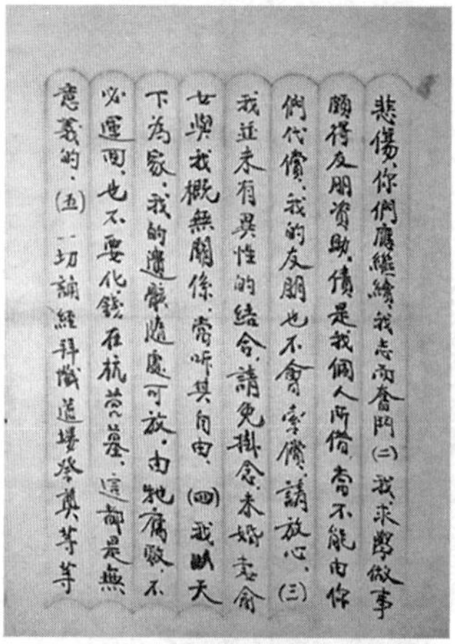

悲傷，你們應繼續我志而奮鬥。(二)我求學做事頗得友朋資助，債是我個人所借，當不能由你們代償，我的友朋也不會索償，請放心。(三)我並未有異性的結合，請免掛念。未婚妻俞女與我概無關係，當聽其自由。(四)我以天下為家，我的遺骸隨處可放，由牠腐敗，不必運回，也不要化錢在杭營墓，這都是無意義的。(五)一切誦經拜懺道場祭奠等等

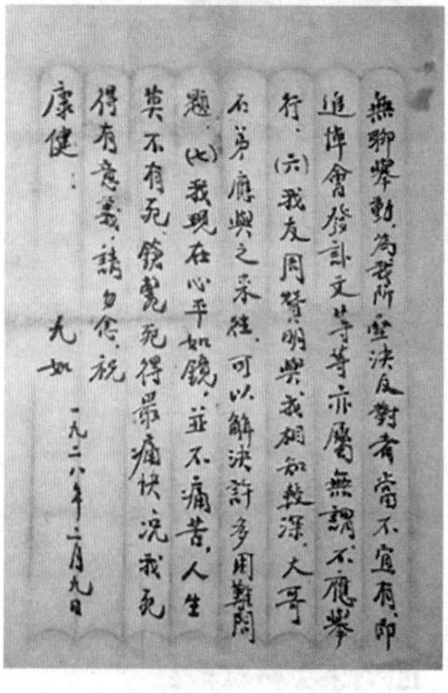

無聊舉動，為我所堅決反對者，當不宜有，即追悼會發訃文等等亦屬無謂，不應舉行。(六)我友周贊明與我相知較深，大哥石弟應與之來往，可以解決許多困難問題。(七)我現在心平如鏡，並不痛苦，人生莫不有死，槍斃死得最痛快，况我死得有意義，請勿念。祝

康健！

九如

一九二八年二月九日

1928 年 2 月 9 日徐玮在狱中写的遗书

“你们不应视我为家庭的一分子而为我悲伤，你们应继续我志而奋斗。”1928 年，26 岁的中共五大代表徐玮在浙江陆军监狱写下这封致家人的诀别信后不久，壮烈牺牲。54 年后的 1982 年，这封信辗转交到徐家人手中，成为烈士留给家人珍贵的纪念。每年清明节，徐家人都会重温烈士家书，汲取奋进力量。

徐玮的侄子徐立人说，虽然自己与二叔从未谋面，但从父辈的讲述中，感觉二叔是意气风发的热血青年，徐玮的这封信已经成为徐家后人的精神动力：“二叔当年每逢寒暑假从上海回乡都会为乡邻做义务讲学，我从教师岗位上退休后，也经常给年轻一代讲讲革命故事。”

1903 年，徐玮出生在江苏省海门县磨框镇的一个农民家庭。父亲徐锡龄设塾教书，农忙时带领孩子们下地干些农活；母亲陈允煌粗通文墨，常给子女们讲民族英雄的故事。良好的家庭教育，培养了徐玮热爱祖国、同情劳苦大众的思想感情。

11 岁时，徐玮报考海门县立高等小学，在命题《自治》的作文试卷上就曾写下“我不但要治好自己，还要使天下人均能自治”的豪言壮语。

1916 年秋，徐玮升入海门中学。1920 年秋，考入苏州东吴大学。在这所学校里，他热情宣传新思想，传播无神论，并在神学课上与教师激烈争辩，结果被学校开除。1922 年，徐玮进入上海南方大学读书，他一边求学，一边从事革命运动。

1923 年，徐玮在上海参加社会主义青年团。1924 年冬，加入中国共产党。在这期间，他协助负责沪西工人和学生运动的青年团第三支部书记嵇直创办了“小沙渡工人补习学校”。为了扩大宣传阵地，他们又成立了“小沙渡沪西工友俱乐部”，这个俱乐部后来成为“五卅运动”策源地之一。

1925 年，“五卅运动”暴发，积极投身运动的徐玮深入基层了解情况，深得团员和工人们拥戴，被誉为“宣传鼓动家”、上海团组织中的“金刚”。

1926 年，徐玮在回乡为父治丧期间，在海门传播马列主义。母亲劝他“回乡教书，享享清福”，他回道：“一个人享福与许多人享福，哪个福大？闹革命就是要使天下人都有福可享。”

1927 年 4 月 12 日，蒋介石在上海发动了疯狂捕杀共产党员和革命群众的反革命政变。因受反动派通缉，徐玮离开上海。后被推选为中共五大党代表，出席在武汉举办的中国共产党第五次全国代表大会。当年 8 月，受当时的团中央书记任弼时指示，以团中央驻浙巡视员的身份前往杭州，担任中共浙江省委常委、共青团浙江省委书记。

1927 年 11 月 6 日，正在开展苏联十月革命节纪念活动时，浙江省委军事地下机关突然被搜查，团省委机关也遭到破坏，徐玮和团省委秘书长曹仲兰等被捕。他们先是被关押在杭州市柴木巷看守所，不久转到浙江陆军监狱。

被捕后，徐玮化名胡公达，国民党反动派起初把他当作一般政治犯看待。1928 年年初，由于叛徒出卖，徐玮被传讯。特别法庭庭长钱西樵劝他放弃共产党员身份，徐玮断然拒绝。敌人无可奈何，只得把徐玮押回监房。

徐玮在身份暴露以后，就决心在生命最后的时间里，尽力为党多做工作。趁看守不在时，他对着牢门的窗口，向难友们宣传党的“八七会议”精神。他还利用放风的机会进行串联，布置狱内的地下工作，组织要求改善狱中生活条件的斗争。他要求难友们把监狱当作学校，趁此机会多读些马列著作。他还用已公开的共产党员身份向难友们演讲，痛斥帝国主义、封建军阀、国民党反动派反共反人民的罪行，表明自己为人民的彻底解放视死如归的决心。

自入狱之日起，徐玮就把自己的生死置之度外。1928 年 2 月 9 日，他写了一封遗书。在遗书中，他表达了自己赴死的心情“心平如镜”，交代家人也不必伤心难过，应视其为“无产阶级的战斗员”，并且能够承其志而继续奋斗。他告诉家人，他求学时得到过朋友的资助，但不会让家人代为偿还。同时还作了四个交代，即未婚妻因为与他并无真的夫妻关系，故应允她以自由；他死后遗骸可随处安放，不必营墓，且诵经、拜忏道场及发讣文、开追悼会等一概免去。

1928 年 4 月 18 日，徐玮被提审后，又接连写下两份遗书，一份给他的兄弟徐宝康、徐宝石，一份给他的朋友周赞明。

在徐玮给大哥徐宝康、三弟徐宝石的遗书中，他再次劝慰他们不要因自己的死亡而过度悲伤，“我与你们永别了。你们一定明了我是为什么死的……你们如果能明了我死的意义，便不应为我悲伤，你们应该劝导母亲，善视母亲，彼此亲爱，努力上进。”

在给朋友周赞明的遗书中，他坦言：“我并不觉得死有何痛苦，前我而去者已去，后我而来者会来。生活于此时代，便负有此时代的使命，人生之价值即以其人对于当代所做的工作为尺度，生命时值之修短是不成问题的，用不着留恋和悲伤。”

1928 年 5 月 3 日下午 3 时，看守突然在牢门口喊他的名字，徐玮心里明白将要赴刑场，昂首冲着看守喝问：“今天杀几个人？”看守从未见过“死囚”在这种场合会这样问话，惊得不知所措，手一抖，把钥匙和名单全掉落在地上。徐玮镇静自若，拾起钥匙、名单，为同监的难友曹仲兰、陈英盛、陈存世打开牢门。他们 4 人一起挺胸阔步地走向国民党反动派的刑场。在门口，徐玮回头向难友们高喊：“同志们，今天要同你们分别了，你们继续努力吧，共产党万岁！”

当时，监狱当局组织 100 多人前来参观，徐玮 4 人一路高呼口号，法官不敢再按程序验明正身，叫十几个看守抓住他们的双手，直赴刑场。

监狱几百个政治犯齐声高唱《国际歌》。敌人行刑时，每一声枪响，活着的同志就高呼一声：“共产党万岁！”直到第四声枪响。国民党前来参观的官员都吓呆了。他们这才相信：世上真有这样一批不怕死的人！

这一年，徐玮 25 岁。

【专家点评】

这封家书，这封遗书，这封绝笔，洋溢着一个共产党人至死不渝的坚强的革命精神，也写满了一个人对家庭、国家和民族的爱。徐玮为革命牺牲的精神主要源自于共产党人的信仰和使命。他的信仰和使命，在为革命奋斗、献身过程中，成为现实的、坚固不摧的信仰、信念和信心，这一点值得每一个共产党员认真学习。中国有一句话“忠孝不能两全”，面对这个不能两全的两难，徐玮毅然决然地选择了“忠”，这其实就是一种大孝，他把一生奉献给无产阶级的解放事业，对于他的家庭来说，也许不是一个孝顺的子弟，但对于无产阶级解放事业，他是一名伟大的战士。在新时代，每一个共产党员都应该继承和发扬这种战斗精神和奋斗精神。

中共浙江省委党校　曹文彪

季步高：党的忠诚战士

记者：李轶男
编辑：刘浩、邢恒超

【人物名片】

季步高（1906年—1928年），又名季大纶，号凌云，笔名布高，浙江龙泉人。曾任省港罢工委员会训育处主任、训育长，广州起义行动委员会委员，中共广东省委候补委员、广州市委书记兼兵委书记等职。1928年7月在香港被捕，同年冬英勇就义于广州红花岗。

升哥大鉴：

启者，人之作事须自始而及终，中途辍业，见易（异）思迁，识者不取也。况乎吾辈今日之求学，为毕生事业之始基，年华易逝，转瞬白头，今日不加奋勉，将见日暮途穷，悔恨晚矣！此吾兄已先道之，无庸弟之喋喋也。乃者接读来教，云孤客他乡，殊觉苦楚，已有回梓之志，岂青年壮志不敌困难而出此，抑或思乡念切

季步高

有以致之乎？如其为困难而出此也，则深误矣！夫今日辍学即一艺无成，异日不能自立，父母之心安乎？乡里之目吾辈为败家子者多矣，学业未成，一旦回里，岂非不幸言之而果中。试思吾家怀仇数世，父母历尽辛苦培养吾辈，今竟若此，父母之心安乎？总之，学未成而归里，即无以对良心，无以对父母，无以对乡里。若能勉为其难，专心研究及艺术有成，再享家庭之乐，未为晚也……吟诗云：男儿立志出乡关，学不成名誓不还，埋骨何须桑梓地，五洲到处有青山。其勇敢为何如哉！兄其再三诵之。至思家之情谁能无之，虽弟暑假回家至今未越数月，而一忆家乡不觉凄然，何况吾兄周年远客，有不如斯者乎？第以寒假期短，回家有碍学业，单身跋涉亦甚困苦，不如稍侍（待）明年，约瑶、嵩二兄同来海上，再与弟及元、峰、书三兄一齐旋梓，不亦甚乐。且可逗留杭、沪一睹名胜也。兄其安心习艺，毋怀他志，至望至望。

此致敬请

康安

弟步高上

十月一日

这是季步高于 1922 年至 1924 年在上海求学期间写给哥哥季步升的一封信，信中表达了他立志献身于革命事业的抱负。

季步高于 1906 年 10 月出生于龙泉天平乡（现属安仁镇）季山头村。他于 1912 年进入私塾，1915 年起先后就读于安仁仁山书院、大舍村小学，1920 年春，他与表兄李逸民结伴到府城丽水，考入浙江省立第十一师范附属学校，翌年春，他俩又考入杭州法政专门学校。

在五四运动新思潮的影响下，面对破碎的祖国河山，青年时代的季步高就开始关注祖国的前途和命运。1922 年夏末，他不愿继续在杭州法政专门学校就读，与李逸民一起考上了上海东南高等师范专科学校（该校于同年 10 月改名为上海大学）。这时著名共产党人邓中夏、瞿秋白主持上海大学工作，蔡

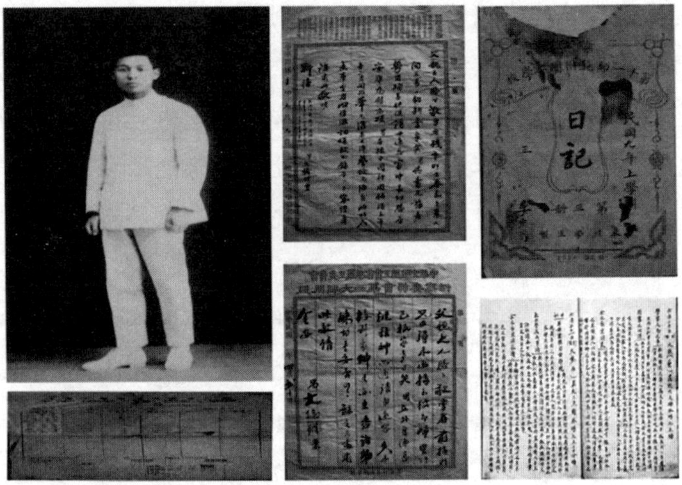

和森、恽代英、张太雷等党的活动家都曾在该校授课。季步高多次听过他们的课，精神大为振奋，他努力钻研马列主义，积极参加社会活动，立志从事革命事业。

1925 年，正在上海大学就读的季步高亲身经历和目睹了“五卅惨案”，决定响应中国共产党的号召，毅然放弃了即将获得的大学毕业文凭，去广州黄埔军校学习。当年 6 月，他考入广州黄埔军校第四期。在黄埔军校，他勤奋学习，热情诚恳，工作积极，进步很快。这年 9 月，他光荣地加入了中国共产党。入党后不久，他参加了以共产党员和共青团员为骨干的革命军人团体——“中国青年军人联合会”，并坚持每个星期去广州农民运动讲习所听课，先后聆听过毛泽东、周恩来、恽代英、萧楚女、邓中夏、陈延年等人的讲话和报告，使他进一步坚定了革命志向。

1926 年春，季步高遵照党组织的指示，中途退学，转到广州东园省港罢工委员会纠察大队工作，担任工人纠察队训育处副主任。他全身心投入到工人运动中去，一方面协助邓中夏培训工人武装，一方面协助罢工委员会机关编辑《工人之路》刊物。1927 年春，季步高接任邓中夏的工人纠察队训育长之职，耐心细致地做思想工作，教育大家加紧练武，保卫省港罢工委员会，与国民党右派和工贼作坚决的斗争。

1928 年 7 月，季步高不幸被捕。敌人先后囚禁、刑讯季步高长达 6 个月之久，施以“火烧”“吊飞机”等酷刑，但季步高始终坚贞不屈。同年冬的一天，党的忠诚战士季步高走上刑场，从容就义于广州红花岗，时年仅 23 岁。他的名字，被载入中共中央组织部 1945 年 4 月编印的《死难烈士英名录》中，永垂青史。

【专家点评】

季步高烈士 1922 年至 1924 年在上海大学求学期间，正值第一次国共合作初期。这时，著名共产党人邓中夏、瞿秋白都在上海大学主持过工作，陈望道任学校中国文学系主任，蔡和森、恽代英、张太雷等一批党的早期活动家，都曾在该校授课。季步高多次聆听过他们的课，因此精神大为振奋，深受鼓舞。正是这段难忘的学习经历，奠定了他此后走上革命道路的基础。所以，便有了他向哥哥季步升表达立志献身于革命事业的满腔抱负。

中共浙江省委党史研究室　朱健

刘英：浙江党史上为革命牺牲的第九位省委书记

记者：李珏铭

编辑：华冰

【人物名片】

刘英（1906年—1942年），原名刘声沐，江西瑞金人。1929年4月在瑞金参加毛泽东、朱德领导的中国工农红军第四军，9月加入中国共产党。1934年7月，任中国工农红军北上抗日先遣队政治部主任。1935年春，和粟裕一起率中国工农红军挺进师入浙，先后担任挺进师政委、中共闽浙边临时省委书记、省军区政委、中共浙江省委书记、华中局委员、闽浙赣三省区特派员等职，创建了浙西南根据地，为开展浙江省的工作作出了卓越的贡献。1942年2月8日，于温州被国民党中统特务逮捕。在狱中，坚贞不屈、顽强斗争。同年5月18日，在永康方岩从容就义。

敬爱的母亲并转诸兄：

我俩蒙陈怀宽、杨超两先生之介绍，并征得双方家长的同意，谨于中华民国廿八年十月十六日在温州敝舍举行结婚典礼，时值国难，一切从简。

刘 英

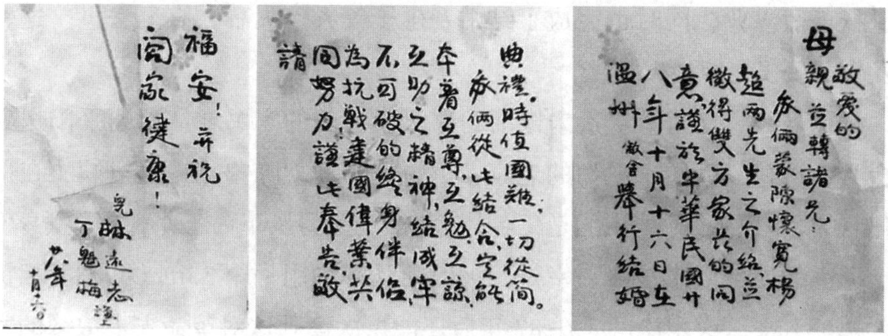

敬愛的母親並轉諸兄：兒倆蒙陳懷寬、楊趙兩先生之介紹、並徵得雙方家長的同意，謹於中華民國廿八年十月十六日在溫州敝舍舉行結婚典禮。時值國難，一切從簡。兒倆從此結合，定能本着互尊、互勉、互諒、互助之精神，結成牢不可破的終身伴侶，為抗戰建國偉業共同努力！謹此奉告，敬請福安！並祝闔家健康！

兒 林遠志 丁魁梅 謹上

廿八年十月十六日

刘英和丁魁梅结婚家书

我俩从此结合，定能本着互尊、互勉、互谅、互助之精神，结成牢不可破的终身伴侣，为抗战建国伟业共同努力！谨此奉告，敬请福安！并祝

阖家健康！

儿：林远志　丁魁梅谨上

廿八年十月十六日

特殊的婚礼

1939 年 10 月 16 日，一场特殊的婚礼在温州平阳冠尖一户农家举行，稻草为垫褥，战友为宾客，一张结婚纪念照和一封待寄的家书为证，33 岁的“林远志”和 23 岁的丁魁梅结成伴侣。

这个“林远志”其实就是时任浙江省委书记的刘英，他曾经在毛泽东、朱德的亲切教导下锻炼成长，曾参与中央苏区第一至第五次反围剿作战。1935 年，刘英和同志们开辟浙西南游击根据地，成立中共闽浙边临时省委和省军区。也就是从这一年开始，他留在了浙江，在浙

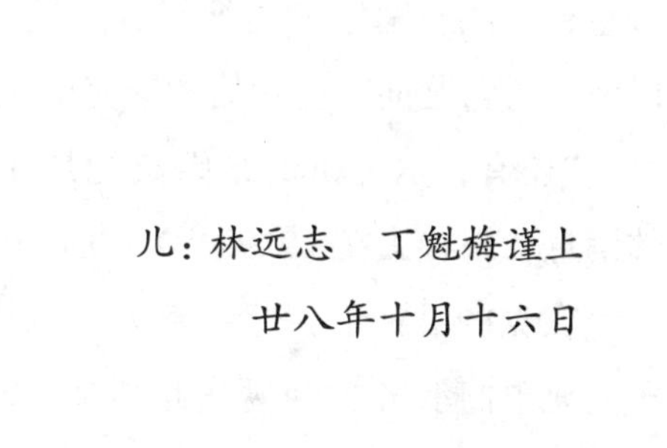

刘英和丁魁梅结婚照

江进行革命事业，同时也完成了结婚、生子等人生大事，直至去世。这一切的发生，仅仅七年。

婚礼当天，这封写给素未谋面的岳母及兄弟的家书就从温州平阳送到了天台县坑边村，妻子丁魁梅的老家。丁魁梅的外甥陈曾豹提起过姨丈在信里用化名的原因：“落款他用的是化名林远志，也是为了革命工作，要隐藏身份。”

家书的原件后来被毁。幸好，被毁前陈曾豹用一个35mm的小型相机把信件拍了下来，这才让世人在82年后还能再次读到这对革命夫妻浓浓的家国情怀。

陈曾豹还讲述了两个不为人知的故事：“这封信是小姨丈用左手写的。在安徽的一次战役里，他的右前臂被开花弹打穿，腕骨粉碎性骨折，桡动脉破裂。在没有麻醉药的情况下，小姨丈忍着剧痛配合医生完成手术。由于右手受伤过重，不能再写字和用筷子，小姨丈就用左手学习写字、拿枪。所以比起他以前的诗句题词，这封信的字迹就比较普通。”

“还有，信上讲的结婚典礼是在1939年10月16日，小姨说两人要结婚的消息，小姨丈在1939年7月浙江‘一大’召开时就已向组织作了报告。”

在党的见证下，这对新人郑重许下了相守终身的约定。刘英向岳母及妻子的兄弟们承诺：“我俩从此结合，定能本着互尊、互勉、互谅、互助之精神，结成牢不可破的终身伴侣，为抗战建国伟业共同努力！”可惜，后来的他只兑现了后半句承诺，早早地为抗战建国伟业奉献出了生命。

婚礼简办后的第二天，刘英就率领浙江代表团前往延安参加党的“七大”。

刘英和丁魁梅的合影

坚贞的情谊

刘英和丁魁梅相识于1938年初秋。那一天，台州姑娘丁魁梅受组织派遣调到浙江省委工作。她从台州天台步行到温州乐清，横渡瓯江，赶到九柏园头19号的新四军驻温州通讯处报到。还没来得及自我介绍，刘英就准确无误地叫出了她的名字。“初次见面，他给我留下了很好的印象，”丁魁梅在回忆文章中说，“离开时，刘英提醒我换上便装。我才意识到我已从公开的革命斗争，转入更艰苦复杂的地下斗争。”

1939 年 3 月，中共浙江省委领导机关从温州秘密迁至丽水。刘英装扮成避难的富商“王志远”，在丽水市区的大众街四牌楼开设“兴华广货号”商店作为联络处。他和丁魁梅、交通员王德珊及其亲人组成“五人避难家庭”，租住到厦河村村民王德云家的四合院里，这一住就是两年。

王德云当时才 17 岁，对这个“王老板”却有着很好的印象：“他高高瘦瘦的，总带着笑，和我父亲以兄弟相称，我尊称他为伯伯。”“王老板”时常头戴银丝草帽，身着哔叽长衫，每天都在村里散步，为村民排忧解难，协调邻里矛盾，免费给孩子们治疗疮病，帮保长读公文、讲政策。王老板利用这种关系，设法复制了许多印章和路条证明，给地下党活动出条子开证明。

据原丽水市党史方志办主任诸葛蓉讲述，当时，“王老板”刘英白天以做生意为掩护，秘密领导、开展党的工作；夜间则闭门在家细细学习研究上级指示，批阅各地党组织的请示、报告，起草向上级汇报的请示、报告和会议文件，对各地党组织的指示等，并让夫人丁魁梅用尖细的钢笔抄写多份，交由王德珊分送各联络点。

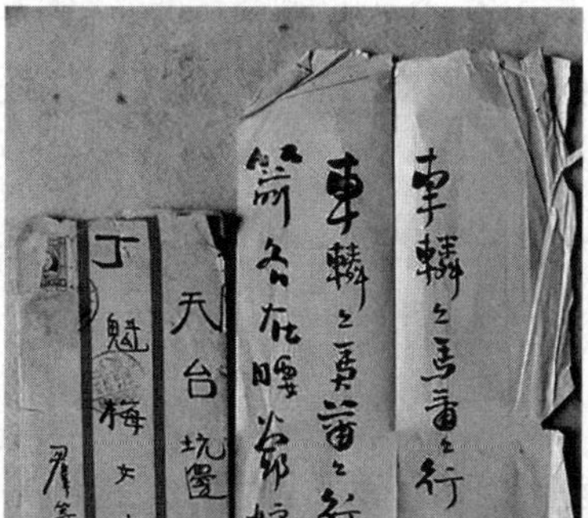

刘英写给夫人丁魁梅的家书

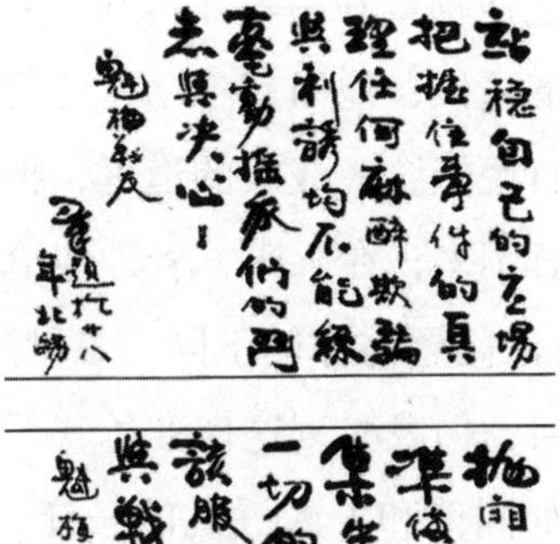

刘英给夫人丁魁梅的题词

王德云还记得，“王老板”每年有两个多月总是不在家的，要出门去做生意。其实那就是刘英往来温州丽水发动工作的时候。离开安稳的小家，刘英也总是不忘给夫人寄来各种书信以表理想与思念之心。

刘英（左一）与战友们合照

“魁妹，在我们每天十几小时工作之余，除阅读各地新闻外，唯可慰我心灵者，便是你的来信和照片。”

“魁梅战友，站稳自己的立场，把握住事件的真理，任何麻醉欺骗与利诱均不能丝毫动摇我们的斗志和决心！”

“抛开一切动摇，准备一切牺牲，集中一切力量，一切的一切都应该服从于革命与战争。”

在丁魁梅的回忆里，在厦河村的这两年，是他们婚后最安稳、最幸福的一段时光，虽然遍布明枪暗箭，但是两个人的相守对她而言已弥足珍贵。

延续的精神

1942 年 2 月，由于叛徒出卖，刘英在温州被捕。敌人用尽了各种残忍的手段，把他拘禁在特制木笼中，给他戴上 5 公斤重的脚链。面对敌人每天一次的严刑逼供，他岿然不动，还怒斥“生平最恨没骨气的叛徒”。他还向看守们讲抗日民族统一战线的道理，揭露国民党破坏抗战、捕杀共产党人的罪行。深感时日不多，在永康方岩，他给狱友们写下了最后一封信。

“我的问题与你们不同。各种酷刑我是有份的。若通讯都没有了，或许我已赴九泉，但我时刻这样准备着。”

正如同他和夫人诉说的一样，每一刻他都准备好了牺牲，他的一切都服从于革命与战争。

5 月 18 日的清晨，刘英在方岩一个小山坡上从容就义，年仅 36 岁。当地两个村民，悄悄将他的遗体掩埋在马头山麓，并种了两株刺柏为记。

不知那一刻，他有没有惦念身怀六甲的妻子。就在刘英牺牲两天后，5 月

20日，儿子刘锡荣在上海出生。

丁魁梅得知丈夫牺牲后，强忍悲痛，立即将家中的秘密文件、电报密码、闽赣两省的关系、中央领导的照片焚毁处理，接着由温州启程辗转至上海，向中共华中局派驻上海的杨斌与谭启龙汇报，使中共浙江省委仍能与中共中央保持密切联系。

丁魁梅没有时间让自己陷入悲痛，她还有一对嗷嗷待哺的子女要抚养，还有伟大的革命事业要完成。这位坚强的女性挑起了所有的重担。此后的十余年，她曾任华中分局组织干事、组织科长、第三野战军后方总留守处政治组保科副科长、华东野战军妇女干部学校干部科长等职。丁魁梅一直带着孩子跟着部队转战各地，孩子几乎是在马背上的箩筐里长大的。

1986年，丁魁梅在病榻上留下遗愿：与丈夫刘英合葬。不到3年的婚姻生活，留给她的礼物是长女、幼儿和40多年的怀念。

丁魁梅曾执笔写下：你的壮志已偿，你所热爱的祖国和人民，已像巨人一样站在东方，祖国在奋勇飞跃地前进着，孩子们在健康地成长着，一切都可告慰于你！

【专家点评】

梁启超在《少年中国说》提出“少年强则国强，少年独立则国独立；少年自由则国自由；少年进步则国进步”，像刘英、丁魁梅伉俪这样的革命者，走出家庭、走出学校，加入革命队伍时，其实年龄不过二三十岁。以今天的眼光来看，是当时标准的90后、00后。而正是这样一批热血青年，在20世纪的中国干出了一番惊天动地的事业。刘英那封短短的家书，不过百余字，读来却格外令人动容，他将个人的家庭婚姻与“抗战建国伟业”紧紧地联系在一起，贯彻始终的是他们对共产主义坚定的信念和忠贞。正如习近平总书记在庆祝中国共产党成立100周年大会上的讲话：“历史川流不息，精神代代相传。”中国共产党人在长期奋斗中构建起的精神谱系、锤炼出的政治品格，需要我们后来人继续发扬光大。

浙江教育出版社集团　邢杰

钟敬之：用电影记录时代新歌

记者：崔正昊

编辑：刘浩

【人物名片】

钟敬之（1910年—1998年），浙江嵊州人，是我国著名的电影教育家、电影事业家和舞台美术家。1938年加入中国共产党。任延安鲁艺实验剧团、鲁艺美术工厂（研究室）主任。1946年起，钟敬之转入电影岗位，先后担任延安电影制片厂、东北电影制片厂的领导成员。参与“中国电影事业发展第一个五年计划”的制定，为新中国电影事业的创建作出了重要贡献。新中国成立后，曾任上海电影制片厂常务副厂长，北京电影学院党委书记、常务副院长，是新中国高等电影教育事业的奠基人之一。

亲爱的母亲：

我离开你已经十二年，你也整整受了十几年的苦难，现在总算出头了，因为共产党和人民解放军已经解放了嵊县，我也已在二十几天前回到了上海！

母亲，请你不要怪我十来年没有给你

钟敬之

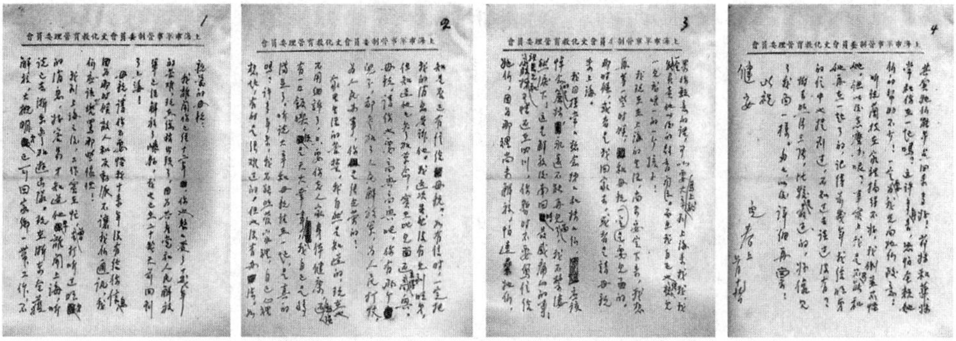

相关书信资料珍藏于中国人民大学家书博物馆

信息，因为那时候敌人和反动派不让我们通讯，我们应该咒骂那些家伙！

我到上海之后，工作实在忙，曾去打听过明弟的消息，好容易才知道他早离开上海，听说已去浙东参加游击队。现在浙东全获解放，大概明弟已可回家乡一带工作，不知是否还有信给母亲？如有信时，一定把我的消息告诉他。我这次虽然没有见到明弟，但知道他已参加革命，实在比见面还来得高兴。母亲，请你也要高兴高兴吧！你有两个儿子，都参加了人民解放军，为人民打仗，为人民办事，你是很光荣的！

家里生活的苦楚，我自然是知道的，现在也不用细诉了，只要你老人家身体健康，还勉强有口饭吃，便是天大幸事，我自己是够满足了。听说大辛和母亲住在一起，是真的吗？许多年来，我不能照顾家里，自己心里想起，有时是很难过的，但也没有办法。如果你愿意的话，可以要大辛马上就到上海来找我，我一定能负责他以后的教育问题。而且我自己也很想见一见我唯一的一个孩子！

我现在在上海的生活，尚未安定下来，我想再等一些时候，和母亲是一定要见面的，那时候，或者是我回家去，或者是请母亲来上海。

我同样常常想念姊姊和妹妹们，应该悼念的是簾妹，永远不能再见面了，我不禁凄然泪下！这是解放后南回时最感痛心的事！祖恩兄和霞姊可惜还在四川，你暂时不要写信给他们，因为那里尚未解放，怕连累他们，其实他们能早点回来多好！荷妹和华妹常和你在一起吗？这许多年来，恐怕全赖她们的帮助不少！一定要为我先向她们致意！

附去照片三张，比较是最近的，好像见了我面一样。匆匆，以后详细再禀！此祝

健安

儿　春上

六月十九日

1949 年 7 月的一天，邮差驾着自行车划破寂静的清晨，一封落笔于 6 月 19 日的家书被送到了嵊县（今嵊州）钟家。

家书的作者是钟敬之，我国著名的电影教育家、电影事业家和舞台美术家。落笔前不久他刚刚返回上海。在这封信的背后，藏着一位中国电影事业家的革命感人故事。

1925 年，15 岁的钟敬之来到上海，在中华书局当学徒。求学期间，他开始接触进步书刊，受到革命和进步思想的影响，成为工会活动的积极分子，并参加了上海工人迎接北伐军的三次武装起义。大革命失败后，钟敬之离开了中华书局。1927 年秋，他考入了半工半读的上海劳动大学中学部，后转入本科学习，上学期间，他与同学一起组织文学、音乐、戏剧和美术等艺术社团，开始了最初的艺术生涯。由于劳动大学师生进步思想活跃，学校被国民党当局强行解散。失学后的钟敬之应聘到山东曲阜二师任美术教员，但不久又因“九·一八”事变后参加、组织抗日示威而不得不离职回到上海。

1934 年钟敬之加入左翼作家联盟，1935 年加入左翼剧联。在从事文学活动的同时，他把更多的精力投入到美术戏剧的创作上。他一边为书刊制作插图，一边参加话剧活动。

抗日战争爆发后，钟敬之回到家乡，组织工厂工人和学校师生，巡回演出抗日宣传戏剧。后来他碾转到西北想投奔解放区，在山西民族革命大学做了一段时间的戏剧教员，终于在 1938 年年初到了延安，并于同年 10 月加入中国共产党。

到达延安之后，钟敬之就与已经先期来到延安的在上海曾共同从事艺术活动时的老友张庚、崔嵬等人一起投入到新的艺术院校“鲁迅艺术文学院”的筹建工作。1938 年 4 月“鲁艺”正式开学，钟敬之担任戏剧系教授，负责舞台美术方面的教学并兼管演出及组织等工作。从此钟敬之真正开始了他艺术教育事业的生涯，也进入了他艺术创作的最活跃时期。在延安“鲁艺”的 7 年里，钟敬之在戏剧系和美术系授课的同时，还先后担任了鲁艺实验剧团和美术工场的主任等职务。他一边教学，一边从事大量的艺术创作活动。

在解放区的不足十年里，钟敬之为近 30 部戏剧进行了舞台美术创作，还进行了不少美术和建筑等其他领域的创作。钟敬之既是一个多才多艺的出色艺术家，又是一个很有组织观念的革命战士。抗战胜利后，当党要发展电影事业需要他参加时，他毫不犹豫地服从组织安排，积极投入到电影事业中。

1947 年，延安电影制片厂成立，钟敬之告别了舞台，担任延安电影制片厂的领导小组成员并兼任影片的制片主任和美工师。他以极大的热情投入到创作之中，并尝试把自己丰富的舞台经验运用到电影创作中。当时影片拍摄的技术条件十分艰苦，为了弥补照明的不足，他在窑洞顶上挖开天窗，利用阳光创造效果，还把自己舞台上积累的利用自制煤气灯具照明的经验用于电影拍摄。1947 年 10 月，为拍摄毛主席转战陕北的影片素材培养新的人才，钟敬之受命组成“西北电影工学队”，携带影片资料奔赴东北学习电影技术及冲洗影片。在步行赴东北的途中，身为队长的钟敬之自己编译了十几万字的教材并绘制了详细的图解，成为电影基础知识的课程。这些教材后来在电影人才的培训中起了很大的作用。

1949 年 4 月上海电影制片厂成立后，钟敬之担任副厂长，趁此机会返回上海。在繁忙的工作之余，他给母亲和弟弟分别写了一封信，告知自己的近况，并表达了对母亲、弟弟、姐妹的思念与挂念，告问一家老小，嘱托家常。通过这些文字能真切地感受到一个坚定的革命者舍小家、顾大家的纯真情怀。不久，钟敬之将母亲接到上海居住。

1953年，钟敬之又被调到北京。1955年，钟敬之被任命为北京电影学院筹备小组的组长，负责在已有的电影教育机构的基础上建立我国第一所高等电影专业艺术院校的任务。他走访了莫斯科、布拉格等一些有悠久历史和丰富经验的电影院校，在进行广泛研究和深入思考的基础上，和其他学院领导一起，建立了一套完整的教学和管理体系，为此后北京电影学院的发展奠定了坚实的基础。从此，他也把自己的后半生都奉献给了电影教育事业。

【专家点评】

这是钟敬之离开家乡和亲人12年后写给母亲的一封信，深切表达了对母亲等家人的思念和胜利的喜悦。弟弟钟敬又（即信中的明弟）在他的影响下，也走上了革命的道路。1949年7月1日，他给弟弟也写了一封信，告诉弟弟："母亲接到我的信后，很高兴，那也是自然的。同时，又接到了你的信，他有两个儿子都参加了革命的队伍，确实是值得光荣的。"不久，钟敬之将母亲接到上海居住。年逾花甲的老人终于结束了十多年来苦难频仍、骨肉离散的悲惨生活。以后，钟敬之调至北京工作，母亲随同来京与全家团聚，安度晚年。

在那风雨如磐的岁月，有多少充满稚气的面孔辞别家人，走上民族解放的战场，有的再也没能回来。出走时青春年少，归来已两鬓斑白。相比那些牺牲的烈士，钟敬之无疑是幸运的，他亲历了解放，迎来了新中国的诞生，也终于实现了与亲人的团聚。重温这些写于70多年前的文字，我们能真切地感受到一个坚定的革命者舍小家、顾大家的纯真情操。

中国人民大学家书博物馆、家书文化研究中心　张丁

吴毓：抱着牺牲到底的决心

记者：崔正昊

编辑：潘康康

【人物名片】

吴毓（1911年—1943年），原名吴祖毓，中共党员，浙江苍南人。抗日战争时期曾任浙江省委宣传部长兼统战部长；新四军驻浙办事处主任。1943年12月10日遇害牺牲，时年32岁。

父亲：

径禀者，男屡遭风波，幸这半载得进持大。不图命运多乖的我，进校才数日而有教育部取缔持大名义之消息，男始则怀疑，继而该消息暂确，终竟（究）至于实现！噫！浩浩苍天何其无情如此耳！此实出男意料之外也，大人知之总谓现实环境之浊污，而不谓男之努力不努力加罪于我耶！虽然浩浩宇宙大学偏（遍）地皆是，男子有志，倘更有满腹宏才，何患无得志之一日。男虽偶（愚）钝，然亦不肯效韩

吴 毓

信之出人袴下，此并非男之自夸，事实如此。试察今昔之学子几辈超人出众，并具清楚向上之思想耳！大人不信，请举吾邑诸辈为例可也！现男对于学校一节，极力向在沪诸名人征求为明年再转他校（有大学之名）之相当办法，该事之进行男定能慎重，总不会履前车之故辙，但未知悉大人及诸位伯叔父大人意见如何。特此奉禀告明，即请赐谕为盼。

祝大人康健，请伯叔父均此。

男　祖毓上

十·十四

附诗一首

感　怀

半年漂泊自堪嗟，
是处江湖亦我家。
壮志未酬愁更绝，
男儿谁解爱中华。

爸爸：

为着挽救将要灭亡的中国与解放大多数的人群，所以，忍痛地离开你而和一切进步的人们集合着行动。这，我想：几年来在物质生活上你一定是苦痛的，但精神生活上为了有个这样能为国为人民谋独立与解放的儿子也够你的光荣了！现在，在我和祖雍哥哥会了面后，敬悉你盼望你底孩子能坚持到底与严密防备。这点，我站在共产党的立场上，以一个党员的资格向你致敬意，并盼望你也抱牺牲到底的精神，坚持过去你教训儿子的方针，时时刻刻勉励我，督促我，批评我，使我进步。

关于国共两党合作谈判，目前已到成熟时期，不久，当有圆满结果，勿念为幸。我现在更忙，不能回家，一切有你在我也放心。生活上苦了一点，我们要忍耐，因为社会革命未成功，一切问题是不能解决的。因此，以后我们要更加努力进行粉碎这个不合理的旧社会。

完。

致以最亲爱的敬礼！并祝你健康！

伯叔兄弟朋友请代为致敬！

你底（的）孩子　祖毓

十·十七于山门

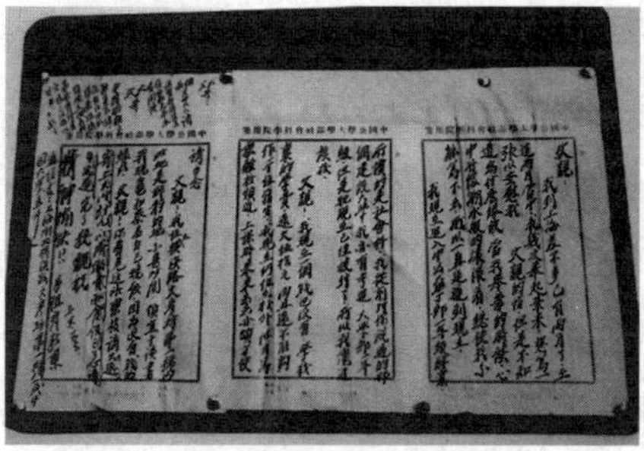

在浙江省苍南县南宋镇大埔山红色教育展厅中的一处显眼位置，展示着一封封吴毓写给父亲的家书，这些文字情感真挚、让人触动。吴毓的堂侄吴力群说，伯父自小离家，为革命事业奉献所有，一封封家书，记录了他短暂却不朽的一生。

1911 年，吴毓出生于浙江省苍南县南宋镇大埔山村，他的父亲是一位秀才，以教书为业。1926 年，吴毓考入温州瓯海公学读书。次年，蒋介石发动“四·一二”反革命政变，温州城笼罩在白色恐怖之中。吴毓在学校里看到遭受国民党政府逮捕、通缉的共产党员都是平时品学兼优的老师、同学，受到极大的震撼。不久，他自己也因卷入学潮被学校开除。1929 年，吴毓从温属联立商校毕业，考入上海持志大学。可后来这所学校被国民党政府教育部取缔，他又选择进入上海君毅学院读书，之后因家庭困难而辍学。波折地求学经历并没有阻挠吴毓的脚步，而是让他开始思索救国之路。

吴毓 5 岁丧母，全靠父亲抚养长大，父子情深。他从 18 岁开始，为了革命奔波在外，对父亲的思念化成一封封家书，既宽慰父亲，又加倍激励自己。当时吴毓和父亲常有书信往来，在其中一封写给他父亲的信里，他表达了这段时期的苦闷：“今天的学子们，有几个超人、出众的？有谁找到进步的爱国思想了？科学救国，在旧制度下的中国是走不通的。”这时，他与党组织有了接触，接受了共产主义的思想、理论，认定只有中国共产党才能救中国。之后，吴毓毅然选择加入了中国共产党。

1936 年 5 月，中共浙南临时革命委员会成立，吴毓负责组织工作。1937 年 3 月下旬，吴毓受中共中央上海办事处的委派返回浙南，向在平阳的中共闽浙边临时省委书记刘英传达党中央要求国民党“停止内战，一致抗日”的重要文件精神。吴毓从温州城区经瑞安赴平阳，途中正碰上国民党军队对红军展开疯狂“围剿”，因道路遭封锁，他只能折返出发地。吴毓找到在温州城区开展工作的地下党员，说明了情况。经商讨决定根据中共中央文件精神，主动与国民党地方当局接触，呼吁双方举行谈判。这次接触，得到国民党地方当局的回应。经推举，吴毓成为出面会谈的共产党代表。

1937 年，吴毓在家书中写道：“父亲，为挽救将要灭亡的中国与解放大多数被压迫的人群，所以忍痛地离开你而和一切进步的人们集合着行动。我想：几年来在物质生活上你一定是苦痛的，但精神生活上有个这样为国为人民谋独立与解放的儿子也够你光荣的了。现在，在我和祖雍哥哥会面后，敬悉你盼望你的孩子能坚持到底与严密防备，这点，我以一个党员的资格向你致敬，且盼望你也抱牺牲到底的精神，时时刻刻勉励我、督促我、批评我，使我进步。”信中一字一句，都体现他身为一位共产党员坚定不移的决心。

吴力群在接受记者采访时说：“当时谁也不知道这场谈判是否是‘鸿门宴’，但我的堂伯父没有退缩，他以闽浙边临时省委和闽浙边军区政治部联络员的身份，单枪匹马参加谈判。”在吴毓主导下，敲开了与国民党当局的谈判之门。5 月初，国共双方在平阳山门举行第一次谈判。谈判时，国民党方面提出“闽浙红军应随时听候指挥与调遣，红军政工人员一律到南京受训分发”。显然国民党当局缺乏诚意，企图把闽浙红军游击队全部吃掉，并遣散中共所有政工干部。吴毓坚持原则立场，据理予以驳斥。双方激烈交锋，谈判失败。随后，蒋介石发出“停抚进剿”的电报，妄图彻底消灭红军游击队。吴毓深知情况紧急，在乘船送国民党代表回温州城区途中机敏脱身，及时把情况告知刘英。

1937 年 7 月，抗日战争全面爆发。国民党方面主动提出重新谈判。中共闽浙边临时省委经研究，派吴毓、黄耕夫等为代表出席第二次谈判。9 月中旬，谈判双方基本取得一致：闽浙边红军游击队改为国民革命军，并根据任务编制，军需和给养根据任务发给补充；平阳北港区为红军集结地区，沿途不得留难；无条件释放政治犯等。这标志着浙江第二次国共合作局面形成。

得知这一消息后，吴毓当即写信给他的父亲，报告这一喜讯："关于国共两党合作谈判，目前已到成熟时期，不久当有圆满结果，勿念为盼。我现在更忙，不能回家，一切有你在，我也放心。生活上苦了一点，我们要忍耐，因为社会革命未成功，一切问题是不能解决的。因此，以后我们要更加努力粉碎这个不合理的旧社会。"

1938 年 3 月以后的近 3 年时间里，吴毓担任新四军驻浙江办事处主任，同时担任中共浙江省委统战部副部长、浙江省委统战工作领导小组组长，是我党在浙江抗日民族统一战线的组织者和执行者。1939 年，浙南形势逐渐逆转，为了加强永嘉、瑞安两县工作，12 月，成立中共永瑞中心县委，吴毓任书记。

1941 年 1 月"皖南事变"后，浙南形势恶化，1942 年 3 月，浙南特委根据形势需要，成立驻纸山办事处，吴毓任主任。次年 2 月，为加强党对瓯北地区的领导，成立浙南特委江北办事处，吴毓代表特委指导瓯北、乐清（包括玉环）两县工作。为对付国民党顽固派的进攻，吴毓决定在永嘉、仙居、黄岩边境山深林密、人烟稀少的黄山一带建立隐蔽点。1943 年 12 月，永嘉、仙居交界牛背坑出现一股武装，自称台州地下党人员，邀瓯北县委前往会见。为了扩大抗日统一民族战线，吴毓决定亲自前往。他派人侦察，没有发现破绽，于是就带领 6 位同志前去收编，可这伙以"地下党"自居的山匪其实早已被国民党特务收买。

4 天后，吴毓和其他几名同志遭到暗算，被杀害于黄山小坑，年仅 32 岁。

【专家点评】

吴毓牺牲时年仅 32 岁，他无暇顾及亲人，一直为革命工作奔波，积极组织浙江省抗日民族统一战线工作，为浙南革命斗争史上写下浓重的一笔。像吴毓这样的烈士还有很多，我们不仅要缅怀他们，还要学习他们身上的革命精神，坚定理想信念，为实现中华民族伟大复兴贡献自己的力量。

浙江广播电视集团　来钧

革命英烈

潘漠华：从凄苦诗人到壮烈革命者

张培农：浙南先烈

沙文求：牺牲时年仅 24 岁

郑复他：觉醒年代的同行人

裘古怀：胜利的时候，请你们不要忘记我们

卓恺泽：安天知命，等着光明来到吧！

茅丽瑛：我爱我母亲，但我更爱我祖国

梅其彬：亭旁起义的重要谋划者

殷　夫：『东方的微光』

邹子侃：宁死而不求虚伪、卑污、罪恶的自由

周饮冰：光明与黑暗的搏战

孙晓梅：我要为我的理想斗争到底

张新华：为革命喘完最后一口气

冯和兰：宁可立着死，不愿跪着生

叶向阳：抗日宣传急先锋

于　萍：我已注定死命，望爸爸不要过于悲伤

严洪珠：为革命流尽最后一滴血

潘漠华：从凄苦诗人到壮烈革命者

记者：李轶男

编辑：刘浩、邢恒超

【人物名片】

潘漠华（1902年—1934年），1902年出生于浙江金华武义上坦村的一个书香家庭。1926年加入中国共产党，以文学为武器与敌人斗争，不断推进新文化运动。他为革命事业曾三次被捕入狱，遭受各种酷刑，最终被敌人灌以滚烫开水而惨烈牺牲，年仅32岁。

秀珍：

信到了。回秀女一信，盼你在杭投邮。年假回家去一行，自然好的。但丝厂对于工人这般的放假，实也是一种“剥削”。他们赚利钱多了，一到没有利赚，便放假停工，不顾工人生活了。你是学习的，可以回家；那班无家可归，靠做工生活的，又如何？故工人应反对这种停工。

潘漠华

日本帝国主义，把这里也搅得很利（厉）害了。时常有停薪危险。学生日在奔走，努力反日运动。

即此，祝你

快乐！

和

十三晨

这是潘漠华写给邹秀珍的信，反映了他对工人生活的关心，鼓励工人们起来斗争。写信日期判定为1931年年末或1932年年初。此时他在北平。邹秀珍是潘漠华的妻子邹秀女之妹，当时在杭州丝厂当学习工。

1921年10月，在杭州省立第一师范学校读书的潘漠华与同学汪静之、柔石等发起组织杭州的第一个新文学团体——晨光社，朱自清、叶圣陶、刘延陵为指导老师。次年3月，又与应修人、冯雪峰等人组建湖畔诗社，出版了第一本新诗合集《湖畔》，第二年出版《春的歌集》。

五卅反帝爱国运动、“三·一八”惨案……这些运动、惨案的持续爆发，让当时正在北京大学一院（文学院）预科学习的潘漠华种下了革命的种子，然后渐渐开出花来。

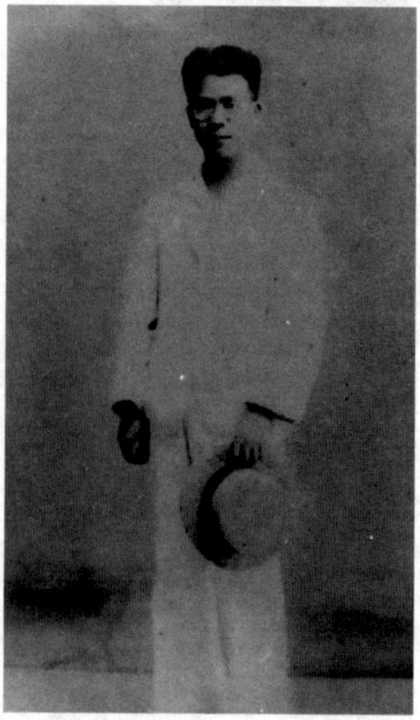

1926年潘漠华加入中国共产党；同年冬，南下武汉参加北伐军；次年冬，第一次被捕出狱后回老家宣平县上坦村开展党的地下工作；1929年下半年，以中学教员等身份作掩护，辗转开封、厦门、沧州等地开展革命活动。

1930年3月2日，潘漠华到上海参加中国左翼作家联盟成立大会，代表中国自由大同盟致辞，担任北方左联筹委会负责人。其间，他起草了《理论纲领》《行动纲领》和《成立宣言》等。9月18日，北方左翼作家联盟正式成立，潘漠华当选第一届执行委员会委员，而且成为执委会的主要负责人。

白色恐怖之下，北方左联的同志在漠华的领导下，运用各种斗争方式，创办了《前消》《北方文艺》《北方文学》等进步刊物，宣传革命思想。这也是潘漠华一生中的革命高潮。1932 年冬，受党组织派遣，潘漠华担任中共天津市委宣传部部长，奔走在革命宣传的第一线。在接下来的两年里，潘漠华又三次被捕。每次入狱遭受非人的折磨，漠华始终没有透露党的任何秘密。

1934 年 12 月，潘漠华第四次被捕。在狱中，他已经被折磨得身患重病，但依然坚强乐观，有时也自嘲打趣："难友中的老朋友们都很好，放风的时候会见了，眼睛眉毛都会说话。"只是这一次，潘漠华没有熬过反动派的酷刑。1934 年 12 月 24 日，潘漠华被折磨致死，年仅 32 岁。

【专家点评】

潘漠华烈士 1921 年与冯雪峰、汪静之和上海诗人应修人在杭州创办的"湖畔诗社"，是中国现代第一个新诗社。他们的诗作在积极宣传新思想和新文化方面发挥了重要作用。1931 年"九·一八事变"前后，潘漠华曾在河北沧州、北平、天津一带活动。8月 1 日，他因参加北平各界群众为纪念"八一"国际反战日举行示威游行而被捕，这是他第二次入狱（生前曾五次被捕）。在狱中他经受了严刑拷打，始终没有吐露党的任何秘密。他给妻妹的信中"学生日在奔走，努力反日运动"应该说的就是这些活动。参加革命后，潘漠华曾在他小时候佩挂过的一个银锁上镌刻了"参加革命，不盼长命"8个字，表明了他为革命早已将生死置之度外。

中共浙江省委党史研究室　朱健

张培农：浙南先烈

记者：李轶男
编辑：潘康康、邢恒超

【人物名片】

张培农（1902年—1939年），原名张宗培，又名张植，浙江平阳马站（今属温州市苍南县）人。1925年加入中国共产党，在中共温州独立支部的领导下，从事革命活动。1927年1月，张培农被推选为平阳县农民协会会长。1939年1月11日积劳成疾，去世时年仅38岁。

宗仲、宗渊及积东、福东、嵩山、棋东、世昌诸兄侄均鉴：

我已渡黄河，在半夜的时候走过敌人道清路（俗称洋路），当正走近铁路线附近时候，敌人的大炮和机关枪轰轰的打过我们的头上去，当时我只有和领路的农友作亲密卧倒姿势。真是利（厉）害的大炮也无法阻止我们前进。然现在我已脱离洋路，而且安抵太行山巅，在陵川平城镇边区办

张培农

事处服务矣。

世祥已随总部无线电台北上。将来本办事处需要一部无线电台，其时当调祥儿来此服务。此间一切不危险，请转告敝内文英知之。我之家务有请你们协助。文英理解一切，我亟盼切为感。世界想已到马站入学。小女起名文彬，你们以为如何？传卓此次不出来亟可惜，因为延安一带所有学校均在此期内招生。不过下次上学亦未迟，可稍候下次。除（余）容后告。专此即祝

民族解放

敬礼

培农上

十月五日

朱程母如到我家游玩，可转达朱程近来善况，又及。

通讯处：山西陵川平城镇义生昌宝号收交可也。

这是张培农于1938年奉命回浙江平阳动员知识青年北上抗日、返回山西陵川后写给家里的一封信。这封家书，反映出一个革命者为了民族解放，不顾个人安危，不辞艰苦，英勇奋战的可贵精神。

张培农肄业于温州第十师范。1925年加入中国共产党。1926年春，张培农赴广州，参加第六期农讲所学习。结业后，被委任为农运特派员，于当年10月返回平阳县负责农运工作。

时值国共合作，他曾任国民党平阳县党部农民部长、县农协主席等职。在张培农等人的领导下，平阳农民运动蓬勃发展。1927年“四·一二”反革命政变后，张培农等转入地下，坚持斗争。此间，张培农曾参与领导盐民暴动。同年10月26日，在赴温州开会的途中遇敌，负伤被俘。后交保释放。

1930年5月，张培农组织农民武装配合红十三军第三次攻打平阳县城失利后，曾带领七十余人的武装上山坚持斗争达半年之久；1931年春，张培农将队伍化整为零，转入地下活动。

1933年，张培农离开平阳，去南京后转去山东兖州车站工作，以看管仓

库为掩护，继续进行革命活动。1937 年七七事变后，张培农到山西太原和晋东南一带进行革命活动，协助朱程组织抗日武装，负责联络工作。1938 年 7 月，他赴西安与国民革命军第十八集团军驻陕西办事处取得联系后，接受了动员知识青年北上抗日的任务。随即千里跋涉返回平阳县，动员了一批青年，冒着枪林弹雨，通过层层封锁，奔赴抗日前线。

张培农在长期革命斗争中积劳成疾，1939 年 1 月 11 日病故于山西省陵川平城镇，时年 38 岁。八路军总部正式追认张培农为革命烈士。

【专家点评】

张培农烈士是浙南最早的党组织——中共温州独立支部的成员。他是在参加红十三军斗争失败后，转移到外省，并于抗战全面爆发后到山西一带开展革命活动的。信中提到的朱程，浙江平阳（现苍南）人，1937 年 5 月从日本留学回国后，积极投身于晋冀豫抗日战场，后任八路军冀鲁豫军区第五军分区司令员。张培农曾协助朱程组织抗日武装，转战于晋冀豫边区一带。张培农病逝后，朱程主持召开了追悼会，并致函张培农的家属：“培农同志一生为革命，光荣牺牲，永垂不朽！”

中共浙江省委党史研究室　朱健

沙文求：牺牲时年仅24岁

记者：李轶男

编辑：潘康康、邢恒超

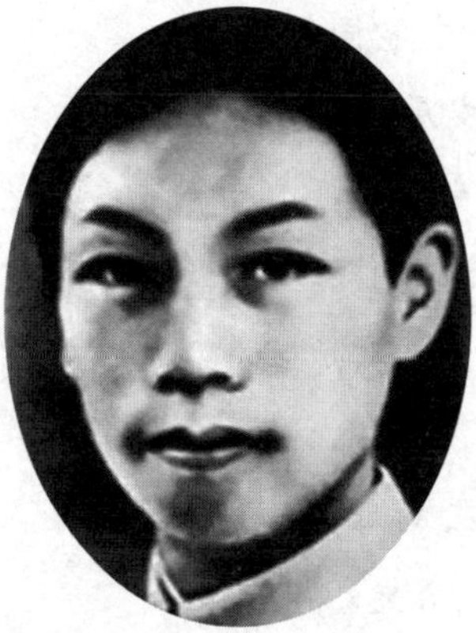

【人物名片】

沙文求（1904年—1928年），又名仲己、端己，化名史永，宁波鄞县大咸乡沙村（今属塘溪乡）人，沙孟海二弟。少时就读沙村小学，1917年秋由大哥沙孟海资助，进宁波效实中学，喜文史，好拳术。沙文求是早期中国共产党优秀党员、广州起义后牺牲的著名烈士，牺牲时年仅24岁。

沙文求给大哥沙孟海的信

前月廿九日来函收到，乡间情况均已知悉。革命的斗争，从城市扩展到乡间，这是中国革命运动的好现象。在这种斗争之中，很显然的半封建的地主、土豪、劣绅、军阀、政客站在一方面，工人、农民以及一部分的小资产阶级——中小商人和知识分子站在又一方面。这就是所谓阶级抵抗，久酿于社会里面的不可调和的一种危险因子。

沙文求

这些乡间问题当然要待城市的政治问题解决之后（才）可以解决。换言之，非倒蒋不能解决。但在此间，则反而乡间的问题早已解决，而城市的问题当有所待。这是由于这里的农村运动已有很长的历史，乡村间的革命势力已有很好的基础，如同湖南、湖北一样。而在江浙则乡村运动开始未久，土劣的势力如泰山，革命的势力如邱（丘）陵。

三弟的问题，我以为不如叫他去考入一个中央设立的学校，无论军、政、法律、党务都好。这种学校考入之后，一切费用都是属于政府的，毕业之后，做什么工作，政府当为安插。这样的学校在武汉一定很多。而且，在武汉读书，政治上的耳目要灵清得多。五弟最好也让他到武汉去读书，插入的学校宁可程度稍低一些，可以给他有余暇去做课外的活动（这种活动在生活上与求学同样紧要，其实也便是求学）。我深信让这两位弟弟这样地去发展他们自身底（的）事业，一定有很好的结果，只望你努力为他们劳苦一下，最好能于暑期后安插定当。我原拟于暑期前北还，往武汉工作，今以政治环境的变更，此事不能一定。如果此事能够实现，则对于安插两弟的事情，多少终有些可以帮助。

我们这次破家，实在是一个死沉沉的旧家庭之更新底（的）纪元，使我们的兄弟脱离沉闷的家庭，而奔入社会的或历史的“中流”的一个好机会；所以这次破家，不只在革命的意义上有重大底（的）价值，而且在诸兄弟生活的发展上也有长足的补助。出我幽谷，上我乔木，真是天助我也！希吾兄勉为之。料吾兄现已认识历史的使命，对于这些纠纷，将不只无所忧虑和恐怖，必能尽无限之余勇，以吸收宇宙间底快乐，慷慨展臂，抓住艰巨的责任。

汇款五十元收到。早已写了回信，想今必已收到。你现在经济上感到艰苦否？

大哥尊鉴

弟文求

二七，五，八

这封信是沙文求1927年在广州中山大学求学、担任“中大”共青团支部书记时写给大哥沙孟海的信。沙孟海当时在上海商务印书馆做编辑工作。

沙文求自幼天资聪颖，勤奋好学，1911年在沙村梅溪小学就读。后因家庭贫困，被迫辍学在乡务农。劳动之余，他潜心求学，博览群书，尤其酷爱历史书籍和古典小说。1920年春，因其兄沙孟海已有薪入，才得以复学，入学鄞县梅墟求精小学。他在校读书时，成绩优良，文章也写得好，老师常在他的作文簿上批上“简练清顺”等赞语。

在五四运动新思潮的影响下，他一面发奋阅读进步书籍，一面拜师学练少林拳，冀望将来为国出力。

1924年夏，沙文求到上海国语师范补习学校学习。次年春考入了上海大学社会系。在“五卅”反帝爱国运动中，他积极参加游行示威活动。同年秋，转入上海复旦大学物理系学习。冬天回到宁波，不久加入中国共产党。1926年年初，他被派回家乡鄞县沙村组织农民运动，并任沙村党支部书记。同年7月，沙文求调离，沙村的党支部、农会工作移交给其三弟沙文汉继续领导。

1926年秋，沙文求到广州中山大学哲学系学习，在校积极参加学生运动，曾任共青团支部书记。广州“四·一二”反革命政变，沙文求因事先转移，才幸免于难。事后，他转入地下斗争。同年9月起，他参加共青团广州市委的领导工作，任团市委秘书长。

广州起义开始时，他担任共青团广州市委委员兼少年先锋队总队长，后又任赤卫队队长，亲自率领队员逮捕反革命分子和反动法官，与敌人进行浴血奋战。

起义失败后，他秘密转移到香港。到港才几天，又被任命为共青团广州市委秘书长，重返广州工作，并化名“史永”。1928年8月被捕入狱，在狱中受尽折磨，宁死不屈。不久被杀害于广州红花岗，时年24岁。

新中国成立后，党和人民在沙文求等烈士牺牲的红花岗建造了广州起义烈士陵园，陈列室里陈列着沙文求烈士的遗像和生平简介。故乡人民为纪念这位不朽的共产主义战士，将鄞县沙村小学改为鄞县文求小学。

1983年秋，大哥沙孟海将故居捐赠给鄞县人民政府。县政府将其定名为“沙文求烈士故居”，成为一处爱国、爱乡、爱家的教育基地。四弟沙文威去世后，故居增设了展示沙孟海、沙文汉、沙文威、沙季同四兄弟的生平事迹和珍贵史料，并更名为“沙氏故居”，2005年被列入省级文物保护单位，2017年获评浙江省党史教育基地，同时为省、市、区三级爱国主义教育基地。

【专家点评】

沙文求烈士兄弟五人，他是二弟。大哥沙孟海是20世纪中国享誉盛名的文化名人，他不仅是一代“书坛泰斗”，在战争年代还多次掩护过革命志士、有过许多秘密为党工作的传奇经历；三弟沙文汉早年去苏联学习，是新中国成立后浙江省第一任省长；四弟沙文威是兄弟中最早入党，并长期战斗在党的隐蔽战线；五弟沙文度抗战初期即奔赴延安。沙家有“一门兄弟尽是忠”的美誉。

中共浙江省委党史研究室　朱健

郑复他：觉醒年代的同行人

记者：李珏铭
编辑：华冰、邢恒超

【人物名片】

郑复他（1904年—1928年），原名福泰，浙江诸暨人。1923年，加入中国共产党。1925年，任中共上海区委闸北部委组织委员，参与领导发动上海商务印书馆工人大罢工等。1926年，任中共上海区委委员、上海市总工会执行委员，参与发动上海三次工人武装起义。1927年，赴汉口参加中国共产党第五次代表大会，当选为中华全国总工会执行委员，后任中共江苏省委常委、上海总工会委员长等职。1928年2月被捕，6月在上海牺牲。

郑复他

毓秀妹妹：

此次被捕，何日得能出，这是不能豫料的，现在尚在生死未卜中。那（哪）里管他何日出来呢？我希望你在家好好读书，不要悲哀，并望劝慰令尊及兄嫂等。在现在的世界，坐狱本不算什么，就是枪毙也是很平常的事，本来一个人有生亦有死的，只不过怎样死法罢了。如果你能认得清，当然不会悲哀的了，不过你的父母兄嫂一定要为我着急，其实在数百里外着急有什么用呢！我也不多写劝慰的话了，望你自己劝慰自己吧！父亲我尚未写信告知，最好不告诉他，省得着急。如果知道了，也不要紧，横竖迟早要晓得的，不过也希望不要过于认真好了。总之，我什么时候能够释放，或是永远不释放了，现在都不知道。在我没有判决而未得释放时，你只好好读书，在家用功好了，千万不要到上海来。何母已回去了，只尊一还在医院里，你可写信给她，你不知道的事情可去问她，我的事，她或须（许）也能知道的。今天我仅写一个大概，有机会时再写信给你吧！

祝你平安。

你的亲爱的哥

三月十六日于上海狱中

这封是郑复他于1928年被捕后写给妻子陈毓秀的家书。

百年恰是风华正茂，那是一个青春热血的觉醒年代，无数少年少女行走在革命大道上。正是有了这无数革命者披荆斩棘的奋斗，和无数的流血与牺牲，才换来了如今的繁华大道。

人人为“延乔路的尽头是繁华大道”动容。殊不知，当年与陈乔年一起英勇赴死的还有许白昊和郑复他两位烈士。1928年6月6日，许白昊年仅29岁，陈乔年年仅26岁，而郑复他年仅24岁。

1904年，郑复他出生在浙江省诸暨县安平乡郑家村的一个普通家庭中。由于郑复他的父亲读过几年书，是个读书人。郑复他在书香熏陶中成长，接受了父亲的启蒙教育，9岁时进入了私塾读书，之后又到诸暨中区完小上学。可惜后来因为家境中落，读书到15岁时就不得不辍学回家。郑复他的弟弟郑福杨回忆起大哥，记得他当时为了分担父母生活的重担，到郑家周围的杨梅山、金鸡山、老虎山等坡地上去放牛。但是大哥将放牛当成乐事，每天牵牛出门前，会从父亲的藏书中拿本书带到山上，牛在坡地吃草，他则躺在坡地

郑复他少年时学习的阁楼

上看书。兴致来的时候，他还会给放牛的伙伴，讲书中看来的三国故事、梁山好汉的故事。张飞、李逵、武松，在他眼里是除霸扶弱的英雄。

贫瘠的山村锁不住郑复他寻求进步的步伐，1922年，在同学的介绍下，他到了杭州武林印刷厂当排字工人。这一次的离家成为他人生的转折点，从此，他踏上了救国救民的革命道路。郑复他一到杭州，就受到了革命的熏陶，并很快参加了杭州印刷工人俱乐部的各种反帝反封建的活动。

在参加这些活动的过程中，郑复他进步很快，逐渐成长为俱乐部的负责人之一，在1923年冬天应徐梅坤之邀到上海商报馆排字，并应组织的要求在上海书店秘密发行《中国青年》等进步报刊，意在唤起民众的觉醒，团结起来反帝反封建。也是从这个时候开始，郑复他再也没有离开上海，他的工作都在上海展开。

期间唯一一次返家，还是因为家中"催婚"。郑氏家谱的编纂者和整理收集者郑水信老人给记者讲述了这个有趣的插曲。当时郑复他的父亲做主，想让隔壁村的陈毓秀嫁给郑复他，连发了三个电报到上海，叫郑复他回来结婚，结果郑复他因为工作太忙，前两个都漏看了，直到看到了第三个电报才匆匆赶回诸暨。虽然是"包办婚姻"，但是婚后小夫妻俩特别恩爱，郑复他还将陈毓秀带到了上海，希望能够培养妻子，一起走革命的道路。

在上海，郑复他先是筹备了上海印刷工人联合会，领导印刷工人进行革命斗争。因表现出色，他又被委任中共上海区委委员、上海邮电总工会负责人、上海区委职工运动委员会委员兼上海总工会执行委员等职，积极参与发动上海工人三次武装起义。其中，在上海工人第一次武装起义失败后，郑复他不幸被捕入狱，后经过组织的营救，郑复他从狱中出来后迅速投入到筹备第二次武装起义中，并再次被捕。已经被判了死刑的他坚决不放弃，在组织营救后再次出狱投入到革命斗争中。

党组织为了保护他，将他派往汉口出席党的第五次全国代表大会和第四次全国劳动代表大会。郑复他的侄子郑祖焕说，去汉口前，郑复他的妹妹曾经到他的办公室去看望刚出狱的哥哥，结果没想到哥哥竟问自己借钱，“我姑姑看到他的办公室里有好几皮箱的银元，还说你有这么多钱，怎么还问我借钱？我大伯说这是工人运动的经费，我不能动它，也没权利动它。”

汉口会议期间，时任上海总工会委员长汪寿华被害。郑复他临危受命，和在汉口认识的革命同志许白昊一起返回上海，接过了前人的担子。许白昊被选为上海总工会党团书记兼总工会组织部部长，与担任总工会委员长的郑复他一起为恢复上海总工会而努力。1927 年，他又被组织派往中共江苏省委工作，任中共江苏省委常委。

江苏省委当时正是国民党的“眼中钉、肉中刺”，前书记陈延年、赵世炎等前辈刚刚不幸牺牲，郑复他、陈乔年、许白昊等又迅速成为了国民党新的抓捕对象。1928 年 2 月 11 日，上海总工会在新闸路酱园弄召开上海各区工会特派员和产业工会负责人会议，因为叛徒的出卖，国民党包围了会址，江苏省委常委郑复他、江苏省委组织部长陈乔年、江苏省委委员许白昊等十余人被捕。

在狱中，他们都遭到了严刑拷打，尤其是郑复他，他在上海工作几年，身份早已不是秘密，自然没少被国民党折磨。但国民党的那些手段在郑复他这里实在算不上什么，他从来不害怕严刑拷打，也不惧流血和牺牲，正如他 3 月 16 日给远在老家的妻子陈毓秀的信中说的那样：

“在现在的世界，坐狱本不算什么，就是枪毙也是很平常的事，本来一个人有生亦有死的，只不过怎样死法罢了。如果你能认得清，当然不会悲哀的了，我也不多写劝慰的话了，望你自己劝慰自己吧！”

他知道这次被捕与以前是不一样的，国民党不会放过他，摆在他面前的

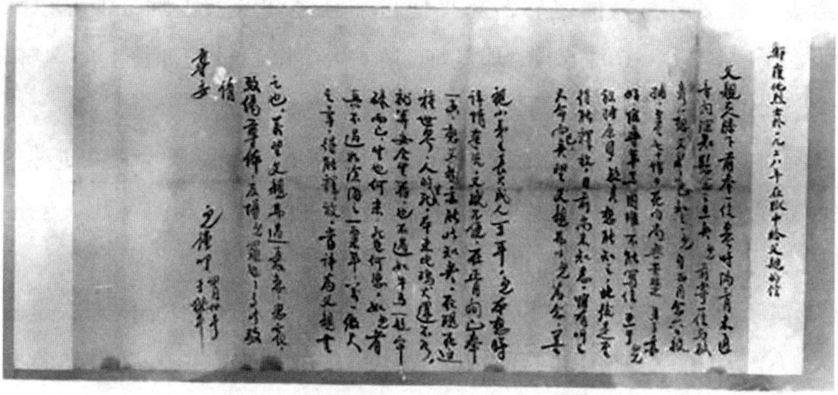

1928 年，郑复他在狱中写给父亲的信

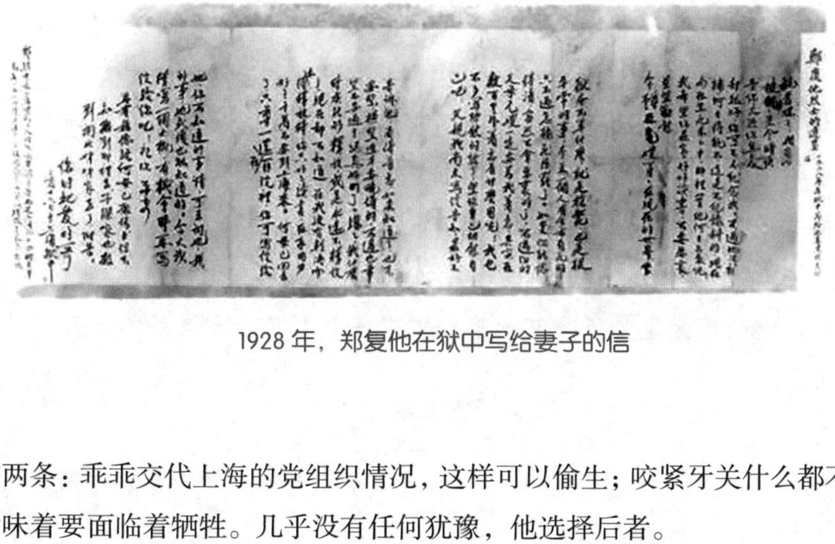

1928 年，郑复他在狱中写给妻子的信

路有两条：乖乖交代上海的党组织情况，这样可以偷生；咬紧牙关什么都不说，这意味着要面临着牺牲。几乎没有任何犹豫，他选择后者。

没有人真的不怕死亡，心中那块最后的柔软他留给了家人。他先是给妻子写了信，之后又给父亲写了信。在这封信里，郑复他平静地告诉父亲关于自己被捕的事情，至于能不能出去，郑复他其实是有数的，但他不敢将这件事直接告知年迈的父亲，不忍心父亲白发人送黑发人。但他又不能不让父亲做好他即将牺牲的准备，所以他说：

“在现在这种世界，人的生死，本来比鸡犬还不如，就算安居生存，也不过如牛马一般牢碌而已。生也何乐，死也何悲。如儿者真不过如沧海之一粟耳。”

给妻子和父亲写完信之后，郑复他自知已经和亲人告别，他可以从容地面对死亡了。1928年6月6日，郑复他、陈乔年、许白昊被押往上海枫林桥畔，枪声响起，身躯倒下，脸上的笑容定格。

郑复他没给家中留下什么遗物。1950年，上海市总工会举办追悼大会，郑家人翻箱倒柜才找到一张郑复他少年时拍下的照片，其他无几。但他给我们留下的不仅是这一张照片，更是无穷无尽的精神财富。

《上海工人》曾发悼念文章："许白昊、陈乔年、郑复他三同志，是我们上海工人的领导者，是中国无产阶级革命阵线中的战士，他们有很光荣的革命历史，表现出伟大的精神和力量。"

【专家点评】

郑复他烈士是1928年2月17日在上海新闸路酱园弄召开上海总工会会议时被捕的，他当时的身份是中共江苏省委常委、上海市总工会委员长。一起被捕的还有中共江苏省委常委、组织部长陈乔年等十余人。郑复他在狱中写给妻子陈毓秀的信，表达了他视死如归的壮志："在现在的世界，坐狱本不算什么，就是枪毙也是很平常的事，本来一个人有生亦有死的，只不过怎样死法罢了。"

中共浙江省委党史研究室　朱健

裘古怀：胜利的时候，请你们不要忘记我们

记者：刘浩、李珏铭

编辑：潘康康

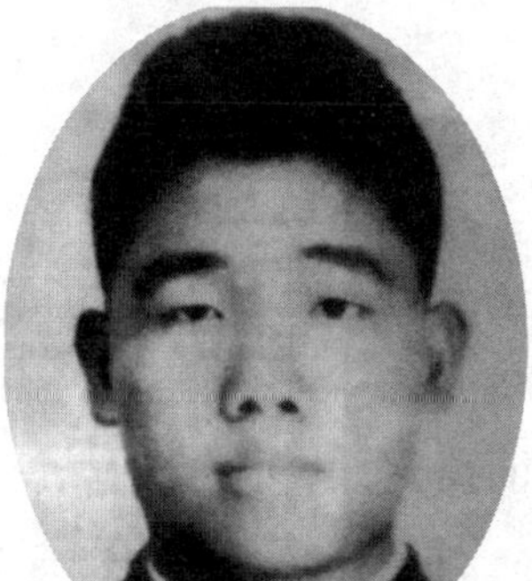

【人物名片】

裘古怀（1905年—1930年），一名古槐，乳名永良，浙江奉化人。1925年五卅惨案发生，他被选为宁波学生联合会副会长，组织游行、开展募捐、发动罢课等斗争。同年考入黄埔军校第四期学习，1926年加入中国共产党。1927年3月，任叶挺领导的某师政治部宣传科长，并随军参加南昌起义。1928年2月任共青团萧山县委书记，8月，共青团浙江省委改组，裘古怀任常委，12月代理团省委书记。1929年1月裘古怀在杭州被捕，1930年8月27日裘古怀在陆军监狱英勇就义，时年25岁。

裘古怀

伟大的中国共产党和全体亲爱的同志们：

当我在写这封信的时候，国民党暴徒正在秘密疯狂地屠杀着我们的同志，被判重刑的或无期徒刑的同志，差不多全被迫害了！几分钟以后，我也会遭到同样的被迫害的命运。

伟大的党！亲爱的同志们！我非常感激你们。由于党给我的教育，使我认识了这社会的黑暗，使我认识了革命，使我成为一个有生命的人。现在在这最后的一刹那，我向伟大的党和你们致以最崇高的敬礼！

我满意我为真理而死！遗憾的是自己过去的工作做得太少，想补救已经来不及了。在监狱里，看到每一个同志在就义时都没有任何一点惧怕，他们差不多都是像去完成工作一样跨出牢笼的，他们没有玷辱过我们伟大的、光荣的党。现在我还未死，我要说出我心中最后的几句话，这就是希望党要百倍地扩大工农红军；血的经验证明，没有强大的武装，要想革命成功，实在是不可能的。同志们，壮大我们的革命武装力量争取胜利吧！胜利的时候，请你们不要忘记我们！

裘古怀

八月二十七日

这是 1930 年 8 月 27 日裘古怀就义前给党和同志们的遗书。当时，裘古怀被关押在国民党浙江陆军监狱。临刑前，他伏地作书，写下了的这封遗书，表达了一个共产党员的赤胆忠诚和对革命事业必胜的信念。

1905 年，裘古怀出生于浙江省奉化县松岙大埠村一个贫苦农民家庭。裘古怀的侄孙裘是说，少年时代的裘古怀就热爱学习，且表现出坚强的性格和爱国的热情。16 岁的时候，裘古怀以第一名的成绩考上当时宁波的最高学府——浙江省立第四师范学校。

裘是说："爷爷小的时候很热爱读书，当时瞒着家里偷偷出去学习考试，以第一名的成绩考入了浙江省立第四师范学校，当时的校长招揽了一大批著名教授来这里任教，比如陈望道、叶圣陶等，这个时候的四中几乎成了红色摇篮，当时宁波地区很多革命先驱都受到他们的影响。"

在校期间，裘古怀开始接受马列主义，并确立了共产主义信仰。

裘是说："裘古怀曾在日记中写道：'与《中国青年》为良友，它有激励我去勤学，尤喜读恽代英、萧楚女的文章。'”

1925年，裘古怀当选宁波学生联合会副会长，成为宁波早期的学生领袖之一。1925年11月，裘古怀卖掉所有的心爱书籍，凑了50元钱作路费，与同学一起奔赴广州，考入黄埔军校第四期。

在军校里，他努力学习军事、政治知识，积极参加党领导下的各项活动。1926年上半年，裘古怀加入中国共产党。1927年3月，叶挺就任北阀军第一军二十四师师长，裘古怀任该师政治部宣传科长。当年7月，裘古怀被调到北阀军总司令部政治部工作，后又受党的派遣在叶挺独立团从事宣传工作。他亲历了汀泗桥、贺胜桥、武昌城等重大战役。在攻打武昌城时，表现得尤其英勇。当时军阀吴佩孚恃城固守，北伐军久攻不下，裘古怀带领敢死队爬城攻入，被誉为“虎胆英雄”。

1927年8月1日，裘古怀随部参加了南昌起义，投入到激烈的战斗中。

1927年10月，裘古怀在潮汕战斗中不幸中弹负伤，昏倒在地，醒来时已找不到自己的部队。于是他只能找到汕头的宁波同乡会，假称来粤经商被流弹击中。在宁波同乡会帮助下，辗转回到宁波。

裘是说：“参加过南昌起义这件事，裘古怀很少与他人提起，连家人也不知道。后来他被认定是整个宁波地区唯一一个已知的同时参加过北伐战争和南昌起义的革命者。”

1927年12月底的一天，裘古怀拖着伤腿回到家中，只是轻描淡写地对母亲说，自己在部队负了伤。母亲劝他不要再出去冒险了，但他表示很快要到萧山工作，那里的工作并不危险。

“自古忠孝两难全，我要出去工作了，你要帮我多照顾母亲。”1928年1月的一个清晨，裘古怀将大哥裘古椿叫醒，说自己不能陪母亲过年了，并再三叮嘱大哥要照顾好母亲，随后，就背上行囊，消失在晨雾中。

他这一走，就再也没有回来。

1929年1月，裘古怀前往杭州从事秘密斗争，2月任共青团萧山县委书记，8月组织兰溪秋收暴动，任共青团浙江省委常委，后任代理书记。正当裘古怀准备召开全省的会议时，由于一名交通员被捕，1929年1月16日深夜，裘古怀在杭州被捕，关入浙江陆军监狱。

由于母亲思念心切，每次问及儿子裘古怀，裘古椿总是含糊地说："到外面做生意去了……"从裘古怀不辞而别那天起，母亲几乎每天傍晚都会倚在门口，盼着有一天儿子会突然出现。

裘古怀每隔一段时间，就会给裘古椿写一封信，报个平安。但从 1929 年 2 月开始，裘古椿再也没有接到裘古怀的来信，托人一打听，得知裘古怀竟被关押在浙江陆军监狱。

裘古椿立即前往浙江陆军监狱探望裘古怀。一见到弟弟，他就压低声音说，国民党一位高官的启蒙老师是自家亲戚，只要裘古怀脱离共产党，就可以托关系把他从监狱里救出来。但是弟弟一口回绝："我对革命事业充满必胜的信念，决不会为了求生而放弃信仰，即使在监狱里，我也要发动革命！"

裘古怀是这么说的，也是这么做的。

他虽身陷囹圄，但对革命事业仍充满必胜信念。他参与和领导了狱中斗争，并在狱中秘密成立地下党支部，担任宣传委员，站在斗争前列。1929 年 12 月 11 日，广州暴动两周年纪念日，中午 12 点，裘古怀发动"犯人"齐呼口号，高唱《国际歌》。

1930 年 8 月，工农红军攻打长沙之后，反动派开始疯狂报复，密令各地监狱残害共产党员。裘古怀看到狱友们一个个被带走，深知不久之后自己也会走到生命的尽头。他趴在地上，开始书写遗书：一封写给党，一封写给妻子，最后一封写给大哥。

在给大哥的信中，裘古怀千叮万嘱不要告诉母亲他牺牲的消息。为了革命事业，他长期不能在母亲跟前尽孝，如今要让她白发人送黑发人，裘古怀实在不忍心。

哥哥：

我想你还会来杭州看我，但已不能再会面了。我再过几分钟就要与你永别了，这封信是我最后的一封信了，也不知能不能给你收到。但我现在的心情是满怀豪情，充满着革命必胜的心情。请你不要为我难过。你代向我母亲和几位哥哥问安，可不能把我的牺牲的事情告诉母亲，不使她过分伤心。哥哥，你代我向亲戚问候告别，教育下一代要继续革命，为无数流血牺牲的烈士报仇吧！

裘古怀

八月二十七日

而他的母亲，自从他 1927 年离家后，长达 20 多年的时间里，几乎每天都会在村口不停张望，嘴里喊着他的小名："永良，妈妈想你啊。"

在裘古怀被关浙江陆军监狱时，裘古怀的大哥曾三次去探监。最后一次去，恰是裘古怀牺牲后的第二天。

裘是说："因为凑不够钱，连叔公的尸体都没能收回来。只带回来了一封家书。"

"在信中，叔公请大伯公不要把他牺牲的事情告诉母亲，免得她难过。叔公还嘱托下一代要继续革命，为无数流血牺牲的烈士报仇。"

在裘古怀给妻子的信中，他嘱咐她要重新建立新的家庭，再找一个值得托付的人共度余生。他还告诉她，"不要为我惋惜，共产党员是杀不完的，将来一定会有人替我报仇！"

而在给党的遗书中，他表达了为了革命、为了党，至死不渝的决心。在

裘古怀和狱友合影

信的末尾，他这样写道：“同志们，壮大我们的革命武装力量，争取胜利吧！胜利的时候，请你们不要忘记我们！”

裘古怀的第三封信刚刚落笔不久，敌人就冲进他的牢房，将他拖了出去。他看着眼前的敌人以及同样要被残害的同志们，高呼着“共产党万岁”，牺牲了。

这一年，他才 25 岁。

弟弟牺牲的消息裘古椿一直瞒着母亲，直到 1949 年，等在村口的老母亲等来了当地政府送来的一块刻着“光荣门第”的匾额。母亲这才知道原来自己的永良早就牺牲了。

她用苍老的双手不停抚摸着这块匾额，心中既自豪又悲痛。一个月后，裘古怀的母亲也离开了人世。

裘是说：“直到现在，每次我看到叔公的这些遗书、这几封绝笔信时，仍会热泪盈眶，心情难以平复。他的那句‘我满意我为真理而死’，于我而言，既是鞭策又是鼓励。”

如今，裘是也经常以宣讲员的身份，向一批批年轻人讲述着叔公裘古怀的英雄事迹。

浙江革命烈士纪念馆

“胜利的时候，请你们不要忘记我们！”这是裘古怀在牺牲前给所有党员和无数中国人民的叮嘱和希望。

这句话也被永远地刻在浙江革命烈士纪念馆。

【专家点评】

“胜利的时候，请你们不要忘记我们！”这是烈士裘古怀临终时对所有革命后人的嘱托。我想，裘古怀嘱托我们不要忘记的不是革命先烈们的名字，而是他们从事的革命事业和共产主义理想信念。星星之火，可以燎原。只要信仰不改、革命不止，胜利总会到来！而今，革命已经胜利，让我们铭记他们的名字，因为，这些名字的背后，是一段段可歌可泣的由信仰引领和支撑的革命故事。

浙江大学公共管理学院　刘志军

卓恺泽：安天知命，等着光明来到吧！

记者：赵鹏
编辑：华冰、邢恒超

【人物名片】

卓恺泽（1905年—1928年），1905出生于浙江奉化，1919年以优异成绩考入宁波浙江省立第四中学。1923年考入北京华北大学预科，参加中国社会主义共青团。同年12月，加入中国共产党。1928年3月，共青团湖北省委被破坏，当时在上海工作的卓恺泽被委任为团中央特派员兼共青团湖北省委书记，赴武汉工作，同年4月牺牲。

父亲并转告母亲：

儿于十九日下午三时半被捕，到现在还不知是否有与双亲再见的机会，我自己心中很相信不至马上死，因为我已经有不死的可能。现在假定我死了，向我最亲爱的父母写这封信。

人终不免一死，死是最寻常的事，死于枪弹之下，更其比（比其）死于床褥之

卓恺泽

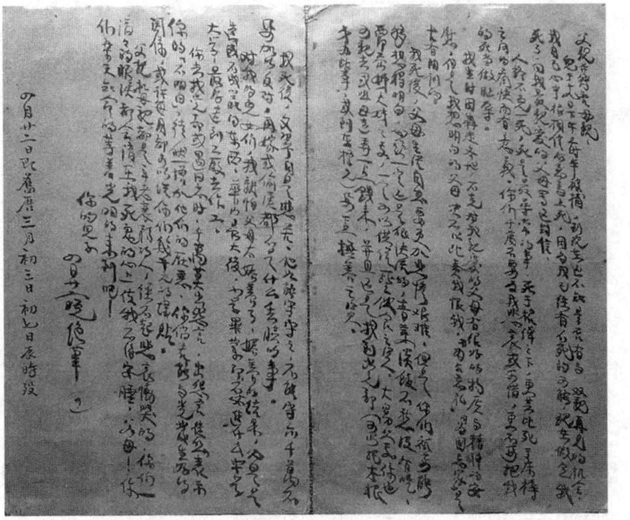

间的痛快而有意义。你们千万不要为我悲哀或可惜，更不要把我的死当作耻辱。

我生时因奔走各地，不能对我亲爱的父母有很好的物质与精神的安慰。但是我想，明白的父母决不以此责我恨我，“为公忘私”，“为国忘家”，是古有明训的。

我死后，父母生活自然要更加悲惨艰难，但是你们只要能够想得明白，心头一定还是很快活的。青菜淡饭不愁没有吃，爵岙姐夫、姐姐处，一定可以供给一些饭食之资。大舅父处，你也可亲去（或叫母去）弄一点钱来。并且还是（可）找到党部（可以托木根弟办此事，或找东标兄）要一点抚养之资。

我死后，文翠自是悲苦，他如能守守之，不能守也千万不要加以反对，再嫁……不是什么丢脸的事。

对我的儿女们，我就怕父母太娇养了，娇养的结果，必定造成不成器的东西。华山长大后，小学毕业即不必进什么中学大学，最好送到工厂去做工。你去找党部或遇同志时，千万莫出怨言，出怨言徒然表示你的“不明白”，徒然增加他们的厌恶。你倘若能与党发生好的关系，或许每月都可以给你们几十元的津贴。

父亲和母亲都是年老衰弱的人，经不起悲哀恸哭的。你们一滴滴的眼泪都会滴在我死儿的心上，使我不得安睡。父母！你们安天知命，等着光明的来到吧！

你的儿子

四月廿二晚绝笔

1928 年 4 月 22 日晚，卓恺泽在武汉狱中给父母写了这封“绝笔书”，安慰双亲，并安排妻儿事务。

卓恺泽 1905 年出生于浙江省宁波市奉化区松岙镇一个富裕家庭，从小学习成绩优异，1919 年进入宁波省立四中学习。受五四运动影响，他积极参加校内外的进步活动，加入宁波知识界的进步团体雪花社。1923 年考入北京华北大学预科，担任学生会干部，不久后参加社会主义青年团，同年底转为中国共产党党员。

1925 年“五卅”惨案后，卓恺泽被派至北京学生联合会从事学生运动工作。1926 年 1 月，任团北京地委书记，在李大钊领导下，参与组织“三·一八请愿”，并在“三·一八惨案”中英勇负伤。同年 7 月调任中共上海闸北区区委书记。1927 年 2 月，任共青团江浙区委委员，参加上海工人第三次武装起义的宣传工作，参与起草《起义宣言》和《告民众书》。“四·一二”反革命政变后，在上海坚持斗争。同年 5 月，出席在武汉举行的中国共青团第四次全国代表大会，当选为团中央执行委员。1927 年 9 月，被选为中共浙江省委委员，同年 11 月，任共青团浙江省委书记。他编写了 4 册共 24 课的《青年平民读本》，揭示帝国主义侵略、军阀混战、资本家土豪劣绅横行的形势，鼓舞劳动人民“非起来革命不可”。

1928 年 3 月，共青团湖北省委被破坏，当时在上海工作的卓恺泽被委任为团中央特派员兼共青团湖北省委书记，赴武汉工作。接到任命的卓恺泽对妻子林文翠说：“武汉局势确如一幢将倾的大厦，但总要有人去支撑，怎能眼看着让它倒下去？就是必死，我也要去！”卓恺泽偕妻儿，与团湖北省委秘书长袁寿田一起赶到武汉，开展革命工作。4 月 19 日下午，在武汉工作不到半个月的卓恺泽在武昌参加秘密会议，而被武汉卫戍司令部抓捕。

被捕后的卓恺泽忍受严刑拷打，坚决不泄露党的机密。有一次，趁狱卒不在，他对关押在隔壁的妻子说："我决心一死。你不要难过，要坚强地活下去。"

卓恺泽的曾孙卓涵说："我觉得最打动我的是曾祖父知道自己要牺牲了，却对他的妻子说：'能守守之，不能守节千万不要反对。再嫁不是什么丢脸的事。'我觉得这是一种胸怀，不光是作为革命者，哪怕一个普通人也很令人敬佩。那时候他还很年轻，才二十几岁。"

绝笔书中，卓恺泽坦然提及自己的死，是"痛快而有意义"；又唯恐父母过于哀恸，"你们一滴滴的眼泪，都会淌在我死儿的心上，使我不得安睡"。文末，他对革命前路充满乐观："你们安天知命，等着光明来到吧！"

卓涵说："我曾祖父要去武汉，那时候白色恐怖年代父母那里有阻力，为了让父母能够打消疑虑支持他。他让他妈妈别老吃素了，吃点荤的没事的破个戒，我曾祖父的妈妈说不行，他就顺势跟她说革命也一样，也不能半途而废。"

卓恺泽牺牲后，重获自由的林文翠带着4岁儿子卓华山回到老家浙江奉化松岙。不久后，卓恺泽的遗体由一位同乡悄悄从武汉带回松岙。

卓涵说："当初我曾祖父的舅舅，曾动员他去日本留学，别在国内闹革命了，我曾祖父拒绝了，我觉得能有这样的坚定信念，能够守住自己这种革命的初心，实在不容易。"

从入党到牺牲的4年多里，卓恺泽每次返乡，总是积极投入当地进步活动和党组织工作，指引不少身边人走上革命道路。

卓兰芳家与卓恺泽家相距不远。卓兰芳年长卓恺泽5岁，当时在宁波当小学教员，心情苦闷。卓恺泽对其说："中国民众深受苦难，这不是一个家庭的问题，而是社会问题；只有改造社会，才能彻底解决。"

1924年7月，回家度暑假的卓恺泽与裘古怀一起重编松溪图书馆书目，并嘱咐裘古怀关心国家大事、宣传新思想。在卓恺泽的启发和影响下，裘古怀考入黄埔军校，走上革命道路。

1926年6月，回乡探亲的卓恺泽得知当时宁波地委正派卓兰芳在松岙一带开展农民运动。他主动与卓兰芳一起，介绍农运积极分子卓阿位等入党，动员当地农民参加农民协会。

卓恺泽的曾孙卓涵说："包括他在北京地委工作时，在李大钊同志的领导下，他经常去下面开展工作，发展很多党员团员，他是被评为发展党员、团员人数最多的人之一。"

这是卓涵在《北京地方书记宣传运动工作报告》（1925 年 4 月）中的记载里看到的，其中有这么一条记录，两月来宣传工作最佳之同志及其特别优长之点的报告，列为两项如下：

介绍同志最多者：邓鹤皋、尹才一、李识乐、卓恺泽；

谈话有条理、对主义有相当明了者：邓鹤皋（忠为屈武实对主义明了）、卓恺泽（爱说话肯准备）。

家乡人民没有忘记这位烈士，这位奉化历史上的第一位党员。他的墓，位于奉化市松岙镇山下村朱夹岙山，1987 年 2 月被奉化市人民政府公布为第三批市级文物保护单位。每年清明，都有人去献花、祭祀。

卓涵回忆："小时候一到清明节，很多学生会来扫墓，那时候我内心还是挺自豪的。我觉得我曾祖父这样一种精神，这种榜样的力量对我们有一种教育意义，有一种约束力。"

2003 年 8 月，松岙镇海沿村 10 名村民自发组织，在街一村东溪河旁集资建造了"恺泽公园"。园内有烈士全身雕像、烈士文物、亭子、健身器材、阅报栏等，里面陈列了卓恺泽烈士的事迹文字资料及图片等。

2011 年，卓恺泽故居修缮开工并举行揭像仪式。二层木结构建筑，共有四间一弄和一间侧室。一楼有三间，南边一间是烈士生前的婚房。屋内放着一张红木方桌和一张残缺不全的木床，墙壁悬挂有裱框的卓恺泽夫妇遗像、《烈士证明书》及家人照片等。当中一间房梁中央，挂着由原奉化县长张照田题写的"光荣门第"匾额。位于二楼的房屋，就是中共松岙支部旧址所在地，成立于1926年5月，是奉化历史上第一个党支部，也是宁波地区最早的农村党支部。

2012 年，卓恺泽故居经过修缮重新开放。松岙镇还投资 1500 万元，将"恺泽公园"提升建设为占地 8000 平方米的红色文化园，成为松岙红色文化建设的主阵地之一。

【专家点评】

卓恺泽烈士牺牲时年仅23岁。他14岁离开家乡，18岁加入中国社会主义青年团（当年转为共产党员）。在他给父母亲的遗书中，以“人终不免一死，死是最寻常的事，死于枪弹之下，更其比死于床褥之间的痛快而有意义”，表达了一位革命者为了祖国、为了事业“为公忘私”“为国忘家”的磊落情操。

中共浙江省委党史研究室　朱健

茅丽瑛：我爱我母亲，但我更爱我祖国

记者：李轶男
编辑：潘康康、邢恒超

【人物名片】

茅丽瑛（1910年—1939年），浙江杭州人。幼年丧父，随母到上海投奔亲戚。高中毕业后，考入东吴大学法律系，半年后因家贫辍学。不久，考进上海海关当职员。上海沦陷前夕，茅丽瑛毅然放弃优越待遇的海关工作，离职参加“救亡长征团”，赴广州从事抗日救亡运动。1939年12月12日晚，茅丽瑛遭日伪特务暗害，被枪击致重伤，抢救无效，与世长辞，时年29岁。

我们要有热的血，冷的头脑，积极的精神，战斗的意志。

我们要随时随地地反省，不断地努力克服弱点。那么在未来的新中国里，才配得上称作新的女性。

丽瑛

一九三九·四·六

茅丽瑛

这是茅丽瑛在担任上海职业妇女俱乐部主席时所写。当时，她针对职业妇女中的各种不同思想和生活情况，开展团结和教育工作。在这一遗墨中，她就如何做一个未来的新中国的新女性问题，提出了自己的深刻见解。

我爱我母亲，但我更爱我祖国（遗言）

我爱我母亲，但我也爱我祖国。危难中的祖国，是更需要我们年轻人的热血呢！我母亲老了，她身边又只有我一个女儿，她爱我，我爱她，我们平时是相依为命的。但这时不同了，我要为祖国尽最大的力，就得离开她。否则，就不可能投身进祖国的怀抱。我为这矛盾难过，但我到底还是决定选择前一条路。当我把这决定告诉她时，她悲伤地哭了。我流着眼泪跟她解释。你们看我眼睛都哭红了。我母亲的哭声几乎动摇了我的决心，但我想到侵略者加于我们祖国、我们人民的损害和屠杀，我又坚定了下来。

这是茅丽瑛 1937 年参加“救亡长征团”，离沪赴广州时的讲话摘录。标题为编者所加。原载《上海妇女》第四卷第一期（1939 年 12 月 25 日出版）。

位于杭州市中心的浙江展览馆东广场上，矗立着一组庄严的“抗战英烈”雕塑，其中一个手握书卷、看似柔弱的女子格外引人注目。她就是积极投身抗日救亡、被汪伪特工杀害的“孤岛”抗战女杰——茅丽瑛。

茅丽瑛，1910 年 8 月出生，浙江杭州人。1931 年苏州东吴大学法学院辍学后，考入上海海关任英文打字员。1935 年参加上海中国职业妇女会。1936 年，加入中国共产党领导的抗日救亡组织——海关乐文社。1937 年上海“八·一三”抗战爆发后，她积极参加慰问伤兵、救济难民等活动。

1938 年 5 月，上海中国职业妇女俱乐部正式成立，茅丽瑛被推选为主席。同月，她秘密加入中国共产党。此后，她积极开展职业妇女俱乐部的工作，相继创办了国语班、英语会话班、会计班、中文速成班、文化补习班等，开展对妇女的培训工作，还亲自教授英语课。

茅丽瑛为人热情、诚恳、乐于助人，自称是“大众的牛”，夜以继日地拼命工作，把“职妇”办得生机勃勃。为支援浴血奋战的新四军，她积极推动“职

上海职妇剧团公演后全体合影（后排左一茅丽瑛）

妇”和各救亡团体在春节期间发起“劝募寒衣联合大公演”和组织“物品慈善义卖会”。在义卖活动筹备和进行中，面对日伪势力的恐吓、威胁甚至公开打砸，茅丽瑛抱着“愿为义卖而生，为义卖而死”的决心，以极大的勇气使义卖最终获得成功。

义卖会的成功使敌人对职业妇女俱乐部和茅丽瑛的仇视进一步加深，他们称茅丽瑛为“第二史良之中共激烈分子”。在连续公开恫吓无效后，1939 年 12 月 12 日晚，茅丽瑛遭汪伪特工暗杀，身中三弹，于 15 日在医院牺牲，时年 29 岁。牺牲前她告诉大家：“吩咐一切的人别为我悲伤！我死，没有什么关系，我是时刻准备牺牲的，希望大家要继续努力，加倍地努力！”

1949 年 12 月 12 日，上海各界人民为这位中国共产党的优秀党员、上海妇女运动的杰出领袖茅丽瑛烈士殉难十周年举行了追悼大会，号召向烈士学习。故事影片《七月流火》，就是以茅丽瑛为事迹摄制的。

【专家点评】

茅丽瑛烈士的一篇遗墨和一篇讲演稿都出自抗日战争全面爆发之后。母亲和祖国在她心中都非常重要，然而“我爱我母亲，但我也爱我祖国。危难中的祖国，是更需要我们年轻人的热血呢！”“我母亲的哭声几乎动摇了我的决心，但我想到侵略者加于我们祖国、我们人民的损害和屠杀，我又坚定了下来。”她是这样说的，也是这样做的。为了团结和发动各界职业妇女参加抗日救亡运动，她不顾日伪特务的虎视眈眈，勇敢地冲在开展抗日爱国活动的最前沿，直至献出了宝贵的生命。

中共浙江省委党史研究室　朱健

梅其彬：亭旁起义的重要谋划者

记者：李轶男

编辑：刘浩、邢恒超

【人物名片】

梅其彬（1910年—1935年），又名仪质，浙江省三门县亭旁镇南溪村人。1925年考入浙江省立第六中学，学业优异。1927年春加入了共产主义青年团。同年冬，创办大同小学，开展革命活动。1928年加入中国共产党，先后任共青团亭旁区委委员、宁海县委委员，是亭旁起义的重要谋划者和积极组织者。起义失败后，奉调天台、海门等地坚持革命。同年12月15日，在海门参加中共浙南特区委员会会议，不幸被捕。囚禁于浙江陆军监狱，后被重判无期徒刑。1935年8月11日，终因长期虐待，且伤病得不到医治而牺牲于狱中。

棣弟：

前后三函，并大洋伍元，收到勿念。你趁春假机会，回里探问母亲一次，万分应该的，不过不要逗留太久，免旷功课。母亲待你特别好，俗语说：“皇帝爱长子，

梅其彬

百姓爱小儿”，如果没有她，的确，恐怕你进大学的钱都成问题呢！所以，当此之时，你更要特别细心，才能报答她于万一。三月十七号来信中所问各点，受官长检查时裁了，我无从答复起，大概是你写得欠明白缘故，以后望你写好些！

我的案子仍在军法会审处，没有移交高等法院，恐怕是你弄错了。至于解反省院的日期，现尚未到，届时我会告诉你的。你说设法，我还不懂是怎么一回事。用的东西，还是我自己买便当，你可以不必去买来寄给我。申哥病中苦况，是可想而知的，他对我俩兄弟，实在恳切，现在我不能在旁边服侍他，你须时时到他住处安慰，千万不要让他一人心焦，可能时，劝他进医院，身体是最紧要，一厘都不可疏忽的。你能和他来接见我一面，当然我听了这话非常高兴，因为自你去年看我后，直至今未见亲人过。

自从你去年寄给我的书后，我就没有买到其他好的新书，所以非常苦恼。望你叫申哥寄几本哲学、历史书给我，至于何书是好或不好，他是知道的，我不告诉了，你问他就是。你自己在课外应该归（规）定书看，我意可先阅文学及杂志，论文稍迟一步。至于怎样看法，你也去问申哥就是。总之，能虚心学习，就有进步。

近日接到美妹来信，我非常欢喜。她说没有父亲的苦，母亲的无用。我觉得你应该指导她，这是你的责任。你可否和申哥商量，把她带出来，学一种轻便的工作，使她见识见识上海的世界，同时独立生活呢？《白话书信》和《五年计划的故事》两书，望你买来寄给她读，最好多寄几种浅近有益的书给她。饭到了，下次再告！望即复我！亲爱的棣弟！

道三、二九号

浙江省三门县南溪村，坐落在离亭旁镇约 5 公里的东南角，群山环抱，风景秀美，因村南有溪傍村流过而得名。自古以来，南溪就是一个英雄豪杰辈出的地方。清同治六年（1867 年），南溪村梅福星、禄星兄弟同时考中丁卯科武举人，一时称盛。1912 年，南溪人梅长道（国民革命军中尉连长）响应辛亥革命，带领 60 余人赶走亭旁的县丞王作霖，废亭旁县丞署，建亭旁执法分署，推选海游人章肖溪担任执法分署区官。南溪，反抗志士代不乏人，悲壮豪杰前赴后继。

梅其彬、梅其广兄弟英烈就出生在这个具有反抗传统的小山坳。其父梅连潮勤俭持家，家道殷实，也算得上一个山村地主。家有兄弟姐妹五人，梅其彬为长子，次子梅其广，另有一弟两妹。

梅其彬从小入私塾，海游小学毕业后，于 1925 年考取了浙江省立第六中学。1926 年在校加入了“乙丑读书社”，主动接受进步思想熏陶，积极寻求革命道路。1927 年春，加入了共产主义青年团。

为贯彻执行中共中央八七会议精神，1927 年冬，梅其彬受党组织指派回到家乡，在南溪村创办大同初级小学，意会“天下大同”，并任校长。他以学校为据点，从事革命活动。

1928 年 1 月，共青团亭旁区委员会成立，梅其彬任委员；3 月，调任共青团宁海县委委员。期间，亭旁农民运动蓬勃发展，如火如荼开展减租减息等经济斗争。他领导成立南溪村农民协会，效法海陆丰革命根据地领导人彭湃，自我革命。他义无反顾地背叛地主阶级家庭，带头减租，送缴田契，出钱出粮，资助革命，其家成为当时革命活动的联络站和招待所。为了更广泛地发动广大农民参加革命，他先后在周边各村办起十多所夜校，一边教农民识字学文，一边宣传革命道理。为了加强武装力量，他先后深入挂帘、坐塘等边远山村组织农民武装，成功收编啸聚山林的绿林武装胡仁喜部 100 多人，使其成为红军的力量。

1928 年清明日，南溪村土豪梅长恕因长期霸占族田的行为被当众揭露，恼羞成怒，枪击与其理论的共产党员、大同小学教员梅其慎，公然与农会对抗，妄图扑灭农民运动烈火。梅长恕在村里民愤极大，梅其彬的叔父梅连江也看不惯梅长恕的所作所为，坚决支持梅其彬与梅长恕斗争。梅连江那时在海游开着一个布庄，经济上支持梅其彬进行革命活动。枪击激发了斗争，第二天晚上，梅其彬与其广率领百余名农会会员，组织武装力量包围梅长恕宅院，令其交出长期霸占的族田 60 箩（约合 24 亩），充当大同小学的办学经费。

梅长恕不答应，并雇来一批枪手，企图借助坚固宅院负隅顽抗，双方相持两昼三夜。后调解不成，发生枪战。梅长恕自知负隅不下，趁农会包围松懈之际，乘机溜窗落荒而逃。这次南溪事件是亭旁地区农民在党的领导下，与地主阶级一次直接的武装冲突。事件的发生加速了亭旁起义的步伐，是亭旁起义的导火索。

1928 年 5 月，亭旁起义时，梅其彬同志虽未担任要职，但实际起着重要作用。他负责筹集枪支弹药、保障粮饷、了解敌情、布置防务，为起义的组织发动做了大量工作。5 月 27 日，省防军进犯亭旁，梅其彬等率领部分红军战士在上模虎陇头和叶家山村马攀山头扼险阻击，以低劣的武器对战数倍装备精良之敌，多次击退省防军郑俊彦连的猖狂进攻。后因腹背受敌，弹尽援绝，指挥部决定将红军队伍疏散隐蔽。他带领 20 多名红军战士退据大尖山一带，在极其艰苦的条件下坚守了一些时日，后转入地下。其时，梅其彬虽已订婚（海游章氏），但因忙于革命工作，一直没有成婚。

同年 6 月，梅其彬奉命调到天台，化名章良道，协助当地发动农民运动。为了开展革命工作，他时常风餐露宿，生活非常艰苦。8 月，他受党组织的委派，调任共青团临海县委书记。9 月，调任浙南特委负责共青团工作。12 月 15 日，参加在海门召开的中共浙南特区委员会会议。会后，被国民党浙江省保安队第五团拘捕，囚于浙江陆军监狱，判刑 7 年。那时，梅其彬因化名章良道，故国民党当局还不知道其真实身份，后因叛徒指认，被重判无期徒刑。

在狱中，梅其彬仍坚持不懈与敌斗争。生命不息，斗争不止，坚信革命必胜。他在狱中时间最长，狱中斗争经历也最多。他创办《鹤嘴锄》（用削尖的筷子蘸墨，把文章写在面盆底上，传看过后即用湿毛巾擦去）、《火花》等刊物，暗中进行革命宣传活动。因思想进步、斗争积极，被吸收为中共狱中特别支部成员。1932 年起，担任甲监八笼的党支部书记。八笼在他的领导下，多次发动以改善生活、反虐待为主题的斗争，都取得了很大的成效。八笼因之被狱友美誉为“领导笼子”，被狱方称作“闹事司令部”。

梅其彬学习十分认真，能阅读日文书籍，并翻译日文版的马列主义书籍，组织难友学习。他也很关心其他普通在押人员（如逃兵）的学习，设法帮助他们买到《平民千字课》等书籍，并争取看守同情，使得从狱外送进许多书报。

与他同狱过的难友交口称赞他的为人品格。

由于长期关押，梅其彬受尽严刑拷打，虐待成病，壮志未酬，于 1935 年 8 月 11 日病逝于狱中，年仅 25 岁。临终前，他还提起精神鼓励难友："希望同志们继续为共产主义革命奋斗到底！"

【专家点评】

梅其彬烈士参加三门亭旁农民武装暴动时，年仅 18 岁，并已是一名共产党员。他虽然在暴动中没有担任要职，但负责筹集枪支弹药，成为暴动的组织者和领导人之一。狱中转出的信件，不可能有明显政治和革命性质的内容，但从梅其彬给妹夫的信中，可以看出他虽身陷囹圄，却保持着乐观进取的人生态度，他关心的是"自从你去年寄给我的书后，我就没有买到其他好的新书，所以非常苦恼。望你叫申哥寄几本哲学、历史书给我"。他还不忘对亲人和朋友的关心，他建议妹夫"我意可先阅文学及杂志""能虚心学习，就有进步"，表现出一个革命者不屈不挠的坚强意志。

中共浙江省委党史研究室　朱健

殷夫：“东方的微光”

记者：韩晓雨
编辑：华冰、邢恒超

【人物名片】

殷夫（1910年6月11日—1931年2月7日），原名徐白，谱名孝杰，小名徐柏庭，学名徐祖华，又名白莽，浙江象山人。读书时先后用过徐白、徐文雄（字之白）等学名，笔名有徐殷夫、白莽、文雄白等，中国共产党员，中国无产阶级的优秀诗人，左联五烈士之一。

素姐：

上次写给你的信，大概已经收到了吧？我等着你的回信，真是比等什么爱人的信，还要迫切啊！姐姐，我真想用一切方法来向你表示我目前的困境：我工作是忙碌的，在整天的太阳火中，我得到处奔跑！但是天哪，我所有的只是件蓝色爱国布大衫，两件厚布的衬衣，你想我怎样过得这夏天呢？所以我迫切地请求，给我想法十元或十五元的钱吧！我没有办法再可

殷 夫

以想了。

听说你和母亲要去南京，怎末还没有来呢？我的意见是：近来时局太坏，南京又不是什么太平地方，最好还是不要去，这笔旅费倒还不如让我做夏衣呢！（再：夏布衫及衬衫已在去年为恐怖2所吞没，所以没有了，附告。）今年秋，或许有去南京希望，时间很短，半年即回的，完了。

祝你和母亲好！

白

七／七

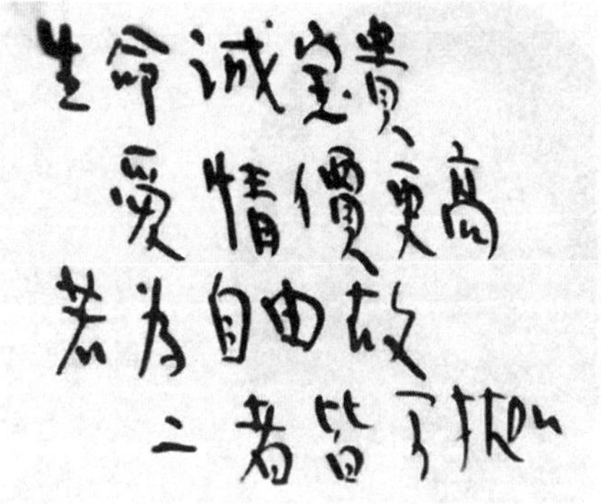

这是1930年7月7日殷夫写给小姐姐徐素韵的信，徐素韵当时是象山县立女子学校校长。此信反映出殷夫艰苦奋斗的革命精神。

也许你对殷夫的名字并不熟悉，但你一定听过匈牙利爱国诗人裴多菲的诗歌“生命诚可贵，爱情价更高。若为自由故，两者皆可抛。”这首诗的翻译者就是殷夫。

1910年6月11日，殷夫出生在浙江宁波象山。殷夫的两个哥哥都是当时的国民党军官，殷夫自幼长在环境还不错的家庭里，但是殷夫却“背叛”了这个家庭，义无反顾地站在无产阶级的阵营。

殷夫自幼聪慧好学，文采非凡。14岁的时候，大哥徐培根把他接到上海读书。1925年，在上海民立中学就读期间，震撼全国的五卅惨案发生，激起了全国人民的公愤。在殷夫等人的倡议和策动下，民立中学有一百多名学生把伙食费节约下来，支援罢工工人。五卅运动激起了殷夫献身民族、捐躯为国的崇高情怀，成了殷夫脚踏实地走向正义事业而献身的起点，照亮了他“光明的去路”。

“血液写成的大字，斜斜地躺在南京路，这个难忘的日子——润饰着一年一度……”《血字》这首诗是15岁少年的内心独白，神圣的正义之火在热血沸腾的躯体中开始觉醒。

1927年“四·一二”政变爆发，国共关系破裂，殷夫身份泄露，被捕入狱。三个月后，才由大哥营救出狱。出狱后，他进入同济大学预科学习德文。期间，在德国的大哥给他寄来德文学习资料：一本《裴多菲诗选》。殷夫爱不释手，将其中的一首诗翻译成中文，写在了封面。

这首诗叫《自由》——“生命诚可贵，爱情价更高。若为自由故，两者皆可抛。”这首诗后来成了人人皆知的名言。

当时，对于地下革命工作，一开始殷夫多少还有些软弱，经过严酷的斗争，他逐渐认识到“旧的阶级根性”的危害性；对于文化运动缺乏战斗的活力，殷夫更提出了措施：“到工农中去，并且要积极地做他们最忠实、最勇敢的朋友，和他们一起呼吸，和他们一起斗争。”他不仅写在纸上，而且是躬身力行的。

1928年夏天，殷夫再次被捕入狱，随后再次被他的大哥徐培根营救出来。哥哥徐培根担任国民党高级军官，本为殷夫铺设了一条通往上流社会享受荣华富贵的坦途。然而，殷夫却选择了另外一条充满荆棘的人生路。因为和哥哥的政治立场完全不同，殷夫在这次出狱后毅然写下《别了，哥哥》这首诗，诗中写到：“别了，哥哥，别了，此后各走前途，再见的机会是在，当我们和你隶属着的阶级交了战火。”

失去了哥哥的经济资助，殷夫一度流落街头。1929年年初，是他最穷困潦倒之际。殷夫向高小同学周宗文求助。周宗文给了殷夫三元钱，让他坐车去一所小学应聘国文教师。他来到路边，一下被两旁五颜六色的书籍吸引住了。在书籍面前，殷夫什么东西都可以忘掉，包括吃饭、睡觉。钱捏在手里，已经出汗了……当看到一本美国小说家克莱描写美国工人的小说《石炭王》时，他实在忍不住，掏出钱来买了一本，一元三角。手中捧着书，站在公交车上，殷夫是那样的开心，那样激动。

随后，殷夫与鲁迅相识，得到了鲁迅的大力支持和帮助。在这期间，殷夫在组织丝厂罢工斗争中第三次被捕。出狱之后，他负责共青团中央机关刊物《列宁青年》的编辑工作，继续革命活动。

鲁迅称赞殷夫说："这是东方的微光，是林中的响箭，是冬末的萌芽，是进军的第一步，是对于前驱者的爱的大纛，也是对摧残者的憎的丰碑。"

1931年1月17日，殷夫在上海东方旅社参加党的会议时，被英国巡捕逮捕。不久后被国民党上海警备司令部杀害于上海龙华荒野，与他同时牺牲的柔石、胡也频等人，一起被称为"左联五烈士"。殷夫牺牲的时候年仅21岁。

【专家点评】

殷夫烈士的母亲生有九胎，其中3个女孩早亡，殷夫是老九，老八就是殷夫的小阿姐徐素韵。殷夫与小阿姐年龄最接近，从小一起长大，几个兄弟姊妹间，俩人关系最好。1930年春，殷夫在上海被调到团中央宣传部任干事，成为团中央机关刊物《列宁青年》及其外围刊物《摩登青年》的主要撰稿人和编辑。这年，除了撰稿编刊，殷夫还参加了三八妇女节的女工游行、罢工活动；3月，中国左翼作家联盟成立，殷夫是发起人之一；5月，他以左联代表的身份，参加了全国苏维埃代表大会等。日夜不停地忙碌奔波，又由于几次被捕，作为职业革命家的殷夫，生活十分清苦，冬天没有棉袄，只穿着两件夹衫；夏天快到了，仍穿着夹衫在大太阳下奔跑。实在熬不住了，便有了寄给小阿姐徐素韵的这封求援信。

中共浙江省委党史研究室　朱健

邹子侃：宁死而不求虚伪、卑污、罪恶的自由

记者：崔正昊

编辑：华冰

【人物名片】

邹子侃（1912年—1932年），浙江临安人，中共党员。1927年“四·一二”反革命政变后，他在从事农民运动时被捕，后关押在国民党浙江陆军监狱，1932年英勇就义，年仅20岁。

父亲大人膝下：

敬禀者，昨日大人来此相探，嘱男在彼狗官面前书立悔过书，以求释放出狱。舐犊情深，思之黯然。男午夜扪心自问，天良未泯，爱国无罪，今身在缧绁之中，固不知有何“过”之可“悔”！？“悔过”也者，敌人颠倒是非，混淆黑白，妄想沦全国人民于奴隶之境之大骗局耳，幸勿堕反动派之术为祷。男在狱中虽苦，尚幸灵魂洁白无瑕，故宁死而不求虚伪、卑污、罪恶的自由。大丈夫头可断，志不可屈。

邹子侃

男非敢故违严命，亦非不念慈母之思与夫弟妹之亲。然为国家为革命，也顾不得这许多了。望大人好好督促弟妹用功读书，将来长大以后，一定要走上我所走过的道路。

肃此，敬请金安

男子侃　叩上

“在狱中虽苦，尚幸灵魂洁白无瑕，故宁死而不求虚伪、卑污、罪恶的自由。大丈夫头可断，志不可屈。”这是20岁不到的邹子侃在狱中写给父亲的信，铮铮铁骨，赤子丹心。即使多年过去，但这些慷慨激昂的文字依然透露着一位中国共产党人坚定不移的决心。

邹子侃的父亲在杭州临安锦城的小巷弄口做生意，因此邹子侃从小家庭条件比较殷实。1925年，他考入浙江甲种农业学校读书，开始接受进步思想。并于次年下半年加入中国共产党，那时的他年仅15岁。

1927年的4月，国民党反动派在杭州发动反革命政变，许多革命者被捕、被杀，全城笼罩在一片白色恐怖之中。暑假前夕，邹子侃接到上级指示，要他通过各种关系，策动学校开展农村工作。邹子侃当时就在杭州笕桥的一所国民党区分部名义办的平民学校担任校务委员，他经常到学校教农民识字，并宣传爱国思想，组织农民运动。11月10日晚，邹子侃正在给笕桥农民上课，不料国民党军警突袭将其逮捕，后关押至浙江陆军监狱。当时杭州发生的这场反革命政变让浙江省内许多秘密机关相继遭到破坏，很多共产党人先后被捕入狱。

浙江陆军监狱是军阀割据和混战时期建造的老监狱，原本是囚禁军事犯、盗匪犯及其他刑事犯的。监狱共有大大小小的牢房40间，四周是双层的高墙，七重铁门，戒备森严。当时这里就成为了杭州国民党反动政府长期囚禁、迫害共产党人和革命者的主要场所。狱中生活艰苦，吃的是劣质黄米饭，菜是烂叶子烂边皮。加上狱卒们不断严刑拷打，狱中同志的身体每况愈下。

邹子侃因为家境富裕，临安离杭州又近，亲人经常来监狱探望。他就把家中带来的点心、小菜、日用品与狱友们分享，改善他们的生活条件。遇到狱友生病了，他也会谎称是自己生病了，让家人及时送药，用于狱友的治疗。即使被捕入狱，邹子侃和众多共产党人依然坚持斗争，发动难友进行了多次群众性的绝食斗争。提出立即宣布刑期、有病保外治疗、改善生活待遇等正义要求，通过探监家属，得到了狱外舆论的支持。不久，他们又发动了争取改善生活待遇的斗争，向狱方提出了“十大要求”，得到全体难友的支持，狱方无法驳回，斗争取得了胜利。

1930年的春天，在狱中的共产党人正式建立了中共狱中特别支部，邹子侃担任组织委员，当时的书记是徐迈进、宣传委员是裘古怀，他们根据狱中的情况及时提出切合实际的意见，统一思想，统一行动，有组织地进行斗争。狱中的学习气氛很浓，党员骨干和狱中特支领导难友们学政治、学文化。他们凭记忆整理出一份党的六次全国代表大会精神的摘要，向党员们进行传达；发动难友通过各种渠道，获得许多进步书籍。这种读书学习活动，极大提高了难友们的政治、文化水平，稳定革命情绪，坚定革命信念。他们还编辑了秘密刊物《火花》和《洋铁碗》。这两种刊物对传达特支意图、交流思想、组织学习和斗争，起了重要作用。他们没有在非人的生活面前折腰，仍然保持高昂的斗争情绪，创作的《囚徒歌》在狱中广为传唱，后来还传到上海、南京等地监狱中。

同年春夏之交，中共中央通过决议，命令各中心城市的地下党组织立即领导总罢工和举行武装起义。狱中特支受上级指示，要求配合狱外的土地革命。5月12日，不少难友反对军法处长到监房训话，并提出买书、发书等要求。狱方借口“违反监规”，布置好审讯场面，把裘古怀等20余人提出囚牢，当众用藤鞭残酷抽打。

1930年7月，全国各地掀起的武装暴动，沉重地打击并直接威胁着蒋介石的反动统治。国民党反动派下令各地对在押的“政治犯”实行血腥屠杀。8月27日，国民党浙江反动当局在浙江陆军监狱采取了突然行动，监狱长亲自带领军警到各牢房提人，19名“政治犯”接连被押往刑场，连续的口号声夹着不断的枪声震动了监狱内外，狱内各牢笼难友义愤填膺，《国际歌》声震耳欲聋，情景十分悲壮，这就是震惊一时的“八·二七血案”。

听闻惨案的邹子侃家人焦急万分，长年的监狱非人生活，使邹子侃感染了严重的猩红热和肺结核。听说邹子侃患病，父亲竭力疏通帮助邹子侃获准保外就医。他本可以借机逃走，但想到狱中同志，他还是毅然选择回到监狱，与狱中同志并肩战斗。1930 年 8 月，邹子侃父亲花重金买通典狱长，只要邹子侃在悔过书上签个字，马上就可保释。面对典狱长的利诱和父亲的苦苦哀求，邹子侃决绝地回答："我没有错！叫我悔什么过？"

事后，邹子侃给父亲写下了这封令后人震撼动容的红色家书，信中写道："男午夜扪心自问，天良未泯，爱国无罪。今身在缧绁中，固不知有何'过'之可'悔'？……男在狱中虽苦，尚幸灵魂清白无瑕，故宁死而不希求虚伪、卑污、罪恶的自由。大丈夫头可断，志不可屈也。男非敢故违严命，亦非不念兹（慈）母之恩与弟妹之亲。然为国家、为革命，也顾不了这许多了。"这一番话充分体现了一位中共党员甘为共产主义事业奉献生命的决心和斗志。

次月，邹子侃担任中共狱中特别支部书记。根据中共浙江省委指示，他积极进行越狱准备，并担任总指挥。同年底，特支进行了改组，邹子侃任书记。提出了"自己救自己"的口号。此时，中共浙江省委也下达指示："监狱斗争应该发展为越狱斗争，以配合各地暴动。"邹子侃积极执行党的"破狱"决定，以共产党员为骨干，发动团结了 70 多位难友，成立大、中、小队行动组，自己亲任总指挥，制订越狱暴动计划。

为在狱中相互联系，同志们专门编了一部密语字典，将常用政治术语用生活言语代替，如外面上级党化名为"外祖母"，狱中党支部化名为"母亲"，支部成员的姓名也用假名代替，积蓄力量，等待时机。

1931 年 3 月，经过几个月的努力，一切准备就绪，行动组每人在左肩上缠上一块白布条以作记号，并以附近铜元路造币厂的下工汽笛声为号，听得汽笛声，则行动开始。然而，由于叛徒出卖，暴动未果，邹子侃被供出，被鞭打中的他拼命高声叫骂，以此提醒同志们行动败露，让大家能及时藏匿工具，抹除破狱痕迹。面对酷刑，他坚不吐实，保护了其他同志的安全。

1932 年 2 月 2 日，邹子侃在浙江陆军监狱被秘密枪杀，英勇就义，时年 20 岁。卓兰芳、何觉人等优秀共产党人也相继在狱中牺牲。

在无法与狱外取得联系的情况下，张崇文、寿开庭等同志从革命的需要出发，又先后组建了第三、四届狱中特支。这两届支部认真总结了狱中斗争的经验教训，比较明确、完整地提出了狱中党组织“自己解放自己，组织难友学习，改善囚徒生活”的三大任务和“打破消息封锁、争取看守同情、坚持过集体生活、打叛徒”的四项策略。

直至 1937 年抗战爆发，日机轰炸杭州笕桥机场。面对中华民族生死存亡的紧急关头，狱中共产党员为要求共同抗日与狱方进行了斗争，后在八路军驻南京办事处与国民党政府的交涉下，不少革命者陆续出狱。大批共产党员和革命群众获释后，纷纷投入到抗日战争的洪流之中。

在土地革命时期，先后被囚禁在浙江陆军监狱的革命者超过 1500 人，有 150 多位英勇就义。其中有张秋人、徐英、卓兰芳和罗学瓒 4 位中共浙江省委书记，张叔平、贝介夫、沈乐山、赵济猛、徐玮等 11 位省委常委、部长。即使身陷牢笼，在最黑暗的时刻，大批像邹子侃一样的共产党人们依然坚持信仰，奉献自己的生命护住希望的火光，以各种方式和反动派展开斗争，铸就了光辉的历史篇章。

【专家点评】

年轻如邹子侃，即有“勿堕反动派之术”的深刻见识、“头可断，志不可屈”的坚定信仰和“宁死而不求虚伪、卑污、罪恶的自由”的革命意志，令人敬佩！做为富家之子，邹子侃无衣食之虞，却因为有着自己的理想信念，不惧囚禁、不惧迫害、勇于斗争，直至献出年轻的生命，体现了大无畏的革命精神。更难能可贵的是，在身系牢狱之时，还不忘在信中请求父亲督促弟妹用功读书，长大以后继续走革命的道路。如果没有对于共产主义革命事业的坚定信心，绝不可能如此。

浙江大学公共管理学院　刘志军

周饮冰：光明与黑暗的搏战

记者：李珏铭
编辑：华冰、邢恒超

【人物名片】

周饮冰（1913年—1942年），原名周涓，浙江平阳人。出身书香门第，少时喜爱音乐、绘画，为浙南名画家苏昧朔入室弟子。1935年加入中国共产党，先后任中共瑞安县仙降区委书记、国民革命军闽浙边抗日游击总队驻温州办事处副主任、新四军驻温州通讯处主任等职，1938年10月在温州被捕，1941年2月组织越狱暴动失败，1942年6月在福建浦城被害。

姗妹：

你接到了这封信，希翼你切切告诉我，我所需要晓得的事情，或者关于你自己和春[1]的生活状况，我想这不会连累了你吧！在我这里是绝对没有什么问题的，监方对全体在监人依照狱规条例不许阅读有关国内时事的消息，其余的在国际形势它是不

周饮冰

① 春：指周饮冰的妹夫黄加春。

干涉的，并且这位监狱长亦经常召集全体监犯报告国际动态与国内抗战等等新闻。

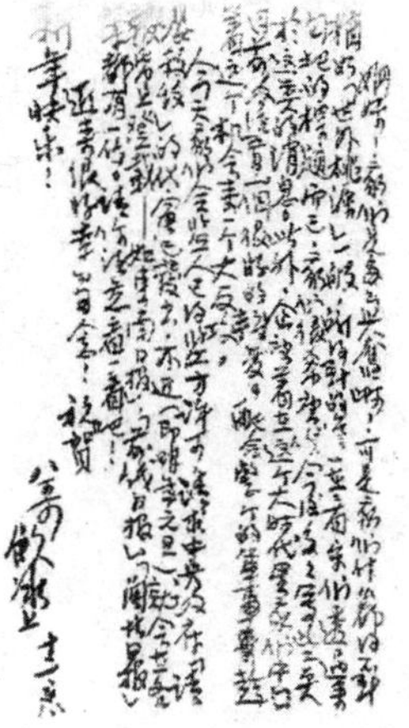

周饮冰家书

最近听说在太平洋方面英美日已正式宣战，[1]这足资证明英美诸国再不能犹豫与避免旋入战争。尤其是在德苏开始战争[2]以后，显然地，英美对德意日轴心国[3]所采取的态度更日趋于强硬化，而且更积极地援助苏联与我国抗战。这为的是什么呢？如果我们中国和苏联万一不能获得胜利，那末希特勒和日本强盗就心满意足停止了它侵略的野心吗？不会的，因为法西斯强盗最大的目标的不仅仅对着中国和苏联，他的难填欲壑正在企图怎样去征服全世界。无疑义的，中苏的失利会给予以英美无比的打击，因此，它不得不放弃抱着原有旁观的态度，而纵然地结成了一个ABCD[4]最有强力的反侵略阵线。这个强大的阵线会获得全世界一切被压迫的人民爱戴和同情，甚至德国和日本国内的优秀的人民也会参加到这里来。我相信唯有这，人类才能生存和进步。现在我们来决定着战争的结果是什么呢？——站在反侵略的是属于光明的，正义的；站在侵略方面是黑暗的，残酷的，这个战争就叫做光明和黑暗的搏战，倒退的野蛮的民族最终必陷于毁灭，而进步的文明将永恒的幸福。

姗妹！我们是多么兴奋啊！可是我们什么都得不到，犹如“世外桃源”一般，所得到的唯一在看守们透过来句把的标题而已，我们很希望你今后多多写些关于这类的消息。此外，企望着在这个大时代里我们中国目前政治有一个很好的转变，配合整个的军事，趋

① 指的是1941年12月7日，日寇偷袭珍珠港，发动太平洋战争，次日，美英两国即对日正式宣战。

② 德苏开始战争：指1941年6月22日希特勒统治的德国悍然入侵苏联的战争。

③ 第二次世界大战时，以德意日侵略的一方叫轴心国，以美英苏中法反侵略的一方叫协约国。

④ 这里的ABCD代表反侵略阵线的几个国家，当指美英苏中诸国。

着这个机会来一个大反攻。

今天我们全监人已得监方许可，请求中央政府的“请缨杀敌”代电已发出，不近就会在各报纸上登载——如《东南日报》、《前线日报》、《闽北日报》等都有一份[①]。请你注意看一看吧！

近来很好，幸勿为念！祝贺

新年快乐！

八哥

饮冰上

十二月十八日

这是周饮冰于 1941 年 12 月 18 日在福建浦城狱中写给妹妹周姗姗的信，此时距离他被捕已经过去三年多。但他未曾一刻放弃过希望，在信中向妹妹阐明了国际形势和胜利信心。这封信寄出半年后，在福建浦城的一处山坡上，年仅 29 岁的周饮冰壮烈牺牲。至死，他的膝盖都没有向敌人弯曲过。

周饮冰与妻女合影

周饮冰的女儿周象蒙如今已年近九旬，她对父亲的印象永远停留在 1938 年 10 月 10 日。这天早晨，新四军驻温州通讯处被国民党查处，临时省委组织部长谢文清、青年部长赖大超等数名工作人员被逮捕。时任温州通讯处主任的周饮冰穿上了新四军军服，毅然告别即将分娩的妻子和幼女，前去抗议，却也被无端扣押，自此再也没能走出牢狱。

周象蒙至今保留着一帧全家福，照片里的男子潇洒地斜着颀长的身子，一旁的妻子淡淡地笑着，脚旁坐着的小女

① 指的是把“请缨杀敌”的代电发给了上列几家报社各一份。

孩正顽皮地甩着小脚丫。这是她和父亲唯一的合照。“那是1938年春夏，我也就5岁吧，几个月后，爸爸就被抓走了，我再也没见过他。”

家里藏着个通讯处

周饮冰出生在温州平阳水头镇“周全昇”的大宅院里。大户人家出身的他从小饱读诗书，从杭州艺专以后便子承父业在山门、麻步、矾山等地教书。“九·一八”事变后，深重的民族危机压得他透不过气，毅然投身革命，积极地进行抗日宣传活动。1935年春天，他加入中国共产党。

1936年年初，周饮冰担任中共瑞安仙降区区委书记。次年参加中共闽浙边临时省委派出的白区工作团。这一年，他还在温州九柏园头17号开了一家绣花店，表面上看就是他们一家三口的小本生意。实际上，他是把自己的住所作为秘密据点，更是沟通福建、浙江、安徽、江西四省，与党中央、新四军保持联系的重要枢纽。年底，一纸《国共合作宣言》，打开了共同抗日的局面。秘密据点由此成为新四军驻温州通讯处，周饮冰受命为主任，公开了党员身份。

在当时尚且年幼的周象蒙心里，父亲是一个很厉害的人：“联络、转移、宣传……他又会唱、又会跳，会弄这些掩护，趁人家（反动派）不注意……”

位于九柏园头的新四军驻温通讯处

抗日烽火燃起，周饮冰带领着通讯处，一边与国民党当局周旋，掩护省委的重要活动，一边以红十字会护送难民为名，源源不断地向平阳山门抗日救亡军政干部学校、抗日前线输送爱国人士。

温州通讯处，一度成为爱国者心中希望与进步的代名词。

监狱里成立党支部

希望，在突袭的查封中戛然而止。

周饮冰被扣押半月后，他的妻子蔡玉莲生下了小女儿。国民党当局再次来搜查讯问时，5 岁的周象蒙亲眼看到他们将刚出生的妹妹用力甩出窗外，现在耳边似乎还回响着母亲撕心裂肺的哭喊声。尽管后来，听说当时守在附近的同志及时将妹妹抱走，偷偷送到育婴堂去了。但她们再也没能找回那个孩子，至今不知道她是否幸运地活了下来。

狱中的周饮冰得知此事后，含泪在家书中写道："只要国家民族有前途，我们个人的生活才有出路。"

隔年 1 月，周饮冰被国民党政府以"危害民国罪"判处徒刑 15 年，先后转押于上饶盘石渡李家村看守所和福建省浦城仙阳镇军人监狱。他一路昂扬高歌"囚徒，时代的囚徒，我们并不犯罪……"，走进一座又一座监狱。

在江西上饶，周恩来专程来探访他和同志们，还特意问了周饮冰："你们中有周饮冰吗？""有！"周饮冰飞快地跑到周恩来前面，敬礼汇报。周恩来要他转告大家，在狱中仍要努力学习，提高觉悟。离开时，周恩来留下 200 块钱，作为接济同志们的生活费，并再三地叮咛："你们要好好地学习。"

在福建浦城，周饮冰遇见了同样被关押在此的金华特委秘书长刘辛夫，两人马上秘密组织起来，牢狱的高墙并不能让革命者窒息。刘辛夫的妻子探监时，秘密带来了浙江省委书记刘英的密信，信中传达省委指示，批准他们成立狱中特别支部。谢文清任书记，周饮冰任组织委员。短短数月，秘密党支部在狱中团结了 30 多人。一场有领导、有组织、有计划的狱中对敌斗争就此展开。

最后的战斗

1941 年，震惊中外的皖南事变爆发。周饮冰在狱中幡然醒悟，想要求得解放、抗战救国，不能静静等待了，要奋起抗争，他决心和同志们一起越狱。给小妹周姗姗的家书中他写道："请求中央政府的'请缨杀敌'代电已发出，不近就会在各报纸上登载——如《东南日报》《前线日报》《闽北日报》等都有一份……"

这就是 1942 年那场大越狱的预告。除夕午夜，周饮冰和同志们在福建浦城发动了全监大越狱，成功逃脱 20 余人。但由于叛徒告密，周饮冰没能逃脱。新年第一天，周饮冰和刘辛夫就被提审拷打，扣上足镣，被迁到特制的牢间里进行"神经战"。

失败、拷打、迫害……都没能阻住他们奔向抗日前线的脚步和决心。周饮冰很快就重整精神，开始策划第二次越狱。但是这一次，又被叛徒告密。周饮冰曾寄予厚望的"请缨杀敌"的公开申请，却成了他们"组织煽动犯人暴动罪"的"确凿罪证"。

1942 年 6 月，周饮冰被杀害于福建浦城城东万安门外屈尺岭。奔赴刑场的路上，他一路高呼着："中国共产党万岁！打倒国民党反动派！"

周象蒙后来从其他人的转述里逐渐拼凑出了父亲最后的形象："（我爸爸）很勇敢的，（宪兵）叫他跪，他说我要站着死，决不跪着死！"

【专家点评】

周饮冰烈士有 4 个兄弟，信中的"姗妹"是他唯一最小的妹妹周姗姗。1941 年爆发了苏德战争和太平洋战争，使第二次世界大战的形势发生了深刻变化，也对中国的抗战产生了重大影响。然而，周饮冰与难友们却深感自己还在牢狱之中，正如信中所写："姗妹！我们是多么兴奋啊！可是我们什么都得不到，犹如'世外桃源'一般，所得到的唯一在看守们透过来句把的标题而已。"他告诉妹妹："今天我们全监人已得监方许可，请求中央政府的'请缨杀敌'代电已发出。"表达了他们在狱中不屈不饶的斗争精神和要求开赴前线、参加抗战的决心。

中共浙江省委党史研究室　朱健

孙晓梅：我要为我的理想斗争到底

记者：李轶男

编辑：潘康康、邢恒超

【人物名片】

孙晓梅（1914年—1943年），乳名小妹，又名小蛮、肖曼，浙江富阳人。1930年春，在富阳陆家村别雉小学教书。在该校中共地下党员的影响下，孙晓梅开始接触进步书刊，探求革命道理。1935年至1937年上半年，先后在海宁、杭州等地小学任教。1937年"七七"事变后，她立即投入抗日活动。1943年4月27日，她在完成护送同志北渡任务后返回的途中，不幸被驻龙潭的日本宪兵队特工人员逮捕。被捕后，坚贞不屈，不久，被惨杀于龙潭老虎山凹，时年29岁。

母亲大人：

我是一个有理智和勇气的青年，我不会被人家利用和愚弄。我有我的人生目标、理想前途，我决不会让自己盲目的陷入黑暗的深渊里去。我有我天付（赋）的顽强

孙晓梅

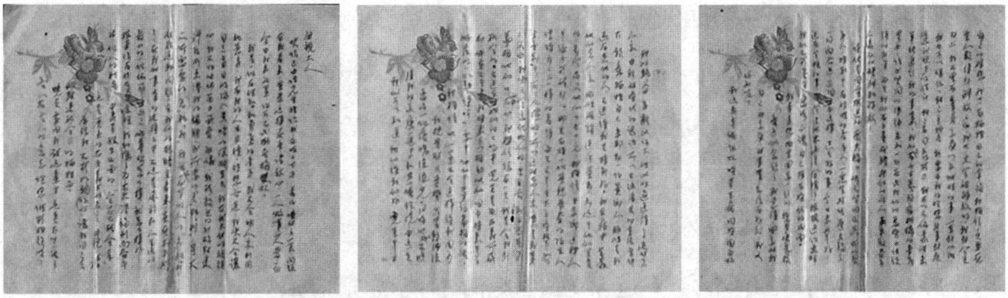

这封信是孙晓梅在 1941 年 4 月 16 日写给母亲陆琰的，
1989 年 2 月由浙江省富阳县党史办捐赠浙江革命烈士纪念馆

心，我不怕任何压力、威胁、非议，我能毅然的打碎封建礼教所束缚我的镣铐。我所要的“名”和“利”，是大众所需要的“名”和“利”，我并不希罕个人的“名”和“利”。对于这种问题，在我们的眼睛里看来，实在太平凡了。在我们事业的过程之中，不过是属于私人生活的最小的一个环节而已。他欢喜怎么样，就怎么样好了，根本没有什么大道理。我们除了为大众谋福利而奋斗外，个人的利益，本来是放在后面的。“全忠不能全孝”，这是历来的忠臣义士的名言。母亲：请原谅我，不能如你的愿，让我自己去做封建社会下的牺牲品。

几年之中，我们个个都在斗争中坚强和长大了，谁都有独立的个性和能力，不需要依靠谁，特别在思想意识上，有了突飞猛进的开展，不象以前一样，老在狭隘的“名利”圈里打滚，而常使我们钻在牛角尖里，不时感到苦闷。

我们要解放人类，首先自己就应该有勇气来改革，我不愿和一个思想完全相反的人和我共同生活下去。我为了要实现自己的理想，我只有牺牲自己的幸福。我相信，只要在全人类得到解放之后，我也一定会被解放的。我到今天为止，我不曾有辜负家庭以及诚性的事，一直到以后，我也可以保证。我已立誓，我要为我的理想斗争到底。凭我现在的估计，我已有自立的能力，我可以不依靠谁来单独进行我的事业。我们已有千百万同病相怜的青年男女，结成坚固的阵线，来和一切压迫我们的恶势力作顽强的斗争，而且我们有力量战胜我们的敌人，来争取青年人最后的胜利和解放！

时代是向前推进的，历史轮子决不会向后退。所以青年人，特别是有理性的青年人，一定会拉住历史轮子一同向前进。正因为这样，过去好的事，今日未必是好了，过去合理的事，今天也未必是合理了。根据这个定（道）理，我们不能墨守旧法，而让自己掉在时代的后面。我本来想抽空回家一行的，现在，决意放弃这个念头了。我觉得，回家对我自己、对家庭、对事业，都没有好处，我又何必呢？

我近来身体很坏，时常生病，同时因为物质上比较困难，又不能得到很好的营养，又因为环境的不许可，不能很好地得到休息机会，为事业前途计，我唯有拼我孱弱的身体坚持下去。家庭方面，如能在经济方面帮助我最好，不能，我也不苛求。母亲，要是还存一点儿女感情的话，就寄几块钱来给我，否则，也随它去。

一件事业未成就之先，一定有人反对。孙中山先生初开始时，谁不笑他发疯和患神经病，但结果终于他的理想成功了。秋瑾在当时，多少人骂她大逆不道，结果在历史上留芳千古。请母亲仔细一想，不要误信妖（谗）言。社会发展的规律是不会错的，总有一天，你会相信我们完全是对的。

我的干父母，年龄比你大，但比你通达得多。这对老人家，由于对时代的认识，所以在很清苦的生活条件下，愿意牺牲自己，来帮助一个异乡人，非但是我，还有其他的人，不过待我是特别好。我在病中，全靠他们老人家，非但服侍，连医药费都还是他们负责的，至今尚欠他们四五十元。我相信，在家乡，这种人是很少能碰到的，那（哪）里有将一个无亲无眷的陌生人，像待自己人一样的看待？而且不是在太平时势（世），各方面都是有危险的。所以这对老人家，真是我第二父母，我决不会忘记他们的。在目前，我自然无力图报他们，只要有心，我相信，总有一天，我是会找到机会的。不过在她（他）们的口吻中，完全是为正义所感动，倒并不在乎我将来可以报效他们，因为将来是多渺茫的一个期待呵？！要是他们是等待图报的话，我相信，他们一定不会这样待我，因为，我既无财，又无势，只是颠沛流离的一个落魄流浪儿。同他们又不晓得我的家庭历史和具体环境，由这一点，我们可以知道，他们待我们好，完全是出于真心的。母亲！你的儿子这样被人厚待，你心里也开心和安慰的。

敬请

福安！

阖家平安！

这封信是孙晓梅于1941年4月16日写给母亲陆琰的。写这封信，是对母亲要她离开革命队伍，回家与在国民党军事机关做事的、已离婚的原夫季诚性言归于好等问题的答复。信中对人生目标、理想前途诸问题，阐明了自己的见解。

孙晓梅高小毕业后，在富阳陆家村驯雉小学任教。期间，深受中共秘密党员同事的影响，参加了当地“五·一”活动。1938年10月，孙晓梅和家乡青年，化装投亲难民，步行至皖南泾县参加新四军教导队学习。1940年9月加入共产党。

1941年1月，调镇江（山北）县委任妇女部长。当时正值国民党发动皖南事变，形势紧张，由于原大港区委书记出走，孙晓梅还兼管大港区委工作，经常往返于日伪据点附近，发动和组织群众；多次冒着风险闯至伪乡保长家，宣传党的政策和布置任务。中共长江工委成立后，任工委委员，以孩溪为基点，负责路北特委及其下属长江工委之间的政治交通工作。

1943年3月，日伪军开始大规模“清乡”，江中巡逻艇不断，江边、铁路旁关卡森严，斗争环境极其险恶。当年5月初，孙晓梅在护送同志北渡，在返回途中，不幸被龙潭日军宪兵队逮捕。

日宪兵小队长本木闻讯，设宴“恭请”，妄图软化诱降。孙晓梅拍案而起，痛斥日军，掀翻酒席。本木恼羞成怒，不日将孙押至龙潭老虎山洼，残酷杀害，时年29岁。

1949年11月，中国人民解放军第三野战军追认孙晓梅同志为革命烈士。

【专家点评】

孙晓梅烈士出生于一个几代都是书香的封建大家庭，母亲是名门之女。在她上小学前，在母亲的教育指导下，她就能读小说了。但封建家庭的礼教也使她的行动处处受到限制。1938年，她硬是说服了母亲，与几个好友步行到皖南参加了新四军。正如她在信中所述："母亲：请原谅我，不能如你的愿，让我自己去做封建社会下的牺牲品。""我已立誓，我要为我的理想斗争到底。"这就是一个革命理想高于天的女战士的誓言。

中共浙江省委党史研究室　朱健

张新华：为革命喘完最后一口气

记者：李珏铭

编辑：潘康康

【人物名片】

张新华（1916年—1941年），浙江省吴兴县（今湖州市）南浔镇人。1936年从湖州南浔中学毕业，考入浙江省民众教育实验学校，加入学生抗日救亡进步团体——荆山共学社。抗日战争爆发后，毅然离校，在江西南昌找到新四军驻四眼井办事处，参加抗日救亡组织——江西抗宣服务团第六队。1938年7月，她奔赴皖南云岭参加新四军，在战地服务团泾县山区仓村搞民运工作，发动群众开展减租减息斗争。由于表现突出，张新华加入了中国共产党，还被新四军授予“全军十大模范女战士”称号。1941年春，张新华在奉命去浙西抗日根据地建立秘密交通站的路途中，被漕桥镇伪自卫团成员认出后被捕，后被秘密杀害，生命定格在了25岁。她用短暂的一生实现了“为革命喘完最后一口气”的誓言。

张新华

……哥哥的眼光看来，我是傻瓜；是的，我要傻到底。我要不为名、不为

张新华写给大哥的家书

张新华故居（牌匾为陈毅元帅之子陈昊苏题写）

利，不受任何荣华富贵所利诱；不受任何艰难困苦而屈服。我已确定我所要走的方向，我要永远往这个方向奔跑，直到我喘完最后一口气！……

湖州南浔镇东大街洪济桥北堍，有一幢不起眼的二层小楼，门前挂着一块黑底黄字的招牌，上书“张裕顺”。这家小烟纸店里走出了张家五兄妹，他们为新中国成立作出了不同的贡献。老大张良农实业发家，老三张耕乐投身钢铁工业，老四张炳荣继承祖业，老小张子青致力于科学研究。五兄妹中唯一的女孩、老二张新华，选择了最为激进的一种方式，冲到了战场上，为革命献出了自己的青春与生命。

张新华的侄孙张健这些年一直在收集整理姑婆相关的革命史料。在张新华烈士故居修缮之际，他重走了一遍当年张新华的革命之路，“我去了皖南泾县，去了太滆工委，还找到了她被捕的地方，江苏宜兴的殷墅桥，还遇到了当年目击她被抓走的那些老人，他们都还记得。”在江苏武进革命烈士陵园的展馆里，他看到了当年姑婆寄给大伯公的家书。“她说自己是傻瓜。但是我越走近，我就好像越能理解她，真的是非常心痛。”

商家女投身抗日革命

1916年12月，张新华出生在湖州南浔的一个小商之家。全家11口人靠父母亲经营的烟纸店维持生活，虽不富裕，但也能自给自足。小时候的张新华爱看文明戏，受到了民主思想的启迪。小学二年级时，她毅然把辫子剪掉，理成了童花头，在当时的南浔镇引起了不小的震动。

学生时代投掷铅球的张新华

张新华15岁这年，张家经历了大变故。张健说，那一年张新华的父母亲相继亡故，张家大哥在外做学徒，张新华挑起了照顾一家老小的重担。"她就主动退学管店管家。没办法，家里三个弟弟、一个祖母，都要她照顾。"

两年后，大哥学成归来，张新华重新得到了上学的机会，"她真的很勤奋，南浔中学的校长也被她的精神所感动，让她免费上学。"在南浔中学，张新华结识了进步青年、校图书管理员庄绍桢（即庄真），不断地从进步书籍中汲取营养。

南浔中学的张新华塑像

南浔中学学成之后，张新华又到杭州的浙江省立民众教育实验学校来求学，不久便加入了校内的学生抗日救亡进步团体——荆山共学社。在校学习期间，张新华阅读了大量的革命书刊，《母亲》《铁流》《毁灭》……书中讲述的革命道理，深深地吸引了她那颗纯真的心，为她之后的革命之路打下坚实基础。

1937年日军发动“七七”事变，祖国山河相继落入敌手。张新华的家乡南浔也遭沦陷，镇上被焚房屋4900余间，400多名无辜百姓惨遭杀害。张新华闻讯后怒火中烧，和同学们一起冲破校方种种阻力，到杭州城里张贴抗日标语，进行抗日演讲，为抗日战士募捐，从此走上了抗日革命的道路。

沿着革命的方向前进

战争局势愈加混乱，浙江省立民众教育实验学校从杭州搬到了金华兰溪。一路的颠簸反而使张新华更加坚定了内心。要抗日！要革命！到最前线去！

1937年11月，“江西省青年抗日救亡服务团”成立，张新华和同学们从衢州一路西进到了南昌，经过一个多月的学习集训后，她被派到吉安地区从事抗日救亡工作。张新华被编在六队，在此，她结识了党支部书记邱淑艳（即郭敏）和共产党员李乐山，直接受到党组织的教育。他们利用办识字班、教唱抗日歌曲、表演抗日剧目等形式，进行抗日宣传，激发人民的抗日热情。

1938年7月，新四军南昌办事处组织进步青年去皖南参加新四军，张新华也在其中，被分配到新四军战地服务团泾县山区搞民运工作。同年冬，张新华光荣地加入了中国共产党。张健说，当时张新华的工作表现非常出色，还被授予了“全军十大模范女战士”称号。

1940年年初，张新华被派到苏南溧阳地区，从事党组织组建和党员发展工作。同年3月，年仅24岁的张新华调任中共太滆工作委员会青工队长兼宜兴闸口区委书记。

张新华与表妹谈振常在苏州拍的照

张健去往宜兴时，当年见过张新华的老人们还记得这个大方开朗的姑娘，“其实湖州话和宜兴话差不多，她又平易近人，跟群众走得很近的。她年纪小嘛，有些群众认她做干女儿，有些孩子认她做干娘。她走的时候，好多人都哭了。”

革命中绽放的爱情之花

在张新华短暂却又精彩的革命生涯里，曾经也绽放过一朵爱情之花。1936年，20岁的张新华，在荆山学社里与王仲方相遇、相知、相爱。

王仲方后来在《我与华》这本书里回忆，在学校里他们曾是同桌，张新华会在别的同学欺负他时为他打抱不平；第一次也是最后一次在西湖约会时，他险些从游船掉到湖里，是张新华把他拉上了岸；他们也在一起阅读进步书刊，研究进步理论，还约好了要一起去革命圣地——延安。抗日种下了结缘的因，却也造成了分离的果。

1937年“八·一三”事变以后，王仲方和张新华决定一起前往延安。临出发前，张新华放心不下家人，想要再回南浔看看。分别前，她将身上的5块钱塞到了王仲方手里，并叮嘱他“你不是一个人，还有我”。没想到这一别，此生都没再相见。

王仲方到了延安，不久就被选为毛泽东的4位秘书之一，为毛泽东讲话做记录。而张新华则辗转到了南昌进行民运工作。两人在书信里寄托着思念之情。

“我的心，自始至终都属于你，只要你不走向反革命的道路上去。”“我对你的期望，就是国家所要求你的，亲爱的。”“我们把一切奉献给了革命，那当然工作高于一切。”

王仲方和张新华更在书信里订下了终身。王仲方给张新华寄去的书信里写道：“既然我们的爱在通信中交流，那我俩的婚事也在通信中缔结吧！我宣告张新华是我的爱人，你宣告王仲方是张新华的丈夫，我们已经结成一对革命

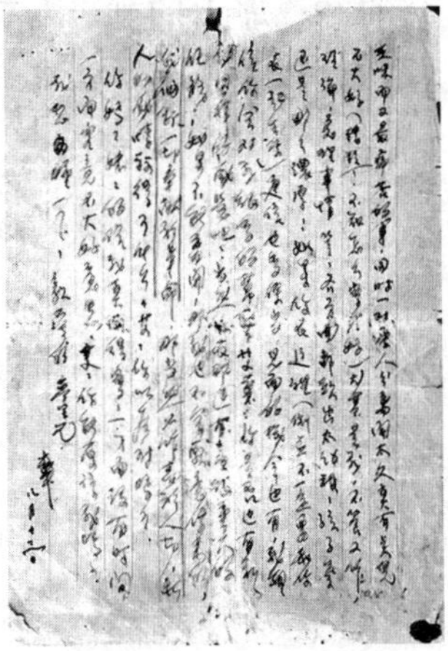

张新华给王仲方的信

青年王仲方

王仲方扫墓，原墓在江苏武进

夫妻。”张新华高兴地回信：“我早就如此看待我们的关系了。”

张健回忆起这位年年都会回南浔扫墓的伯伯，直言：“这就是一个精神支柱，支撑了王仲方一辈子。”

1981年开始，王仲方亲自到江苏宜兴等地寻找爱人的骸骨，并且亲手将她迁回故乡南浔。2017年，在王仲方去世后，他的一半骨灰与张新华合葬。

永远奔跑的她，为革命喘完最后一口气

张新华的生命定格于1941年3月上旬的一天，她奉命前往浙西建立秘密交通站。那天的她，身穿罗兰旗袍和花呢大衣，告别战友与闸口的父老乡亲，在归美桥搭乘班船，踏上了新的征途。然而，班船开到离溍桥5里的殷墅桥时，张新华曾经工作过的独立二团中的叛军正在这一带设卡收税。当这些叛军突然出现在班船上

张新华怒斥敌人（模拟场景）

时，张新华猝不及防，不幸落入魔掌。

张新华被捕后视死如归，还在狱中利用一切机会向守兵宣传抗日。看守她的士兵陈洪泉受她的启发，毅然携2条枪、40发子弹投奔了新四军。卑鄙的敌人深怕公开处决张新华会引起公愤，便策划了暗杀。她被暴尸在伪自卫团后门口的一条水沟里。

张健说，当时张新华受了许多非人的酷刑与折磨，“受了很多苦，我们听了都很不忍。她的战友都说她牺牲得非常壮烈。”

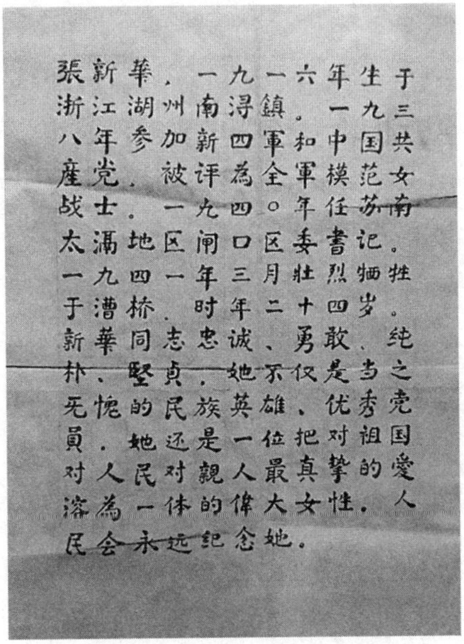
張新華，一九一六年生于浙江湖州南浔鎮。一九三八年参加新四軍和中国共産党，被评為全軍模范女战士。一九四○年任苏南太滆地区闸口区委書记。一九四一年三月壮烈牺牲于漕桥，时年二十四岁。新華同志忠诚、勇敢、纯朴、坚贞，她不仅是当之无愧的民族英雄、优秀党員，她还是一位把对祖国对人民对親人最真挚的愛溶為一体的偉大女性。人民会永远纪念她。

王仲方给张新华写的墓志铭

王仲方后来回忆，还在上学的时候，张新华很欣赏巴金翻译的一本剧本《夜未央》，她将故事里的主角华西里和安娜当作心目中的英雄，他们忠诚、慷慨、纯洁、英勇。就是这个故事，奠定了张新华革命的一生，“以一己之热血还同胞之自由，以个人的牺牲争得万人之安乐。”

【专家点评】

“我要永远奔跑”，年仅25岁的张新华，实现了她在信中“为革命喘完最后一口气”的誓言。“一身硬骨挺英姿”的形象，光彩照人的精神品格，将永远嵌印在我们的心中。岁月无疆，英雄不朽！勿忘国殇，吾辈自强！

浙江广播电视集团　来钧

冯和兰：宁可立着死，不愿跪着生

记者：韩晓雨
编辑：华冰

【人物名片】

冯和兰（1917年—1947年），浙江鄞县人。1939年加入中国共产党，以教书为掩护从事地下工作。1947年4月12日，因中共四明地委工委交通站遭敌人破坏而不幸被捕。被捕前，曾机警地吞下情报，并巧妙地发出信号，使其他同志免遭不幸。同年11月5日，在宁波江北岸草马路就义，时年30岁。

阿姐：

来信收到了，甚慰！没有经过组长检查，执事先生递给我了，所以这封信也只得偷偷地寄出。近来物价飞张（涨），币值大跌，影响我的营养，请你写信告知三哥，款已告罄，谅他们总也知道耳！

你在原处任教甚慰，小敏姆妈仍在原地方任教吗？春假里你家失窃，究竟东西有否损失，这是日夜记着中，我在这里

冯和兰

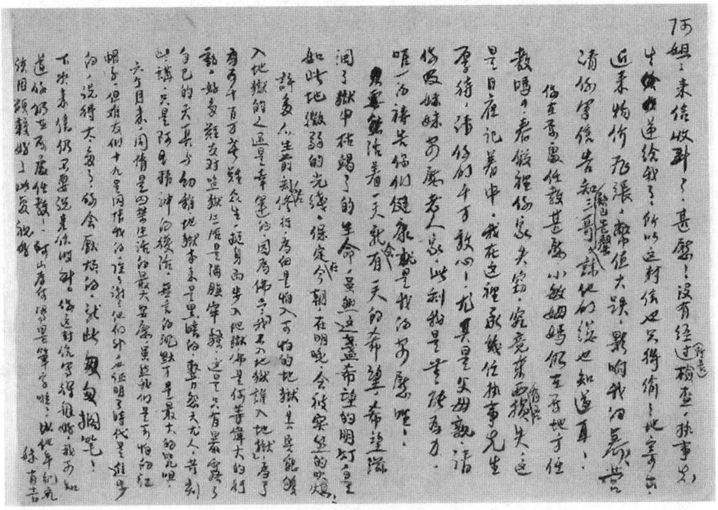

狱中给姐姐的信

承几位执事先生厚待，请你们千万放心！尤其是父母亲，请你及妹妹安慰老人家，此刻我是无能为力，唯一祷告你们健康就是我的安慰哩！

只要能活着一天就会有一天的希望，希望滋润了狱中枯竭了的生命，虽然这盏希望的明灯，是如此微弱的光线，保定在今朝，在明晚，会被突然的吹熄！

许多人生前刻苦修行，为的是怕入可怕的地狱，其实能够入地狱的人还是幸运的，因为佛云："我不入地狱谁入地狱。"为了千百万苦难众生，挺身而步入地狱，佛是何等伟大的行动。好多难友对监狱生活是满腹牢骚，这是只有暴露了自己的天真与幼稚，地狱本来是黑暗的，整日怨天尤人，苛刻些讲，只是阿Q精神的复活，无言的沉默才是最大的咒诅。

六个月来，同情是囚禁生活的最大安慰，虽然我们是可怕的红帽子，但难友们十九是同情我的，除了谢谢他们外，也证明了时代是进步的，说的太多了，你会厌烦的，就此匆匆搁笔！

下次来信仍不要说来信收到。你这封信写得很好，我可知道你仍在所处任教！阿山为何写墨笔字啦！以他年纪应该用硬（笔）较好！此复祝好！

妹

十月十一日

冯和兰烈士既是一名中国共产党员，也是一名伟大的人民教师。见过她的老人，都说她身材娇小、性格温柔。谁也看不出，在她柔弱的身躯里，有一颗坚不可摧的心。

冯和兰是鄞州石碶冯家村人，21 岁在镇海当小学老师后，就积极投身于抗日救亡工作。1941 年与丈夫李健民一起到镇海各地办夜校，教唱抗日歌曲，与丈夫育有两个儿子。由于工作成绩出众，她被调到唐家漕小学教书。这不是一所普通的小学，而是一个联络点。她白天教书，晚上办农民夜校，教农民识字，访贫问苦，安稳人心，及时传达党的指示，发展了几个新党员。

1947 年 4 月 12 日，再平常不过的一天，冯和兰在课堂上被捕。当晚便在鄞县警察局拘留所受审讯。

可无论如何审讯，冯和兰对于共产党的话题都只字不提。国民党开始动用酷刑，用绳子把冯和兰吊起来，用皮鞭狠狠地抽打，打得皮开肉绽，鲜血从她的布衫里一滴一滴地流下来，直到把她打昏过去，再用水把她泼醒，继续折磨。面对敌人的严刑拷打，冯和兰不为所动，她说："我宁可立着死，不愿跪着生。"

硬的不行那就来软的，敌人想要感化她写"悔过书"。他们把冯和兰带到一个干净的房子里养伤。让她一面休养，一面好好想想，想清楚了，就可以回家。说完，给她一叠纸和一支笔。

那段日子，他们用尽了心机：找来医生给她看病，替她擦红药水，给她吃消炎药。每餐好鱼好肉地招待，甚至允许她写信给家人，家人也可以前来探视。冯和兰将计就计，还真的给姐姐冯仪写了一封信，就是现在看到的这封信。

1947 年 11 月 6 日凌晨 5 点，有人来女牢里提审冯和兰，冯和兰镇静地坐起来，她知道此去无回，就从容不迫地梳发、洗脸，对同监狱的张蓉芳说："请你帮我给家人寄一封信。”在和狱友告别后，她昂首走出牢门，高喊：“中国共产党万岁！”

奔赴刑场的囚车里，冯和兰高唱《国际歌》：“这是最后的争斗，团结起来到明天，英特尔纳雄耐尔，就一定要实现。”

冯和兰在草马路上就义时，年仅30岁。她给家人留下的遗书上写道：“春假一别，竟成永诀。今天要说的话实在是太多了，但已经来不及说，同时也不允许我说，引以为憾！我是牺牲了，望各位不要难过。唯望对缘、平两儿多照顾，待他们长大成人，请告诉他们，我是为了人民顾不得儿女，请他们原谅我……”

【专家点评】

“宁为玉碎，不为瓦全”，冯和兰是有信仰的，从狱中偷偷寄给亲友的信中，她提到“我不入地狱谁入地狱”，虽是引述，但足见其随时为革命献身且矢志不渝的大无畏精神。在革命进程中，隐蔽战线上涌现了无数可歌可泣的英雄，但绝大多数人没有留下姓名也无法留下姓名，像冯和兰一样的无数有名、无名的地下工作者，为中国革命的早日胜利争取了时间、减少了伤亡，作出了可歌可泣的伟大贡献，历史也将永远铭记。

浙江广播电视集团　农书荣

叶向阳：抗日宣传急先锋

记者：李轶男
编辑：刘浩、邢恒超

【人物名片】

叶向阳（1918年—1941年），原名叶宗淦，浙江新昌县人。1937年"七七"事变后，他与一些热血青年组织抗日救亡流动宣传队，在新昌县城乡开展活动。1938年，参加新昌县战时政治工作队，从事抗日宣传工作。当年7月，参加中国共产党，担任新昌县抗日自卫大队担任中队指导员。1941年9月9日，在突围日伪军包围时，叶向阳中弹牺牲，时年23岁。

叶向阳给俞苗兆、林芙英的信（节录）

苗兆：

……

你对我太客气。我们有着一样的气质，都是青年，都是为民族解放事业努力着，虽然我们隔离得很远，我们的精神将是永远在一起的……

人到世界来的一刹是盲目的，而事实上宇宙社会又限制着我们，不许随便，而

叶向阳

是“奋斗”。所以高尔基说：“人生是斗争的。”但是这斗争的人生将如何去执行，却是我们一个青年最大的“？”号。

……

我们在这一时代是幸福的，我们的历史决定了我们应负的任务，为着中华民族的解放，人民得到“民治、民享、民有”的生活，我们努力着抗战建国事业，我们是先锋，我们是最忠勤（诚）的，必须要说服一切怀疑、蔑视、仇恨我们的人，共同向日寇及无耻的汉奸作最勇敢的战斗。朋友，我为什么要向（你）去讲这粗浅的烂套呢？只因为我想我们此后的任务是更重大更苦，为了环境的更恶劣，为了使我们能坚持抗战到最后一分钟，我们自己的充实是必须付与最大的努力的！

这里有一个好现象，没有自由主义。大家集训后要考试，什么三民——游击——国际形势、战时经济等基本的问题都有。同学们都在埋头准备，甚至开夜车，读书报、做笔记，讨论会座谈会发言、做主席、拟大纲，是多数同学都能执行着。因此，我想：为了要发挥我们伟大的青年的力量，自我教育是应该切切实实做到的。下面我提供一点意见，希望你们做做看：

一、约几个工作地点相同的同志，每周或特定时间开讨论会。如时事、政治、经济方面（比方：德苏的互不犯约为什么会订定？二期抗战的特点在哪里？经济重于政治，法币跌价……等问题），要拟定大纲（开始不妨简单），让大家看后去找参考材料。讨论的时候主席记录，逐项谈下去，使能普遍发言。

二、读书竞赛，要做笔记。

三、写文作（章）。我愚蠢地反复向同志们提出这意见，实在是有我的苦衷与热忱。因为我受苦太多，比方我发言没有头绪层次，读书一知半解，文作（章）写不出，实在是一个救亡工作者不应该的事。我们不求它一下子就非常好，希望能有兴趣、有耐心地经常地约几个同志一直做下去，一月半月之后才知道自己是多少的进步啊！

……

芙：非常高兴地读了你的信，愿你不仅是管理图书，并且一直钻到书本里面去。时代的车轮进展得太快，我们要追着跑上去推动它，不让它碾碎我们。我想：我们流浪逃亡吃苦都没有什么，最怕的是被时代遗弃了。你是一个聪明的人，希望你不要被聪明所谓（误）。不要伤心，（要）努力工作与学习。也不要怀疑别人对你不好。求学是为了自己，为大家，不是为了某个个人的。你能体谅一个五百里路外的人对你的祈望吗？

祝你秋天快乐。

苗兆：握手

叶

三〇/八黄昏

这是叶向阳参加浙江省政工队集训时寄给战友俞苗兆等的一封信。

叶向阳，原名叶宗淦，1918年出生在绍兴市新昌县城一个晚清秀才家庭。16岁时，因家里没有条件供其继续上学，叶向阳初中毕业后便辗转新昌偏僻山区以教书谋生。19岁时，他回到县城的五峰小学教书。

1936年下半年，叶向阳等人开展抗日宣传活动，吸引了许多热血青年参加。

1938年1月，叶向阳和同伴们组建了抗日流动宣传队，在各地巡回发表演讲，开展抗日宣传活动。

1938年3月，新昌县战时政治工作队成立，叶向阳是队员之一。当年7月，他加入中国共产党。随后的两年多时间里，这支战时政工队通过各种方式宣传抗日。政工队到哪里，抗日救亡的宣传就跟到哪里。

1941年7月，因遭国民党嵊县当局通缉，叶向阳受中共绍属特派员指派，前往绍兴开展抗日武装斗争。在绍兴皋北组建的皋北抗日自卫队里，朱铁群任队长，叶向阳任指导员。30余名队员都是从绍兴各地党组织调派来的党员骨干。

考虑到绝大多数队员文化程度低，缺乏军事知识，朱铁群和叶向阳组织自卫队员在后堡村胡家祠堂进行秘密训练。1941 年 9 月 9 日下午 1 时许，因汉奸告密，一支日伪军突然包围胡家祠堂。叶向阳为掩护战士突围，不幸被敌人子弹击中而英勇牺牲。此时，叶向阳年仅 23 岁。

【专家点评】

叶向阳烈士与俞苗兆在新昌中学时是同班同学。1938 年新昌县成立战时政治工作队时，两人一起参加了政工队工作。浙江省战时政治工作队是浙江国共合作、团结抗日的产物。政工队的任务是以动员民众抗战为重心，唤起民众对日本侵略者的仇恨，提高对抗战的热情。叶向阳在信中对老同学、好战友畅谈了集训学习的心得体会："我们的历史决定了我们应负的任务，为着中华民族的解放，人民的得到'民治、民享、民有'的生活，我们努力着抗战建国事业，我们是先锋。"表达了他要为抗战作出贡献的决心。

中共浙江省委党史研究室　朱健

于萍：我已注定死命，望爸爸不要过于悲伤

记者：赵鹏

编辑：刘浩

【人物名片】

于萍（1920年—1945年），原名于林桂，浙江浦江县人，1937年投身于抗日救亡运动。1942年参加革命，1945年被国民党杀害，年仅25岁。

我已注定死命，望爸爸不要过于悲伤，譬喻生一个不肖孩子。爱华近日就要生产，收回家中抚养。

不孝儿于林桂以此长别

一九四五年八月廿五日

于 萍

这张纸条是于萍烈士在牺牲前一天托狱中看守带回的绝笔信。信中写道：“我已注定死命，望爸爸不要过于悲伤，譬喻生一个不肖孩子。爱华（于萍妻子周琴的小名）近日就要生产，收回家中抚养。不孝儿于林桂以此长别。一九四五年八月廿五日。”

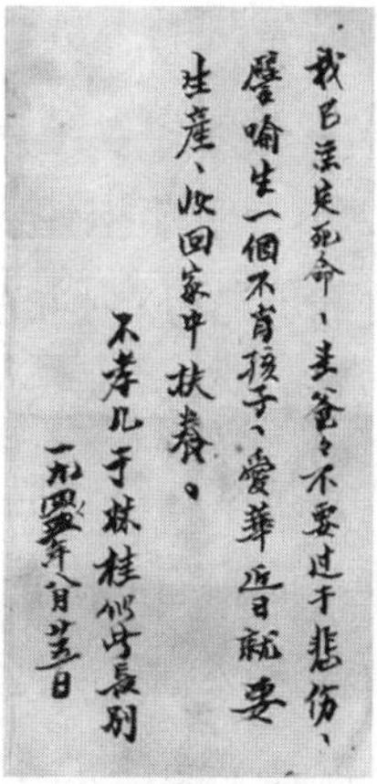
我已注定死命、望爸々不要过于悲伤、譬喻生一個不肖孩子、愛華近日就要生產、收回家中扶養。
不孝儿于林桂以此長别
一九四五年八月廿五日

于萍的绝笔信
（资料来源青田县档案馆）

当时于萍被关押的地方离家不到 100 米，被害那天从狱中赴刑场，得经过家门，一家人都等着，却无能为力。于萍为革命舍生忘死，街坊邻居无不洒下悲恸之泪。

可是，于萍家中，没有传出半点哭声。“那天天黑了，家里都没有亮灯，没人有心思亮灯。”70 多年后，于萍的儿子于文昌这样描述当年的情景，“不是不想哭，是不敢哭。”

整个宅子陷入沉寂。突然，后门响起敲门声，来人说：“帮于萍送一张条子。”

门开了，来人是于萍母亲村子里的一个远房亲戚，为关押于萍地方的看守之一。

于萍父母（左）、遗孤于文昌（中）与大姐于瑞珠母子（右）

看守是于萍母亲同村人，于萍被害那晚，悄悄把绝笔信送回于萍家：“林桂真是条少有的硬汉。扁担打断了好几根，老虎凳加到五六块砖，就是不哼一声，汗和血把衣裳都湿透了，他把牙齿都快咬碎了，还是一句口供都没有。”

这人的每一个字，都扎在家人的心上。

1937 年，浦江县第一批民先队在于荣绥（于萍父亲）家中成立，于萍成为民先队的一员。1938年受中共金衢特委派遣，于萍前往皖南新四军教导总队学习。学习结束后，在云和县、东阳县政工队从事抗日救亡宣传工作。1942年，于萍担任新四军浙东游击纵队第八大队浦江联络站交通员，次年调金义浦办事处任炉峰乡民运指导员。

1945年8月15日，日本天皇宣布无条件投降。中国人民付出了无数牺牲的八年抗战，终于胜利了。紧接着，内战爆发，浙江省浦江县内，原本躲在北山区不敢露面的国民党地方部队，突然从山上下来，抢占了浦江县城，并迅速布置四乡清剿。刚改编为国民党军的洪邦基部首先发难，向浦东办事处发起进攻，占领了浦江东乡重镇黄宅，杀害了税务人员。八大队忍无可忍，予以反击，一举击溃了洪邦基部，并当场击毙洪邦基，打掉了国民党的气焰。

1945年9月21日（农历八月十六日），金萧支队总部接到北撤的命令，迅速部署部队和解放区干部撤离。而这时，于萍正好请假回家探视怀孕已8个多月、即将临产的妻子。9月28日（农历八月二十三日），于萍告别妻子，返回驻地，却发现大部队在前一天已经离开。于是他与几位同样与部队失去联系的同志决定去追赶部队，结果还在村里就被国民党的眼线发现，敌人要他们交代留下人员的名单，于萍受尽酷刑始终一言不发，家人得知于萍被捕的消息后，想尽办法营救，最后审讯员拿着纸笔，告诉于萍只要写悔过自首书，签名盖印，就可以没事。

于萍趁着审讯人员离开，悄悄写了一张纸条，塞进鞋子里，托一个认识的看守把书信带出来。

信中说："我已注定死命，望爸爸不要过于悲伤，譬喻生一个不肖孩子，爱华近日就要生产，收回家中抚养。不孝儿于林桂以此长别。"第二天，浦阳镇下大街出奇的安静，要杀共产党的消息已经放出来了，于萍6岁的小

于萍妻子周琴（右）与姐姐周冰（左），中间为遗孤于文昌，摄于1946年

外甥等在自家门口，妈妈告诉他，看到舅舅过来，就喊一声。

于萍和另外几个人被人五花大绑从弄堂里推出来，于萍的奶奶立刻冲上去，被敌人一把推开，于萍停下脚步，回过头对着奶奶深深地鞠了一躬，平静地说：“奶奶，我走了。”

大约半小时后，于萍就牺牲在浦江城南门外。敌人更是传下话：不准收殓尸体！第二天家人托人疏通，几个亲戚朋友才敢到埋尸处抬回烈士尸体。送葬那天，来了很多人，于萍的妻子周琴不顾大家劝阻，一定要亲自送葬，走到大西门附近，肚子突然疼了，肚子里这个再也见不到爸爸的孩子就要出世了，这个婴儿就是于萍烈士的遗腹子于文昌。在父亲牺牲两天后出生的于文昌，如今和老伴住在浦江县城区，似乎是冥冥中注定，兜兜转转就住在父亲牺牲地的边上。

于萍烈士这种对革命的执着，为了民族敢于自我牺牲的勇气，至今激励着一代又一代的年轻人。

【专家点评】

2005年，为纪念于萍烈士牺牲60周年，中共浦江县委党史研究室等单位编印了《永恒的星光》一书；2021年，为庆祝中国共产党成立100周年，浦江县档案馆广泛发动社会力量，公开征集革命烈士档案资料，活动得到社会各界的广泛关注和支持，不少烈士后人将烈士遗物以“捐赠、寄存、借用”等不同方式交予县档案馆保管。于萍烈士的儿子于文昌老人将自己保存了大半辈子的文物和资料都捐献了出来，并表示“这些捐赠给档案馆更有意义”。以此为契机，县档案馆积极举办“百年风华——浦江红色主题展”，展出近400件红色文物，涉及20余名浦江革命先辈，其中就有于萍烈士的绝笔信。红色档案是峥嵘岁月的真实记录，是传承红色基因的鲜活教材。讲好红色故事，传递档案好声音，这正是档案人的职责和使命所在。

浙江省档案局　周峰林

严洪珠：为革命流尽最后一滴血

记者：崔正昊、李金海

编辑：潘康康

【人物名片】

严洪珠（1923年—1944年），原名严鸿翥，上虞崧厦严巷头人。1939年开始从事抗日救亡活动，1940年4月加入中国共产党。1944年8月25日在舟山大鱼山岛与日伪军展开殊死战斗后光荣牺牲，时年22岁。

父亲膝下，敬禀者久未问候，未知慈体是否安康，甚为念。

儿因公务牵系，交通阻隔，未能来函恭候。家中情形如何，弟妹是否健好，切希告知。

儿所奋斗之事业已下重大决心，吾父勿为担忧，但愿吾父深自保重。儿有定当转家面聚，切也。

跪头

慈安

通讯地址：慈溪东埠头 任家溪邮局转 鸿翥

湖登 张廷忠先生转 洪珠收

严洪珠

家书照片

在绍兴上虞区博物馆，收藏着这封抗战英烈严洪珠生前寄给父亲的信。包括信的文字内容和信封的正反两面内容，完整齐全。

当时身为浙东新四军海防大队一中队指导员的严洪珠重任在肩，加上交通阻隔，已好久没有与家通信往来了，不知家中情形如何，十分牵挂父亲和弟妹身体健康状况。然而，忠孝不能两全，严洪珠在信中向父亲明确表示："儿所奋斗之事业已下重大决心。"表达他为共产主义和中华民族解放事业奋斗的坚定意志以及舍小家为国家的家国情怀。

1923 年，严洪珠出生在上虞崧厦严巷头村的一个普通工人家庭，家里共有兄妹 5 人，他排行老三。父亲严奏清从小在上海做工，母亲体弱多病，家境十分困难。抗日战争爆发，上虞爱国青年掀起了抗日救亡活动，严洪珠积极投身了这场爱国运动，并在 1940 年 4 月加入了中国共产党。

同年 6 月，严洪珠经党组织安排，与万正、章紫丹等人一起打入上虞青年服务队，担任区中队指导员。之后，严洪珠离开故乡上虞，赴苏北参加新四军六师十八旅教导队学习。在 8 个月的军事、政治学习中，严洪珠成绩优秀。结业后，他被分配到浙东三北姚海地区自卫大队任指导员，一直在浙东三北沿海一带打击日伪军，而这些他都瞒着家里。据严洪珠侄子严毓林回忆，1941 年后的一个深夜，严洪珠曾带着两名同志突然来到崧厦严巷头的老家，也是因为其中有一名同志被蛇咬伤无奈回到老家让其养伤，"当时听我爷爷讲，在其中一名同志养伤的两天里，爷爷曾为他们整理床铺，在枕头下面发现两支手枪，当时爷爷就断定自己的儿子一定是参加了革命。之后三伯严洪珠悄然离家，从此再也没有了他的消息。”

信封照片

1942 年 4 月 7 日，严洪珠给家里写下了这封表达自己决心的家书，这封信第二天从慈溪宓家埭邮局寄出，经鄞县邮局最后送达崧厦，由严巷头棋干台门严奏清收。由于当时严洪珠所在的浙东新四军地处三北，日伪顽军盘根错杂，对敌斗争环境恶劣，战斗频繁，部队经常转移，住无定所，通信不便。他在信封正面写上慈翥寄，即慈溪鸿翥寄。而在信封背面又写：若人不在希转七号鸿翥先生收。信的正文后面写的通讯地址：慈溪东埠头任家溪邮局转鸿翥，接着又写：湖登张廷忠先生转洪珠收。可见在当时的环境下，通信联络工作充满艰难。

1944 年 5 月，严洪珠所在部队接到纵队政委谭启龙和司令员何克希的指示，向海岛进军开辟隐蔽的海上游击根据地。海防大队大队长张大鹏和政委吕炳奎决定，首先选择大鱼山岛作为进军舟山群岛的跳板，由第一中队承担这一任务。

大鱼山是一个偏僻小岛，以其形似一条大鱼故名。大鱼山岛长约 6 公里，宽 1.5 公里，有 400 多户人家，1000 多人，以捕鱼、种田、砍柴为生。它位于灰鳖洋上，东与岱山、秀山临近，西与慈溪、镇海海域接壤，是江浙海防上的重要口子。日寇盘踞舟山群岛后，在岱山等岛都驻有重兵把守，唯独大鱼山因地处偏僻，盘踞岛上的只有当时一小股伪军小分队，仅七八个人、三四支枪。

1944 年 8 月 17 日，部队根据浙东区党委“分散活动，牵制敌人，开辟海上隐蔽游击根据地”的方针，派严洪珠等率领的 76 人组成一中队，向大鱼山岛开进。18 日晚，一中队在慈溪古窑浦港下海登船。到 21 日凌晨，在大鱼山岛的南水头滩涂上岸。

得知一中队的到来，当时伪军小分队长张阿龙在伪保长王才荣的陪同下，来到一中队驻地“拜会”。暗地里刺探情报，并在夜里偷偷向伪军指挥部报告情况。

日军得知情况后，调集了陆军、海军陆战队共500余人，配置了军事装备，登陆艇2艘，炮艇1艘，大型机帆船5艘、小汽艇5只，水上攻击机2架，各种大口径火炮、机关炮10门。同时，驻舟山的日军还向驻上海日军司令官拍电报，请求再派上海2架飞机和一艘标号为“105”的大型军舰支援。25日凌晨，200多日军和300多伪军分乘舰船包围了大鱼山岛，并在两架敌机的配合下，向我军阵地发起了陆海空联合进攻。

海防一中队发现大鱼山海面这一严重敌情，一面下令做好战斗准备，一面紧急召集干部开会研究对策。大家认为，大鱼山孤悬海中，难以规避，唯一的出路就是打！指导员、党支部书记严洪珠当机立断，向大家作了简短的战斗动员后，部队分头迅速抢占打旗岗、大岙岗和湖庄头3个制高点。中队3个排，一排在副大队长陈铁康的指挥下进驻大岙岗，中队指导员严洪珠带领二排占领打旗岗，三排在中队长程克明的率领下布置在了湖庄头。三个山头制高点，形成犄角之势。

面对武器精良、八倍于我的日伪军，一中队战士与敌人展开了殊死血战。但敌人一面以飞机低空扫射和战舰火炮轰炸，压制一中队阵地，一面避开一中队正面阻击，从大山南北强行登陆，分路夹击，沿途见房子就烧，见人就打，十分疯狂，并胁迫群众为其带路。

在大岙岗主阵地，副大队长陈铁康和中队长程克明率领战士顽强抗击，打退了两路敌人的三次冲锋。下午1时，惨败的日军将全面进攻改为集中主力各个击破的战术，以打旗岗为主攻目标，展开猛烈进攻。作为打旗岗阵地的最高指挥官，严洪珠在身负重伤的情况下，带领战士英勇战斗，打退了敌人一次又一次的进攻。战斗打了4个多小时，一中队大多数战士均已负伤，弹药也几乎耗尽，且副中队长朱大钧所处的湖庄头阵地失守，朱大钧及大部分战士壮烈牺牲，打旗岗陷入了敌人的夹击之中。

下午3时，敌人采取南北合围的办法，向打旗岗发起了第六轮进攻。当时打旗岗只剩下了严洪珠等 6 名勇士，而且都负了伤。面对绝境，严洪珠预感情况危急，利用这短暂的战斗间隙开始焚烧书籍、文件，并对战士们说：“同志们，我们是共产党领导的军队，坚决做一个光荣的革命者，决不做俘虏，决不缴枪，子弹、手榴弹用光了，用石头砸，石头砸完了，用牙齿咬，要为革命流尽最后一滴血；留下最后一颗子弹，作为自殉的准备。”在严洪珠的激励下，战士们奋不顾身击退了敌人的又一次进攻，尔后纷纷将手中的武器摔碎，将零件扔下悬崖。最后阵地上只剩下严洪珠、陆贤章等 4 人。

当时的陆贤章排长恳求严洪珠带同志们撤离，但严洪珠却做出决定：由排长带着剩下的 2 名战士离开，自己担任掩护。当敌人冲上山岗的最后一刻，严洪珠将最后一颗子弹射向了自己，壮烈殉国。严洪珠用年轻的生命践行了“宁可牺牲，不做俘虏”的铮铮誓言。

在这次大鱼山岛英勇抗击日寇的浴血战斗中，海防大队一中队浴血奋战一整天，共打死日军 50 余人和伪军 30 余人，打伤日伪军 80 余人。海防一中队全中队 76 名指战员牺牲了 42 人。战斗结束后，新华社发出战报，新华广播电台向全世界广播，浙东游击纵队政治部在《新浙东报》上详细报道了这次战斗，还出版了《血战大鱼山岛》的连环画。

《血战大鱼山岛》封面图

大鱼山战斗革命烈士纪念碑

直至 1953 年，在杳无音信近十年后，父亲严奏清收到了一封来自严洪珠战友金孟文的书信，才知道儿子严洪珠于 1944 年就已为国捐躯。包括居住在旗杆台门里的许多严氏族人，才知道在东海舟山群岛的岱山县西北部海面的灰鳖洋上，还有大鱼山这样一个岛屿。

如今，大鱼山建起了一座高达 8 米的大理石纪念碑，每年 8 月 25 日，渔民们都会用渔村的传统方式，沉痛祭奠这 42 位英勇烈士。这场被誉为“海上狼牙山之战”的惨烈血战，激荡着浙东儿女的血性，在重创日寇嚣张气焰的同时，也开创了我军海岛作战的先例。2015 年 8 月 24 日，民政部公布了第二批在抗日战争中顽强奋战、为国捐躯的 600 名著名抗日英烈群体名录，新四军浙东纵队海防大队一中队血战大鱼山岛四十二烈士英雄群体列入其中。

【专家点评】

“儿所奋斗之事业已下重大决心”，古人云：自古忠孝不能两全。面对家忧和国难的双重选择，严洪珠舍家为国，这是血性男儿的大义。面对侵略者的枪弹和刺刀，严洪珠宁死不做俘虏，壮烈殉国，让我们看到了他用生命践行生前“宁可牺牲，不做俘虏”的铮铮誓言，值得我们永远铭记在心！

浙江广播电视集团　来钧

和平守护者

竺焕新：一封珍藏 70 多年的家书

丁文余：最难忘的是扛枪打仗的日子

胡洪海：抗倭长记英雄血

丁允群：传承红色精神，勇担时代使命

胡兆富：只要有我这条命在，就不能丢掉伤员

张金发：刻在身上的『共和国勋章』

钱长江：我是一个兵，来自老百姓，打败日本狗强盗，消灭蒋匪军

王长银：七顶山上有敌无我、有我无敌

徐承录：被俘虏的炮兵调转炮口，敌军全线崩溃

王甲臣：打了三天三夜，争夺了七次阵地

徐茂华：从卫生员到飞行员

俞风楼：冒着枪林弹雨为战士们拍摄照片

吴昌业：长津湖战役总攻前发现紧急电报

马发泉：用生命丈量军人的使命

傅永先：我是 100 瓦的灯，就得发 100 只光

丁炳荣：三天三夜，把战友背回祖国

金锦泉：我愿把自己的青春和生命奉献给党

陈　章：参军 50 天即奔赴一线

林金龙：头可断，血可流，祖国寸土不能丢

竺焕新：一封珍藏70多年的家书

记者：崔正昊

编辑：潘康康

【人物名片】

竺焕新（1920年—1951年），浙江省新昌县兰洲村（今属嵊州市黄泽镇）人。受大哥竺焕兰等早期共产党员的影响，于抗战期间在家乡参加共产党，1941年夏参加新四军。抗战胜利，1945年秋随军北撤至苏北鲁南。1949年淮海战役胜利后渡江南下进驻上海。1950年冬随军参加抗美援朝，牺牲在朝鲜战场。

七妹：

你的来信，我早已收到，由于我懒得提笔就搁到今天未复，想你一定猜测悬念吧！祈谅。

一个人参加革命到战线实际斗争，是由多面情况造成的，在我们来说，多为环境所迫，对现实不满，并充满着小资产阶级热情，抱着美满幼稚的理想与幻想而来的。你已学习中国革命问题，对本身定有深刻的分析与批判，并表示“有力量和旧

竺焕新

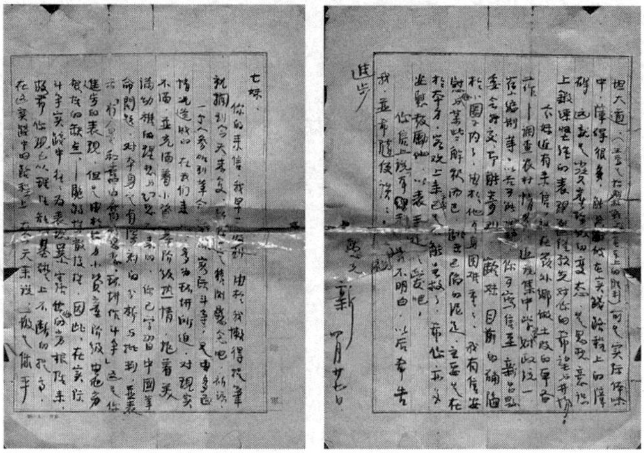

的腐朽思想、环境作斗争”，这是你进步的表现。但是由于出身小资产阶级，由（有）他劣根性的缺点——脆弱性与散漫性，因此，在实际斗争实践中往往为（会）表现暴露出他的劣根性来。故你现已从理性知识基础上不断的提高，在这实践中的路程上，在今天来说，一般是像平坦大道，（主要是指解放战争基本上的胜利），可是实际体味中障碍很多，能够冲破在实践路程上的障碍，这就是小资产阶级的变态，是思想意识上锻炼坚强的表现，这仅预先对你的希望与警惕。

芬妹近有来信，说在岭外乡作土改的准备工作——调查农村情形，近说集中学习财政，统一宿（缩）小编制等，以后可能调动，你可写信至新昌县委会转交，即能寄到。龄妹目前的确陷于小圈子内了，由于他本身困难重重，我有信安慰他与某些解释而已，跳出已陷的泥足，主要是在于本身，客观上来看已是不能呈（拯）救了，希你亦多安慰鼓励他，以表手足之爱吧。

你信上说本来不明白，以后希告我，并希随便谈谈。

祝

进步

愚兄　新

四月廿七日（1950 年）

这是竺焕新烈士1950年4月27日写给七妹竺亚青的信，在信中，这位大哥讲述了自己参加革命斗争的情况和感悟。信中提到：“一个人参加革命到战线实际斗争，是由多面情况造成的，在我们来说，多为环境所迫，对现实不满，并充满着小资产阶级热情，抱着美满幼稚的理想与幻想而来的。你已学习中国革命问题，对本身定有深刻的分析与批判，并表示‘有力量和旧的腐朽思想、环境作斗争’，这是你进步的表现。”竺焕新鼓励七妹与旧的思想做斗争，抛弃小资产阶级的劣根性，改正自身缺点，进一步提高认识，锻炼成长。信中体现了一位哥哥对妹妹的关切和自己身为一名中共党员的决心、觉悟。

竺焕新1920年出生于浙江省新昌县兰洲村，他从小就受到大哥竺焕兰等早期共产党员的影响，抗战期间在家乡加入中国共产党。1941年，21岁的竺焕新离家加入新四军。竺家除了大哥竺焕兰和三哥竺焕新加入共产党外，竺亚青的大姐也相继加入地下党。在革命氛围里长大的竺亚青受到影响，成为一名游击队员。

由于三哥竺焕新离家抗战后，和家里很少有书信来往。1949年解放战争即将胜利，在中国命运的大变革时刻，他才和家人开始联络。

这封1950年三哥竺焕新给自己写的信，竺亚青已经珍藏了70多年。竺亚青介绍这封信当时用的还是敌伪留存的纸张，因为在新中国成立之初，中国造纸业初创，百废待兴，用纸都极其珍贵。“你的来信早已收到，由于我懒得提笔就搁到今天未复，所以你一定猜测悬念吧，祈谅，一个人参加到革命战线实际斗争，是由多面情况造成的。在我们来说，多为环境所迫，对现实不满，并充满着小资产阶级热情，抱着美满幼稚的理想与幻想而来的。”这封充满革命关怀的信，曾一度成为竺亚青的心理支撑。

照片和背面文字

在给妹妹竺亚青的家

书里，竺焕新附了一张身着军装的照片，他站在门廊的立柱前，脸上带着温柔的笑意，这是一位坚守共产主义信仰的战士，挺过了大风大浪后的淡然。照片背面是竺焕新写给妹妹勉励的话语："时间过得飞快，我们要努力跟上时间的步伐，甚至超过。"1950 年竺焕新刚刚 30 岁，从 21 岁离家后，竺焕新经历了中国的巨变。在后来给家人写的信里，他陆续介绍了失联那些年的经历：1945 年秋随军北撤至苏北、鲁南；1949 年淮海战役胜利后，渡江南下进驻上海；1949 年 8 月，中共发起了解放舟山群岛的战役，一直打到 1950 年 5 月，位于长江口南侧的这个群岛才终于解放。在竺焕新当年所提及的战斗中，他都一直在前线，竺亚青说，当时舟山群岛解放以后，他就是第一批走上去的。

自从参加革命后，竺焕新就跟着部队四处转战。1950 年，他接到通知说，8 月 1 日，南京华东主力部队要进行一场大阅兵。竺亚青在 1949 年 6 月考入华东军大。竺焕新在和妹妹竺亚青的书信往来中得知此事，他正好可以借这个机会到南京去。他给妹妹的信里提到这件事，约好到时候在南京见面。

可让兄妹都没有想到的是，突如其来的抗美援朝战争，让这次会面永远存在于想象里。1950 年 6 月 25 日，朝鲜战争爆发。竺焕新接到通知开始备战。10 月 25 日，中国人民志愿军应朝鲜请求赴朝。竺焕新的任务是带着部分干部，到前线执行检查战事任务。他有记日记的习惯，把这段时间的经历，以及在朝鲜战场上的见闻，都记在日记本里。

1950 年 11 月，竺焕新写了另一封家书，告知家人自己即将北上，"今后联系不便了"。他和家人都没想到，这成了他的最后一封家书。

1951 年年初，竺家收到消息：30 岁的竺焕新于当年 2 月牺牲。竺亚青说："我总担心我三哥是冻死的，因为他们一路上带 20 个人，一路上汽车总不停。那都是负重车，都是运军备、补给的，都不停，而且他们经常遇到炮弹。到底怎么牺牲的不知道，在战争之年牺牲是各种各样的。"

军方给家人寄回两样东西，写有"脚底板之诗"的日记本以及一支钢笔。身为干部的他原本是可以骑马的，但由于伤员和随军物品繁重，他没有骑过一次马，他颇有一些得意，写下了这首诗，歌颂自己的脚底板，这首诗是一位共产党员战士的骄傲和一份不向逆境低头敢于开天辟地的初心和决心。

【专家点评】

近几年，年近九旬的竺亚青老人曾三次来到我们办公室，先后带来了她的大哥竺焕兰、三哥竺焕新的一批书信、日记等珍贵资料，希望我们能够妥善保存。谈起两位兄长，竺亚青几度落泪。她说，哥哥当年为了自己的信仰离开了家庭，投身革命，直至牺牲。这么多年过去了，谁还记得他们？唯有这些泛黄的信纸和斑驳的文字，铭刻着他们的革命痕迹，静静地讲述着他们的初心。

竺焕新在上面的这封信中，结合自己的经历，坦白分析了参加革命的动机，强调不断学习，提高思想认识，才能进步。他了解自己的家庭出身，所以教导小妹要克服小资产阶级的劣根性即脆弱性与散漫性，在实践中锻炼成长。竺亚青比大哥小 17 岁，比三哥小 12 岁，按理说不是一个年龄段的人，交集不会太多，但她深受两位哥哥的影响，自幼就接受了先进思想，努力学习政治文化知识，积极从事进步活动，17 岁考入华东军大，进入革命的大熔炉。

中国人民大学家书博物馆、家书文化研究中心　张丁

丁文余：最难忘的是扛枪打仗的日子

记者：崔正昊
实习记者：卢婷
编辑：刘浩

【人物名片】

丁文余，1922年出生，1939年加入新四军，先后历经抗日战争、解放战争、抗美援朝战争，参加过孟良崮战役、鲁西南战役、淮海战役、渡江战役等。

亲爱的爷爷：

爷爷，近来工作较忙，不太有时间回家看您。今天给学生上课，教孩子们写信时，突然想到我也已经很久没给您写过信了。

在学校，我常常和同事、孩子们讨论历史，每当讲到咱们共产党走过的这些路，我都会很自豪地说，我爷爷就是一位新四军老兵！还记得小时候给我讲您参加抗日战争、解放战争和抗美援朝时的故事，您说当时在淮安的时候以少胜多，打了一场漂亮的伏击战，包围了一个日军中队。当时听着您的故事，想着你们真厉害，都是

丁文余

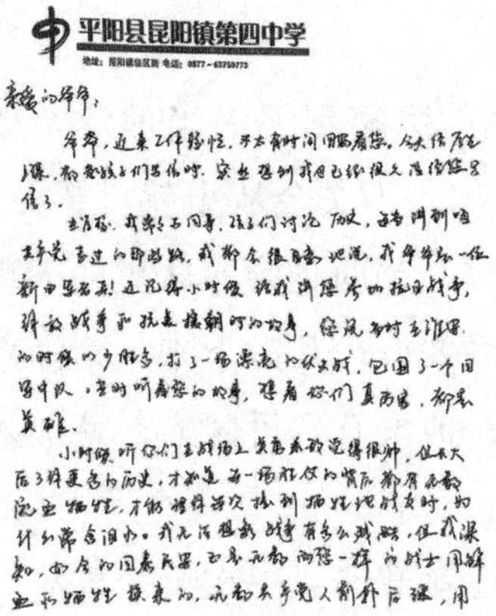

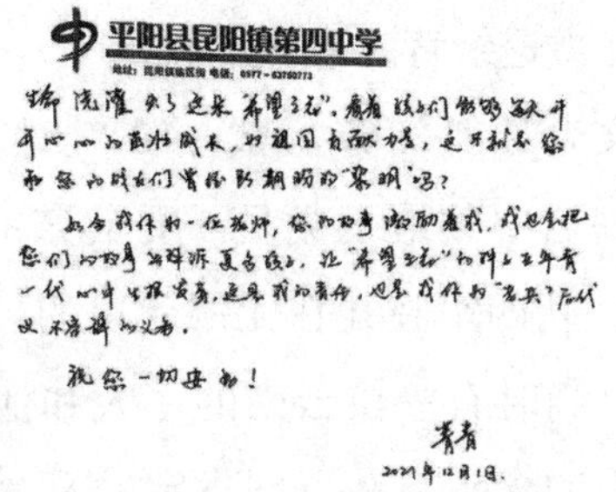

英雄。

小的时候听你们在战场上英勇杀敌觉得很帅，但长大后了解更多的历史，才知道每一场胜仗的背后都有无数流血牺牲，才能理解每次提到牺牲地战友时，为什么您常含泪水。我无法想象战争有多么残酷，但我深知，如今的国泰民安，正是无数向您一样的战士用鲜血和牺牲换来的，无数共产党人前仆后继，用生命浇灌出了这朵“希望之花”。看着孩子们能够每天开开心心地茁壮成长，为祖国贡献力量，这不就是您和您的战友们曾经所期盼的“黎明”吗?

如今我作为一名老师，您的故事激励着我，我也会把你们的故事告诉更多孩子，让“希望之花”的种子在年青一代心中生根发芽，这是我的责任，也是我作为“老兵”后代义不容辞的义务。

祝您一切安好！

箐箐

2021 年 12 月 1 日

这封落款于 2021 年 12 月 1 日的信来自丁文余的孙女丁箐箐。一次机缘巧合，让在温州平阳第四外国语中学任教的她给爷爷写下了这封感情真挚的家书。虽然在信中，丁文余的故事只是一带而过，但这位传奇老兵曾经的烽火岁月却力透纸背，意久绵长。

丁文余原籍江苏盐城，12 岁时，他就离家到无锡当理发学徒。他的父亲曾是一名中共地下党员。受父亲的影响，丁文余从小就对革命充满向往。1939 年，新四军驻扎在无锡周边的村子里，当时他帮军队里的人理发。丁文余回忆，当时有一位云南的军人和他关系要好，几次下来，渐渐熟络了，便有了参军的念头。在得到肯定的答复后，他没有告诉家人，就加入部队随军前往苏北。

可让他没想到的是，刚入伍不久，他就遭遇了一次沉船事故。丁文余回忆，当时，国民党强迫皖南新四军开赴长江以北，企图聚而歼之。丁文余所在的部队奉命从镇江渡江到扬州，他属于第二批过江人员，由于迟到 15 分钟，没赶上渡船而躲过了一劫。“第二批人员坐国民党提供的轮船过江，船舱全部封闭，船到江中突然沉没，当时团长和政委都在船上，牺牲了 800 多名战士，最后就只有 18 人从烟囱逃生幸免于难。”丁文余告诉记者，当得知战友们牺牲的消息时，他和第二批的战友们悲愤不已：“都很气愤的，国民党背信弃义，说好国共合作了，你怎么打内战？自己来打自己，整个团全部把它沉下去。”

为避免悲剧再次发生，后来部队全部坐木帆船过江。事后，丁文余得知，这是当时震惊中外的“皖南事变”的一个序幕。也正是这次经历，让他更坚定要跟随新四军的脚步，跟着共产党才能够到达他们所期盼的“黎明”。

在丁文余的记忆中，最难忘的是扛枪打仗的日子。抗战期间，他曾亲历两次记忆深刻的战斗。

1941 年 7 月，在江苏省如皋县，丁文余第一次用步枪打仗，那场战斗他记得真切，从凌晨一直打到晚上 8 点，敌人的枪炮攻势很猛，看着身边的战友被子弹击中后倒下，丁文余能做的，只有更猛烈地还击，新四军 1 个团 2000 多人与日军 1 个大队 1500 多人激战，双方互相伤亡近百人。

在清扫战场时，丁文余也人生第一次近距离和日本兵战斗。当时他正在附近巡视，突然听到同伴喊了一声“敌人”，他立马发现了接近他的日本兵，战场上不是敌死就是我亡，当时敌人的刺刀刺向他的头部，他反应及时躲开了敌人的攻击，刺刀就从鼻子前面刺了过去，而丁文余也就趁敌人收枪的惯性，从步枪头上拔出刺刀将敌人刺死。第一次近距离杀敌的冲击很大，丁文余坦言，这之后一段时间，这场战斗都在他心中埋下了阴影，有时晚上睡觉都会惊醒。

此后，丁文余转任通讯兵，长期在连队、营部、团部当司务长和军需官，负责筹集、管理部队粮草等军需品。1943 年，在江苏淮安，丁文余所在的营部根据事先截获的情报，包围了一个日军中队，以少胜多打了一场漂亮的伏击战。

“当天，我们在下午 4 点就出发了，埋伏在一个水塘边的高处。”丁文余说。等日军进入包围圈后，全体战士突然开火，打得日军慌了阵脚，直往两边水塘里窜，结果陷进沼泽不能自拔。整个营部共 900 多人，日军约 1000 人，最后打死 300 多名日军，俘虏 32 人，还缴获了一批山炮。老人说，新四军优待俘虏，当时除 1 个俘虏自杀外，其余都加入反战联盟，替部队当翻译、上战场喊口号，1945 年日本投降后被遣送回国。

抗战胜利后，丁文余参加了解放战争中的不少著名战役。1947 年，丁文余作为连队司务长，参加了孟良崮战役，与国民党进行了三天三夜的包围战。当时七十四师是国民党的王牌师，国民党整编七十四师坚守阵地，我军虽然将其包围，但国民党却以大兵力实施反包围。狭窄的地域内聚集着数十万大军。敌中有我，我中有敌，层层交错，扭成一团。老人每每回想这场战斗，眉头都会蹙成一团，他说战斗的紧张程度难以形容：“当时天气很热，战斗持续了三天三夜，粮食供应很紧张。我们那时候指挥能力很强的，敌人包过来一层，我们再外面包一层，一共包了 9 层。有的国民党军队中也有我们的人，叫他放弃，不要支援他，这样把他打掉、困掉，一层一层包掉，之后做他们工作，不要支援他、不要支援他，这个王牌才是这样消灭掉。”

后来，丁文余辗转各地参加战斗，他记得淮海战役打了 63 天，渡江战役后，丁文余终于在扬州与家人见了一面。为了保护家人，他长达 10 年没有写过一封家书，亲人都以为他不在人世。“母亲长期思念我，把眼睛都哭瞎了。”提起扬州见面往事，丁文余眼角湿润了。他说自己没有尽到孝道，不是一个好儿子，但他从没后悔过参军，有国才有家，有国才有他。

朝鲜战争打响后，丁文余跟随部队参加抗美援朝，他说当时的条件极其艰苦，很多战友在当时都被冻死。提到跟随部队参加3年抗美援朝战争经历，他再次落泪："当时很多战友缺乏衣被，都零下40多度，在战场上活活冻死了。"

抗美援朝结束后，丁文余随部队来到丽水退役转业，之后到绍兴学习。1956年分配到平阳县鳌江镇搬运公司当副经理，1979年从平阳水厂离休，享受副县级待遇。他说，自己感恩于能够拥有这样的生活，很多战友都为国牺牲了，能活到今天，已经是最大的满足。他常常对自己的孙女丁箐箐说，希望每位青年能够创造幸福的生活，为祖国创造财富，这也是他和老战友们唯一的心愿。

【专家点评】

爷爷英勇杀敌，保家卫国；孙女教书育人，立德树人。站在三尺讲台上，孙女可以自豪地向一届又一届的学生们讲述爷爷的英雄事迹，在他们心中种下"希望之花"，激励他们成长成才、报效祖国。丁箐箐作为"老兵"后代，扛起讲述老兵事迹、传承英雄精神的使命，完成了爷爷对她的希冀。她在信中，让爷爷放心，是因为她相信青年一代不会忘记历史，青年一代定会"为中华之崛起而读书"。

浙江省退役军人事务厅　金登尚

胡洪海：抗倭长记英雄血

记者：崔正昊
实习记者：卢婷
编辑：华冰

【人物名片】

胡洪海，1925年8月出生，1942年入伍，中共党员。17岁参军，20岁退伍，他先后参加了长沙保卫战、桂林保卫战等著名战役。

亲爱的孩子：

我时常给你讲我当年的故事，看着你眼中的点点光芒，我都感觉格外幸福。今天的幸福来之不易，看着你们的面庞，看着你们茁壮成长，我都觉得我和战友们走过的路，值了。

还记得我是 1941 年 8 月在福建闽清县天儒中学加入的志愿军，那一年我 17 岁。中国共产党 1931 年时就在全国各地组织强有力的军队，全国各地都纷纷组织地下党，各地人民都说“共产党好”。这就打下了抗日的基础。抗战开始之后，中国共产党和国民党组织了二次国共合作，虽然国民党

胡洪海

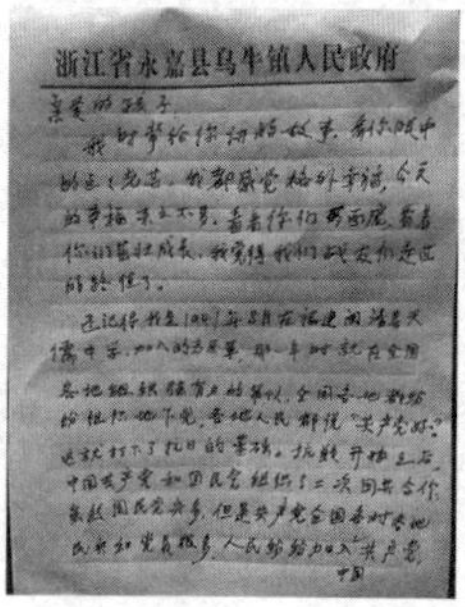
浙江省永嘉县乌牛镇人民政府

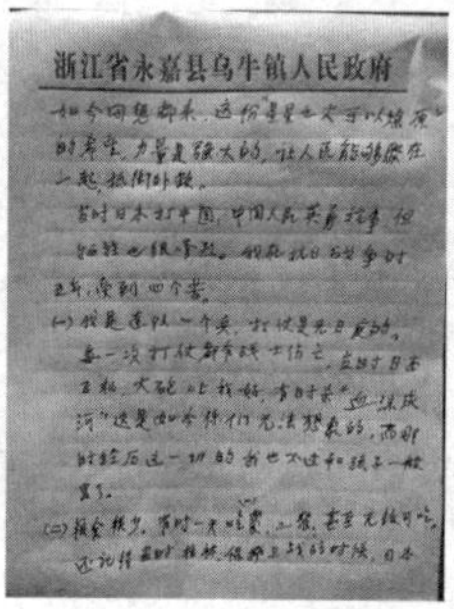
浙江省永嘉县乌牛镇人民政府

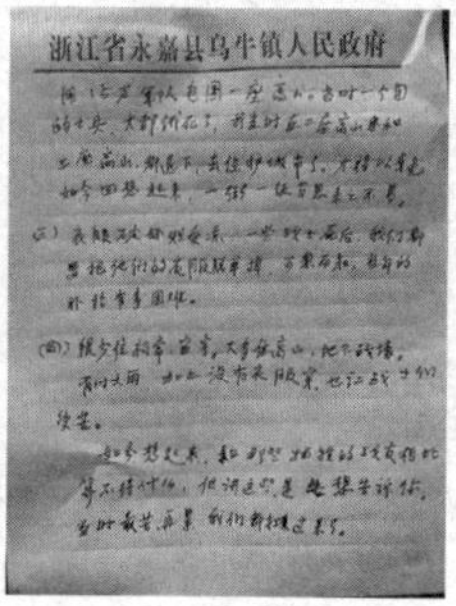
浙江省永嘉县乌牛镇人民政府

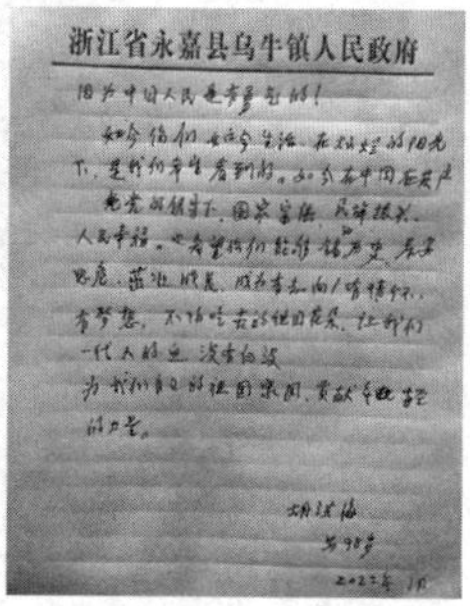
浙江省永嘉县乌牛镇人民政府

兵多，但是共产党全国各村各地的民兵和党员很多，人民纷纷加入中国共产党，如今回想起来，这份“星星之火可以燎原”的希望力量是强大的，让人民能够聚在一起，抵御外敌。

当时日本兵打中国，中国人民英勇抗争，但牺牲也很惨烈。我在抗日战争时5年受到4个苦。

我是连队一个兵，打仗是无日夜的。每一次打仗都有战士伤亡，当时日本飞机、大炮比我们好，有时杀得“血流成河”，这是如今你们无法想象的，而那时经历这一切的我也不过和孩子们一般大罢了。

粮食很少，有时一天吃一餐、两餐，甚至无饭可吃。还记得当时在桂林保卫战的时候，日本用15万军队包围一座高山。当时一个团的士兵大都饿死了，当时我在第二高山、第三高山，都退下去保护城市了，才得以幸免，如今回想起来，一粥一饭当思来之不易。

衣服破烂受冻，一些战士死后，我们都要把他们的衣服脱掉，可想而知当年的补给有多么困难。

很少住屋堂庙宇，大多住在高山，有时大雨大风加上没衣服穿，也让战士们受苦。

如今回想起来，和那些牺牲的战友相比算不得什么，但讲这些是想告诉你，当时再苦再累，我们都扛过来了，因为中国人民是有勇气的！

如今你们生活在灿烂的阳光下，是我们希望看到的。如今在中国共产党的领导下，国家富强、民族振兴、人民幸福。也希望你能够铭记历史、居安思危、茁壮成长，成为有志向、有情怀、有梦想、不怕吃苦的祖国花朵，让我们一代人的血没有白流，为我们自己的祖国家园，贡献年轻的力量。

胡洪海　写于98岁

2022年1月

2022年1月，时年98岁的抗战老兵胡洪海，给正在浙江越秀外国语学院上学的曾外孙女徐千禾，写下了这封信。信中提及了自己在抗战时的过往，勉励自己的曾外孙女勤奋学习，“为我们自己的祖国家园，贡献年轻的力量”。

在采访胡洪海的家人时，记者了解到“抗倭长记英雄血，建国常怀赤子心”是这位耄耋之年的老人，最常挂在嘴边的一句话。

提起半个多世纪前的抗战，胡洪海说，当年日本鬼子来势汹汹，1940年，年仅15岁的他就想参军。当时，他的伯父在福建莆永师管区担任团长。于是胡洪海便前往福建，投奔伯父。“我的伯父看到我就问，你几岁了？我说15岁，伯父说：你这样小，没人要你的，先去读书，等长大了再当兵。”由于年龄太小，到了福建之后，胡洪海被安排到了福建省闽清县天儒中学读书。

在学校读书的这段时间里，胡洪海时常听到抗战的消息，听到日本人不断侵占我们的土地，一个接一个地方都沦陷了。同时，他也看到身边许多同胞都在积极救亡，自己的同学不断加入到抗日的队伍中。那时候的他深刻感受到“国家有难，人人有责”。

1941年6月，17岁的胡洪海接到伯父来电，当时日机经常侦察、轰炸南平，时局非常紧张。于是他再也按捺不住参军的冲动，和天儒

中学的大多数同学一起去报名自愿参加远征军。此后，胡洪海被编入福建仙游县模范队进行训练。由于日军大规模向厦门、泉州、晋江、蒲州等地进攻，抗日形势十分严峻，原本训练要 3 年时间，只训练了 1 年模范队就解散了。他也提前进入部队，被分配到了莆永师管区。由于当时成绩优异，他被任命为司务长，负责内勤工作，管理粮食、弹药等物资。

因战事紧张，胡洪海随部队转战于福州、南平、闽清等地，“福州先沦陷，日本鬼子的兵团就开到福州，我的伯父就把我们往江西赣州送。”接到命令后，胡洪海随部队从江西赣州转往云南加入新一军，远征缅甸作战。

1943 年，湖南衡阳一支部队在长沙战役中遭到日寇围攻，一时很难突围，甚至有全军覆没的危险，“长沙军粮没有，子弹也没有，日本鬼子四面包围。”在江西赣州的胡洪海所在部队接到上级命令，争取帮助衡阳部队打出缺口，向被困军队输送物资。当时这条线被他们称为“抗日生命线”，由此可见任务十分重要。此后部队由公路线用军用车运，公路被破坏就背着军用品步行，有时日夜兼程，十分艰苦。就这样，胡洪海赶上了长沙会战的最后一战。

运送粮食的路途充满艰险，铁路已经被日军破坏，中途还遭到了日本人的袭击——在到达衡山县附近的路上，部队遭到日机的机枪扫射和轰炸。当时部队分散躲入山林，但依然牺牲了 5 名战友，部队运送的很多物资都被燃烧弹烧掉了，幸好还剩下一部分藏在军用车内的物资被保护了下来。

好不容易将剩下的物资运到湘潭，但由于日本人层层设防，胡洪海所在部队寸步难行，无法和长沙被困部队接应。“那个时候，日本鬼子碉堡造起来，枪炮、坦克外面都弄起来了。我们进不去，大概有两个团在打，但还是打不进去。”

停停打打在外围僵持了两天后，上级命令转变攻打战略：日军武器先进，必须近距离肉搏刺杀。第三天夜里，部队派上了大刀队。在夜色的保护下，大刀队出其不意，和衡阳部队里应外合，终于杀出了一个突破口，将物资运送到了被包围的部队手中。

随后，胡洪海所在部队在湖南韶关驻军休整并开始往云南方向前进。1944 年 8 月，部队到达桂林。1944 年 10 月，长沙、衡阳等地失守，日军从四面八方集中攻打桂林，当时，国民党政府在重庆，日军一旦占领了桂林，就能够直接打进重庆。部队当时只接到了一个命令，就是“死守”。胡洪海说，当时日本人有15万，自己部队只有2万人，那个时候提出来了一个口号：人在桂林在，人亡桂林亡！

这一战打得特别辛苦，胡洪海清楚地记得：日机在空中轰炸、扫射、放毒气，陆地上坦克、重炮如涌潮一样进攻。当时他们的战壕、防空洞都被日军炸毁了，粮食也都没有了，日军还常常在夜里发动战争，每天都有牺牲，老百姓死伤无数。

胡洪海清晰地记得，部队驻守在七星岩、屏风山和猫儿山，日军进攻后包围了七星岩，七星岩原本有两个团2000人左右，粮食运不上去，子弹打得也没有了。后来日本人飞机投放毒气，两个团的人几乎全部牺牲。当时胡洪海就驻守在屏风山上，部队接到命令全部撤到桂林城里去，每一个地方的路口都把碉堡造起来。

“人在桂林在，人亡桂林亡！”在这种恶劣的环境下，胡洪海和他所在的部队坚持了7天。但这时却接到了作战部的命令，要他们撤离桂林。11月10日，桂林沦陷，守卫桂林的这段时间，牺牲了8万多名战士。

随后，胡洪海所在的第一团第四连迁往贵州都匀。距离都匀不远的独山是日本侵略者的军事驻地，在那里中国军队和日本侵略者展开了无数次残酷的战斗，规模有大有小，双方死伤无数。

最后，部队来到贵州贵阳，并在那里一直守到了1945年8月日本无条件投降。前方传来抗战胜利的消息，当时的情景胡洪海仍历历在目，“老百姓大炮都砰砰砰地打，大家都跳起来，高兴得不得了哎，都在说中国胜利啦。”

由于战争过于惨烈，胡洪海所在第四连162人中，最终活下来的只有71人。抗战结束后，胡洪海选择了回家，毅然加入了中国共产党，成为一名地下党员，为解放战争的胜利贡献自己的力量。

如今，胡洪海儿孙满堂、生活安康，偶尔也会回忆起当年的情景，怀念那些已逝的战友。不久前，他和自己的曾外孙女徐千禾通过一次电话，在电话中简单提及了自己当年的故事，这才有感而发写下这封信。他说，在和平年代，我们更应当铭记历史，维护和平，不能让烈士的血白流。

【专家点评】

“抗倭长记英雄血，建国常怀赤子心”，这是永远印在胡洪海心里的话，每一场胜利都是用鲜血换来的，都来之不易。他在信中与曾外孙女讲到，“打仗是无日夜的、粮食很少甚至无饭可吃、衣服破烂受冻、很少住屋堂庙宇，大多住在高山。”这些如今人们再也不会经历的困难，用这些勉励曾外孙女珍惜当下的幸福生活，勤奋学习，为祖国家园贡献力量。

浙江省退役军人事务厅　金登尚

丁允群：传承红色精神，勇担时代使命

记者：党君雅

编辑：华冰

【人物名片】

丁允群，1929年出生，浙江东阳人，1950年3月参军，1951年7月毕业于中国人民解放军某航空学校，学习航空机械专业，之后加入广州空军，成为新中国第一代空军。1952年7月奔赴朝鲜战场，参加抗美援朝，荣立三等功。

年轻一代的党员们：

我是一名年过九旬的老兵，1952年，我跟随部队从广州出发，参加抗美援朝战争，是一名普通的空军机械员。那时候飞机安全保障工作都是在夜间，天气非常寒冷，为了保障飞机第二天正常战斗，必须冒着冷酷天气连夜修复受损的战斗机。但和每天飞行作战的飞行员比起来，我们的辛苦不算什么。他们是新中国的第一批飞行员，在集训后冒着生命危险和美国拥有作战经验的空军战斗，这保家卫国的牺牲

丁允群

精神令我无比钦佩。

抗美援朝战争结束后，我加入了中国共产党。

如今，岁月静好，国泰民安。你们是幸福的，但“一代人有一代人的使命，一代人有一代人的担当”，希望大家能在平凡的岗位上苦练本领、增长才干，勇担时代使命。

丁允群

2021.6.6

1929 年出生在东阳的丁允群原本家境富裕，但抗日战争爆发后，父亲的生意无法持续，一家人四处避难，家道中落。在辗转中，丁允群唯一没有放下的就是学习。1945 年，抗日战争取得胜利。第二年，20 岁的丁允群因为深知知识对孩子成长的重要，师范毕业后成为了一名人民教师。

丁允群来到嘉兴一所小学教语文，也做班主任。虽然工资很低，但生活还算过得去。他很快在家人的安排下就娶妻成家。但丁允群有一个深藏在心里的愿望，那就是参军。从小目睹日军欺凌百姓，放火烧了父亲的商铺，又看到解放军英勇抗战。他一直希望自己成年后能有机会参军，保家卫国。

丁允群的毕业证书

很快，这样的机会来了。1950年年初，三所军事院校到嘉兴招纳新兵学员。丁允群按捺不住内心的激动，和七八个校友一起报名参加了考试，最终他被华东军事政治大学录取。经过大半年的系统学习，丁允群因成绩优异在1951年1月被分配到中国人民解放军航空学校，学习航空机械专业，1951年9月被编入广州空军。

1950年10月19日，中国人民志愿军赴朝参战。10月25日，志愿军打响了入朝后的第一仗。在抗美援朝战争中，美国空军实力强大，而那时的解放军几乎没有成熟的空军体系，在作战中常常处于不利地位。

丁允群和他的同学们就是新中国第一代空军的力量。他们在航空学校开启了为期8个月的特训学习，由国内的空军专家授课，从维修到空军作战，每一天的学习都在为上前线做准备。

对飞机一无所知的丁允群第一次看到当时最新式喷气式飞机的构造图就懵了，构造图太过于复杂，而且专业术语太多。但他们是保证飞行员平稳起飞、安全返航的第一关，必须要在飞机起飞前确保每一项指标达到安全标准。丁允群没有别的办法，只有“刻苦”二字。每天的时间不是在教室学习理论，就是拿着图纸到飞机旁一一对照。遇到不懂的问题就拉着老师问个不停，生怕错过了任何细节。

他说，飞机维修不是最苦的，和他们相比，飞行员们更加危险，每天的试飞训练都考验着意志力和身体素质。每次起飞前，丁允群维护的飞机都要经过7个签字，看到飞行员们顺利返航，他提到嗓子眼的心才能放下来。

丁允群在部队时的照片（右二）

由于朝鲜战争需要，1952 年 7 月 1 日，丁允群所在的部队，登上了开往朝鲜战场的火车。空军和陆军不一样，不能单刀直入深入战场，丁允群的部队首先被带到了丹东的大孤山机场，战士们一看这里竟然是一大片高粱地，很快大车驾着一块块钢板铺设开来，一个野战机场就这样急速搭建起来。

抗美援朝荣立三等功证书

丁允群的部队要开始完成独立作战任务。接到的指示是，3 个月内要让美军退回鸭绿江三八线之外。但当时两军实力悬殊，美国都是具备第二次世界大战作战经验的飞行员，飞行小时数超过 2000 小时，而我们的飞行员几乎没有实战经验，要争取战斗胜利，更要保证飞行员安全。

为了掩护飞机起飞，每天凌晨 3：30，丁允群和战友早早起床做好飞机各项检查，保证 5：00 左右天蒙蒙亮时飞机能够正常起飞。等天黑飞机降落，丁允群又要检查飞机的情况，并为之修复，有时候甚至要持续到后半夜才能结束一整天忙碌的工作。

在这样紧张、高频度的作战状态下，8 个多月的时间里，丁允群所在的部队击落敌军 6 架飞机，其中其所在的团击落敌军 5 架飞机，无一名飞行员伤亡，丁允群也因工作表现优异荣立三等功。1953 年 12 月丁允群光荣入党。

参军入伍时，丁允群不知道妻子已经怀有身孕，朝鲜战争回国后他一直留在部队担任空军机械师工作。直到他 1958 年随部队到上海，再次和家人联系上，才得知孩子已经 8 岁了。

1971 年，45 岁的丁允群转业到杭州电缆厂工作。如今，年过九旬的丁老看到祖国日新月异的发展变化很是感慨。他时常为青年党员们讲述战斗故事，激励年轻人传承红色精神，勇担时代使命。他说，两个一百年的中国梦让自己感到祖国的强大和人民的幸福，也期盼着年轻人贡献力量早日实现全面小康！

【专家点评】

从教师到军人，变化的是职业，不变的是报效祖国、服务人民的初心。在抗美援朝战争中，丁允群作为一名空军机械师，为保障飞机第二天正常战斗，必须冒着冷酷天气连夜修复受损的战斗机。他是新中国第一批空军，见证了中国空军的发展与腾飞。如今的幸福生活来之不易，所以他在信中勉励年轻党员要勇担时代使命，苦练本领、增长才干，努力为祖国的繁荣富强贡献力量。

浙江省退役军人事务厅　金登尚

胡兆富：只要有我这条命在，就不能丢掉伤员

记者：党君雅

实习记者：郭培林、卢婷

编辑：华冰

【人物名片】

胡兆富，1926年出生在山东省济宁市泗水县，1943年入伍。先后参加抗日战争、解放战争。参加过包括淮海战役、渡江战役、孟良崮战役等大小战役46次，救下无数战友，曾荣获“华东三级人民英雄”称号，26次立功授奖，包括特等功2次、一等功7次、二等功8次、三等功5次、四等功4次。

孩子们：

又是一年芳草绿，依然十里桃花红，我们有很多美丽的诗句去憧憬新年和新希望，博大精深的中华文化细品起来总是回味悠长。其实有关春天的诗句，我还是最喜欢白居易的“野火烧不尽、春风吹又生”，共产党人的革命和建设斗志就是新生的星星之火，冲破了封建主义、帝国主义和官僚资本主义的压迫与封锁，在人民群众的拥戴中，打开了国家发展的新天地，创造

胡兆富

了一个又一个民族复兴的中国梦。

大家就是小家。2018 年退伍转业军人信息的登记，揭开了我的一段革命历程，也让你们对爷爷的过去有了清晰了解，但是我希望你们了解的不仅仅是爷爷个人的过去，而是能对那段烽火岁月有全面和深刻的理解，能够深刻认识到是无数革命先烈抛头颅洒热血才换回了新的中国；能够深刻感受到今天的成就是无数先辈跋山涉水百折不挠累积而来；能够深刻领会到只有国家和民族的强大才有我们每个小家庭的幸福。

埋头就是抬头。你们有很多梦想，有想成为维护社会正义的法治工作者，也有想成为顶尖的医务工作者，还有想能伴着五星红旗一起登上月球和更远的星球……那就快埋下你们的头，埋头学习、埋头工作，只要我们一代又一代的人埋头刻苦，就一定能换回国家和民族的抬头复兴。就如你们现在看到我的革命过去，其实我只是那段岁月里最普通的一员，有多少战友永远倒下了，到现在还不知道他们的姓名，我的一个战友，军装都没穿上，就倒在了战场上，倒下的时候才 18 岁……新中国的抬头又是多少无名英雄埋头战斗、献身换来的！

舍去就是获取。其实有时候我很矛盾，每当回忆起我的战友和那段岁月，竟常有如果当时能伴着他们一起倒下的、永不分离的想法，又常有能够活到现在、见证今天国家富强和民族复兴的幸福。为了革命 17 岁入伍，为了建设发展从医 23 年，不仅离别了故土，有时候还要舍下家庭、不能更好地照顾和教育自己的子女，但是国家没有忘却，给予了我优厚的离休待遇，我的革命和工作事迹也被广泛报道，但是我希望你们看到不仅是我如今得到的荣誉，而是能够懂得奉献，在工作和生活中不要计较个人得失，在集体利益面前，能够勇于放下个人利益，把自己摆入到国家富强和民族振兴的中国梦当中，永远把国家、民族和百姓放在第一位。

新年我有三个愿望。2022 年将是国家发展史上具有里程碑式的一年，我们将迎来党的二十大，希望你们以新的一年为新的起点，以饱满的精神迎接党的二十大；希望新的一年能够进一步增强理论联系实际的能力，学会把习近平新时代中国特色社会主义思想贯彻到实际工作和学习当中，尤其要深入贯彻到服务人民群众当中；2022年我将迈入96岁高龄，我不知道还能否和你们一起迎接下一个新年，假如不能，你们一定要为我感到高兴，因为我去见我的战友了，你们一定要把我的骨灰带到舟山撒入大海，我的战友在那里等我。

你们的爷爷：胡兆富

2022年1月1日

即将迈入96岁高龄的老兵胡兆富在2022年新年的第一天给孙辈们写下这封信。身体状况随着年龄的增长每况愈下，但战斗的峥嵘岁月依然根植于心。1943年，17岁的胡兆富加入泰宁抗日游击队，就这样，热血少年胡兆富成为了革命队伍中的一名战士。因为他读书到小学5年级，有些文化，部队首长让他兼任卫生员。

1944年，随着队伍的不断壮大，胡兆富所在的泰宁抗日游击队更名为八路军鲁南军区警备旅。胡兆富因作战英勇、能力突出，被提拔为卫生班班长。抗日战争中，他所在的部队活跃在山东省内，成为抗日战争敌后战场中重要的一支队伍。

1946年6月底，蒋介石不顾全国人民要求和平建国的美好愿望，悍然撕毁停战协定和政协决议，对解放区发动全面进攻，解放战争全面爆发。1947年1月，胡兆富所在的部队被编入华东野战军。

胡兆富（左）

1948年年初，解放军西北野战军取得大捷，西安绥靖公署主任胡宗南将洛阳大批兵力西调，造成洛阳空虚，解放军审时度势，发起了洛阳战役。洛阳为历史古都，又是陇海路的重要据点，拿下洛阳，可以争取战略主动。

在这场战役中，国民党守军兵力虽不多，但工事坚固，城垣高厚，堡垒众多，易守难攻。当务之急是顺利突击。胡兆富所在的突击队在几番攻势之下，由于敌军占据高位、火力充足，造成我军伤亡。指挥突击队的排长不幸牺牲、班长身负重伤。

“我一个共产党员又是支部委员，不能眼看着他们失去指挥，部队就完不成任务。所以，我只好放下医疗箱，拿起排长的冲锋枪，带领着一个突击排，把敌人的碉堡打掉。”

在身后战友轻、重机枪的掩护下，负责医疗的胡兆富拿起已牺牲排长的冲锋枪一路带领着队伍往前冲。他说，发起突击就不能停下来，“我们就冲锋过去，一直向前冲，迂回包围他们”。

在他的指挥下，突击队炸掉了敌人的两个大地堡，缴获了许多武器，为之后的战斗胜利打下了坚实的基础。在这场战役中，胡兆富被授予特等功。洛阳战役，歼灭了国民党国民革命军青年军第206师等部共2万余人。洛阳战役的胜利，提高了人民解放军的攻坚能力，为尔后夺取其他城市提供了经验。

1948年6月15日，华东野战军第三、第八纵队按照命令，分别自杞县、陈留、高阳等地区向开封隐蔽急进；6月16日晚，逼近开封城关，完成了对开封的四面包围。战役于6月17日突然发起，期间，蒋介石飞临开封上空督战。他一面令空军大力配合地面守军作战，一面督令多路敌军增援。蒋介石还下令国民党空军对开封城进行残酷轰炸，成千吨炸弹、燃烧弹倾泻在开封的街道和人口稠密的居民区。

“开封龙亭攻打那里的时候，敌机轰炸我们，好多伤员倒在楼房压在里头，我自己也压在里边。”国民党的空军部队一轮轮对地面部队进行轰炸，伤员不计其数。胡兆富看到倒在血泊中的战友，顾不上头顶呼啸而过的战机，爆炸扬起的尘土还未落下，他就喊着“担架队上前”，把压在战友身上的砖石一块块挪开，从下面拖出身负重伤的战友，把他们转移到安全的地方。

“轰炸，我受了伤，我再坚持扒他们，又抢救了十几个伤员，后来我因为流血过多，人昏过去了。”在这场战役中，胡兆富头部被炸药的碎片击伤，瞬间血流不止。战友把他转移到安全的位置后，他拿出医药包，简单进行包扎后再次冲上前线救人，和医疗队战友一起从废墟中扒出11位伤员。直到失血过多，胡兆富晕倒在了战场上，被战友营救到了安全地带。至今，他的头顶有一大块凹陷处，正是这场战役留下的伤痕。

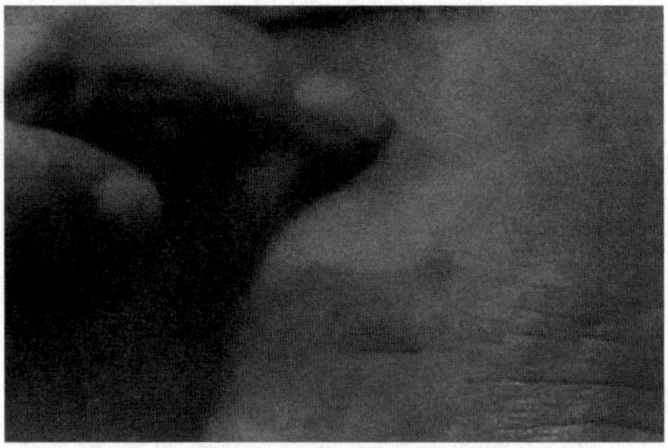
胡兆富头顶凹陷处正是这场战役中留下的伤痕

6月21日，重新调整部署后，华东野战军对龙亭发起了最后攻击。5个小时激战后，龙亭被攻克，歼敌近万人。22日，国民党开封守敌全部肃清。开封战役共歼灭国民党军队约4万人。

胡兆富身上至今留下了大大小小不同程度的伤痕。作为一名军队的医务人员，他一直活跃在前线，不管是指挥战斗还是救治伤员，他都把战友的生命看得很重，把自己的生死置之度外。

“我决心，要么我自己牺牲了，我自己不死，我能爬起来把伤员救起来，只要有我这条命在，我不能丢掉伤员。打仗，死不怕的，就怕受了伤之后被丢掉了，那就治不过来。”

这半生戎马、军功赫赫的经历，胡兆富从未向旁人提起。直到退役军人事务局需要登记个人信息，他女儿翻出积压箱底沉甸甸的军功章，才让老人的光荣与历史呈现在了人们的面前。他深藏功名60年，不论在部队，还是在地方，不论在战争年代，还是在和平建设时期，在不同岗位，淡泊名利，全心全意为人民谋利益，体现了共产党员的高尚品格。如今，96岁高龄的胡兆富面对荣誉，一直很淡定，他说自己是共产党员，就应该为深入一线，为群众做事。

胡兆富

【专家点评】

他参加过46次战役，26次立功受奖。他深藏功名60年，直到2019年7月初，常山县退役军人事务部门进行退役军人信息核对工作时，这位老英雄的赫赫战功才被人们知晓。他说："我的这些军功章只是一个代表，真正功劳大的英雄都倒下了，我算不上什么英雄。"他被评为全国模范退役军人、浙江省首届"最美退役军人"，以他为原型的京剧《战士》也已搬上舞台。他在书信里告诉孩子们"大家就是小家、埋头就是抬头、舍去就是获取"，这是对孩子们最好的引导与教诲。

浙江省退役军人事务厅　金登尚

张金发：刻在身上的“共和国勋章”

记者：邹雯
实习记者：楼舒辰、吕亮亮
编辑：潘康康

【人物名片】

张金发，1927年12月出生，浙江湖州吴兴县白雀乡南皋桥村人。曾参加高邮战役、莱芜战役、孟良崮战役、淮海战役、渡江战役和抗美援朝，获得过三等功。

爷爷：

今天我跟老爸带着登登一起去看了《长津湖》，您不知道您曾孙有多可爱，虽然才6岁，但好像也懂。看完电影出来就吵着一定要找太爷爷，他想跟您说：“太爷爷，你打仗的时候，流这么多血，害不害怕啊？你以后打仗的时候，子弹飞过来，要小心一点，别让子弹打中！”

小家伙说这些话时特别认真，我告诉他，以后我们再也不会发生战争了，因为无数个像太爷爷一样的英雄，早就为我们用血和泪建造了一个全新的中国，一个和

张金发

平的中国！

小家伙喜欢玩具枪，以前还经常说，羡慕太爷爷可以握真正的枪"很幸福"。看了电影之后我告诉他："你记得电影里有一个叔叔说吗？我和大哥把仗都打完了，你就不用再打仗了。"其实真正幸福的是我们，太爷爷拿枪是为了以后我们不再拿枪，就是靠着这种信念，用非常落后的武器战胜了当时很厉害的美国。

登登虽然还小，很多情节还看不懂，很多话也不能理解，但我相信红色基因和种子已经在他幼小的心里扎根，因为英雄就在身边。

就像我从小就常常听您讲抗美援朝的故事，而看完电影，更加深受震撼和教育，我们好像穿越到了您当年拼杀的战场，但我知道真实的战场远比电影要残酷。您出生入死，九死一生，我们才能如此幸运，亲耳听到从战场走来的英雄跟我们讲真实的历史和故事，我们也会把这笔宝贵的精神财富一代一代传承下去！

谨祝

康安！

孙：张浠

2021年10月

这是孙子张浠看完电影《长津湖》后，给爷爷张金发写的一封信。

张金发："上战场我们一个消灭敌人，一个准备死。两条，没有其他思想的。"

16岁投奔新四军，从抗日战争、解放战争到抗美援朝战争，湖州94岁老兵张金发戎马一生，参加过大大小小的战斗近百次。从枪林弹雨中走来的他回忆起70多年前的那段峥嵘岁月，依然豪迈、热血澎湃，那枚埋在胸口16年的弹片，也成了刻在张金发心中永远的"共和国勋章"。

张金发自小贫困，父母亲早逝，只留下他和两个弟弟与祖母相依为命。

家里全靠张金发在小镇上修补鞋子维持生计。苦难的生活让他非常痛恨日本鬼子，他知道新四军是为穷人打翻身仗，很想参加革命。

张金发

1945 年 7 月，张金发瞒着家人，投奔新四军。1946 年 6 月，蒋介石撕毁停战协定，向解放区发动全面进攻。张金发随部队先后参加了多次战役。1948 年 11 月 6 日，淮海战役打响。华东野战军在粟裕的带领下，在江苏徐州以东地区，对国民党黄百韬兵团开始了一次大规模围歼战。张金发所在的某师连续进攻秦家楼。可是国民党军队都是全副美式装备，又在正面防线 100 米布置 20 多挺轻重机枪，负隅顽抗，我军伤亡惨重。后来，粟裕司令下令，白天挖战壕往敌阵延伸，夜间集中兵力加强进攻。11 月 16 日夜间，部队向秦家楼发起总攻。张金发当时是班长，率领全班 12 名战友，冒着敌人猛烈的炮火发起冲锋，好几次在枪林弹雨中和死神擦肩而过。张金发："子弹已经打穿钢盔，子弹擦着脑袋过去，稍微相差一点就没命了。"就在敌我双方拼死交战中。突然，一发炮弹落在张金发带领的进攻队伍中。张金发："我们第五次冲锋。一个炮弹打中我们 3 个人。副连长打肚子上，一位战士腰部中弹，我肺部中弹。吃了个弹片以后，我跑了 3 里路，跑到我们医务室，血放得太多了，昏倒了，给我弄到医院里，这个弹片没办法取出来，只能给我做个简单治疗。"

当时，医疗条件有限，张金发在后方医院做了清创救治之后，转到枣庄部队医院治疗，这块弹片也就一直埋在肺部。后来张金发才知道，那场战斗结束时，他们班 12 名战友，包括他在内，只活下来 3 个人！张金发说："我们 12 个人，打 2 个多月以后，剩 3 个人。我睡在这里，有一个排长，他第二天没有了，死掉了，医生还骗我转院了。以后我好了，我去看看，那个坟在那里，是原来我的排长。牺牲的人不得了啊。"战友的壮烈牺牲换来了伟大的胜利。11 月 22 日，经过连日激战，我军击毙黄百韬，其兵团被全部歼灭。

淮海战役结束后，在枣庄部队仅休养了一个月的张金发听说要渡江，就要求提前出院参战。1949 年 4 月 21 日，被任命为八连副排长的张金发随部队从泰兴上了渡船，开始了危险的渡江战役。张金发：“我们的小木船，坐一个班，每个人一个救生圈，我们这个船炮弹打这里，过去打我船，没打到。”这时，江阴守军已被我地下党策反起义，被国民党称为铜墙铁壁的江阴要塞很快土崩瓦解。战斗结束时，张金发在俘虏兵中发现了一个老乡，就主动上前做他工作，将他改造过来，参加了解放军。后来，这个老乡也为革命做了很多工作。张金发：“我跟他讲，解放军是为了穷人的；俘虏兵被我们解放了，我当排长，到杭州，集合部队，他到我们连里了。”张金发随部队打过长江后，参加了长兴、郎溪、广德围歼战，长驱直入攻杭州、战上海，再转战到舟山群岛的门户大榭岛练兵，并在东海岸迎来了中华人民共和国的诞生。

张金发肺部中弹，16 年后取出弹片

1954 年，张金发复员，先后被调往甘肃天祝县、湖州吴兴县工作。1962 年，担任吴兴县戴山区人武部部长，组织民兵训练工作。由于工作过度劳累，1963 年 3 月，张金发曾在淮海战役中受伤的肺部发炎，经常咳嗽吐血。经湖州医院检查，发现其胸腔内有弹片，随即组织上把他转到杭州手术。张金发说：“一直知道有这个弹片，半夜会吐血，这个东西要化脓，要腐烂，弹片在杭州开的，开刀过程中，去掉两根肋骨和一片肺叶。”

最终，医生取出了这枚隐藏在张金发右胸肺部 16 年的炮弹片，1 × 3cm

炮弹片

大小，如今被收藏在北京中国军事博物馆。

张金发的军装上挂着数枚闪闪发亮的勋章，但最闪耀的，还是这枚刻在身上的“共和国勋章”。这枚弹片，见证了张金发在战场上走过的烽火岁月，他所付出的美好青春，正是中华民族走向复兴的写照。

【专家点评】

16岁时，张金发瞒着家人，参军入伍，他坚信只有打赢战役穷人才能翻身，家人才能吃饱住好。他戎马一生，参加过大大小小的战斗近百次，在枪林弹雨中多次受伤，他胸口的弹片直到肺部感染，16年后才取出。如今，这枚有意义的“弹片”被收藏在中国军事博物馆，能让更多的人从这枚弹片了解到老兵张金发的感人事迹，能激励更多的人勿忘历史、珍惜当下。

浙江省退役军人事务厅　金登尚

钱长江：我是一个兵，来自老百姓，打败日本狗强盗，消灭蒋匪军

记者：党君雅

编辑：潘康康

【人物名片】

钱长江，安徽人。1928年出生，1944年入伍。跟随部队先后参加孟良崮战役、淮海战役、渡江战役等大大小小20次重要战役。曾冒险炸碉堡，荣立战斗一等功。

儿子：

我是一个兵，来自老百姓，打倒日本狗强盗，消灭蒋匪军，建立新中国。现在国家建设需要你，战胜疫情，保老百姓平安。上次党表彰你，不要骄傲，继续做好党交给你的工作，注意身体，照顾好小家。

钱长江

2021年7月20日

钱长江

1944年10月，16岁的钱长江与当时绝大多数热血男儿一样，在民族危难时刻，毫不犹豫地选择

了参加新四军，保家卫国。此时的新四军，战斗装备还很有限，战士们手握着大刀和手榴弹与日伪军战斗。

“刚刚当新四军没有枪，有大刀。我当兵的话有大刀1把、4颗手榴弹。那时候不叫手榴弹，叫地雷。连长配一个枪，副连长还拿不到呢，我们拿不到的枪。”

虽然装备落后，但是他们通过游击战声东击西，让日伪军寝食难安。1944年11月，日军和伪军桂顽军共纠集700多人，前来扫荡钱长江所在的新四军鲁西抗日根据地。罗炳辉师长亲自指挥，灵活机动地运用阻击战、袭击战、伏击战等战术打击敌人。

钱长江和战友们英勇反击，攻克小吴庄、龙王尖、吴圹洼等据点，歼俘敌人数百人。1945年8月，日本宣布无条件投降。1946年6月，解放战争打响。钱长江跟随部队参与了宿北战役、孟良崮战役等多场战斗。

1947年，中央军委撤销新四军番号，组成华东野战军。1947年8月，华东野战军主力进入鲁西南地区转入外线作战，策应晋冀鲁豫野战军主力挺进大别山；东线兵团留在内线作战。国民党深感兵力不足，企图迅速结束山东战事，以便转用兵力于中原战场。为此，蒋介石亲自飞赴青岛，制定“九月攻势”作战计划，由范汉杰指挥整编组成胶东兵团，由潍县至青岛一线进攻胶东解放区，企图首先攻取平度、莱阳、烟台，逐步将华东野战军东线兵团压缩在胶东半岛的“牛角尖”内消灭。

胶东地区三面环海，腹地多山，是华东野战军的主要后方基地。东线兵团以中小规模歼灭战，牵制、阻击国民党军，保卫胶东解放区，以粉碎国民党军进攻胶东的计划。

9月的一天夜里，钱长江随队急行军上百里路从国民党8师、9师的结合部突围出来。10月1日，三路纵队胜利会师于高密以西的朱阳地区，从而彻底粉碎了蒋介石、范汉杰企图歼灭胶东部队主力的狂妄计划，扭转了胶东战局。11月中旬，敌人退到高密城，钱长江所在的2纵队接到命令要攻歼高密城内敌军。但该城城墙完整，周围筑有大小地堡，各城楼既有明堡，又有暗堡，防御体系异常严密，易守难攻。

“打诸城，第一个排一个都不留。敌人的指挥部我们不知道，上面碉堡，水下还有碉堡。”一个排的战士牺牲了，部队撤下来，准备第二次发起进攻，首要目标炸掉突破口的碉堡，才能顺利突击。钱长江领下了这个任务，危险而艰巨。他说不是不怕死，自己是党员，必须要冲锋在前。“炸药包要用棍子插牢，用洋火点燃。当兵不怕死，怕死不当兵。”

在战友们的掩护下，钱长江将炸药包插在长棍上，俯身冲向碉堡，用打火机将炸药点燃后，找准一处碉堡外墙被炸开的口子，迅速将炸药包伸入墙体缺口。伴随着一声巨响，他扑倒在地，阻拦在队伍最前方的碉堡成功被炸掉。他和身后的战友们一起冲入敌人阵地内，用了 7 小时，一举攻下高密，歼敌共 2300 余人。钱长江荣立一等功。

随着全国解放战争的节节胜利，1949 年 5 月之后，杭州、宁波、台州等地相继解放。面对人民解放军迅速进军浙江，国民党纷纷撤退，麇集在浙东沿海的象山半岛一带，妄图作垂死挣扎。

1949 年 6 月 30 日，中国人民解放军第三野战军第七兵团向浙江军区下达了“宁象战役”作战命令。7 月 3 日，钱长江所在的部队，由天台向宁海进发，以夜行 45 公里的速度，抵达悬崖峭壁、荆棘丛生的华顶山和王爱山。正值 7 月，时逢盛夏，赤日炎炎，部队奔袭于群山之中，克服了高山峻岭、狭路丛林、阴雨连绵等重重困难，许多战士中暑晕倒，稍稍休息下，又起来追上部队。我军研究统一解放宁海县城的战略部署，指出在战斗中，既要保护宁海县城重要建筑设施、群众生命财产安全，又要全部歼灭敌人。部队宿营后，2 营营长派 5 连一个排向前搜索。钱长江带领 2 排向前侦察，发现敌人后快速占领有利地形，与敌人展开对射、猛打、猛冲，步步逼近敌人。敌人在据点内负隅顽抗，在激烈的战斗中钱长江负伤倒下。

“上山以后就负伤了，到了下午，送到村里。子弹打进去，骨头碎了。”

7 月 5 日夜里，部队从奉化下陈村进入宁海县境对桥头胡守敌发起攻击，全歼守敌 700 余人。敌人的第一道防线被我军突破后，全线混乱，纷纷向东南方向逃跑。我军乘胜追击，向象山境内挺进。7 月 8 日早晨，我军一枪未发进入象山县城，国民党守军逃跑，象山获得解放。7 月 9 日，浙东象山半岛全部解放。至此，宁象战役胜利结束。除磐安外，浙江大陆全部获得解放。

“我为啥要当兵？中国出了个毛泽东，我是一个兵，来自老百姓，打败日本狗强盗，消灭蒋匪军。”

【专家点评】

短短几行字的家书，钱长江以坚韧的语气将国家建设发展的接力棒传给儿子，希望他能戒骄戒躁，继续为党服务，为人民服务。他参加了 20 多场重要战役，在敌强我弱的情况下，依旧不怕牺牲、冲锋在前，因为“他是一个兵”。为攻歼高密城内敌军，他有勇有谋，冒险炸碉堡，一举将敌军歼灭。相信在钱长江的教育下，他的儿子也定会是党的好干部。

浙江省退役军人事务厅　金登尚

王长银：七顶山上有敌无我、有我无敌

记者：刘浩

实习记者：郑梦雯

编辑：潘康康

【人物名片】

王长银，河南濮阳人。1928年12月出生，19岁在河南开封参军入伍。部队前身是当时威震敌胆的铁道游击队，后被编入华东野战军，曾获战斗一等功。

初 心

8月2日，小王在微信中告诉我，她爸爸要我在9月份组织三连战友去北仑相聚，然后去大榭岛祭拜三连烈士。

小王的爸爸就是我51年前新兵入伍时的“老连长”王长银。所谓“老连长”，是说他当时已经因病休息，新连长已经到任两年了。王长银是位老英雄，早在淮海战役打王寨战斗中他带领全班缴获敌人汽车2辆，俘敌20人。战役中四班被授予“战斗模范班”的荣誉。那一年我新兵下班正是这个“四班”。

王长银

1949年解放舟山第一仗大榭岛战役时他正是四班班长，他本人与班里另外两名战士战斗中也被授予“七顶山三勇士”称号。新兵下班，班长请老连长，也是老班长的他为我们讲传统。能分到这样的英模单位，面对面地听英雄讲亲身战斗经历，对于一个刚从学校出来的新兵我，确实感到十分光荣和激动。而老连长所说的“三连”，就是我们部队的前身某营三连。

1970年老连长军休了，听说住在宁波镇海。1986年我也退役了。我与老连长再无其他交集，其实老连长也不可能认识我。但一个偶然的机会，老连长的女儿小王与我在网上相识。七八年前，我在博客中发了回忆部队老同志的文章。小王根据我的网名“中柱山草舍”看到了这篇文章（“中柱山”就是当时我们连队的驻地，“草舍”则是我们当时住的营房，那时连队一排、四排借住民房，我们二排和三排、伙房都是自己搭建的草房）。她留言，自称是老连长的女儿，说中柱山是我们的居住地，而草舍是部队的伙房和营房，看到很亲切，并介绍了老连长的近况。她还说自1984年大榭革命烈士陵园建立以来，他们全家每年清明在爸妈的带领下去陵园祭扫，我从报纸上、网上也看到了相关报道。

我将老连长愿望告诉几位有联系的老兵，大家认为老连长是我敬重的老首长，虽然不一定对我们有印象，但他把我们看成一个连队的兵，他的愿望就是我们的愿望。就这样我们同年入伍的谢国海、吴耘新和我决定赶在七十周年国庆前夕去北仑看望老连长，并去大榭祭拜老部队的先烈。

22日近中午我们到了北仑老连长家，见到了阔别近50年的老连长夫妇。两位老人今年已经93岁、89岁高龄，健康状况比我们想象的要好。老连长一家设家宴款待我们。徐阿姨还亲自包饺子给我们吃，听小王说，每当有战友来访，她妈妈总要亲自包饺子招待战友。

按计划下午就去大榭岛烈士陵园祭拜，老连长一家已经做了充分准备，连北仑、大榭两地的电视台也都到实地采访。但天公不作美，受台风“塔巴”的影响，当天阵雨，预报风力10到11级。老连长夫妇虽然身体还好，但毕竟高龄，特别是老连长双腿做过股骨头换置手术。这样的天气，这样的高龄，这样的身体，老连长夫妇和他们全家都坚持陪同我们上山祭拜。

第一次登上大榭岛，我们心情无比激动。70年前的1949年8月18日，我们老部队担任主攻渡海作战解放大榭岛。大榭岛之战的意义在于它是我军“渡海第一仗”（原国防部长张爱萍题词）。战役经过及意义中央电视台《国家记忆－海岛风云－试水舟山》有详细的介绍。在当时，国民党军队完全掌握制空、制海权，我军既无渡海登陆作战的经验，更无现代化登陆工具的情况下，通过三个月的突击训练，用木船成功实施登陆作战，并在自己立足未稳的情况下，成功地实施了抗登陆作战。岛上守敌凭借险要地形和工事负隅顽抗，战斗十分惨烈，特别是在攻克主峰七顶山的战斗中，如果不能在第二天拂晓前拿下主峰消灭顽敌，我部队将会受到定海敌军援兵的夹击，有可能功亏一篑，全军覆没。战斗中，勇士们凭借高度的政治觉悟，顽强的战斗作风，英勇杀敌。担任正面强攻敌干训队的三连二排三次突击均未奏效，全排只剩下王长银、张文华、庞恒全三名战士。他们不畏顽敌，炸毁了一个又一个地堡，全歼敌干训队，终于在拂晓前攻克主峰全歼守敌，为第二天抗击定海援兵打下了胜利基础。

我军也为此付出了巨大牺牲，仅我们三连就牺牲干部、战士40多人。我们站在陵园，瞻仰一座座烈士墓，心里想，整整70年了，你们牺牲在新中国诞生的前夕，共和国的旗帜有你们血染的风采。

50年前，我们有幸成为这支光荣部队的一员，成为“战斗模范班”中的一员，传承光荣传统，我们感到骄傲。

30年前我们也退出了现役，如今我们又都退了休。我们在七十周年国庆前夕登岛祭拜先烈，就是要向老连长学习，不忘初心，搞好传承。

三连的先烈们永垂不朽！

革命烈士永垂不朽！

王幼康

2019 年 9 月 25 日

这是老兵王幼康的一封家书，文章中回忆了自己跟老连长王长银再次取得联系的经历。

王幼康："王长银是我的老前辈，他在为共和国建立功勋的时候我还未出生。我 1968 年入伍，被分配到他曾在大榭岛战斗过战斗模范班。深感自豪，但其实我与老连长的交集也只是他向我们介绍光荣传统、讲述曾经战斗经历的那一次。"

王幼康说，入伍两年左右，老连长王长银就因为身体原因离休，此后也再无联系。王幼康退伍后，经常将曾经的军旅生活、经历写成文章发表在网上，谁想到，一篇回忆老连长王长银的文章无意中被王长银的女儿王淼筠看到，自此双方再次取得了联系。

王幼康："当时刚入伍，我们都是 20 岁不到的小年轻，听老连长讲战斗经历很激动很兴奋，也发自肺腑地敬佩他们，2019 年能再次跟老连长相见也很激动。"

一个老兵的一篇文章掀起了另一个老兵的英雄往事。

王长银身着军装敬礼

如今94岁的王长银依然精神矍铄，回忆起曾经参军战斗的经历，仍然激情不减。

1948年5月攻开封，1948年7月打济南……自入伍后，王长银大小战役参加了30余次，身体受伤4次，而解放大榭岛是他终生难忘的一次战斗。七顶山是宁波市北仑区大榭岛上的最高峰，当年，敌人企图凭借着这座天险死守，如果不在当天夜里攻下，那么将会极大的延误之后的作战计划，在发起3次强攻都没有成功、我军伤亡很大的情况下，王长银带领突击班战友，冒着敌人几挺机枪的扫射，发起正面突击。然而敌人火力太猛，战友们一个个倒下，最后只剩下眼皮中了弹片、满脸是血的他和另外两位战友。最终他们3人凭着机智勇敢，以巧妙灵活的作战手段，冲上了七顶山，拿下这场战斗的胜利。战斗结束后，三连战斗模范班在七顶山上的英雄事迹迅速地传遍了全团，王长银、庞恒全、张文华三人被授予解放大榭岛“三勇士”称号。

王长银功勋荣誉章证书

1984年大榭革命烈士陵园建成，王长银和家人每年清明节都会带着酒菜去看望战友。近年来，大榭开发区充分利用“渡海第一仗”红色资源为题材，通过扩建红色教育基地、拍摄舞台情景剧、曲艺说唱等形式传承红色基因，而王长银老人当仁不让地担任了顾问并积极参与上党课活动。

从部队军休后的王长银，每年都受邀为社区假日学校的孩子们讲述他的抗战故事，用他的抗战故事教导孩子们努力学习，奋发图强，为中华民族的伟大复兴而努力奋斗，孩子们都亲切的称呼他为“老兵爷爷”。

1948年5月参加开封战役，7月参加济南战役，11月参加淮海战役……王长银共参与作战30余次。其中，印象最深的是解放大榭岛战役。1949年夏，国民党军约6万人退据舟山群岛，企图固守浙江近海岛屿，对我军实行海上封锁，借以屏障台湾。为粉碎国民党军这一企图，解放军第七兵团奉命对舟山群岛实施渡海登陆作战，攻占大榭岛，是解放舟山群岛的第一仗。

当时，渡海作战对我军来说还是一个新课题。王长银所在部队的人大多都是北方人，不熟悉水性，有的战士甚至是第一次见到大海。

王长银："部队原来是北方打仗，都是平原作战，到了南方山地作战就不会，海上打仗又是不会，渡海作战，根本不懂。"王长银所在的部队接到攻打大榭岛的作战任务。1949 年 8 月 18 日 18 时 30 分，在夜色的掩护下，我军利用 200 条木船向大榭岛进军。随着两颗红色信号弹腾空而起，铺天盖地的炮弹向大榭岛敌军阵地轰去。仅用 7 分钟，敌军前沿工事被我军炮火摧毁了六七成。我军随即向敌军发起正面冲锋，敌人溃不成军，并逃往七顶山。

1949 年 8 月 19 日，二十二军解放大榭岛。七顶山是大榭岛最高的山，海拔 330 多米，陡崖绝壁为敌军构筑了一道天然屏障，易守难攻。

部队集中二、三营和一营主力，计划对七顶山的敌军进行南北夹击。我军连续向七顶山发起三次突击，都以失败告终。眼看着天色渐黑，越来越多的战士们倒在了前线，倘若天亮之前还攻不下七顶山，等国民党援军到来后，我方伤亡可能会更加惨重。

王长银："人牺牲的牺牲，负伤的负伤，现在部队打散了。七顶山根本就上不去，太陡了。人爬上去（又顺着）那个草就滑下来了，地形对我们不利。后来团长下命令停止攻击，部队就休息了。不到 10 分钟的时间，又来了一个命令，拂晓前要把山上的敌人全部消灭。"

三连连长接到命令后，派王长银带领四班攻七顶山。四班是淮海战役中的"战斗模范班"，而王长银当时在四班担任班长，连长就派他上山侦查。

王长银："连长说，王长银，你去到上面看一看，到底是什么敌人？我说好，我把冲锋枪都卸掉放到山下边，爬上去以后我看到一个大石头里有条腿，（好像）死人一样。"

王长银提高警惕，慢慢拉出那条腿，原来是国民党军一名吹号的士兵。他透露，据守七顶山的是一支团级部队，里面都是营以上的军官，使用的都是美国进口的武器。但是由于王长银是北方人，不通南方方言，便把国民党士兵的话误解成："七顶山上有一支国民党新兵大队"。所以，王长银仅带领四班总共 13 个人向七顶山挺进。在移动到离敌军只有 50 米左右的位置后，王长银决定自己吸引敌军火力为战友掩护，但遭到了反对。

王长银："我说我来打，他（副班长）说你打啥，你就一个冲锋枪。我说没关系，我子弹多，我还有200发子弹，我先开枪我先打，把敌人火力全部引过来，对你们减少压力，你们不要开枪。我一开枪，敌人发现我，他们的轻机枪、重机枪会向我开火。他说很危险，我说没关系，牺牲就牺牲。”

王长银把班级分成三组：副班长、小组长和自己各带一队。王长银组负责吸引敌军、分散敌人的火力，其他两组在掩护下发起冲锋。在离敌人仅30米的距离时，王长银一声令下：“冲，开火！”他一边冲锋一边观察两边小队的情况，突然，一名战友中弹倒地。王长银：“我说你怎么了，（他说）班长我腿断掉了。（他）离我不到两公尺，‘哎哟’又中了一枪。他说班长你们冲好了，我趴在地上掩护你们。”王长银：“我就一直冲，敌人的手榴弹都扔下来，一爆炸炮弹皮打到这里，还有疤。炮弹皮、手榴弹皮擦过去，血不停地滴，眼睛看不见，就只知道冲。”

敌人从山上一直猛掷手榴弹，四班人员伤亡惨重。到最后，前线只剩下王长银等三人。王长银咬咬牙，下定决心：今天七顶山上有敌无我，有我无敌。他命令副班长带兵夺下地堡，自己冲锋掩护。王长银一阵快发，打得山顶地堡上烟土飞扬，另外二人趁机冲上阵，王长银又是一阵扫射，地堡里外十几个敌军硬生生被打得四散而逃。此时，一名战士已经从侧面冲到敌军面前，20多名敌人双手举起枪假装投降但手指却悄悄扣在了扳机上，眼尖的一名战友发现后，立即进行扫射，七八个敌人应声倒地。其他人见状都乖乖缴械投降。随后，在援兵支援下，我军最终成功攻下七顶山。大榭岛战役最终取得成功。

在解放大榭岛战役中，王长银等三人共俘虏敌军营长两名、尉官八名、士兵百余名，缴获电台两部、轻机枪三挺、冲锋枪一支、步枪五支，被授予“浙东三勇士”称号。但曾在淮海战役中的“战斗模范班”，如今只剩下了三个人。王长银：“后来部队的战友们都上来了，（他们问）老王，你们（班）人呢？我说没有了……”就这样，王长银看着牺牲了的战友一一被送下山去。后来，牺牲的战友都被安葬在山下的桃园里。

1984年，大榭革命烈士陵园建成后，每年清明，王长银都会来到大榭岛，看望那些曾经跟自己并肩作战的战友们。

【专家点评】

大榭岛之战，是解放舟山的第一战，也是人民解放军渡海登陆第一战。国防部原部长张爱萍将军还曾亲笔题词“渡海第一战”。第一仗虽然包含着胜利，但也意味着无法预料的牺牲。正是因为有了大榭岛的作战经验，为我人民解放军解放梅山岛、南田岛、檀头山岛，乃至整个舟山群岛奠定了基础。舟山群岛战役的胜利，不仅为人民解放军继续向东南沿海国民党军盘踞的岛屿实施大规模进攻，创造了有利条件，也为今后人民海军实施渡海登岛作战积累了宝贵经验。

浙江广播电视集团　来钧

徐承录：被俘虏的炮兵调转炮口，敌军全线崩溃

记者：党君雅

编辑：潘康康

【人物名片】

徐承录，1929年出生，绍兴新昌人。1948年入伍。1948年11月参加新昌马坑等战斗。战斗中，不怕牺牲，英勇顽强。

亲爱的孙子：

今天是爷爷参军的部队成立第78周年。1943年12月22日，浙东新四军游击中队正式成立。之后，她在浙东四明山创建了驰名中外的抗日革命根据地。年轻时期的我，赤诚之心如一团火，于1948年6月欣然踏上了革命征程，成为一名游击战战士。我抱着牢记革命历史，传承红色基因的心愿，给你们讲述我在艰苦革命战争年代的经历，以达到牢记历史，启迪后人之目的，珍惜现在来之不易的幸福生活。

徐承录

我的爱孙，现在爷爷虽然老了，但每当回味起当年的点点滴滴，心中还有一番令人自豪的滋味。当年战斗的烟火，虽已渐行渐远，但使我真正懂得了人生的价值。

爷爷是一名共产党员，“生是党的人，死是党的魂”，这是我忠贞不渝的座右铭。

参军后，爷爷和战友们在枪林弹雨中冲锋陷阵，冒着生命危险，奋战在一线战场上。多少无名英雄的奋勇杀敌、壮烈牺牲，才换来了幸福的今天！

没有共产党就没有新中国。当前正处在两个百年历史的交汇结点上，你们要牢记党的历史。学党史不忘本，感党恩牢记心间，讲信念献忠诚，讲理想不辱使命。你要努力学习、努力工作，不负重望。要牢记为强国富民献力，为实现中国梦贡献你的聪明才智。

心中有信仰，脚下有力量。你要“居之无倦，行之以忠”，对党忠诚，做无愧于红色基因的传承人。孙子，爷爷永远爱你！祝愿你健康、幸福、快乐成长！成为党的好后代！人民的好儿子！

你的爷爷：徐承录

2021 年 12 月 22 日

徐承录今年已经 92 岁，他一边口述，一边由家人代笔写了这封给孙子的信。

虽然年事已高，但遥想峥嵘岁月，徐承录依然头脑清晰、思绪万千。1948 年 6 月，解放战争进入了关键性的一年，19 岁的徐承录参加了中国共产党领导的游击队。同年 11 月中旬，为彻底打通四明地区与台州属地的走廊通道，浙东游击武装“钢铁”“铁流”部队和嵊新奉独立大队、嵊（县）新（昌）东（阳）“小团结”部队 200 余人，准备拔掉新昌大市聚镇敌人据点。徐承录跟随着部队加入到了作战中。

为了摸清情况，做好各种准备，确定袭击时间和方案，11 月 17 日傍晚，徐承录和另一战友接到上级紧急秘密任务，到东山村向新东南武工队传递部队准备拔掉大市聚镇敌人的消息，让支援部队摸清敌人的布防情况以及准备好担架、急救包和消炎、止血等药品。

接到任务后，徐承录和战友连夜启程，一夜疾行 20 公里，赶到东山村，找到了新东南武工队，向该队队长和副队长传达了上级紧急指示。两位队长立即着手做好各项准备工作。

由于敌情变化，游击队移师马坑等村，准备在地势险峻的九江潭伏击敌人。马坑等是个小山村，四周都是连绵起伏的山峰，南面连接天台山脉，东北面是茅洋村，西北两面围着山岗，黄坛村就在离山脚不远的溪边，作战地形可攻可守。

11 月 22 日拂晓，“钢铁”部队根据命令，进入伏击阵地。其中，一个排埋伏在九江潭，其余部队隐蔽在附近山上。战士们瞪着眼睛，紧握武器，等候敌人。

已经是上午 10 点，还没有见到敌人的影子，难道敌人改变了计划？突然，瞭望哨发出了发现敌人的信号，紧接着报告说：“山上人声嘈杂，可能是敌人。”原来，驻在茅洋村的国民党新昌自卫大队早已发现了我军的行动，从大路右翼的中层山上向徐承录他们伏击阵地摸来，企图居高临下，实施反包围。

“国民党有 600 多人，而我们只有 200 多人。”为了摆脱不利局面，游击队迅速撤离山脚。但此时，敌人已经开始向山上部队射击。徐承录和战友们冒着枪弹迅速突围，一鼓作气占领了上层山，架起机枪，向中层山上的敌人猛烈扫射。国民党部队顿时乱了阵脚，队员们在中层山上埋伏的部队发起冲锋，敌人抵挡不住，狼狈逃窜，撤回到了马坑等山头。

徐承录和队友一起移师马坑等村，制订对敌之策。此时的国民党军队兵力多，来势猛，战斗不可避免。根据地形，他们对敌人的进攻方式进行了预判，敌人可能兵分两路向我方进攻：一路从黄坛至湖丁山直接进攻

徐承录

马坑等；另一路从黄坛转到茅洋，然后进攻马坑等。为了避免出现这样的情况，游击队战士们兵分两路迅速在这两个地方做好部署。

当天夜里，敌人分别从湖丁山、茅洋两个方向发动了进攻。所幸早有准备，做好埋伏，蓄势待发，给与进犯的敌军迎头痛击。

“我们占有利地形，黄坛是正规军，茅洋是地方部队是国民党的自卫（大）队和警察（保警）队，两面进攻我们，我们都守好了，上打下，我们在山上他们在山下。”

战斗一开始就出现了相持状态，虽然早已做好准备，但由于武器差、火力弱，很快就被敌人发现了。敌人依仗武器精良，在机枪的掩护下，发起了一次又一次的攻击。

徐承录回忆道，“他有炮，我们没有炮，我们只有轻机枪，连重机枪都没有。”

部队顶着炮火顽强战斗，在打退了敌人几次进攻后，敌军的机枪阵地与炮阵地位置已经暴露。游击队立即作出了新的战斗部署，命令一个突击排，迂回到敌军炮阵地的正面，伺机行动，其余队员仍坚守在阵地上。在敌军机炮排长带兵离开炮阵向徐承录的队伍靠近时，突击排突然冲了下去，与敌人拼刺刀。一场短兵相接，敌人招架不住，溃散而逃。

“国民党这个部队不经打，我们有勇气，他们没有勇气。”徐承录说，虽然敌我力量悬殊，但共产党人不怕牺牲。面对着枪炮冲锋突击，这样的勇气和精神，让国民党军队大为吃惊，其原本就涣散的军心，在多次交锋中分崩离析。

敌军机炮阵地的摧毁，使战斗局势发生了变化，在对炮兵俘虏作了说服动员后，命令炮兵掉转炮口，向敌军阵地开炮。“轰”“轰”，炮弹在敌军人群中爆炸，敌人顿时乱成一团，游击队战士们趁机发起冲锋，敌军抵挡不住，全线崩溃。

这次战斗，共毙伤敌人 60 人，俘敌 19 人，缴获六〇炮 2 门（一门缺炮筒），子弹万余发，步枪 10 余支，炮弹及枪榴弹 40 多个。

多年以后，徐承录和战友才知道，当年参战的马坑等战斗的胜利，使浙东主力部队军威大振，敌军闻风丧胆。新昌大市聚的敌人据点不攻自破，守

在马坑等战斗中缴获的六〇炮（来源：网络）

敌惊慌撤逃。浙江四明地区与台州属地的通道完全打开。还使浙东人民武装第一次有了炮，建立了一个新兵种——炮兵。此后，人民武装的力量迅速壮大，革命不断取得更大的胜利！

【专家点评】

浙东四明山是驰名中外的抗日革命根据地，徐承录作为浙东新四军游击中队的一名游击队员，奋战在一线战场，看到了太多无名英雄壮烈牺牲，深知现在的幸福生活来之不易。所以，他写信告诫孙子，不能忘记革命先烈的付出，要牢记这段鲜红的历史，要守护好红色根脉，要传承好红色精神。

浙江省退役军人事务厅　金登尚

王甲臣：打了三天三夜，争夺了七次阵地

记者：刘浩

实习记者：郑梦雯

编辑：潘康康

【人物名片】

王甲臣，山东招远人，1930年12月出生，1946年1月参加革命工作，1948年4月入党，1981年1月批准离休，现为杭州军休服务管理中心离休干部，曾参加抗美援朝战争，多次荣获二等功。

青山弟：

今天，我是含着泪水给你写这封信的，向你通知一个不幸的消息。你们三姐景芳，她已于二〇一四年三月九日去世了。她得的是肾癌，查出病后就住院治疗，经过了长期多次的抢救、手术、治疗，但是没有法子抢救回她的生命。

王甲臣

在抢救和治疗你三姐的过程中，我们全家只要有一线的希望，就尽最大的努力，用什么药都行，不能报销的我们就自费，

我们请了专人给她买药，我们自费给她输了多次的血，但全都没有什么用。后来，医院对我们讲不要再用药了，因为没有作用了。但我和家人还是坚持给她用药，医院医生说：已经病入膏肓了，已经快不行了，你们要做好最坏的打算，给病人准备后事吧。

这时，我们全家是长时间放声大哭。

青山弟，你们三姐来到我们王家已经有49年了。她在我们的家中是个大能人。在我们这个一穷二白的破家里，她操办成了三次大事，实在是不容易啊。三个孩子都是他带大的，供他们上学，给他们买了房子，帮他们成家……她是我们家的大功臣。

她身体不太好，动过三次大手术。我们的工资也不太高，每个月也就几十块钱，可她都能安排得很好。全家的衣服和鞋子，都是由她自己做的，她平时从不花钱买东西。她从咱们的老家来到部队里已经多年，到过全国好多个省市，接触过很多的人。相互之间的关系也都非常好，肯帮助别人，如来队的战士、家属和孩子，只要有困难，她都帮助过，经常给连队的战士们洗衣服和被子，修理鞋子。有的战士住院什么的，她都带着东西去医院里边看望他们，每年她都受到部队党委的表扬。

我1981年已经离休了，被安排在杭州市。我有房子，我的待遇很好，医疗费用全报销，三个孩子也很好，有自己的家和工作。

现在，我把我的住址电话都告知你，望你能给通话吧。

王甲臣

2015年4月21日

这是老兵王甲臣写给远房亲戚的一封信，文字被王甲臣抄录在自己的笔记本里。

王甲臣出生在一个贫苦家庭，当年以乞讨为生。15岁时加入八路军担任通讯员。1946年1月，被编入华东野战军第九纵队某部。1947年，在一次大练兵中，五大军事技术考核成绩均为优秀，被团里评为“特等射击手”。

1947年5月13日孟良崮战役打响。这是华东野战军为粉碎国民党军对山东解放区的重点进攻，在鲁中沂蒙山区进行的一次成功的山地运动歼灭战。王甲臣所在的第九纵队，负责从正面对国民党精锐部队第74师发起攻击。5月14日，国民党军74师向孟良崮方向撤退，我军第九纵队彻夜追击，与我方其他部队一起，对74师形成包围。王甲臣："天下着雨，弹药都失效了，炮弹都打不响。另外我们子弹也很少，战士几天没饭吃，后勤供应不上，负伤挂彩的也退不下来，孟良崮战役最苦。"

王甲臣说，孟良崮战役中，每攻占一处阵地，都要经过数十次的冲锋。"拉据战打得多了，三天三夜，我争夺了七次阵地。"在一次猛烈的炮火攻击中，王甲臣身受重伤，当场昏了过去。

王甲臣："我头顶上被打破了，弹片打到头上，孟良崮战役中，我负了伤，躺在地上就没知觉了，副连长把我抱下来，放到担架上。他跟抬担架的人说，你们把他抬下去，好好埋起来，多埋点土。"原来，副连长以为王甲臣已经牺牲，但让他没想到的是，王甲臣居然从炮火里捡回一条命，而且再次回到前线作战。

王甲臣："抬担架的战士把我抬下去后，我就醒了过来，他们把我送到了后方医院，那个时候我的伤还没好，我就和医院讲，我要回部队，医院不让，我说我是山东人，解放我的老家，我不参加，将来对不起山东的父老乡亲，我背着包下午就走了。"由于当时医疗水平有限，王甲臣脑袋中的弹片并没有完全取出。之后的几年，总是时不时的头疼，直到后来战争结束，他才去医院取出了弹片。

1950年6月25日，朝鲜战争爆发，中国人民志愿军应朝鲜请求赴朝，与朝鲜人民军并肩作战。1950年10月18日晚，王甲臣跟随部队横跨鸭绿江。为了隐蔽，部队严格控制灯火。抵达朝鲜后，王甲臣参加了多次战斗，其中印象最深的就是上甘岭战役。

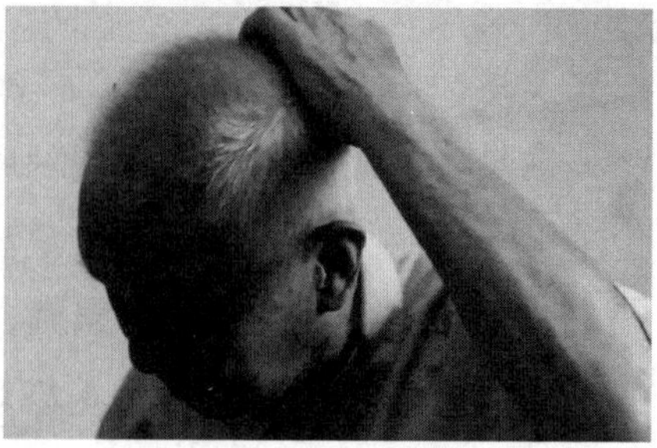
王甲臣接受采访时示意头部伤疤

上甘岭战役的激烈程度前所罕见，

以美国军队为首的“联合国军”对仅3.7平方公里的上甘岭阵地，实施狂轰滥炸，投入数营兵力轮番攻击，企图突破志愿军中部防线。上甘岭硝烟弥漫，弹片纷飞，炮声雷鸣，轰炸声不绝于耳。我方阵地山头被削低两米，成了一片焦土，许多坑道被打短了五六米。美军不惜血本，孤注一掷，倾力猛攻。

经过43天反复激烈的争夺，我方阵地多次失而复得，最终粉碎了敌人进攻。上甘岭战役的胜利，使中国人民志愿军和朝鲜人民军掌握了正面战场主动权，而美军完全丧失了在正面战线取胜的信心。1952年10月，王甲臣回到祖国。1957年5月，王甲臣从华东防空军调到浙江军区某部任教。

王甲臣：“我当干部的时候，每年送老兵，我一定要送到他们到码头。每年接新兵，都是我到新兵营去把他们拉回来。”

同年，王甲臣又奉命驻守台州大陈岛，一干就是12个年头。王甲臣老人在自己的日记里写道：我是军人，坚决服从命令，听从指挥，做到党叫干啥就干好啥。

【专家点评】

王甲臣的头上那条明显的伤疤，是战争留给他一辈子的印记。孟良崮战役是他第一次经历战火，他抱着“不消灭敌人，绝不回来”的决心，即使头顶被打破，也要奋战在一线，直到战争结束，他才去医院取出弹片。参加抗美援朝战役时，才刚跨过鸭绿江，和他一起去的9名战友就牺牲了4名，他至今仍会梦见战友熟悉的脸庞。战争结束后，他驻守台州大陈岛12年，没有一丝抱怨，他说“这辈子就要当一个合格的兵，党要我去哪里，我就去哪里”，中国人民子弟兵永远服从党的安排。

浙江省退役军人事务厅　金登尚

徐茂华：从卫生员到飞行员

记者：潘康康

实习记者：楼舒辰

编辑：华冰

【人物名片】

徐茂华，出生于1931年2月，山东日照人。1946年7月参军入伍，成为一名医务兵。亲历过淮海战役、渡江战役、解放上海、浙江临安天目山剿匪等。抗美援朝爆发后，他毅然报名飞行员选拔，成为空军航空兵首批战斗机飞行员。

日照老乡们：

你们好！

我叫徐茂华，山东日照人，1946年7月参军，现离休住在浙江省嘉兴市军干所。今天想麻烦大家帮我查找一位住日照一带的一位老战友。

我的老战友姓孟，名字记不住了，1946年前后参军的，当时我俩在临沂独立团二营四连，小孟是通讯员，我是卫生员，我们行军打仗都在一起，彼此结下了深厚的战斗友谊。

徐茂华

在一次战斗冲锋的时候，小孟被敌人的机枪子弹打中，应声倒地。我和小孟相距3米左右，听到枪声，我立即卧倒，听到小孟呼吸声音不正常，我爬到他身边，发现小孟头部中弹，子弹从前额打进去，穿过右眼，从右脸额出来，右眼当时就掉了出来，血流不止。我非常认真地给他进行了包扎，就转到后方去了。

大约在1947年年底或1948年年初，小孟回连队跟我话别，因为他的伤情，组织决定他复原回原籍。我和他约定：如我能活着看到胜利，一定去看他。

小孟离队以后不久部队进行了整编，升级到野战军了。接着我就投入到淮海战役、渡江战役、解放上海、南下剿匪一路至福建，准备解放台湾。这时，新中国组建成立空军，我被选调到空军，当时组织要求飞行员不准对外通信，由于战斗训练繁忙，我又因为工作需要，多年没有回老家，所以60多年过去了，我们相见的愿望一直未能实现，也不知道我亲爱的战友小孟同志是否还健在？（如健在年龄也在85到87岁左右）随着岁月的流逝，思念战友、实现当年相见的愿望越来越强烈，我现在身体尚健，每年夏天都要到日照小住几个月，想借此机会看望老战友小孟同志。

麻烦大家在可能的情况下，帮我查找一下小孟同志，并将结果告诉我，万分感激！

我的通讯地址是：浙江省嘉兴市军干所

此致

敬礼！

山东老兵：徐茂华

2015年5月27日

在烽火岁月里，他们一起出生入死，结下的是深厚“战斗友情”；在和平时代，他们已步入耄耋之年，却相挂两地。2015年6月25日，一封《寻找老战友》的“家书”在山东各大媒体上刊发，写信人就是老兵徐茂华。

临安剿匪，从收音机里听到毛主席庄严宣告

1948 年，徐茂华所在的山东临沂独立团被编入中国人民解放军第三野战军。之后，他作为三野医疗队队员，南下参加淮海战役。

1949 年 4 月，渡江战役打响，徐茂华所在部队从安徽芜湖以东渡过长江，经广德、丹阳、昆山，本打算在苏州浏河渡海登陆崇明岛，但因天气原因，没有成行。“解放上海，我们本来是打崇明岛的，但因为（渡江）江面风浪太大，渡江要翻船。”于是，部队又乘船改道吴淞口，随后从吴淞口前往崇明岛。

徐茂华的淮海战役、渡江战役纪念章

崇明岛战役结束后，部队接到命令，前往浙江临安天目山剿匪，继续肃清残敌。在当地地方武装和人民群众的大力支持下，天目山剿匪行动进展顺利。

徐茂华说，1949 年 10 月 1 日在天目山剿匪期间，他经历了这辈子都无法忘却的一件事，“我们师长有一个小收音机，我当时在司令部当卫生员，一听，毛主席讲话，当时心情高兴。”

徐茂华说，当他听到毛主席对全世界的庄严宣告中华人民共和国成立后，他的心情久久难以平复。

部队南下福建时，他凭一己之力勇救 7 名伤员

1949 年 10 月，临安剿匪局势基本稳定后，徐茂华随部队南下福建追击国民党溃军。“当时很惨烈，现在想起来真是，一面追，头上还有国民党飞机轰炸，阻止我们追。”

从浙江进入福建，在福鼎境内，徐茂华奉命护送 10 多名伤员乘船沿海行军，当行船到达目的地海湾时，发生了意外。“船夫说，不敢走了，担心船搁浅，打算用小船把大船上的伤员驳到岸上，我当时在第三只船上，结果翻船了。我一看，人都飘水里了，我想也没想就下去拉人。”徐茂华凭一己之力救起了

7名伤员，部队在福建晋江开庆功会时，给他记了一次二等功。

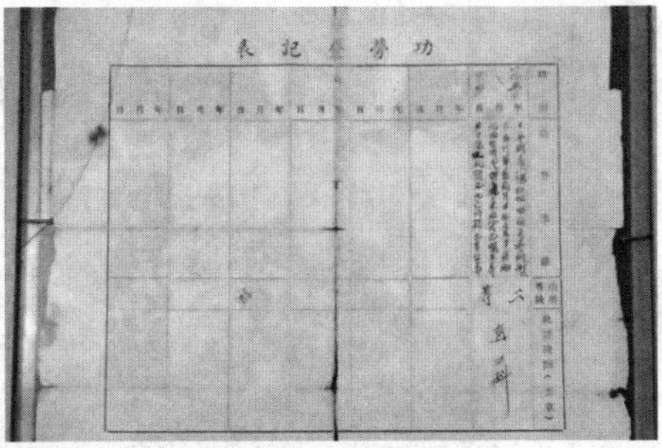

徐茂华个人二等功

抗美援朝爆发后　他毅然报名飞行员选拔

1950年6月25日，朝鲜战争爆发，空军要从陆军战士中选拔飞行员，徐茂华报名了，结果被当时负责选飞的苏联专家给退了回去。“我去了之后苏联人检查，最后我什么都合格，就是眼睛有点色盲，就有一个看不清，我心里真不是滋味。我们自己一个干部问我，10乘10等于多少，我没学过，但我知道，10乘10，是10个10加起来，写上了，他问你怎么懂？我说我加起来，他说你这个小鬼挺聪明的。”第二年，他继续去参加飞行员选拔，终于通过了。

在位于长春的第七航校，学习一年理论知识后，1952年3月份，徐茂华终于有机会可以开飞机了，他第一次接触的飞机是美制AT-6。第一次摸到飞机，徐茂华很兴奋，但当他听到飞行教官讲话声时，他心情又开始复杂了。

“那个时候都是（敌军）投降收过去的，破飞机东拼西凑就拿来用了，日本教官教我们开飞机，我对日本人是很恨，恨到骨子里，他们讲话，讲日本话，我那个（情绪）上来了，总是想弄他。”

1945年8月15日，日本宣告无条件投降后，一支在中国境内的日军部队向东北民主联军（当时还没有改称解放军）投降了，其中就有许多资深的飞行员和教官。这些日本飞行员和教官就留在第七航校帮助中国培养飞行员。

徐茂华的教官就是日本人。航校发现这个问题后，就开始做徐茂华他们的思想工作。“校长就说：同志们，咱们没有飞机也没有教官，他们都是投降留下来的，我们只要学他们的技术。这样，我想想也对呀，没办法，我想学飞行，只能让他带。”经过一番思想转折后，徐茂华静下心来刻苦钻研飞行技术。

徐茂华胆大心细，一学就会，日本教官也非常喜欢他，两人的关系逐渐变得融洽，为此还结下了深厚友谊。

1952年年底，徐茂华航校毕业后，最终没能去朝鲜战场，而是被分配到

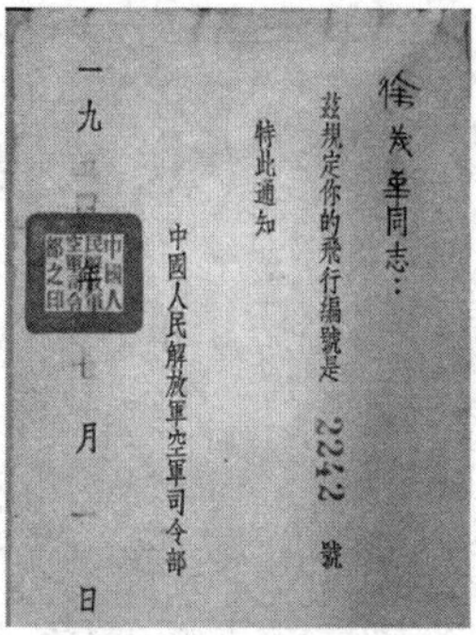
徐茂华同志：
兹规定你的飛行编號是 2242 號
特此通知
中国人民解放軍空軍司令部
一九　　年七月一日

徐茂华飞行员编号

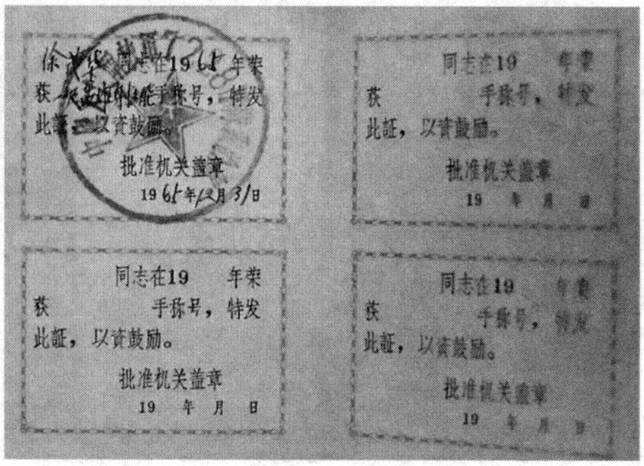
同志在19　年荣获　　手称号，特发此证，以资鼓励。
批准机关盖章
19　年　月　日

徐茂华一级轰炸射击能手证书

新组建的空军航空兵，他也是该师首批战斗机飞行员。

1969 年，徐茂华随部队调防浙江嘉兴，一直到 1973 年停飞，徐茂华是部队一级轰炸射击能手，培养出大批新飞行员，并连续两年荣立三等功。60 年代，徐茂华还单独执行飞行洒药任务，支援农业建设，获得地方政府“吃粮不忘我空军”的美誉。

战火纷飞当地硝烟年代，徐茂华与战友们转战大江南北，出生入死，保家卫国，结下了深厚的“战斗友情”。和平建设年代，徐茂华与他的战友们，为新中国的建设依然贡献着自己的一腔热血。

【专家点评】

一声战友一生情。这是烽火岁月里的战友情谊，“如我能活着看到胜利，一定去看他”是徐茂华一辈子的承诺与牵挂。这是一封令人感动的“寻人信”，不知“小孟”是否健在，是否也能看到如今的太平盛世。真诚希望，徐茂华能和小孟相见，能完成他们的约定，能共忆战争往事，共享幸福生活。

浙江省退役军人事务厅　金登尚

俞风楼：冒着枪林弹雨为战士们拍摄照片

记者：党君雅

编辑：潘康康

【人物名片】

俞风楼，1931年12月出生于浙江武义，1950年3月，参加解放军。1952年8月，作为中国人民志愿军入朝参战，为所在部队摄影干事、战地记者。俞风楼说，在朝鲜战场上最遗憾的事就是战士牺牲了，却连一张遗像都没有。于是，他冒着炮火烽烟，利用作战空隙，给战士们拍下一张张珍贵的照片。

亲爱的小学同学们，你们好：

光阴如箭，日月如梭。不知不觉我现在已是 90 多岁的老人了。回忆起我 9 岁~11 岁时在武义县俞源村俞源小学，当时设在俞氏宗祠里学习的情形，老师家长们要我好好读书，长大了出去做事，为俞氏家族光宗耀祖，为国家、为家乡争光。

几十年来，我在中国共产党的教育和培养下，成为一名光荣的共产党员、人民

俞风楼

的勤务员，我没有辜负国家和家乡人民对我的期望。现在将我的经历向你们汇报如下：

1950年3月，我积极响应国家的号召，从学校（当时高中还未毕业）走进解放军军营，成为一名中国人民解放军战士。1950年6月，朝鲜战争爆发，1952年8月，为了保家卫国，抗美援朝，我又参加了中国人民志愿军，到朝鲜战场去与美帝国主义军队作战。在部队里我当过文化教员、战地摄影员、摄影记者。在战场上，我深入前线，为战士们拍照，直到1953年7月，经过两年零九个月的战斗，我们终于打败了美帝国主义，迫使他们在朝鲜停战协定上签字。在朝鲜战争中，我们志愿军涌现了黄继光、邱少云、杨根思等战斗英雄，他们英勇地献出了自己的生命。光荣牺牲了的战士们至今还长眠在朝鲜的土地上，我们将永永远远地缅怀着他们，继承他们未完成的事业。

在波澜壮阔的抗美援朝战争中，英雄的中国人民志愿军始终发扬祖国和人民利益高于一切，为了祖国和民族的尊严而奋不顾身的爱国主义精神；英勇顽强，舍生忘死的革命英雄主义精神；不畏艰难困苦，始终保持高昂士气的革命乐观主义精神；为完成祖国和人民赋予的使命，慷慨奉献自己一切的革命忠诚精神；为了人类和平与正义事业而奋斗的国际主义精神，锻造了伟大抗美援朝精神，我们将永远传承，世代传扬。

1958年3月，我们志愿军奉命从朝鲜撤军回国，在长达八年的时间里，我们同朝鲜人民结下了深厚的友谊，当我们部队撤离时，有一位朝鲜老妈悲喜交加地拥抱着我们的一位战士，依依不舍地相互祝福告别，当时我就拍下了这张动人的照片，提名为《再见吧，阿妈妮》，后被多家报刊登载，并被国家军事博物馆收藏。

今年虽然已91岁了，但我还要继续学习，学习习近平总书记的中国特色社会主义思想和党中央十九大六中全会精神，争做“两个确立”忠诚拥护者，更加自觉地做到“两个维护”，听党的话，永远跟党走。

也希望年轻人们能够牢记党的历史，珍惜来之不易的幸福生活，努力学习、努力工作，把我们的祖国建设得更加强大！

抗美援朝老兵：俞风楼

2021年10月25日

俞风楼家里有一本厚厚的相册，里面是一张张黑白老照片。这里面的每一张照片都是俞风楼亲自拍摄的，一有空，他就拿出来翻看。

2021年下半年，抗美援朝题材电影《长津湖》热播，勾起俞风楼不少回忆，夜深人静时，他想到了时常去互动讲学的辖区内的孩子们，于是写下了这封信。

俞风楼拍摄的《再见吧，阿妈妮》系列的其中一张

在俞风楼的相册里，其中，有一张照片叫《再见吧，阿妈妮》，这是他多次展示给孩子们看的。大画幅黑白照片里，阳光轻柔地打在一位年轻的战士和一位老大娘的脸庞，两人面带微笑，相拥眺望着远方。

这张照片背后的故事，要从1950年10月中国人民志愿军赴朝作战说起。那年，俞风楼高中毕业，他作为热血青年，报名参加解放军。

1952年8月，21岁的俞风楼作为中国人民志愿军某部摄影干事、战地记者奔赴朝鲜战场。1953年7月，《朝鲜停战协定》签定，抗美援朝胜利结束，但俞风楼和战友们并没有立即回国，他们继续戍守三八线，保卫朝鲜安全，一直到1958年。

1958年3月，已经在朝鲜6年的俞风楼准备随队回国。他和战友一行去当地一位叫“柳梅”的大娘家道别。柳梅大娘是朝鲜人，在战争期间，一直默默为志愿军送粮、送衣。这一别，不知何时才能再相见。

正当大家准备离开时，柳梅大娘的婆婆突然急急地走了出来，紧紧抱住一位年轻的志愿军战士，两人情绪激动，脸贴着脸，眼里噙着泪花，在阳光照耀下，老人的皱纹在笑容中舒展开来，两人远眺前方，眼神充满着希望和不舍。

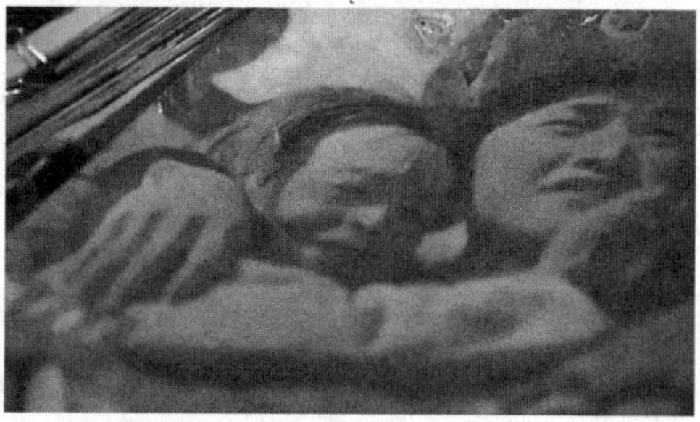

俞风楼展示的当年《辽宁画报》封面

俞风楼见状，立即按下快门，连拍了数张，这个瞬间呈现了志愿军战士与朝鲜人民在战争中结下的深厚情谊。他说："因为我们回国了，在朝鲜那么多年很有感情的。这个战士那时候才18岁，当时两个人的情绪非常激动。"

"阿妈妮"，在朝鲜语里是大娘的意思。于是，俞风楼给这组照片取名《再见吧，阿妈妮》。后来，这几张照片中的其中一张被中国人民志愿军画册刊登发表，同时，还被国家军事博物馆永久保存。

在朝鲜战场，俞风楼的任务就是为志愿军们留下珍贵的照片。战地记者一个小组三个人，要上到战壕前线去给战士们拍半身照。为什么拍半身照呢？因为过去很多志愿军英雄人物，他们都没有照片留下来。邱少云、黄继光、杨根思……当他们牺牲了，遗像只能靠队友的回忆画画，在队友们记忆的不断修正中，形成一张张英雄人物的画像。俞风楼说，我们的使命就是要为战士们拍下一张张珍贵的照片，并且记录这一段历史！

作为战地记者，虽然不用冲锋陷阵，但同样也是险象环生，好多次，他们冒着枪林弹雨，在一线战壕里，就为了能够在战争间隙，为战士们留下一张照片。

"一般讲子弹打过来，我们都可以壕沟躲起来，好躲一点，就是有些时候炮弹一来就比较危险了，因为看不见炮弹来了，它"轰"的一下过来，根本看不见。"俞风楼记得很清楚，有一次，遭遇敌军轰炸，千钧一发之际，他和战友躲进了旁边的防空洞内，这才捡回一条命。"在开会的时候，碰到敌机轰

俞风楼的多台相机（退役后）

炸，把我们开会的房子给炸坏了，如果大家不躲到山洞里去，就很危险了。”俞风楼告诉记者。

一名战地摄影记者，相机就是他的武器。每次遇到轰炸，俞风楼第一时间想到的就是用身躯压牢相机。因为，部队里的相机就几台，还是当时苏联支援的，里面记录的都是最珍贵的历史画面，值得用生命去守护。

也正是他手里的120、135老相机，定格下了一张张历史的瞬间。从拍摄、冲洗到放大，通过一个月的训练，俞风楼全流程亲自完成。在枪林弹雨中，他不是最危险的岗位，但正因为他的存在，让更多的战士有了属于自己的青春记忆，更铭刻下了珍贵的历史！

俞风楼的纪念章

1958年回国后，俞风楼转业到了黑龙江牡丹江一家报社里做记者。战争时期，他用相机记录战友浴血奋战的珍贵历史；和平时期，他用相机记录国家的发展和巨变。回忆往昔，俞风楼感慨万千，他表示和战场上牺牲的战友相比，自己太幸运，有幸目睹、亲历了祖国的腾飞。

如今已年逾九旬，人虽老，但俞风楼心还年轻，他仍然积极参与社会活

70 年代，俞风楼前往采访地

俞风楼受邀给小学生们讲抗美援朝的故事

动，继续为国奉献余热。

“我要发挥我的余热。我现在经常参加社区的垃圾分类活动，搞垃圾分类宣传，同时也受一些学校的邀请，去给他们讲讲抗美援朝的故事，要让孩子们了解和铭记这一段历史。”

【专家点评】

他是一名战地记者，他冒着枪林弹雨，用镜头记录了战场上最真实的状况，为我们留下了很多弥足珍贵的历史资料。在朝鲜战场上，很多牺牲的战士连一张遗照都没有，他就利用作战空隙，给战士们拍下一张张珍贵的照片。90 多岁的他，依旧坚持走进机关、走进社区、走进校园，给人们讲述英雄故事，让人们牢记这段波澜壮阔的历史征程。小学生们现在或许还不能完全读懂他写的信，但是他已经给小学生们播散好了牢记历史、报效祖国的种子。

浙江省退役军人事务厅　金登尚

吴昌业：长津湖战役总攻前发现紧急电报

记者：刘浩

实习记者：郑梦雯

编辑：潘康康

【人物名片】

吴昌业，1933年12月出生，1948年1月入伍，15岁加入中国人民解放军，16岁在淮海战役中立下四等功，17岁参加抗美援朝，长津湖战役总攻前发现紧急电报。

吴昌业

亲爱的战友们：

还记得1950年11月12日那晚，我跟随部队走过跨江浮桥，踏上了朝鲜的土地。

过了江界，全车向东海岸元山港方向疾进。此时，美军第10军团指挥的美陆战第1师、美7师、美3师及南朝鲜军两个师，由元山、咸兴向江界侵犯。敌我双方几乎同时到达长津湖地区。为了防止敌人通过过于集中的无线电波侦查到我们军部位置，我负责的报话1台暂时处于静默、隐蔽状态。

我军在长津湖西南松落洞、小马岱地

区展开，军部驻武陵洞，报话队开设在军指挥所附近的甘迟寨。11 月 26 日傍晚，我走到正在开机值勤的报话 2 台，想趁他们工作间隙听听兵团台有什么信息。经李台长同意后，我就上机变换频率收听兵团台。巧得很，兵团台正在呼叫我 1 台，同时向我发出联络密语："有十万火急电报。"当时我就感觉情况紧急，马上借机器把电报抄了下来。这是入朝后抄收的第一份通信密语。

抄好密语后，对方台告诉我台，要求我从现在起，随叫随应。我就拿出通信密语表翻译，译出电文内容是："张、廖：二六晚停止总攻。宋。"

电文中的张，是张翼翔军长。廖，是廖政国副军长。宋，就是兵团司令员宋时轮。

我看到内容后，就叫通信员赶快把电文送到作战科，同时向报务主任吴鹤鸣汇报，他当时接过密语一看，很惊讶，简直不能置信。因为此时此刻各部队已按照预定计划向作战地区开进，军部正整装待发。这份密语涉及部队整个作战行动，他把密语又查对了一遍，还问我说："小吴，密语没有抄错吧？这关系到这次战役的重大部署，弄错了要杀头的！"

这不可能错的，后来我又接到命令回电："宋：是否二六晚停止总攻。张、廖。"

军情紧急，我立即上机呼叫兵团台，把电文译成密语发了过去，并用联络密语告诉对方："等你回电。"

我把着收信机频率旋钮，守听等待着兵团给我台回电。没有讯号，没有讯号……20 分钟过去了，还是没有讯号。呼叫，呼叫，再呼叫，除了干扰杂音外，就是没有讯号。我就跑到外面查看天线，天线架得没有问题。再到机上呼叫，收听，呼叫，收听……军通信科长应荣华来了，坐在我身边催我："军首长急着等这份电报。"然后他把一副耳机鼓在头上，一起收听。我深知责任重大，就在继续监听的时候，正值电离层变动时间，干扰、杂音越来越大。应科长就拿下头上的耳机递给身后的人说："你们听听，你们听听，干扰实在太大了。”

终于，19时刚过，我就听到了！讯号很清晰。其他几个台也同时听到了。密语翻译出来，电文仍是：

“张、廖：二六晚停止总攻。宋。”

应科长当时也很激动说：“没错，没错！”然后就立即去给首长汇报。

近两个小时的紧张气氛顿时平静了下来。我用联络密语告诉兵团台我们要转移，兵团台同意了。军作战科根据军首长的决定，派骑兵通信员分路追上部队传达命令，保证了整个兵团作战的统一行动。

东线反击战从11月27日开始，部队翻越海拔1700米、上下40公里的广域岭，从翼侧割裂柳潭里、下碣隅里、古土里之美陆战第1师，首先配合友邻军歼灭柳潭里、新兴里之美7师一部。尔后，围歼下碣隅里美陆战1师。经过近30天艰苦卓绝、英勇顽强的战斗，敌军伤亡惨重，大部被歼；号称“王牌师”的美军陆战第1师，有着一百多年建军史，从第一、第二次世界大战以来，从未遭到如此重大伤亡。残敌在我军追击下，仓皇经元山港从海上逃窜，东线反击战胜利结束。第二次战役的胜利，基本上扭转了朝鲜战局。

吴昌业

这是老兵吴昌业跟战友们回忆当年在朝鲜战争中一次发现紧急电报的经历，而写的一封家书。

1948年1月，吴昌业15岁，在河南许昌敬德中学上初一，暂住在姑妈家，当时中国人民解放军华东野战军某文工团因节目角色的需要，派文工团来敬德中学物色小演员，吴昌业因为性格大方引起了文工团的注意，被成功选入文工团，随军演出。

加入文工团后，吴昌业大部分时间都在跟随部队一起行军。其余时间他不仅学习了打腰鼓、打花棍、搞快板的文艺工作，还接受文工团专门给他定制的文化教育工作。

1948年11月6日到1949年1月10日，中共中央革命军事委员会派华东野战军、中原野战军共60万兵力参加淮海战役。吴昌业所在的解放军华东野战军某文工团跟随部队开展火线文艺工作，1949年1月6日，解放军向青龙集、陈官庄地区被围的杜聿明部发起总攻。9日消灭第13兵团大部。10日拂晓，淮海战役发起总攻，吴昌业扛着喇叭筒和战士们一起上阵冲锋。

吴昌业："我们就跟着一起冲，那个时候小孩子可能眼睛也尖，我一看怎么侧面有敌军，我马上就喊起来了，我们就往那边跑，那个时候（我才明白）什么叫兵败如山倒？国民党兵就是兵败如山倒。"

虽然手里没有枪，但由于国民党军队毫无抵抗力，听到解放军冲锋号后溃不成军甚至直接缴械投降，在这次战斗中，吴昌业跟战友一起俘虏了国民党军100多人。

10日凌晨，杜聿明在安徽省萧县张庄寨镇张老庄村被解放军战士俘虏，淮海战役正式结束。16岁的吴昌业因不怕牺牲，发现斜切阵地并俘虏敌军被授予四等功荣誉。

淮海战役后，吴昌业随军参加解放上海战役，解放上海后，为了继续解放台湾，需要训练战士渡海登陆作战能力。而有线电台已无法满足渡海作战的需求，转而增大对无线电台的需求，因此部队组织了大批人员学习无线电的收发报技术。1949年9月，吴昌业从文工团调到了无线电台。

1950年6月25日，朝鲜战争爆发，10月25日，中国人民志愿军应朝鲜请求赴朝，与朝鲜人民军并肩作战。1950年9月，吴昌业所在的第九兵团从上海调到了山东泰安到滕县一带，11月4日，吴昌业跟随部队从山东兖州坐火车前往朝鲜。

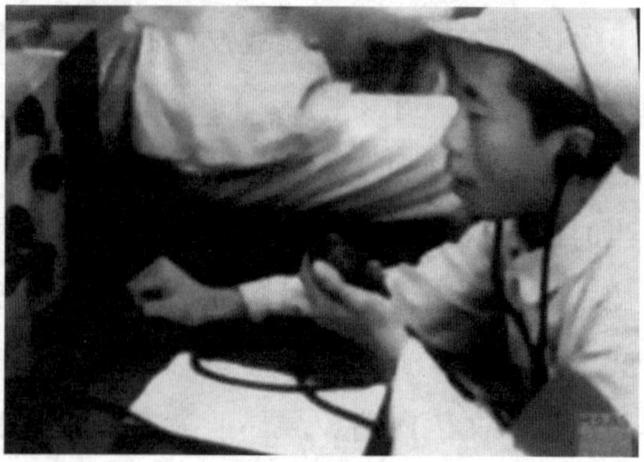
吴昌业在战斗前线

11月6日，部队抵达鸭绿江边。部队采取"攻其不备，出奇制胜"的战略部署，夜晚行军，白天休息，计划从东西线将美军包围，进行歼灭。吴昌业所在的第九兵团某部负责穿插包围，另一路部队负责阻击、攻坚。

由于入朝时间匆忙，部队的大部分战士都没有换上冬装。进入朝鲜后，又遭遇了朝鲜的极寒天气，温度在零下30度到零下40度。

吴昌业："那个时候相当艰苦，天气冷得不得了，凡是能够御寒的东西，都裹在身上，把自己的耳朵护牢，把被子都弄起来裹到身上。有的南方人没见过雪，一开始听说能看到冰雪都很兴奋，但到了后才发现（跟想象不一样），手如果伸出去，在手上不化了，你的手就要冻伤。所以冻死冻伤的人相当多，这个仗打得非常悲壮惨烈。"

极冷温度下的战士需要补充能量，而在当时吃的也成大问题。一方面生火煮食物极其容易暴露位置；另一方面，由于入朝紧张，战士们携带的食物都相对有限，可以说是衣不御寒、食不果腹。

吴昌业："我们后来讲'一把炒面一把雪'，我们那个时候连炒面也没有，我们（吃的）就是高粱米，实在没办法就向当地老百姓征集土豆，就是靠这个东西。但马铃薯在山下烧好运到山上去，都变成冰疙瘩了，只好揣到怀里。"

按照计划，原定11月26日晚发起总攻，我军计划从长津湖东西线把美军的陆战第一师包围并一举歼灭。在战时为了防止敌人通过集中的无线电波侦察到我方位置，无线电台会暂时处于静默状态，因此在26日当天整个军部只有二台在值班。26日中午，吴昌业吃完午饭后，走到二台顺便了解情况，就是这次无意之举，吴昌业发现了紧急电报。

吴昌业："我跟二台的台长讲，我说你这个机器让我看看情况怎么样，结果我就把他这个机器一调频率，调到我兵团的频率上，一听兵团正在呼叫我，同时他发了一个密语，有十万火急电报给我。"

吴昌业感到不对劲，立马回到自己岗位，马上联系兵团，这回收到的不是电报，而是无线电密语，吴昌业对照着自己的密语本进行翻译。

吴昌业："那么把它一翻译几个字：张廖，二六晚停止总攻，宋。（张：军长，廖：副军长，宋：志愿军第九兵团首长）。那么我弄好以后就叫通讯员送到作战科去。他在电台上又告诉我，从现在开始随叫随应，我就赶快把我自己的电台架起来，这叫摇机班，那个时候摇机班有11个人。他是背机器摇马达的，叫他赶快把机器架起来，我把自己的电台架起来，就和他保持联系。”

原定 26 日晚发起总攻，却在 26 日下午收到这条紧急的无线电密语，吴昌业翻译这条无线电密语的正确与否直接关乎战争局势，因此作战科科长让吴昌业反复确认。

吴昌业：“他说，小吴，你这个电报敲得对不对？我说电报这个怎么了？不会错的。他说这个事情你要知道，错了要杀头的。”

吴昌业的部分奖章、纪念章

吴昌业和其他三个电台工作人员一起把没有工作的电台全部架起来，经过相当长时间的确认，最终每个人将自己获得的无线电密语进行翻译，内容仍旧是：张、廖，二六晚停止总攻，宋。

吴昌业的心里长舒了一口气，于是部队改变计划，停止总攻。后来吴昌业了解到，当时临时停止总攻的原因是东线有一支队伍没有按照指定时间到达位置，无法和西线一起形成包围圈歼灭美军。如果没有吴昌业发现的那份电报，战局可能会存在很大变数。

吴昌业在部队待到 1963 年后，转业到象山电影站。

吴昌业：“当时叫电影站，后来改成电影公司，一个人一辈子也做不了什么东西的，能够做一件事，这就不错了。当时把我调到电影公司，我就做了一件事，叫老百姓无论如何多看电影，这就是我的一件事情。所以那个时候我去的时候是 4 个电影队，到了最后我搞了 130 多个电影队。”

一辈子做好一件事，这是吴昌业的信条。无论是在文工团、无线电台还是转业回来的电影公司，每个阶段吴昌业都在专注做“一”件事，这也才让每件事情都有回响。

【专家点评】

看完电影《长津湖》，很多人印象最为深刻的是这样一个片段：无论多危险，最先被保护起来的就是无线电设备和编译员。因为每一个关键命令的传达，都离不开这些设备，和时刻守卫在无线电旁的人。老兵吴昌业就是这些被保护起来的无线电技术人员之一，可见重要性。长津湖战役，创造了抗美援朝战争中全歼美军一个整团的纪录，迫使美军王牌部队经历了有史以来“路程最长的退却”。这次战役，收复了三八线以北的东部广大地区，彻底粉碎了麦克阿瑟圣诞节前占领整个朝鲜的美梦，扭转了战场态势。

浙江广播电视集团　来钧

马发泉：用生命丈量军人的使命

记者：崔正昊

编辑：刘浩

【人物名片】

马发泉，1934年出生，中共党员，浙江瑞安人，1951年3月入伍，1963年1月退伍。1951年3月跟随志愿军入朝作战，相继参加了金城541高地防御战和上甘岭战役。

妈妈：

我还活着！

马发泉

温州瑞安瑞祥山庄，是87岁马发泉老人现如今的住所。进入到他的客厅，墙上挂满了从军、退役后的照片。在这其中藏着一张泛黄的旧照片，上面的他双眼炯炯有神，手持卡宾枪，昂首挺胸注视远方。背后只写了一句话："妈妈，我还活着！"这是马发泉在抗美援朝时给母亲写过的唯一一封信。马发泉老人说这是从军的见证，尽管多年过去，但谈起背后的故事，依然历历在目。

马发泉

1951 年 3 月 18 日，只读过一年书、刚满 17 岁的马发泉执意要报名参军。父亲曾试图阻拦，但他毅然选择加入志愿军队伍。他以为此行是去解放台湾，当部队行进到福建与江西交界处时，却突然接到消息：计划暂时搁置。

不久之后，马发泉接到通知抗美援朝，那是他人生中第一次坐火车。

他和大哥马良顺、二哥马荣根等七位亲属加入中国人民志愿军，集中前往辽宁本溪训练步枪打靶。因射击成绩优异，马发泉被编入了中国人民志愿军第 12 军担任机枪手。

同年 5 月，马发泉踏上了前往朝鲜的征途，随部队渡过鸭绿江，经阳德前往金城。跨过鸭绿江当晚，部队命令轻装上阵。

也就是从那一晚，紧张的情绪开始蔓延。马发泉忽然意识到这次是要真的打仗了。他坦言自己 14 岁时仍怕黑怕“鬼”，但经历了战争后，他迅速成长变成了另外一个人。

前往金城的这一路上，许多战友都牺牲了。他清晰地记得，去往前线的过程中，副教导员过来接他们，万万没想到，这位年轻的教导员刚刚见面就中弹倒在了血泊中，第一面竟成了最后一面。接下来的日子，如今马发泉依旧不愿诉说，战场上每一声枪响就有人倒下，不是敌人，就是自己。

1952 年 8 月，金城 541 防御战打响。当时马发泉的大哥马良顺是侦察班长，奉命执行排摸 541 高地美军火力配系任务。出发前，许多人都已经做好了牺牲的准备，一位关系很好的老乡找到他，递给他一支钢笔说：“此次上阵凶多吉少，希望能够替我保管好它。”

那天晚上，马良顺带队，摸黑潜进了美军的前沿。他们将铁丝网剪开了一个口子，悄悄地钻了进去。正当侦察完毕准备回撤时，突然，刺眼的探照灯刷地亮起，随后弹如雨下。马良顺不幸中弹，倒在了血泊中。这一幕，被藏在隐蔽点的马发泉看得真切。当时，马发泉怒火中烧，想冲上去救却被连长按住，告诉他如果起身抢救，隐藏部队的位置就会暴露。他只能眼睁睁地看着亲人和队友一个接一个倒下。那天晚上，他大哥所在的排几乎全员牺牲。

1952 年 10 月，上甘岭战役打响，马发泉义无反顾地投身前线。当时，他被编入了爆破连，阵地的最前沿和敌军只相距 20 多米，在充满硝烟的上甘岭战场，随时都有牺牲的危险。有一次上阵前，他的班长穿上了新军装。每每回忆这一幕，马发泉的眼角都会湿润，那天晚上，班长身穿新军装、向前冲锋的背影，永远定格在马发泉的瞳孔中。

当时的上甘岭战役已进入了白热化状态，美国飞机飞得极低，驾驶员都是王牌飞行员。马发泉回忆，当时在阵地上，美国飞行员的脸他们都看得清，“飞机轰炸后太阳都看不到了。打的全部是石头了，手抓起来都是炮弹灰，土全部翻过来了。”

上甘岭一役中，马发泉所在的第 12 军伤亡 4000 多人，一个连队一天要补充三四次新兵，战士们的名字都叫不上来。二哥因腿部负伤，回到丹东治疗，听闻军中战友说，马家的兄弟牺牲了，他以为是弟弟马发泉遇难，悲痛不已，便写信回家告诉母亲噩耗。后来，伤势渐好的马荣根回到战场，与马发泉在战场上相遇，才知道自己闹出了乌龙。

而为了尽快将自己还活着的信息告知母亲，他便让同行的战友拍下了这张照片，并用笔在背面写下了“我还活着”四个字。短短的四字家书，穿越战场，寄回遥远的家乡，承载着对母亲的思念和马发泉誓要凯旋而归的决心。

1953 年 7 月，双方签订《朝鲜停战协定》，抗美援朝胜利结束。当年一起出去的家族兄弟牺牲了不少。1954 年，马发泉回到家中。“信虽然寄回了家中，但母亲不信，她一直在家给我摆设灵堂，烧纸点香，直到 1954 年亲眼见到我……”那一刻，她和母亲抱在一起失声痛哭。

1963 年，马发泉从部队转业，被分配到了瑞安县陶山供销社。1970 年，又调到了瑞安县财政局，一直到退休。

2000年是志愿军出国作战50周年，他作为瑞安代表，受邀参加赴朝访问团。当马发泉再次踏上朝鲜的领土，在松岳山志愿军烈士陵园，看着一个个合葬了数百人的大墓，石碑上只有“烈士之墓”四个字，哭成了泪人。

从朝鲜回来后，马发泉联系瑞安志愿军老战士，申请成立民间组织——瑞安市抗美援朝研究会。他们租房自办抗美援朝历史展，还决心筹建一座永久性纪念馆。2001年抗美援朝教育馆开始筹备，可建馆的道路远没有马发泉预想的顺利。资金问题、场地问题、纪念馆资格问题都摆在了这位老人面前，为了选址，马发泉和其他老人一起跑遍了瑞安的五座山，最终选定建在西山上的烈士陵园内。从规划、设计到勘探，再到准备材料、递交审批，马发泉和战友们一直在为此奔走忙碌。让马发泉没想到的是，正忙得不可开交之际，自己的身体检查出肿瘤，被诊断为膀胱癌。治疗的过程虽然痛苦，但在病床上的马发泉没有一天不想着建馆的事情，刚能下床，老人就又开始四处奔波筹集资金，经常一天忙到晚，脚都浮肿了，再加上高血压、糖尿病，一天他要两次服用17粒药片。

文件审批程序固然繁琐，但与四处募集资金相比又不算什么。马发泉的妻子说：“孩子们没工作、没房子住，他都没求过人。但为了募集资金，他和战友们却常常四处求人。”

念念不忘，必有回响。2002年，该馆终于建成并对外开放，收集到的800多幅照片、图册、资料，经过摄影、放大、绘图，按照抗美援朝战争、抗美援朝运动、中朝人民友谊、中国人民志愿军英模事迹4个部分制作成展板，布置在教育馆内，引起社会各界的广泛关注。联络战友捐献史料，奔波在热衷公益的单位和社会人士中筹集资金，向社会公众征集各类史料和纪念品……建设这座历史教育馆，几乎占据了马发泉退休后的整个生活。开馆后，马发泉十多年如一日坚持为前来参观的人讲解，以一位老兵的坚守传递着精神力量。值得欣慰的是，慕名前来参观的人越来越多。马发泉说“当时，几乎每

天都有很多电话请我去讲课，每天都有人自发过来参观，甚至有一家三代几十口人一起来的。”

作为全国唯一一家县级抗美援朝历史教育馆，从 2002 年开馆至今，接待参观人员超过 60 万人次。

抗美援朝的故事，马发泉讲了一遍又一遍。像马发泉一样的志愿军老兵们，都在努力地与“淡忘”作战，他们以各自的方式，讲述着、传承着抗美援朝精神。

【专家点评】

“我还活着”是马发泉在朝鲜战争时给母亲写过的唯一一封信，短短的四字家书，承载着对母亲的思念和他誓要凯旋而归的决心。这四个字也让很多上过战场的老兵百感交集，能从枪林弹雨中活下来是多么幸运，但活着又会无时无刻地想起那些壮烈牺牲的战友们。他成立瑞安市抗美援朝研究会，建立抗美援朝教育馆，他自己活着也得让牺牲的战友们“活着”，让更多人记住在异国战场上牺牲的英雄们。

浙江省退役军人事务厅　金登尚

傅永先：我是100瓦的灯，就得发100只光

记者：韩晓雨

编辑：华冰

【人物名片】

傅永先，1950年生，中共党员，杭州萧山义盛新庙前村人，家庭世代务农。1968年3月参加中国人民解放军，在部队，刻苦好学，苦练军事技能，1974年4月加入中国共产党，历任班长、排长、连长等职。17年始终战斗在基层第一线，八次立功受奖。1985年2月8日，他率连队在老山前线作反击前的训练准备时，突遭越军炮击，舍身保护战友而牺牲，年仅35岁。中央军委、南京军区分别授予他“勇于献身的好连长”“勇于自我牺牲的优秀共产党员”称号。

父母大人：

我今天给父母大人写信，不要感到难过，应该感到高兴和自傲……我们共产党领导下的军队，是人民的子弟兵，我们这次参加自卫还击战斗是为了国家的安宁、人民的幸福。亲爱的父母，你们年老体弱，特别是7月份以来，我参战，你们精神上

傅永先

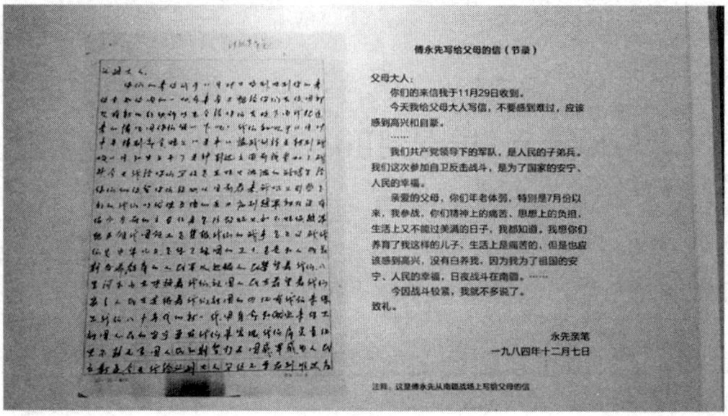

傅永先家书

的痛苦，思想的负担，生活上又不能过美满的日子，我都知道。我想你们养了我这样的儿子，生活上是痛苦的，但是也应该感到高兴，没有白养我，因为我为了祖国的安宁，人民的幸福日夜战斗在南疆。

永先亲笔

一九八四年十二月七日

亲爱的父亲：

父亲节即将到来，儿子对我说：“妈妈，我想把《父亲》这首歌送给爸爸和您的爸爸。”好孝顺的孩子！儿子的话深深地触动了我。一别已经是三十一年，“爸爸”这个字眼对我而言是那么熟悉而又陌生，亲切而又遥远。这一刻，很想给您写封信，权作对您的怀念！

这应该是我第二次给您写信吧。第一次是您在前线作战的时候，那时候我5岁，给你写过一封信。记得那时家里和在前线的您的书信往来，都是妈妈口述，姐姐代为执笔的。那段日子在我的记忆中非常漫长，我天天数着箩筐里攒的鸡蛋，等着您的来信，盼着您的回来。每当您来信了，妈妈总是连夜就让姐姐给您回信。昏暗的灯光下，妈妈细细碎碎地和你讲述家里的种种，总不忘叮嘱你要保重

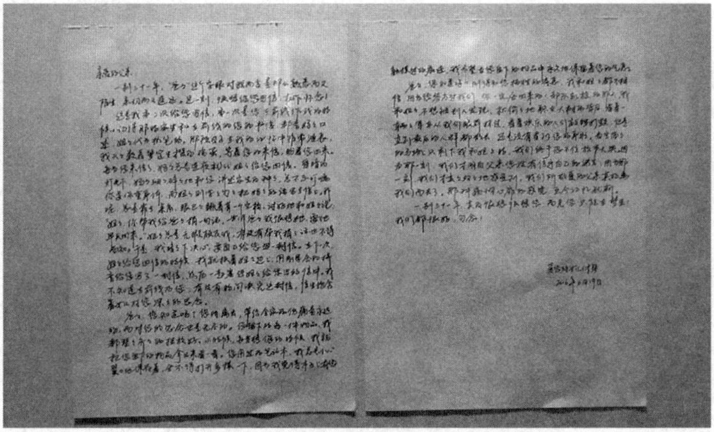

傅琴（傅永先之女）写给父亲的信

身体，而姐姐则字字句句把妈妈的话写在信上。我呢，总是靠在桌角，眼巴巴瞅着有一个空档，讨好地和姐姐说：“姐姐，你帮我给爸爸捎一句话，告诉爸爸我很想他，要他早点回来。”姐姐总是无暇顾及我，有没有帮我捎上话也不得而知。于是，我暗暗下决心，要自己给您写一封信。在下一次姐姐给您回信的时候，我就挨着姐姐边上，用刚学会的拼音给您写了一封信，然后一起塞进姐姐给您写的信中。我盼着您能看到我的信，又担心你没时间、没耐心读完这封用拼音写的信。直到后来，前线回来的叔叔告诉我们，您牺牲的时候，口袋里放着我们给您写的信。我不知道在前线的您，有没有时间读完这封用拼音写的信，信里饱含着女儿对您深深的思念。

爸爸，您知道吗？您的离去，带给全家的伤痛是永远的，而对你的思念也是无尽的。您留下的每一件物品，我都整整齐齐地摆放好。小时候，每当想你的时候，我就把你留下的物品拿出来看一看。你用过的笔记本，我总是小心翼翼地保存着，舍不得打开多摸一下，因为我觉得本子上有你触摸的痕迹，我想在您留下的物品中永久地保留着您的气息。

爸爸，您知道吗？刚得知您牺牲的消息，我和姐姐都不相信，因为您答应过我们，你一定会回来的！部队凯旋的那天，我和姐姐不想被旁人发现，就偷偷地躲在大树的背后，看着一辆辆凯旋的军车从我们眼前掠过，看着欢庆的人们敲锣打鼓，但是直到最后的人群都散去，还是没有看到您的身影。当空荡荡的马路上只剩下我和姐姐时，我们终于忍不住放声大哭。因为那一刻，我们才明白父亲您没有信守自己的诺言；因为那一刻，我们才真真切切地感受到，我们所敬爱的父亲真的离我们而去了。那种痛彻心扉的感觉，至今记忆犹新。

爸爸，您知道吗？我也知道您的一个小秘密。部队开往前线的那天夜里，妈妈带着我和姐姐走了 3 里多的泥路去部队给你送行。那天的气氛很沉重，您的话也不多。记得你抱着我，对妈妈说："孩子们要睡了，你们赶快回去吧，放心吧我一定会回来的。"说完就沉默了许久。后来，我发现我的肩膀湿了。原来，一向坚强的您竟然落泪了。很多年后，回想起这一场景，我才慢慢读懂你那无声的泪水和坚毅的眼神中，既有着对我们母女的牵挂，更有着作为一名军人的担当和舍我其谁的义无反顾！

一别 31 年，真的很想很想你，而见你只能在梦里！我们都很好，勿念！

爱你的女儿　傅琴

2016.06.19

在杭州钱塘区义蓬街道新庙前村的傅永先烈士事迹陈列馆里，我们见到了傅永先的妻子和小女儿。在这里小女儿傅琴跟我们讲述了父亲短暂而不平凡的一生。

1968 年 3 月的一天，傅永先穿上军装，登上了开往绿色军营的火车，开始了他人生新的历程。入伍后，从战士、班长、副连长、到连长，傅永先在部队一干就是 17 年。他热爱部队、工作踏实，先后八次立功受奖。他当班长时，班是先进班，当排长时，排荣立集体二等功，当连长时，连又是先进连队。无论是军事技术，还是指挥组织能力，他在全团连级干部中都是拔尖的。可是一次又一次的组织调整，都与他擦肩而过，他仍在原地踏步。当领导问他有什么意见时，他却平静地说："请领导放心，只要有工作干就行，计较个人职务高低，那还算什么党员！"

傅永先自1976年任连职干部以来一干就是十年，是全团资历最老的连长，但他从不倚老卖老。在连队，他和比他入伍晚的指导员亲密团结，相互配合，相处的十分融洽；对后来居上的同志更是真诚尊重，热情支持。

在小女的记忆里，与爸爸相见的日子屈指可数："因为那个时候探亲假一年一次，但听母亲说，父亲可能要两年才回来一次，所以我跟我姐姐出生的时候父亲都不在我们身边，我们是1983年随军到了部队的，父亲的部队离部队家属院是非常近的，但是我们也经常看不到父亲，因为部队的训练任务非常重，像中秋春节这些重要的节日，他一般都是留在部队跟战士们一起度过，所以说他是以父母之心跟兄长之情关心全连的每一位战士。"

1984年，傅永先所在的部队接到了作战任务，要马上赶赴前线，临行前，傅永先回家告别了妻女。那一年傅琴5岁，姐姐8岁。傅琴说：父亲回家简单整理了一些衣物，妈妈想给他烧一顿饭，但是整个家里翻遍了连一个鸡蛋也没有，最后妈妈做了一碗麦疙瘩，放了一点白糖。那个时候我就站在父亲身边，然后看着他吃麦疙瘩，就是这样一碗没有任何佐料的麦疙瘩，父亲却吃得津津有味。部队奔赴前线的前夜，母亲带着我和姐姐去给父亲送行，当时是半夜里去的，走了三里多的泥路。我印象中气氛非常凝重，父亲叮嘱我们要听话，要照顾好母亲，因为我妈妈身体一直不是很好，她有强直性脊柱炎，所以半夜经常痛。父亲离开的时候我才发现我的肩膀湿了，原来一向坚强的父亲竟然落泪了。很多年以后我才慢慢读懂，一直萦绕在我脑海中的父亲那坚毅眼神，这当中既包含着对我们母女的牵挂，但更多的是作为一名军人舍我其谁的义无反顾。

原本傅永先可以在1984下半年转业的，当时组织上提出由副连长张廷发接替作战任务，傅永先却说临阵换将是军事大忌。他坚定地对组织说："我在七连干了这么久，我了解大家大家也了解我，这对完成作战任务是有利的，如果组织上相信我的话，还是让我这个老兵出征。"就这样，傅永先留在了连队继续作战。

1985年2月7日傍晚，傅永先写下了遗书，当时上前线的每一个将士都会写上一封遗书，然后用白布包好，女儿傅琴说："父亲的遗书里写道：如果我光荣了，请你把两个孩子抚养长大，告诉他们父亲给他们的爱太少了。如果我光荣了，请不要向组织上提任何要求，因为我是在战场上牺牲的，索性就让我'光荣'一些。"

1985年2月8日下午4时左右，傅永生所在连队阵地突遭敌军疯狂炮击，红红绿绿的曳光弹在头顶上掠过，阵地上一片火。傅永先急忙招呼战士们进隐蔽所。当他转身正准备进洞隐蔽时，突然发现六班战士江云发还在洞外，迅即一个箭步冲了上去，将江云发猛地推进防炮洞内，并即刻用自己的身体挡住洞口。几乎就在同一刹那，一发炮弹在傅永先背后爆炸，他眼前一黑，扑倒在地上，鲜血顿时浸湿了他的衣服。当战士们七手八脚把他往团救护所送时，他却强行睁开双眼微弱地说："我不能走，这里是我的指挥位置。"说完又昏了过去。战士们围在自己敬爱的连长身边，哭喊着："连长，连长，你醒醒啊！"但是他始终没有醒过来。

傍晚，当硝烟散尽，太阳下山时，傅永先永远离开了他的战士们，走完了他那35年的人生道路。

连长的牺牲，激起了战士们的满腔愤怒，七连74名战士立即组成了为连长报仇的"复仇班"。第三天凌晨，"复仇班"的战士们一鼓作气夺回了被敌军侵占的高地。

傅琴说：父亲曾经说过，作为一名战士要用军功章当做生命的句号，而他真的以这样一种形式为自己的一生画上了句号。

在傅永先写给女儿们的书信中我们看到了这样三句话：在家要做一个好孩子，在学校要做一名好学生，在社会上要做一个对社会有用的人。傅琴说："在我们的成长过程中，虽然父亲不在我们身边，但是我觉得他一直都没有缺席，因为这三句话是激励我们在前行道路中一种强有力的一种精神支撑，每当我们碰到困难，碰到挫折时候，心里默念父亲留给我们的话。"

"只讲奉献，不图回报"是傅永先人生的最高宗旨。他的一言一行无不渗透着一名革命军人的高尚情操，他的一举一动无不体现着一名共产党员的崇高品德。他在部队服役17年，为部队建设呕心沥血17年，做出了许多常人做不到的牺牲。但他却无怨无悔。傅永生的一生正如邓小平签发的中央军委“授予傅永先同志‘勇于献身的好连长’的荣誉称号的命令”中所说的那样，他“不仅在生死关头能舍己救人，平时也表现了高度的自我牺牲精神，是一个优秀的基层干部，建设社会主义精神文明的好典型”。

【专家点评】

两封家书，读时潸然泪下，读罢百感交集、五味杂陈，女儿傅琴在写给父亲的这封永远无法寄出的信中提到的多个细节，让人动容：部队凯旋，队伍尽头也没能等到父亲时，两姐妹孤零零地站在马路上痛哭；刚毅勇敢的父亲最后一次离别时悄悄落泪湿了女儿的肩膀……女儿对父亲所有的思念、伤痛都浸透在每一个具体的细节和回忆里。而傅永先在战场上舍己为人、马革裹尸的英雄事迹，也将被载入光辉史册。他，是一家人的骄傲，是一代人的丰碑。

浙江广播电视集团　农书荣

丁炳荣：三天三夜，把战友背回祖国

记者：刘浩
实习记者：郑梦雯
编辑：潘康康

【人物名片】

丁炳荣，1953年6月出生，浙江余杭人。1973年12月入伍，被编入江苏省军区某部。1975年4月，跟随部队调防到浙江温州洞头岛守卫祖国海岛，随后被编入南京军区某部。1979年随军参加对越自卫反击战，丁炳荣被授予一等功荣誉，所在的一连荣获集体二等功。

爸、妈：

你们身体还好吗？

两天前，部队召开了支援边疆动员大会，现在的形势非常紧急。还记得当时入党的时候宣誓说：“随时准备为党和人民牺牲一切，永不叛党。”现在边境需要我，作为一名党员，我又是班长，只要国家有需要，我一定冲锋在前，也必须冲锋在前。服从命令是军人的天职，保家卫国是军人的光荣使命！儿子要赶赴前线、上战场了，

丁炳荣

儿子要打仗去了。这是为国争光、为人民去献身的时候，此时党需要我，我就要坚决要参加。

爸、妈，你们也不要担心。

如果说我在战场上牺牲了，也值得的，也光荣的！

儿：炳荣　手书

1979 年 1 月

这是丁炳荣在部队开拔前，写给家中父母 5 封遗书的其中之一。由于时间久远，原件早已遗失，这是丁炳荣接受记者采访时回忆复原的信件内容。

1975 年，中越关系急剧恶化，我国边疆和平和人民生命财产遭受严重威胁。1978 年 12 月 8 日，中央军委下达了对越自卫还击作战的命令，决定以昆明军区和广州军区部队组成云南边防部队和广西边防部队，消灭边境的入侵越军。

1979 年 1 月中旬，部队召开支援边疆动员大会，时任班长的丁炳荣第一时间写好请战书。经过选拔，十名战士最终被派往前线，丁炳荣就是其中一员。当时，由于部队作战和通讯的保密性，丁炳荣无法将奔赴越南作战的消息传达回家中。在奔赴战场前，他给家人留下了 5 封遗书。

在向丁炳荣学习大会上，丁炳荣讲述战斗经历

丁炳荣：当时我也写了 5 封遗书，放在旅行包里面。万一如果我牺牲了，由组织上把这个信转回到我老家去。我当时写了 5 封，告诉父母亲，我要上战场，要打仗去了。这是为国争光、为人民去献身的时候，党需要我，我坚决要去参加。那么告诉家里面，你们也不要担心。如果说我在战场上牺牲了，也值得的，也光荣的。

丁炳荣接受采访

1979年1月下旬，丁炳荣从洞头岛乘坐登陆舰、汽车、火车辗转到温州、南京等地，最后到达广西边境。他跟随部队在广西防城县东兴镇一橡胶农场扎营，距离中越边境仅十几公里，每天都能听到边境的炮火声。到达广西后的第三天，丁炳荣就被编入广西军区某部，主要任务是侦查当地的地形地貌。

丁炳荣："穿军装过去，有的时候化妆成老百姓去前沿阵地，就是视察。越南都是高山密林，它的战壕很深，有1.5米深，像我个子跳下去，到这里很深。战壕是在我们边境界河的对面，山头上面一条一条纵横交错的，都是战壕，说明越南早已有准备要跟我们打仗了。而且很多的猫耳洞、防空洞，上面还有很多的竹签、钉签。"

2月17日凌晨，按照中央军委命令，我方发起总攻。在对越自卫反击战中，丁炳荣先后参与了五次战斗，让他印象最深刻的是第五次战斗。

3月4日下午五点，团首长命令三排排长丁炳荣带领一个尖刀班，攻下1号高地。当时1号高地由越方一个加强连，约180人的兵力守卫，而且防御严密，地上布满铁丝网和钉签。但由于对敌人兵力的预估错误，我方临时组建的尖刀班只派了15人进行攻打，敌众我寡。

丁炳荣将尖刀班分为3个战斗小组，每组5人，从左中右三路向1号高地发起攻击。他在最前面拿着冲锋枪，带领战士们向1号高地发起进攻。

丁炳荣："当时我端起冲锋枪，对着敌人的机枪我打了一个点射，就是把一个弹夹里面的30发子弹都打出去了，把敌人的机枪打哑了。所以马上带领我们几个战士一起跳入第一条战壕，扒开铁丝网。"

越军战壕从横交错，地形复杂。丁炳荣一边用右手拿着冲锋枪，一边摸索前进。在战壕的拐弯处，他和一名越军相遇了。

丁炳荣："他的枪口对准了我的枪口，那个时候我的枪对着越南鬼子的肚子。我把他的枪管抓住，往左边一拐。当时，他的枪、我的枪，两支枪同时响咚咚。但他的枪的子弹打向了空中，我的枪子弹正好打中了他的肚子。"

听到枪响的十几名越军，从第二条战壕中连续投掷手榴弹。尖刀班几名战士当场牺牲，手榴弹的弹片直接把丁炳荣的帽子打穿。眼看战友们大多都牺牲和失散，丁炳荣认为当务之急是先撤退，向上级报告情况后再攻打高地。

撤退过程中，丁炳荣突然听到了一阵窸窸窣窣的声音，靠近后发现是身受重伤的副班长。他身上有十多个手榴弹弹片，伤口止不住地流血。丁炳荣立马拿出自己的三角布急救包给副班长包扎，才止住了血。但敌人的炮弹不断在战壕上飞扬，丁炳荣就抱着副班长，在草堆里过了一个晚上。等第二天早上炮火停止后，他决定背着受伤的副班长一起回去。

丁炳荣："我们在一个洼部，三面都是敌人。我就决定我们还是返回去，我就跟副班长说，我说我背也要把你背回去，有我在就有你在，我们一定能够回到祖国，回到战友们中间。"

正当丁炳荣准备背上副班长撤退后，两名越军从山上下来，搜查我方是否还有残余的伤员。丁炳荣见状立即进行隐蔽，并让副班长随时做好战斗准备。敌人一前一后走着，离丁炳荣只有60米的距离时，他端起冲锋枪连发两弹，打中了走在前面的敌人。后面的敌人趁机想逃跑，丁炳荣又是一个点射。同时，副班长也向敌人投掷了手榴弹。在手榴弹烟雾弥散开的时候，为了确保完全消灭敌人，丁炳荣上前又补了三枪，随后，背上副班长开始撤退。

丁炳荣："我说我们只要爬到河边，过了界河就是我们的国家了，我们就有救了。我后来发现山脚下有一条河，我以为这条是界河了，后来花了很大的气力，把副班长背到山脚下。但这条河不是界河，是越南的一条小河，搞错方向肯定回不来，后来我又把他背到我原来刚才那个位置，困难很多。"

丁炳荣不仅背着受伤的副班长，还要带上两支冲锋枪、300 发子弹、五六个手榴弹、一个挎包水壶和一个防毒面具，体力消耗得很快。为了减少排长丁炳荣的负担，副班长自己主动要求爬行。3 月 5 日晚上，经过一天一夜的爬行，副班长的伤口已经严重感染发脓。但身上带的急救包早已用完，丁炳荣就把自己裤子上的布料撕下来，给他进行包扎。就这样，丁炳荣在前面开路，副班长在后面跟着，翻越一个又一个的山头。

3 月 6 日晚上，两人带的干粮早已耗尽，两人两天两夜没有进食了。夜色中，两人碰巧经过一片木薯地。

丁炳荣：“我们浙江人不知道木薯能不能吃，副班长是广东人，他知道南方的一些特点。他拔出来以后跟树根一样的，外面一层皮把它拨掉，中间这层可以吃，里面有一根筋不能吃的，吃了要中毒的。这副班长他这样艰苦，他连拔木薯的力气都没有。我还好，我使劲拔了几颗木薯。在那种情况下，木薯吃在嘴里是很苦的，但是心里还是感到蛮甜的。”

丁炳荣带上几颗木薯作为粮食储备，和副班长继续前进。3 月 7 日早上，两人行进到 7 号高地半山腰，已到达我方防区。副班长实在是爬不动了，丁炳荣体力也消耗过大，于是他将副班长安置在半山腰的大树下，决定先上山找我方部队，再来救援副班长。

丁炳荣立功之后宣讲战斗经历

丁炳荣仍提高警惕，手持冲锋枪向山上小心靠近，听到山上讲话声是熟悉的中国话后，他才松懈下紧绷的神经，他明白自己是真的找到了大部队。

丁炳荣："山顶上正好是我们团的8连，在上面开饭，他们吃完饭部队就撤退了。因为接到中央军委的命令，自卫反击战结束了，所以我再晚1个小时，永远就找不到部队。"

丁炳荣："那时候，我喊一声：战友们我们爬回来了。第二次还没喊出，我就昏倒了。"

战友们给丁炳荣喂了些水，醒来后，他立马带路去找寻副班长。后来，副班长被送到后方医院，接受治疗。3月7日当天，丁炳荣被任命为副连长，组织部队撤退。对越自卫反击战结束后，丁炳荣被授予一等功荣誉，所在的一连荣获集体二等功。

丁炳荣荣获一等功勋章、八一勋章

【专家点评】

5封遗书，足以看出丁炳荣上前线的决心。他把生死置之度外，第一时间写好请战书，申请奔赴前线。尽管越南地形复杂、敌军阴险狡猾、粮食等物资无法得到保障，他和战友依旧死守在前线，不让敌军越过边境。有了这群英勇无畏的战士们的守护，才能守护住祖国的疆土。

浙江省退役军人事务厅　金登尚

金锦泉：我愿把自己的青春和生命奉献给党

记者：嵇乐希

编辑：刘浩

【人物名片】

金锦泉（1958年—1979年），浙江富阳人。1976年3月应征入伍，同年加入中国共产党。1979年1月，金锦泉主动请求参加对越自卫反击战，在部队集中攻打某高地时，金锦泉冲锋在前，英勇杀敌，最终壮烈牺牲。

尊敬的党支部、同志们：

我是一名光荣的中国人民解放军战士，中国共产党党员，是一名祖国的保卫者……今天我已来到了战斗的第一线，并已经投入了歼灭入侵之敌的战场。为了党的事业，我愿抛弃自己的个人得失和年老的大人及幼小的姐妹兄弟。离开了亲人，也有可能永远离开了你们……我有决心不辜负党的培养和你们对我的期望，为了歼灭入侵之敌，我愿把自己的青春和生命奉

金锦泉

献给党，用自己的鲜血来保卫我们伟大的祖国……

金锦泉

1979年2月3日

这是金锦泉在战争前线写的一封简短信件，每一个字、每一句话都洋溢着一位年轻战士的热血与激昂。这更像是一封诀别信，对任何人来说，父母亲人永远都是最重要的，但未满21岁的金锦泉，却在信中没有一丝犹豫地把他们“抛弃”了。因为没有人比他更清楚，投身战场意味着什么。舍小家为大家、视死如归的金锦泉当然爱着自己的亲人，但在国家安危面前，他还是义无反顾，做好随时牺牲的准备。

1979年2月，哥哥金根贤收到了来自前线的这封家书后，才知道弟弟竟然已经去了前线参战，而且这是弟弟临战前写的，家人们读着信中的牵挂与热血，既担心也骄傲，却不曾想，这竟是金锦泉的最后一封家书。

金根贤回忆说，以前家里负担重，光是兄弟姐妹便有六个。弟弟金锦泉虽排行老三，但大姐早已出嫁。家中的老人当时也已年近七十，底下还有三个妹妹需要兄弟二人照顾。

金根贤：“他从小就很勤快，什么事都会帮着我做。念了一段时间书后就想着到村子里和我一起干活，当时妹妹都还很小，也是补贴点家用。”

金根贤说，当时弟弟只有14岁，但已经很懂事了，也一直觉得自己是个小大人，是个男子汉了。身边也有很多人陆陆续续去参军，他心里估计也是早有打算。

1976年，刚满18岁的金锦泉便依然去了宁波象山参了军。当时家中的两位老人并不十分赞同，在他们心中，孩子始终还小。哥哥金根贤回忆说，他知道弟弟非去不可，作为家里的顶梁柱，他是支持的，从此一人承担了家中的劳动力。只是当时的金根贤，并没有想到弟弟会去参战。

只身去了象山之后，金锦泉一直和家里人保持着通信往来，当时还没有电子产品，只是写信。但兴许是怕年迈的父母伤心，哥哥说金锦泉从不说部队的情况，只安慰家里人，说一切都好。

当兵后的第三年，金锦泉还回了一趟杭州来看牙，但并未逗留，匆匆地陪家里人吃了顿饭便赶回去了。哥哥金根贤说，能明显地感觉到弟弟长大了许多。思想上也很上进，英气满满地，还说处了一个女朋友。为此家里人都很开心。

只是没想到这匆匆一别，竟是最后一面。

金锦泉回部队之后，突然有近一个月的时间都不再写信回家。家里人感到很困惑，哥哥金根贤便四处打听，这才从别人口中得知："打仗去了！"大家都很惊讶，当时根本没有想到会有战争。"原先都是在宁波的，也从没提及要去越南，他们队里也不是人人都去的，他就是自己瞒着我们报的名。"

原来，1979 年 1 月，金锦泉主动请求参加对越自卫反击战，随即被调入广西独立师，在部队集中攻打某高地时，金锦泉冲锋在前，英勇杀敌，最终壮烈牺牲。

金锦泉的战友王德保告诉记者，每当想起 40 多年前那些为祖国献身的战友，自己仍久久无法平静。

王德保："1978 年，我被调入广西独立师某排任排长，金锦泉就在我们排。"战前，他组织全排进行了为期两个月的临战训练。在他的回忆中，出国作战的 19 天里，3 月 6 号是最残酷的一天，也是亲身经历生死的一天。

中越边境峰峦叠嶂，山高林密，不利于部队进攻，更不利于无线电波传播。6 日早晨 7 点，金锦泉所在的排坚守在 7 号高地上，山头上还有些薄雾，天气阴沉沉的，十分压抑。天亮后，王德保像往常一样，从猫耳洞里钻出来，正想伸展一下腰腿筋骨，连队通讯员小陈跑过来，通知他马上到连指挥所召开紧急会议。连长有些神情紧张地给各排下达了战斗任务，他强调说："师首长有指示，部队撤离前要再打最后一仗，一定要把敌人 1 号高地打下来，务必抢回前几天攻打 1 号高地时牺牲在敌人阵地前的战友遗体，绝不能将战友的遗体和一枪一弹留在越南战场上！"

接受任务后，王德保立即返回排里传达并布置战斗任务，领命后，战士们都忙着整理武器弹药，排里通信员拿了一些团里刚发的食物分给大家。

王德保："有苹果、菠萝汁罐头、香烟等，当时，大家都是第一次见到这种稀有的饮料，刚拧开罐头，正准备喝时，发现罐头瓶底部亮得可以照镜子，瓶底的自己蓬头垢面得不像个人样子，吓了一跳。当时心里也有种不祥的预感。"

果然，战斗打响后，每当我方炮火刚向前延伸一点，敌人 1 号高地暗堡里的所有火器就像复活了一样，对准我方所在位置猛烈射击。王德保：“由于受地形的限制，敌高我低，敌暗我明，我门排的战士大部分都暴露在敌火力覆盖区内。当时副班长负伤后，金锦泉就主动承担起指挥战斗的重任。而在这一次战斗中，我排 31 名官兵，只有 3 名没有受伤，21 名官兵不同程度的受伤、致残，其中 8 名战友壮烈牺牲，冲锋在前的金锦泉就是其中之一。”

金锦泉的哥哥金根贤说，自从知道弟弟在前线，全家心里都慌得很，四处找人打听弟弟的消息，最终等来的却是噩耗。

金根贤：“确认这个消息后，一开始我没有告诉家里，老人肯定是接受不了的。后来部队正式通知到了家里，也瞒不住了，老人家一直哭。我是早有准备，但每次想起来还是很心痛，他还这么小。”

从弟弟广西的战友口中，金根贤了解到弟弟牺牲时具体情况：“当时，同班的战友负了伤，他为了救倒地的战友，这才被射中。那时候他接替了副班长的任务，见到中了弹的战友疼得叫唤，就冲了上去，结果炮弹正好打过来，甚至来不及抢救，就牺牲了。”

除了牺牲前寄回老家的一封信件外，金锦泉没有留下任何遗物。

最终，金锦泉烈士被葬在广西烈士陵园。为了保卫祖国和人民的利益，金锦泉舍生忘死，献出了自己的生命。英雄无言，岁月有声。历史会永远铭记着这位在枪林弹雨中舍身赴死的英雄。

【专家点评】

伟大祖国的和平昌盛，离不开千千万万为之英勇献身的仁人志士。这一个个先烈，不是不珍惜自己的生命，不是不记挂自己的父母亲人。让他们毫不犹豫奉献青春和生命的，正是对党、国家和人民的一片赤诚，正是对建设更美好生活的坚定信仰。在他们身上，我们看到了信仰的巨大力量，是信仰在鼓舞着他们忘我战斗，是信仰让他们无惧牺牲。他们值得永远怀念和崇敬！

浙江大学公共管理学院　刘志军

陈章：参军 50 天即奔赴一线

记者：刘浩
实习记者：郑梦雯
编辑：潘康康

【人物名片】

陈章，1960年1月出生。1978年12月参军入伍，入伍后仅50天，就跟随部队参加了对越自卫反击战，并荣获一等功荣誉。

亲爱的爸爸、妈妈：

你们在家还好吗？

最近降温，宁波应该很冷吧？你们千万要注意身体，别冻着了。你们不用担心我，离开家到部队驻地后，战友们都很照顾我，儿子穿上军装后显得更精神了。回头有机会我拍点照片寄回去。

来的火车上，教官就开始上理论课了，枪的基本构造、射击技巧等，我都已经掌握了。最近，我们在进行紧急军事训练，每天的训练项目都很多，强度也不小，接

陈　章

下来可能有紧急任务要执行。目前，已经是紧急战备状态，有可能要打仗。我们已经从驻地出发，一路辗转南下，现在刚到广西，具体去哪里还不知道，总之一切听组织安排。

儿子参军的目的就是保家卫国，现在边境紧张，假如儿子在战场上牺牲了，也是光荣的！当你们收到这封信的时候，儿子可能已经战死沙场，儿子唯一愧疚的就是无法报答你们的养育之恩，恳请你们原谅。也请你们不要伤心，不要难过，因为儿子是为保卫祖国而牺牲的！

儿：章

1979 年 1 月 10 日　于广西宁明

这是 1979 年 1 月 10 日，刚刚随军抵达广西宁明县后，陈章给家中父母写的遗书。

陈章："当时我们不知道要去的具体地址到底是哪里，只知道要去边境，一切听组织安排，因为要打仗，任何情况都有可能发生，我们就写了遗书，真的发生意外了，就会寄给家里。"

1978 年 12 月 25 日早上 8 点，刚入伍的陈章从宁波火车南站出发，前往

立功之后的陈章接受献花

部队驻地河南省渑池县。令陈章惊讶的是，在火车上，就上起了军事理论课。

陈章："我们那个时候任务紧急，感到事情很突然：怎么新兵还没到连队，火车上就领了领章帽徽？发领章帽徽，就意味着已经真是一个军人了。在火车上就已经开始上军事理论课了，讲授枪的基本射程、性能、构造等。当时，我们感到很意外。"

12 月 27 日晚 8 点，新兵到达河南渑池火车站。通常情况下，新兵先从基础的队列开始训练，但陈章这批新兵直接开始学习爆破、投弹、刺杀等实战技巧。

随着中越关系日益紧张，我国边境领土不断受到越方侵犯。1979 年 1 月 10 日，陈章跟随部队到达广西宁明县，驻地离边境线仅十几里的距离。

1979 年 2 月 17 日，我方发起对越自卫反击战。19 日，陈章跟随部队进入越南境内，一边向前推进，一边清理战场。28 日，连队派陈章等 4 名战士保护抢救伤员的 70 多位民兵。在行进途中，远处一两百米的山上，一名穿着军装的士兵向队列喊话。陈章以为是我方的兄弟部队，也向对方喊话。谁知，山上的士兵竟扭头跑走，陈章这才意识到是敌军。

民兵大多没有配备武器，只有少许人身上携带了手榴弹。为了掩护民兵安全撤离，排长决定，让大部队到附近村庄隐蔽，陈章带领两名民兵侦查敌情。

陈章："那村庄果然有人，算了一下有十几个。我就用冲锋枪一个点射，当场击毙三四个。我跑过去，继续往前。我必须往前走，这样后面的民兵才更加安全，才敢继续前进。"

就在队伍慢慢前进时，三名敌人突然向陈章方向进攻。陈章立即扔出手榴弹，当场消灭两名。另一名侥幸逃脱后，悄悄隐蔽起来，企图反击，趁陈章不注意，向他扔来一枚手榴弹。

陈章："他扔过来当时我也没发现，但是当时边上的房子是毛竹房，手榴弹在毛竹房上面碰了一下，弹出去了。我马上趴在地上，躲过一劫。要是他直接扔下来，我可能真就没命了。"

敌人见手榴弹还没炸死陈章，就拿起枪企图正面袭击。

陈章："他朝我扑过来的时候，我人在地上，被我一枪挡掉了。当时子弹已经打在他身上了。他压着我，人还没有死，还要顽抗。就扭打翻滚在地，他还想用枪柄打我的背。其实，当时他已经没有力气了，但是我一下子没有起来，因为还要观察一下周围情况。”

由于担心周围有敌军埋伏，等周围没有动静后，他才起身和民兵会合。此时，排长接到团里命令，立即组织撤退。撤退途中，陈章发现山上草木晃动得厉害，他知道，那很可能是敌军增援的部队。后来才了解到，增援的越军有一个加强连的兵力，多达一百四五十人。陈章带领两名民兵，一边开火，一边隐蔽，吸引敌人的主力。其余七十名民兵在掩护下往反方向撤离。最终，民兵安全撤离。但陈章和两名民兵只能逃到山上继续隐蔽，第二天陈章利用部队所学的野战知识，在越南密林中辨别方向，进行撤退。

陈章：“当时，我们在部队学过，北面的山比较潮湿，南面的山比较干燥，就这样分辨我们所在的位置。等到第二天，天蒙蒙亮的时候，差不多四五点钟，我们就往北走。”

为了安全，三人相距十几米进行撤退，陈章走在最后头。在经过溪流的拐角时，山上的麻雀忽然一下都飞走了，他迅速隐蔽观察，发现身后 100 米左右，有一名敌人紧跟着他们。

陈章：“我马上跟两个民兵说了，后面可能有人跟着，你们不用回头。我说你不要怕，我在后面保护你，你就当没事一样。我拐弯后就马上隐蔽下来，你继续往前走。这样就能把越兵引到我的前方。”

陈章荣获一等功勋章

1979 年陈章被授予“新长征突击手”

陈章："我听到一个声音，溪水里的石头咕噜响了一下，我就判断他可能已经到这个位置了。隐蔽的时候，我根据时间差，算他大概还有多少路，果然他跟上来了。我看后面没有人，就他一个人，就立即出来，从后面持枪朝他用越南话喊话：缴枪不杀，我说，你赶快过来，他也过来了，带着枪投降了。"

越兵投降后，为了防止敌军反扑，陈章带着俘虏继续向北行进，两个小时后，最终找到了大部队。

1979 年 3 月 5~16 日，中国边防部队达到了保卫边疆的预期目标，奉命撤回国内。在对越自卫反击战中，陈章共计消灭敌人 11 名，荣获一等功。

【专家点评】

祖国领土神圣不可侵犯。随着中越关系紧张，我国边境领土不断受到越方侵犯，一批批士兵参与到对越自卫反击战，保卫祖国边陲疆土。陈章在反击战前线，有勇有谋，充分运用新兵营学习的爆破、投弹、刺杀等实战技巧，杀灭敌军，最终实现保卫祖国边疆的目的。这让我想起在守边护边时壮烈牺牲，不满 19 岁的"00 后"战士陈祥榕，他曾写下"清澈的爱，只为中国"，守好祖国的疆土是刻在中国人骨子里的，与年龄无关。

浙江省退役军人事务厅　金登尚

林金龙：头可断，血可流，祖国寸土不能丢

记者：祝佳佳

编辑：华冰

【人物名片】

林金龙（1962年—1985年），浙江瑞安市芳庄乡人。1981年1月参加中国人民解放军。1984年加入中国共产党。同年10月赴云南参加中越边境自卫反击战，任某部队七班班长。1985年3月10日，在向老山一六六前沿阵地输送弹药时，被炮火击中身负重伤。牺牲前的最后一刻，他倒在战友怀中，艰难地取出胸前口袋中仅有的1元钱交了最后一次党费。

亲爱的哥哥：

车轮滚滚，雄姿威威，现在我到祖国边境前线，为祖国勇立新功，我不会轻易地死去，一定会胜利地回来。如果我在战场上光荣牺牲，不要有什么过分难过，有你和弟弟，家里的事完全做了，好好照顾上辈，我就放心。

1984年7月23日

二弟

林金龙

亲爱的哥哥：

我在这次战斗中，胜利地完成了任务，这是规模最大的一次，我准备牺牲，但我在战火硝烟中6天6夜并没有受伤，感到自豪。

你可知道，我有这么大决心，一切困难都可以冲破，不惜用尽一切的力量。

亲爱的哥哥，我一定要把仗打好，你也应该比往年过得有意义，应该为我战斗在祖国前线而自豪，应该为我胜利而干杯。

另在信中放10元钱，给妈妈买一点东西，表示我唯一的孝心。

1985年1月22日

二弟

亲爱的哥哥：

我2月4日胜利地完成上级交给的任务，上级授予光荣的称号"一等功臣"。

哥哥，前线的战争越来越紧张，不管怎样，我能克服种种困难，战争的胜利一定属于我们。

你应该想开点，人生自古谁无死，留取丹心照汗青。如果我在战场上光荣的牺牲，有烈士两千元抚恤金，你们不要过分难过，应该照顾好妈妈。

1985年3月7日

二弟

瑞安烈士陵园，青松翠柏，庄严肃穆，林金满点燃了一支香烟，放在了弟弟林金龙的墓碑上："现在我们都过上了好日子，二弟在那边应该感到欣慰了。二弟生前喜欢抽烟，每次过来，我都会给他点上一支烟。"

林金龙牺牲已有36年，哥哥林金满一直惦念着他，他的照片、勋章、奖状、烈士证书，也一直珍藏着，而压箱底的，还是林金龙写给母亲、写给自

己的家书。弟弟信中的嘱托，林金满一直未敢忘记。

林家有三兄弟，老大林金满说：“我们三兄弟，最有出息的就是我的二弟林金龙。”小时候家里穷，三兄弟帮着家里种田、放牛，即使是这样，林金龙还是凭着自己的努力，考上了湖港中学；高中毕业后，参加了中国人民解放军，因为工作需要，他被调配到团幼儿园，负责军人幼儿的教学工作。几年如一日、任劳任怨，幼儿园的学生在他的教育下，学习取得了进步，而且身体素质也得到了加强，家长无不夸赞，因此受到团部三次嘉奖，林金龙也在 1984 年的 3 月份加入了中国共产党。生活一切向好。

1984 年 7 月，林金龙所在部队接到中央军委赴云南作战的命令，而在幼儿园负责任教的林金龙，并没有被指派上前线。茶不思饭不想，林金龙请求政治处将他从后勤岗位调往步兵连，上场杀敌，接连打了好几份报告，最终被批准上战场。林金龙向战友表决心：绝不辜负大家的期望，假如我不行，也要向前一步死，绝不后退半步生。

全副武装、10 公里越野负重、山地攻防……高强度的临战训练在云南砚山拉开。小个子林金龙，话不多，但训练中那股刻苦劲，超过常人。从 1984 年 7 月上火线到 12 月，林金龙用他的铁肩膀，为前沿阵地运送弹药物资 2800 公斤，抢救伤员 21 人，背下烈士 12 名。

随着战事越发吃紧，林金龙所在的部队很快上了战场。经历了“12 · 12”敌军团级规模疯狂反扑后，1985 年除夕前，一场艰苦卓绝的恶战再次打响。

1 月 15 日凌晨 1 时，敌军以近乎疯狂的进攻，企图进行“大决战”。仅这一天，敌军向高地共发射了 8000 发炮弹。约 300 平方米的山头上，平均每平方米落弹 26.7 发。时值中方部队换防，新兵对地理位置不熟悉，但战士们还是死死守住了“钢铁阵地”。

“弹药，弹药告急！”阵地急呼支援，林金龙带领班级战士，冒着雨点般的炮弹，将弹药一趟趟送往前线，再从战场上将受伤的战友背下来。

不眠不休的浴血奋战，终于换来“1·15”大捷。因表现突出，林金龙被任命为七班班长。林金龙曾在家书里这样写道：“亲爱的哥哥，我在这一次战斗中胜利完成了任务，这是规模最大的一次，我准备牺牲，但我在战火中打了六天六夜并没有受伤，我很自豪……”

1985年3月8日凌晨3点，敌军突然发动猛烈进攻，枪战、炮击、反扑……战斗异常激烈。10号凌晨1点，林金龙接到紧急命令：带领全班，随连队运送手榴弹到116高地。

一声令下，全班战士每人背着弹药箱，肩上还扛着一箱，火速驰援166高地。

夜，黑得伸手不见五指。穿过陡峭的山壁，越过密布的雷区，就在林金龙和战友们弯着腰加速挺进时，敌人密集的炮火封锁了他们前进的路。在枪林弹雨中，大家开始根据炮弹声音、爆炸范围来判断型号和距离，抓准炮火落地空隙跑步前进。

经过了一个多小时的艰难前行，林金龙和他所在的连队距离116高地指挥所还有20米。

忽然，林金龙耳边传来一声由远而近的炮弹声。“全体卧倒！”他大喊一声。敌人的炮弹又一次倾泻而下，一颗炮弹瞬间在他身边炸开了。下一秒，战士们就看到，他的头部、颈部、腿部多处受伤，血流如注，倒在了血泊中。

大家迅速围拢来替他包扎。林金龙苏醒过来时，却推开了战友，开口第一句就说：“别管我！快把弹药送上去！”

看着战友们前进的身影，林金龙拼尽全身力气，咬紧牙关，硬是扛起弹药箱走了一步，却又一次倒下。当他再次醒来，意识到自己左腿重伤，就用双手推着弹药箱往前爬。

战士们知道他伤势严重，排长也指派了两名战士要背他下山，但是战事吃紧，他不想浪费任何一份战力，斩钉截铁地拒绝了。忍着剧痛，林金龙终于将弹药送到阵地，心中的劲一松，他马上昏了过去。

再次苏醒后，林金龙艰难地从衣兜里掏出一元钱，交到排长洪永水的手中说：“帮我交到连队当党费……”他的声音越来越弱，然后紧紧闭上了双眼，再也没有醒来。而战友们在整理他的遗物时，发现他写给母亲的家书里，还不忘叮嘱母亲帮他交党费。

英魂归故里，长眠于故土。林金龙的骨灰，埋葬在瑞安烈士陵园里。带着儿子牺牲前的嘱托，当年，母亲王绍清拿到2000元抚恤金，一次性为儿子交足了党费，完成了他的遗愿；心中惦念着儿子会回家，一直到去世，王绍清老人都没搬离老家。

现如今，哥哥林金满和妻子住在了老宅翻新的落地房里，三弟林金权在瑞安上班，下一代的三个孩子也都毕业工作了。哥哥林金满说："我们都过上了好日子，只希望后人会记得有人为他们浴血奋战过，记得还有我弟弟这个人。"

【专家点评】

在生命的最后一刻心里装的仍是党，身上的最后一元钱也要作为党费上缴，这就是共产党人。他给哥哥的信，传达了奔赴战场前线的决心，生死置之度外的超脱，对家乡的思念和母亲的牵挂。战争年代，正是一个个"林金龙"的付出，才换来了最后的胜利与如今的和平安稳。这些人，都是我们应该永远牢记的英雄。

浙江省退役军人事务厅　金登尚

时代楷模

潘镜芙：铸舰为魂，一生向『深蓝』

陈芳允：竭诚为国兴　努力不为私

施光南：谱写改革开放赞歌的音乐家

梁中平：十余载良渚志愿服务的践行者

宗庆后：娃哈哈西进三峡库区扶贫，彰显浙商担当

陈招娣：我要有一分热发一分光

陈立群：爱与责任　无问西东

王金良：李花又绽放，他乡即故乡

潘本法：党员要积极带头，不是嘴巴上挂挂的

胡友大：用文字传承信仰的力量

邱利民：改变孩子一生的《院长家书》

朱志菊：十年写给学生20多万字『家书』

罗国海：关键时刻，党员上

杨美怡：警察妈妈，知心姐姐

黄永言：祖国海岸线就是我的星辰大海

郭　简：一封『破圈』的信

邹宁浩：逆火而行的『战地记者』

丰晨敏：一封来自上铺兄弟的送别信

臧建华：对不起，爸爸不能只做你一个人的铠甲

熊扣祖：浙江首枚亚运奖牌获得者

潘镜芙：铸舰为魂，一生向“深蓝”

记者：崔正昊
实习记者：何妍
编辑：刘浩

【人物名片】

潘镜芙，1930年1月出生，浙江湖州人，1952年毕业于浙江大学电机系。从1965年起，先后主持我国第一代051型和第二代052型导弹驱逐舰的总体设计工作，被誉为“中国导弹驱逐舰之父”。

潘镜芙

镜芙、瑾：

您们好！

久不通讯，很想念。

今天收到从北京汇来50元，已照收，希勿念。

见汇款附言，知在京开会，会毕返沪。

这次镜芙往返舟山，忙而且累，返沪后希好好休息一下。试航想已完毕了。

上月丽达曾来苏一次，知您们都好，瑾脚伤犹未全好为念，望每晚用热水多浸浸，换换药水，望求早痊，勿遗后患。她

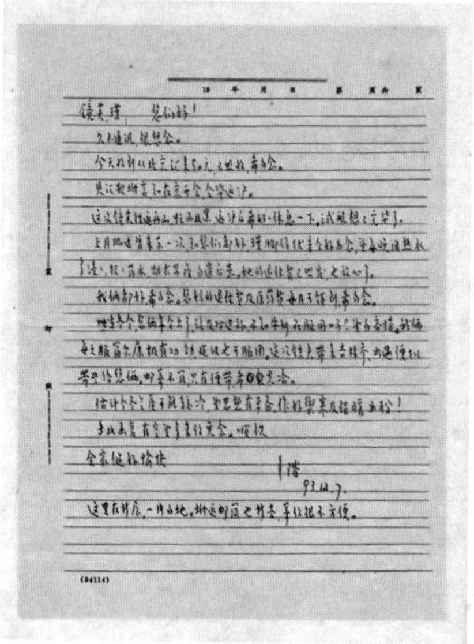

的退休费已照发，也放心了。

我俩都好，希勿念。您妈妈的退休费及医药费每月可领到，希勿念。

时当冬令，您俩年龄大了，该及时进补，不知牛奶在服用吗？望勿吝惜。我俩每天服福尔康极有功效，建议也可服用。这次铁夫带来吉林参，如遇便拟带些给您俩。邮寄不宜，只有便带，希先洽。

估计今冬气候可能较冷，望思想有严备，作好御寒及保暖为盼！

专此函复，有空望多来信，免念。

顺祝

全家健好愉快

星阶

93.12.7

这里在拆屋，一片白地。附近邮筒也拆去，寄信很不方便。

这封信来自潘镜芙的父亲潘星阶，信里父亲写道：有空望多来信，免念。这份思念穿越了近 30 年，如今仍让人为之动容。父亲写这封信时，潘镜芙正在主持设计中国第二代 052 型导弹驱逐舰，距离中国新一代导弹驱逐舰交付海军使用还有一年时间，这个时候正是潘镜芙工作的关键阶段。在长达几十年里，他奔波辗转上海、南京、武汉等地做科研，只能通过家书诉说思念。一封封家书，承载着这位新中国科学家舍小家为大家、甘为祖国驱逐舰事业奉献一生的精神与情怀。

1930 年 1 月，潘镜芙出生于浙江湖州。抗战爆发后为躲避战乱，7 岁的他不得不随家人一道乘着小船逃往上海。在黄浦江上，潘镜芙第一次见到了日本军舰，那一幕让他至今难忘："我当时就问我父亲，我们自己有没有这个船？我父亲说没有，如果有船的话，我们不会在上海打了三个月以后就撤离。所以我当时心里就想，我们将来自己能造船的话就太好了。"这在潘镜芙年幼的心中埋下一颗"铸舰梦"的火种。

1941 年，潘镜芙随家迁往苏州，就读于苏州高级中学，并于 1948 年以优异的成绩考入浙江大学电机工程学系（现电气工程学院）。在浙江大学电机系就读时，潘镜芙受到了学校地下党进步思想的影响。1949 年，他作为浙江大学第一批成员加入了中国新民主主义青年团（中国共产主义青年团前身）。

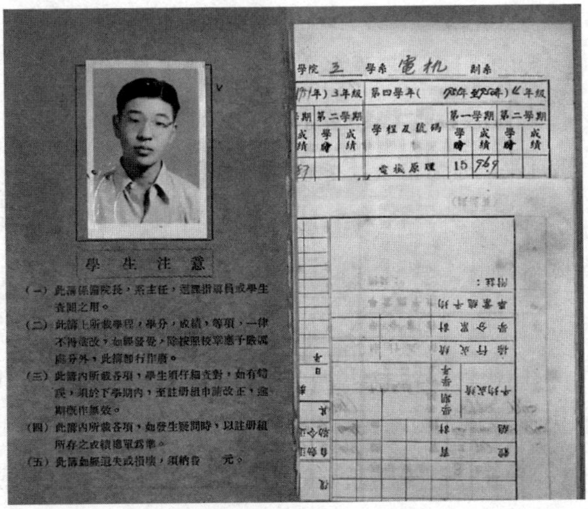

潘镜芙浙江大学成绩簿

1951 年夏天，潘镜芙到东北抚顺石油总局和抚顺机电厂实习，亲眼看到了祖国蓬勃发展的建设气象，深受鼓舞，这进一步激发了他的学习热情。大学四年级下学期，他还担任了班级团支部书记。

1952 年 9 月从浙江大学毕业后，潘镜芙先是被分配到华东电工局工作。而后经组织上安排到一机部船舶局产品设计分处工作，参加新中国舰艇的设计工作，儿时的梦想终于变成现实。1961 年 7 月，中国舰船的总体研究设计所成立。自此，潘镜芙开始了在舰艇领域的探索与创新之路。

1962 年，我国研制第一型舰艇，由潘镜芙负责电气设计工作。当时全国上下所有船舶采用的还是直流电制，30 多岁的潘镜芙首先提出要将直流电制改为交流电制。“军舰一靠码头就要接岸电，而岸上使用的是交流电，所以要事先使用专门设备把交流电变成直流电，一旦接错，电气设备就会烧毁，带来很大的麻烦。”凭借这样的预见和胆识，潘镜芙在中国军舰上第一次成功采用交流电制，这是我国舰艇和船舶采用交流电制的开端。

潘镜芙的创新精神在 1965 年 051 型导弹驱逐舰研制上更得到了充分的体现。以前，我国军用舰艇上的各种武器，不论机枪、舰炮、鱼雷、水雷还是深水炸弹，都是单个装舰，靠指挥员的口令来人工合成作战系统，不仅快速反应、综合作战能力差，设备的协调也很困难。潘镜芙决心要改变这一点。

关键时刻，钱学森在确定驱逐舰导弹系统方案会议上的一次发言让潘镜芙受益很深：“钱学森说，我们导弹系统是你们舰上的一个小的系统，你们的舰是一个大的系统，大的系统一定要在小的系统装上后才能发挥它最大的作用。”

潘镜芙决心按照钱学森“系统工程”的理念，将全舰所有武器有机结合。为了充分摸清国产设备研制情况，潘镜芙带着同事们跑遍了分散在全国各地的设计单位，“吃着窝窝头，每人每月三两油”，终于率先解决了舰载武器的技术问题，为指挥自动化、快速化向更高层次发展打下了基础。

1971 年 12 月 31 日，中国第一艘国产导弹驱逐舰首制舰“济南号”交船完工，中国人民海军第一次拥有了具有远洋作战能力的水面舰艇。为了检验其总体性能，解决遗留问题，潘镜芙继续留在舰船上进行扩大试验。两年多的时间里，潘镜芙踏遍了祖国的各个海域，渤海、黄海、东海、南海，哪里风疾、哪里浪高、哪里水深，他就到哪里做适航性试验。试验时惊涛骇浪，

1993 年 63 岁在 052 总师办公室

舰船在 5 米多高的大浪里颠簸着前行，不断接受着海浪的冲击，检验着自身的横摇、纵摇、升沉等性能。潘镜芙始终坚守在现场，强忍晕船的不适感继续技术指挥，直到顺利完成试验。

“济南号”的问世，让以往只能在近海防御的“黄水海军”“绿水海军”成为历史，人民海军开始了向远海作战的“蓝水海军”的过渡。051 型导弹驱逐舰实现了首次安装舰上导弹，武器从单个装备发展为武器系统，这标志着我国具备了自主研制导弹驱逐舰的能力，实现了海军舰船发展史上具有里程碑意义的重大跨越。

20 世纪 80 年代中期，潘镜芙继续担任我国第二代 052 型导弹驱逐舰的总设计师。他在 051 型导弹驱逐舰的基础上，继续强化“系统工程”理念进行设计，强调全舰各个系统间有机协同，综合性能兼优，舰上武器和电子系统、设备首次组成作战系统，实现作战指挥自动化。作战系统的形成，使舰艇作战指挥和控制的发展迈出了重要一步。

从 1966 年随单位迁到南京，到 1997 年从武汉返回上海居住，潘镜芙与家人分居长达 31 年之久。妻子曾让他调回上海工作，潘镜芙拒绝了：“我作为

1995 年 65 岁在江南造船厂现场

两型四舰的总设计师，怎么能回去呢？”90 年代，潘镜芙在试验场地收到了父母去世的消息，而开头的这封信就写于此前不久。

1994 年到 1996 年，由潘镜芙主持设计的中国新一代导弹驱逐舰相继完工，交付海军使用。052 型导弹驱逐舰在技术领域的一系列创新，深深影响着导弹驱逐舰后续型号的改进。20 世纪 90 年代后，进入晚年的潘镜芙逐渐从技术一线转入幕后。2018 年年底，88 岁的潘镜芙退休。然而这并不意味着潘镜芙对中国舰艇事业的思索就此停止。这一次，他把目光聚焦到了中国第一艘航空母舰。

“航空母舰的事情，20 世纪争论了十几年都没定下来，我说我的建议就是将苏联的瓦良格号加装我们自己的飞机和电子设备以后，变成我们中国的第一艘航空母舰。”有了前两艘的铺垫，才有了第三艘我国完全自主设计建造的首艘弹射型航空母舰——福建舰。2022 年 6 月 17 日上午，潘镜芙准时在电视机前观看了福建舰的下水仪式，直呼“非常高兴”。

如今，潘镜芙仍时刻关注着舰船发展和科技前沿动态，每天坚持伏案学习 4 个小时。甚至对量子力学、大数据和计算机编程等新兴领域，他都充满兴趣，时不时与孙辈交流学习心得。潘镜芙的女儿潘丽达说父亲不抽烟不喝

2017 年拜访潘老

酒，只有两大爱好：一是读书，二是音乐。潘镜芙时常携带一个口琴，吹得最多的是《送别》，吹出的是对故乡、亲人的思念。现在，口琴中飘出的音乐变成了《军港之夜》，那些军舰上的岁月已成为潘镜芙最难以割舍的记忆和情怀。

乘风破浪六十载，潘镜芙院士的一生都在践行着一位学者对知识不竭的执着和探索，也践行着一位军工科研工作者对党和国家的忠诚与担当。那些青葱岁月中、无数灯火通明的夜，一位位科学家靠着小型计算机和铅笔文具，在小小的木质绘画板上，绘出了中国军舰事业从无到有、由弱变强、从“浅蓝”驶向“深蓝”的壮美航程。

【专家点评】

这封家书字数不长，但是字里行间满满都是父子之间的相互关心和关怀。潘镜芙在北京开会的间隙，他给父亲寄了 50 元钱，父亲在信里面提醒儿子要注意补补身体，多喝牛奶。要知道，收信人潘镜芙当时已经 63 岁了，却依然还在 12 月的冬天，在舟山海域进行军舰的试航。所以说，这封家书里，可以看出我们国家老一辈科技工作者，奋斗攻关的缩影。潘先生是一个热爱生活、热爱家庭的人。千千万万的家，合起来就成了国。国家的繁荣昌盛，归根结底是为了让我们千千万万的家庭过上幸福的生活。但是，当国家有需要的时候，潘先生毅然把家庭、生活放在了后面，把国家的重任顶在了前面。

此外，潘先生对科研的态度强调两点：一要理论联系实际，为国家的事业做贡献；二要实事求是，不要说假话、不要夸大。对于科研工作者，这是最淳朴的道理。对于我们年轻的科研工作者和青年学生，我相信潘镜芙先生的科研态度能够引导他们在科研道路上走得更稳、更远、更有意义。

浙江大学博士生导师、教授　沈建新

陈芳允：竭诚为国兴　努力不为私

记者：赵鹏

编辑：华冰

【人物名片】

陈芳允，（1916年—2000年），1916年出生于浙江台州黄岩，中国无线电电子学家、中国卫星测量、控制技术的奠基人之一，中国科学院院士、欧亚科学院院士，国际宇航科学院院士，“北斗”卫星创始人。1986年，根据当时的国际形势，他率先倡议并与三位科学家联名建议发展中国的高技术，促成了“863”计划。1999年，陈芳允被授予“两弹一星”功勋奖章。2000年4月29日，84岁的陈芳允因病在北京去世。

陈芳允

克崴兄：

收到来信已经好久，由于我最近一个时期得了肺炎，住院治疗（受勋时是从医院出去的），病并不重，但因年纪大，炎症退去很慢，因此还不能出院。家乡来的祝贺有区人民政府、黄岩中学和你，还有林希圣，我首先表示由衷的感谢。黄岩中学

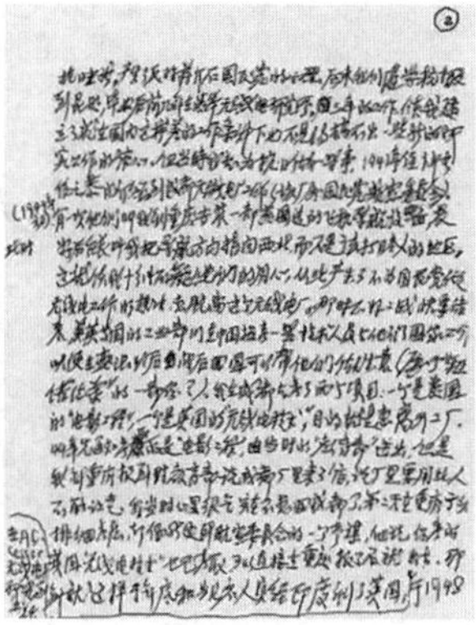
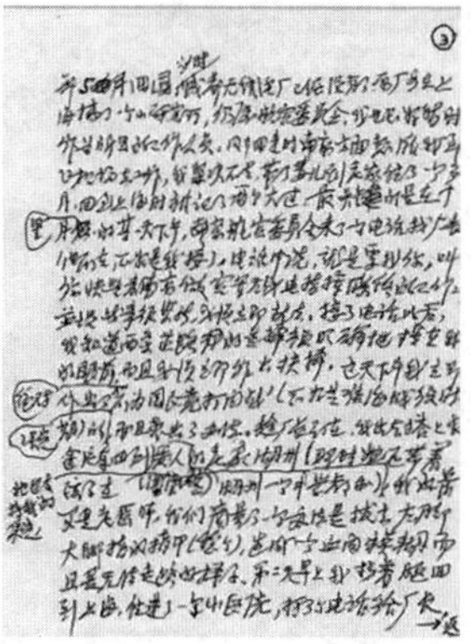

是我们的母校，我已复了一个电传，感谢母校对我少年时代的培养。

给你（我们是最老最诚挚的朋友）写回信，我想趁此写一点我的曲折人生的一些经历和对于科技工作的一些看法，如果你看可作为中学教育的参考，则可给校领导看看，如果能在校刊上发表，也许对于青年同学会起一点教育作用。

我们这一代，适逢中国和世界大变动时期，特别是50年前人民共和国成立之前，我们的人生经历是曲折的，如果选择不当，可能会误入歧途。对于人生道路的选择，思想观念的发展起着根本的作用。说到我自己的思想发展过程，我就要感谢我们的老乡王天眷了。在清华时，他和我同住一室，当年他是一个党员。“一二·九”运动时，我曾倾向于进步同学一方，也做了一些外围的工作，但心中还是不很明确，犹犹豫豫，是天眷在平日谈话中使我了解了共产党的宗旨和抗日主张，产生了反对蒋介石国民党的心理。后来我随学校搬到昆明，毕业后前几年在清华无线电研究所。三年的工作，使我建立了就在国内这样差的工作条件下也不见得搞不出一些新的研究工作的信心。但当时我想为抗日做些事，1941年经所长任之恭的介绍到成都无线电厂工作（该厂属国民党航空委员会）。1944年年初，有一次他们叫我到重庆安装一部美国送的飞机导航设备，装好后所长叫我把导航方向指向西北，而不是该打日本人的地区。这就使我十分怀疑他们的用心，从此产生了不为国民党做无线电工作的想法，

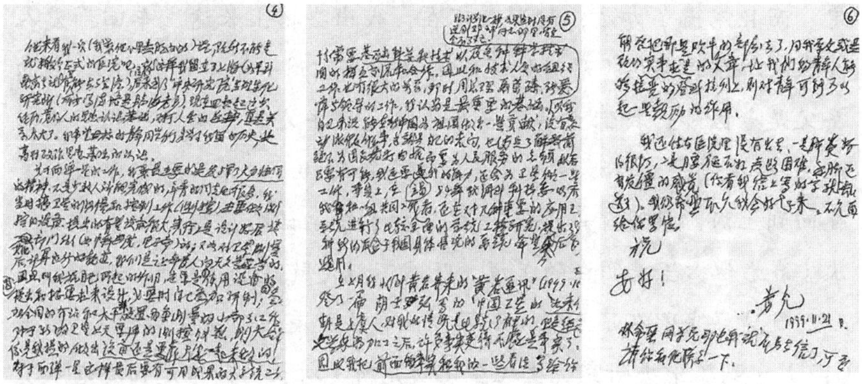

想脱离这个无线电厂。那时正好二战快要结束，美英等国的工业部门在中国招考一些技术人员去他们国家工作，以便在熟悉以后，战后回国可以帮他们做生意（属于“租借法案”的一部分）。我在成都去考了两个项目——一个是美国的“电影工程”，一个是英国的“无线电技术”，目的就是想离开工厂。1944年先通知考取了“电影工程”，由当时的“教育部”送出，但是我到重庆报到时教育部说成都厂里来了信，说厂里要用此人，不让走。我当时心里很气，实在不想回成都了，第二天在重庆街头徘徊考虑，却偶然遇到航空委员会的一个参谋，他说你考的英国“无线电技术”也已考取，可以直接在重庆报了名就出去。那年就这样于年底和另几名人员经印度到了英国，在A.C.Cossor无线电研究室工作。于1948年5月回国，当时成都无线电厂已经没有了，原厂长在上海搞了一个小研究所，仍属航空委员会，我也只有暂作为所里的工作人员。刚回来时南京方面想派我到飞机场去工作，我坚决不去，带了妻儿到老家住了一个多月，回到上海时被记了两个大过。最关键的是10月里的某一天下午，南京航空委员会来了一个电话找厂长，他不在，正好是我接了。电话中说，就是要找你，叫你快些来南京做空军无线电指挥联络的工作，并说战事很紧张，必须立即就去。接了电话以后，我知道两条道路的选择很明确地摆在我的眼前，而且必须立即作出抉择。这天下午我立即做出了绝对不为国民党打内战（正好是淮海战役时期）的决定。而且想出了办法，趁厂长不在，我出去搭上长途汽车回到爱人沈淑敏所在的湖州（那时她还带着孩子在湖州一个中学教书）。我的岳父是老医师，我们商量了一个办法是拔去左脚大脚趾的指甲（整个），造成一个血肉模糊而且是无法走路的样子。第二天早上我瘸着腿回到上海，住进了一个小医院，打了个电话给厂长，他来看我一次（我看他心里是明白的）说，既然不能走就搬个正式的医院吧。

就这样我留在了上海（如果到南京去就有可能去了台湾），后来（12 月）到了中央研究院生理生化研究所（所长冯德培是临海老乡）。现在回想起来这次经历，觉得人的思想认识基础，对于人生的选择，真是关系太大了。我希望母校的青年同学们多学习我国的历史，提高对政治思想基础的认识。

关于"两弹一星"的工作，我想最主要的是发挥了大力协作的精神，不是少数人所能完成的，年轻的同志也很多。我当时搞卫星的测量和控制工作（测控），主要做测控的设备，提出的有些设备很大，实际上是设计好后请其他部门做（如中科院、电子部）的，又如对卫星测量后，计算运行的轨道，我们是让年轻人向天文学家学的。因此，叫我说自己所起的作用，主要是：①使用设备的提出和按要求来设计，必要时自己参加研制；②参加全国的布站和太平洋设置两条测量的小部分工作，对于新的卫星上天要用的测控仪器，则大部分是我提的，做出设备还是要靠大家一起来做的。对于"两弹一星"这样最后要有可用成果的大系统工作，十分需要基础科学和技术以及各种科学技术间的相互交流和合作。因此和技术人员的组织工作也有很大的关系。那时周恩来、聂荣臻、张爱萍等领导的工作，我认为是最重要的基础。"863 计划"也一样，如果当时没有送到邓小平同志那里，肯定会不了了之。以我自己来说，能在新中国为祖国做出一些贡献，没有为反动派做什么事，这就是自己的志向，也满足了解放前绝不为国民党打内战而要为人民服务的志愿。以后只要有可能，我还要竭我的能力，还会为卫星做一些工作。事实上，在 1984 年我调到科技委以后，我和小组共同工作者，还在对几种重要的应用卫星系统进行了比较全面的系统工程研究，提出了几种新的适合于我国具体情况的系统，希望今后能选用。

上月我收到黄岩寄来的《黄岩通讯》(1999 年第 10 期)，登了一篇胡士弘写的《中国卫星的“如来佛”》。胡士弘是上虞人，对我的情况是比较了解的，但是经过文学家的加工之后，许多事实变得不像是事实了。因此我把前面的事实和我的一些看法寄给你，若能把那些吹牛的部分去了，用我原文登到校刊上，则对青年可能起一些鼓励的作用。

我还住在医院里没有出去，一是肺炎好得很慢，二是腰腿不好，走路困难，手脚还有发僵的感觉（你看我信上写的字，就知道了）。我们希望不久我会好起来，不久再给你写信。

祝

安好!

芳允

1999.11.21

（资料来源浙江省台州市档案馆）

陈芳允（左）与同学王克宬在黄岩中学合影

这封信是 1999 年陈芳允因病住院期间，以《漫漫人生路 拳拳报国心》为题给少年时的黄岩中学同学王克宬写下的信，信中讲述了自己的人生经历、自己思想观念的发展历程以及自己工作的情况，并希望自己的经历能对母校的学生起鼓舞作用。他以自己的人生经历告诫同学：人生道路的选择，思想观念的发展起着根本的作用。这封信后来在黄岩中学 2000 年 1 月的校报《清献园》上全文登载。这是陈芳允一生中写的最后一封长信。写完这封信后不到半年，陈芳允院士与世长辞，享年84岁。

据陈芳允的大儿媳陈金凤回忆："在住院的时候他可能有点预感，那时候别人探望他，他总是讲工作上的事，因为当时北斗快要发射了，他心里比较激动，也在想这些事，他就写了这封长信，这封信真是回顾了他的一生。"

陈芳允是中国无线电电子学家，中国卫星测量、控制技术的奠基人之一，中国科学院院士、中国"两弹一星功勋奖章"获得者、北斗卫星系统创始人之一。

1916年，陈芳允出生于浙江台州黄岩。1934年他考入清华大学物理学系，毕业后留校任教，后到成都无线电厂工作。抗战胜利后，陈芳允抱着科技救国的决心，赴英国留学。1948年他带着满腔抱负回国，在上海工作期间，因看不惯国民党的腐败，陈芳允拒绝调派去上海机场工作，他同妻儿回黄岩老家，因此受到了记大过处分。当年10月，正值淮海战役期间，国民党政府打算调陈芳允去南京工作，但他不愿帮国民党政府打内战，于是找当医生的岳父为他拔去一个脚趾甲，造成假伤，回到上海住进医院。

陈芳允大儿子陈晓东回忆："我的外祖父是一名外科医生，当时我父亲就是请他拔的这个脚趾甲，这么做是为了不帮国民党打内战，也是不愿意去台湾。"

新中国成立后，陈芳允被委以重任，筹建中国科学院电子学研究所。1956年，他成功研制世界首创的超短波脉冲测试设备，这也是为"两弹"测量放射线的设备。1963年，他与助手一起成功研制国际上第一台实用型毫微秒脉冲取样示波器。1964年，他又成功研制出抗干扰雷达，这是我国首次在飞机上使用单脉冲体制的雷达。1965年，我国第一颗人造地球卫星的研制工作正式启动，陈芳允担任卫星测量总体技术负责人。正是因为亲眼目睹了新中国各项事业的蓬勃发展，同时也见证了中国共产党一心为民的执政理念。1977年陈芳允毅然加入中国共产党。这一份历经二十余载后的决定，是陈芳允院士历经风雨飘摇的时代后作出的无悔抉择。也正是中国共产党坚守的那一份初心，吸引并驱使着他追逐并踏上坚定的信仰之路。

陈芳允院士不仅是一位科学家，更是一位战略家。1986年，根据当时的国际形势，他率先倡议并与三位科学家联名建议发展中国的高科技，促成了

“863”计划倡议者合影

“863”计划。

陈晓东说：“当时咱们国家科技比较落后，国际上美苏两个大国高科技发展得很快。他很着急，他找到曾经一起工作的好友王大珩，然后又约了王淦昌、杨嘉墀两位科学家。他们四个人一起给中央领导写信，没想到很快就得到邓小平的批示‘此事宜速作决断，不可拖延’，后来就有了‘863’计划，为咱们国家高科技的发展起了很大的作用。”

“863 计划”涉及 7 个领域，分别是生物、信息、自动化、新材料、新能源、航天、激光。“863 计划”对中国科技发展、科技体制改革乃至人们思想观念的转变都产生了深远的影响。

2020 年 6 月 23 日上午，长征三号乙火箭腾空而起，北斗三号最后一颗全球组网卫星顺利送入轨道，我国北斗系统完成全球组网部署。当年 7 月 31 日上午，北斗三号全球卫星导航系统正式开通，我国成为世界上第三个独立拥有全球卫星导航系统的国家。截至目前，全球范围内已经有 137 个国家与北斗卫星导航系统签下了合作协议。

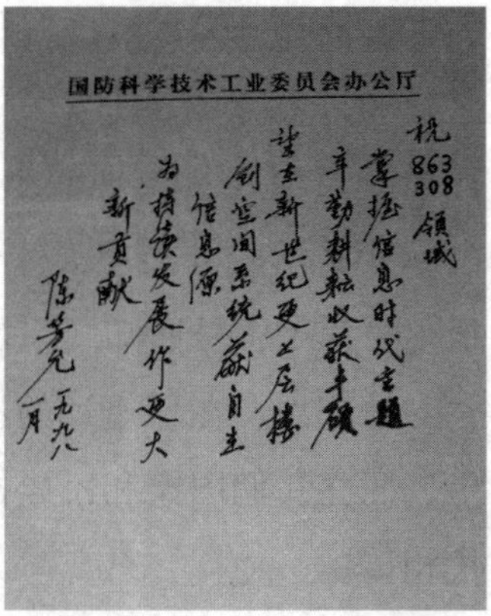
国防科学技术工业委员会办公厅

祝863 308领域
掌握信息时代主题
辛勤耕耘以获丰硕
望在新世纪更上层楼
创空间系统获自主
信息源
为搞好发展作更大
新贡献

陈芳允 一九九八 月

陈芳允为“863”领域题词

陈晓东说：“我父亲是 2000 年 4 月 29 日逝世的。虽然父亲作为北斗卫星导航理论奠基者，

陈芳允在家工作

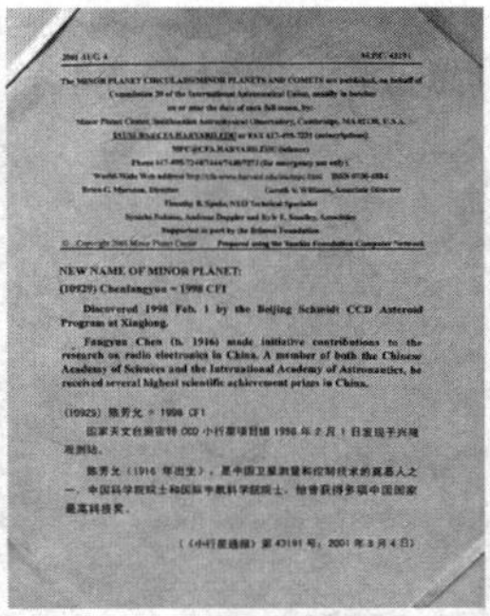

NEW NAME OF MINOR PLANET:
(10929) Chenfangyun = 1998 CF1

Discovered 1998 Feb. 1 by the Beijing Schmidt CCD Asteroid Program at Xinglong.

Fangyun Chen (b. 1916) made initiative contributions to the research on radio electronics in China. A member of both the Chinese Academy of Sciences and the International Academy of Astronautics, he received several highest scientific achievement prizes in China.

(10929) 陈芳允 = 1998 CF1

国家天文台施密特 CCD 小行星项目组 1998 年 2 月 1 日发现于兴隆观测站。

陈芳允（1916 年出生），是中国卫星测量和控制技术的奠基人之一，中国科学院院士和国际宇航科学院院士，他曾获得多项中国国家最高科技奖。

（《小行星通报》第 43191 号，2001 年 8 月 4 日）

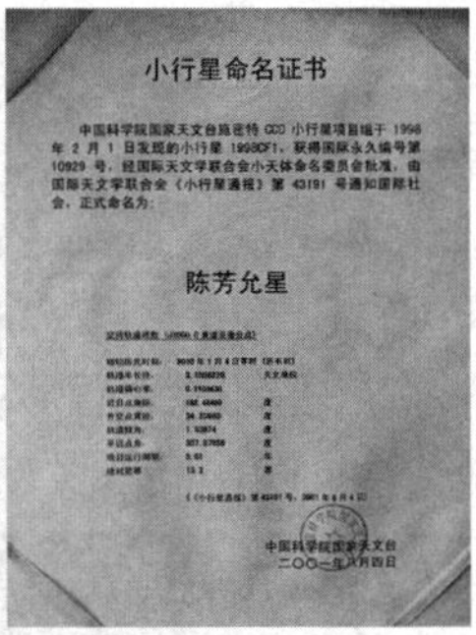

小行星命名证书

中国科学院国家天文台施密特 CCD 小行星项目组于 1998 年 2 月 1 日发现的小行星 1998CF1，获得国际永久编号第 10929 号，经国际天文学联合会小天体命名委员会批准，由国际天文学联合会《小行星通报》第 43191 号通知国际社会，正式命名为：

陈芳允星

中国科学院国家天文台
二〇〇一年八月四日

小行星命名证书（家属提供）

没能亲眼看到北斗系统全球组网，有些遗憾，但是现在北斗三号已经全球组网成功，我想，父亲一定倍感自豪。”

作为北斗系统创始人之一的陈芳允院士，一生追求科学，艰苦奋斗，为我国的国防科技事业作出了重要贡献。

陈晓东说，父亲对于工作的那种执着和钻研精神，一直深深影响着他：“我们家的特点就是一向比较安静。在家里就只能听见我父母翻书、写字的声音。家里就我和弟弟俩兄弟，我们两个平时也是看书，父母对我们的影响就是这样；还有就是要求我们努力工作，他自己就是这样的人。因为他是搞测控的，要到全国各地去选卫星地面站的布点。那时候他已经 60 多岁了，坐火车甚至站十来个小时他都这么过去了。那时候火车不像现在的高铁这么方便；第三点就是淡泊名利，他对自己的名利要求也是非常少。好多人说他，你的功劳大，他都一笑带过，对我们要求也是这样。”

2001 年 8 月 4 日，中国科学院国家天文台施密特 CCD 小行星项目组于 1998 年 2 月 1 日发现的小行星 1998CF1，获得国际永久编号第 10929 号，经国际天文学联合会小天体命名委员会批准，由国际天文学联合会《小行星通报》第 43191 号通知国际社会，正式命名为“陈芳允星”。

请记得，在那遥远的星辰大海中，有一颗“陈芳允星”，他就像一颗启明星，照亮我们国家和民族探索科技高峰的道路，“两弹一星”精神的信仰将代代相传！

【专家点评】

阅读被授予“两弹一星”功勋奖章的陈芳允院士于1999年因病住院期间，写给他少年时代黄岩中学的同学王克宬的这封书信，有这样几点特别触动人们的心灵，并且给人们很大的启示：

第一，他有一颗感恩的心。这一点集中体现在这封信的第一节，对母校表达了真诚的感激之情，感谢母校“对他少年时代的培养”。他深知，没有这个培养，后来就根本不可能取得如此的成就，并且获得如此的荣誉。

第二，他非常清楚，自己最终选择摆脱国民党而跟共产党走，成为一名合格的共产党员，把自己一生的聪明才智奉献给党和党所领导的社会主义的科技事业，绝不仅因为一种质朴的情感，而是基于“思想观念的发展”。正因为如此，他才在信中“希望母校的青年同学努力学习我国的历史，提高对政治思想基础的认识”。

第三，他有着极为强烈的科学精神，即实事求是。这个精神使得他非常厌恶把不属于他的成就归于自己的名下，坚决要求把那些对他的报道中的“吹牛的部分”去掉。

第四，他深切地感到，在科技产业中，要完成一个较大的项目，必须“发挥大力协作的精神”，因为这“不是少数人所能完成的”。

一个有着这些品格的科技工作者，他一定能在学术上取得极高的成就。

中共浙江省委党校　曹文彪

施光南：谱写改革开放赞歌的音乐家

记者：李轶男

编辑：华冰

【人物名片】

施光南（1940年8月22日—1990年5月2日），中共党员，祖籍浙江省金华市金东区源东乡叶村，被称为“时代歌手”，为新中国成立后我国自己培养的新一代作曲家、音乐家。

亲爱的妈妈，阿丁，蕾蕾：

你们好，阿丁和妈妈的来信都收到了。

这几天很忙，新歌评选刚完，又接着排《白蛇传》。刚录完音，明天走台，后天演出，我已预定20日的飞机票，如没问题，本星期日下午可以到京，晚也不会晚过一两天了。《白蛇传》乐队练得很粗，但大家对音乐很满意，听了音乐全团对《白》剧的信心更足了。该团领导希望国庆演出全剧，因为广交会已邀请他们带《白蛇传》

施光南

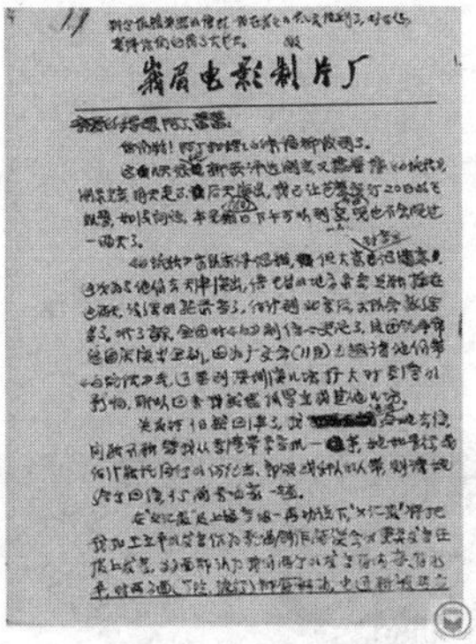

峨眉电影制片厂

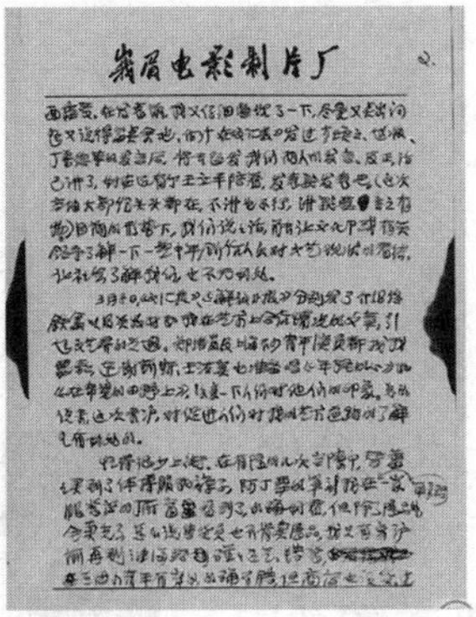

峨眉电影制片厂

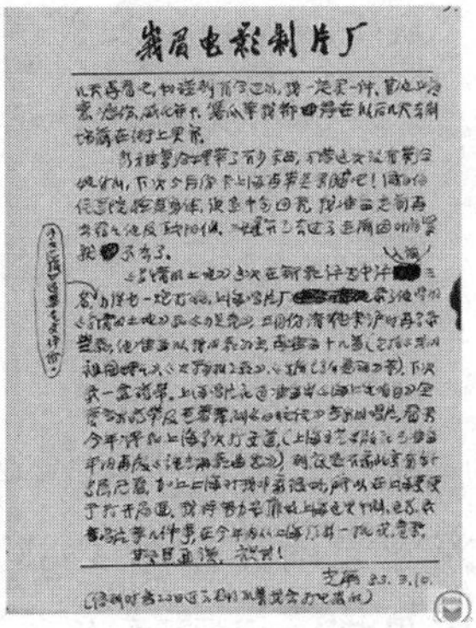

峨眉电影制片厂

去，还要到深圳演几场扩大对香港的影响，所以回来我就要抓紧完成其他几场。

在《文汇报》及上海音协一再劝说下，《文汇报》将把我和王立平的发言作为歌曲创作座谈会的重点发言，在报上发表。各方面都认为我们两个的发言有内容、有水平，对两方面，学院、流行，都有触动，也还能被两方面接受。在发表前，我又仔细整理了一下，尽量又点出问题又说得留点余地，发表就发表吧。

3 月 8 日，《文汇报》《解放日报》分别发了介绍我在艺术上合作情况的文章，引起了文艺界的兴趣。郑绪岚及上海不少青年演员都找我要歌，连谢莉斯、王洁实也准备唱《年轻的心》和《在希望的田野上》，改变一下人们对他们的印象。总的说来，这次来沪对促进人们对我的艺术道路的了解是有好处的。

《多情的土地》这次在新歌评选中评入前三名，《文汇报》还要专文评价，小佟也一炮打响，上海唱片厂录了他唱的《多情的土地》和《小贝壳》，5 月份请他来沪时再多录些歌。他准备以我的歌为主，再准备十几首，包括《我的祖国妈妈》《火车司机之歌》《生活是多么美丽》等，下次录一盒磁带。上海唱片社还准备出《海上生明月》全套音乐磁带及芭蕾舞剧《白蛇传》音乐的唱片。看来今年将和上海多次打交道，上海文艺出版社已准备年内再版《施光南歌曲选》，我将努力安排好上海这些个剧、电影、录唱片等几件事，在今年内从上海做出一批成绩来。

其余见面谈。祝好！

光南

1983.3.16

施光南与妻子洪如丁

这封家书是中国乐坛上卓越的作曲家施光南先生于 1983 年 3 月 16 日写给母亲、妻子阿丁和女儿蕾蕾的。品读这封家书，字里行间都能感受到施光南先生在激情创作空隙对音乐事业、对家人、对朋友的热情与关爱。2021 年 7 月，当记者通过越洋电话再次将这封信诵读给施光南夫人洪如丁（阿丁）的时候，远在美国，年近八旬的阿丁感慨万千："听完这封家书的诵读，我心情非常激动！我好像又仿佛回到了 38 年前收到这封信的时候的心情。我感觉时光荏苒，光南没有离开我们，他依旧是在我的身边。"

品读这封家书，不难发现，施光南的创作热情以及对亲朋的关爱已经全部融浸在了施光南先生的每一部作品中。既有浓郁的民族风味，又有鲜明时代特征；既有较高的艺术性，又有十足的通俗性，可谓雅俗共赏，深受广大人

施光南与母亲分享创作曲谱

施光南与妻子、女儿（1974 年）

施光南与关牧村、佟铁鑫等拍《海上生明月》时的合影

创作中的施光南

民的喜爱，无愧于“人民音乐家”之赞誉。

作为新中国培养的新一代作曲家，施光南一向坚持“旋律是音乐的灵魂”，将写出好的歌曲作品视作“一项战斗任务和教育影响青年一代的有意义的工作”。他渴望用高品位、高规格的音乐作品抢占艺术阵地、提高听众审美情趣、引领社会风尚。

品读这封家书，不难发现，长期遨游在音乐时空的施光南先生，句句不离自己热爱的音乐创作。在这封家书里，我们更多体会到的是他通过分享创作的进展、成绩，来向家人传递心声，与家人共享创作带来的欢乐，家书形式可谓是与众不同、独具特色。施光南先生是这样说的，也是这样做的。施光南生前在一次文艺界联欢晚会上的发言方可印证：“当你们取得胜利的时候，我们用乐曲向你们祝捷；当你们失利的时候，我们用歌声为你们加油；请你们相信，我们文艺界的广大同志，还是你们的后盾，今后还会为你们摇旗呐喊的。”

施光南紧跟时代发展步伐，在创作实践中追求思想性、艺术性和群众性相统一，为人民留下了《祝酒歌》《在希望的田野上》《打起手鼓唱起歌》《多情的土地》等数以千计的音乐作品，推动了社会主义精神文明建设，在国内外产生了重要而深远的影响。他坚持为人民书写创作，讴歌改革开放，谱写时代赞歌，被誉为“时代的歌手”。他的作品充满了对美好生活的向往、对祖国的热爱、对中国传统文化的弘扬和对重振民族精神的企盼，引起亿万人民的强烈共鸣，激励着一代代青年奋发进取。

在一次公开访问中，著名华人作曲家朱培华在回忆起施光南先生时泣不成声：“讲到光南老师，我是要动感情的（哭泣），他特别的伟大。有一次他讲聂耳的《码头工人歌》。‘哎，朱培华你把这首歌演绎一下。’‘嘿呦吼吼……’我就这么唱开了，唱完以后，施老师拉拉个脸，‘码头工人这样的？我来唱！嘿……’你看看他（施光南），观察得多么仔细呀！所以这些对我的教育，一直到现在，音乐就是在这片土壤上，就是在崇山峻岭中间，就是在大海里面，就是在老百姓中间。你闷在房间里，你捂在象牙塔里，no way（没门），写不出来。”

施光南对党、对祖国、对人民始终充满着热烈的爱。他说：“爱国，是我永恒的创作主题。”1989 年年底，施光南在全国青联委员会的一次夜谈时说：“我总是对我们的国家充满希望，要是我们的社会没有充满希望的人，我们的民族还有什么前途呢！”

有一次，施光南出国访问回来，大家请他讲讲外面的世界有多精彩，他的第一句话却是“看来看去，还是我们的祖国好”。那几年，音乐界的大批才子流往国外，而施光南的夫人洪如丁从小又在新加坡长大，所以总有人劝他们也出洋。施光南听了很生气：“我的根在中国！这里的生活虽然艰苦一点儿，但我能为 11 亿人写歌，新加坡才 1000 万人，有几个人听我的歌？”

施光南夫人洪如丁回忆：“就在他写完《多情的土地》的第二年，我赴海外工作交流一年。在机场送别时候，光南塞给我一盒磁带，他跟我说如果我在国外想家的话，就拿出来听一听。有一次留学生聚会。大家都说挺想家的，我说我有一磁带，你们听一听。结果，前奏刚一响起，大家顿时都安静了。就听见佟铁鑫特别深沉宽厚的男中音唱道：我深深地爱着你，我这多情的土地，我踏过的路径上阵阵花香鸟语，我耕耘过的田

施光南《多情的土地》作品手稿，现藏于施光南纪念馆

野上一层层金黄、翠绿，我怎么能离开这河叉山脊、这片多情的土地……直到那个时候，我才明白，光南为什么给我这盒磁带，为什么说不会离开。很快，《多情的土地》这首歌呢，就传遍了海外的留学生当中，也传遍了我们的祖国大地。”

在施光南的作品中，充满了对美好生活的歌颂，对祖国的热爱，对中华优秀传统文化的弘扬，以及对重振民族精神的祈盼。而对党组织，施光南更是怀着深深的感情。1984 年 7 月 24 日，他加入了中国共产党。在入党申请书上，他深情写道，“党是我的母亲，我渴望做党的儿子；我希望成为一名党的文艺兵，用自己的笔尽力写出无愧于祖国、无愧于时代的作品。如果我的作品能在人民火热的‘四化’建设中起到一些好的作用，能使青年人更加热爱我们的祖国，充满对未来的信心，加深对党的感情，则是我最大的欣慰。”施光南是这么写的，也是这么做的。时时处处严格要求自己，以高度的政治责任感、不懈的努力和动人的旋律，践行着自己的誓言。出生于革命家庭的施光南，在父母的耳濡目染中，锻造了真诚、正直、坦荡的人生观，也为他成长为“时代歌手”打下了坚实的基础。而他留下的作品，也将继续伴随时代，永远回荡在中华大地上。

“我深深地爱着你，这片多情的土地”，当这个音乐响起的时候，我们每一个人，似乎都进入到了那个情境之中。施光南创作的作品里，像《打起手鼓唱起歌》《祝酒歌》《在希望的田野上》每一首歌，都好像始终伴随在我们身边，都离我们的生活非常亲近，时时刻刻都让我们热血沸腾、充满信心。施光南堂弟施根叶告诉记者：“施光南从小就非常喜欢音乐。特别是歌曲，对歌曲的创作他非常投入。光南在北京念书的时候，由于交通他坐车离学校比较远，坐公交车经常会坐过了头，甚至坐到终点站，才发现自己还没下车。为什么呢？他在车上搞创作，就是这么投入，这么执着，对这个歌曲的创作。所以他对这个事业，非常非常的爱。这就是他后来成为人民音乐家的一个基础吧。他也曾经多次说，我要为党、为国家多创作，为人民多歌颂、多歌唱。他的歌曲总能够在人民群众中引起共鸣，进而激发人们积极向上的精神力量。”

2018 年，在庆祝改革开放 40 周年大会上，中共中央、国务院隆重表彰了 100 名改革先锋。施光南，是百名先锋中唯一的一位作曲家，被誉为“谱写改革开放赞歌的音乐家”。2021 年 6 月 28 日，庆祝中国共产党成立 100 周年文艺演出《伟大征程》在北京国家体育场盛大举行。在第三篇章“激流勇进”中，施光南的作品《假如你要认识我》《在希望的田野上》响彻全场，让所有人都感受到了施光南似乎并未走远。

【专家点评】

一提起施光南的名字，人们，特别是从 20 世纪我国实行改革开放之初的年代走过来的人们心底都会油然而生出一种亲切之感，因为某种意义上可以说，他们就是从施光南的歌曲声中走过来的。施光南可以能够成为时代的歌手、人民音乐家，一方面固然是因为他恰好成长于这样的时代，是时代精神滋养了他、哺育了他。另一方面，也与他个人具有的一些特质有着非常密切的关联。这些特质当中，除了突出的音乐禀赋以外，人们还不难从他写给母亲、妻子和女儿的这封家书中找到颇为重要的因素。首先，他非常热爱音乐事业，特别是歌曲创作。要不然，他绝不可能从头至尾满怀着无比的兴奋向家人讲述此番沪上之行在音乐上的种种收获。其次，他还十分敬业和奋进，这一点可以从正文一开始的“这几天很忙”中的“很”字看出一点端倪：这几天很忙，那就表明平时不是很忙，但也绝非不忙。要不然，他也绝不能在信尾向家人表示说“在今年内从上海做出一批成绩来”。好家伙，是“一批”而不是一个成绩！第三，他对音乐事业和歌曲创作做过深入的思考，有着独到的见解，并且得到各个方面的赞同。认为“有内容、有水平”，而这就使得他的歌曲创作可以臻至感性与理性高度融合的最佳境地。总之，我们可以说，时代造就了施光南，施光南也反哺、造就了这个时代。

中共浙江省委党校　曹文彪

梁中平：十余载良渚志愿服务的践行者

记者：李轶男

编辑：潘康康

【人物名片】

梁中平，1982年9月出生，中共党员，浙江杭州余杭人，就职于中国移动杭州余杭分公司。2010年2月成为良渚博物院志愿者，先后参与组建良渚博物院志愿者服务社和良渚文化志愿者总队。2012年12月被推选为志愿者服务社总队长，2020年7月受聘为新成立的良渚文化志愿者总队队长。2022年1月被聘为良渚博物院第一届理事会理事成员。12年来，志愿服务已经成为他生活的一部分，为良渚文化这项世界遗产的守护和传承践行着一份现代公民的社会责任与担当。

梁中平

亲爱的志愿者们：

当你被冬日的阳光披拂周身，当你如期打开我们的年刊，愿你能在这一张张照片和一行行文字中寻找到自己的行迹。我们又在一起共同值守一年，这是我们对内心最自由选择的一次次践行，因此每一个你我都值得被记录。算来这已是我们坚实行走过的第九个年轮，九九归一，我们憧憬第一个十年的到来；这也是这个民族五千年文明史走向世界的元年，更是这个国家遍尝艰辛、浴火重生，七十载奋斗史的足迹。

83 年前的那个深秋，一个 25 岁的青年回到他的家乡，此前不久，他刚刚参与的一次考古发掘，把他模糊的记忆带回到家乡。这位灰布长衫、面容清瘦的年轻人凝望脚下熟悉的土地，轻轻地将尘封已久的泥土抖落，唤醒了远古的祖先。然而正如同命运的一场梦魇，此刻战火也已经烧到了钱塘江边。来不及继续发掘，在战火临近的前夜，他在浸透了山河破碎的发掘报告卷首写下："这本报告，是随着作者同样的命运，经历了许多患难困苦的历程，终于出版了，虽是值得欣慰的事，但是此书即成，反不忍卒读，更感慨万端！遥想这书的诞生地良渚，已为敌人的狂焰所毁灭，大好河山为敌骑残踏而黯然失色，这报告中的材料，也已散失殆尽，所以翻到这书的每一页，像瞻仰其遗容一样含着悲怆的心情。"一寸山河一寸血泪，此后这位青年书生裹挟于苦难中国的历史洪流，以那个时代知识分子的家国情怀投身抗战，埋骨异乡。我们恐怕再也找不到他长眠的那座小山，但他当年的发现已经昭示于世界，他所深爱的国家也已经复兴在望。

当记忆回到十年前，我们汇聚在良渚博物院。从此，无论春秋，不计寒暑，开启了我们的志愿之路。在这里我们守护历史的遗存，敬畏灿烂的文明。我们深知志愿者这个身份不会带给我们任何利益，也无法让我们声名彰显，但我们依然尊重选择、坚守初心，那是因为无论身处巨大的山岭和阡陌纵横的田野，抑或繁华都市和古老大地，我们都深爱着哺育我们的文明，我们怀揣着一个梦想和信念，明晰着时代给予的责任与担当。我们在这里为每一位试图探寻古老文明的参观者述说，由此我们也更加坚信历史是当下的延续，每一个时代的个体都为之贡献，能被感动，每个人的心也终能散发光芒。也许有一天我们也终将成为历史的一页，我们可以说，我们没有推卸责任，不负历史的托付。

当那个夏天万里之外的阿塞拜疆，那枚小锤的轻轻落下，我们彼此相拥，喜极而泣。那个夜晚，一位三十余年执守良渚的先生抬头仰望阿塞拜疆的星空，他的思绪穿越回千年的良渚古城，与战火纷飞中被迫投笔从戎的那位先辈不同，此刻他拿起手中的笔，写下了《今夜——阿塞拜疆与良渚》。秋天，我们当面对从世界各地蜂拥而至的参观者，“我和我的祖国，一刻也不能分割”的歌声回旋于宽大的展厅，此刻我们再次凝望那个年轻的面庞，凝视脚下的这片古老而新奇的土地，凝望那历史的更深处，这个民族五千年如江河般浩荡奔流，生生不息，这个国家百年来历经困苦，巍然屹立。

我亲爱的志愿者同仁们，我们有幸生于斯时，长于斯地，十年来像一滴水融入另一滴水，像一束光簇拥着另一束光，温暖彼此，滋润大地。此刻愿你我手握文明的薪火，内心变得更加平静、深邃、坚定、有力。

梁中平

这封信是梁中平队长在新年写给所有良渚志愿者的一封家书，“我把这里视为一个实践现代公民自觉参与社会的舞台。我很高兴能在良渚博物院为游客讲解这些文物背后的故事，也很自豪能以一名志愿者的身份在这片实证五千年文明史的圣地上去参与社会进步的每一个进程。”这些年来每每遇到周围的人对问到为什么选择在良渚博物院做志愿者时，梁中平经常这样说。

做良渚申遗的践行者，当好“办事员”

2019 年 7 月 6 日，良渚古城遗址顺利列入《世界遗产名录》，这其中少不了梁中平团队的努力。作为实证中华五千多年文明史的这一世界级大遗址群，与其他世界古文明遗址一样，从她的发现到申遗成功，也经历了保护难、传播难、传承难的困境。而文化遗产志愿者以其广泛、多元、灵活的优势，成为政府和专业机构之外，文化遗产保护、传播和传承的重要力量。

梁中平所组建的良渚文化志愿者总队前身是成立于 2010 年 9 月 18 日的

良渚博物院志愿者服务社。2020年7月8日成立了由良渚博物院志愿服务分队、良渚古城遗址公园志愿服务分队、良渚文化宣讲分队、良渚文化小志愿者分队和良渚遗址巡查分队五支队伍组成的良渚文化志愿者总队。是中国博物馆协会志愿者专业委员会的会员单位之一。总队秉承着保护良渚遗址、弘扬良渚文化、传承良渚文明的志愿服务宗旨，以世界遗产良渚古城遗址公园和良渚博物院为主要阵地，结合良渚遗址周边镇街村社开展良渚遗址的保护和良渚文化的宣传普及等服务工作。

作为总队的负责人，梁中平十年如一日，努力建立一支以知识型、学习型、专业型、服务型为特色，传播良渚文化为使命的文博志愿者队伍。历经11年发展，目前组织注册志愿者人数超500人，组织架构清晰，拥有年轻化、高学历的核心志愿者自我管理队伍。组织分为工作委员会、活动组、微笑岗、中英文讲解组、公众号运营组、志愿者年刊编辑组、摄影组、培训导师团等。根据志愿者各自特长与优势分为不同的职能分组。团队实行现代化管理，借助自主开发的小程序，实现志愿者日常服务工作的线上科学化管理。

志愿者团队为参观的观众提供免费中英文讲解、导览、日常参观咨询、公共租借服务、新媒体运营等多种常态化的服务，并深入到遗址区周边村社、学校、企事业单位开展良渚文化社交宣讲；与遗产监测中心、南开大学、复旦大学合作开展遗址群的保护监测。志愿者团队开展摄影、文宣、剪纸、话剧、合唱、书法等特色活动。自2010年建立以来，总队为社会公众服务累计人数55余万人次，其中讲解场次达6000余场，服务观众人数达12万余人次。11年间，形成了一首良渚文化志愿者之歌《五千零一道光》，一身形象鲜明的志愿者服，一颗“志愿团队纪念树”，一册志愿者培训教材，3期《志愿者报》，5期《志愿同行》期刊，10届“讲解交流比赛”，10届志愿者年会，17场良渚遗址踏访活动，100余名优秀志愿者之星，行程2000余公里的“志愿者万里行”等丰硕成果。

申遗前夕，志愿者代表受邀参加联合国教科文组织专家组召开的良渚遗址申遗“利益相关者座谈会”，在会上国际专家莉玛·胡贾女士对良渚文化志愿者给予了高度的评价，称赞志愿者们是世界遗产不可或缺的保护和传承力量。2019年7月6日良渚遗址正式被纳入世界遗产名录，中华五千年文明也得到全世界的公认。梁中平也被杭州市人民政荣获良渚遗址申遗成功突出个人嘉奖。

做良渚文化的传播者，当好“宣传员”

习近平总书记批示指出：“良渚遗址是实证中华五千年文明史的圣地，是不可多得的宝贵财富，我们一定要保护好。”为全面贯彻落实好习近平总书记的批示精神，多年来，梁中平和他的志愿者团队一直在为保护良渚遗址、传播良渚文化、助力申遗的道路上鼓与呼。

从穿上代表志愿者的马甲那一刻起，梁中平时刻践行奉献、友爱、互助、进步的志愿者精神。牢记作为一名新时代公民的社会责任，从2011年到2022

年，每一个新年、春节、国庆节、中秋节，他都放弃休息，选择和志愿者们在志愿服务的岗位上度过。截至 2022 年 3 月已经累计服务近 2260 个小时，为参观游客义务讲解 500 余场次。

自从担任志愿者团队的负责人开始，梁中平更是把大量的休息时间都用在团队的管理和建设上。11 年前他刚来到良博时，这所新建的博物院运行不到两年，志愿者服务社也还未成立。作为最早的志愿者之一，他和几位热心的志愿者开始一步步地探索建立一支良博自己的文博志愿者团队。2011 年良博志愿者服务社工作委员会成立，他从负责团队宣传的文宣部长到一年以后接过总队长的接力棒后，更是专注于团队的管理和建设。为了提高团队的服务和讲解水平，他组织团队编写了《良博志愿者培训教材》。近年来，随着良渚申遗的进程，越来越多的参观者开始关注良渚文化，博物院参观热带来的也是志愿者团队工作压力和强度的持续增加，对志愿者服务的专业化要求也越来越高。他和工作委员会团队紧紧抓住良渚申遗时代，加快团队专业化建设步伐，在突出志愿讲解特色服务的基础上，基于更专业的志愿服务需求，重新组建讲解部和微笑岗，以更专业化的标准对讲解志愿者统一进行培训考核，并先后成立了外语讲解组、对外社教组、摄影组等专业化小组。以专业的小组发挥专业的特色服务。2019 年年初，他就着手成立外语讲解组，当年

7月6日，良渚遗址申遗成功，首批通过考核的外语讲解志愿者就正式投入到讲解服务中，外语讲解组先后接待了阿里基金会澳洲大学参访团、一带一路沿线国家参访团、联合国教科文组织参访团等国际组织和重要嘉宾。受到了国际友人的赞誉。在服务礼仪上，他邀请拥有30余年南航空乘培训经验的退休志愿者出任微笑岗负责人，服务礼仪内训师，还专门拍摄制作了一套志愿者日常服务礼仪规范示意图。他利用志愿者团队各行业人才荟聚的优势，进一步发挥特长，先后策划组织了志愿者新春送祝福活动、首届志愿者“志享”沙龙活动，庆祝共和国七十周年华诞志愿者快闪活动、《八十三年的守望》舞台剧演出等志愿者团队重要活动。让志愿者在这个团队中人尽其才、各尽其用。

从良博的志愿者最初30多人到如今在册志愿者500多人的良渚文化志愿者总队。从2011年的元旦开始，每当新年的第一天、每一个大年初一、端午节、中秋节，即便不是志愿值班，梁中平也总会出现在志愿者中间。在这些特殊的节日里，他宁可默默地放下和家人的团聚，来和值班志愿者一起度过。新年他和志愿者们一起出门迎接前来参观的第一批客人，向他们祝福新年，春节他会亲手写好一个个福字儿带给志愿者和游客，端午节他会给值班志愿者带去每人一个香袋，中秋节他会为志愿者们准备好月饼和水果，在休息间隙和他家一起欢聚。高校开学季，他会和工作委员会成员一起走访志愿者合作院校，了解大学生的志愿工作规划。在他的感召下，现在的志愿者团队彼此之间互助互爱、互学互进，更像是一个老中青三代亲如一家的大家庭。

他带领团队先后两次获得杭州市杰出志愿者集体、浙江省优秀志愿者团体，杭州市委宣传部、市文明办授予“最美志愿服务组织”，第二届浙江省志愿服务项目大赛银奖，并于2015年斩获第七届中国博物馆“十佳志愿者之星”这一国家级荣誉，成为全省唯一获此殊荣的文博志愿者集体。本人也因对良渚文化的坚持守护和传承，对志愿公益的执着追求获得首届余杭区“出彩青年人”荣誉称号和良渚新城授予的“感动良渚”十大人物，3次被授予“十佳志愿者”荣誉，优秀志愿讲解员，2019年获得中国移动通信集团公司年度“公益之星”荣誉称号，因2020年在良渚遗址申遗工作中的突出贡献，获得杭州市人民政府颁发的嘉奖。

良渚是全人类文明的共同财富，对良渚遗址的保护、良渚文化的传承、良渚文明的传播是每一位新时代中华儿女共同的责任和义务。随着良渚后申遗时代的到来，守护世界遗产、传播良渚文化、讲好中国故事成为摆在志愿者面前的一个重要使命。2020年7月8日，梁中平又接过良渚文化志愿者总队这面大旗，从那一天起，他将带领包括良渚博物院志愿者团队、良渚古城遗址志愿者团队在内的五支志愿者团队500余名良渚文化志愿者承接起这一神圣使命，开启这群文博志愿者的下一个十年篇章。

梁中平在总队成立大会上发言说：作为良渚文化的志愿者，身处这片五千年历史积淀的文明圣地，身逢新时代中华文明的伟大复兴，我们必将继续为传播五千年良渚文化，扛起责任担当，守护世界遗产，讲好中国故事，抒写新时代的志愿者精神。

【专家点评】

每到节假日，杭州良渚古城遗址公园的游客数量猛增，如果不提前预约，根本进不去。越是这个时候，越需要志愿者们，他们放弃休息，任劳任怨、毫不懈怠，只为了给广大游客提供好服务。正是因为有无数个像梁中平这样的志愿者们，坚守岗位、奋战一线，用他们实实在在的行动提升了我们城市的温度、扮靓了我们城市的风景。

浙江广播电视集团　来钧

宗庆后：娃哈哈西进三峡库区扶贫，彰显浙商担当

记者：党君雅
编辑：华冰

【人物名片】

宗庆后，1945年11月16日出生，浙江杭州人。娃哈哈集团创始人，现任集团董事长，浙江省饮料工业协会会长、浙江娃哈哈智能机器人有限公司董事长。

涪陵市政府：

贵市十月六日发给我公司宗总经理的传真收到。

受三峡工程的影响，贵市在工程建成后将有二百多个工厂、五亿多固定资产被淹，需搬迁人口达十万余……考察团此行目睹了为支援三峡工程，贵市人民以大局为重，不惜作出巨大牺牲的崇高精神，印象极深，至为敬佩！一致认为：为支援贵市的经济发展，解决好移民就业，搞一些

宗庆后

对双方都有利的建设项目理所应当，我们责无旁贷……

专此，

布复。

杭州娃哈哈集团公司

一九九四年十月十日

重庆涪陵区，是一个集库区、山区、老区于一体的扶贫开发工作重点区。20世纪90年代中叶，国家启动三峡移民计划，位于库区的涪陵糖果厂、罐头厂和酒厂陷入破产边缘，千余名工人面临下岗境遇。杭州娃哈哈集团有限公司响应国家号召，“西进”建立涪陵生产基地，承担部分移民的安置重任。这封信是1994年娃哈哈考察组前往涪陵市考察之后写给当地市政府的一封信，信中表达了支援帮扶“使命在肩”“责无旁贷”，并根据实地考察情况提出对原商定方案进行修改调整的意见。

“当时娃哈哈效益比较好，我们响应国家对口支援三峡工程移民建设的工作，答应了收购兼并这几个（工厂）。”回忆起往事，宗庆后记忆犹新，“也有当地的干部善意地问我，我说既然答应了，就不能违约。”

承诺许下了，压力却是巨大的。为了在当地建立生产基地，宗庆后记不清去当地实地考察了几次。当时一同前往考察的现任杭州娃哈哈集团党委书记吴建林回忆说，那时涪陵交通非常不便，去一趟还真不容易，得“海陆空”悉数上阵。他们一行先从杭州坐飞机到重庆，从机场赶到朝天门码头，再坐2个小时快艇去涪陵。再找“棒棒”挑行李，还得爬无数级台阶，才能到达涪陵公司所在地。

重庆的气候潮湿阴冷，经常下雨，地上泥泞不堪，被褥总感觉湿漉漉的，生活条件非常艰苦。当时考察组22名中层干部回杭州后投票是否赞同在涪陵投资，结果21票反对，1票弃权。反对的理由很一致：当地工厂硬件太差，不利于生产饮料。更重要的是，长期发不出工资，工人不干活，懒懒散散，完全没有现代化管理体系。

面对这样的投票结果，宗庆后力排众议，他说，既然已经答应了就不能反悔！先富带动后富，给钱会花光，产业的入驻却能长久地给当地老百姓带来脱贫的希望。他毅然决定投资涪陵，撸起袖子，说干就干。仅用了20多天时间就把一条生产线建了起来。随后，宗庆后也赶往涪陵，跟着大伙一起干，每天半夜12点还要继续开会复盘。检查当天的工作情况，布置第二天的工作安排。

娃哈哈公司的车间工人

娃哈哈全面接手三家工厂，一家糖果厂，一家罐头厂，一家酒厂。娃哈哈投资4000万帮助工厂搭建厂房，开设新的饮料生产线。一开始，工人没有干劲，迟到早退上班随意。娃哈哈的管理团队通过建立制度、单独谈话等方式，逐步完成管理制度的改革，把当地工人的月工资从之前的200元提升至500元，从而调动起工人们的生产积极性。

经过一系列的创新改革，3个月即实现扭亏转盈；娃哈哈接手后的第一个春节每位工人都领到了800元的年终奖。在28年前的涪陵，这是一笔相当可观的收入。涪陵公司投产第一年就创造了6649万元产值。截至2021年年底，涪陵公司已累计实现销售收入107.52亿元，实现利税21.22亿元，跻身重庆市十五强企业行列。

如今，重庆涪陵的工厂还在健康运转中，并且实现了机械化作业。当地员工从中层管理者到基层技术人员，通过“传帮带”模式，实现传承创新，一代代老带新，建立起了完备的人才体系。今年，在重庆渝北区的新工厂也将投入生产。宗庆后表示，娃哈哈通过扶贫实现了销地产，降低了成本，增加了效益，是一举两得的好事情。

湖北、江西、云南、吉林……截至2021年年底，娃哈哈先后在17个省市，投资87亿元建立了76家分公司，解决近13000人就业问题，带动相关产业年新增产值100亿元，拉动了当地经济社会发展，成为脱贫攻坚和乡村振兴的实践者和引领者。

浙江作为全国“共同富裕”示范省，为推动浙江山区26县跨越式高质量发展，娃哈哈集团在江山、景宁、文成、衢江都投建了工厂。在文成县的智能化饮料生产基地投资近5亿元，建设四条智能化生产线，其中包括一条无菌线冷罐线，计划于2022年陆续投入使用，项目建成投产后预计年销售额可达10亿元，解决当地数百人的就业难题，带动地区相关食品加工业、交通运输业、彩印包装业的发展。

作为一名老党员，宗庆后说，40岁前自己也是个穷光蛋，是党和国家的支持让娃哈哈集团发展壮大。致富思源，先富带后富，在共同富裕的建设之路上，浙商有责任站在新的历史起点上，投身精准扶贫、产业扶贫，用浙商责任和浙商温度，续写新的浙商传奇。

宗庆后

【专家点评】

企业在商业运营之外，还应承担相应的社会责任，已越来越成为中国企业家的共识。在浙江高质量发展建设共同富裕示范区的今天，回顾30年前宗庆后力排众议，带领娃哈哈集团义无反顾投身三峡库区支援帮扶工作，以先富带后富的行动，让我们倍感钦佩！“给钱会花光，产业的入驻却能长久地给当地老百姓带来脱贫的希望”，宗庆后秉持的这种造血式的帮扶理念，也为库区人民实现脱贫致富和可持续发展提供了可供借鉴的宝贵模板。

浙江大学公共管理学院　刘志军

陈招娣：我要有一分热发一分光

记者：崔正昊

编辑：刘浩

【人物名片】

陈招娣（1955年—2013年），浙江杭州人。她是20世纪70年代末和80年代初冲出亚洲、走向世界的中国女排核心队员。为中国女排1979年首获亚洲冠军、1981年首获世界杯冠军、1982年首获世锦赛冠军和亚运会冠军作出了重要贡献。她也是中国体坛第一位女将军。2013年4月1日下午，陈招娣因病医治无效在北京逝世，享年58岁。

亲爱的老太：

你好！我已安全回到意大利。旅途很顺利，也没有感觉太疲倦，时差一天就倒过来了。我的俱乐部给我放十天假，昨天我们又搬了新房间，有三大间住起来很宽很舒服。总之我一切都还好，请放心。

这次回队尽管时间不长，但我还是很愉快的，心情也比较舒畅，特别是与你这个老太同住一屋很有乐趣，因为我们能够

陈招娣

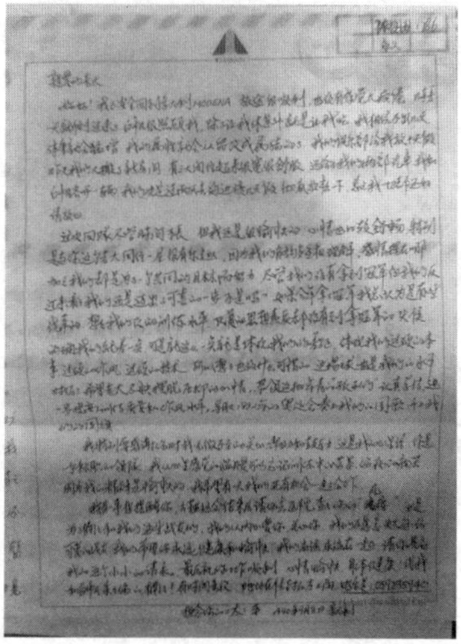

互相理解，感情摆在那，加之我们都是为了一个共同的目标而努力。尽管我们没有拿到冠军，但我们反过来看看，我们还是迈出了可喜的一步不是吗？如果今年拿冠军，我总认为是有些侥幸的。想想我们队的训练水平，队员的思想素质都没有到拿冠军的火候。的确我们就差一点，可是就这么一点就是体现我们的差距，体现我的过硬的本事、过硬的作风、过硬的技术。所以想想也没什么可惜的。这场球也是我们的水平对吗？希望老太尽快摆脱压抑的心情，带领这批年轻的“孩子们”认真总结，进一步提高训练质量和作风水平，争取（在）1992年的奥运会奏响我们的国歌，升上我们的国旗。

我特别要感谢你对我无微不至的关心、帮助和鼓励，这是我的心里话。你是一个称职的领队，我从心里感觉的温暖可以忘记训练中的劳累、伤病和痛苦。因为我的精神是愉快的，我希望有一天我们还有机会一起合作。

我有一事想提醒你，待亚运会结来后请你去医院查查你的“疙瘩”。这是为了楠楠和我们这些战友的。我们从内心爱你、关心你，我们不愿意失去每一位可爱的战友，我们希望你永远健康和愉快。我们应该永远在一起，请你答应我的这个小小的请求。最后祝你工作顺利，心情愉快，身体健康！代我亲亲你的楠楠！有时间来玩。地址在信封的左上角。

想念你的二太：平

1990年9月8日　意大利

这封信写于 1990 年 9 月 8 日，在当年刚刚结束的女排世锦赛决赛中，中国队经过 4 局苦战，1 比 3 惜败获得亚军。赛后，作为 1 号队员的郎平给已经是女排领队的陈招娣写下了这封信。信中提到：“争取 1992 年的奥运会奏上我们的国歌，升上我们的国旗。”被郎平亲切地称为“老太”的前中国女排队员陈招娣，曾以“拼命三郎”“独臂将军”等身份被人熟知。

1971 年 4 月，16 岁的陈招娣从浙江省女排队被选调到北体青训队，坐上了前往北京的绿皮火车。初来乍到，陈招娣就遇到了两个“麻烦”：生活上，不适应北方的饮食习惯，当时学院的伙食费每人每天只有 1 元钱，而且都吃面食、大锅菜。对于生长在江南的陈招娣来说，北方的面食就像南方人吃点心，吃两口就饱，吃完了就饿，没过多久，她就患上了严重的贫血症；训练上，强度稍微大一些，陈招娣完成起来就更加困难，长跑训练经常是全队倒数第一。可陈招娣天生要强，昔日战友沈散英回忆，有一次长跑时，她虽然贫血很厉害，但依旧坚持了五六圈，跑下来之后脸色煞白、头晕眼花，但直到最后也没有放弃训练。后来教练吴中量发现了陈招娣的异常，女排队才知道了她贫血的情况。经过积极治疗和修改训练计划，陈招娣身体逐渐恢复，教练和队员的关心帮助她重新振奋精神，也让她全心全意投入到训练中。

没过多久，陈招娣遭遇了人生中的一次变故——父亲因病去世。对于这位不足 20 岁的女孩来说，失去至亲的痛苦难以想象，但这份打击没有让她停滞不前，她选择强忍悲痛，继续训练。“我要有一分热发一分光，能打一局打

陈招娣年轻时的照片

一局，能打两局打两局，不要叫痛，不要影响同伴的情绪，坚持就是胜利。”这是陈招娣当时写在训练日记中的一段话。

1978 年，陈招娣在八一队打全国联赛时，左臂桡骨不慎受伤。次年 6 月，中国女排迎战日本女排，她在一次拦网中造成了桡骨断裂。在当时的队伍中担任二传手的她是核心队员，她的受伤让全队士气大受影响，但陈招娣没有听从队友的劝说，而是手缠绷带，单手上场继续比赛。在之后的两个多月里，陈招娣带伤坚持征战全运会，她以绷带捆缚右臂，独臂出征，手打着夹板在战场上生龙活虎，一个手去进球、一个手去拦网，坚持把比赛打下来。其义无反顾的姿态令人为之动容，从此她便有了“独臂将军”的别称。

“日本队进攻，中国队拦网得分，17 比 15，中国队以两分的优势取得了最后的胜利，女排姑娘抱在一起留下兴奋的眼泪。”1981 年第 3 届女排世界杯上，宋世雄的这段经典解说成为一代人的回忆。当时陈招娣与郎平、曹慧英等队员出征日本，在最后决战中，作为老对手的日本队实力强劲，让中国女排一度陷入苦战。在第三局抢传的过程中，陈招娣和队友孙晋芳发生了碰撞，不慎扭伤了腰。为了不拖球队的后腿，陈招娣绑着绷带咬牙坚持，强忍着痛苦与不可逆转的伤病，毅然决然地申请再度出战。最终，中国女排战胜东道

1981 年中国女排夺得第三届世界杯女子排球赛冠军

队友聚会照片

主日本队，夺得中国女排的第一个世界冠军，实现中国在三大球比赛中历史性的突破。

赛后领奖时，陈招娣已经无法站立行走，是郎平等几位队友将其扶上的领奖台。而陈招娣这份顽强拼搏的“拼命三郎”精神，也成为中国女排的代名词。此后，中国女排又连续在1982年世锦赛、1985年世界杯、1986年世锦赛和1984年洛杉矶奥运会上夺冠，开启了中国女排五连冠的传奇。

由于年轻时落下许多伤，导致陈招娣常常痛得动弹不得。1983年，陈招娣选择退役，此后又担任国家青年女排主教练、中国女排教练等职务。1990年，陈招娣作为领队带队出征女排世锦赛，最终获得亚军。赛后，郎平给昔日战友陈招娣写下了这封信，信中提到了陈招娣身上的“疙瘩”，其实早在之前陈招娣和好友沈散英的一次体检中就已经查出身体的异样，虽然战友们对她关心有加，劝她尽早检查、接受治疗，但她依然瞒着家人坚持担任领队，为排球事业尽心竭力。1998年，陈招娣病情恶化，接受了直肠癌手术，但那时她感到最惋惜的是无法继续担任女排教练的职务：“我特别喜欢排球，如果不是因为1998年患直肠癌接受手术，我还会继续排球教练的生涯。”

退居二线后岗位的变化并没有影响她对排球的热爱。陈招娣回到文化体育局，将“女排精神”贯彻到工作当中，她以身作则，常常和干事们一起加班工作，曾有过连续忙碌两天两夜的纪录。中国女排在2003年重夺世界冠军

后回到北京，并出席一系列的庆祝活动，即使腰伤复发，但她还是强忍着旧患的折磨参与了新老女排同聚一堂的电视节目录制。回忆那时的陈招娣，每一幕女儿郭晨都历历在目，“一次去技术研讨，她上楼打了个喷嚏结果腰伤发作，站在楼梯旁动不了，最后是被抬回了家。”

2006 年 7 月陈招娣晋升少将军衔，她也是中国体育界的第一位将军。可由于高强度的工作导致陈招娣身体每况愈下。由于罹患癌症，陈招娣在 2013 年 2 月住进中国人民解放军总医院接受治疗，直到最后一刻，她依然坚守在工作岗位上。2013 年 4 月 1 日上午，陈招娣因病在北京去世，离开了她热爱一生的排球，享年 58 岁。在病床上的最后一刻，她依然在劝说郎平出任中国女排教练，正是陈招娣的一番话，深深触动郎平，也让她下定决心，毅然回国。

2013 年 4 月 2 日《人民日报》发表评论说：“在与癌症病魔的奋力抗争中，你没能像在球场上一样永远不倒，但是，你将永远不倒的女排之魂留给了人们。你是一代中国女排的英杰，你是中国体育的楷模，你是中国军人的骄傲。走好，陈招娣！当中国女排再展雄风的时候，谁也不会忘记你，一个不计功名的冠军队员，一个球场上永远的榜样！”

如今，来到位于浙江杭州半山安贤陵园中，人们可以看到一座端庄的女孩铜像，她身着 10 号球衣，束手叉腰，左臂怀抱着排球安静地注视着远方。铜像前照片中的陈招娣却是一身戎装，这身军装是她毕生的骄傲，而排球则是中国女排怀抱这个世界的方式。她用自己的生命绽放出庞大的能量，为中国体育事业发展浇灌出钢铁之花。这份支撑她的的动力，是永不言败的“女排精神”，是一份用生命之火点亮中国体育事业之光的坚定追求，如今，女排的故事还在继续。

【专家点评】

同招娣在一起的往昔依然历历在目。犹记得一起训练时她刻苦训练留下的伤痕，那是姐妹们人皆有之的印记，是我们那一代女排人的“勋章”，在我们彼此鼓励和坚韧的努力中形成了中国女排“永不言败”的精神。记得征战世界杯决赛，她的拼力一救伤及腰椎，硬是谁都没说坚持着，比赛结束队友才看见她疼得直不起腰，把她背上了领奖台，那份坚持是属于我们的骄傲，无论经受多少病痛的折磨，也总能坚强地站在赛场上，不屈服、不认输，这种不放弃的血性和坚持让招娣配得上一代中国女排的英杰，也是中国体育的楷模，她的故事、中国女排的故事被新一代女排发扬和传承！“女排精神”始终不变，奋斗者永远年轻。

原中国女排队长、陈招娣队友　曹慧英

陈立群：爱与责任　无问西东

记者：党君雅

编辑：华冰

【人物名片】

陈立群，1957年11月生，浙江杭州临安人，中共党员。曾任浙江省杭州学军中学校长，退休后放弃百万年薪，远赴贵州省黔东南苗族侗族自治州台江县民族中学担任校长。他整顿校风校纪、创新教学方法，身体力行资助贫困学生。2018年，全校901名学生参加高考，450人考取本科，高考增量从全州垫底冲到全州第一。2019年9月9日，他被授予“时代楷模”称号。

亲爱的陈校长：

您好！借用高中期间的最后一个教师节。我想对您说很多话，您千万不要觉得我啰嗦。先说说我自己吧，初中的成绩不上不下。但也从来没想过来本县的高中读书，因为县城的人都知道，台江民中是16个县里最差的，一般成绩太差走不出去才在这。曾读小学时，从乡下来的表哥在高

陈立群

中读了一年，第二年就带老婆回家结婚生孩子去了。这让我感到很害怕。中考结束，成绩摆在面前。没钱砸去外面的学校读书，对自己的高中，还没开始就已经很失望了。暑假时，阿姨跟我说，高中要来一个全国有名的校长，当时的我没多想。

第一次见到您，您背着一个很大的书包。我感觉您很特别，身上有种特别的气质，至今我都无法准确说出来（偷偷跟您说，学校里没有与您这般帅气的人，特别是不穿西装的时候，您穿蓝色运动服，帅呆了）。

我在百度上搜到你的资料，嘴角不由往上扬，把这分享给朋友，仿佛说“看到没，这是我的校长，厉不厉害！”高一过得很快，我也在担忧：你会不会就走了，那以后可怎么办？要有统帅在，才会心安。最后你陪伴了我们三年，我是第一届正宗的陈家军呢！

其实，我很想叫你“老大”，因为你让我很骄傲。您经常说，苗族的孩子是聪明的，我想说也是懂得感恩的。我要向您承诺，我在高考时至少也排在年级前三十。陈老大，要多笑笑。你真的超帅的呢！感谢您对西部教育的扶持，因为有你，我的高中生活精彩一半，剩下半份需要我自己努力！你不是台江民中支教校长，你是台江民中校长！你是我的傲气来源，我一定要成为你的骄傲。

祝您：

身体健康，每天开开心心，节日快乐！

Yeah！

您的 2019 届学生

陈家军

这封信的落款是“陈家军”，他不是一个学生，而是一群学生，他们都是贵州台江民族中学支教校长、“时代楷模”陈立群的学子。4 年支教，陈立群帮助超过 2200 名贫困苗族孩子走出了大山，改变了他们的命运。“陈家军”是一面飘扬的旗帜，更是一种笃定的精神力量。

陈立群在台江民中

2016 年，陈立群来到台江县时，全县没有通火车，全城没有一个红绿灯，是国家级贫困县。台江民族中学 3000 多名学生中，来自建档立卡贫困家庭的有 1300 多人。一个 2200 多人口的寨子，直到 2014 年才考出第一个大学生。

那时，台江民中是远近闻名的“差校”，问题学生多，高考本科上线率仅 10%。直到 2020 年高考，台江民中 1047 名考生中，829 人达本科线，其中 270 人上一本线，本科上线率达到 79%。

“我在东部怎么做总是锦上添花，但是我想如果到这里吧，也许我可以做得更多。”通过读书走出乡村的陈立群深知知识改变命运的真理。一直致力于帮助贫困学子通过学习完成人生的转变。2001 年，陈立群在杭州长河高中创办了浙江省首届宏志班。他亲自挑选班主任和任课老师，身体力行地关爱贫困生的学习和生活。共带出了 12 届宏志班，招收的 675 名学生全部考上了大学。

2016 年 8 月，已近 60 岁的陈立群从国家重点高中杭州学军中学的校长岗位上退休，毅然拒绝了民办中学百万年薪的聘请，分文不收远赴贵州台江民族中学，他希望自己的到来能给当时国家级贫困县的苗族孩子们带来不一样的命运转变。

抱着这样的心愿，陈立群迅速投入到台江民中的工作中。可没想到，上任第一天，当他走进台江民中食堂时着实被“吓了一跳”：偌大的一所学校，只有一个食堂一口锅，师生排着长队半天打不上饭；苍蝇乱飞，卫生状况堪忧，

陈立群走访当地贫困学生家庭

陈立群给台江民中高三学生做考前动员

学生的营养根本无法保障。

陈立群立刻从改善师生生活条件抓起，不到两个月时间，全校 3 个年级分 3 个食堂用餐，单独开设教工食堂。孩子们的生活得到了改善，脸上有了神采，学习也更有精力了。

和学军中学形成鲜明对比的，除了硬件，更让陈立群头疼的是这里孩子们的学习状态以及家庭对学习的态度。台江民中晚自习时间吵吵嚷嚷，老师不管，学生也不学。

陈立群立即对教学管理实施了大刀阔斧的改革，全校实行全封闭管理，所有学生全部住校，手机全部上交，只在周六发还并仅限当天使用。学生自习时间不允许在教室讨论，每个班每天检查评比，早中晚挨个教室督查。对迟到早退的老师制定严格的惩罚制度，有老师不服管想闹事，陈立群当机立断，该处理就处理，不管谁来说情都不动容。

作为国家级贫困县，台州民中的老师时常被拖欠工资，让原本就收入低的老师们更没有了工作热情，陈立群说："我赤脚的不怕穿鞋的，我又没有拿工资。"于是，他一遍遍跑当地县委办公室，要求保障教师工资待遇。他制定《中青年教师培养行动计划》，组织教师到杭州交流学习，提升业务能力。还把自己获得的国务院政府特殊津贴和杭州市杰出人才奖的 20 多万元拿出来，设立了台江县民族中学陈立群奖教金，专门奖励优秀教师。

每天清晨 6 点 30 分，陈立群会准时出现在学校，一直到晚上 9 点多，学生们夜自修结束再回家。他说："爱就是陪伴。"台江民中的老师们感慨："我们还有什么理由放松呢？”在这样的“铁腕”+“柔情”治理下，学校逐渐形成了老师认真备课、上课，学生认真学习的氛围。

翻山越岭的家访途中

陈立群发现经常有学生突然就不来上学了，为了了解情况，他爬着山路，一步一步走访学生家庭，调查原因。更困难的是很多父母只会说苗疆话，陈立群和他们鸡同鸭讲，只能请来孩子当翻译。当地的父母普遍认为孩子读书无用，让他们去读高中最大的愿望是交个男女朋友，早日结婚生子。还有很多孩子由于家庭贫困，无法继续学业。3 年时间里，陈立群跑遍了整个台江，家访了 100 多个贫困学生家庭。春风化雨，润物无声，该校贫困生辍学现象基本消失。

他从杭州市政府、各企业争取点对点的扶贫款项，为成绩优秀的学生免去高中学费和生活费，还把自己和老伴的退休工资也拿出来资助当地贫困的孩子们。

陈立群和台江民中的学生一起放飞梦想

没有爱和责任，做不好教育。无论对学生、老师还是家长，陈立群都格外重视对他们“心灵的唤醒”。他说，给钱总会花光，只有教育才能切断贫困的代际传播，改变一方人的命运。他鼓励孩子们走出大山，要常立志，立大志。

每周一的国旗下讲话以及各种公开场合，陈立群给苗族的孩子们讲大山外面精彩的世界，告诉他们苗族的孩子都是聪明的，只要努力就能走向更广阔的天地；教学楼前开辟“志向林”，在每年台江民中“励志节”这天，师生们将自己的志向埋藏于树下；培训驻村第一书记，给村民开设尊师重教、教育与脱贫、家庭教育等课程；给考上大学的家庭敲锣打鼓送喜报，让家长感到孩子考上大学是一件无上光荣的事。

这位拒绝百万年薪、支教分文不取的“铁腕”校长，虽然严厉，却也是孩子们眼中的男神。在陈立群的办公室里，整整齐齐地收藏着100多封学生写给他的信，这是他和孩子们一个特别的沟通方式：学生们写好信件后，会塞进他的办公室门缝。

信件中，学生们对他的称谓五花八门，“校长爸爸”“陈爸爸”“男神”“老大”；信的内容也各式各样，有倾诉心事和烦恼的，有分享生活中小确幸的，也有来提建议、气鼓鼓地“投诉”他的，还有调皮地在信里给他“颁敬业奖”的。这些信都成了他珍藏的“宝贝”。

如今，陈立群还奔走在教学一线，他担任台州民中的终身名誉校长，时常回校做教学、学术的指导，每年高考前一定会回到学校给孩子和老师们加油打气。他还奔走全国各地做讲座，希望能有更多落后地区的教育能以此为样本，获得长远的发展。

他说，爱与责任，无问西东。

【专家点评】

这封家书真有点特别。写信人是贵州省黔东南苗族侗族自治州台江县民族中学2019届的学生陈家军。收信人是杭州市学军中学的退休校长陈立群——退休后他放弃了民办中学百万年薪的聘任，担任了台江民中的支教校长。寄收信的途径则是他在民中的校长办公室的门缝，这封信乃是他先后收到的 100 多封学生来信中颇为独特的一封：寄信人陈家军并不是某一个学生的名字，而是一群学生的名字，其实他们是由陈校长统帅的一支学习的队伍！

无需多言，这足见他的支教校长当得很成功了，在这封信结束之处陈家军以非常坚决的语气强调说："你不是台江民中的支教校长，你就是台江民中的校长！"而且强烈表示："你是我的傲气的来源，我一定要成为你的骄傲。"看得出来，这群学生对这位支教校长充满了感激、崇拜之情，也满怀着高兴、自豪之情。同时，更有着一种亲切之感。至此，可以从信中的这些文字非常清楚地看出来，"我感觉你身上有一种特别的气质，至今我都无法准确地说出来。""看到没，这是我的校长，厉害不厉害！""要有统帅在，才会安心。""其实我很想叫你'老大'。""陈老大，要多笑笑，你真的超帅呢！""我想说我也是懂得感恩的。"

事实上，他的成功还体现在以下几个数字当中：2018 年，全校 901 名学生参加高考，450 人考取本科，高考增量从全州垫底一下子冲到全州第一！作为一名支教校长，这些无疑应该是他最感欣慰的事了，对于被授予"时代楷模"想必倒还在其次吧。

中共浙江省委党校　曹文彪

王金良：李花又绽放，他乡即故乡

记者：党君雅

编辑：华冰

【人物名片】

王金良，1963年出生于嘉兴海盐，中共党员。海盐县首席农业专家，高级农艺师，海盐县农技推广中心常务副主任，四川省屏山县农业农村局局长助理。曾荣获“全国先进工作者”、全国“五一”劳动奖章、“全国人民满意的公务员”“全国粮食生产先进工作者”“全国农业技术推广贡献奖”“浙江省东西部扶贫协作突出贡献奖”“浙江骄傲年度人物”“浙江省道德模范”“四川省如期完成脱贫目标任务特殊贡献奖”“四川省脱贫攻坚奖”等荣誉称号。

王金良

叶萍爱人：

我这里天气一直不好，一直在下雨，你们那里情况怎样，家里现在只有你和女儿繁繁照顾了，妈妈身体好吗？

今天给你写信，想与你商量我打算第四次延期挂职的事情，但说是商量，其实延期申请我已经写好。我知道，你能理解，正如我前三次申请延期一样。屏山是典型的山区贫困县，九山半水半分田，经济跟我们沿海地区差距很大。原来由于大山阻隔，老百姓观念落后，疏果控产就像要他们的命，两年来我花了大量心血，推行标准化生产和品牌营销，第一年增收 1.5 亿元，今年又增收了 3.1 亿元。我经常去的贫困户黄天金7亩茵红李卖了10万元，颜昌银12亩茵红李卖了15万元，今年 2 月屏山摘掉了贫困县的帽子，我是真的高兴。

今年由于疫情影响，云贵川地区果农大幅度减收，只有我们屏山茵红李大幅度增收，这是多么的来之不易。本来这个月我就可以回海盐了，但现在屏山茵红李的产业转型正处在关键期，制度建设还没完成，不把它做完，果农可能重新返贫。都临门一脚了，我觉得我得继续留下来，有始有终。

把现有事情做好，最好这一模式在西部地区示范推广，我就可以毫无遗憾地回来了，到时候，我们全家又一起团圆了。现在妈身体一直不好，我常年在外，也顾不上，你和繁繁要操持家务还要照料两边的老人，他们生活上的烦恼有时候也得你开导，辛苦你了。你自己也要注意身体。祝一切安好！

金良

2020 年 10 月 20 日

王金良出生在海盐的农村，祖父、父亲都是农民，他们一辈子在农田里辛勤劳作，早出晚归，就盼着能过上丰衣足食的日子。小时候家里穷，读书之余他跟着大人下地干活，知道农民有多么不容易。他儿时的梦想就是“点灯不用油，耕地不用牛”，“楼上楼下，电灯电话”。

1983 年，王金良从浙江农业大学植保系毕业，分配到了海盐县农林局植保站，一直工作在农技推广一线，指导农民朋友依靠科学技术，走富裕发展道路。35 年来，看着家乡农业的发展、农村面貌的变化，王金良对自己的工作有着无比的成就感。

2017年，浙江省海盐县与四川省屏山县签署对口扶贫框架协议，结下了扶贫帮困的“海誓山盟”。在扶贫中浙江外派的干部发现当地的主导产品茵红李大量滞销，即使从县委书记到村支书带头帮果农卖李子，一年花了300万营销费用，销路依然打不开。2018年10月，王金良接到海盐县政府的通知，邀请他去屏山县给当地农户讲课，深层次地给茵红李的滞销问题把把脉。

王金良走访四川当地果农

在此之前，王金良对屏山的情况几乎一无所知。海盐与屏山相隔2000公里，一个是东部沿海平原，一个是西部川南山区，无论是地理环境、气候特点，还是农业基础、生产观念，都相差甚远。在海盐推行的农业科技适合不适合屏山，以往的工作经验灵光不灵光，王金良心里还真没底。

在屏山，王金良试着把沿海地区现代农业理念和农业产业化发展的现状和趋势做了一番讲解，特别以海盐葡萄等产业成功发展为例，详尽介绍了经验、技术与具体创新做法。没想到，课程大受欢迎。课堂座无虚席，许多农民赶了上百里山路，到县城来听课。他们争先恐后与王金良交流，说得最多的是：“王专家，今年我们茵红李遭惨了，便宜都没人买，帮我们想想办法嘛！”“王专家您不要走了，帮帮我们！”

屏山县希望王金良能留下来，待上半年时间，对当地农业生产、经营管理做一番深入的探究与剖析，帮屏山茵红李以及屏山农业找到一条出路。王金良沉思良久，一来他没有心理准备，另一方面他已经55岁了，开过刀、患有高血压，当时脚踝刚受过伤，爬山不便，而指导果农不翻山越岭深入实地是不可能的；家里的老母亲年纪大了，又体弱多病，正是需要照顾的时候。另外，东部平原与西部山地农业生产的环境和条件差异很大，过去的经验能不能派上用场？农技推广要与最基层的老百姓打交道，与果农的交流有障碍怎么办？一个个问题在他的脑海中浮现，但一想到当地老百姓那一双双热情的手、渴望的眼神、一声声真诚的挽留。王金良决心克服所有困难留下来，竭尽所能去帮助他们。第二天，他向组织递交了参加屏山县扶贫工作的申请书。海盐县委组织部正式委派他到屏山挂职半年，担任屏山县农业农村局局长助理。由此，他与茵红李结下了不解之缘。

王金良在给当地果农宣传

正式挂职的第二天，王金良离开县城，走进了大山。一路走来，王金良看到农户住的房子几乎都没有外墙粉刷，老旧不堪，屋内陈设简陋，有些贫困户甚至还住在低矮的土坯房中，光线昏暗，加上风雨侵蚀，给人要坍塌的感觉。此情此景，让王金良心头一紧，他第一次直面了山区的贫困，更加坚定了自己的决心。

在田间地头走访期间，他看到当地大部分果园里的茵红李由于缺乏修剪，无效枝叶太多，果子虽然结得多，但果形很小，品质不佳，这样的果子很难卖出好价钱。

当时的屏山县是四川省宜宾市唯一的国家级贫困县，县域面积 1500 余平方公里，90% 的区域是山地，平地是稀缺资源，号称“九山半水半分田”。全县农业人口 29 万，占总人口的 90%。2017 年全县地区生产总值 56 亿多元，农村居民人均可支配收入 11778 元，农业占全县经济的比重在 30% 以上，总体而言比沿海发达地区落后了 20 年。茵红李是当地的特色品种，也是屏山县农业经济的支柱性产业，全县种植面积 12 万余亩，涉及农户 2.5 万户，其中贫困户 4000 多户。如果茵红李滞销，会有更多的人陷入贫困的境地。

一连十几天的调研走访，他跑遍屏山县主产茵红李的 10 个乡镇，看到一些希望：零工厂零污染，大气环境质量国家一类一级、地表水环境国家一级、全县含硒土壤面积 700 平方公里，这些都是发展优质农产品得天独厚的条件；金沙江流域河谷间的干热气候适宜种水果，岷江流域的湿冷气候适宜种竹笋，两江交汇产生的茫茫雨雾适宜种高山茶叶，如果把这些有利条件利用起来，扬长避短，屏山的脱贫不就有望了吗？

说干就干，转型的第一件事就是要减产提质。这也是最难的一关，种植

茵红李丰收了

户们转不过弯来，果子当然是越多越好，把产量减下去这不是自断生路吗？王金良只能一个村一个村去巡回演讲，做村干部、合作社社长的思想工作，要以市场为导向，果子少了，个头大了，汁水甜了，才有可能解决滞销和低价的问题。王金良号召党员干部带头，组建专家团队，制定了一年内完成5000亩至1万亩地的改良工作计划。在他的号召下，当地的党员干部、退役军人带头，拿出每户一半的果树参与到他的改良计划中来。

通过对种植户的种植技术指导，到2019年8月份采收，10个月下来，茵红李的产量从40万吨降到7万吨，但由于产品质量高，产值从3.5亿元上升到5亿元，增收了1.5个亿，创造了当地的增收奇迹，所有当初反对的百姓都心服口服了。

人心的工作做好了，接下来的日子，王金良一门心思扑到了技术升级上。他利用150万元东西协作扶贫资金，带领着专家团队创建起6300亩高标准精品示范基地，推广统一栽培管理、统一配方施肥、统一品牌营销等“七统一”标准化生产。

茵红李提质明显

为了顺利完成目标，每个村每个乡，

专家定期开讲座，还联合当地电视台、抖音等平台，把专家讲解视频推送到合作社的微信群里，确保每一个农户都能获得及时的技术支持。

在大家的共同努力下，产量和质量都得到保障，2019 年，挂在树梢的茵红李果大形美，半红半青，清甜脆嫩。但万万没想到，突如其来的疫情打乱了市场的节奏。水果市场价格几乎跌去 50%，而且很多水果出现滞销。当地政府很悲观，再好的茵红李卖不出去，老百姓就脱不了贫。面对突变，王金良东西奔走，想方设法努力打开市场销路。

屏山县政府被他感染了，一个外人尚且如此努力不放弃，自己必须迎难而上。王金良提出，生产端要控产；市场端要打一套营销组合拳。他争取到央视二套的公益广告机会，为屏山茵红李广而告之；他们兵分几路主动出击，去几个主销区开推介会，提前做好市场布局。仅嘉兴一场，就签订了 1 万吨产销合同；他们邀请各地客商到屏山参加品鉴会。王金良还精心策划了“树王”拍卖，将一棵树王当年的果子拍出了 22000 元，一下子引起了轰动。

王金良多方奔走，请来拥有 3000 多万粉丝的网红主播张林超公益直播带货，短短 8 分钟卖出 1000 多单，而且卖出了每斤 25 元的好价钱。同时组织全民电商，线上线下立体营销，试水个性化定制生产；疫情期间，他还发起爱心捐款，筹资购买屏山水果送达武汉……

这一套“组合拳”下来，不仅打开了市场，还托住了价格。到 2020 年 7 月，

疫情下的茵红李在加紧包装出售中

茵红李销售 9.3 万吨，比上一年提前 7 天完成了销售目标。屏山茵红李连续三年逆势大幅度增收累计达到 9.3 亿元，种植茵红李的 4000 多户贫困户全部脱贫，茵红李已成为当地的致富产业。

而这三年间，王金良一次又一次地主动申请延期，每一次延期他都怀揣着让当地脱贫的梦想，也心怀对家人的愧疚，于是，才有了文中的那封家书。然而，他仍然对茵红李事业怀着赤子之心，在他的推动下，从 2021 年冬季开始，屏山县、宜宾叙州区和云南绥江县三方合作，共建 30 万亩规模茵红李标准化生产产业联盟，计划每年增收 10 亿元以上。2021 年 5 月，完成脱贫攻坚任务的王金良随着同事们一起返回海盐，但他还是心系西部，定期提供技术指导。王金良计划从 2022 年冬季开始，借力科技协作，构建 200 万亩以上规模云贵川等地区标准化生产李子产业联盟，目标三年增收 50 亿元，同时在上海建立销售办事处，搭建茵红李的长三角市场前端。

王金良在做报告

王金良说，作为一名共产党员，能够亲历脱贫攻坚，作出一些自己的贡献，这是他这一生最好的成果。面对一个个荣誉，他说："金杯、银杯，不如老百姓的口碑，只要老百姓有需要，我就会一直出现在那里！"

【专家点评】

2020 年，屏山县作为四川省宜宾市唯一的一个国家级贫困县正式摘掉了贫困的帽子，走上了共同富裕的道路，王金良的家书讲述的就是这场国家级贫困县脱贫攻坚战背后的故事。从东部沿海的平原海盐到西部川南山区的屏山，农业科技专家王金良跨越的不仅是 2000 公里的旅途，也不只是山海之间的气候差异、距离远近、观念不同，他把自己像一颗种子一样，播撒在需要他的川南土地上。作为一名服务基层的农业科技专家，王金良在自己的家乡海盐工作了35年，在农技推广第一线辛勤耕耘了半生。来到屏山时他已经55岁了，开过刀，还有一身病，但他立志要用自己的知识直接服务于这4000多户最需要农业科技的贫困人口，要帮当地的特产农产品“茵红李”以及屏山农业找一条出路来，他以自己的赤子之心为脱贫攻坚奉献一份光和热。阅读王金良的家书让人感动的是他的质朴，四次延期挂职只因为脱贫攻坚的任务还没有完成。临门一脚，要有始有终，说明他对使命的担当。家里有困难，和爱人商量商量自己解决，他没有忘记自己是农民的儿子，金杯、银杯，他更看重的是老百姓的口碑，只要老百姓有需要，他就会一直出现在那里，这就是一名浙江农业科技专家海誓山盟的土地深情。

中国传媒大学　王宇红

潘本法：党员要积极带头，不是嘴巴上挂挂的

记者：赵鹏
编辑：潘康康

【人物名片】

潘本法，1966年3月出生，浙江金华人，中共党员，研究生学历，高级经济师、汽车工程师。现任曙光汽车集团股份有限公司副总裁，一个心存梦想的资深汽车产业人。

2021年，非洲疫情肆虐，潘本法率队前往安哥拉进行投资考察，期间，他收到了儿子潘博涵的一封家书。

亲爱的爸爸：

您好！

爸爸，我们好久没有见面了，我非常想您，也有好多好多心里话对您说。

爸爸，当您接到要前往非洲考察的任务的那一刻起，您就没有空闲过，马不停蹄地为出国做着充分的准备。现在国外新

潘本法

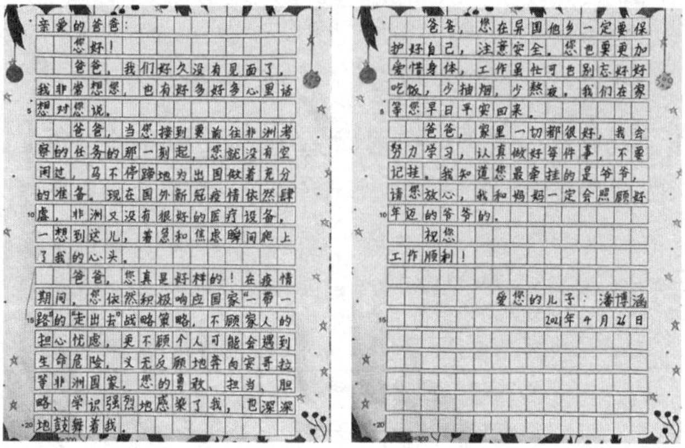

亲爱的爸爸：

您好！

爸爸，我们好久没有见面了，我非常想您，也有好多好多心里话想对您说。

爸爸，当您接到要前往非洲考察的任务的那一刻起，您就没有空闲过，马不停蹄地为出国做着充分的准备。现在国外新冠疫情依然肆虐，非洲又没有很好的医疗设备，一想到这儿，着急和焦虑瞬间爬上了我的心头。

爸爸，您真是好样的！在疫情期间，您依然积极响应国家"一带一路"的"走出去"战略策略，不顾家人的担心忧虑，更不顾个人可能会遇到生命危险，义无反顾地奔向安哥拉等非洲国家，您的勇敢、担当、胆略、学识强烈地感染了我，也深深地鼓舞着我。

爸爸，您在异国他乡一定要保护好自己，注意安全。您也要更加爱惜身体，工作虽忙可也别忘好好吃饭，少抽烟，少熬夜，我们在家等您早日平安回来。

爸爸，家里一切都很好，我会努力学习，认真做好每件事，不要记挂，我知道您最牵挂的是爷爷，请您放心，我和妈妈一定会照顾好年迈的爷爷的。

祝您

工作顺利！

爱您的儿子：潘博涵

2021年4月26日

冠疫情依然肆虐，非洲又没有很好的医疗设备，一想到这儿，着急和焦虑瞬间爬上我的心头。

爸爸，您真是好样的！在疫情期间，您依然积极响应国家“一带一路”的“走出去”战略策略，不顾家人的担心忧虑，更不顾个人可能会遇到生命危险，义无反顾地奔向安哥拉等非洲国家，您的勇敢、担当、胆略、学识强烈地感染了我，也深深地鼓舞着我。

爸爸，您在异国他乡一定要保护好自己，注意安全。您也要更加爱惜身体，工作虽忙可也别忘好好吃饭，少抽烟，少熬夜。我们在家等您早日平安回来。

爸爸，家里一切很好，我会努力学习，认真做好每件事，不要记挂。我知道您最牵挂的是爷爷，请您放心，我和妈妈一定会照顾好年迈的爷爷的。

祝您

工作顺利！

爱您的儿子：潘博涵
2021 年 4 月 26 日

2021 年 4 月 26 日，浙江省金华市江滨小学学生潘博涵给爸爸潘本法写了这封信。当时，他的父亲潘本法正在非洲安哥拉考察“一带一路”项目。

潘博涵在信中表达了自己对爸爸身体的担忧，还在信中写道：“爸爸，您真是好样的！在疫情期间，您依然积极响应国家‘一带一路’的‘走出去’战略，不顾个人安危，义无反顾地奔向安哥拉等非洲国家，您的勇敢、担当、胆略、学识强烈地感染了我，也深深地鼓舞着我。”言语中充满了对爸爸的崇敬之情！

2021 年 1 月，潘本法所在公司收到安哥拉政府邀请，到当地进行汽车产业的战略投资。在确定投资前，首先要对当地的投资环境进行考察和评估，作为公司的副总裁，这个带队考察的任务就落到了潘本法身上。

当时，正处于安哥拉第三波疫情暴发期，当地的医疗条件非常落后，这时远赴安哥拉考察，家人纷纷反对，公司不少同事因为家人反对，打起了退堂鼓，甚至还有人因此要离职。

但在潘本法看来，企业的发展就是要在危中寻机，先人一步：“顾虑肯定是有的，但是还是要相信自己，我觉得只要自己做好防护，应该可以的，真要出了问题就积极去面对。而且站在企业的角度来讲，越是这样的情况越应该先人一步。这个时候我觉得是一个机会，为企业的发展赢得一步先机。”

最后，潘本法还是说服家人，毅然决定带队奔赴安哥拉。“党员要积极带头，这个不是嘴巴上挂挂的。”今年 56 岁的潘本法 18 岁入党，作为一名老党员他是这么说的，也是这么做的。

潘本法（右二）带领团队与安哥拉交通部部长及助理洽谈合作细节

“我们都是普普通通的劳动者，也没有太多惊天动地的事情，那么就要在自己的工作岗位上把它体现出来。既然入了党，遇到一些困难的事情肯定要以党员的标准要求自己。”

全程穿着防护服，乘飞机先到德国，再转机非洲，

潘本法与安哥拉工商部部长

潘本法陪儿子潘博涵练习朗诵

全程 20 多个小时。

潘本法带着考察队在安哥拉开展了 3 个多月的考察，并达成合作意向。这次项目合作，得到了安哥拉总统的高度认可。“这次的成果还是比较大的，可能在 2022 年春节后我还要带大部队过去，现在我们已经在那边注册公司，之后就会在那边建设汽车生产基地，同时还会进入他们的运输产业，包括客运运输和智能出租车等。同时将电动汽车的生产也一起带过去。”

在安哥拉期间，儿子潘博涵时刻牵挂着父亲。于是他给潘本法写了这样一封家书，用手机拍给爸爸。

潘本法看到儿子的信时，他眼眶湿润了。“这是孩子第一次给我写信，也许是距离产生美，也可能是孩子真的长大了，我感到很欣慰。”

据了解，潘本法经常出差，之前都是视频通话。而这次，潘博涵之所以选择用书信跟爸爸交流，是因为这次疫情下的“出征”意义特殊。潘博涵：“打电话和视频都没办法保存，写信能保存得久一点，5 年、10 年甚至更久。”

在家人眼中，博涵是个懂事的孩子，爸爸出差期间，他会跟妈妈一起照顾 98 岁高龄的爷爷，还会承担一些家务。在老师眼中，潘博涵是一个各方面都很优秀的孩子。课堂上，听课专注、发言积极、成绩名列前茅，同时，他的兴趣爱好也很广泛，吉他、毛笔字、街舞、抖空竹都比较拿手。

孩子的成长，让潘本法倍感欣慰。潘本法当时也给儿子回了一封信，除了介绍了安哥拉当地的风土人情外，也表达了对儿子的期许：“以前，这里是殖民地，人们饱受战乱之苦，国家比较贫穷落后。你生活在中国，可以明显

潘本法与父亲、儿子合影

潘本法与女儿、儿子合影

感受到我们国家的强大！因此，我们更要倍感珍惜现在美好的生活，好好学习，将来为建设祖国添砖加瓦。”

【专家点评】

2013年，习近平总书记提出“一带一路”的合作倡议后，浙江企业积极响应“一带一路”倡议、参与“一带一路”建设。面对百年变局和世纪疫情交织叠加，无数像潘本法这样的浙商，继续走出国门，为中国开放发展开辟了新天地，为共建国家经济社会发展提供了新机遇，为全球经济复苏作出了新贡献。

浙江广播电视集团　来钧

胡友大：用文字传承信仰的力量

记者：邹雯
编辑：刘浩

【人物名片】

胡友大，1967年9月出生，义乌苏溪镇邢宅村人，一位农民出身的草根作家，浙江省作协会员，2010年8月加入中国共产党，著有长篇小说《孝德感乌》、长篇报告文学《致富金蛋》等。其中《孝德感乌》获评义乌市文化精品，并被改编成义乌首部孝义电影《颜乌》，即将投入拍摄。

敬爱的胡绍星大伯：您好！

福建顺昌一别，又是三年。您身体近来还好吧！三年前获悉您的抗战经历，深为您的信仰而感动，我将您的抗战故事写成一篇《从滇西远征军到抗美援朝志愿军》万字回忆录，刊登于《义乌史志》上。2018年10月13日清晨，璀璨的灯光显得那么温柔，我和义乌家乡的18位亲友，带着书籍从义乌驱车500公里来到福建顺昌县塔山路9号来看望96岁的您，表达对抗

胡友大

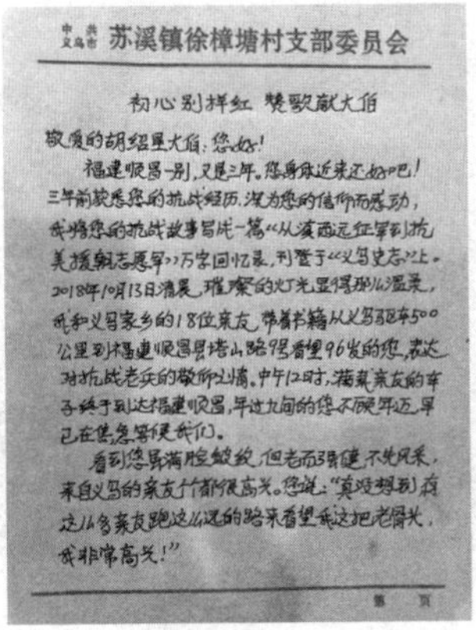
中共义乌市 苏溪镇徐樟塘村支部委员会

初心别样红 赞歌献大伯

敬爱的胡绍星大伯：您好！

福建顺昌一别，又是三年。您身体近来还好吧！三年前获悉您的抗战经历，深为您的信仰而感动，我将您的抗战故事写成一篇《从滇西远征军到抗美援朝志愿军》万字回忆录，刊登于《义乌史志》上。2018年10月13日清晨，璀璨的灯光显得那么温柔，我和义乌家乡的18位亲友，带着书籍从义乌驱车500公里到福建顺昌县埔上路9号看望96岁的您，表达对抗战老兵的敬仰之情。中午12时，满载亲友的车子终于到达福建顺昌，年过九旬的您不顾年迈，早已在焦急等候我们。

看到您虽满脸皱纹，但老而强健，不失风采，来自义乌的亲友个个都很高兴。您说："真没想到，有这么多亲友跑这么远的路来看望我这把老骨头，我非常高兴！"

第　页

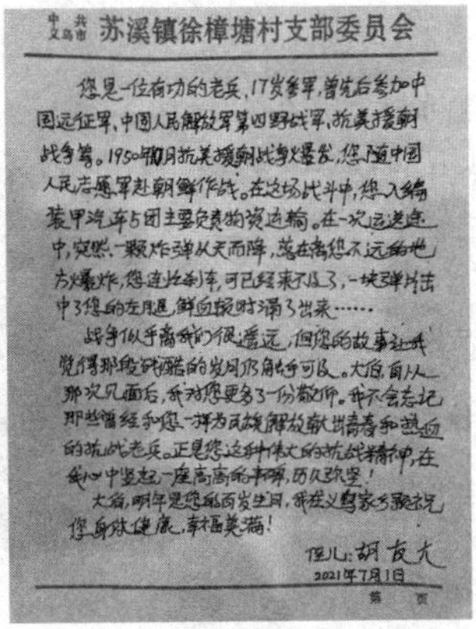
中共义乌市 苏溪镇徐樟塘村支部委员会

您是一位有功的老兵，17岁参军，曾先后参加中国远征军、中国人民解放军第四野战军、抗美援朝战争等。1950年10月抗美援朝战争爆发，您随中国人民志愿军赴朝鲜作战。在这场战斗中，您入编装甲汽车某团主要负责物资运输。在一次运送途中，突然一颗炸弹从天而降，落在离您不远的地方爆炸，您连忙刹车，可已经来不及了，一块弹片击中了您的左腿，鲜血顿时涌了出来……

战争似乎离我们很遥远，但您的故事让我觉得那段残酷的岁月仍触手可及。大伯，自从那次见面后，我对您更多了一份敬仰。我不会忘记那些曾经和您一样为民族解放献出青春和热血的抗战老兵。正是您这种伟大的抗战精神，在我心中竖起一座高高的丰碑，历久弥坚！

大伯，明年是您的百岁生日，我在义乌家乡预祝您身体健康，幸福美满！

侄儿：胡友大

2021年7月1日

第　页

战老兵的敬仰之情。中午12时，满载亲友的车子终于到达福建顺昌，年过九旬的您不顾年迈，早已在焦急等候我们。

看到您虽满脸皱纹，但老而强健，不失风采，来自义乌的亲友个个都很高兴。您说："真没想到，有这么多亲友跑这么远的路来看望我这把老骨头，我非常高兴！"

您是一位有功的老兵，17岁参军，曾先后参加中国远征军、中国人民解放军第四野战军、抗美援朝战争等。1950年10月抗美援朝战争爆发，您随中国人民志愿军赴朝鲜作战。在这场战斗中，您入编装甲汽车某团主要负责物资运输。在一次运送途中，突然有颗炸弹从天而降，落在离您不远的地方爆炸，您连忙刹车，可已经来不及了，一块弹片击中了您的左腿，鲜血顿时涌了出来……

战争似乎离我们很遥远，但您的故事让我觉得那段残酷的岁月仍触手可及。大伯，自从那次见面后，我对您更多了一份敬仰。我不会忘记那些曾经和您一样为民族解放献出青春和热血的抗战老兵。正是您这种伟大的抗战精神，在我心中竖起一座高高的丰碑，历久弥坚！

大伯，明年是您的百岁生日，我在义乌家乡预祝您身体健康，幸福美满！

侄儿：胡友大

2021年7月1日

抗战老兵胡绍星

2021年7月1日，观看了庆祝中国共产党成立100周年大会的直播后，胡友大心潮澎湃、有感而发，提笔给远在福建顺昌的99岁高龄的大伯、抗战老兵胡绍星写了一封家书。

三年前，他从同村一位北京回来探亲的老教授胡剑那里得知自己的大伯是一位非常了不起的抗战老兵，他的光荣故事却鲜为人知。“我非常震惊，自己的家族居然有这么一位英雄功臣，可我们后人居然了解太少，我们今天的幸福生活是老兵们拿命换来的，不能让他们默默老去，应该把他的故事传递下去，让更多的后人知道。”

于是胡友大想方设法去寻找大伯胡绍星那一段封存了近80年的抗战史，并写下了一篇万字回忆录：

> 有这样一位老兵，他叫胡绍星，曾先后参加过国民革命军、中国远征军、中国人民解放军第四野战军、中国人民志愿军，亲历抗日战争、解放战争和抗美援朝战争，但96岁高龄的他，至今从未向周围的人谈起过自己以前那些光荣的战斗经历，只有深锁在箱子里的一份份慰问信、革命军人证书和荣誉证见证着昨日发生的一切……（2018年回忆录节选）

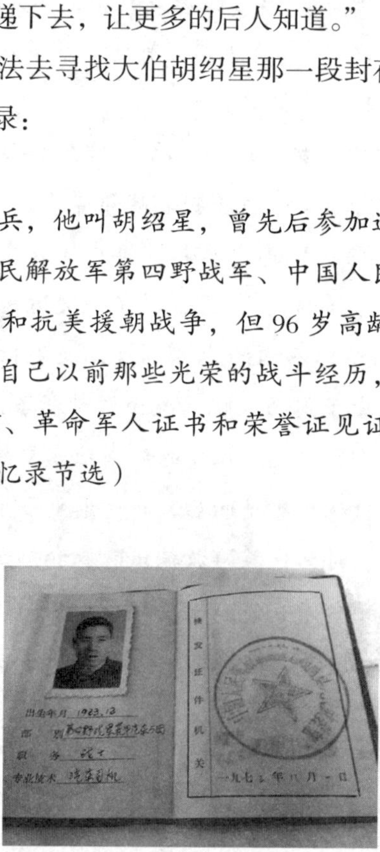

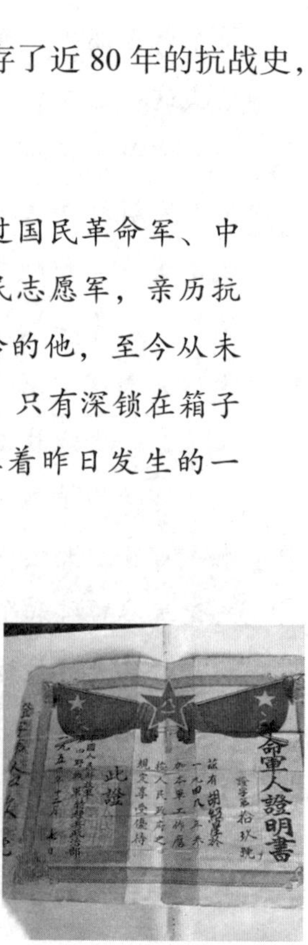

2018年10月，胡友大带着出版的回忆录，和乡亲及志愿者一行17人，从义乌驱车500公里，赴福建顺昌慰

问英雄抗战老兵。10多年未见，大伯激动不已。“他说真的没有想到义乌的乡亲们跑这么远的路来看他，非常高兴，还跟我们讲了很多当年抗击日寇、抗美援朝的光荣经历。”

胡友大很受触动，三年前的那次见面依然历历在目，所以在建党100周年，他给大伯写下这封家书。“不能忘记老兵，他们是民族宝贵的精神财富，希望把大伯的抗战经历告诉给身边更多的人，让身处和平年代的我们不要忘记中国过去的苦难，对未来更加充满信心。”

这就是信仰的传承。其实这种传承胡友大早就潜移默化地影响了。

胡友大出生在义乌苏溪镇邢宅村一个普通的农民家庭，上有两个姐姐，下有一个妹妹。1987年高中毕业之后，因为家里比较穷，他没有继续读书，一边帮母亲种地，一边四处打零工。可能是受到20世纪60年代在义乌县委宣传部工作的舅舅的影响，胡友大从小喜欢写文章，在家种田的时候也没放弃，白天干活，晚上写作。

2004年，父亲在一场火灾意外中不幸去世，为了撑起这个家，胡友大到处找收入相对稳定的工作，先后干过建筑工、缝纫车工、印刷工、马路工……尝尽酸甜苦辣，可是再难他都没有放弃写作。那时他经常给义乌广播电台和一家叫《枣林》的刊物投稿，“但是投了100多篇稿子，投一篇退一篇，现在我还保存着那些退稿信，哈哈。”如今说起来风轻云淡，可当时对胡友大来说打击不小，甚至产生了自我怀疑。“写作这条路到底能不能走通？但在有疑问的时候，我舅舅就会鼓励我，他说你不能为了名誉去写作，而是要把自己最真实的生活感受写出来，不要沽名钓誉。所以我一直坚持下来。”

为了写作更快更方便，1995年胡友大拿出打工攒下来的300块钱到义乌城里去学习了电脑，那可是当时他最奢侈的一笔花费。而让他没想到的是，为了写作而学的技能，居然阴差阳错打开了自己的就业之门，因为会电脑，他在街道办事处当了一名打字员，后来因为会写文章，在机关当过宣传报道员、企业内刊《新社区》主编、《苏溪亭》责任编辑等职，领到的工资全部补贴家里。

2013 年一次偶然的机会，胡友大为苏溪镇政府整理义乌地名来源——孝子颜乌的传说资料时，他萌生了一个念头：创作一部有关颜乌民间传说的长篇小说《孝德感乌》，传承孝义文化和孝德精神。

为了静心写作，胡友大租了一间 20 多平方米的出租房，每天凌晨 4 点起床写作，他说这是自己最有灵感、思路最清晰的时候，写到 7 点再去上班。窝在这小小的租房里，一写就是 5 年，1800 个日日夜夜，其中的艰辛不言而喻，但想到革命先驱、中共创立时期的共产党人陈望道当年就是在义乌分水塘村的一间小小柴房里完成了《共产党宣言》的翻译，用真理照耀中国，对比起来自己现在的这点困难真的不足挂齿。

然而，命运捉弄人，就在胡友大创作这部长篇小说期间，他遭遇了一次又一次亲人离别的打击和痛苦：2014 年母亲患癌离世，2015 年身患尿毒症 5 年的二姐也走了，2018 年患肝炎的老丈人离开……尽管自己生活也拮据，两个小孩在上大学，处处需要用钱，但亲人患病还在世时，病床前陪伴的、掏钱治病的都是他，甚至把整年的工资都拿出来。而如今，他家里还住着 83 岁的单身叔叔，胡友大已经义无反顾悉心照顾赡养了整整 8 年，始终不离不弃，叔侄亲如父子……

和长篇小说里的颜乌一样，胡友大也是一位不折不扣的大孝子。“还是要做好自己力所能及的，照顾好亲人。我们心中要永远有一个孝字。”

如今这部历时5年完成的《孝德感乌》不仅获评义乌市文化精品，还被改编成义乌首部孝义电影《颜乌》，即将投入拍摄。而胡友大的信仰传承之路并未停歇，目前他正在精心创作一部义乌红色题材的长篇小说《红色特工楼震旦》，依旧每天4点起床奋笔直书，已写10万余字，计划2022年正式出版。

"其实在我写作的过程当中都有我大伯还有革命先驱陈望道的信仰指引，他们在战争年代历经艰难万险，依然为了理想奋勇向前，永不停步。"

胡友大说，无论是写给大伯的家书、回忆录，还是写长篇小说，都希望能用自己的文字将信仰的力量传承下去。

"不管这个社会怎么变，我们对自己心中的信仰永远不变！"

【专家点评】

真正的英雄，不在于是否青史留名；真正的信仰，不计较个人的荣辱得失。胡绍星隐姓埋名，毫不在乎自己的光荣故事是否为人所知，是因为坚定的信仰使其将个人得失置之度外。作为侄儿的胡友大在事业上百折不挠、在生活中恪守孝道，也是因为心中有着不变的信仰。可以说，胡友大在和平年代以另外的方式赓续传承着胡绍星等革命前辈在抗战年代的崇高信仰。

浙江大学公共管理学院　刘志军

邱利民：改变孩子一生的《院长家书》

记者：李轶男

编辑：华冰

【人物名片】

邱利民，1969年生，浙江大学求是学院院长兼党委副书记，曾任竺可桢学院常务副院长、党委书记，能源工程学系副主任、能源与动力国家级实验教学示范中心主任等。邱利民长期专注于人才培养工作，曾获“宝钢优秀教师特等奖”“有突出贡献中青年专家”“省级优秀教师暨浙江省高校优秀教师称号”“浙江省三育人先进个人”“浙江省高校系统优秀共产党员”和浙江大学三育人标兵等荣誉。领导的创新研究团队“低温之舟”荣获浙江大学研究生“五好导学团队”称号。2020年9月，荣获第四届浙江省“最美教师”。

各位新生家长朋友，大家好！

我是浙江大学求是学院院长邱利民。首先感谢各位新生家长，信任浙大、送孩子来浙大读书。我相信，你们帮助孩子做出了人生中最重要，也是最正确的选择。

邱利民

新时代浙江大学人才培养目标是，培养德智体美劳全面发展的具有全球竞争力的高素质创新人才和领导者，而这一目标的实现正是从大学一年级开始。大学第一年在整个大学生涯中至关重要，学生们将面临从孩子到成人、从学习到实践、从掌握知识到形成智慧的巨大转变；当然，也必定会遇到各式各样的问题和成长的烦恼。

过去，我们遇到不少家长，把孩子送进大学，特别是送进一所好大学，就以为自己任务完成，进入空巢，彻底解放了。其实，远远不是。作为新生家长，我们既不能撒手不管，也不能包办代替。我们要鼓励孩子们主动担当，学会沟通，学会管理时间、管理健康、管理财富，更为重要的，是要学会积极而正确地思考，乐观而坚定地行动。

跟大家一样，我也是大学生家长。世上最不易的事情，也许就是做父母。因为我们以爱的名义，担负了无限的责任。也正是因为这份爱，才有了我们跌宕起伏的喜怒哀乐，更成就了我们丰盛的人生。我们希望通过国内首创的“大学新生家长 MOOC”，帮助大家了解大学的主要历程，孩子们可能遇到的生活、学习、心理等各方面的问题，通过家校合作，共同把学生教育好、培养好。因此，从这个意义上来说，孩子上大学，我们做家长的，也一起上大学，一起不断进步。

孩子是家庭的未来，更是国家和社会的未来。做父母是一生的事业，不可须臾松懈，我们一起努力！

从 2013 年到 2017 年，邱利民教授担任浙江大学竺可桢学院常务副院长。众所周知，竺可桢学院是浙江大学最顶尖的一个学院。当时，学院四五百名的大一新生，邱利民教授总是想方设法地去认识、熟悉他们，但无论怎样，最多也只能认出七八十位。当时，他就开始思考，有没有什么好办法能够跟学生更广泛地结识、沟通。

2017 年，邱利民教授被浙江大学派往求是学院工作。求是学院，是培养浙江大学低年级学生，特别是一年级学生的学院。在浙江大学，每一届学生

6500 名左右，而其中 5000 多名都在求是学院，全部是大一新生，再加上求是学院是以浙江大学校训“求是创新”而命名，更加体现了这个学院的教育使命。由此而想，邱利民教授的任务更加艰巨了。

浙江大学 90% 以上的学生，都要在求是学院度过意义深远的大一时光，14 年间，大概有 7 万多名院友从求是学院走向更加辉煌的人生巅峰。

那么问题来了，邱利民教授身为求是学院院长，一下子要面对 120 个专业的 5000 多名的大一新生，学院该如何跟这些学生交流沟通？邱利民院长结合多年的学习、教育、管理经验，运用当时兴起的互联网思维，索性在浙江大学求是学院创立了微信公众号，建了一个《院长家书》专栏，与学生拉开了话匣子。

邱院长回忆，因为那个时候学生特别喜欢上网聊天，于是，《院长家书》作为学院与学生、学院与家长、学院与社会沟通的时空隧道，在全国掀起了互联网创新教育的新思潮。邱院长用三四年的业余时间，凝结了三十多封高质量的《院长家书》，内容涉及财富教育、时间管理、学业提升、有效阅读、阳光运动等，内容翔实，形式多样。这背后，凝聚了邱院长相当多的心血，草稿写完不满意，继续修整，还不满意，再次打磨，各式各样的草稿占据邱院长手机的半壁江山。邱院长开玩笑说，自己像一个絮絮叨叨的老爸爸，但求是学院的大一新生们却说邱院长是一个非常接地气的老爸爸、大哥哥。学生们说的没错，邱院长乐观向上的精神风貌像极了邻家大男孩，但邱院长却说这要归功于长期与大一新生们在一起学习生活的快乐时光，是学生们带给了他如此乐观阳光的正能量。

邱院长强调，高中毕业生们拿到浙江大学录取通知书就一瞬间变成一个大学生了？不，这其中还需要一个转化过程，叫转型教育。四年时间，表面上看起来都是一样的线性学习生活，可你仔细研究剖析后发现，实际上是不一样的。实践证明，大学一年级的思想生活教育与引导十分重要。在这一年时间里，帮助他们认识到大学对新生都有哪些挑战，带他们探索大学到底是什么样的，分析在大学里会遇到哪些困难，等等。邱院长的 MOOC 慕课里有这样一句话“你来到浙大是万里挑一，但进入浙大后却只是万分之一”。面对如此现实的话题，大一新生和家长，如何与老师一起共同探索未来，《院长家书》中的解答详细得不能再详细，精彩得不能再精彩！读懂、读透院长家书，将令每一位大一新生在后面四年的学习生活中事半功倍，展翅高飞。

邱院长善于未雨绸缪，热情地张开臂膀迎接来自五湖四海的大一新生。他眼里的大一新生，必须要有充足的、自觉的学习状态和进取心。在每个节点遇到一些问题的时候，导师可以带领学生进行突破，学生也要再进一步自我提升。这其实是让学生产生一种自觉。那么自觉又是什么呢？

其实，论述自觉就像给学生们讲述时间管理。第一个关键在于“时间是你自己最重要的财富”，而大学是转型期最重要的阶段。做好时间管理，完美转型，将来才能谈家庭、谈社会、谈国家。如果你这个观点没有建立起来，就很难形成社会的影响力。

有个广告语是“我负责阳光雨露，你负责茁壮成长”，这个在求是学院同样受用：求是学院负责阳光雨露，同时除病虫害，学生来完善成长。

不光是《院长家书》，邱院长还带领团队，汇聚浙大全校的力量研创了新生养成教育 MOOC 慕课。从 2016 年至今，先后有四万多名浙大学生上过这门课，已经成为全国影响最大的新生教育慕课，兄弟高校纷纷仿效。不管是《院长家书》还是集聚全校力量打造的新生养成教育慕课、新生家长慕课、辅导员慕课，邱院长多次强调成功的关键：离不开浙江大学这座巨大的平台和靠山。

每个学生在收到浙大录取通知书的时候，同时附有一个通知，提醒新生在家学习观看一共 36 个小节的内容，每一小节大概十几分钟，同时还有阅读材料。此外，还有相关考试以及在线辅导。数据显示，新生参与 MOOC 慕课成绩优秀的，学生在大学的学业会更顺利，成绩更好，递交入党申请书的比例会更高，成为入党积极分子的比例也更高。

邱院长对工作和生活都充满了激情，他说竺可桢先生是他的人生榜样，他还需更加努力。访谈快结束时，一次经历分享再次见证了邱院长斗志昂扬的乐尚人生。1990 年，在浙大读大二的他组织一行 11 人骑着自行车，穿越浙江、江西、湖南、广西、贵州五个省，用脚步丈量浙大西迁之路，重温前辈们立德树人的宝贵初心。愿邱院长如此绵延的教育忠心永远火热，愿《院长家书》影响一代又一代莘莘学子！

【专家点评】

为了能够和每年考入浙江大学求是学院的差不多120个专业的5000多名大一学的学生及家长进行尽可能广泛而又亲切的沟通与交流，2017年起出任该院院长的邱利民教授创新了一个特殊的途径，即“院长家书”。从后来许多学生都喜欢说邱院长是非常接地气的“老爸爸”和“大哥哥”不难看出，其效果是非常明显的。我们现在读到的这一封，乃是邱院长用三、四年的业余时间写成的30多封高质量的家书中的一封，收信人是刚入学的新生和他们的家长。全信不长，总共600多字，但内容丰富，充分体现了邱院长的教育理念。为此，他特别强调“大学第一年是整个大学生涯中至关重要的”，其原因是“新时代浙江大学人才培养目标是，培养德智体美劳全面发展的具有全球竞争力的高素质创新人才和领导者，而这一目标的真正实现正是从大学一年级开始的”。他还特别指出，家长绝不可在“把孩子送进大学之后”“就认为自己任务完成”，事实上，家长“既不能撒手不管，也不能包办代替”。总之，在孩子成长的道路上，家长理应发挥其不可替代的作用。同时，他还以“自己也是大学生家长”的这个身份勉励家长和学生们“一起上学，一起不断进步”。这样的家书，有哪一个学生或家长读了之后会不感到亲切，并且入脑入心最终转化为自觉的行动呢！基于此，邱院长于2020年荣获第四届浙江省“最美教师”的称号，的确是名至实归。

中共浙江省委党校　曹文彪

朱志菊：十年写给学生20多万字“家书”

记者：刘浩

编辑：潘康康

【人物名片】

朱志菊，1970年生，中共党员，浙江省衢州市新世纪学校教师，浙江省优秀导读员，衢州市柯城区模范班主任。2012年9月起，朱志菊采用“每周一信”的方式跟学生、家长交流，一直持续至今，累计300余封。

朱志菊

敬爱的家长朋友：

你们好！紧张忙碌的一周匆匆过去，我们又迎来了快乐的周末。

本周，我引导孩子们对自己一个学期取得的进步进行了总结回顾，大部分孩子都能客观地评价自己，看到自己的优缺点，评价较到位。家长评价、同桌评价、小组评价，从多种角度评价一个人，才能更加全面、到位。通过多年锻炼，孩子们进步很快，已经学会用欣赏的眼光去看周围的同学，这就是进步。

随着复习的深入，大部分孩子能跟上老师的进度，对自己已学的知识查漏补缺，进步较快。语文基础知识掌握得扎实，答题准确率较高的有周雨驰、谌开、俞博锋、徐悠、宣好俊、毛恺睿、王旻蕊、吕思进、郑子璇、毛炫轲、孙睿、刘嵇元、方晨睿、兰宁琦、朱思宇、黄旭彤，赞一个！进步特别快的有邱昱寒、祝婧怡、童政、叶子翔、杨紫悦、李文奇、张艺馨、郑昊鹏、吕奇翎。但也还有部分同学基础知识掌握得不扎实，漏点较多的有 47、15、27、28、42、14、13、33、39、36、40、5、34、6、16、20，希望家长能配合老师，坚持每天给孩子听写一个单元的词语，默写本单元的"日积月累"，读背课后要求背诵的重点段落，争取跟上班级大部队。

科学按单元复习后，大部分同学通过知识的梳理，进步较快，周四做了一张综合练习，90 分以上的有：谌开、邱昱寒、吴文超、余周晔、毛恺睿、叶子、王梓棅、吕思进、饶瑜洁、毛炫轲、孙睿、刘嵇元、叶子翔、刘昊昕、方晨睿、龚叶翔、吴安贝、李文奇、兰宁琦、姚俊一、黄旭彤、吕奇翎，赞一个！科学暂时落后的有 9、27、34，四单元基础检测较差的有 5、13、14、16、18、33、34、40、47、48，希望家长能督促孩子每天能按照老师的要求认真复习科学，保质保量完成各项家庭作业。

今日建议：

1. 复习语文一、二单元，学号 47、15、27、28、42、14、13、33、39、36、40、5、34、6、16、20 两个单元的词语听写 1 次，园地一、园地二的日积月累默写 1 次；其他同学两个单元选 50 个词语听写 1 次，两个日积月累默写 1 次。读背 1、3、5、6、7 课的重点段。完成练习卷 1 张。

2. 复习工作再忙也要让孩子养成每天读课外书的好习惯，认真阅读《希利尔讲世界历史》50~101 页，每个故事看完可以设计一至两个题目，可以是填空题、选择题、判断题，也可以是简答题。读背古诗《观书有感》，并抄、默 1 次。

3. 一个学期即将结束，本学期学校开展了哪些有趣的活动，你曾经做过哪些有趣的事，选你印象最深的一两个活动或一、两件事和温州瑞安的笔友交流交流，注意书信的格式正确，语句写通顺、写具体。

4. 科学读背三、四单元的知识要点，读背《科学课堂作业》。

5. 数学完成练习卷1张，请孩子对照微信群上的答案批改、订正。

6. 英语坚持每天听读15分钟，熟背英语书页的对话，五下3单元的英语单词、句子听写1次，完成《英语每课必练》24、25页。

祝您全家周末快乐！

您的老朋友：朱志菊

2017年6月16日

这是2017年6月16日，朱志菊写给学生家长的一封信。2012年9月，朱志菊受到一本书的启发，发现书信是个跟家长沟通的绝佳方式。自此开始，坚持每周给家长写一封信，将一周以来孩子们的学习情况、老师的授课情况以及存在的问题反馈给学生和家长。

朱志菊："这种形式也不是我的首创，但是这种方式能够拉进老师跟家长之间的距离，因为以前电话、短信也都不是很方便，这种方式能让家长知道孩子在学什么，怎么学的，接受情况怎么样，我们怎么教的，这个过程中，家长不仅了解到孩子的情况，其实自己也在学习，也知道该如何教育孩子。"

学生家长珍藏着朱志菊老师写给他的"每周一信"

这种通过信件交流的形式也得到了家长们的肯定与称赞，甚至有学生家长还特地将一封封信件悉心保存下来，朱志菊："有位学生家长，是孩子的爷爷，年纪很大了，但几乎把每封信都完整保留了下来，并且还时不时回头翻看之前的信，他通过对比就能看出来，在某个时间段孩子的学习状况的变化，所以也知道接下来该如何调整方式方法。”

这种“每周一信”的特殊交流方式，朱志菊已经坚持整整10年时间，前后累计300多封信件，超20万字。

朱志菊：“有人问，十年间，每周都写一封信，是怎么坚持下来的，其实我是在遵守自己的承诺，为人师表就要言而有信，当时我跟所有家长和学生立下了这样的约定，作为老师，当然要做好榜样，要信守承诺。”

朱志菊的“家书”从几百字到几千字，每篇或长或短，但字里行间无不流露出她对学生的爱，也让每个学生从中认识更好的自己。

课堂上的朱志菊

对于常人来说，教师职业可能是个重复性的工作，毫无新鲜感与挑战力，但朱志菊却不这么认为：“每年都有新的面孔，孩子们在变，即便还是同一届学生，他们也在成长，他们的心智、心理、能力都在发生着变化，所以老师绝对不是个重复性的工作，反而是个极具挑战性的工作，在工作中，也会遇到各种新情况，我也是第一次，所以我也在成长。”

就这样，朱志菊通过一封封家书跟自己的学生们交流学习、生活，也让不少腼腆内向的学生逐渐敞开心扉变得更加阳光自信：“小蕊（化名）是个特别优秀的孩子，做事认真、用心、仔细，但是有时候又缺乏自信；小超（化名）特别喜欢历史学科，他认真读书的样子着实吸引人，就那样静静地在书海里畅游；小贝（化名）的数学成绩不错，但语文、英语还需要加强，老师相信你可以……”

小蕊妈妈说：“谢谢朱老师，那数百封‘每周一信’，让小蕊性格变得越来越开朗自信。”

一封封书信的交流，见证了学生的改变与成长，也见证了师生情越来越深。

在朱志菊的信中，更多提及的是爱与温暖，但也指出问题和不足。

朱志菊："首先还是得好好表扬一下我的宝贝们，当然，信中也会指出某些学生不尽如人意的地方，孩子也都有自尊心，表扬我都是直接点名，但是批评指正一是会委婉一点，二是不直接点名，二是写学号，这样既保护了孩子的自尊心，也能让孩子直面问题。"

新世纪学校校长陈小红说："朱老师以一封信打开孩子心扉、增进家校沟通，这种做法值得其他老师学习借鉴。孩子们一直珍藏朱老师的信，常读常新、常思常忆。"

十年树木，百年树人。朱志菊的教育理念是超前的，在她看来，成绩只是一个结果，而体验整个过程，养成阅读、自律等良好的习惯，才能更好地丰富精神世界和塑造自我。

朱志菊："榜样很重要，环境很重要，当时我坚持每天写博客，很多学生也受影响开始分享自己的生活、思考、喜怒哀乐，我们班的课外书都是流动的，我也在有意识地培养大家的阅读习惯，因为读书才能获取新知，才能有所长进。不论以后从事什么工作，起码人是善良的、好学的。"

从教20多年的朱志菊，自己也从不间断学习。每天早上的2小时阅读雷打不动，阅读面非常广。适合学生阅读的中外经典名著、史书、百科全书……她都细细读过；各类名家课堂教学流派，更是潜心研读。只要有外出培训、听课的机会，不管是寒暑假、双休日，她从不放弃。有时甚至是自费外出培训学习。就这样20多年一直潜心研究语文课堂教学，尤其是课外阅读指导与习作教学，逐渐形成了自己独特的教学风格。而且还获得了"浙江省优秀导读员"的称号。

朱志菊不仅抓自己所教的语文，其他学科也照样抓，毫不松懈，她常常利用休息时间为学困生辅导数学、英语。日复一日，年复一年。学校的同事不管年纪长幼都亲切地称她为"朱姐姐"。做朱老师的学生是幸福的。做朱老师的同事是幸运的。一声声"朱姐姐"也包含着同行的肯定和同事的信任与感激。

朱志菊说，在教书育人的这条道路上，她将继续饱含热情与斗志地走下去，因为每一天都是新的开始，每一天都有新的挑战，虽然压力大，但好在她热爱，热爱这群稚嫩的面孔、热爱这些纯真的笑容、热爱这群敬业可爱的同事，热爱这项利在当代、功在千秋的教育事业。

【专家点评】

“学为人师，行为世范”，朱志菊，一个普通的小学教师，虽不能说是“吐辞为经、举足为法”，但她的一言一行都给学生以极大影响，所以她才坚守“承诺”，这一封封特殊的“家书”，一写就是十年。工作中，她坚持学习，坚持用自己的言行影响学生、家长，注重孩子习惯的养成和兴趣的培养，开拓创新，真正把为学、为事、为人统一起来，是学生成长路上的引路人，真正做到了以身作则、立德树人。

浙江广播电视集团　来钧

罗国海：关键时刻，党员上

记者：祝佳佳

编辑：华冰

【人物名片】

罗国海，1974年11月出生，现任浙江省绍兴市越城区鉴湖街道坡塘村党委书记、村委会主任。2016年，罗国海挑起建设美丽村庄的重担，团结带领村两委班子凝心聚力、真抓实干，短短5年时间，让绍兴鉴湖街道坡塘村实现从“后进村”到“3A示范村”再到“市级首批乡村振兴先行村”的三级跳。2020年11月，荣获“浙江省抗击新冠肺炎疫情先进个人”称号。2021年10月，被授予为浙江省“担当作为好支书”。

罗国海

金子定烈士：

您好！

今天的中国，繁荣昌盛，如你所愿。今天的中国正是由你们这些革命先辈们的抛头颅、洒热血，换来现在生活的安宁与平静。为了守护这片生养我们的华夏之地，你们不惜献出自己的生命来换取革命的胜利，向你们致敬！

同为坡塘人，我感到无比的自豪，身为坡塘村的党委书记，在这个和平的年代，我也在为你我深爱的村庄，贡献着自己的力量。坡塘村从之前越城区十个后进村之一，通过近几年小城镇改造，以及五星3A的创建，村庄面貌焕然一新，村里的矛盾少了，村民的幸福感上去了，在今年更是入选了13个绍兴市乡村振兴先行村的培育名单。在这个过程中，我也碰到了许多困难与挫折。可每每想到你，总能让我重振士气，以百折不挠的精神毅力继续投身乡村振兴的工作当中，以及带领坡塘村村民一同迈向共同富裕之路。

现在的坡塘山水如画，百姓安居乐业。节假日，游客填满了整个村庄，村民在家门口创业赚取收入，游客也纷纷称赞这个洁净美丽的乡村，上级领导对我们创建工作也是予以高度的肯定。

您放心，如今的坡塘已经成了越城区乡村振兴的一个缩影了。你看看这美丽繁华的乡村，这个盛世，如你所愿。

此致

敬礼！

罗国海

2021年4月10日

2021年12月7日，突然暴发的新冠肺炎疫情打得绍兴一个措手不及。正准备在年底冲刺的绍兴，被按下了暂停键，上虞区进入了封闭状态，越城区也是高度警惕：学校停课，各个社区村落间都安排上了防疫栏杆。罗国海，绍兴越城区鉴湖街道坡塘村书记，在第一时间做出了村级防疫措施：游览区域暂时关闭，观光车暂停接驳，各类餐馆暂停营业。热闹的坡塘村进入了安静模式。

村子安静了，作为村书记的罗国海，却一刻也没闲着：街道发布的各项防疫信息，他第一时间通知到各位村民；村防疫站检测设备落后，他联络乡贤捐赠3台智能测温仪满足防疫需求，另筹得30个取暖器保证志愿者供暖问题；村里响应全民核酸，很多老人没有智能手机，操作不方便，检测速度比较缓慢，他又引进了“喵喵机”，提前录入老人身份信息，生成二维码打印，大大提高了检测效率。面对种种困难和考验，罗国海从不后退："关键时刻，党员上。"

罗国海（左一）跟兄弟村取经

罗国海原本是鉴湖街道一个机械小厂的老板，经营着自家小本生意。2016 年 9 月，鉴湖街道党委找到了他，让他担任坡塘村书记，一个月工资 2500 元。"工资倒是无所谓，反正先干个一两年，不行就换呗。"抱着试试看的心态，罗国海接过了这个"烫手山芋"。

为何"烫"？当时的坡塘村是鉴湖街道的后进村，由应家潭、坡塘、盛塘、云松四个自然村组成，村集体经济发展薄弱、历史欠账多，村里的面貌十几年如一日，还常居绍兴"上访村"名单的榜首。这样的境况让罗国海心里很不是滋味。

新官上任的第一把火，罗国海放在了坡塘老街。坡塘村的村民，多以经商为生。村民们沿着坡塘老街建屋造房，为了多占一分地，营业用房越建越靠前，老街上可供通行的道路只剩下一车宽，对小城镇建设造成了不和谐的影响。于是，雷厉风行的罗书记叫来了两辆挖掘机，从村干部的两间违章建筑开始拆除。

60 天后，坡塘老街被拆得面目全非，村民们也是憋了一肚子的气。他们的不快与抱怨，罗国海看在眼里记在心里，他带领着村委，把办公地点搬到了工程现场，从早上 6 点一直到晚上 8 点。在他的监工下，坡塘村在 2016 年年底换上了新面貌：拆除违建、私搭棚户等 4500 平方米，完成立面改造升级，找回村子的古韵灵气。

2018 年年底，绍兴市越城区首个廉政文化主题公园落地坡塘，新建的 95 亩农村公园"莲园"成了村民的观景休闲场所，坡塘老街窄小的土路换成了宽阔的柏油路，两侧的商铺虽然面积减小了，商贩们的笑意却更浓了，村庄实现了从"破旧坡塘"到"清新坡塘"的华丽转身。2020 年，坡塘村还成功

2015 年的坡塘村

2021 年的坡塘村

创建成为“3A 示范村”。

村容改变了，罗国海还想为村民干点实事。他的第二把火放到了村委、村干部上。他腾空所有村干部的办公室，带头要求所有村干部集中到服务大厅“阳光办公”，真正实现百姓办事“最多跑一处”。将原有办公室改建为新时代文明实践站、清心联合调解室、退役军人服务站等服务站点。他还提议开通了绍兴市首条 24 小时“村民服务热线”，由村两委干部轮流值守，即接即办，克服办公时间、空间限制，弥补了 8 小时外的为民服务盲点。截至目前，“村民服务热线”已有效处理村内大小事务 1000 多起，坡塘村“上访村”的帽子顺利摘除。

村里的大小事务，基本都步入了正轨。于是，罗国海开始了他的第三把火：改造云松。云松的位置跟坡塘不一样，紧挨着山，有着发展生态旅游的自然优势。罗国海说：“云松是一个很安静的村子，我也不想为了赚钱把它搞得很喧哗。”

因此，经过慎重思考，罗国海确定了云松村的两大经营生态：书房和茶室。通过激活村里闲置的农房和劳动力，鼓励村民创业增收。云松村先从基础设施做起，将村里 170 多户房屋的外立面全部刷新改造，对危房进行修缮维护，村道拓宽，河道治理，垃圾分类回收，山村的生态环境有了极大的改善。环境好了，人也回来了，在外工作的村民们看到家乡的变化，也看到了创业的机会，纷纷回来办餐馆、开茶室。

除此之外，云松村修缮了千年古道云松岭步道，成功举办了“绿野仙踪”徒步大会，将来还计划作为山地马拉松赛事专业跑道；与网红画家位光明、莲花落大师胡兆海达成合作，在村里成立相关工作室；将村里的闲置农房建设为茶文化体验馆、乡村书屋、露营基地；将村里的公用土地开辟为“稻梦空间”，集生产加工、互动体验为一体，并计划面向绍兴市民公开招募“微农场主”，用无公害的蔬菜种植、龙虾垂钓等场景体验，为都市人筑起“田园梦”。

目前，罗国海还计划将村口的老房子改造成特色咖啡馆，请大学生来运营，当作创业基地……对于坡塘村而言，蓝图才刚刚展开。罗国海说：“乡村振兴是急不得的，我现在更希望看到的是，有更多的年轻人能加入到我们，让我们的坡塘能更有活力。”

【专家点评】

和平常我们所习见的家书很不相同，这封家书是绍兴市越城区鉴湖街道坡塘村党委书记、村委会主任罗国海写给同村的革命烈士金子定的，是对烈士当年寄给家里的一封信所写的回信。因此，我们在这封回信中所读到的便不是寻常家书那种家庭成员之间的亲情交流，而是向作为收信人的烈士所作的烈士为之奋斗和追求的理想的实现情况的汇报，这应该是烈士最想知道的。因此，回信一开头就说：“今天的中国，繁荣昌盛，为你所愿。”至于坡塘村，则已“从之前的越城区十个后进村，通过近几年小城镇改造，以及5星3A的创建，村庄面貌焕然一新，村里的矛盾少了，村民的幸福感上去了，更是入选了13个绍兴市乡村振兴先行村的培育名单”。“现在的坡塘村山水如画，百姓安居乐业。节假日，游客填满了整个村庄，村民在家门口创业赚取收入，游客们也纷纷称赞这个洁净美丽的乡村”。对于烈士来说，还有什么比讲述他的家乡的这些变化的文字更能让他打心底里感到高兴和欣慰呢！就这个意义而言，这封回信应该说乃是一封不是家书却胜似家书的家书。

中共浙江省委党校　曹文彪

杨美怡：警察妈妈，知心姐姐

记者：李轶男
编辑：潘康康

【人物名片】

杨美怡，1980年1月出生，中共党员，大学文化，一级警长，警龄20多年。现为湖州市公安局吴兴区分局龙泉派出所高校社区民警。先后荣立个人二等功、三等功一次，被授予浙江省优秀人民警察、最美浙警、湖州市优秀共产党员、湖州市最美公务员、湖州市三八红旗手等荣誉称号。

亲爱的儿子：

我这封成人礼家书似乎有点早了，因为现在才3月，你的成人礼可是在7月，但是我还是要早早地做准备了，因为会有太多突然让我没空准备，我希望我的早，让我不再遗憾！这几天，我在给你选照片，发现时间过得真快，从你呱呱坠地以来已经14个年头了，你再也不是那个肯让我叫你卷毛的小娃娃了，因为你已经成为一个

杨美怡

和我一样高的男子汉了！

本该先回忆一下你的童年吧，但我不敢，因为我这个警察妈妈亏欠了你太多……2005年，你出生三个月，那时正值二代居民身份证集中换发的高峰期，我回单位上了班，只能把奶粉当做你的口粮；2006年（湖州）织里三合一企业整治，家里忙，单位也忙，我到处找托班，园长体谅我的难处，终于在2007年年初接纳了21个月大的你，那时的你穿着纸尿裤高兴地进了幼儿园；2011年一天半夜，有女吸毒人员要处理，我将你一个人留在家里，你很勇敢，学会了自己洗漱关灯入睡；2017年，你在派出所的大院里用共享单车学会了骑自行车，而你会骑的时候，我正在给报案人做笔录……现在，我成为高校的社区民警，更多的晚上不能陪你，因为我要去上安全防范课，我要接电话回答大学生的提问，周末更是有许多考试保卫活动，但我保证，我尽量调整时间，在关键时刻不掉链子！

你常说，长大了，不要当警察，因为警察太忙了！但每份工作都要有人去做，每份工作都有付出！过了成人礼，你就是大人了，妈妈对你的期望也很简单，希望你成为一个懂得感恩的人，希望你成为一个懂得学习的人。因为你懂得感恩，你就会发现身边的美好，你的世界才会充满幸福的感觉，而不会让抱怨充斥着你的生活。如果满眼的美好，你的生活一定会幸福美满。另外，就是要成为一个会学习的人，“活到老、学到老”！把你的人生比作造房子，你现在学的基础知识，就是房子的基石，基石越牢固，房子就能建得越高。之后，你可能会遇到一些新材料、新设计，那时你就要学怎么用这些新的材料，怎么建出更好的房子，这就是你学习能力的衍生。

亲爱的儿子，妈妈不规划你的人生，但我希望你能朝这两个方向去努力，前面不管荆棘丛生，还是春暖花开，我希望你都能独立面对，走出自己的光芒万丈。最后希望你理解妈妈的工作，支持所有警察人的工作！

你的警察妈妈：杨美怡

杨美怡和儿子

在浙江湖州，为虚岁十五六的孩子办成人礼是当地的传统习俗。举办成人礼后，家长将以成人的相处方式与子女沟通，在成人礼上为子女寄语。杨美怡作为一名基层的社区民警，平日里的工作繁琐细碎，她的生活空间几乎被安全课程和突发事件占用。杨美怡深感自己亏欠儿子太多，好在儿子一直很懂事也很独立，是个开朗乐观的大暖男。

这封家书本来打算在儿子的成人礼上再给他，但杨美怡担心自己忙起来忘记写，索性就提前写好了。杨美怡希望儿子看到这封来自警察妈妈的家书后，能够获得来自儿子的理解，能够赢得儿子继续支持警察这份职业的包容。

从警以来，杨美怡牢记全心全意为人民服务宗旨，爱岗敬业、兢兢业业。她的一言一行潜移默化地感染着儿子，同时也毫不吝啬地将自己的大爱播洒在了她所执警的区块。

杨美怡执警的辖区囊括了三所大学、两所中学和一所小学，共有师生 3.5 万余人，辖区 90% 以上的成员都是青少年，人口密度极高，人多、事多，而且很多事情涉及在校学生，比较敏感。在接手高校警务站的七年时间里，她所在的警务站作为警务工作的前沿阵地，肩负着承接报警求助、户口咨询、流口登记、出入境管理、纠纷调解、安全防范教育培训等各项公安业务。这个重担在杨美怡肩上一扛就是七年多。在这七年的时间里，杨美怡“肯动脑筋”“肯想方法”“肯花时间”，努力当好青少年法制理念的领路人，常在矛盾纠纷调解方面使用其独创的“换位思考法”，使大学生自行化解矛盾。在她的指引下，辖区学生处理矛盾纠纷更理性、更懂得换位思考。杨美怡为了更好地为高校师生服务，根据年轻人的交流习惯，公布了自己的个人微信和QQ，为在校师生提供全天候的咨询和帮助，守护着校区的安全。

杨美怡工作中

杨美怡不仅是一名优秀的社区民警，更是一名优秀的防诈讲师，在高校防诈教育中有着丰富的经验。她经常利用休息时间通过讲座、法制课堂、摆放展板等形式为在校师生普及安全防范知识，目前已形成“防诈题库”“杨警官有约”“平安夜话平安”“新生安全讲座”等多个耳熟能详的平安宣传品牌。2020年新冠肺炎疫情期间，她还专门去学习微课程的制作方法，根据实际发案制作了“闲鱼交易也有陷阱”“游戏账号交易的套路”“快递丢失赔款的骗局”等“杨警官有约”系列微课程，给青少年送去及时的防范提醒。在她努力下，辖区校园电信网络诈骗案件发案逐年下降。

从2001年参加公安工作至今，杨美怡越来越喜欢基层派出所这个大舞台，特别是2014年担任高校社区民警以来，一直扎根于校区警务站，为辖区3.5万师生服务。在她努力下，警校协作联动机制完善。这样的好创意、好经验不仅在湖州公安干线上闯出了名堂，而且还在浙江全省当做典型创意向全国推广。

杨美怡个性非常爽朗，铿锵豪放。她只要一开口，100%的内容都与警务工作有关。采访得知，杨美怡最近在研究高校资源如何参与地方平安建设。而在杨美怡执警的辖区里，她早已成为家喻户晓的校园“安全管家”，成为学生心目中的“知心姐姐”。当然，这位率真的警察妈妈也希望能够成为儿子最贴心、最牢靠的“知心姐姐”。

【专家点评】

习近平总书记说："人民有信仰，民族有希望，国家有力量。实现中华民族伟大复兴的中国梦，物质财富要极大丰富，精神财富也要极大丰富。"浙江的7万名民警内心是有信仰的，他们把"为人民服务"的宗旨时时镌刻在心里，确保对党的绝对忠诚。

我也曾经在基层派出所工作8年，当了8年社区民警。社区民警的酸甜苦辣感同身受，他们真是上管天、下管地、中间管空气，辖区里各种琐碎的事情太多了，要处理后达到各方满意，"没有三分三，不敢上梁山"。杨美怡能干得出色精彩，可见付出了巨大的努力。

杨美怡更是名优秀的防诈讲师，在高校防诈教育中有着丰富的经验。在她努力下，校园电信网络诈骗案件发案逐年下降。在反电信诈骗这方面，浙江在2021年取得了较好成绩，浙江强力推进打防治电信网络诈骗犯罪专项工作，发起跨省全国性集群战役33个，破获电信网络诈骗案数和抓获犯罪嫌疑人大幅度上升，停付冻结数十亿元，这是浙江省全体民警不懈奋斗的结果。

在为民服务永无止境的路上，杨美怡全身心地践行"三能"（"平常时间能看得出来、关键时刻能冲得出来、危急时刻能豁得出来"）要求，贡献全部的光与热。作为一名母亲，她用自己的行动，给儿子做了榜样，那是有无穷的力量啊。

全国公安文联签约作家、浙江省公安厅　陈谊

黄永言：祖国海岸线就是我的星辰大海

记者：党君雅

编辑：华冰

【人物名片】

黄永言，1982年出生，福建三明人，2004年毕业于海军大连舰艇学院，之后在南海舰队服役15年。2015年11月，正式担任金华舰舰长，直到2019年7月13日金华舰光荣退役。他作为金华舰最后一任舰长，感慨万千："祖国的海岸线就是我的星辰大海。"

燕：

见字如面！

明天，我就要脱下戎装，正式退役了。

此时此刻，我的心里五味杂陈：既对未来充满想象，也对曾经战斗过的地方感到不舍。

退役以后还有一些零星事务需要处理，说不定还得十天半个月。一年多没回去，孩子们都还好吧，有没有长高一些，成绩有没有好一些，吃饭还会不会挑食呢？

黄永言

我知道咱家老大兴趣爱好很广泛，记忆力超强，将来有机会可以重点培养；老二调皮好动，跟猴子似的，到时候不如练武术去，你觉得呢？……

一路走来，亏欠了你们太多，但好男儿必须肩负保卫祖国的任务，这是我身上沉甸甸的责任。这些年来，我们在南沙群岛海域战备巡逻、护渔护航，六千多个日夜的军旅生涯，的确不是说放下就能放下的。

想想夜深人静、皓月当空、漫天星斗，呼啸的海风掠过耳际，仅有那红绿的舷灯，才能映射出海面上的浪花；想想那星罗棋布的小岛，看似孤零零的却遥相守望，在我们必经的航路上，几乎每天都能够相见；想想这个百多人的大家庭，虽然讲话带着不同的口音，虽然年纪有大有小，一旦早出、数月方归、乐在其中、无怨无悔……而现在，都要与他们彻底告别了。

这半年多来，未来究竟是留在部队任职还是转业回家，我已经辗转反侧思索很久很久。

直到最近，金华舰回归金华市铁板钉钉，我的决心才真正坚定下来。

虽然继续任职可能有更好的前景，虽然离开熟悉的环境是个不小的挑战，但我下决心重启征程，在更加广阔的天地发挥余热、施展本领。你知道，我是个敢闯敢干、热爱新事物的人，那就发挥长处，出去闯一闯。把这次抉择当作一个新的开始，一个再次放飞梦想的契机！

如今有了选择的机会，我有责任、有义务在选择新事业时，兼顾家庭、照顾父母孩子和你。虽然选择自主择业意味着选择艰难和未知，选择了从零开始，但离家近了，时间上也充裕许多，我们一家人终于可以过日日夜夜相守平凡的小日子。

或许，回归家庭以后，没有想象中的那么顺风顺水，你和孩子也要跟着我重新开始崭新的生活，我会尽我所能，照顾好你和孩子，给你们更多的陪伴。

此时，我的心中的确充满着忐忑，但同时也澎湃着激情。

希望你能够理解、体谅、支持我的这个决定。

谨以为念！

永言

2019 年 4 月 9 日

南海上空星辰闪烁，黄永言在金华舰的船舱里辗转难眠，他回忆自己 15 年的军旅生涯，一幕幕往事浮现眼前。到底是留任部队还是回到妻儿身边开启新的事业，他思忖良久，是时候下定决心了。黄永言起身走到书桌前，提笔给妻子写下了这封信。

2000 年，黄永言以超北大录取线的分数考入了海军大连舰艇学院学习舰艇指挥专业，这里被誉为“海军军官摇篮”和“中国海军的黄埔军校”。4 年的刻苦学习，黄永言以优异的成绩进入南海舰队，成为了一名守卫南海的战士。

从稚嫩到成熟，从理论到实战，11 年的舰艇生涯磨练了黄永言的意志，锻炼了他的军事能力。2015 年 11 月，33 岁的黄永言正式调任金华舰舰长。在这里他全权负责舰艇上的军事工作，包括战备训练、武器装备、日常管理，对整艘舰艇的安全和战斗力负总责。

1982 年开工建造，1983 年 5 月 27 日下水的金华舰已经是一艘“有年纪”的舰艇了。在这艘长 103.2 米，宽 10.8 米的舰艇上，黄永言和数百名官兵一起操练、巡逻，甚至荷枪实弹地维护我国领海的安全。每年有 200 天左右的

金华舰在南海巡航

时间他们都会在海域巡逻。

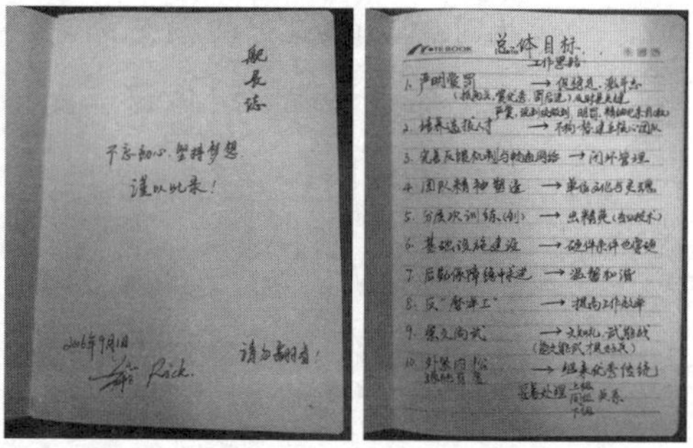
黄永言的舰长工作日志

海洋如此波澜壮阔、物种丰富，训练中不时会有危险发生。在一次深海领域的训练中，两艘小艇已经出发，没想到竟然吸引来一头巨型鲸鲨，鲸鲨不断撞击小艇，黄永言一边用手势指挥着两艘舰艇改变航线，一边指挥母舰射击炮弹声东击西，吸引鲸鲨的注意力，引导鲸鲨离开。在全队的配合下，最终16名战士顺利完成了海上作战训练，安全返航。黄永言说，这不是第一次在海洋里遇到巨型鲨鱼，得益于平日的体能训练、稳定的心理素质，以及整个团队成员间背靠背的信任，才能在危急关头转危为安。

由于金华舰的储备空间有限，出海巡逻对全队最大的考验是淡水和蔬菜的供给不足。舰艇只能装载一百吨淡水，200多天的日子里，每个战士只能分到1吨水，包括饮用、烧饭和日常生活，实在是捉襟见肘。黄永言带着大家收集雨水、空调水，在保证饮用水的情况下，日常生活尽量采用海水淡化后的水源。一般出海半个月后，蔬菜的储备就几乎耗尽，为了保证战士们的体能和作战能力，黄永言带领着战士们在平静的海域采用钓鱼、捕捞等方式尽量补充一些新鲜食材。日子虽然艰苦，但没有人有任何怨言。

巡逻三沙海域，碧海蓝天，对军人而言更多的是随时的警惕和对领海维护的决心。当有异国船只靠近或者进入我国领海，金华舰首先会发出鸣笛警示，然后黄永言会通过通信对讲设备向其喊话，如果还是执意闯入我国领海，少不了荷枪实弹地开火。黄永言说，做海军，有句话叫“行船走马七分险”。自己作为军人，和战友们一起早把生死置之度外。但家人们对自己的牵挂和担忧，是他一直以来的亏欠。

由于长时间在部队，每年大部分时间处于失联状态，妻子在家默默承担起照顾老人孩子所有的事项，家里两个儿子几乎不认识这个爸爸。一年难得回家一趟，两个孩子都躲在妈妈身后，不肯叫自己一声爸爸。

也正是对家人的这份亏欠，让黄永言在金华舰确定退役后，选择了离开恋恋不舍的军旅生涯，转业回到家人身边，去承担一个丈夫和父亲应有的责任。

黄永言的全家福

2019 年 7 月 13 日，金华舰在服役 36 年后在南海舰队光荣退役。随之转业的黄永言来到海南自贸区，开启了创业人生。他开办了财富公司、实体书店、武术培训班，近期正在筹备进军人工智能产业。他说，离开部队两年多，依然想念那片星辰大海，但如今的生活是另一片天地，能够守护在家人身边也是一种幸福。两个孩子和他越来越亲近，儿子们最爱画的就是军舰，大儿子希望长大后能和爸爸一样成为一名光荣的海军，继续守护祖国的海岸线。

作为一名近 20 年党龄的老党员，黄永言一直坚信，没有共产党就没有新中国。如今，金华舰落户金华，让他感慨万千，他说要带着儿子们去看看，那是他奉献的青春岁月，更是好男儿应该戍守的远方。

【专家点评】

舰艇是展示人民军队综合实力的重要组成部分。在服役的 36 年中，“金华舰”主要担负近海海域的战备巡逻、护渔和护航等任务，总航时约 16000 小时，总航程约 25 万海里，出色完成了战备执勤等各项重要任务。如今，退役后的“金华舰”落户横店梦外滩度假区的“上海黄浦江岸”，用于爱国主义教育。黄永言作为“金华舰”最后一任舰长，在“金华舰”退役之际，他在信中与妻子商量自己未来的路。为了弥补妻儿，他决心转业，陪伴在家人身边，但他心里依旧想念着“那片星辰大海”，希望儿子将来能够穿上军装，守护祖国的海岸线。

浙江省退役军人事务厅　金登尚

郭简：一封“破圈”的信

记者：党君雅

编辑：潘康康

【人物简介】

郭简，1987年出生，黑龙江省佳木斯人，2011年毕业于哈尔滨师范大学，学习汉语言文学教育专业。2013年开始在杭州建兰中学从教语文学科至今。曾多次获得杭州市上城区银桂奖、优秀教师等荣誉。

亲爱的孩子们：

还记得1月17日的休业式，灯光绚烂，我给你们分光了办公室所有的零食。还记得你们一声声的“老师，再见”！我以为很快我们就会再见。因为寒假，向来那么短。但是，一场突如其来的“战役”打破了常规，我们都履行着自己的义务，在家，不出门，就是保护自己，保卫家园！

要感谢现代通讯的发达，让我们远隔千里，可以了解武汉一线发生的种种。1月24日，我在泰国普吉街头，骑着摩托

郭 简

跑了二十几家药店，凑了几百个口罩，我想身边总会有人需要。我一遍一遍加在泰国需要运送物资回国的导游领队的微信，希望能够尽自己的一份力量。

我不是商人，我没有办法像那位浙商在海外直接买下口罩厂，低价出售回国援助一线；我不是马云，我没有办法捐出数十亿奉献社会；我不是记者，我不能冲到第一线告诉社会那里到底发生了些什么；我甚至看到网上那些让人生气的人和事，也只能，说句我真生气。那么，我能做些什么？

我是一个老师，我的学生——你们，是中国的希望，是中国的明天。这几天有一句诗在我做饭的时候，在我拖地的时候，在我陪孩子玩的时候，在我洗脸的时候，在任何时候，都会从我的脑海里跳出来——为什么我的眼中常含泪水，因为我对这土地爱得深沉！

人都有信仰，它不是你平日里高喊的口号，它不是你挂在朋友圈的签名。它，贯穿了你一生的灵魂。而我的信仰，就是对这片土地，最深沉的爱。因为我爱脚下这片热土地，我想告诉我的孩子们，它也应该是你的信仰！

我最亲爱的孩子们！他日，你长大。请你做像钟南山爷爷那样的人！敢说真话，勇挑重担，专业一流，成为十几亿人的倚靠。

我最亲爱的孩子们！他日，你长大。如果你愿意学医，请你做像这些冲上一线的医护人员那样的勇者。用自己的身躯，扛起万重大山。总是要到这一刻，我们才明白，什么是白衣天使。他们不怕吗？他们不哭吗？责任重于泰山，选择了这个职业，就要为其奉献一切。

我最亲爱的孩子们！他日，你长大。如果你愿意走上科研道路，可不可以不仅仅发论文、评职称，可不可以为人类的发展，做更长远的预计。可不可以，因为你的毕生努力，人们不必再遭受这样的祸患。

我最亲爱的孩子们！他日，你长大。如果你愿意从政，请你做一个正直，诚实，心有大爱，心有慈悲的人！我相信，一个人的能力有大小，但是只要心中有大爱，有着一颗慈悲的心肠，他就一定会为百姓踏实办事！

我最亲爱的孩子们！他日，你长大。如果你愿意从商，一定记得。做商人必有几分侠气！凭本事赚钱，凭大义救国。浙江发出物资告急的信息时，喊话的对象是浙商。请向家乡，伸出援手。于是我们看到世界各地的浙商，用自己的能力，守护着这片热土。

我最亲爱的孩子们！他日，你若长大，你们会从事各行各业。但无论你在哪里，在做什么。请你记得，一个人的信仰不能丢。一个人对祖国和人民的大爱，不能丢！我们要做对这个社会有用的人，我们的人生才有意义！只有温暖了别人，你的世界才会更加精彩，更有意义！

我最亲爱的孩子们，我相信，终有一天，我们会更加团结战胜困难！中国是发展中国家，你们是中国的明天！我相信，你们的善良、正直、勇敢、钻研、热血的心，一定能够点亮中国的明天！我相信！加油！而此刻，作为明天的你们，请认真落实课内作业任务，扎实学习，为有一天实现自身价值，努力充电！为有一天不必遗憾地说，我能做什么，而读书！周恩来说，少年当为中华之崛起而读书！你们，当勇敢地面对社会责任，为了实现中国梦而读书！孩子们！加油！

为什么我的眼中常含泪水，因为我对这土地，爱得深沉！

你们的班主任：郭简
2020.2.2 晚

突如其来的疫情，让 2020 年的寒假与众不同，所有人都居家防疫，开学的日子也被延后。郭简是一名杭州建兰中学的语文老师，也是一名班主任。每天在家看着防疫新闻，她心里牵挂着自己班级里的 40 多个孩子，更钦佩那些为疫情奋战在一线的人们。作为一名教师，疫情之下她无法亲赴一线做些什么，但内心深处却波涛汹涌。于是，在深夜，她提笔写下了这封给学生们的信，在信中她诉说着对抗疫人员们的倾佩之情，更是鼓励学生们努力学习，励志成为一个在国家危难之时能够作出贡献的人。

郭简在学校活动现场

令她没想到的是把信发到家长群里时，已是临近晚上12点，手机开始振动：“这是孩子班主任深夜写给全班同学的信，看得我满眼湿润，感动……疫情当前，您除了叮嘱安全防护，更是教诲孩子们应如何去做一个有担当、怀大爱、有温度和对社会有贡献的人！”“这场疫情既是危，也是机。这是教育的契机，是信仰的教育，是大爱的教育，是人生观价值观的教育！”陆陆续续，一条条家长感动的留言在群内传播，很快，信件被转发到家长们的朋友圈、微信群和网络上。一封写给学生们的信，竟然“破圈”了，短短几天浏览量达到54万+，收到评论2000多条，学生回信近百封！

郭简从未想到自己的一封信，能够牵动和影响这么多人的情绪。她说，这已经不是第一次她给孩子们写信了。在建兰中学，用书信的方式和学生、家长们交流是老师们常做的事情。2019年10月，在接手这个班级的第一个学期考试后，郭简组织了第一次家长会，她深知每个家长都希望和老师能深入地交流，但时间有限，如何才能顾及每一个孩子的情况？她想到了写信，考试结束距离家长会的一周时间里，她除了白天工作，晚上更要伏案为全班40多个学生每人书写一封给家长的信，信里详细分析了每个孩子在学校的表现、考试反映的问题以及需要家校配合的情况。一封封信件，每晚写到凌晨，一共写了近5万字。

家长会的那天，郭简把一封封信交到家长手里，家长们既感动又震撼。虽然收到过老师统一发放给全班的信件，但这么细致入微、有针对性的写给每个孩子的信，还是第一次收到，一封封信里凝聚的是郭简对孩子们平日的观察和爱。郭简说，那一周真的太累了，有时候写着写着睡着了，醒来继续写。做老师是个良心活，做多做少全凭自己对这份职业的热爱。

郭简和孩子们运动会后的合影

教育就是一棵树摇动另一棵树，一朵云推动另一朵云，一个心灵震撼另一个心灵。郭简希望自己能成为那个为孩子们照亮人生道路的人，一点一滴、春风化雨地滋润孩子们的成长。她很清楚地记得2014年，她刚来到杭州建兰中学，接手初二年级的班主任，这里的孩子聪明独立，充满个性。在一次春游中，有十几个孩子不愿意等待上山接驳的巴士，相约步行下山，不仅耽误了班级的回程，还让她这个班主任折返寻找，好生担心。

回学校的路上，她一直在思考，该如何让孩子懂得规则，又如何理解孩子们的行为。回到教室，她严肃地给学生们讲了遵守规则的重要性。话锋一转，她又说到，我很理解你们青春活泼的心情，携手相伴下山路过最美的风景，一定会成为你们青春里明媚的记忆。那请今天那些走下山的同学回家写一篇作文，分享你们行走时看到的沿途风景和美好，让我们每个人都能感受到你们的快乐。

当晚就有家长给她发信息，说郭老师，谢谢您，保护了孩子的自尊心，她今天回家很开心地说，从来没有一次这么想写作，老师不但没有严厉批评我们，反而希望我们分享趣事，这个老师理解我们，懂我们！

正是这份理解和对教育的热爱，让郭简在这份工作中收获着幸福。在杭州建兰中学的这7年中，除了怀孕的一年，她一直都做着班主任的工作。虽然对自己的孩子有些亏欠，但她总是会选择坚守好自己的责任和初心。

2022年春节前夕，杭州突发疫情，郭简决心贡献一份自己的力量，她几经周折联系到了蓝天救援队，被安排到了杭州市滨江区长河街道当抗疫志愿者。每天早上8点半开始直到下午5点，她把3岁的儿子交给老人，自己奔波在被隔离的居民楼里，做消杀、送物资、测体温，维护核酸检测点的秩序。从1月30日一直持续到2月8日，整个春节期间，她都奔波在抗疫的第一线。

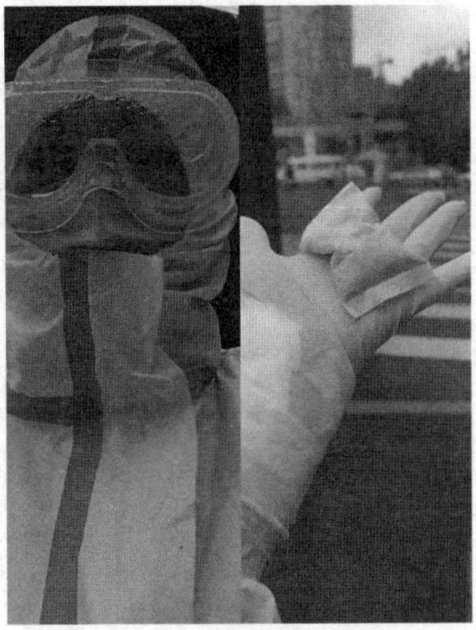

2022年春节期间在杭州做抗疫志愿者的郭简

这一次，她终于站在了抗疫的第一线，她体会到了信中一线人员的辛苦，更感受和感动着每一个人的付出。作为一名语文老师，郭简说，生活的厚度来源于阅读和生活本身，她希望自己能够身体力行成为学生们的榜样，更希望自己将来源于生活的点滴感受融入教学中，带着孩子们体会人生百态！她说，在抗疫这个特殊的时期，老师们更应该思考，我们的孩子们到底需要怎样的教育，应该引领他们成为一个怎样的人！

【专家点评】

“为什么我的眼中常含泪水，因为我对这土地，爱得深沉！”作为一名人民老师，心怀大爱的郭简身体力行，用实际行动影响着学生。在这场突如其来的疫情面前，她总是冲在一线，用自己的经历、感悟，教育、启发孩子要做一个有担当、怀大爱、有温度、有追求、有信仰的人。正如她所说“这场疫情既是危，也是机。这是教育的契机，是信仰的教育，是大爱的教育，是人生观价值观的教育！”在教育这条路上，她不仅是持火者、引路人，更是播火者和冲锋者，在孩子们幼小的心中播撒下信仰的火苗，“星星之火，可以燎原”相信不久的将来，这一颗颗火种，必将燃烧起无尽的希望，照亮无数学子的梦想。

浙江广播电视集团　农书荣

邹宁浩：逆火而行的“战地记者”

记者：党君雅

编辑：华冰

【人物名片】

邹宁浩，1987年9月出生于浙江武义，2005年12月入伍，2015年6月入党。上士警衔，先后在丽水公安消防支队、金华公安消防支队和义乌公安消防支队服役，十多次立功授奖。2016年12月16日，义乌市洁康管业有限公司发生火灾，邹宁浩冲锋在前，为获取第一手影像资料，在火线拍摄过程中不幸英勇牺牲，年仅29岁。中华人民共和国公安部批准为烈士，并颁发献身国防金质纪念章。浙江省人民政府追授其“人民卫士”荣誉称号；浙江省公安厅党委追记一等功，追授为优秀共产党员；共青团浙江省委追授“浙江青年五四奖章”。入选“浙江好人”“中国好人榜”。

浩儿：

你在天堂还好吗？你离开我们已整473天了，你还记得我们吗？你可知道没有你的日子，爸妈是怎么过的吗？你的音容笑貌一直在我们眼前呈现，梦幻中时常

邹宁浩

传来你那甜甜的叫声——“老爸老妈我回来了”，可梦醒时只能面对着你英俊潇洒的照片，听着你浑厚清亮的采访录音。

妈妈为有你这么优秀的儿子骄傲自豪，更为你的匆忙离去而痛心疾首，你是好样的，没有辜负爸妈赋予你的名字的含义：宁静致远，浩然正气。

还记得1987年9月2日凌晨，随着一声清亮的啼哭声，你降临到了这个世界，来到了我的家庭，你的出生点燃了我们全家人的希望。

看着你这个8斤重的胖小子，长辈们都说这孩子虎头虎脑的是个当兵的料，好好培养长大了子承父业会有大出息的。从小，你的懂事、你的孝顺历历在目，你说长大了要为祖国作贡献，也要为邹家人争光，更要让父母风光体面。

还清楚记得你上小学时的作文题目：“我的理想是什么”。别人是做科学家，当领导，做企业家，而你说是要当一名战地记者。那时我还笑你，现在国家太平了，哪来的战场？可你却真正倒在了消防宣传的阵地上，践行了战地记者的最高境界。你没有辜负我们对你的培养和希望，成了一个顶天立地的真汉子！

儿子，在你离开的473天，爸妈在家就像过了10年，每天都在不停地呼唤：浩子，回来，回来吧！

这473天，又仿佛就在昨天，又感觉过了半个世纪。你走以后，社会各界都在学习纪念你的英勇事迹，你的母校为你出了一本悼念诗集，红色教材把你的事迹编进了课文，文化部门为你编导了一台又一台情景剧来纪念你短暂的一生。每到你的牺牲纪念日，社会团体用各种方式祭奠你。还有你的专著《都市火魂》得到了关爱消防基金的帮助，全国公安文联已再版发行，你的消防邮册已汇集完成，在全国巡回邮展，接下来电影、报告文学都在筹划中，希望你在另外一个世界能听到、能看到。

想你的妈妈　何晓娟

2018年4月3日

邹宁浩离开的第 473 天，清明节前夕，邹妈妈给儿子写下了这封感人的信件，等写完，邹妈妈才发现大半页信纸已被泪水浸湿。对儿子的日夜思念，让他们仿佛老了 10 岁。邹宁浩出事那天的一幕幕仿佛就在昨天。

2016 年 12 月 16 日傍晚，父亲邹能武的手机上突然弹出一条信息，是儿子邹宁浩的微信头像。老邹拿起手机，点了一下，里面却什么都没有。老邹跟妻子嘀咕要不要给儿子打个电话，但一想到儿子曾说过工作时不喜欢被打扰，他们忍住了要联系的冲动。

17 日凌晨，邹能武夫妇被一阵急促的电话声吵醒，朦朦胧胧中他们听到对方是儿子的领导，希望他们能立刻到医院一趟，车子已经在接他们的路上了。曾在火场上出生入死的老消防员邹能武明白，这么紧急的电话，意味着什么，一种不祥的预感涌上心头。

一路上，两老口心里都默默想着，无论儿子是缺胳膊少腿都没关系，我们可以养他。但万万没想到，等待他们的却是和唯一儿子的阴阳永隔。

1987 年 9 月，邹宁浩出生在这个温暖的小家里。父亲邹能武曾在绍兴上虞消防大队服役，由于文化程度不高放弃了提干的机会，选择了退役回乡。邹宁浩的出生，让他希望子承父业，让儿子 18 岁后去做消防战士，这也是他们夫妻俩当初许下的承诺。

身体强壮的邹宁浩从小酷爱写作，小学的作文里写到梦想，他稚气地写到：我要成为一名战地记者！高三毕业后，他穿上戎装，成为了一名消防战士。

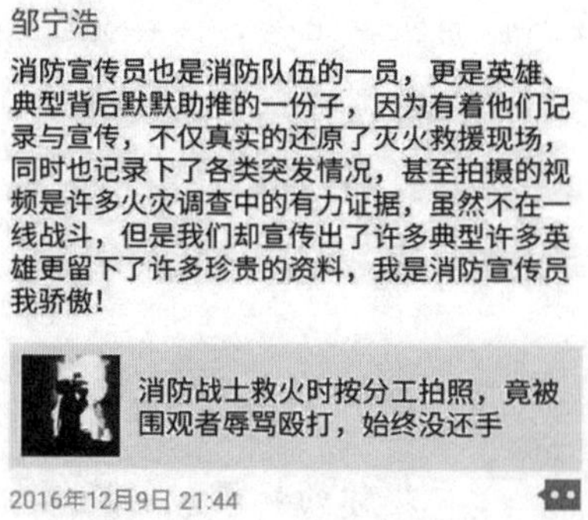

邹宁浩生前朋友圈发文

邹宁浩获得荣誉证书

和战友们一起出入火场，出生入死捍卫人民的生命、财产安全。只是他还多了特殊的设备：相机。从一名普通的消防员成长为一名“火场文书”，他用镜头、用笔杆子记录下消防抢险的一幕幕，将这些珍贵的瞬间记录下来，发布到各个媒体上，让更多的人了解和走近消防员真实的工作状态。

入伍后，邹宁浩除了参加严格的体能训练，更是把精力投入到新闻写作、拍摄的业务学习中，细心打磨每一篇稿子。为了写出生动的报道，他在完成每天5个多小时的日常训练和出警任务外，还随其他班次出警。出警车辆上每个战士的座位是固定的，他就蹲在车子的角落里。认真观察和记录着战友们工作的点点滴滴。

入伍后，邹宁浩再也没有陪二老度过一次年三十，他总是说外地的战友春节要回家探亲，自己可以晚些回家。父母对儿子的工作很支持，除了提醒他注意安全，其他时间从不打扰。每一次在当地的报纸上看到儿子撰写的报道，母亲都会把它们剪下来贴在一个本子上。这是他们的骄傲！

入伍后，邹宁浩有一个梦想，要写一本关于消防员的书，这些平凡的战友们每天都在逆火前行，冒着危险守护万家安宁。11年来，他留下了3万多篇报道，并汇集成8万多字的消防专著《都市火魂》。只是谁也没想到，这竟是他与世界最后的告别。

他年轻的生命定格在了2016年12月26日那个傍晚，当天位于义乌市北苑街道的洁康管业有限公司发生火灾。接到报警后，本该休息的邹宁浩拿着宣传器材和战友们一起赶赴火场，他在着火厂房对面找到了一个绝佳的拍摄

火灾现场搜救现场
邹宁浩被烧焦的相机、手机等

邹宁浩生前在火灾拍摄现场

位置。没想到火势迅猛，邹宁浩无法撤出。他倒在了热爱的岗位上，同事找到他时，他手里还紧紧抱着被烧焦的相机。

我们都称赞消防员逆火而行的身影，但有这么一群人，他们在消防战士们手持喷水枪距离火情十几米的地方喷水救火时，需要背对火场，拍摄下战友们灭火的情况，而他们的身后随时可能再次爆炸。身穿战斗服，背着空气呼吸机、照相机、摄像机，4 部手持电台一个都不能少，这些装备加起来差不多有 80 多斤。当其他战友的基本工作结束后，他们还要进入火灾现场去拍照片，看火源位置、受害者的位置，而烧过的房子随时有坍塌的可能。这就是“火场文书”邹宁浩十几年来默默奉献的工作岗位。

虽然至今邹宁浩的父母仍然沉浸在痛失爱子的悲伤中，但他们仍从心底为儿子感到骄傲。他们带着对邹宁浩的牵挂，相互扶持着、疗愈着。他的母亲告诉记者，儿子实现了人生理想，在和平年代成为一名真正的“战地记者”，成为了人民的好儿子！

【专家点评】

浩子，这是当年浙江消防宣传线上对邹宁浩的昵称。你用手中的笔和镜头，生动地展示了消防员逆行的壮举。你编写的《都市火魂》充分反映出一个基层消防宣传员对工作的热爱。各级媒体刊播的一篇篇灭火救援新闻，你把战地记者的内涵诠释到了极致，你把生命定格在了永远的年轻！你朴实的父母，造就了你的憨厚；你粗犷的外表，掩盖不了你细腻的文字。你无悔的青春，追随父亲的脚步。你是战友的骄傲，你是父母的骄傲，你是消防部队的骄傲！点点滴滴的往事，会勾起父母的思念，会勾起流金的岁月。妈妈思念的家书，是因你而自豪！你赴汤蹈火的忠诚，岁月不会忘记，我们不会忘记，人民不会忘记！

曾在消防部队服役 28 年，摄影家、诗人　俞弼文

丰晨敏：一封来自上铺兄弟的送别信

记者：党君雅

编辑：潘康康

【人物名片】

丰晨敏，1988年出生于浙江衢州，2007年12月参加消防救援工作，2012年4月加入中国共产党，生前系上海市金山区金卫消防救援站副站长、初级专业技术职务，三级指挥员消防救援衔。2021年4月22日，壮烈牺牲。4月26日，应急管理部、上海市人民政府评定丰晨敏同志为烈士。

矮子：

兄弟们都到了，这是毕业后大伙聚得最齐的一次，也就只有你有这么大的能耐。你在主座上，大家的第一杯酒都是敬给你的。记得我们每一次喝酒，你总是经不住劝，两三句话，你便仰头把酒喝完，然后挑衅般地看着我们，你放心，这次大伙都没有耍赖。

丰晨敏

你知道的，我和你一样最怕麻烦，可

是这一次见你，我们要起早、要排队、要穿上春秋常服，你说，如果你不躺在那，是不是就不用这么麻烦了？

这几天，只要一闭上眼，就是我们曾经在一起生活的画面。汤山，我们在 40 多度的高温下训练，用洒水车运来的水“滴灌”洗澡。阿拉乡，我们住的是最老旧的楼，吃的天天都是米线。我们在同一宿舍，睡上下铺，一起站岗，一批入党。也真快，一晃，就是 12 年。

矮子，昨天去看你妈了。阿姨说，她有点愧疚，是她劝你考军校，把你引上了这条路。我说你心里肯定很感谢她，没有她，你不会知道自己能有这么棒。阿姨说，她有点自责，上一次回家忘记叮嘱你注意安全。我说，不管平时心里有多少抱怨，在那种情况下，不论是谁，都会义无反顾挺身而出。你做了我们都会做的选择。

矮子，你知道吗？你曾经喜欢的姑娘，昨天也来看你了，她为你感到骄傲。她很惋惜，她说当时不知道为什么你就不和她聊了。本来要是继续下去，也许就只有你吐槽我的份了。昨天，我看到了你联谊时候的视频，在我们面前这么跳的你原来还有那么腼腆的一面，我看了也感到脸颊发烫。

矮子，或许你也没想到，这次去竟成了永别。那么大的厂房，那么复杂的结构，一道又一道的门禁，伴随着炙烤、爆炸和毒气，在晕倒前的那一刻，我没法想象当时的你有多绝望。即便如此，在最后一次通讯联络中，你让后面的兄弟别再进来找你，那个时候你一定知道自己很难出去了，才把生的希望留给了别人。我想如果这是想定作业，你一定会抖一抖眉毛，说自己大意了吧。

“或许，他就是为消防而生的，只要这份职责在，他就会一直在。”一定是的，即使有时候你因为工作的事不开心，但只要单位需要，你都随叫随到。因为这个，你放了我不少鸽子。听阿姨说，这次回去，你和她商量着在金山买房，看来你是要在那里扎根了啊，嘴上说着不要，行动倒是很诚实。

矮子，你走的那天、昨天还有你回家的今天，都下雨了。看来老天爷和我们一样，都很舍不得你。

矮子，你放心吧，我们会照顾好你爸妈，常去看他们，陪他们聊聊天。矮子，你吐槽我的事我会提上议程，你心心念念的西藏行我帮你完成。矮子，你走好，来世我们再做兄弟！

你永远的兄弟：单凉

2021.4.27

丰晨敏的生前工作照

2021 年 4 月 28 日下午，浙江衢州开化县城，万人空巷，人们聚集在龙山公墓，迎接英雄丰晨敏魂归故土。和他一起在军校时上下铺的兄弟单凉和很多同学从全国各地赶来，为他送行最后一程。

送别的前一夜，单凉久久无法入睡。回忆起他和丰晨敏一起在昆明消防指挥学校共度的 3 年时光，难抑悲痛，起身给丰晨敏写下了这封信。

1982 年，丰晨敏出生在衢州石畈村。这是一个只有 230 多户村民，700 多人的小山村，民风淳朴，大部分年轻人都外出务工了。阳光开朗的丰晨敏由奶奶一手带大，19 岁的丰晨敏带着对消防员的崇拜，选择了当兵入伍，成为一名消防员。一年后，他以优异的成绩考取了昆明消防指挥学校，2009 年到 2012 年，他和单凉一起同吃同住同学习，相互扶持走过了三年的青葱岁月。

丰晨敏比单凉年长一岁，对他有一种大哥般的照顾。单凉回忆道，每个月轮到站夜岗的日子，为了不影响同寝室其他的同学，丰晨敏都会提前 10 分钟轻轻地把自己拍醒，一起顶着凌晨的寒风走出宿舍。三年的大学生活，丰晨敏比其他同学都要珍惜来之不易的学习机会。无论理论还是体能，总是名列前茅。

顺利毕业后，丰晨敏来到上海金山区消防支队任职，单凉回到金华消防救援支队工作。虽不能时常见面，但仍经常联系，每一次休假，两人都会约着聚一聚，聊一聊工作，畅想一下未来。

丰晨敏所在的上海金山区聚集了很多化工企业，一旦发生火情，处置难度大、危险大。丰晨敏并非化工专业出身，入职前甚至对化工品名称都不熟悉。为了迅速掌握相关知识，每次执行完任务，丰晨敏都会钻研处置对象的性质特征、化工原料的理化特性，他的业务笔记本密密麻麻，画满了保卫对象分布图、化工原料参数表。

他的这股子“拼劲”让他对化工品特性、灭火处置要求等了然于胸，战友们都称他为“丰教授”。

每次执行任务，担任副站长的丰晨敏总是冲在最前面。从 2007 年参加消防工作以来，他共参与处置灭火救援、抢险救灾、社会救助 4000 余起，营救被困群众 150 余人。

2021 年 4 月 22 日，上海金山亭林镇一企业厂房突发大火。上海市消防救援总队先后调派 56 个消防救援站、123 辆消防车、近千名指战员赶赴现场处置。救援过程中厂方反映，有 4 名员工被困三楼。

丰晨敏主动请缨，带领攻坚小组，在 2 名厂方人员引导下，深入内部搜救。“有我在，请放心！”对着战友说完这句话，丰晨敏就冲进了火海。

然而，他“食言”了。当日 15 时 30 分，在向现场指挥部反馈发现被困人员并组织施救过程中，丰晨敏和战友汤伟佳遇火情突变被困失联。后经搜救，两位消防员被发现倒在三楼救援现场。经 120 急救人员确认，已无生命体征，不幸壮烈牺牲。

当单凉第一时间从上海的战友那里听说丰晨敏失联时，他说，“我不喜欢这样的玩笑。”但万万没想到，这不是一句玩笑，第二天，他收到了丰

丰晨敏的追悼大会

晨敏牺牲的消息。那一刻，空气突然凝固了，他不敢相信那个几天前还在微信里和自己聊天的兄弟就这样离开了。

丰晨敏牺牲后，作为家里的独子，全村人都帮忙瞒着他 80 多岁的奶奶，老人身体不好，大家怕她受不了这么大的打击。而他的妈妈一夜白头，走路都颤颤巍巍。单凉和战友们约定好，定期去看望他的父母，要为他尽孝道。

春节快到了，单凉和战友相约要去看看叔叔阿姨。全国各地的战友也都把联系方式留给了二老，告诉他们无论到何处，他们都有儿子可以联系。

2021 年 4 月 26 日，上海应急管理部政治部批准丰晨敏为烈士。单凉说："一切过往不可重来，但如果有来世，我们再做兄弟。"

【专家点评】

当兵的人都知道一首歌，"战友战友亲如兄弟……"唱出了军人的真挚情感。和平年代，最危险的兵种，就是逆火而行的消防部队，养兵千日用兵千日。牺牲，在任何一个火灾现场随时都可能发生。晨敏，这个浙西山村的热血儿郎，毅然应征入伍到消防服役，从一名普通士兵成长为一名基层一线的指挥员，付出的艰辛可想而知。从门外汉到"活地图"，再到"丰教授"，你就是一个真正的拼命三郎！你经历了消防部队的改制，却始终没有改变你恪尽职守保平安的誓言，在平凡的岗位上，默默地奉献和付出直到献出你年轻的生命。有我们在，请放心！你汗水铸就的青春，永远是兄弟们的榜样！

曾在消防部队服役 28 年，摄影家、诗人俞弼文

臧建华：对不起，爸爸不能只做你一个人的铠甲

记者：党君雅
编辑：潘康康

【人物名片】

臧建华，1989年5月生，江苏南通人，中共党员。先后在杭州市拱墅区公安分局朝晖路派出所、西湖区交警大队工作。参加公安工作期间，始终服务在一线，战斗在基层。在电诈案件侦查、勤务指挥建设等方面均有所建树。曾立三等功3次，嘉奖4次，并荣获全省千名好民警称号。

一川吾儿：

自汝来世以来，为父尚未着墨与汝。每思至此，常有愧念。转眼间，汝已可扶椅而行，咿呀学语。尚不明世间之纷杂，唯思祭五脏之庙。尝香即头捣，闻乐即手舞。所谓心宽体胖，以至于臂似藕节，股若酵发。每察汝态，常觉形与名合。汝名"一川"，取自贺梅子书愁容之"一川烟草，满城风絮，梅子黄时雨"，引为名用，实冀汝欢愉恒久，连绵不绝。

臧建华

父生于苏，及大学方至浙杭。结业甫毕，入警为公，时至今日已有五载。戎装之时多，闲暇之日少。草长时分，纸鸢乱飞，暖风煦煦，目及之处，常有襁褓伏于父臂，嗯哼唧唧。为父所驶警车匆驰而过，耳畔若萦汝之笑貌；朝晖之区，有儿院一座，常有警情，每至此处，稚儿吵闹之声不绝于耳，或见针头哇哇大哭者，或眼尚蒙泪抚偶而乐者。观此熙攘，情自心生。而汝不在身侧，唯观照以慰。照者，静也，观之久亦，则影出汝之动态，顽皮嬉闹不一而足。

七月既望某日，吾至家尚早。汝与祖母出门戏耍，方欲寻回。门户忽开，祖母抱汝已归。几日未见，汝蹙眉楞状，旋即冒出“爸爸”一词。顷刻此间，远山出月，万籁俱静，时空顿明。不及细思，吾心又似潮生海上，万马奔腾，抱举过肩，亲吻汝颊，亦不足以舒之吾情。蓦然方晓，汝已渐洞世事。而吾未能长伴左右，所失之境若上者，必是种种，吾心惭愧。

华灯初上，凭栏而观，此城静好。楼宇林立，车水马龙，可谓繁华。然，细察奢丽锦袍，尚有隐蠹蠢动。若盗、诈、淫、毒者，噬黎民之财，去黔首之魄，若魍魉游走。吾尝目睹，病塌之人，钱财窃失，嗷嗷戚戚；吾尝目睹，背井之人，数年之财红颜欺，春节前夕醉卧街；吾尝目睹，豆蔻年华陷秦楼，未老先衰疾绕身；吾尝目睹，万贯豪财，误入毒途，终至不名一文，身陷囹圄。钱塘，是为东南名都，古之“三秋桂子，十里荷花”之风情犹存，西子湖西，重湖叠巘，钱江水畔，美轮美奂。是之好景，岂容着污？是为寻常百姓，见不义之行，尚能拔身而起，挺身而斗。矧吾食国之禄，玄蓝着身，当思惩恶除奸之本，守土有责之任，吾唯有去小情存大义，弃汝于家，毅然以枪为笔，图将杭城好景。

丙申年秋，世间廿国魁首齐聚杭城，共襄盛世。闻此讯言，吾甚欣喜。汝尚未知，回望华夏，虽有汉唐之盛，明初之荣。丝绸之路，天威戎靡；大明宫前，万邦来贺；西洋扬帆，东夷来归。怜吾近代，可恨众夷乱华百余载。是时也，哀鸿遍野，十室九空，烽火不息，兵戈不止，天地为愁，草木凄悲。悲者断言，吾华煌煌，存诸典籍罢矣。幸甚幸甚，纵观当下，此言未谶。近世以来，弱华之言不绝于耳，纷纷众以窥牖之势视华。峰会落杭，是时也，势也。顺势而为，届时杭城，物齐景秀，众富民安，礼仪横行，热情拥簇，定可展杭城风貌，弭他邦心隙。

安保之途，公安先行。九月愈近，肩担愈沉。归途中披星戴月是为平常，至家中汝睡已酣。次日去所时汝尚梦游逍遥。数日不归，亦为常态。掐指而数，未与汝逗玩已数日，吾不闻汝呼吾亦已数日。虽如是也，吾心存恚，亦未徘徊。吾心知，义之所至，力之所向。私有所弃，公有所得。数年白驹，汝成智之时，勿怨少吾陪彼侧之欢愉，知为父之责，晓丙申峰会之荣；亦愿汝晓史通书，识全大义，以群之誉以为己之誉。幸甚。

父书于灯下

2016年的7月，杭州在为即将到来的G20全力准备着，身为公安干警的臧建华负责辖区的案件数据分析、平安保障等工作，忙忙碌碌的他几乎半个月没有回家。突然一天，他急匆匆回家取衣物时，看到蹒跚学步的儿子朝他一边跌跌撞撞走来，一边流着口水喊出了一声“爸爸”！那一刻，他愣住了，恍惚间抱起了大胖小子，一时间心情激动万分，又觉得愧疚万分。晚上回到队里，提笔写下了这封《与子书》。

2016年G20期间，臧建华几乎日日夜夜都在派出所，整理大数据、比对案件和安全系数……这是一场属于杭州、属于中国、属于全世界的盛会。这是杭州第一次如此耀眼地出现在全世界人民面前。臧建华说，作为一名警察，最重要的就是保障好社会治安，让世界人民感受到杭州的安全和美好。

臧建华在审办案件（右二）

群众给臧建华送来锦旗

1989年出生的臧建华就读于中国电子科技大学，原本学习的是人力资源管理专业，在公务员考试中，他义无反顾填报了公安，穿上一身警服是他儿时的梦想。最终他如愿以偿，成为了杭州朝晖路派出所的一名民警。除了户籍民警岗位，所里所有的岗位他几乎轮了个遍，治安监督管理、文书工作、电信诈骗办案、大数据串并分析……每一个岗位上都有他刻苦工作的身影。

社区民警的工作细致又琐碎，臧建华却从这些琐碎中分析出案件的要害和线索。2018年，杭州发生多起巨额网络诈骗案件，臧建华所在辖区办理的其中一个案件涉案金额大、主犯隐匿无法抓获。他和同事花了整整三天三夜通过大数据分析研判案件情况以及嫌疑人踪迹，终于将主犯抓获，并追缴回70%以上款项。

2020年，臧建华接到辖区居民报警称自己在网上购买游戏装备被对方骗取了2000元。原本只是一个很小的个案，但臧建华的直觉告诉他，案子并不简单。他梳理案件脉络，通过网络协同串并分析案件，发现全国有40多起同类网络诈骗案件，都指向同一个诈骗集团。最终，在他和同事们的努力下抓获了国内参与此案件的洗钱团伙5人，将案件升级成刑事案件，不仅为受害者追回了损失，同时也打击了犯罪团伙。

这些案件的办理，臧建华说并非偶然，他每办理一件案子，都会对案件进行认真细致的对比分析，正是因为这些苦功夫，才让他对案件办理有着独特的嗅觉和敏感的神经。

派出所民警的工作一干就是十年。2021年10月，臧建华被调到杭州西湖

臧建华全家福

交警大队担任案件分析民警，从事信息研判工作。他将大数据分析研判的专业运用到交通领域，通过对辖区路面事故的研判分析，得出路面交通事故预警和判断提醒，以降低辖区内交通事故的发生率。

每天的工作依旧繁忙，当年咿呀学语的儿子，如今已经长成了一名小学生。虽然陪伴他的时间不多，但儿子很为自己的警察爸爸感到骄傲。2022 年，即将迎来杭州的又一个盛会——亚运会。臧建华的工作变得更加繁忙，除了数据分析工作，他还要轮岗路面执勤，全力保障路面的通畅和安全。

他说："儿子，对不起，爸爸不能只做你一个人的铠甲。身上的警服代表着责任和担当，好男儿志在四方，我也希望你终有一日和爸爸一样能够在平凡的岗位上默默守护着我们脚下的土地和身处的地方。"

【专家点评】

1949 年 11 月 5 日，中华人民共和国公安部成立大会上，周恩来总理说："国家安危，公安系于一半。"

臧建华的这封《与子书》，颇具文化底蕴，感人肺腑，阅读后让人泪目。是啊，爸爸不能只做你一个人的铠甲，爸爸要做全体人民群众的铠甲，为了社会的平安、人民的利益殚精竭虑，无怨无悔。

臧建华工作中用情、用力、用心，展示了中国人民警察爱民、为民、利民的人民警察的正能量，散发出人民警察独特的魅力，展现可信、可爱、可敬的中国人民警察的形象。

2021 年浙江省涌现出 17 位全国公安二级英模，创历年之高，他们是浙江省公安的优秀代表，展示了“守好红色根脉，当好红船卫士”的别样风采，臧建华可以说是后起之秀，也是优秀代表之一。他用自己的独特魅力，展示全部身心为公安事业挥洒书写伟大的历史画卷的一角，用自己的一腔沸腾的热血和赤诚之心，为伟大的祖国和伟大的人民站岗放哨，确保新时代的平安和谐。

全国公安文联签约作家、浙江省公安厅　陈谊

熊扣祖：浙江首枚亚运奖牌获得者

记者：李珏铭

编辑：潘康康

【人物名片】

熊扣祖，男，1947年出生于浙江杭州，中共党员，国家高级教练，上海体育学院毕业，浙江体育史上首批参加亚运会并夺取奖牌的功勋运动员。1965年进入浙江省体工队，同年调国家体委训练局国家田径队短跑运动员，曾经破过4×400米亚洲纪录，4×100米全国纪录。1974年德黑兰亚运会获得田径4×100米接力银牌。1980年调国家体委训练局训练处任身体素质教练员，陆续受聘于中国女排、中国女篮、中国体操队、国家跳水队、中国乒乓球队等。后又调任国家田径队短跑教练员、国家体委训练局咨询委员会教练员等，培训出一批优秀运动员。1986年至1987年、2003年至2013年，先后被委派赴也门、墨西哥队任国家田径队教练。

熊扣祖

《回味绵绵》

朋友见面，同学聚会，同事拜年，常常谈起往事，是啊，我们已经进入了夕阳红的年代，在经历了人生坎坷的漫长岁月后，中学少年时代的一次师生对话，永远印在了我的脑海中，成就了我的职业和人生生涯。

故事发生在我上初三的时候，学校要举行一年一度的全校运动会了。那天班主任卢瑞宝老师在全班会上作了热情洋溢的动员讲话，希望大家能为我们班争取总分第一积极参加踊跃报名。我那时报名参加田径 800 米和 1500 米跑。

大家报名结束后，卢老师站在讲台后，双手托腮，看着全班参加运动会的报名表，仔细研究，斟酌衡量各同学之间的特点和运动水平，能够尽量发挥各同学的特长，在全校运动会上取得好成绩，为班级和学校争光。之后又分别找各同学面谈，授意比赛战术。

在跟我谈的时候，卢老师说："咱们班还缺一名 100 米跑的名额，你报的 800 米跑改成 100 米吧，800 米由王念生承担，怎样？"卢老师见我犹豫接着说："100 米距离短，一眨眼就到，又省力又省时。加上你报的 1500 米一长一短不是很好吗？"我当时也没多想就答应了。

校运动会那天，我精神饱满，兴奋的参加了比赛。

"各就位，预备"发令员程老师大声发令并举枪，"嘭"一声，我飞快的冲出去，跑向赛道，冲过终点，第一名！我高兴极了。这时候，负责终点裁判的史佩珍老师向我招手，让我过去。因为成绩还没有最后公布，她悄悄告诉我，"你破了校纪录了！"我听后又吃惊又兴奋，难道我破了学长前辈郑光渊同学的纪录吗，他可是参加过青岛全国青少年运动会，我校的体育明星，我的偶像啊！

全校运动会后，由于短跑成绩突出，在接下来的几个月时间里，我参加了一系列运动会的短跑项目比赛，先是由叶信昌老师带队，参加了杭州市中学生运动会，并又一次刷新了学校纪录。接着参加了金华浙江省中学生运动会，又获得了参加长春全国中学生运动会资格，正是在这次全国运动会上，我被国家田径队选中，成为了一名短跑运动员。

就这样，一次谈话，一次选择，竟成就了我一生的职业生涯，通过努力，我成为国家田径队的优秀运动员，教练员，但我永远忘不了的就是恩师卢老师。

熊扣祖这个名字，很多老杭州人可能还有些印象。1974 年 9 月，作为首批出战亚运的浙籍运动员，他和队友冯振仁、骆国明、余维立组成的接力队在德黑兰亚运会上荣获男子 4×100 米接力亚军。当年的《浙江日报》《杭州日报》用很大一个版面来报道，喜讯传遍了杭州大街小巷。48 年过去了，熊扣祖的话语间几乎已经听不出南方口音，但是提到浙江、提到杭州，他似乎又变回了多年前那个阳光开朗的运动小子，他的步伐再次踏在杭大附中的田径场上……

熊扣祖（左）德黑兰亚运会后在杭州植物园与同学合影

“没有他，就没有我后来的体育生涯”

熊扣祖的体育生涯源自初中班主任卢瑞宝的一次“换项”。1965 年 3 月，杭大附中（现学军中学西溪校区）举行一年一度的校园运动会，擅长田径 800 米和 1500 米跑的熊扣祖早早报好了名。交上报名表以后，他却被班主任卢瑞宝“约谈”了一次。原来当时班级里没人报 100 米跑短距离项目，卢老师在研究了同学们的特长和运动水平以后，决定将他换到 100 米跑项目，这样就增加了班级的夺冠可能性。

“当时班里准备拿个总分第一，卢老师就把大家都调动起来。”但是熊扣祖内心还是有点犹豫，毕竟中长跑靠的是耐力，而短跑重要的是爆发力。在卢瑞宝老师的鼓励下，他最终还是站上了 100 米跑的赛道。一声发令枪响，眨眼间，他夺下了冠军的奖牌，还打破了学校 100 米项目纪录。从此一发不可收拾，同年，熊扣祖又参加了杭州市中学生运动会、浙江省中学生运动会和全国中学生运动会，并在全国运动会上被国家队选中。

1965 年 9 月他进入浙江省体工队，当年 10 月便进入国家田径队短跑组，

熊扣祖（左）德黑兰亚运会集训时

1974 年德黑兰亚运会，熊扣祖和队友在亚运村合影

短短 7 个月期间，他从一个普通的中学生变成了一位国家级短跑运动员。再次回忆起这段不可思议的“三级跳”经历，熊扣祖只道感激：“要是没有卢老师，不会有我后面这一路的。”

当年的点滴细节，熊扣祖至今仍如数家珍。多年后的同窗会上，熊扣祖再次拜访了当年的恩师卢瑞宝，并写下了上面那封家书。

进入国家田径队后，熊扣祖便展现了出色的运动天赋。1966 年在南昌举行的全国田径比赛中，熊扣祖获得了 200 米项目青年组第二名，让很多人大吃一惊。这个名不见经传的小伙子是哪里冒出来的呢？“当时我进国家队才半年时间，之前又不在专业队训练，所以很多人都不知道有我这个人。”20 岁的熊扣祖如同一颗未来之星，正在冉冉升起。

但随后四年，运动队停止了系统训练，他只能靠自己进行一些基本训练。直到 1970 年，才恢复训练。“当时我们都卯足了劲，想着多参加一些比赛，积累经验。也帮助咱们国家队在各个国际体育组织里恢复会员身份，争取席位。”1974 年墨西哥体育协会邀请中国队访问比赛，这是熊扣祖第一次出国参加国际级比赛。

同年 9 月，第 7 届亚洲运动会在伊朗德黑兰举行，269 人组成的中国代表团首次出席亚运会。“当时我们老的年轻的，大家都混在一块，都是特别积极的。接力这种项目不是看个人的，要整体都好，咱们当时是有夺冠希望的。”最终，熊扣祖、冯振仁、骆国明、余维立组成的接力队以微弱的差距获得男子 4×100 米接力亚军，成绩 40 秒 20，并刷新了全国纪录，熊扣祖也成为了浙江首枚亚运奖牌获得者。

1975 年《新体育》杂志，
介绍熊扣祖的弯道跑技术

1974 年德黑兰亚运会后，熊扣祖调任国家体委训练局国家田径队干部（兼运动员），后来他又进入上海体育学院学习两年，成为一名体能教练。他受聘的第一支队伍是中国女排，1980 年女排队刚刚成立，亟须体能训练。在他的训练下，女排队员身体素质得到很大提高。之后，他又陆续受聘于中国女篮、中国体操队、国家跳水队、国家游泳队、中国乒乓球队、中国围棋队、中国网球队、中国帆船队等国字号，为国家队队员提供专业体能训练。

1986 年至 1987 年，熊扣祖受国家安排赴也门任国家田径队教练。2003 年，55 岁的熊扣祖再次接受委派赴墨西哥担任教练，这一去就是 10 年，直到 2013 年 65 岁才回国。“当地还是有不少好苗子的，我们过去也改变了一些他们的训练方式，整个水平还是有所提高的。”

熊扣祖在中国国家田径队短跑组时，参与了郑晨、李涛、张宏、陈文忠、

熊扣祖到也门援外执教合影

熊扣祖与北京亚运会集训队员合影

熊扣祖与浙江田径运动员合影

伍建辉等短跑飞人的培养。

虽然定居北京多年，但熊扣祖始终关注着家乡的变化。2015年杭州成功申办亚运会，当时人在国外的熊扣祖激动不已。“我们杭州能举办这种国际级别的体育赛事，一方面说明我们经济实力强大，另一方面说明我们体育水平也发展起来了。”

2022年杭州亚运会近在眼前，熊扣祖对浙江、对杭州都充满期待。“我们浙江人人都有责任把这次运动会搞好，这是我们的光荣。当年第七届亚运会浙江只有两个人，现在浙江运动员参加的人数更多了，我们要一届比一届好！”

【专家点评】

48年前，杭州居然出过一位“中国跑男”——熊扣祖！他为浙江拿下了亚运会首枚奖牌。长期以来，中国都是亚洲体坛的领跑者。竞技水平的展示，也是我们中国体育形象的展示，背后更是我们国家的形象。以熊扣祖为代表的、一代又一代的浙江体育人不懈奋斗，凝聚了亚洲体育文化的认同感，鼓舞着更多的人拼搏奋斗，实现梦想！

浙江广播电视集团　来钧

援藏、援疆、援青，抗疫

朱学佩：祖国需要我，我依然可以上前线

宋柏杉：我一定要把你们完完整整地带回去

徐小燕：与士兵儿子较量的『美少女战士』

王炳华：此心安处是吾乡

陈　江：守土有责、守土担责、守土尽责

胡忠军：深深浙里爱，悠悠那曲情

袁国鹏：一人援藏，全家援藏

张　明：咬牙忍痛，保证物资不断供

贾永义：我为那曲献技术

刘　斌：一次援青行，一生青海情

卓青青：支撑起我的讲台，为孩子传播青春的颜色

戴卫健：抗击疫情就是命令　要相信杭州速度

瞿婷婷、王杰：无法握手，但始终并肩

梁三红：人生这么短，总要做点什么

姚　波：去支教，一步步，穿越青春

陈天璐：舟山为你骄傲，那曲为你自豪

朱全红：我们都是追梦人

曹黎鸣：我愿做你的奥特曼，去打败世界上所有的『怪兽』

余娅娟：我们将更加努力，努力成为那颗最亮的星

朱艳丽：我是战士，母亲在等我凯旋

王鹤秋：守护逆行者的逆行者

吴　建：无所畏惧，建设那曲

吴君龙：高原逐梦，让人生更精彩

张　旭：一次海西行，一生海西情旋

陈云飞：让都兰高原种上『江南花』

朱学佩：祖国需要我，我依然可以上前线

记者：祝佳佳

编辑：华冰

【人物名片】

朱学佩，女，1934年11月出生，中共党员，浙江省绍兴市妇幼保健医院退休医生。15岁参加抗美援朝。1954年从上海第二军医大学毕业，1958年3月8日奔赴广西百色地区消灭血吸虫传染病，在少数民族地区工作25年，为多个村寨建立卫生所，为生产队培养卫生员约100名。1983年朱学佩回到绍兴，在绍兴市妇幼保健院婴儿室工作，任婴儿室科主任，儿科主治医生，退休后又返聘8年，她救治的儿童患者不计其数，病患家属亲切地称她为“救命外婆”。

朱学佩

敬爱的战友们：

你们好！

我从中央新闻中看到武汉发现新型冠状病毒的消息。每天公布各地确诊病例以及隔离待确诊传染的数据，无孔不入的病毒正在施虐无辜群众，每个字都让我揪心。

作为一名从事医务工作将近60年的退休医生，我非常的着急。新年伊始，当我们还来不及欢庆新的一年到来的时候，一场没有硝烟的战争就这样悄悄地降临。

党中央习总书记说：“……要把人民群众生命安全和身体健康放在第一位！”一声号令下，各地市派出医务人员支援武汉。“除夕夜，上海第二军医大学150名中国人民解放军医务人员，告别家人，从虹桥机场乘军机赴武汉参与防疫救援任务。”电视屏幕里，漆黑的夜晚，一架军用飞机静静地停在跑道上，一个个穿着统一的迷彩制服，手提肩背背包，年轻又充满活力奔跑的背影，让我心潮澎湃。

……武汉新型冠状病毒疫情形势十分严峻，当老百姓十分惊恐、病患一筹莫展，你们却不顾自己安危，踩着坚定的步伐逆向前行。中国革命解放事业，正是因为有了无数英雄抛头颅洒热血，前赴后继才换来了今天的幸福与安宁。新时期有新矛盾与新的斗争，有位哲学家说过：心怀信仰去战斗，就有了双重武装。而在我看来，你们自身带着“三重武装”：娴熟医疗技术、崇高的信仰，还有一颗全心全意为人民服务的初心，你们是新时代的英雄。在这里，我作为一名退役军人、一名老兵，向你们敬礼，并期望早日听到你们胜利凯旋的消息！

从新闻报道中看到你们出发前的合影，我作为一名老医生希望像平时科室开晨会那样，叮嘱你们几句。白大褂是件神奇、拥有魔法的“斗篷”，披上它的那一刻起就鼓起你们自信的风帆，能扫清你们面前的障碍，保护你们穿越病毒的封锁线。虽然你们已经做了充足的准备，也鼓足了直面病毒而不退缩的勇气；但是，新型冠状病毒来势凶猛，要彻底地消灭它还需要科学技术探索研究。医生是血肉之躯，没有谁真的能百毒不侵。所以，请你们不要放松警惕，而是要更加认真、仔细地做好每一道的防护工作，要严格检查每一件防护工具的安全性，要耐心穿上每一层保护自己的“铠甲”，因为只有先保护好自己，才能更好地为人民服务。

今年我87岁了，你们就如同是我的孩子们一般，从电视上我看到你们脱掉防护服后的照片，长期被汗水泡到发白的手、脸、额上是防护服印出的花纹，身上贴着被汗水浸透而颜色变深的衣服……然而你们展现在镜头前的，仍然是充满阳光的笑脸。我除了心疼，还有感慨万分。回想过去，为了抢救南疆的少数民族兄弟，我远离家乡，远离年迈的父母和需要照顾的幼儿，为了工作我失去了他们。生离死别成了心上永远无法愈合的伤痛。但我可以自豪地说："我把有限的生命投入到无限的为人民服务的事业中，我无愧党、无愧于人民！"现在医疗条件好、设备先进，这些如同为你们插上了翅膀，但是为了家，你们要保护好自己。

年轻的你，还是父母的宝贝，从你优雅转身奔赴疫区的那一天起，你的父母虽然是一日三餐平常度过，其实心情如坐针毡般地焦虑着，每次和你通手机相互问候时，你听到只有平静的关切，绝没有丝毫的迟疑，你是父母的乖宝贝，是好友的开心果，更是病患眼中的天使。

年长的你，是家里的顶梁柱。当你在报名去疫区的申请书上按自己红手印的时候，心里想到只有疫区的患者，危难前面挺身而出，却不考虑自己身后上有老下有小。出征前，家人没有拉着你的衣襟相反为你打好行李，假装轻松的模样送你上战场。望着你出征的背影，此刻的眼泪才敢在眼眶中打转。家里需要你，你是家人的骄傲，但是疫区的病人更加需要你，因为你是他们的救星。

我每天关注着媒体的新闻报道，平日里我非常喜欢听红歌，《大刀进行曲》中有句歌词非常好，"前面有工农子弟兵，后面有全国的老百姓……"现在各地医务人员在陆续集结，正源源不断地增援你们。各地物质资源丰富，物价平稳，完全能满足家里人的生活所需，上到政府、下到社区都联动起来，所有的力量都凝聚在一起，大家众志成城严防死守抗击病毒。你们在前方打仗，我们在后方支援，请勿挂念！

今天，武汉市卫健委通报确诊感染新型冠状病毒肺炎的3名医护人员："通过治疗现检测均为阴性，经专家评估后出院了！"这一消息让我振奋与欣喜，病毒恶魔在强大的人民力量面前并不像想象的那么猖狂，它也有缺陷，尽管如此你们的任务仍然艰巨，我希望你们在紧张工作之余，注意休息养精蓄锐。只有休息好了，才会有饱满的士气给病毒来个迎头痛击！

战友们，我的心将跟你们一起战斗。我是共产党员、是一名医务工作者，更是一名战士，如果祖国召唤我，我依然可以上前线。

最后，我祝福你们平安！祝病患们在你们的细心治疗下早日康复！

此致

敬礼！

一名老兵：朱学佩

2020年1月29日深夜

2020年除夕，一场突如其来的新型冠状病毒疫情，牵动着全国人民的心。面对疫情，无数医务工作者奋战在一线。绍兴，一位高龄退休老党员时刻牵挂着在前线的医务人员，给战斗在疫情一线的医务人员写了这一封信，信中没有华丽的辞藻，只有朴实而又真切的语句，像母亲的叮咛，又像长辈的嘱托，她就是浙江好人，最美绍兴人，新时代雷锋楷模的先进人物——朱学佩。这位退伍老兵，这位老党员时刻不忘自己医者的身份，就像一名战士时刻等待着冲锋号的吹响。

2021年的端午节，绍兴下着倾盆大雨，87岁老党员朱学佩正在家里休息，忽然听到窗外“砰”的一声巨响。开窗望去，这一看不要紧，平日里行动不便走路需要拐杖的朱学佩拿起听诊器就往外走：同一幢楼一个8岁男孩从3楼阳台上掉下来了。在女儿徐壮的陪同下赶到事发现场，朱学佩因腿脚不便无法伏下身子，徐壮就在烂泥地上单膝跪下来当椅子，让母亲坐在自己的腿上给孩子做检查。朱学佩认真仔细地给孩子做了检查：“孩子意识清楚没有生命危险，诊断左侧股骨骨折。”她阻止周围人员移动孩子，不顾自己全身被雨水淋湿，一直坚守在孩子身边，等120急救人员到场后才离开。最终，孩子安然无恙。当孩子父母上门来感谢的时候，朱学佩说这是她一个医者应该做的。

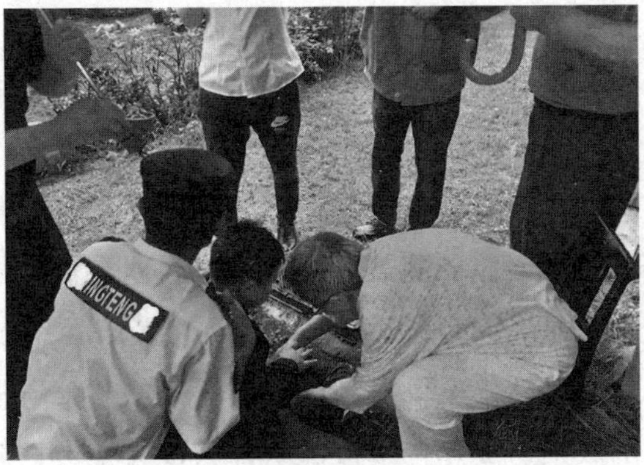

救护现场照片

朱学佩的家里有一个荣誉陈列室，进去就能看见一份入党誓词，柜子里整齐陈列着入伍通知书、军功章、奖状以及各种医学书籍。在她的笔记里有这样一段话：“我是一名共产党员，我又是一个医务工作者，更是一名退役军人，如果祖国需要我，我依然可以上前线。”

从军没有枪身高　学员也能上战场

1951 年 7 月 15 日，绍兴街头贴满了“抗美援朝，保家卫国”的征兵宣传标语，年仅 15 岁的朱学佩瞒着家人带着 13 岁的弟弟一起报名参军，弟弟当场就通过，而朱学佩因个子矮小被拒之门外，但朱学佩要求入伍态度十分坚决。负责征兵的政委亲自批准她的入伍请求。8 月 8 日，武装部部长亲自把两个孩子的入伍通知书送到了朱学佩的家中。拿到通知书的那一刻，朱学佩跪在了父母面前，希望父母能谅解自己，并许诺一定会照顾好弟弟。8 月 15 日，姐弟俩胸前佩戴着大红花坐上了开往北方的列车，孩子们在火车的摇摆中期盼着学校的模样，应是高高的楼房，崭新的课桌，明亮的窗户……

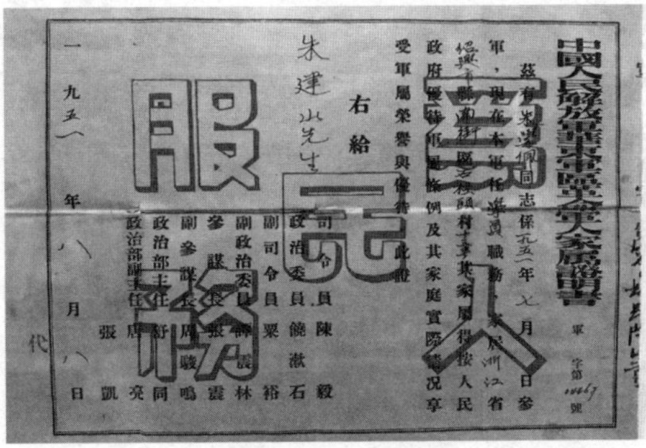

軍　字第　號

茲有朱學佩同志係一九五一年七月　日參軍，現在本軍任學員職務，家居浙江省

政府優待軍屬條例及其家庭實際情況享受軍屬榮譽與優待，此證

右給　朱建山先生

司令員　陳毅
政治委員　饒漱石
副司令員　粟裕
副政治委員　譚震林
參謀長　張震
副參謀長　周駿鳴
政治部主任　舒同
政治部副主任　唐亮
張凱

一九五一年八月八日

朱学佩的入伍通知书

不知过了多久，火车在山东济南停下来，大家坐汽车到了白马山，映入眼帘的是一望无际的荒原，地上长着有一人多高的茅草，那茅草叶子两边有着尖尖的锯齿。带队的政委

指着荒原告诉大家：这里就是第五军医中学，我们要在这片荒原上用自己的双手建立起属于我们自己的学校！困难是有的，但是比在前线浴血奋战的战士们这点困难吓不倒我们！

军令就是号令，朱学佩和同学们放下背包立即投入紧张的战斗，割茅草平整地面，搭棚盖营房，还跟当地老百姓学着用土坯搭炕，学员们个个手上都是血泡，但是大家不怕苦不怕累，短短几天，学校建立起来了。

在学校里主要是学习战地救护三大技能：止血、包扎、固定。“我以优异的成绩与娴熟技术被部队评为优秀学员，射击还拿了第一名，被全班推举为班长……”回忆往事，朱学佩老人脸上洋溢着自信的微笑。

培训不到 6 个月，学校就接到上级命令，1951 年农历 12 月，“雄赳赳气昂昂，跨过鸭绿江……”朱学佩在志愿军战歌声的陪伴下奔赴战场。

在朝鲜战场上，朱学佩第一次和死亡离得这么近。敌人的炮弹如雨而下，许多战士还没有上战场就被敌人凝固汽油弹炸伤、烧伤，被送了下来不是肢体缺失就是颜面尽毁。当学员时只是在演练，朱学佩第一次看到血淋淋的场面，“一开始我也害怕，那些战士年龄跟我也差不多。他们刚得到救治就问医生：什么时候能上前线？他们不怕牺牲，所以我也不能害怕！”就这样，在硝烟与战火锻造下，朱学佩拥有了钢铁般的意志，她决心要成为白求恩那样的人。

送“瘟神”保边疆　牢记使命永不忘

从朝鲜战场回来后，朱学佩因表现勇敢荣获三等功一次。服从组织分配，她到苏州第七军医中学继续学习，一年后以优异的成绩考入上海第二军医大学护理专业。在上大学的三年时间里，她课余时间都在大学的图书馆里度过，也因此积累了大量的医学知识，她说：“在上海这么多年，连外滩都没去逛过一次，我就是爱看书、爱学习，我抄下了整本内科学……”因为学习成绩优秀，朱学佩荣获三等功二次，毕业后留在上海第二军医大学附属医院工作。

1958 年 3 月 8 日，当时在上海第二军医大学附属医院高干病房担任护士长的朱学佩接到上级命令，与 500 名医务工作者连夜奔赴广西百色地区，命令是：要在 5 年内彻底消灭血吸虫病。

坐了3天3夜的火车，医疗队到达广西壮族自治区南宁市，500名医务人员以小分队的形式下到各乡各村，朱学佩所在的医疗小分队分配到广西百色靖西。谁也没有想到一场更艰苦更漫长的“战役”在等着他们。

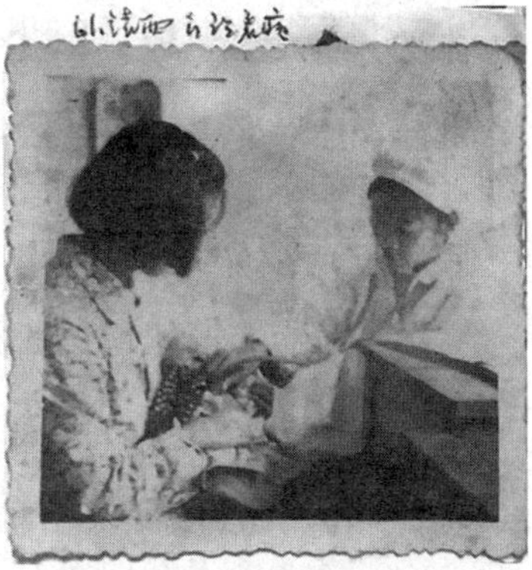
1961年在百色靖西人民医院门诊给群众看病

“整个村子不论男女老少，个个四肢如柴，肚子大得像怀孕一样，村里一个劳动力都没有，没有医没有药，病人躺在草铺上等死。”当时的情景至今历历在目。血吸虫病是一种传染性极强的病，判断有没有传染上血吸虫病唯一办法就是粪检（医院常规检查项目：大便检查）。一旦确诊传染上血吸虫病，情况严重的马上送到抢救条件较好的乡级医院，轻的病人立即用药治疗，同时对有传染病人的家属进行排查。但是村民不理解，甚至对他们有很大的抵触。幸好，在当地干部的陪同下，医疗队勉强进山寨摸排。

为了让当地老百姓了解血吸虫传染病的危害，为了更好地开展救治工作，医疗队与当地村民做到“三同”：同吃、同住、同劳动。吃玉米渣与野菜煮的糊糊。住的屋子，外边下大雨，里面下小雨，底下还圈养牛、猪，苍蝇、毒蚊恶臭时时陪伴四面透风的草棚。医疗队一边给农民看病，一边要帮着群众抢插抢种，每天查螺灭螺，对农民居住环境周边的水源感染情况进行实时检测。没有一个休息天，没有一个节假日，大家不分昼夜的工作，经过五年的努力，朱学佩和队员们终于战胜了血吸虫传染病的疫情。

天当被来地当床　“大军”犹如神兵降

五年的辛勤付出，靖西区域的血吸虫病基本被消灭，保护了一方百姓。而朱学佩和她的丈夫徐云根据上级指示：把医疗卫生工作重点放到农村去。医疗队大部分人都想尽一切办法回家，只有朱学佩与徐云两个人没有回到工作条件和环境优越的上海，没有回到自己日思夜想的家乡，而是留在少数民族地区为当地组建卫生院、培养卫生员及赤脚医生。

1970年，朱学佩夫妻俩被下放到田阳深山坳里的一个小村落——五村。

这里原来有卫生所但已停止工作半年多，一间破落空旷的房子，没有电、没有水，没有桌椅，墙脚边靠着一个空的医用氧气瓶，老百姓看病没有钱付医药费，写的欠条堆了半个屋子，这一切默默地告诉人们这里曾经是一个卫生所。

五村大队的书记说：卫生所在大队的储蓄账上没有1分钱，没钱发工资，你们吃饭自己解决，说完扭头就走了。军人以服从命令为天职，虽然脱去了军装，但是军人的作风丝毫没有改变。朱学佩夫妻俩没有被眼前的困难吓倒，而是立即投入了卫生所重建工作。没有饭吃，怎么办？朱学佩背着只有2个月大的小女儿，拉着3岁的大女儿，三个人到村里挨家挨户去讨饭，运气好的时候能讨到玉米粒或者红薯，但空手而归的时候居多，丈夫徐云就去山边挖野菜，一家人就这样坚持了三个多月。在这期间，朱学佩与徐云两人还坚持给病人看病，为了解决老百姓没钱看病的困难，徐云同志利用广西草药资源丰富的特点，自己采草药、晒制、加工成中药，成立了靖西首个免费中医门诊。五村距离县城较远，许多外科病人因为得不到及时救治而失去了宝贵的生命，为了解决这一难题，他们建立了首个村级外科门诊，成功完成了肠梗阻、剖腹产、骨折复位等外科手术。

朱学佩清楚地记得，一天晚上10点多，五六个身穿黑色民族服装的村民举着火把、抬着盖着黑布的竹椅急冲冲来到了卫生所。椅子上躺着一名产妇，鲜血从屋外一直滴到屋里：产妇在家自已分娩，孩子是生下来了，但是胎盘还滞留在子宫内，胎盘粘连宫缩乏力造成血流不止。只见产妇脸色苍白，血压已掉到临界，脉搏微弱处于休克状态，送到40多里以外的县医院已经来不及。要马上给产妇输血！朱学佩给产妇抽血化验是B型，她自己就是B型血，幸运的卫生所新下放的两名医护人员也是B型血，三名医务人员毫不犹豫地挽起袖子给产妇输了将近1000毫升鲜血，加上陪同的家属，前前后后共计为产妇输血2000毫升。

输血后产妇脸色稍有好转，脉搏渐渐趋于正常，血压也有所回升，如果现在翻山越岭把产妇送去县医院，她有可能死在半路上。因产妇生育过多个孩子，胎盘跟子宫黏连极其严重，加上失血过多身体极度虚弱，胎盘已经无法自行排出，如果条件允许可以进行子宫切除手术，但卫生所里没有一点手术器械，产妇生命岌岌可危，怎么办？朱学佩想到在上海第二军医大学图书馆里曾经看过一本古代医书，其中有徒手剥离胎盘的记载。经过大家短暂研讨，决定由朱学佩负责实施手术：徒手剥离胎盘。

虽然朱学佩手臂较细，但是要进入产道谈何容易，宫体阻力大，手伸入宫腔非常困难，只能小心翼翼伸入。朱学佩凭着手指尖的感觉，一点一点地把植入子宫壁的胎盘慢慢剥离下来。经过一个多小时努力，胎盘终于取出来，朱学佩对胎盘进行检查，看到产妇宫缩正常，朱学佩累得直接晕到在地上。

这件事传遍了大明山，医务人员无偿献血救治病人的事迹感动五村及周边村寨的群众，五村村支书召集 20 多名民兵自发组成一支“输血队”，以保证五村卫生所外科手术时用血的需求，少数民族还把朱学佩救人的故事编进了山歌里，歌中尊敬地称她为“大军”。

为民服务七十载　救死扶伤永担当

朱学佩抢救的病案不胜枚举，每一则都让人惊叹。一天，五村生产队晚上放电影，朱学佩还记得电影的名字叫《地道战》，山沟沟里第一次来电影放映队这是破天荒的事，各村寨的村民如赶集一般都去看，卫生所里的医务人员及家属也想去看电影，朱学佩主动提出留下来值班。

晚上 9 点多，一名妇女背着 8 岁左右男孩跑进卫生所，孩子在家腹痛多天，恶心、呕吐，已好几天吃不下饭，摸着全身烫手。朱学佩给孩子进行检查，腋下探体温已高达 39.5 摄氏度，呈半昏迷状态，腹部隆起腹壁薄呈半透明状，朱学佩用手按压隆起的腹部能感觉到有条索状物在蠕动，诊断：这是蛔虫性肠梗阻。蛔虫毒素引起中毒性休克，而且已肠穿孔。情况危急怎么办？送到 40 里以外的县医院一定来不及了，必须马上做手术！

于是，朱学佩找人把卫生所医务人员全都召回来，大家共同讨论手术方案，决定采用剖腹探查小切口，切开皮肤、腹膜，取出蛔虫。一切准备就绪，朱学佩让护士准备好脸盆，经过两个多小时紧张手术，从孩子腹腔里取出大大小小蛔虫 246 条。蛔虫取出后孩子的腹胀减轻，肠梗阻症状减轻，随着消炎药静脉点滴后，孩子体温逐渐下降，神志渐清还会叫妈妈，孩子终于得救了！在场的医务人员一个个都累得直接坐在了地上，虽然没有看成电影，但大家心里都非常高兴，因为刚刚大家齐心协力也打了一场漂亮的“地道战”，跟电影一样扣人心弦，惊心动魄，但取得了最终胜利。

朱学佩不放心孩子的病情，通知家属7天以后来复诊，在复诊过程中她继续给孩子服用驱虫药，孩子又排出蛔虫40条，从这个患儿身上共取出蛔虫286条。后来每次听到《地道战》这部电影名字时，朱学佩眼前就会浮现抢救肠梗阻孩子的那一幕。

活到老学到老　党的教导记心上

1983年，离家32年的朱学佩回到故乡绍兴，在绍兴市妇幼保健院担任儿科主治医生、婴儿室科主任，退休后又返聘8年，经她救治的儿童患者不计其数，病患家属都亲切地称她为“救命外婆”。

朱学佩因心脏做了两次手术并安装了心脏起搏器，不得不离开热爱的工作岗位。但是她仍想发挥余热，想再为人民做点力所能及的工作。每逢建党节、建军节、国庆节、六一儿童节、重阳节等重大节日，朱学佩自发为社区居民、工矿企业职工、农村群众免费体检问诊，服务人数达2000多人次。

从2010年开始，朱学佩坚持每天看中央新闻联播、读报，坚持做学习笔记，习总书记讲话的学习笔记记了20多本将近40万字，每一本都书写得工工整整，笔锋遒劲有力。窗前书架上摆满了书，有朱学佩撰写的回记录《我是一个兵》，医用英语笔记，以及朱学佩自己手绘的人体解剖图，自己制作的

2019年6月1日国际儿童节义诊

2020年10月25日重阳节为新平阳村平均80岁以上老人免费体检

剪报等。

退休没有退岗，退伍更没有褪色。“来时戎装路，医者为仁心”，这就是朱学佩感人的故事。

【专家点评】

一位退休的87岁高龄的女医务工作者朱学佩，给战斗在抗击武汉疫情一线的医务人员写了一封信，没有华丽的辞藻，只有朴实而又真切的语句。这是家书吗？当然是！只不过这是一种新型的家书，新就新在这里的家是超越了小家的大家，这个大家庭的成员有一个共同的神圣美丽的名字：医务工作者。读着这样的家书，我们除了感动加敬佩之外还是感动加敬佩！不为别的，只因为通篇表现出写信人的三个了不起的品质，即大爱、使命与担当！这里的大爱，既是针对作为收信人的医务人员的，也是针对饱受疫情之苦的武汉人民的：“无孔不入的病毒正在施虐无辜群众，每一个字都让我揪心”、“医生是血肉之躯，没有谁真的能百毒不侵。所以，请你们不要放松警惕”、“看到你们脱掉防护服的照片……我除了心疼，还有感慨万分”，为什么会“揪心”？为什么会“心疼”？是因为她心中有大爱！至于使命，信中下面所讲述的感慨万分的原由乃是最好的证明：“（当年）远离家乡，远离年迈的父母、需要照顾的孩子，为了工作，我失去了他们。”为了什么工作？“为了抢救南疆少数民族兄弟。”如果不是医者的使命使然，这是根本不可思议的！说到担当，信的结尾提供了最好的注脚：“如果祖国召唤，我依然可以上前线！”真是掷地有声、慷慨激昂！读了这样的文字，谁还能不为之动容呢？有这样的医务工作者在，“医为仁心仁术”的判断还能不成立吗？

中共浙江省委党校　曹文彪

宋柏杉：我一定要把你们完完整整地带回去

记者：刘浩、丁巧巧

编辑：潘康康

【人物名片】

宋柏杉，1969年8月27日出生于湖北省老河口市，1992年7月毕业于华中科技大学同济医学院医学系，同年7月在浙江医院工作至今。现任浙江医院副院长、浙江第二批援鄂医疗队总队长，2020年1月28日，带领149名浙江援鄂医疗队员出征湖北，调整建制接管武汉科技大学附属天佑医院1个危重症监护室、2个重症病房以及医学检验科。2020年3月19日，带领医疗队全员返回抵达杭州萧山国际机场，浙江以最高规格迎接白衣天使返杭。

柏杉儿子：

妈今天想与你聊聊天。二〇二〇年是不平凡的一年，是特殊的一年。举国上下不平静，国家遭殃、人民遭难，万恶的“新冠病毒”祸害人身心，害人身体、伤人性命。

宋柏杉

儿子，你驰援武汉上前线，国难当前、匹夫有责，你应冲在前面。妈不自私，妈支持你的行动，你做得对，当时为了怕我担惊受怕，你们才不告诉我，知道这是你们的一片孝心！妈懂！我怎么会怪罪你呢？你是在做救死扶伤、用已命换他命、舍小家为大家的大事担当。

儿子，当我看到电视台采访你时，男儿有泪不轻弹！我看你第一次在大庭广众下泣不成声，落下辛酸泪水。儿子，在那一刻，妈的心就要破碎，流泪看完视频。妈也能够深层地想到你在武汉期间工作的艰辛与危难，肩负重担，最担心的一百多人的身体健康。随时都有被感染疾病的风险，其次物资调配、生活安排、思想工作等，这都是你每天面对的工作。这该有多么难啊，妈非常心疼，特别看你们那位主任的哭声、还有他的周记，妈感动流泪。

（疫情期间我每天祈求全国各地方前线医护人员平安吉祥、身心健康，早日疫情消除，恢复平静与安宁。）

好在你们队员技术高超，业务能力棒，防范得到，安然无恙。一个不少地带回去，还一个圆满的医院职工，还一个圆满幸福的家庭，这就是你最大的成绩。妈点赞你，祝贺你！

儿子，你是妈的乖儿子，是妈的骄傲，是妈的荣幸，也是宋氏家族的骄傲与荣幸，你没有给妈妈丢脸，是给妈妈长脸。你史娘、郑娘，她们说，你辛辛苦苦把几个孩子拉扯大，个个培养成才不容易，柏杉也是我们的光荣。

儿子，你辛苦了！妈感谢你！你的荣幸、成绩是你的努力奋斗，是你祖宗的积德。愿你保持优良传统与美德。但是，妈不要求你当什么英雄模范，也不要求你挣大钱、发大财、买大房子、豪车。房子再大也就住那么几间，车子再好也是代步跑，钱有用、房有住、车有开的就够了。只要求你一生认认真真做事、踏踏实实做人，家人身体健康，家庭和睦安康，幸福吉祥，这就够了，比什么都好，你说是吧？好了，今天就聊到这儿，别嫌弃我啰嗦。这是我们第一次聊这么长的天。

最后祝儿子工作生活一切顺风顺水（源远流长）。

母亲柏淑珍
亲笔
二〇二〇年三月二九日

宋柏杉率浙江省援鄂紧急医疗队驰援武汉

2020 年 3 月 29 号，结束 52 天援鄂抗疫后，返回浙江在安吉隔离休养的第二批浙江医疗队队长宋柏杉收到了母亲写给他的这封信，提起这封信，宋柏杉也有一丝愧疚。

宋柏杉："因为这个事情我是在 3 月 9 号的时候才给他说的。她身体不太好，刚做完手术，怕她担心，也没告诉她。"

但是这个善意的谎言，在出发第一天就露馅了。2020 年 1 月 27 号，大年初三夜，正在给家人准备晚饭的宋柏杉突然接到驰援武汉的指令，按照浙江省卫健委安排，宋柏杉作为第二批浙江援鄂医疗队总领队，带领 149 名队员前往湖北武汉支援，第二天早上出征前，宋柏杉带领全队队员宣誓的画面上了新闻，恰好被湖北老家的亲戚看到，转给了他的母亲。

宋柏杉："当时妈妈就问我，你这是在干什么？是不是要到武汉？"然后给我打视频电话，害怕她看到露馅了，我就掐掉视频，然后再打语音电话，就瞒着她，我还跟姐姐说不要让妈妈知道这件事。"

就这样瞒着 80 多岁高龄的母亲带队出发的宋柏杉，由于要协调、安排各种事情，甚至没来得及跟家人好好道别，就匆匆上了飞机。

宋柏杉："大家都不说话，想过回不来了，他们把自己银行卡密码都交给了亲戚朋友、要好的同事保管，甚至还有人写了遗嘱。"

作为湖北人，曾在武汉求学5年的宋柏杉从来没有想过，这次竟然是在疫情之下，以驰援者的身份回来的。

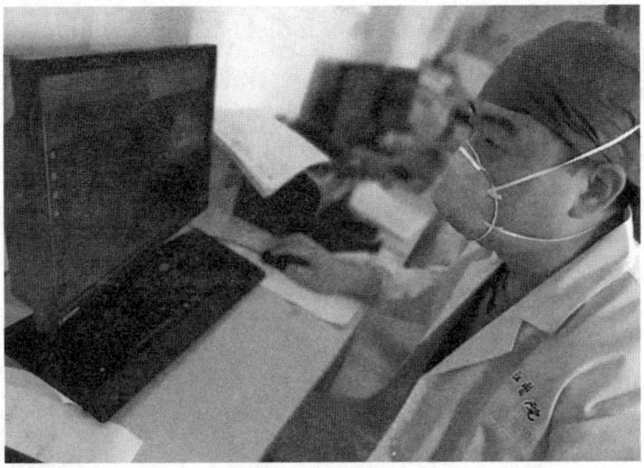

宋柏杉工作中

宋柏杉："这是重大的突发公共事件，我作为一个医生又是湖北人，家乡发生这么大的事情，现在组织上需要我，我肯定不能退缩，必须要挺身而出。"

2月18日晚上6点左右，飞机抵达武汉天河国际机场，这个日均8万流量的华中枢纽，这一天却显得格外冷清。

宋柏杉："当时整个武汉天河机场，很大的机场，空荡荡的，我们一支队伍在走，很空旷，当时就感受到武汉抗疫形势的严峻性，空气都很凝重，大家一声不响地低着头在走，气氛一下子就紧张起来了。"

在去宾馆的车上，队员们一直默不作声，为了缓解压力调节气氛，宋柏杉当起了导游："一路上基本上没什么车，都是绿灯，很快，可能平常要走一个多小时，那天我们30多分钟就到了。当时我还跟他们介绍，我说这个对面是黄鹤楼，江边上高楼大厦亮灯了，上面写了很多的'武汉加油'，这个时候大家开始有信心，也更明白自己肩上的重担。"

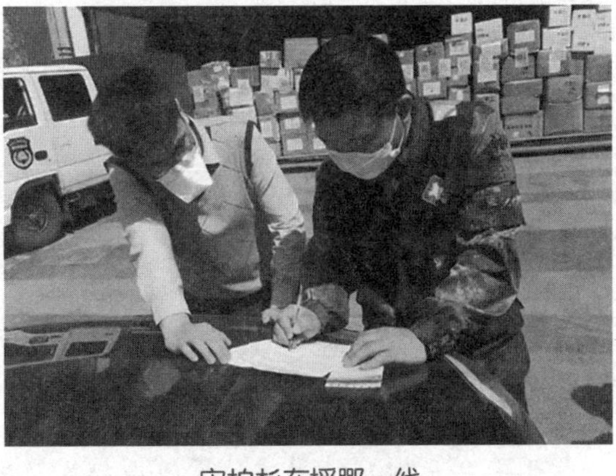

宋柏杉在援鄂一线

宋柏杉也坦言，自己之所以被委以重任，一方面跟自己曾在武汉学习生活的经历有关；另一方面，自己也有过海外援助的带队经验。2015年至2017年，宋柏杉担任中国医疗队领队，对口支援非洲马里，那里自然环境恶劣、医疗环境差，还常有恐怖袭击的威胁，但宋柏杉说，这次驰援武汉比在非洲更难。

宋柏杉：“这一次时间太短了，大概也就 24 小时不到，我们接到命令就出发了。最主要的就是前方未知的风险；第二个手中没有利器，所以大家在精神上，都承受了非常大的压力。”

宋柏杉返杭前与武汉当地受援医护合影

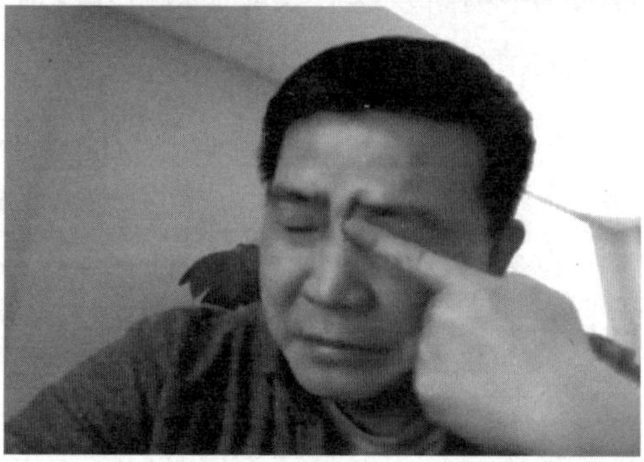

宋柏杉接受视频采访时潸然落泪

抵达武汉后，经过快速的培训、磨合，医疗队融入到了紧张的工作中。援汉的这 52 天，漫长又短暂。宋柏杉说：“每天都在被感动，两个月流的泪可能比以前 10 年、20 年流的还要多。”

2020 年 3 月 10 日，武汉武昌方舱医院宣布休舱，至此，武汉 16 家方舱医院全部休舱。

2020 年 3 月 16 日，中国 13 个省区市现有确诊病例清零，武汉新增确诊病例降至 1 例。

当天，宋柏杉接到指令，援鄂医务人员分批撤离武汉。

撤离当天，宋柏杉在接受记者采访时流泪了：“当时在会上我给我们队员庄重地承诺过，我说我把你们带出来，我一定要完完整整地把你们带回去，所以今天我感觉我的誓言、我的诺言快要实现了，也比较激动。”

2020 年 3 月 19 日，浙江医疗队顺利抵达杭州萧山国际机场，浙江以最高规格迎接白衣天使返杭。

【专家点评】

2020 年新冠疫情暴发，无数医护人员冲锋在抗疫第一线。这些“白衣天使”在病毒面前其实和普通人一样，都是一个个鲜活的生命，却比普通人冒着更大的风险。“儿行千里母担忧”，宋母那份看似“啰嗦”的长信，饱含着一个母亲对儿子的深情，其中既袒露了对儿子义无反顾直面艰险的担忧，也流露出看到儿子抗疫凯旋归来的骄傲。“男儿有泪不轻弹”，宋柏杉流下的是激动的泪水，也是喜悦的泪水。在这场阻击新冠肺炎疫情的战斗中，每一位挺身而出、兢兢业业奋斗在岗位上的医务工作者都是默默奉献的“无名英雄”，守护着广大人民的健康和安全，而在他们每个人身后，是一个个期待他们平安归来的平凡又伟大的家庭。

浙江教育出版集团　邢杰

徐小燕：与士兵儿子较量的“美少女战士”

记者：李轶男

编辑：华冰

【人物名片】

徐小燕，1971年11月出生，温州市广场路小学语文高级教师，从教30年。2002年5月入党。多次被评为鹿城区教育系统优秀共产党员，新疆阿克苏地委“优秀援疆支教教师”。

我的儿：

我的骄傲！

丑丑，妈妈已踏上援疆征程，现在新疆拜城给你写这封信。这里除了干燥，一切安好，组织为妈妈准备的宿舍生活用品很齐全，一日三餐很丰盛，勿牵挂！

儿，感谢祖国培养了你一副铁骨铮铮的男儿汉模样。一直以来心地善良，思想纯净是你的优点也是你的不足。你天生体质差，性格好动，缺乏耐性，专注度不够，

徐小燕

一直是我的心病。所以从你幼儿园开始，为娘就坚持让你习武强身，期望武学中涵养的精神能够中和你基因中的毛躁因子。部队历练了你的成长，但做妈妈的永远不放心你，远在5000公里外听说你向部队提出退伍申请，因此给你写这封信。

徐小燕儿子当兵第三年回家探亲，在自家楼下母子合照

祖国栽培了你，部队练就了你，无论何时何地都应学会避其锋芒，不到万不得已不要显摆。“君子藏器于身，待时而动”，机缘未到，等待是必经之路。“时而动，不时则静”，坚持做平凡的人，不断修炼自己，充实提高自己。当你有了足够的积淀，才能在机遇来临时把握住。正所谓“不积跬步无以至千里”，时光不会辜负任何人的努力，时刻谨记“博观而约取，厚积而薄发。”今后的生活不管多么逆境，命运多么曲折，我请你坚持做一个性情平和、替他人着想的暖男。因为，你温暖就会迎来春天，你冷酷就有机率遇上危险。“积善之家必有余庆，积不善之家必有余殃。”作为男孩应善良与厚德并重，用善良的心地去承载万物，待人接物，包纳万物，学会宽容。要有智慧、有责任心、有担当，“天行健，君子以自强不息”，坚持不放弃绝对可以排除一切磨难，甚至逢凶化吉。作为男孩，“谦谦君子，卑以自牧也。”万事要让一步，退一步，吃亏是福。要心细多给予别人关怀，哪怕是陌生人，哪怕是极其微小的事，“勿以善小而不为”。休闲的时候记得读读书，习习武，充实自己很有必要。

丑丑，为娘援疆支教是为国家分忧，为新疆奉献，为家乡争光，为人生添彩。五年前，妈妈狠心送你去部队历练，相信你一定吃了不少的苦，连队派你出征作战技能联赛，你说终于知道什么是“山外有山，人外有人”。妈妈听了很高兴，虽然你没能获得比赛好名次，但这次比赛让你收获了成长。在这五年里，你通过自己的努力，往家中寄来了优秀士兵、优秀士官、技术标兵、优秀驾驶员等一张张奖状，为娘为你感到骄傲和自豪。所以，妈妈不会落后于你，我要向你学习为国作出自己应有的贡献，为教育事业尽自己绵薄之力，趁现在妈妈还能“活蹦乱跳”的时候援川、援疆支教去。记得你之前总是叫我“美少女战士”，现在这位“战士”可真正要进入到“战斗”状态中了。

保卫祖国、建设祖国，需要像你一样的军人，也需要像妈妈一样的老师，援川和援疆让妈妈真正感受到祖国的壮丽河山，如今美好幸福的生活需要你我舍小家为大家的奉献精神。美丽广阔的新疆需要长治久安，这次妈妈有幸成为一名民族团结一家亲的践行者，为实现民族大团结，为中华民族和文化的统一，接过一代代援疆人的接力棒，将用汗水和智慧竭尽全力跑好这场接力赛。妈妈已经做好了充分的准备，带着自己教研的课题和教学发言稿，希望妈妈这根“小火柴”能点燃受援学校教研团队的“大火把”。妈妈将用多年来独特的创新式教学模式来激发新疆学生学习汉语的兴趣，让学生尝到学习汉语的甜蜜，达到事半功倍的教学效果。妈妈为新疆孩子所打造的一把把开启语文学习之门的小钥匙在我离疆后，也能继续受益于孩子们，那么“美少女战士”这个称谓也就实至名归了。

我儿，下半年你若真的要退伍回来，妈妈同样支持你的决定。接下来的日子，我们也会离多聚少。你将远赴大学继续完成本科学业，望好好读书，向着你的志向和目标奋发前进，早日成为一名优秀的共产党员，时刻为自己的将来负责，时刻不忘报效祖国，时刻准备着祖国的召唤，准备着义不容辞为国家和人民不惜牺牲一切。望儿谨记！

深了，先写到这吧。美少女战士要在拜城团结小学里度过我幸福的教学时光啦！一起加油吧！

美少女战士：为娘·徐小燕

即将完成一年半的援疆工作，离别前的留念

“美少女战士”徐小燕，中气十足，铿锵饱满，一讲起关于她援川、援疆支教的经历，徐老师滔滔不绝，兴致盎然。徐老师身边的很多同事对她痴迷支教都表示不解。46 岁的贤妻良母，在温州当地事业有成，家庭和睦，就不能安逸地生活吗！而且，徐老师选择的支教地都是高原地区，家里又有年迈的父母需要照料，到底图什么？徐老师的回答非常朴实，因为她年轻时在电视里看到边疆地区很艰苦，教师资源特别稀缺。身为一名共产党员，一名人民教师，国家培养了自己，自己也要带着感恩的心回报国家，反哺社会。另一方面，要给自己的儿子丑丑作个榜样。就像信中所言：“妈妈不会落后于你，我要向你学习为国作出自己应有的贡献，为教育事业尽自己绵薄之力，趁现在妈妈还能‘活蹦乱跳’的时候援川、援疆支教去。记得你之前总是叫我‘美少女战士’，现在这位‘战士’可真正要进入到‘战斗’状态中了。”

2015 年，徐老师的儿子高考录取后毅然决然选择保留学籍、参军入伍，进入某陆军野战部队电子对抗连当兵。因为家里有体贴周到的丈夫接过了照顾父母的重任，徐老师在丈夫的全力支持下，才毅然决然地选择了支教。初次援川除了教授藏民青年生活之道，当地的风土人情着实也给徐老师留下了刻骨铭心的记忆。徐老师说当地人非常耿直，就拿吃饭打菜来说，就算不要其他辣菜（哪怕有肉），重复打三份番茄炒蛋，那是绝对不允许的，这是为了保证后来的食客有同样的饭吃。所以，徐老师支教那段日子，被当地“辣”了个痛快。后来，徐老师“辣”出了灵感，自创了青稞饼蘸花生酱的充饥套餐，虽艰辛，但扛饿，又充实。

母亲在四川藏地支教吃苦，士兵儿子也毫不示弱，在部队强化自身、锻炼筋骨。

丑丑当兵第五年，退役前的留念

徐老师的儿子丑丑在部队表现十分优秀，据说是专门负责某领域高精尖设备，关键时刻通过数字化手段能起到绝对性作用。因为太优秀，部队指导员经常与徐老师沟通，希望丑丑能留在部队发展。五年时间里，徐老师没少帮指导员做丑丑的思想工作。人家都说母子连心，徐老师的胳膊肘却向着指导员。

转眼到了2020年2月，徐老师应征前往新疆支教，这一去就是十几个月。可是，在无比繁忙的援疆日子中，徐老师除了兢兢业业全身心扑在当地教育事业上，深夜间隙伏案写信，继续帮指导员做丑丑留营的思想工作。“我儿，下半年你若真的要退伍回来，妈妈同样支持你的决定。接下来的日子，我们也会离多聚少。你将远赴大学继续完成本科学业，望好好读书，向着你的志向和目标奋发前进，早日成为一名优秀的共产党员，时刻为自己的将来负责，时刻不忘报效祖国，时刻准备着祖国的召唤，准备着义不容辞为国家和人民不惜牺牲一切。望儿谨记！”后来才知道，丑丑一直坚持复员，是想把更好的机会留给部队那些比他更需要留营名额的偏远地区的战友们。丑丑说，自己回到大学，一样可以用自己的斗志施展武艺，一样可以用自己的青春年华为祖国添砖加瓦，一样可以和“美少女战士”并肩切磋，换一种方式“藏器于身”，岂不是两全其美！于是，便有了这封“写给即将退伍的儿子”家书。

在“美少女战士”徐小燕的身上，永远都看不到疲倦，永远都那么意气风发，跟她站在一起总是电量十足。作为浙江温州援疆团宣传组成员，她以身作则，勤劳肯干，一年多来为援疆团各项工作撰写了大量通讯文章，帮助援疆团广大同仁做足了案头修缮工作。援疆的这段日子里，她时刻记录着那里的每一帧，在浙江省、温州市的支教公众号上发表了十多篇援疆日记，全身心投入当地的教育事业中。她说，你享受了国家给你的这份信任，你享受

作为浙江省第十批温州援疆支教教师代表，在援疆结束前
表彰大会上做工作总结报告

了国家给予你的这些待遇，你就必须拿出百倍的力气回报在援疆的那片热土上。徐老师多次被选派担任当地县级、校级青年教师的大赛评委，多次代表优秀援疆教师上台演讲，光是评课就多达 50 多节次。本身已经有四位结对徒弟了，她还顶着高压，挤时间帮扶其他青年教师，将自己几十年的从教经历毫无保留地奉献在援疆支教的分分秒秒中。不忘教育初心，牢记育人使命，爱岗敬业，热爱学生，用自己对事业的无限热爱、广博的知识及高尚的人格魅力赢得了学生和家长的信赖与尊重。

徐小燕同志援疆期间获得的部分殊荣：

2020.09 获拜城县坚守岗位、无私奉献“红烛奖”；

2020.09 获拜城县小学语文青年教师素养大赛良好评委奖；

2021.03 获得拜城县青年教师的“优秀指导师”奖（2 次）；

2020.10《望庐山瀑布》获拜城县级优质课一等奖；

2020.12 被评为受援单位校级“优秀教师”和“优秀指导师”奖；

2021.03《山居秋暝》教学设计比赛校级一等奖；

2021.06 援疆支教工作表现突出，德才兼备、倾情援疆，荣获“最深情怀奖”；

2021.06 被授予拜城县“优秀援疆支教教师”称号；

2021.06 被授予新疆阿克苏地委“优秀援疆支教教师”称号。

在援疆支教的十几个月里，徐小燕在当地收获了永生难忘的师生情。面对学校的再三挽留，她想到了儿子丑丑的那个理由，把机会留给更多的人。如果一个人长期“霸占”这个援疆支教的名额，那些也有援疆梦、支教梦的教师们，就永远没有机会支援边疆。作为语文高级教师，尽管经验丰富，获奖无数，但百花齐放、百家争鸣的教育界，其他教师的先进经验也值得遍地开花。就这样，徐小燕华丽转身，挥别了她长达一年多的援疆生活，依依不舍地回到了浙江温州。

再次回忆当年教授过的新疆学生，徐小燕感慨万千。那些孩子在她的帮教下以优异成绩考取了内初班（当地公费重点学校），而且从未中断与她的联络。孩子们说，徐小燕就像另一个妈妈，如同太阳般的光辉照耀着他们在漫长的人生路上茁壮成长，出人头地。徐小燕拿出离开新疆时当地民众送给她的伴手礼，眼含幸福的泪花，一件一件地抚摸，然后哈哈大笑。爽朗的笑声里，似乎像是“美少女战士”在跟儿子丑丑下达新的“战书”，去迎接更加美好的未来。

【专家点评】

与士兵儿子较量的“美少女战士”，和绝大多数做母亲的在写给身处远方的子女的家书中不外乎反复叮嘱对方要保重身体、注意安全、加强营养等迥不相同的是，这封家书中，作为母亲的写信人徐小燕并没有将作为收信人且正在陆军野战部队服役的儿子谈及一星半点儿这类的内容，而是着重表达了以下几层意思。首先是“感谢祖国培养了‘他’一副铁骨铮铮的男儿汉模样”；其次是希望他在部队里务须“不断修炼”“自强不息”，甘于“做平凡的人”，“要有智慧”“性情平和”“善良厚德”“给予别人关怀”，以及“读书习武”“出示自己”等——但得注意的是，期间引用了许多古代相关的名言佳语；再次就是为他能够明白“山外有山，人外有人”而“很高兴”；其次是支持他“下半年退伍回来”的决定，并且希望他回到大学“完成本科学业，好好读书”“早日成为一名共产党员”“时刻不忘报效祖国”；最后则是强调“保卫祖国，建设祖国，需要像‘他’一样的军人，也需要像‘她’一样的老师”，并且与他共勉“一起加油吧”。读着这样的信，会感到有点儿奇怪吗？会的，但也完全不必。这是因为写信的这位母亲在儿子的心里原本就是一名“美少女战士”。此外，她还是一名优秀的共产党员、一个在温州市广场路小学从教30年的高级语文老师以及一名“优秀援疆支教教师”。所以写出这样一封给儿子的家书，实在太正常了。值得略加补充的是，这样的母亲和这样的家书还有如一滴水见太阳般反映出了我们这个时代的时代精神，即奋斗与进取。由此人们还完全可以作出这样一个展望：在这个时代精神的召唤之下，将会出现越来越多的这样的母亲和这样的家书。

中共浙江省委党校　曹文彪

王炳华：此心安处是吾乡

记者：李珏铭

编辑：华冰

【人物名片】

1973年出生，浙江台州玉环人，招商银行台州分行干部，云南省楚雄州武定县挂职副县长，台州“春雨公益”发起人之一。挂职扶贫期间，他以满腔热情、干劲和创新思想，用心、用情、用力精准扶贫，与当地干部一起，为老百姓铺就了一条条脱贫致富之路。他主动要求延长扶贫期限，帮助武定县取得脱贫摘帽胜利。曾获“2018感动招行年度人物”“招商银行五一劳动奖章”“招商局集团脱贫攻坚先进个人”“云南省脱贫攻坚先进个人”“台州好人”“浙江好人”“中国好人”等荣誉。因为全家对扶贫工作的付出和贡献，王炳华家庭荣获中央宣传部、中央文明办、全国妇联2021年度全国“最美家庭”荣誉称号。

王炳华

孟秋之际，蝉鸣声声。近日一算，距离家父王炳华远赴云南扶贫已近两年。两年之中，家中生活亦多有变化，亦闻他微信里高兴地说：作为国家级深度贫困县的楚雄彝族自治州武定县已于5月16日胜利脱贫摘帽。谨以此文，回想我对父亲在云南扶贫两年间的所见、所闻、所感。

去年荷月，高考已毕。我正与同学在苏州游玩，忽闻高考成绩将出，心情甚是复杂。既盼着成绩出来早日解脱，又害怕成绩不如意，回家无言面对“江东父老”。那日，连母亲也紧张得掉了两次钥匙。好在成绩比预想要好些，家人们很高兴，而当晚父亲不仅是喜悦，更像是得到了“解脱”。

彼时，正值在我高二升高三的关键时刻，父亲说服家人和我，做出了从浙江前往云南扶贫的决定。

云南离家两千三百余里，基于云南脱贫攻坚事务繁杂，招商银行作为帮扶单位，所投入的力量大、资金多，全情投入的父亲分身乏术。此外，又逢脱贫攻坚决战决胜关键之年，挂职干部和当地干部一样基本不放假，我与做事认真忘我的父亲之间，见面都只能是奢望。

于是，父亲错过了我的四门学考、七选三的选考，就连高考这个重要时期，父亲也作为带队负责人，带领县里100名干部赴深圳招银大学参加“双一百”培训。

印象里，与“忙人”父亲距离最近的时刻，仅仅是选考前的一次视频通话。此次高考出分，或许父亲的心情比我这个当事人更要复杂。考得好自然皆大欢喜，若考得不好，父亲可能自责于缺少陪伴。

高考结束后，我也踏上了前往云南武定义务支教的飞机。之前母亲曾多次代表台州春雨公益机构，为武定的学校和学生们爱心捐赠急需的物资，支持父亲工作。于我，则是想为父亲的帮扶工作添上一份力，也更想多了解一点父亲在云南的牵挂。

初到云南，晚霞尚满天，浅金色的余霞张牙舞爪地向我炫耀着这里的好天气，纵使此前我从未踏足过这块土地，这片天空也证实了我对云南天朗气清的印象。

此行，目标是带着云南武定县的山区学生到达省城昆明实践“远眺计划”，见见县城中所没有的“新奇事物”，开拓视野和见识，增强树立自信心。

我是晚上的飞机到昆明，来不及吃饭，便在孩子们下榻的酒店里，跟着父亲和负责运营组织的姐姐、叔叔们，旁听了关于扶贫工作的具体事宜。这也是我第一次看到父亲的扶贫工作状态，他和我一样也没有吃晚饭，却趁着孩子们短暂的休息时间，争分夺秒地讨论起来。这虽然是一年前的事了，但父亲说的其中一些话仍然让我记忆犹新。他说：只有改变教育工作者，才能改变教育。扶贫首先要从精神自立做起，这尤其需要家、校、社工组织的积极配合，来改变孩子们的想法，从而影响家长。

后来父亲陪我，在大雨中沿着崎岖的山路，去了离县城100公里外的山区万德小学。路途，太远了！几个小时的颠簸，也着实让我体验了一把山区交通的不易。途中在县政府办公室结对帮扶的发窝乡山品村委会，借机休息了一下，看到了政府干部一线的工作干劲，才有了继续前行的勇气和力量。

万德小学的项目，是开展“招银杯，我的家在变化”夏令营支教活动。主要是为了培养少数民族学生，特别是贫困地区学生的家庭卫生和习惯。叠被子，打扫卫生，饭前饭后洗手，公共卫生，这些习以为常的的日常习惯，在山区却有重重困难，所以更需要从学生端入手培养。所以更需要从学生端入手培养。

与此同时，在见证了两地的不同之后，我也开始了思考。父亲前往扶贫，于我而言，是疏于陪伴。如今回想，当他在做出这个决定时，肯定也知道我高三这一年的至关重要。思虑再三却仍选择离开，这是否是因为，在父亲心里，能够尽自己所能，代表招商银行扶贫，帮助更多处于贫困的人们走出困境，是一件更急需他去做的事情。利用好扎根基层的两年，从源头上一点一滴地帮助更多困难群体，改变人们思想观念，改善生活条件，改变山区贫貌，的确是一件更有意义的事情。

父亲帮扶这几年间，家里的事我看在眼里。17级超强台风过境，高楼摇晃，我和母亲彷徨无助；今年茶堂街的曾祖母过世，爷爷在杭州做手术，父亲也没有及时回来；外婆在公交车上碰了受了伤，父亲在医院陪了一天便又匆匆而去……

充满疑虑的我，如今在真切了解父亲的“全情投入”后，也多了几分释然。他主导和参与的疫情下“小净菜出滇”项目，助农增收，获国家发改委消费扶贫优秀奖项；“无偿捐赠＋委托贷款”3000万元项目，惠及1334户苗族同胞的危房改造，是全云南的金融首创；金葵花彝族苗族少儿合唱团、招银机器人教室、真爱梦想师资培养等云南乡村学校素质教育项目，让梦想托起了大山孩子的希望；40个“招银智慧乡村卫生室”公共健康卫生项目，让农户们的健康有了坚实保障；老百姓口中的“核桃县长”，并非是成为网红，而是志在为老乡们摘帽脱贫，走向小康……

也许这便是无数帮扶干部、扶贫工作人员，社会爱心人士投身于云南扶贫的原因，让东西部协调发展，让这里的孩子们开眼看世界，心怀梦想。

也许此后，有人会走出盘桓的山路，有人会坚守这嶙峋的山脉，但至少，他们有机会去选择自己的人生。

坚毅与认真，是扶贫干部们共同的品格。

使命和担当，是他们肩负的责任。

实践和创新，是他们田间地头走向市场经济的历程。

作为新时代的大学生，我们更应从父辈手上接过使命。

成为从脱贫攻坚走向乡村振兴、大国崛起和民族复兴的新一代。

中国梦，有你我。

父亲在云南已经将近两年了，他虽距我很远，但和脱贫攻坚一线的战友们在一起，勠力同心，并不孤单。

试问岭南何不好？却道：“此心安处，便是吾乡。”

致敬父亲及许许多多的扶贫干部。

致敬决战决胜脱贫攻坚这个伟大的时代。

——父亲赴云南扶贫近两年有感

浙江一名大学生王语嫣

这封文笔优美、饱含深情的家书写于2020年8月，点点笔触道尽了一位女儿对于父亲两年扶贫生活的感慨，酸甜苦辣尽藏其中。2021年10月，记者找到了家书的收信人——王炳华。5月底，他刚刚完成在云南楚雄彝族自治州武定县的挂职扶贫工作，回到台州继续在招商银行台州分行工作。回忆起过去两年半的扶贫生活，他的思绪似乎又飘回了那座云雾缭绕的大山里……

十年缘定武定，春雨播撒大地

2018年10月11日，王炳华作为招商银行第二十批派驻武定县的专职扶贫干部来到了这座山城。但这并不是他第一次来到这里，早在2012年，他就曾经到此参与过乡村支教，孩子们纯朴的笑容和天籁般的歌声给他留下了深刻印象。“当地的小朋友有一个合唱团，真的是天籁之音，他们一直有个梦想就是登上舞台表演……”支教结束回到台州以后，王炳华借助微博的网络力量，将武定合唱团的孩子们接到台州演出，圆了他们的梦想。

公益的火苗在王炳华心中点燃。此后他参与创办了以“支教、助学、文化、环保”为服务方向的台州“春雨公益”组织。

时间来到六年后，当招商银行总行再次征召派驻武定的扶贫干部，王炳华立刻报了名，“我当时就想抓住这个机会，怕再不做就来不及了。”

告别家中妻女，王炳华带着“春雨”飞到了武定。一落地，他就被高原反应缠上了，“当时刚去的时候，气候、环境、语言都是很不习惯的。”去教育局开会，在座的当地干部没有一个人习惯讲普通话，王炳华束手无措。当时的他肩上还背负着一个重担，就是协助武定县在2020年脱贫攻坚关键之年完成脱贫摘帽各项工作。

王炳华和武定的孩子们在一起

走访调研的路上，王炳华将“春雨”撒播到了武定县的大地上。他坚信“孩子就是武定脱贫最宝贵的火种”。治贫先治愚，扶贫先扶教。王炳华对外联络招

古柏招银希望小学

商基金和上海真爱梦想公益基金会，引进5个真爱梦想教室，培养了100名一星教师。2018年11月，“金葵花”音乐教室在武定县古柏招银希望小学和猫街镇永泉小学落成。古柏小学还筹建了“金葵花”彝族苗族少儿合唱团。邀请台州春雨公益和台州青摄人员赴云南义务支教。回忆起小朋友们，王炳华的脸上也浮现出了欣慰的笑容，“这帮小朋友可都是见过大世面的了，深圳总行表演也去过，脱口秀的达人都见过，还有知名钢琴家培养他们。”

在王炳华的理念里，想要让山区的孩子们喜欢上学，一定要让他们在学校里有喜欢的事情或者喜欢的人，合唱是一种方式，老师也是一种吸引。“山里的小朋友可能没有那么喜欢读书的，一定要用别的方式把他们留在学校里，喜欢学校再喜欢学习，我们也想通过这种逻辑把他们培养成有自信有梦想的孩子。”如今武定县的孩子们还有了机器人创客实验室、国际象棋课堂、青少年足球赛……王炳华给孩子们打开了一扇仰望世界的窗户。

家人鼎力支持，扶贫难忘初心

王炳华在武定有了成百上千个“孩子”，但是却没顾得上台州家里的亲女儿。“我当时走的时候，我女儿刚好要高考了，妻子也有点怪我的。”两年半的武定扶贫，王炳华与家人聚少离多，和女儿常常一两个月才通过电话联系一次。

但是家人又怎么会是真心怪他呢？在王炳华扶贫期间，妻子丁玲曾经6

次带着台州的物资，前往武定走访慰问。女儿王语嫣在高考结束以后，沿着父亲的足迹前往武定支教，走近了父亲的扶贫工作以后，她逐渐理解了父亲。

2019 年、2020 年，王语嫣连续两年来到武定。第一次她在万德小学支教，和同伴们一起帮助当地孩子们的卫生习惯改善，当时父亲还有时间陪着她走访各处脱贫户。第二次正巧碰上王炳华忙于招银狮高“智慧卫生室”试点项目和全县 40 个“招银卫生室”建设项目，王语嫣一个人拖着大包小包从昆明机场直接去了武定支教点——古柏招银希望小学。在那里她第一次登上讲台，和上次当助教不同，给孩子们讲起了课，还认识了与父亲结缘已久的“金葵花”少儿合唱团的孩子们。

这两次支教给了王语嫣全新的体验和极大的震撼，她两年两次给父亲写下家书。正如她在信中提到的：“论万德小学，还是古柏小学，看着一张张笑靥如花的稚气脸庞，我亦能理解，为何会有无数乡村教师前赴后继辛勤耕耘；无数扶贫干部、驻村队员走村串寨确保孩子们能上学、读好书；无数的企业也在为此‘引渠’嫁接教育资源、医疗资源，大家合力凿出‘清泉’，只为润泽祖国最美好的花朵。”

2019 年，王语嫣和吴双还一起帮扶了武定当地一名大学生。女孩通过自己的努力考上了浙江大学自动化专业，现在又在西藏应征入伍。王炳华说：“这个都是相互影响的，看到一个好的榜样，自己也会有所触动。”回到台州的王

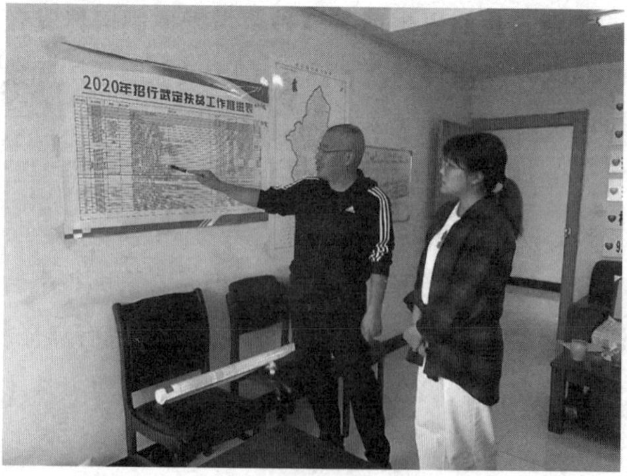

父亲王炳华工作之余向王语嫣介绍扶贫工作进度

炳华现在开始思考起了女儿的未来规划，女儿上大学以后参与了包括联合国志愿者在内的各类志愿活动，未来在有余力的情况下依然会继续参与该方面的活动。

王炳华自己也没有停下公益的脚步。回台州后，用商业的逻辑做公益，他和春雨公益发起了“爱心面包”项目，收集爱心蛋糕店当天没有售卖出去的面包、蛋糕，每天对接给有需要的养老院、环卫工人和残疾人群体，已坚持了 100 多天。另外，他的心也始终系着两千多公里外的武定县，发起山区学校“爱心早餐”计划，用各种方式支持着武定的发展。

志合者，不以山海为远。王炳华深有体悟，扶贫路上，一个人就是一支队伍。他一次次架起台州与武定两地沟通交流的桥梁，将浙江和云南“山有所呼，海有所应”的故事继续讲下去。

【专家点评】

黑格尔说，只要一个人总是宣称他的家乡是最好的，那就表明他还没有成熟，即还没有理性化，还没有实现从个别向普遍的超越。就这个意义而言，我们面前这封家书中的主人公完全有理由被视为一个成熟的人，因为他超越了对他自己家乡台州玉环的爱，却远赴两千余公里外的云南彝族自治州武定县进行扶贫，“全情投入”地实施他作为发起人之一的“春雨公益”，不辞辛劳地把足迹印遍那里的崎岖山路，把汗水洒遍那里的“峥嵘山脊”。令他欣喜的是，在他的感召之下，这封家书的作者，他的女儿，也于高考甫毕便踵其武而投身到对武定的支教事业之中，展现出他们父女二人共有的“此心安处是吾乡”那种广阔的爱——即柏拉图所说的那种唯有哲学家才有的爱。考虑到他们这种广阔的爱的“此心”诞育于我国的理性化为核心的现代化的征程之中，我们完全可以将之视为现代化的时代精神的产物，又视为这个时代精神的突出表现。

中共浙江省委党校　曹文彪

陈江：守土有责、守土担责、守土尽责

记者：李珏铭
编辑：潘康康

【人物名片】

陈江，1976年12月出生，重庆人，2002年毕业于川北医学院临床医学系，从事神经外科临床工作20余年。现任长兴县人民医院党委委员、副院长；兼长兴县第三人民医院（浙医二院长兴院区和平分院）院长，党支部副书记。妻子夏小学现任浙江省长兴县人民医院感染科主任。在抗击新冠疫情期间，作为抗击疫情的最前线医务人员，陈江一家作为双医生家庭，一同走上了抗疫的战场，作出突出贡献。陈江曾获浙江省长兴县“十佳青年志愿者”“十大杰出职工”等荣誉称号；夏小学先后被评为“湖州市青年岗位能手”等荣誉称号；陈江家庭先后被评为县、市最美家庭，浙江省文明家庭。

陈 江

亲爱的宝贝：

新春快乐！

没陪你一起回重庆老家过年，而选择在大年三十除夕夜给你写信，实属无奈，终有一天，你会理解并原谅爸爸妈妈的。

新型冠状病毒肺炎疫情形势异常严峻，雪花般的信息铺天盖地传来，作为抗击疫情的最前线医务人员，我和你妈妈感觉到前所未有的压力和难以承受的责任。

给远在重庆老家孩子的一封家书（第1页）

你妈妈作为医院感染科主任，新冠肺炎救治专家组副组长，需要随时协调专家组成员对来自湖北（尤其是武汉）伴有相关症状的患者进行联合会诊，必须快速做出精准判断，是需要留在医院隔离病房救治还是送到集中医学观察点隔离留观。本次疫情异常复杂，截至目前，传染源及传播途径仍存在不确定性，所有人都是易感者，为了对每一位百姓负责，你妈妈要保证每一例新型肺炎患者不漏诊，以防传染源流出感染其他百姓。这是一项特别复杂而艰巨的任务，判断要快速，要给政府、给百姓一个准确的答案，为下一步政府联防联控决策提供参考依据。

我们医院作为本地区唯一的新型冠状病毒肺炎的定点救治医院，你妈妈所在的感染科就是本次疫情战斗的最前线。随着权威媒体的消息发布，全社会现已逐步重视，大家的防范意识越来越强，怀疑担心自身感染的患者越来越多，发热门诊这几天接诊量已经远远超出了平时，你妈妈已经连续战斗了十个昼夜，其中好几个通宵……她实在是太忙太累了，加之压力很大，休息不好，昨天下午我远远看见她坐在楼梯上，满脸疲惫，还在接电话……请原谅她没有在此时此刻辞旧迎新的美好日子里给你打电话、发微信、送祝福，因为她实在没时间，甚至都可能忘记了今天是除夕。

你妈妈非常辛苦，我也不轻松。我主要负责主城区的各个社区卫生服务站的督查，通过大数据分析，本地区有近期来自武汉的

2000 多名人员散落在各个角落。如何对这批来自武汉的人员进行摸排、流调（流行病学调查）、管控，是我和所在社区卫生服务站的职责。犹如大海捞针，难上加难。

除此之外，我还要对本区域的 12 个急救站点的 20 辆救护车进行管理，备足专用负压转运救护车，培训并考核每一位院前急救的医生和驾驶员熟练掌握转运要求、交接流程、自身防护、终末消毒，确保被转运的每一位普通患者及呼吸道感染患者不被交叉感染、确保每一位医驾同仁不被感染，是对百姓负责、对同事负责，这是底线。

因为事情千头万绪，前几天特意设计了一个表单，每天对照表单在医院内、社区里、急救点巡回督查，实在没时间待在办公室。每天早上第一件事就是学习最新指南、了解最新疫情、收受最新指令，每天晚上还要对当天完成的情况进行汇总、分析、汇报，找到薄弱环节，查漏补缺，持续改进，我们的职责就是确保区域百姓的健康，让大家过一个吉祥安康的幸福年。

宝贝，此时此刻，你一定和奶奶、叔叔、哥哥、姐姐们一起，围坐在桌边享受着丰盛的年夜大餐，等待着春节联欢晚会。你可知道，疫情远未结束，战斗仍在持续。此时此刻，医院里灯火通明，叔叔阿姨们仍在来回穿梭，尤其发热门诊异常忙碌，这个春节我们全体医务人员不休息。

为了安全，昨天开始，你妈妈和隔离病房、发热门诊的全体医务人员必须在医院待命，不能回家。我刚刚回到家，孑然一身，窗外寒风凛冽，细雨飘零，大年三十孤身一人过春节，四十多年来还是第一次，孤独而悲凉。而你妈妈现在还在发热门诊忙碌着，她都没时间感叹，也来不及思恋。孩子，我和你妈妈虽然在同一家医院上班，却好几天没有面对面说上一句话了，前几天还能在会场或在食堂碰上一面，这两天形势严峻，你妈妈在核心区（感染科隔离病房及 6 号发热门诊），我在外围区域，难得有机会见面。刚刚你妈妈给我打了个电话，讨论了一个不愿意面对却又不可回避的话题：万一她不幸被感染了，我应该提醒抢救她的医生同事用什么药？什么时候需要继续坚持？什么时候选择放弃？跟外婆怎么交代？怎么跟你交代？此刻，第一次有机会而没心思看春晚，心情无比沉重。

孩子，在这辞旧迎新的夜晚，我实在想找人说说话，向你倾诉爸爸妈妈在这场没有硝烟的战斗中的点滴，是让你明白：哪有什么岁月静好，是有无数人在为我们负重前行！各级政府已经启动重大公共卫生事件一级响应，医院已经全院动员，成立了医疗救治梯队，保障一线医务人员能够有充足的休息，做好了持续作战的准备。疫情就是命令，时间就是生命。通过政府各部门联防联控，我们坚信，一定能够打赢这场硬仗、大仗。

再过几个小时，即将迎来崭新的2020年，相信未来一定会雨过天晴。请你转达我们对家人的无尽思恋，祝宝贝新春快乐，健康成长！

爸爸：陈江

2020年1月24日晚于浙江长兴

2020年1月24日，这对浙江省长兴县人民医院副院长陈江来说，是一个难忘的除夕夜。妻子夏小学作为医院感染科主任，已经驻扎在抗击疫情的最前线近十个昼夜；儿子被老乡提前带回重庆老家与奶奶团聚。万家灯火团圆之时，陈江忙完了一天的疫情防控工作，孤零零地回到了冷清的家中。坐在窗前，他百感交集，提笔写下了这一封给儿子的家书。

孤单的除夕夜和凉透的年夜饭

2020年春节是一个特殊的春节，一场突如其来的疫情打破了本该喜庆欢快的节日气氛，全国上下进入紧急抗疫状态，一场与时间赛跑，与毒魔较量的疫情防控阻击战随即展开。在这场战争中，医护人员始终坚守在最前线，他们被称为“最美逆行者”。陈江和妻子夏小学就是千千万万个“最美逆行者”中的两位。

夫妻两人所在的长兴县人民医院是长兴地区新型冠状病毒肺炎唯一的定点救治医院。二人立刻上岗，坚守疫情防控一线。陈江主要负责长兴县主城区各

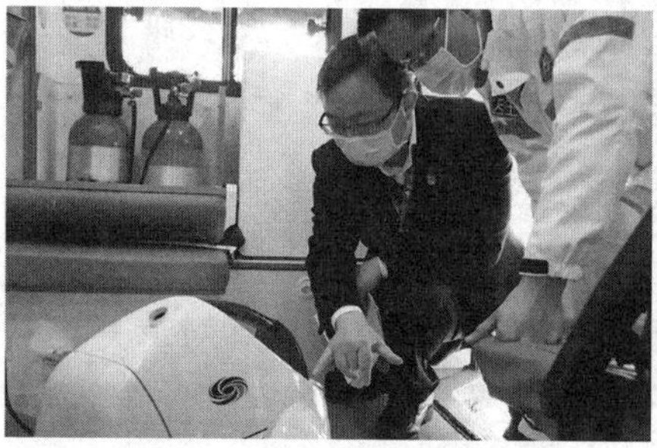
陈江（左）进行督查工作

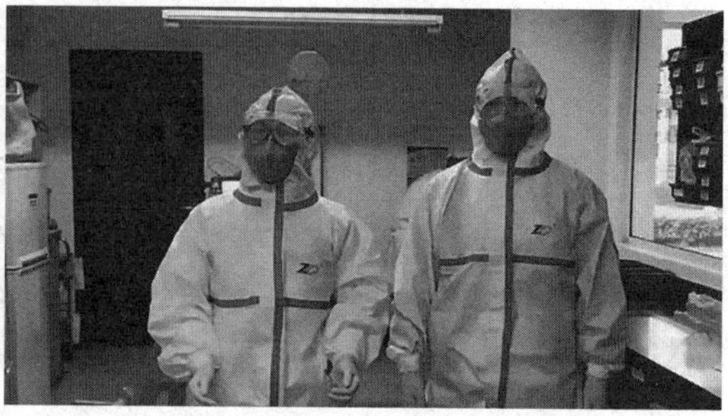
夏小学（左）在隔离区

个社区卫生服务站的督查，对2000多名来自武汉的人员进行摸排、流调、管控，难度很大；当时作为120急救中心常务副主任，他还要负责管理县里急救中心的转运任务。夏小学是医院感染科主任、新冠肺炎救治专家组副组长，她在6号发热门诊（即有流行病学史的患者门诊）进行24小时值班，诊治发热患者。

2020年1月23日至26日发热门诊量达到高峰，夏小学带领着科室同道连续忙碌了几个昼夜，每天只能睡1个多小时。陈江说，除夕前一天，开完疫情防控会，他看到妻子瘫坐在楼梯上休息，“她真的太累了，十几天都没有休息了。那时候我就觉得我必须留下来陪她。”

妻子在核心区，作为丈夫的陈江只能在外围区域默默关心着她。除夕当天，夏小学忙到没有时间接电话，陈江连给妻子打了三个电话叮嘱她一定要吃晚饭，“其实年夜饭就是食堂准备的快餐，她想起来的时候都已经凉透了，就拿个脸盆装点开水热一下。由于当时病人多，加之防护服紧缺，她舍不得脱下防护服。那么小个人，连中饭都没有来得及吃，不知道靠什么力量坚持下来的？”想到坚强的妻子，陈江不禁有些哽咽。

1月26日，长兴县首例新型冠状病毒肺炎患者被确诊，这名患者是从武汉返回长兴时在闭环管理中被确诊的。丈夫陈江和社区卫生服务中心的同事一起，及时对该名患者进行了摸排流调、闭环管控工作，而妻子夏小学则留在感染科病区，负责该名患者的救治工作。

2月5日，是夏小学41周岁的生日。陈江带着儿子等家人，来到感染科病区外围，为她送上鲜花、蛋糕。短短几分钟，孩子泪汪汪，只说了一句话：“妈妈，你瘦了，加油，早点回家！”

2020年1月底，医院感染科前的开阔地，陈江与夏小学在安全距离下见面

2020年2月5日，夏小学生日，陈江带着儿子等家人来到病区外围看望她

长兴就是我的第二故乡

2002年，陈江从川北医学院毕业，从山城重庆来到江南湖州。谈起当初“湖漂”的原因，陈江坦言“大气、开放、实干、争先”的长兴精神，是个人成长成才的沃土，“毕业的时候就想着到沿海来看一看，当时觉得沿海的思想观念、经济条件等对自身发展比较有优势。”次年，大学女友夏小学也跟随他的脚步一起来到了长兴县人民医院工作。两人一个在神经外科，一个在感染科，一干就是二十年。在湖州长兴，陈江和夏小学组建了家庭，还在2007年迎来了一个可爱的儿子。

20年来，一家人和睦相处，相敬如宾，从未吵过架，家里无不洋溢着温馨与幸福。两年前那个在医院病区外流着泪要妈妈的“小哭包”如今也长成了一个懂事的“小大人”。陈江提起儿子，语气里满是欣慰，“他现在已经上初三了，成绩很不错，小伙子阳光、帅气。由于我和他妈妈工作的原因，他自己养成了独立外向的性格，自理能力也很强。”

陈江一家三口合影

陈江说，儿子未来的梦想也想成为一名医生，“他在我们的耳濡目染当中，感受并分享着治病救人的快乐和幸福。作为一名医生，能够为病人带去健康，能够让病人在最困难的时候去安慰、去治愈、去帮助他们重回家庭，他觉得很开心。特别是他妈妈疫情期间的坚守，让他觉得自己的妈妈很伟大，甚至可以拯救一座城市。他觉得很伟大、很自豪。”

守土有责、守土担责、守土尽责

一转眼，疫情已经持续了两年。对于“最美逆行者”来说，战斗仍然没有结束，但他们依然坚守在第一线。

2022 年春节，已经是陈江夫妻俩第五个没有回老家过年的春节了。浙江疫情在 2021 年年底有反复。12 月被调往浙医二院长兴院区和平分院的陈江担任起了一院之长的职责，负责整个辖区内的疫情防控管控工作。记者采访陈江院长时，正值春节后企业复工复产时期，医院每天都要进行大量的企业务工人员核酸检测和国外进口物料采样送检工作，他几乎每天都要忙到深夜。而妻子夏小学所在的感染科团队最近正在负责杭州疫情跨市转运隔离人员和长兴龙之梦隔离点的隔离管控工作。几位同事在隔离点内度过了春节，还有一位同事甚至已经在隔离点内连续工作了 50 多天。

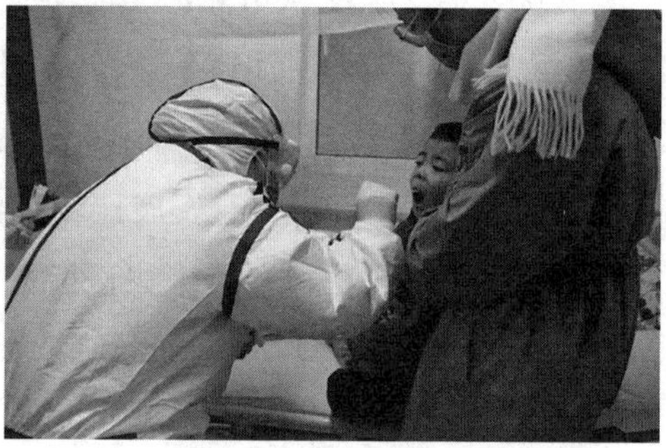

夏小学进行核酸采样工作

“这是我们的职责，就是要勇于奉献，不惧危险，敢于担当，到一线去，真正做到‘守土有责、守土担责、守土尽责’，保一方平安。”陈江说。

【专家点评】

“万一她不幸被感染了，我应该提醒抢救她的医生同事用什么药？”当我看到陈江在写给儿子的信中的这句话时，我彻底破防了。“哪有什么岁月静好，只不过是有人为你负重前行。”正是无数个陈江、夏小学，他们身着出征战场的白衣，用逆行的单薄身躯，才筑起了疫情防控的铜墙铁壁。疫情终将散去，风雨过后，必然见到彩虹。

浙江广播电视集团　来钧

胡忠军：深深浙里爱，悠悠那曲情

记者：李轶男

编辑：刘浩

【人物名片】

胡忠军，1977年2月出生，中共党员，杭州市临安区卫健局党委委员、副局长，援藏期间，着力提升色尼当地医疗卫生水平，培养医疗专业人员，改善当地医疗设备，推动了当地医疗卫生事业发展，被授予“突出贡献奖”。

我的组织、家人、朋友们：

时光荏苒，扎根羌塘。自2019年7月29日进藏，担任那曲市色尼卫健委副主任、区人民医院院长，开展相关援藏工作已一年有余。色尼区2018年5月完成撤县设区，2019年12月退出贫困县区，各方面相对落后，特别是医疗人才紧缺、医疗条件落后、医学常识匮乏，但面对困难和挑战，我深知责任重大、使命光荣。在及时了解卫健领域、区人民医院、各乡镇卫生院相关情

胡忠军

况后，我针对性开展了一些工作，取得一些阶段性成果。回想入藏一年来的工作，有感触、有感动、有感谢，更有感想。

一是有感触。初到羌塘草原，独特的自然条件和气候带给我强大的震撼，一切都让我感慨万千。这里地广人稀，海拔高、气压低，常年高寒缺氧，气候干燥，身体上面临严峻考验。为此，我做好心理调节，释放心理压力，做到吃得下去、睡得踏实。入藏后，我第一时间摸底调研，通过一个多月的实地走访，对这里的医疗条件、卫生状况、群众健康意识、办公环境、牧区的交通状况等有了初步了解。通过摸底调研，我发现现实情况与进藏之前自己了解的情况反差很大，可以说远远超出我的想象，深深感到色尼区基层工作人员、牧区群众工作和生活的不易。援藏始于1995年，至今已25年，这25年来浙江援藏儿女勇担使命、扎根那曲、奉献青春，有力助推色尼区各项事业发展，谱写了“藏汉一家亲、民族大团结”的新篇章。特别是通过杭州援藏干部人才的不懈努力，色尼区城市面貌焕然一新，基础设施建设逐步完善，人民生活水平显著提高。作为一名杭州援藏干部，我深深体会到9批杭州援藏人挥洒汗水、支援色尼，把色尼当作自己的第二故乡，用心用情用力做好各项工作。

二是有感动。通过一年援藏工作，我在自己的领域取得了一些成绩。每当我作出一点点贡献，哪怕是一件很小的事情，都能得到当地牧民的感谢。他们眼神中的质朴和真诚，都带给我心灵的冲击，这是以往我从未体验过的。虽然当地牧民群众居住环境非常简陋，但每次都是盛情款待，敬献哈达，一杯酥油茶，把额头触碰在我的双手之上，嘴里说着听不太懂的语言，那种发自内心的感激之情，让我觉得做什么都是值得的。

一年来，我们浙江第九批援藏55名干部人才，带给我太多的感动。有的家中老人躺在病床上，有的家中儿女还在牙牙学语，特别是我们浙江援藏队伍中首次派出的三位女性，其中两位还是二孩的母亲，她们的付出更是无法想象！还有手术后仍然上高原一线的同志。以前我们只是听别人说着这样的事情，当这些事真实发生在我们身边的时候，这种体会深入人心，难以表达。

三是有感谢。感谢我们的大后方、指挥部一年来对我们的无私关心关怀，无论是工作上还是生活上。进藏的第二天，袁家军省长就带着浙江省委省政府的嘱托来看望我们，相信很多人和我一样，是第一次感受到省市领导零距离带给我们的关怀。苗指挥长和指挥部的领导们，想我们所想，给我们解决各种困难，无论是救命的制氧设备，还是工作、家庭困难，都事无巨细，一一关注，默默关心。还要感谢我的父母和妻子，正是他们的宽容理解和无私付出，我们才能在羌塘草原安心工作，完成我们的援藏大业！

四是有感想。接下来，我将更加努力，以更饱满的激情、更强烈的进取精神、更严谨的工作作风，脚踏实地、认认真真做事。同时，深度融入色尼区，增进团结获得友谊，发扬“老西藏精神”“两路精神”和“那曲精神”，切实办好援藏惠民利民之事，在雪域高原树好杭州干部的良好形象。

胡忠军

2020年8月

2019年7月29日一早，胡忠军背负着身为第九批援藏干部的使命，踏上了海拔4500米的那曲市。这天正好是女儿的16岁生日。女儿将爸爸刚戴过的大红花妥帖收好，郑重地说：“这是我最好的生日礼物，我要保存好，留作纪念！”

来到那曲，胡忠军不出意外也出现了高原反应，头晕、恶心、腹胀。但作为色尼区卫健委副主任，他没做休整就立马开始走村入户。自从2019年7月进藏起，他利用一个月时间，深入12个乡镇卫生院、区人民医院开展摸底调研，深入了解各卫生院、区人民医院医疗人才、医疗设备配备等情况，跑遍了色尼区所有的乡镇卫生院。而这一个月，他足足瘦了16斤。

当被问及为何这般拼命，胡忠军激动地说，时间宝贵，要抓住一切能利用的时机！色尼的医疗卫生条件比较差，当地藏民对医疗卫生的相关条例的了解与应用还不够深入，必须抓紧一切时间，争取在有限的援藏时间内，提升色尼当地的医疗卫生水平，让更多的藏族同胞都能受益。于是，胡忠军忍受着巨大的高原反应，完成了色尼区卫生系统全面调研，出台了一系列医疗改革方案。当第一次下乡时看到牧区的孩子们缺少衣服，有些婴幼儿甚至只用一件大人的外套包裹时，胡忠军连夜联系了杭州临安区卫健局，发动临安方面捐助衣物。两天时间募集到了 1000 余套棉衣棉裤，让这些牧区的孩子们冬天不再寒冷。2020 年 1 月，他还带着 7 位患有先天性髋关节脱位的藏族孩子来临安免费做手术治疗，帮助孩子们像其他同龄小伙伴一样，欢快地奔跑在草原上。

一年来，他带领另 4 名援藏医疗人才和“组团式”医疗队开展送医下乡、各类义诊等活动十余次，问诊藏族同胞 600 余人，得到了色尼区委主要领导的高度肯定和广大群众一致好评，收获第九批杭嘉援藏干部的第一面锦旗和第一份区主要领导批示。2019 年 9 月 2 日，孔玛乡政府将一面印有“扎根高原　真情援藏　医德高尚　服务基层”字样的锦旗送到第九批援藏干部手中。9 月 6 日，区委领导批示：援藏医生送医下乡，意义重大，“第一面锦旗”是群众的认可，更是民族团结的最好印证，向援藏医生致敬。

在年初新冠疫情防控期间，本该在家轮休的他主动请缨，投入新冠肺炎防控工作，积极做好信访处理和信息收集，为疫情防控指挥部决策提供参考依据。他几乎每天都要接听 100 多个电话，并将遇到的问题进行归纳总结并提交指挥部决策。记得有一次，一名安徽籍男子从宁波经临安区到安徽接妻子，但是由于疫情防控形势严峻，该名男子途中遇阻，急忙打指挥部电话求助，胡忠军整整花了一个多小时，与当地镇政府、公安、卡口执勤人员进行协调，最后在政策允许范围内帮助该名男子解决了困难。他常说：“疫情已经给人们造成了诸多的不便，我们工作人员更应该用足政策，最大限度给大家提供帮助。”

同时，作为援藏干部，他还想方设法为色尼区筹集了 160 余万元的疫情防控物资，色尼区委区政府为此还专门向杭州市人民政府发来感谢信。无论是面对市民迫切的求助，还是满腹牢骚的抱怨，胡忠军总能耐心地倾听，并逐条答复市民们反映的问题。2020 年 3 月初进藏后，根据疫情防控需求，在他的建议和帮助下，仅用15天，西藏自治区第一家口罩厂在色尼区建成并投产，这是世界上海拔最高的口罩厂！“疫情就是命令，防控就是责任。”109国道、青藏铁路横贯色尼区，是西藏的北大门，疫情防控的主要任务都落在色尼区，作为区卫健委副主任，又参与过内地疫情防控，胡忠军积极投入到色尼区的疫情防控中，帮助出台相关政策、优化流程、合理调配防控人员，色尼区的疫情防控最终得到西藏自治区的高度认可。

2020年是第九批援藏干部的关键之年，也是杭州援藏25周年，胡忠军在杭州、那曲两地党委政府的领导下，找到“色尼所需，杭州所能”的最大公约数，全面推进色尼区医疗卫生事业发展。

针对色尼区人民医院投用时间段，基础设施、人员配备严重欠缺的情况，作为院长，他在到任后立刻研究针对性建设方案，积极加大医疗设施建设力度，全面开展区人民医院建设工作。在完善内部管理机制的同时，积极援建HIS系统、LIS系统、PACS系统，目前已正式投入使用。建立色尼区人民医院妇产科、普外科、内分泌科及护理部等4个重点科室，其中内分泌专科是西藏自治区海拔最高的内分泌专科。全面推进等级创建工作，目前色尼区共有1家区级人民医院，1家藏医院，1家疾控中心，12家乡镇卫生院，在编人员数170人。通过成立医疗集团，对全区医疗系统人员、设备、财务等八个方面进行统一管理，有效、合理配置，让有限的医疗资源发挥最大化优势。

在那曲，胡忠军始终有一个心愿，要培养一支带不走的医疗卫生人才队伍。他先后安排17名援藏医护人员来临学习，引进援助医疗器械价值80万元。同时，不断加大医疗帮扶力度，通过开展卫生技术援藏“传帮带”、医疗卫生“组团式”援藏授徒和举办各种业务知识培训班等工作，切实提升当地医务人员业务水平综合素质，为当地卫生事业发展和健康扶贫提供人才支撑。截至目前，累计组织色尼区医护人员培训16场1000余人次。

“白日不到处，青春恰自来。苔花如米小，也学牡丹开。”那曲的天很冷、雪很大，但他的心里燃烧着一把火，他把那曲当作自己的第二故乡，浑身有使不完的劲儿。他说：“在那曲要做的事很多。我希望通过浙江和那曲两地的共同努力，三年后，当我离开这片土地的时候，会笑着说问心无愧！”

【专家点评】

“艰苦不怕吃苦、缺氧不缺精神”，胡忠军的故事就是那曲精神的最好写照。从美丽的西子湖畔来到被称为世界第三极的羌塘高原，和所有援藏干部一样，他用自己的一桩桩好事、一件件实事践行着“与其苦熬消耗生命、不如苦干燃烧青春”的誓言。作为一名医生，他救死扶伤、大医精诚；作为一名医务管理者，他助推当地的医疗卫生改革，以便让更多的藏民同胞都能享受到公共医疗的福利。最让人感动的是，胡忠军的眼里永远都有干不完的活儿，而这些活儿不一定是他的本职工作，但一定来自人民群众的需要。他的能力也恰恰体现在他永远都有办法去解决一个又一个难题，无论是治病救人，还是群众的工作、家庭困难，像他家书中写到的那样，他都能“事无巨细”“一一关注”“默默解决”，他用共产党员的螺丝钉精神，在认真倾听群众呼声的过程中找到了“色尼所需，杭州所能”的最大公约数，他用自己的行动践行了共产党员为人民谋幸福的庄严承诺。就像他的名字一样，“忠”要有一颗心，而心的位置一定要摆正，无论是“浙里爱”，还是“那曲情”，在两个一百年的奋斗征程上，让我们与胡忠军式的好干部同心同行、同频共振，燃烧起信念的火花，最大限度给人民群众提供力所能及的帮助。

中国传媒大学　王宇红

袁国鹏：一人援藏，全家援藏

记者：李轶男
编辑：华冰

【人物名片】

袁国鹏，1977年2月出生，中共党员，现任浙江省审计厅行政事业审计处处长，浙江省援藏指挥部纪委专职副书记、审计援藏组团组长、那曲市审计局党组成员、副局长。

亲爱的家人：

2019年6月，经组织研究决定，我成为了浙江省第九批55名援藏干部人才的一员，在接受哈达的那一刻，深感责任重大，使命光荣。今天是我离开美丽的杭州、离开心爱的单位、离开至爱的亲人，来到海拔4500米，距离故乡8000里“世界屋脊的屋脊”那曲的第309天，虽然仍需克服低压缺氧、头痛失眠等高原之苦、离别之苦、思念之苦，但只要想到组织的信任和嘱托，领导的期待和家人的期盼，我总是

袁国鹏

袁国鹏作为浙江省第九批援藏干部整装待发

可以打起精神！迎接挑战！

在那曲的夜，最愧疚的是年逾古稀的父母。母亲您原本身体就不好，年轻时您是军嫂，父亲所有心思都在工作上，您既要上班又要无微不至地照顾我们兄弟俩。现在本该是您安享晚年的年龄，却要继续承担着照顾下两代的责任，作为儿子想起来心头不免一阵酸楚。我和我哥都积极响应组织号召，参加对口支援工作，我清楚地记得，几年前，我哥援疆三年，您偷偷流过很多次泪，得知我又要去援藏三年，母亲您更是无语泪先流。忘不了您“不去不行吗”的犹豫和不安；忘不了您“你的事你定，我没问题”的坚定和支持；更忘不了您“身体适应吗”的问候和担心……父母生长在红旗下，沐浴着党的恩情，对党、对组织有种特殊的感情。我时常能从父母身上感悟到吃苦耐劳、无私奉献的良好品格。爸妈，谢谢你们，注意身体。

在那曲的夜，最欣慰的是乖巧懂事的女儿。今年是你小升初的关键之年，在这样重要的时期，爸爸离家在外，不能陪在你的身边辅导功课，不能与你共同迎接人生第一次“大考”，你不会责怪爸爸吧？我相信你不会的，因为你一直是支持老爸的。这次新冠肺炎疫情，你看到了战“疫”的最美逆行者时，你跟爸爸说自己会好好学习，努力成为像钟南山爷爷、李兰娟奶奶那样的国家工作者。每个人都有责任，在国家和社会需要你的时候，站出来，出一份力，只有国家变得更好，我们的生活才会更加幸福。西藏是祖国重要的边疆民族地区，习近平爷爷说“治国必治边，治边先稳藏”，所以，为了实现中华民族伟大复兴，对口支援西藏，为雪域高原注入“浙江力量”，是我们义不容辞的责任。这些道理你听明白了，说爸爸是一棵“白杨树”，援藏出发前，你执意的送行和难以克制的泪水深深感动了老爸，要知道平日里你是那么的调皮。我坚信，你是真的成长成熟了，我更坚信，爸爸长期不在你身边，你会更加努力学习，一定会实现自己心中的远大梦想。加油，宝贝！

在那曲的夜，最亏欠的是不辞辛劳的爱人。援藏三年，照顾老人和孩子的重任实实在在地落在了你的肩上，其中滋味也只有自己品味咀嚼。“一人援藏，全家援藏”，既然我们选择了援藏，就是选择了牺牲和奉献，谢谢你的支持、理解和付出。作为浙江审计人，在浙藏两地党委政府的坚强领导下，在浙江审计作为大后方的支持下，在省第九批援藏指挥部党委的带领下，我将深入贯彻习近平总书记关于“治边稳藏”重要战略思想，以老西藏精神、“两路”精神、浙江精神和红船精神为引领，勇于扛起浙江“三个地”的使命担当，努力当好“重要窗口”建设的护航者、推动者、实践者，与一群富有家国情怀、敢于牺牲奉献的兄弟姐妹们在一起，与朴实厚道的藏族同胞和藏族干部们为伴，我们一定能度过人生中最为精彩难忘的三年时光，在对口援藏大事记中书写浓墨重彩的一笔。你也是一名党员，让我们为了党和国家事业而努力吧！

三年，山高路远心近情浓，愿一切安好！

袁国鹏
2020 年 6 月

4000公里，是杭州到西藏那曲的距离，4500米是袁国鹏援藏工作驻地的平均海拔高度。2019年7月，浙江省审计厅党组选拔骨干力量，派赴“世界屋脊的屋脊”西藏那曲开展“组团式”对口援藏工作，以袁国鹏为组长的3人援藏审计组团随浙江援藏指挥部第55批梯队，挥别亲人、领导和同事，克服高寒缺氧之难、离别思念之苦，在雪域高原开启为期三年的援藏工作。“缺氧不缺精神，艰苦不怕吃苦”正是浙江援藏审计人的真实写照。

以袁国鹏为组长的3人援藏审计组的工作日常

三年，对于藏地人民的期待，或许还远远不够；三年，对袁国鹏家人来讲，却是太久太久。还记得，当援藏集结号即将吹响之时，袁国鹏接到了女儿的电话，“爸爸，你猜我在哪里？”一听到女儿可爱的呼唤，袁国鹏止住即将滑落的泪珠，向远处的妻子和女儿深情凝望，似乎女儿看懂了爸爸的期待：“爸爸爱你，向爸爸看齐！”

从父亲的角度，袁国鹏很想在女儿初长成的阶段关注她的成长。但是，每日忙碌的援藏工作，等回到驻地再想与女儿视频通话时，手表上的指针已经转到了深夜。这样的等待几乎成了三年里袁国鹏的家常便饭，每次下班回到宿舍，独自一人望着房顶发呆，也成了他更加专注思考人生的唯一方式。

2020年年初，袁国鹏远在武汉的岳父岳母感染了疾病，可当时的属地卫生规定，让远在西藏的袁国鹏和杭州的妻女五雷轰顶，有心无力。那一刻，袁国鹏顶着强烈的高原反应，只能靠电话安慰妻女和自己的父母。但袁国鹏也坚信，在党中央的正确领导下，在武汉当地医护工作者的紧急救治中，岳父岳母一定能脱离危险。

“在接受哈达的那一刻，我再次感到责任重大、使命光荣，作为厅党组派出的干部，能以这样的方式戍边卫国报效组织，能以这样的方式亲历见证西藏中国梦的实现，能以这样的方式到条件艰苦、情况复杂的地区磨炼意志、增长才干，我内心是光荣的、自豪的！”袁国鹏用实际行动践行这一诺言，刚到那曲，头晕胸闷、失眠缺氧等高原反应就接踵而来，几个月后，出现了血压高、尿酸高、脱发等症状，短时间掉了二十几斤肉。他拥有炽热的情怀，乐观面对、主动投入，经常带上些面包、馒头和矿泉水下乡调研、破解难题，用脚步熟悉这片土地，用坚守融入雪域高原。在当地干部群众眼里，他脸上有了“高原红”，心里装满“西藏情”，身兼三职的他更像一头“牦牛”，勤劳勇敢，乐于奉献，勇于担当。

一人援藏，全家援藏。袁国鹏最放心不下的还有杭州年逾古稀、身体虚弱的老母亲。进藏不久，母亲突然住院，需要照顾、陪护，本该留在病床前尽孝的他，因为如火如荼的对口支援工作，义无反顾地选择了值守藏区。“虽然母亲常说工作是首位，你不用牵挂，但每次接到母亲身体抱恙的消息，焦虑不安瞬间涌上心头。”一提起母亲，他总是感到深深的愧疚。项目审计、监督执纪、会商研判……白天他忙于援藏工作的大事小事，唯恐遗漏一个细节，只有到夜深人静的时候，偷偷地给爱人打电话询问母亲的病情，默默关心思念，独自难过流泪。“确实想多陪陪家人，但我作为组团的带头人，要对援藏工作负责，审计来不得半点马虎。”在年底返浙安排中，他常常发扬风格“往后站”，直到大家都返浙了，他才得以守在母亲病床前，寸步不离，悉心照顾。其实，袁国鹏一直都想亲口对母亲讲：妈妈多注意身体，您放心，儿子能行！

袁国鹏的父亲是军人，母亲是军嫂。或许是遗传了父亲的“兵气神”，袁国鹏和大哥都先后参军入伍，都先后参加了浙江援疆和浙江援藏。军人家庭背景造就了袁国鹏钢铁般的意志，也使他在最头痛欲裂的关键时刻，带着对党和人民无尽的爱，带着对家人无限的眷恋，一心扑在藏地的审计工作上，将浙江审计的经验做法引入到那曲审计系统，让对口支援工作遍布着“浙江味”“红船味”“那曲味”以及“援藏味”，为援藏审计工作留下了不可磨灭的功勋。

严寒干旱、风沙扑面，这注定是一条不平凡的援藏路。西藏有句俗语叫“远在阿里，苦在那曲”，那曲海拔高、气压低，含氧量仅为海平面的一半，气候条件恶劣，仿佛没有四季，只有冬季和大约在冬季，这对长期驻守在高原的援藏干部身体是极大的考验。三年来，袁国鹏扎根雪域高原，克服身体和心理的双重煎熬，用真诚、实干和无私尽心尽情尽力做好新时代援藏工作，以最真实的情怀为雪域高原注入了新的活力，续写浙江援藏审计新的篇章。

【专家点评】

鲁迅先生在诗中写过："无情未必真豪杰，怜子如何不丈夫。"品读袁国鹏的家书，最大的感动就是他敢于把对家的一往情深真实地呈现给读者，特别是家书结尾的那一句"山高路远心近情浓"更是让人泪奔，那是他作为儿子、父亲和丈夫对家人最真切的情感表达。袁国鹏的故事是无数援藏干部故事的缩影，因此，从这个角度来说，理解他们的牺牲才能更加珍视他们的付出，也更能展现所有援藏人舍小家为大家、无私奉献为国家的家国情怀和精神世界。在袁国鹏的故事中，我记住了他与家的几个瞬间：第一个瞬间是女儿送别的呼唤和带泪水凝望的眼神，袁国鹏的以身示范是"向爸爸看齐"，去做一颗挺拔的"白杨树"；第二个瞬间是母亲的请求"不去不行吗？"袁国鹏的哥哥也是援疆干部，父母年过古稀，身体不好，儿行千里母担忧那是自然的。疫情期间，生活在武汉的岳父母又双双感染了疾病，他们夫妻依旧服从大局、无法照顾。在年底返浙的安排中，他常常发扬风格"往后站"，等到大家都回家了，他才能回到母亲的病床前。人到中年，谁没有经历过上有老下有小的困难？袁国鹏的故事让我想起那句"哪有什么岁月静好，是有人在替我们负重前行"。家书中，袁国鹏对妻子的话并不多，只有相互的鼓励"一人援藏，全家援藏"，还有相互的自勉"选择援藏，就是选择了牺牲和奉献"。如果说"军功章里，有你的一半，也有我的一半"的话，在这里我们应该郑重地对袁国鹏的家人还有所有援藏干部的家人们说一声："谢谢你们的支持、理解和付出！"

中国传媒大学　王宇红

张明：咬牙忍痛，保证物资不断供

记者：祝佳佳

编辑：潘康康

【人物名片】

张明，1978年1月出生，中共党员，浙江大学医学院附属邵逸夫医院财务科副科长，浙江第四批援鄂抗疫医疗队队员。在湖北武汉47天，张明一人承担了医疗队的行政、财务、后勤保障等工作。在他的协调下，浙江第四批援鄂抗疫医疗队没有发生物资断供、物资浪费等情况。

亲爱的爸爸：

您在武汉还好吗？我猜您一定很忙，好几次在微信里给您留言，您基本都没有给我回复。好不容易等到一句回复，写的也是“爸爸忙”之类的话，不过看到你的回复，我和妈妈就放心了。我不知道您有没有时间读我写给您的信，但我想用这种方式分享您不在家时的点滴。我在公众号上看到了邵逸夫医院的很多消息，了解到

张　明

你工作的辛苦，每天要负责接收整个医疗队的物资，并将物资根据临床的需要分配下去，甚至要装卸几百箱的物资。

出发前那天，您一直在单位忙碌着，很晚才到家。回到家就接打各种电话。后来，您又出门去了单位，直到临睡前您才对我说了一句："儿子，爸爸要去武汉了，放心，你在家要听妈妈的话。"我一开始很矛盾，甚至希望您可以不去。心里一直在想，爸爸并不是一线医护人员，为什么也要支援武汉呢？后来才知道武汉不仅需要医护人员，还需要像您这样的管理人员负责调度指挥。我想到现在的武汉是全国疫情最严重的地方，抗疫也到了最关键的时候，只有得到更多的帮助，才能渡过难关。一想到这里，我又为您不顾个人安危前去援助身处困境而感到骄傲。

第二天一早，我醒来的时候，还没来得及告别，您就已经奔赴一线了。在您离开杭州前去武汉的第一个晚上，一直都没有您的消息。我躺在床上，辗转难眠，无法入睡。后来我默默地告诉自己：邵逸夫医院有一支很优秀的团队，他们带着先进的仪器和最好的医护人员出发，一定能凯旋归来。

我知道只有像您一样强大的人，才能去帮助更多的人。所以，现在的我正在努力提升自己。我每天能安排好自己的学习，及时向老师提问，把所有的疑惑弄懂为止，剩下时间会做一些自主练习，偶尔还会超过2个小时。饭后我会弹一会儿钢琴，一般弹的曲子就是《回忆》和《梦中的婚礼》，偶尔还会弹一些其他的歌曲，例如《烟花易冷》《梁祝》。

前两首我已经练习得较为熟练，可以入耳，但是离美妙还有一点距离，争取在您回来的时候，可以弹奏一曲来庆祝您的凯旋！至于篮球技术，在每天的磨练下，也有所长进。老爸，平常您对我的学习和生活有些严格，让我偶尔感到不适，现在反倒有点想念您的严厉。我有视频发给您，抽空可以欣赏一下，也欢迎您提出宝贵的意见。家里吃的和用的都很充足，医院工会也送来了一些慰问品，另外每周二、周四会送一些果蔬过来。

老爸，我和妈妈在家一切安好，您不必担心，自己要注意休息，不要太过操劳。如果每天能给我们留言或者打电话，我们自然欣喜万分。最后，希望疫情尽早结束，待春暖花开时，等你凯旋归来！

想念您的儿子

2月22日

2020年2月22日，儿子张乐在爸爸张明出发到武汉后一个礼拜，给正在武汉抗疫一线的爸爸写的一封深情家书。当时，张明正在武汉协和医院肿瘤中心院区，紧张地搬运着物资。因为痛风急性发作，他跛着腿，靠吃止痛药在咬牙坚持着。正当他坐下来缓口气的时候，手机微信跳出了儿子张乐的一封信。看到这封家书，张明瞬间觉得自己身子松了，不累了，他的工作，值了。

时间倒退到2020年2月13日晚上12点，张明突然接到医院电话：医院要组织医疗队赶赴武汉，需要一名行政人员负责后勤。电话那头没有点名让谁去，但张明第一时间就做出了反应：我去。

也不是没有跟家人商量，早在武汉疫情暴发、医院先后已经派出几支小队支援武汉的时候，作为职能科室负责人的张明，心里已经有了决定：如果真的用得上，我就去。而且早早地，就跟夫人商量好了，张明说："我夫人是老师，我们沟通一直比较顺畅，她都很支持我。"而让他更加坚定信念的，还是儿子张乐："平时我们对儿子的教育光是停留在嘴上，我要用自己的实际行动，给儿子树立一个正面的形象。"

张明在武汉

2月14日，到了武汉的张明马不停歇，立刻跟他的队员们投入到紧张抗疫工作中。虽不是冲锋在最前线，但要保证一线工作人员没有后顾之忧，确保他们的工作和休息，这项工作任务也是非常的艰巨。

此次，邵逸夫医院共派去了142人，所有的医疗物资都在张明一个人手上。当时，武汉协和医院肿瘤中心院区已经没有多余物资供张明支配，邵逸夫医院本身物资也很紧张，但他要确保随医疗队一起发出的医疗物资能够分配到每一个医护人员手上，张明说："防护服、N95口罩、外科口罩、护目镜、隔离衣、鞋套、靴套都要尽可能想方设法保障到位，这将关系到整个救治工作能否顺利开展。"

出发前，他就已经做了预算：医护人员4个小时一个班，每天6个班轮班，一天需要用到多少口罩、防护服，带去的物资可以支撑几天，如果防护物资紧缺了，从杭州出发到武汉需要多久，要提前多久跟杭州方面汇报……各个方面，张明都细致的安排上了：医疗队在武汉的一天，防护物资就没断过一天。

而给他工作带来一定麻烦的，还是医护人员的住宿问题。因为宾馆的紧缺，邵逸夫医疗队的142名队员被安排在了两个酒店，而且是在两个不同的区。这本该只要进行一道工序的事，又被复制成了两份。张明采取了"一协调二分派三落实"的手段解决了问题，而付出的代价，就是在武汉一个多月的时间里，张明每天只有几个小时的睡眠时间，人也瘦了一大圈。

除了住宿、交通，还有最重要的衣、食问题，也是张明需要解决的。因为出发匆忙，医疗队多数队员的随身行李箱只带了最基本的换洗用品，而到了武汉的第二天，武汉就下了一场大雪。当时，整个武汉都已经封城，所有商店、超市全部关门，支援的武汉协和医院肿瘤中心院区更是没有一个多余的力量可以来对接……队员的保暖、吃的、用的都缺少，一度让张明乱了。正当这最紧张的时候，一批志愿者出现了。张明说："到现在，我心里还一直感谢着在武汉的浙江商会、温州商会的兄弟们，他们帮了很大的忙。"宾馆空调没开，房间太冷，志愿者的暖心棉被马上到位；生活上缺什么，浙江商会、温州商会会千方百计想办法保障，让医疗队能够克服这些困难；而这一切，都是张明一个人在前方协调。

寒冬终逝，春天如约来临。在春暖花开的时候，武汉迎来了抗疫胜利的好消息，张明和他的医疗队也平安顺利地回到了杭州。不善表达感情的儿子张乐，也在爸爸回到家的那一刻，热情地拥抱了爸爸。

【专家点评】

“一方有难八方支援。”突如其来的疫情，打乱了所有人的生活节奏，城市仿佛被按下了暂停键。而这时，我们的白衣天使们勇敢地站了出来，白衣执甲向险而行，他们舍小家为大家，冲锋在抗疫一线。张明虽然不是最一线的医护工作者，但他的工作，同样也非常重要。“兵马未动，粮草先行”，正是有着无数个“张明”，才确保我们能够打赢这场疫情防控阻击战。

浙江广播电视集团　来钧

贾永义：我为那曲献技术

记者：李轶男

编辑：华冰

【人物名片】

贾永义，1979年9月生，中共党员，理学博士，硕士生导师，浙江省农业农村厅正处级干部，浙江第九批援藏农牧组团负责人。2020年荣获浙江省担当作为好干部称号。

亲爱的妻子：

见信如面！自去年七月踏上平均海拔4500米的羌塘高原，至今快要一年了。与家乡的炎炎夏日、绿树成荫不同，西藏那曲现在仍似冬季，不时飘起雪花，草原上依旧一片枯黄。近期，我一切都好，身体基本适应了高寒、缺氧、干燥、低压的高原气候，原定的各项援藏工作也陆续开展起来，唯有对您和家人的思念如草原上的溪流，涓涓流淌。闲暇之余，梳理了一下援藏感受，跟你说说心里话。

贾永义

西藏那曲牧女联合在建党 100 周年当天送上牧女们亲手缝制的党旗

这段日子，我经常在思考援藏的意义。随着在藏工作生活时间的增长，我逐渐认识到西藏在我们党和国家战略全局中的重要地位。西藏作为一个边境地区、民族地区、宗教地区、艰苦地区和复杂地区，是我国重要的“两屏两地一通道”，同时也是我国同西方敌对势力和境内外敌对势力、分裂势力斗争的前沿。五体投地的朝圣者，唱佛诵经的修行僧，擦肩而过的转经老者，会让自己由衷地敬佩藏族同胞对信仰的虔诚和执着；牧民拿出糌粑、酥油和风干肉热情招待下乡干部，不停地用藏语说着“扎西德勒”的祝语，会让自己感受到牧民的热情和朴素；路过正在挤牛奶的阿佳，那朵高原红总会向我们投来灿烂的笑容，会让自己感受到牧民面对艰难的坚强和乐观；与篮球场上踢足球的藏族男孩一同尽情欢笑，让气喘吁吁中的自己想到儿子，想到年轻一代的成长；纺织牧女们看到新型织布机，驻足不前，会让自己感受到她们那种想通过新技术来改变生活的渴望；爱心暖冬行动现场，藏族家长们不停地向我们送上洁白的哈达，内地孩子们传来一句句童真而亲切的悄悄话，让自己感受到那种藏汉一家团结互助的可贵和愿景，等等。这些场景，总能拨动我的心弦，让我感动，让我更加深刻理解援藏的意义，更加坚定自己援藏的信念，也更加明白自己身上担负的使命和职责所在。

这段日子，我经受住了恶劣环境的考验。西藏那曲是世界上海拔最高的地级市，地广人稀，蓝天白云，雪山圣湖，一群群牦牛在绵延的念青唐古拉山脚下悠闲吃草，牧民们迎着晚霞总会跳起热情欢快的那曲锅庄，多么令人神往陶醉的地方。但那曲还被称为生命禁区的禁区，过来以后才深切体会到在这里生活的艰辛：一年只有两季，冬季和大约在冬季，而一天又如同四季，昼夜温差极大；含氧量和气压仅为杭州的58%，平常走路相当于身上背了30公斤的东西，速效救心丸是我们援藏干部随身必备；常年空气干燥湿度低，睡醒的早晨总是口唇干裂，鼻腔出血，等等。去年进藏两个月的体检报告显示，我们55名援藏干部中就出现了80%尿酸偏高，1/3的心脏三尖瓣返流（心脏肥大）、左心室高电压。听援藏前辈们讲，这种情况会随着在藏时间的增加，有可能还会更严重。我知道说这些，你肯定会很担心我的身体，不过请你放心，通过积极的心态调整，加之援藏指挥部配套设施的逐渐完善和援藏兄弟姐妹们的相互关照，我已逐渐适应了当地的气候环境。知道吗？每当因处理紧急事务引起高反的时候，我总会停下脚步，看看蓝蓝的天空和四周美丽的景色，回想过往经历和无数个因坚持而收获的瞬间，总能使自己的心灵得到净化，收获慎独之心、平常之心和感恩之心，鼓励自己要更加从容坦然地面对人生得失。

这段日子，我尽力为那曲做了一些实事。你也知道，我是一个不乐意守旧，喜欢做点实事的人。虽然这儿条件很苦，但如果要我躺在床上碌碌无为，我甚至感觉比对我身体的伤害还要难受。幸好，在指挥部的坚强领导和支持下，兄弟姐妹们特别是农牧组团成员的积极帮助下，进藏近一年来，按照指挥部的统一部署，我们牵线促成浙那两地签订农业农村发展战略合作协议，为新一轮农业农村领域对口支援那曲提供了方向指引；我们接力推进浙江精准扶贫示范项目暨百亩连栋智能温室建设运行，今年7月份就可以通过浙江最先进的种植技术应用，生产出世界上海拔最高的第一批新鲜蔬菜；我们推进那曲双湖丰年虫资源开发利用，技术指导那曲丰年虫加工车间的运行，投产后可以为双湖新增产值近亿元；我们组织那曲企业参加浙江农博会，现场销售额创浙江对口支援地区最高纪录，同时为了减少疫情影响，我们又在浙江网上农博开设那曲馆，进一步拓宽了农牧产品销售渠道，原来的 7 天农博会变成了 365 天天农博会；我们积极呼吁当地政府并牵头组织申报的那曲市色尼区现代农业产业园入选国家现代农业产业园创建名单，为那曲农牧产业发展提供了一个国家级发展平台；我们组织运行的世界海拔最高的农产品质量安全检测中心取得双认证资质，并以此为平台依托，获得了那曲首个国家农产品地理标志和首张无公害农产品证书。这些工作，说来有点絮叨，不过我特别想通过工作的成绩来报答您和家人为我的付出，回馈党和国家给我的这份荣誉和使命。

这段日子，让我最亏欠的还是您和家人。犹记得，来援藏的那一刻，我是非常犹豫的，毕竟您工作忙、儿子在读小学，父母也多病，都需要照顾和陪伴，是您的坚定和支持，才让我放下顾虑，毅然决然地服从组织安排来到西藏那曲。可是，沉重的家庭负担（照顾父母和儿子）却实实在在地落在您的肩上，加之您繁重的工作，个中滋味也只有您独自品味咀嚼。来援藏的时候我答应了的，等我三年回去，我会多做点家务，支持您去党校学习，支持您在事业上更好的发展。咱们的儿子或许还不能理解，为什么我要离开你们，去那么远、那么苦的地方。有几次想给儿子讲讲，可欲言又止，还是等他大了慢慢体会吧。儿子的学习是我最担心的，听说他现在每天都能坚持在学校完成作业，我甚是欣慰，希望他能更进一步。父母几次给我打电话，我因手头有事情都是匆匆说几句就挂了，他们身体都不好，我不仅没有侍奉跟前，反而让他们为我担心，我深感愧疚，辛苦您细心照料了。我非常想念您和家人，不过今年因为疫情和特殊工作要求，我估计很难抽身回家看看你们了，希望你们保重好身体，照顾好自己，你们安康是我最大的心愿。同时，也请您和儿子、父母们放心，我会注意身体，保护好自己。我相信，有您和家人的理解支持，有援友们的互帮互助，有当地干部的关心关爱，一定能践行好“矢志不渝，砥砺奋进，不甘平凡”的援藏心愿，给自己三年的援藏生涯画上圆满的句号，开启人生新的征程。

你的丈夫：贾永义

2020年5月28日

2019年7月，贾永义博士毕业不久，便服从组织安排赴西藏那曲参加对口支援工作。作为一名长期从事水产科研和管理工作的科技人员，远赴万里之外的雪域羌塘草原，开展以牧业为主的对口支援工作，无论在身体上，还是心理上，都是一次极大的考验！

贾永义曾不止一次地问自己：放下事业，远离家人，选择援藏值得吗？专业不对口，行政经验缺乏，自己能履行好这份职责吗？身体高反严重，语言交流不畅，难道真要做“躺着也是一种奉献”吗？幸运的是，在浙江援藏指挥部的积极疏导、受援单位的热心鼓励和组团成员的支持帮助下，贾永义快速实现了身份角色转变，克服了高海拔气候环境对身体的不利影响，找准了工作切入点，创新方法，实干担当，团结协作，全身心地投入到了农业农村对口援藏中，并取得了一定成绩。

贾永义说，对口支援西藏是国家战略，也是党中央交给浙江的重要政治任务。作为一名共产党员，能被选派上参与到这个国家战略的实施，想的最多的就是积极地在这片土地上做出点成绩来。但是，站在浙江望西藏，是设想；身处西藏看西藏，那才叫融入。比如，

援藏农牧组团在浙江农博会现场推荐西藏那曲牦牛肉

在浙江的日常工作，我们更多的是考虑产业高质量发展、考虑共同富裕；而在西藏这种艰苦的环境下，除了考虑发展之外，我们考虑更多的是如何因地制宜，如何将有价值、有意义的浙江经验植根于西藏。

那曲退休干部老党员在4500智能温室大棚载歌载舞，庆祝西藏和平解放70年

一提到百亩连栋智能温室，贾永义非常兴奋地打开了话匣子，因为这是浙江产业援藏精准扶贫示范项目，也是贾永义援藏的重点开发项目之一。百亩连栋智能温室投资规模大、技术要求高、社会影响广，备受浙江、那曲两地的干部群众关注。但由于受高海拔气候环境等影响，温室建设整体进度缓慢，能不能建起来、用起来、发挥效益，干部群众疑虑重重。三个多月时间里，贾永义和“战友们”奋战在一线，破解了一个又一个建设难题。大家万众一心，仅仅用时3个多月，顺利完成了4座以气雾栽培模式为主的蔬果种植车间和1座以内地花卉苗木为主的亚热带植物氧吧建设，并带动温室周边光伏供暖设施的建设（国家扶贫项目，后来成为西藏为数不多能够正常运行的光伏项目），实现了温室主要环境参数的数字化控制、30多种新鲜蔬菜瓜果的规模化种植和近千种花卉苗木的批量供给，吸引大量干部群众前来采购、参观和体验。

据不完全统计，贾永义主要负责的“百亩连栋智能温室”一年来已尝试种植蔬果60多种，引进培育花卉苗木100多种，对外销售蔬果200吨、花卉苗木10000多盆（株），提供种植、绿化、养护等技术服务20多次，帮扶本地劳动力就业120人次，技术培训、科普教育、教学实践等1500多人次，免费接待西藏干部群众参观交流12000多人次，促进了当地的理念更新和各民族的交往交流交融。目前，百亩连栋智能温室已经成为宣传那曲新形象的“金名片”、深受广大群众欢迎的“打卡地”和展示援藏铁军精神的重要窗口。

从不可能到可能，从劣势变为优势，从相互扯皮到齐心协力，大棚一天

参加科普教育的西藏那曲小学生在4500智能温室里的香蕉树林下合影

天建起并发挥效益，也让贾永义更加坚信——西藏那曲并非不能创业，只要想干、只要用心，戒空谈，依靠科技、依靠管理、依靠奋斗，同样可以把事情做起来，同样可以带给大家满满地幸福感和获得感。走在棚里，看着牧区孩子们观察时流露出的既新奇又甜蜜的笑容，看着牧民一家人边采摘边品尝瓜果的祥和，看着络绎不绝的年轻人在满院绿色和鲜花的氧吧里拍照留念，真真切切地让贾永义感受到了援藏的意义，这一切付出是值得的。

“险在昌都，远在阿里，苦在那曲”是对援藏极为精辟的概括。但面对藏民们阳光般灿烂的笑容，面对肩上的使命重担，贾永义从来都是默默奉献，从不言苦。

西藏极其严酷的地理条件，使贾永义的身体出现了严重的高原反应。那种难以描述的难受，像极了游走在生死边缘的冒险游戏。但心怀敬畏之心、责任之心的贾永义，咬紧牙关一如既往地坚挺着。

就在贾永义扎根藏地基层满怀激情干事业的时候，家中的老父亲突发脑溢血，幸亏抢救及时，脱离了危险。在浙江家里发生的惊险到脱险的一幕幕，犹如一座又一座大山，全部压在了贾永义妻子身上。可是，如果此时惊扰正在援藏的丈夫，远水也无法救助近渴！身为妻子，不就应该在这时候护宅安家，做好丈夫的后方保障嘛！一年后，贾永义回浙休整，妻子才将此事告知于他，不善甜言蜜语的贾永义沉默了许久，才说出一句："以后的家务我包了！"

一路走来，贾永义把更多的大爱挥洒在了西藏。他若讲起援藏经历，三天三夜都讲不够：与爱心组织的一拍即合和不远万里的慷慨相助；师傅顶住高反用最短时间完成设备安装，只为能留出更多的时间进行纺织培训；搬迁点牧女们围在纺织机前认真听师傅讲解，羞怯而又渴望着尝试一下操作；为了实现氆氇纺织工艺改造，牧女们争论的都有点火药味，可在解决的那一瞬间大家又是喜极而泣地相互拥抱，一幕幕难忘瞬间多么令人感动。

贾永义说，作为共产党员，祖国有号召、组织有要求，就得义不容辞地参与到国家战略中去，就要投入到最重要的工作当中去。贾永义很谦虚，他说目前做的这点事情还很微不足道，或许还不能完全帮助他们走上致富之路，但是通过他带去的丰富理念与新技术新模式，那曲牧民的生活一定会越来越好。

【专家点评】

援疆援藏是艰苦的，在很多人看来：只要去，就已经是一种奉献。但贾永义无数次问自己：难道真的要做"躺着也是一种奉献"的人吗？他没有，他是实干派，从谈合作到搞项目，从果蔬栽培到智能温室，从技术培训到科普教育，从不可能到可能，从劣势变为优势，作为一名有信仰、有追求的党员，贾永义坚信，只要想干、只要用心，即便再苦再难，依靠科技、管理、奋斗，同样可以把事情做起来。家书中贾永义对妻子满是愧疚，但对于援藏却不甘平凡。在对口帮扶工作上，在共同富裕道路上，需要的就是这样不忘初心、砥砺奋斗、无私奉献、不甘平凡的实干家。

浙江广播电视集团　农书荣

刘斌：一次援青行，一生青海情

记者：祝佳佳

编辑：刘浩

【人物名片】

刘斌，1979年2月出生，中共党员，浙江纺织服装职业技术学院党校办副主任，浙江省第四批援青干部人才，2019年受宁波市委组织部选派，到青海柴达木职业技术学院挂职担任院长助理，负责学院的科研、创新、浙江援青项目建设、对口支援院校的交流与合作；2020年兼任了教务部部长，负责学院的教育教学管理工作。在2020年浙江省东西部扶贫协作奖表彰大会上，被授予“突出贡献奖”。

老公：

你好！很久不写信了，这称呼竟有些生疏了。

此刻，你正远在青海，刚刚陪同宁波代表团考察完德令哈援青工作。视频中，你头上的蓝天、白云看起来那么纯净，映着你的笑容，看起来你的援青生活过得还不错。

想起来三个月前，你通过QQ在电脑

刘 斌

面前打过来“援青”两个字，我的第一反应是“炸”了，直接回复三个字“不同意”，甚至说出了“要去把婚离了再去”的狠话，当时只是气话，想“威胁”你拒绝组织安排。这些年，你因为工作忙碌，经常熬夜加班，身体素质大不如前，加上我亲身经历了同行小女孩在西宁游玩时出现严重高反，内心的第一反应是担忧。后来你耐心向我说明了援青工作的意义和你希望丰富人生经历，为援青事业作贡献的期盼，我才渐渐接纳了你的决定。其实，同样身为一名党员，我自然明白组织既然作出了安排，你也应该服从。只是我和儿子的生活早已离不开你，即使偶有争执、争吵，我们彼此早已成为对方生命的一部分，不可割离。

你到达德令哈后，发来了你所在学校的照片，还有学校为你安排的宿舍，干净、明亮。你还为自己下厨，做了两菜一汤，一再安慰我让我放心。可是不出两天，你又开始彻夜工作，紧锣密鼓开始准备辅导那边学校年轻教师申报科研课题的材料，并思考运用哪类资源去带动年轻教师自我提升和发展，已经离开实训岗位多年的你，又开始翻阅数控设备的操作说明书，还笑言自己“宝刀未老”。你在出发前说，此番援青之行，如当年公公婆婆知青下乡之路，让你感到光荣。今天，我也在单位刚刚完成了“不忘初心、牢记使命”主题教育总结拟稿。接受主题教育最大的收获莫过于心中对共产党人的初心和使命更明朗了，更清晰了。虽然身处和平年代，经济正高速发展，我们的物质生活更丰富了，但党的初心和使命从为人民服务、为中华谋复兴，其最核心的：无私奉献，从未改变。请原谅我在一开始不能懂你此心，还说了气话。我也请你放心，我会照顾好家，照顾好我们的儿子。儿子上学期学习了歌颂西部建设者的文章《白杨》，相信在他的心中，参加了援青工作的爸爸也有着西部建设者一样无私奉献的精神，一样让他为之自豪。

宁波正进入秋天，西宁估计很快就迎来寒冷的冬天了，高原气候早晚温差大，你更要注意保暖，预防感冒。身边少了“看”着你的人，更要养成好的生活规律，保证足够的睡眠。也祝愿你在西部的学校能发挥所长，把你所掌握的优秀技能、先进的教学理念带去那边，真正发挥援青人才的作用，作出更多的贡献。

最后，汇之一句话，愿君一切顺利！

尔

2019.9.4

这是刘斌在援青期间收到妻子胡佩尔的一封家书。

“看到妻子寄来的这封信，我内心五味杂陈。我把它发到了我们援青干部交人才流群里，群里也有不少人被感动到，这封信，也被记录在了我们援青的书里面。”

2019 年 7 月，刘斌在浙江纺织服装职业技术学院质量控制办任职。组织找他谈话，问他愿不愿意去青海支教，刘斌没有迟疑，爽快地答应了。

“我父亲是黑龙江省劳模，跟母亲都是上山下乡的知青，我潜意识里就有这种向往，体验父母当年的生活。我大学有个同学，毕业那会儿被团中央选派到边疆支教；这么多年过去了，一想到我同学，心里依然是羡慕。他在我心目中带光环镶金边，闪闪发光。”刘斌答应得爽快，可两地分居、照顾儿子的责任一下子落在妻子头上。

“去支教可以，先把婚离了。”一打开 QQ 就看到刘斌说要去支教，妻子的无明业火蹭地就上来了。但是，同样是党员的妻子马上冷静了下来；等夫妻俩都回到家，两个人彻夜长谈，对于刘斌去青海支教达成了共识。

2019 年 8 月，包括刘斌在内的浙江省第四批教育援青团队的 22 位教师启程奔赴海西州。在此之前，刘斌对于青海的认知，仅限西宁、青海湖、格尔木三个地方，对于他即将前往的海西州，更是闻所未闻。而他所要任教的青海柴达木职业技术学院，是整个海西州，乃至整个青海省中西部地区唯一的高等院校。

柴职院位于德令哈市，海拔 3000 米以上。初到德令哈，刘斌就感受到了强烈的高原反应：心跳加快、头晕。每到凌晨三四点，刘斌都会被憋醒，因为缺氧；嘴唇一直都是干裂的，手也爆皮了八九层；但是这些，刘斌都咬牙克服，

没敢跟家人说，他的朋友圈总是充满正能量：和柴职院的第一次“见面”的兴奋感、第一次自己做饭的成就感，第一次到岗履职的责任感……

青海柴达木职业技术学院，是由多个中职学校合并而成的高职院校，学生中少数民族占79%，部分学生汉语水平较低，教学难度大，而学校教师的年龄结构也存在一定问题，年轻教师居多，有经验的骨干教师偏少。

刘斌在走访调研各个系的基础上，一边给年轻教师做科研辅导讲座，指导他们申报科研项目，一边修订教师科研奖励制度，激发年轻教师做科研的积极性。为了提升教学质量，他梳理教学日常规范，修订人才培养方案，推动推门听课制度常态化，为了了解企业需求和学生实习就业情况，他经常出去调研，企业车间、田间地头，都留下他的身影。

“海西州有三个半浙江省那么大，往附近的都兰县跑一个来回就得400多公里。”刘斌说，一年多时间，他晒黑了不止一个度，“别人见了我都说‘你比青海人还青海人’。”

一年半的援青履历中，刘斌写满了一页页成绩：在他的努力下，截至2020年12月底，柴职院论文发表量较上一年翻了一番，省级、州级、院级课题申报量也翻了一番，一项实用新型专利获得授权，实现了柴职院知识产权零的突破。

因为工作表现突出，他荣获浙江省东西部扶贫协作“突出贡献奖”，浙江省援青指挥部颁发的“优秀援青人才”，青海省海西州“优秀援青教师”等荣誉称号。

2021年1月，刘斌结束了他的援青之行回到了宁波，但是他依然关注着柴职院的发展，在他的协调下，2021年，先后有三批柴职院的师生到宁波进行学习交流。在刘斌的影响下，他的儿子也对支教充满了向往：要像爸爸一样，到祖国最需要的地方去。

刘斌说：“把生命放在大西北，去感受凛冽的风，去奉献火热的情，去结识一群可爱的人，这是一生中难忘的一段经历，一次援青行，一生青海情！”

【专家点评】

读完刘斌妻子的家书我的耳畔想起《十五的月亮》的歌声：“丰收果里有你的甘甜，也有我的甘甜。军功章里，有我的一半，也有你的一半。”作为第四批教育援青的成员，刘斌和所有派出人员一起，众志成城、勇担使命；扎根高原、奉献青春；愿做拓荒者，奉献光和热。品读家书，我们可以思考：他的家庭有困难吗？正如妻子在家信中写的那样，困难很多。他为什么能够逆风飞翔？因为幸福的刘斌最终获得了妻子的理解，也有劳模的父亲、知青的母亲榜样的力量为他示范。刘斌的工作没有什么惊天动地的业绩，但有的是沉甸甸的责任和勇于奉献的担当。在他的努力下，青海省中西部地区唯一的高等院校柴达木职业技术学院实现了这么多“第一”的突破，论文发表量上去了，说明老师们职业发展之路的大门打开了；省级、州级、院级课题申报量翻番了，说明一个又一个科研团队在建成；实用新型专利获得授权了，说明柴职院的知识创新获得了社会的认可。刘斌的这一句话特别让我感动：“一次援青行，一生青海情！”在为人民谋幸福、为中华民族谋复兴的伟大征程上，有多少位像刘斌这样的优秀党员做出了这样一生一世的承诺，让我们向他们和他们的家人致以最崇高的敬礼。

中国传媒大学　王宇红

卓青青：支撑起我的讲台，为孩子传播青春的颜色

记者：祝佳佳

编辑：刘浩

【人物名片】

卓青青，1975年2月出生，中共党员，高级教师，杭州市钱塘新区学正中学工会主席。2019年7月到2021年1月，在青海省德令哈市第二中学援青支教，期间获得“海西州‘援青名师’”“优秀援青教师”等荣誉。

牛：

见信如晤。

转眼间离开杭州已经一个月整，女儿一个人在家也已愈月，好在她自律，自理能力也不错，还能每天视频联系。你却不一样了……

一场始料未及的疫情，让一个原本祥和美好的春节变得黯然神伤。而春寒料峭中突然爆发的数起监狱疫情，让人们的关注点，聚集到了这么一群人的身上——已

卓青青

经默默坚守在高墙之内，几十天不能回家，在监狱内封闭执勤、连续工作的监狱人民警察。

在一线执勤的你，面对这样的境况，没一句怨言，一如既往。作为监狱民警的家属，我为你骄傲！可是咫尺天涯，即使视频也不可能了，心里真是百味杂陈。

当初是你毫不犹豫地支持我援青支教。这半年来，一家三口，分居三地，还期盼着春节假期可以好好聚聚，顺便回去陪陪九十多岁的老父亲。

可是除夕和正月初一，你还在加班，好不容易假期了，一个电话就被召回，陪伴年老父亲只能以小时计算。

难得那天视频，看你对我般般嘱咐，不禁潸然。其实你可以放心，有你在我身边，我好像很没用，似乎什么都不会。一旦你出差啥的，我就是连电路保险丝都是能换的。何况有女儿在身边，也不乏开心和美好。

只是在里面执勤的你们，进去管理，没有休息日的工作节奏，只有几个亲情电话维持与家庭的联系。

有事情想给你打电话，可是三番五次电话都是忙音，最终放弃。临睡前终于打通电话，你却说没有电了，等 3 分钟后充一下再给我回电。

你说忙，电话充了三次电还不够，也没有时间回复，只能欠着我。好吧，我终究就是那个排在最后的那位。好在我似乎始终能为你的忽略找到理由，我会安慰自己：重要的总是最后出场。

但愿疫情解除后，你能有一段休假，补上这个假期欠我的。如果不行，那就继续欠着，等我暑假回来……

差点忘了告诉你：你精心养护的兰花开了好多！给你看看她们的靓照哦，这是女儿特地拍照发给我看的，留着给你欣赏。

上周收到你单位寄来的给家属的感谢信，心情复杂——说真的，给你一个星期的假期才是实实在在的，可是我知道不可能。

杭城已经春暖花开，这里也在逐渐回暖。因为疫情，需要戴口罩上课。这在缺氧的高原是一种极大的负担，但是不知不觉也过来了，现在几乎也算适应了。一切安好，勿念！

虽然没有豪言壮语，也没有太多惊天壮举。但正因所有人的默默付出，一切才能宁静自然。岁月静好，没有一个冬天不会过去，相信一切都会好起来！祝

安！

青

2020 年 4 月 9 日晚

这是卓青青 2020 年在杭州过了春节、再次前往青海支教一个月后，写给丈夫王景明的一封信。

2019 年 7 月 29 日早晨，浙江省第四批援青干部人才从钱塘江畔飞抵青藏高原。藏族同胞以独特的方式，将洁白的哈达献给每一位援青干部人才，他们将于 8 月 3 日，赴 500 公里外的海西州履职，迎接艰苦条件的挑战。卓青青就是其中之一。

卓青青，青海的卓玛；似乎是前生有缘、今生有约。支教是卓青青的梦想，当初接到支教文件，她主动报名参与，通过体检等各项选拔后成行。她说：美丽的卓玛，可遇不可求。

卓青青说，初到青海，就感觉到了“荒凉”。从飞机上眺望，一片荒凉，看不到一丝绿；同其他援青教师一样，下了飞机，就感觉到了高原反应：喘不过气；而青海的饮食，也让这位生长在江南水乡的人无法适应。但既来之则安之，卓青青不断用一个党员的“初心”提醒自己、勉励自己。因为这也是自己曾经的梦想：“曾经有个梦想，在遥远的地方，我支撑起我的讲台，为孩子们传播青春的颜色、讲述青春的梦想。今天，我就在青海省海西，就在这里，将为孩子们撑起一个美好的梦境。”

卓青青和学生

卓青青在德令哈二中支教。二中的孩子，来自于德令哈周边农村地区或者来德令哈打工者的孩子们。家长重视、相对优秀的孩子早已经挑班完成；而卓青青所教授的杭州班，临时成立于 2019 年 8 月底，学生们矮中取长，在第一次统一考试中，没有意外地，杭州班在倒数之列。

为了改变这种落后的状况，了解孩子的家庭情况很重要。开学初，卓青青就去家访了五个孩子，其中三个是单亲家庭。家长们忙于生计奔波，孩子们缺乏管教关爱。而这些情况，单从填写的资料单或者与家长的电话联系是无法了解的。卓青青认为：家访，不但能让老师更多地了解孩子们的原生家庭状态，更有助于拉近和孩子及其父母之间的距离，更有利于家校沟通对孩子进行更好地教育。

走进各个家庭，他们的朴实无华，让卓青青感受到了班级里每一个孩子生动的一面，他们不再是点名册上简单的字符。卓青青：“我希望我的学生们开心快乐，有更多的生机，有更多的活力，从而在学习上有更多的进步。”

班里的学生很少有集体活动，于是，卓青青和其他两位援青老师带着学生走进海西州高级中学，参观钱学森科技馆，提升孩子们的学习热情；带着学生走进禁毒博物馆，让他们珍爱生命远离毒品；带着学生走进植物园，感受高原春色。2020 年 6 月 1 日，是卓青青所在杭州班学生的度过的一个特别的六一节，在卓青青的努力下，孩子们走进了特警支队，卓青青说："在孩子们人生最后一个六一节，把责任、担当教育提上日程，让他们做一个对社会有用的人。"

在特警队参观的时候，卓青青意外地摔倒了。但是对于这次摔伤，卓青青起初并没有太在意，第二天还正常给孩子们上课，直到被医院确诊为膝盖韧带断裂需要手术，她才意识到问题的严重性。

卓青青："有不少同事、朋友劝我回杭州治疗，但我不能走，哪怕我在这里不上课了，至少学生们在身边，他们心里也会有个依托，才能安心学习。"

人心都是相互的，卓青青对学生的好，学生都记在了心里。都说伤筋动骨一百天，手术后，卓青青不得不暂时拄起拐杖、坐上轮椅。尽管教师宿舍到教学楼只有两三百米的距离，但实际上还是有很多不便。她的学生马玉莲看到了，就和另外一名学生马琴商量，老师在这段路上的出行，由她们姐妹俩承包了。马玉莲说："因为老师给我配了一副眼镜，她配的这副眼镜就像我的眼睛一样，所以我想做她的拐杖。"

没有华丽的语言，但却是对卓青青最美的肯定、最好的支持。

在一次课堂上，她跟学生们聊起了电影院，很多学生没有进过电影院，关于座位、音响效果、屏幕大小等话题，他们一无所知，于是卓青青就想让他们有机会看一场电影。

本想着用自己还没到手的优秀援青教师奖金让学生看一场电影《我和我的家乡》；但是电影院的售票员听说是援青教师自费请孩子们看电影，特意跟领导申请；而电影院的领导被卓青青的举措感动到，在一个周六的下午，包场请卓青青和她的学生一起免费看电影。

一次意外，一份坚持，却收获了来自多方的善意，卓青青说，感受到了太多来的关爱和陪伴："或许我们改变不了太多，但是我们可以让他们感受更多的美好青春！"

2020 年 12 月 19 日，浙江省援青指挥部在西宁召开"援派为什么、在岗干什么、离岗留什么"主题打讨论，受援青海省德令哈市第二中学的卓青青在讨论会上，用六个字总结了自己一年半的援青之行：付出、收获、感恩。

2021 年 1 月，卓青青结束使命回到了浙江，临行前，她特意整理了一份学生手册，每个学生的家庭情况、学习情况都做了详细的备注，方便新来的援青教师可以更快地融入到新的教学环境。现在，她还留在哈二中的班级群里，关注着学生们的近况，但是卓青青基本不会在群里发言，因为她说，会影响到现在老师的正常教学工作。

而在问及如果有机会是否还会去支教，卓青青不假思索脱口而出："会！"她说，她和海西有约会，和孩子有约定：十年后，我们再相聚。

【专家点评】

品读卓青青的家书，立刻让我想起一首古诗中脍炙人口的相思诗："青青河畔草，绵绵思远道。道远不可思，宿昔梦见之"。与诗中的相思描写一样，卓青青在援青之旅中，有时候连梦中也见不到丈夫。疫情期间，加上丈夫特殊的工作，一家三口，分居三地，丈夫以事业为重，打个电话谎说充三次电都没有时间回复，这就是他们的日常生活。来到德令哈，对于卓青青来说，不仅有前生缘、今生约，更有她作为一名党员教师的"初心"与行动：家访，给一个个孩子建立学习档案，了解孩子的情况和愿望，这是一个老师的本职工作；走出去，带孩子们看电影、看展览、看世界，用老师的希望之光点燃孩子的理想之梦，这也是一个老师的本职工作；带病坚持上课，给学生配眼镜，关心他们的成长，这仍然是一个老师的本职工作。和所有的老师一样，卓青青普通得就像她的名字——一棵青青的小草，但正是这些小草的力量能够绿遍山原，蓬勃生长，绿满天涯。正如卓青青在家书中写到的那样，"正因所有人的默默付出，一切才能宁静自然"，小草的伟大在于它对岁月静好的追求，有了一个又一个卓青青式的老师，更多的普普通通的孩子才能在宁静中感受更多美好的青春！在平凡中创造不平凡的事业。期待见证卓青青十年后与德令哈孩子们的约会，祝福她的学生们前程远大，生活幸福。

中国传媒大学　王宇红

戴卫健：抗击疫情就是命令　要相信杭州速度

记者：党君雅

编辑：潘康康

【人物名片】

戴卫健，1981年出生于浙江嘉兴平湖，中共党员。杭州市第一人民医院检验科副主任技师、院优秀年轻储备干部。新冠疫情发生以来，2020年2月13日参加医院援鄂抗疫应急梯队，同年6月21日，担任浙江省第二批援京医疗队副队长支援首都医科大学附属同仁医院，2022年1月2日担任杭州市援甬核酸检测机动队领队支援宁波李惠利医院城市核酸基地。2020年被浙江省医师协会评为“浙江省最美检验人”，2021年被杭州市卫健委评为“杭州市最美抗疫卫士”。

妈：

因为新冠疫情的关系，好久没回家去看您了，天冷了，动过手术的那条腿有反应吗？

每次跟您打电话，您总说：“工作忙的话不回家也不要紧，老家的一切都好，不

戴卫健

要挂在心上，只是给你们攒的土鸡蛋冰箱里快放不下了。”其实我知道，您只是嘴上不说，心里不知道有多盼着儿子儿媳带着孙女多回家看看。

因为我工作的关系，您也经常看新闻，关心国内疫情的动态，哪个地区又有病例出现，甚至比我还清楚。每当这时候，您总会打电话给我，问我会不会又要去支援抗疫。因为去北京、去宁波支援的时候，都是临时通知、紧急出发，我都是到当地等工作告一段落才让您知道。我也时常跟您解释，现在各地的核酸检测能力都增强了，一般不需要去支援了。“只要国家、单位有需要，你就去，只是要注意安全。”您总是这么说。我也会安慰您，其实去了干的工作跟平时在单位上班是一样的。

您虽然文化程度不高，但正是您的高贵品格时时刻刻地感染着我，是我不断前进的动力。父亲因车祸意外去世之后，您悲伤、无助，却又义无反顾、毫无怨言地独自承担起伺候中风瘫痪在床的奶奶的责任，这种孝道在当地也传为了一段佳话。

年底了，我的工作还是挺忙的，除了日常工作，还要给浙江中医药大学的学生组织期末考试，有一个课题也在准备结题。

今年的春节又不能回家了，杭州突发疫情，我们没日没夜进入到抗疫状态。您不用担心，我会照顾好自己！也请您保重身体！待春暖花开，疫情散去，我会回家给您拜个晚年！

祝您身体健康！

儿子卫健

2022年1月26日凌晨，杭州确诊了一名奥密克戎新冠感染者，作为市一医院检验科的医生，戴卫健很明白这意味着什么。很快，他和同事投入到核酸检测的忙碌工作中。除了方便市民春节返乡需要、看病需要做的核酸检测样本外，戴卫健的科室还接受了一部分杭州滨江区大规模筛查过来的样本。每天每个医生的检测量达到1万多管，混检人数达到10万人次。高强度的工

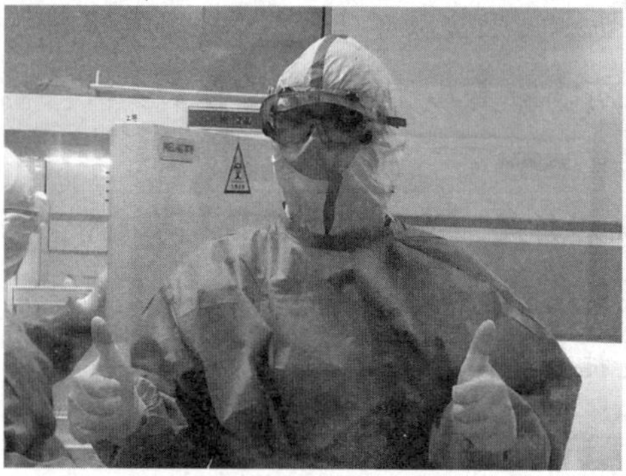
在抗疫中的戴卫健

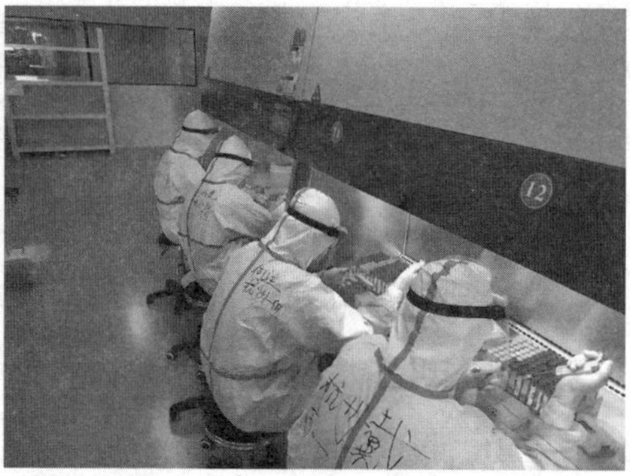
和同事们一起赴宁波抗疫加班加点检测中

作之下，戴卫健连轴转了 24 小时，对于连续参加过两次抗疫的他来说，这样的情况已经能够应付。

支援武汉抗疫时，戴卫健是医院第一批报名的，后来由于身体情况未能出征。2020 年 6 月，北京突发疫情，戴卫健争取到了援助抗疫的机会。他作为浙江援助队第二支队伍的副队长，和 19 名检验科医生一起，奔赴北京同仁医院，在那里的实验室里和全国各地增援的医生一起奋战。每天超过 12 小时坚守在核酸检测的岗位上。

戴卫健深知，核酸检测是一项高风险的工作，直面病毒，一旦操作不慎就有被感染的风险。同时它又是一项高强度的任务，每天需要检测数万管样本。每天完成工作后，和同事一起开会、复盘，强调安全事项，也是戴卫健的重要工作之一。

他说："我们和北京同仁医院的医生说，排班把我们当自己人，一定不要有所顾虑，我们就是来干活的。"

2022 年 1 月 1 日，杭州市卫健委紧急下达了杭州赴宁波支援核酸采样和检测的集结令。有了北京抗疫的经验，戴卫健没有思考，没有和家人商量，第一时间报了名，1 小时内已准备好一切出征，这一次他是作为机动队队长。

1 月 2 日上午 11 点，援助队伍抵达宁波北仑，戴卫健和队友们立刻展开熟悉实验室、统一操作流程、规范操作行为等前期准备，快速进入状态，当天傍晚就开始了紧张的核酸检测工作。当晚就完成了 1.2 万余管、12 万余人

顺利圆满完成支援宁波抗疫任务

抗疫结束后回医院收到欢迎的鲜花

次的检测量，负责扫尾的队员第一天就熬了个通宵。

每次出征，队员们都会遇上新实验室、新仪器、新组员，快速适应和团结协作能力是很重要的。戴卫健告诉记者，抗疫中共同学习、认真复盘、及时交流，这样的运作模式已是常态化。

4 天时间，杭州核酸检测机动队共检测完成了 36 万余人次的核酸样本，为抗击疫情、实现新增病例“社区清零”贡献了杭州力量。

戴卫健的妻子也是一名医生，两人的工作异常繁忙。女儿交给老人照顾，对家人的亏欠他们只能放在心底。

“疫情就是命令，作为医生，我们要让大家相信杭州速度！”戴卫健说。

今年的春节又不能回家看望母亲了，戴卫健很挂念母亲动过手术的腿，他全身心地投入到杭州的抗疫中，只盼望着春暖花开，待疫情散去，能回家给母亲拜个晚年！

【专家点评】

抗击疫情就是命令，在疫情面前，像戴卫健一样无数医护厉兵秣马、枕戈待旦，一声令下就冲往一线。白衣战士们是可爱的，是可敬的！但在抗击新冠肺炎疫情期间锻造出来的“抗疫精神”不仅体现在无数医护们的身上，还体现在无数基层岗位上坚守的勇士身上，以及背后那些默默支持他们的亲友、家属。这封写给母亲的家书，相信很多人读了后会有同感：极其盼念儿子又“口是心非”的母亲，在疫情面前深明大义，让人感佩，又让人心疼。每一位在疫情一线披坚执锐的战士都不是孤勇者，他们背后的无数家庭像是一块块坚不可摧的基石，共同筑就了一道永远无法攻破的防疫长城。

浙江广播电视集团　农书荣

瞿婷婷、王杰：无法握手，但始终并肩

记者：祝佳佳

编辑：潘康康

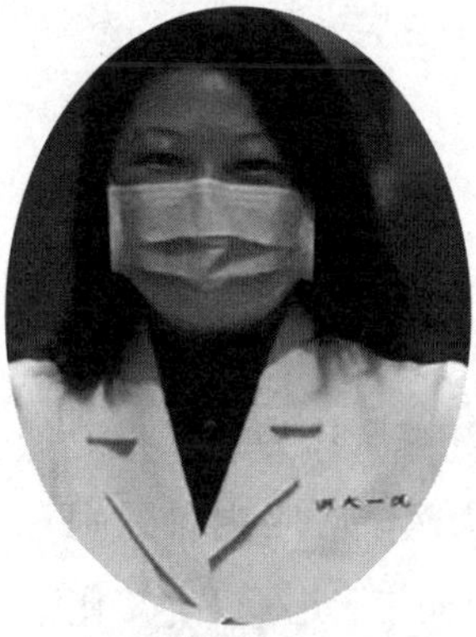

瞿婷婷

【人物名片】

瞿婷婷，浙江大学医学院附属第一医院院感部副主任；

王杰，浙江大学医学院附属第一医院呼吸内科副主任医师。

他们是研究生同学，是同事，是夫妻，更是在同一战壕却又很难见一面的战友。2020年疫情期间，瞿婷婷和王杰都在浙江大学医学院附属第一医院之江院区，工作只一墙之隔，但却从来没有见面。2020年获评全国抗疫“最美家庭”。

王 杰

瞿婷婷 王 杰

亲爱的爸爸：

您好！

今年过年本来大年三十要去温岭外婆家吃年夜饭，可是突如其来的新型冠状病毒肺炎打乱了这项计划。

因为新型冠状病毒，您没有回来吃年夜饭。我每天和奶奶躲家里，我真的很想您，可您搬另一个离家很远的院区，不能回家看我了，我一直觉得很孤独。

我们能不能补一次团圆饭？能不能补一次年？开开心心地过年？团团圆圆地过一次年？

可是当我想起您是医生，我感到自豪。爸爸，加油！妈妈，加油！记住，一定要保护好自己！

爸妈辛苦了！

爱你的儿子

2020.1.27

2020年1月26日，浙江大学医学院附属第一医院之江院区作为浙江收治全省危重症新冠肺炎患者的省级定点医院正式启用，作为医院呼吸内科的副主任医师，王杰在当天随之转战过去。1月27日，也是大年初三，儿子王恺（化名）写了封信，给奋战在一线的爸爸王杰加油。

而他的贤内助瞿婷婷，作为浙大一院感染部副主任，与医院的院感团队已提前进驻之江院区：对院区进行改造、对医务人员进行防疫培训，每一天，都在忙碌着。

3个多月的时间，夫妻俩在同一个院区，但从来没有见过面。离得最近的一次，是瞿婷婷正在指导呼吸科医生佩戴护目镜，而王杰，隔着一层楼板，在严格按步骤穿防护服，准备进入负压病房。

王杰的隔离病房是为患者做气管镜，在当时对疫情并不全面了解的情况下，这项操作的感染危险系数非常高。而这样的工作，王杰一个人就要做200多例，瞿婷婷的担心可想而知，微信里总是不断地提醒丈夫王杰，让他反复学习感控要点。

在见不到彼此的这段时间里，夫妻俩的沟通全靠微信。刚开始，忙碌的夫妻俩往往要 24 小时后才能收到对方的回复，王杰一般只有到了晚上 10 点左右，估摸着妻子应该回到家了，才会发微信报平安；而瞿婷婷，忍不住偷偷跟同事要来了王杰的排班表，等着丈夫出病房休息的间隙，才会发消息或者打电话。情话没聊两句，属于“业务控”的两人，话题又跑到了疫情防控上。瞿婷婷说：“我们电话、微信，讨论的都是新冠肺炎的防治，他会告诉我临床治疗上的心得和手段，这对我们的院感防护很有帮助，我们同事还开玩笑说，我有一个专家在身边。”

2020 年 4 月 27 日，王杰结束了近百日的抗疫工作，瞿婷婷截图了老公的朋友圈，配文说：欢迎英雄凯旋。在瞿婷婷的心里，所有的同行都是英雄，但王杰肯定是最特别的一位。而说起瞿婷婷，王杰也从不掩饰自己对她的赞美：“我为她感到骄傲。”

瞿婷婷的 2021 年，只有一个字：忙。作为国家新冠肺炎疫情工作组的专家，哪里有疫情她就去哪里，一年时间，她跑遍了全国 10 多个城市，每到一处，少则一周，多则月余，每次工作结束后还要执行 14 天的隔离。王杰说：结婚这么多年，疫情暴发后，离别成了常态。

瞿婷婷和王杰是在读研时候认识的，学医的他们对于这份职业的忙碌都有心理预期，疫情之前，两人也忙，但基本是从单位到家的两点一线。突如其来的疫情，尤其是疫情常态化后，两人的工作和生活节奏都发生了改变，王杰也渐渐适应了妻子的“说走就走”。

2021 年夏天的一个周末，一家人难得有时间，商量好到杭州周边小住一晚，陪儿子度个假。行李都收拾好了，瞿婷婷突然接到电话，让她赶快出发去福建。疫情防控就是命令，瞿婷婷挂了电话，就从收拾好的大行李箱里整理出了自己的衣物。一家人一起出门，拉着各自的行李箱朝不同的方向出发，瞿婷婷明显感受到了儿子的失落。

2021 年年末，绍兴疫情暴发。接到电话的时候，瞿婷婷正在看门诊，接到通知后她迅速回家，收拾了行李马上就走，只来得及给王杰打一个电话。

在驰援绍兴的时候，有一天，她正在工作现场，儿子突然通过电话手表发来一道数学题，说不会做，爸爸在医院查房。那一刻，瞿婷婷觉得有些心酸，但是她也没有时间辅导，就在网上查了解题方法给他发过去。让瞿婷婷稍稍觉得安慰的是：儿子后来说，自己看懂了。

其实每次出去执行任务，瞿婷婷都承受着不同的压力：时间紧迫、事情多而繁琐……但是，她都能泰然处之，因为有一个坚强的后盾在守护着她：王杰。

“她会给我打电话讲，这个时候，我就会认真听，其实也不能帮她解决问题，但我会做个忠实的听众，让她倾诉，这也是种减压的方式。”王杰说，不能在身边陪伴，只能用这样的方式安慰妻子，就像她每次出差，他都会反复叮嘱要注意安全，明知妻子是这方面的专家，肯定会做得很好，但就是忍不住要说。

而在家的日子里，王杰会负责辅导儿子的功课，周末、节假日，会带着他去户外活动，也会拍照发给瞿婷婷看，让她可以安心工作，没有后顾之忧。

2021 年 9 月份的一天，瞿婷婷从福建莆田出差回来，那天刚好是周末，又碰上王杰从丽水回到杭州。王杰跟随医院的欢迎队伍，一起去高铁站接她，还拍了一张合照。这是王杰唯一的一次接站，也是两人最近的一次合照。照片里，王杰拿着瞿婷婷的箱子，瞿婷婷手里捧着一束鲜花：“花其实是医院迎接我们的鲜花，他就是送到我手上。”

一家三口在三亚

王杰有些不好意思地笑了："到了这个年纪，我们真的没那么浪漫。"

或许，这就是属于成年人的浪漫爱情，没有那么多的风花雪月，但相互扶持和成全，可以彼此为对方分担责任，也是一种温情。

【专家点评】

"想起您是医生，我感到自豪。爸爸，加油！妈妈，加油！记住，一定要保护好自己！"2020年伊始，一场无声的战役悄然打响。许多家庭积极参与疫情防控，王杰和瞿婷婷作为白衣战士，他们义不容辞、毫无反顾，冒着被病毒感染的风险，去帮助需要帮助的人们。在他们身上，我们看到了舍小家、为大家的家国情怀。他们是全家人的日夜牵挂，家庭给了他们无穷的支撑力量。让我们向每一个不负韶华、绽放自我的逆行英雄致敬！

浙江广播电视集团　来钧

梁三红：人生这么短，总要做点什么

记者：党君雅

编辑：潘康康

【人物名片】

梁三红，1982年出生于浙江绍兴新昌。2009年毕业于浙江大学七年制临床医学专业，进入杭州市第一人民医院从事消化内科专科工作。2021年3月1日，作为第九批第二轮援藏人才援助西藏省那曲市色尼区人民医院。2021年被评为“杭州最美医生”。

亲爱的牛牛：

见字如晤！

上次和你视频，你对着摄像头兴高采烈地和我谈论着最近的进步与收获，“放肆”地表达着对我的想念以及对高原反应的担忧。我很高兴，因为我的儿子长大了。

当我决定报名援助海拔4500米，高寒缺氧的那曲时，爸爸表达了对他一个人带你和妹妹的担忧，你坚决地说：妈妈，如果说你自己想去的话就去吧，我会照顾好自己和妹妹，不让你和爸爸担心的。在你

梁三红

们的支持下我来到了那曲。

西藏是一个美丽又神秘的地方，我所在的那曲位于西藏北部，是长江、怒江、拉萨河、易贡藏布等大江大河的源头，地处西藏北部的唐古拉山脉、念青唐古拉山脉和冈底斯山脉之间，高寒缺氧，昼夜温差大，多大风天气，较大的湖泊有达孜错、错鄂、乃日崩错、错木如错和夯错等，这里有的是极目远眺的开阔、风吹草低现牛羊的壮观以及雪山下草原郁郁葱葱的宁静。你可以带着妹妹在地图上找一下那曲在哪里，看看这里的山脉和河流，等你长大有幸来领略祖国的壮美山河。

这里条件相对差一些，但是妈妈的工作还是很有意义的。这里的医生学历相对要低一些，而且这里的病种相对单一。妈妈做的事情就是把自己以前所学教给这里的医生，我们有组织他们在人体模型上做标准的整套的体格检查，有教他们正确的急救方法和除颤仪的使用，也有针对门诊的典型病人深入探讨这个疾病的发病原因、流行病学、诊断方法、治疗方案等，也有对打新冠疫苗的大人小孩进行保障，当然我们也有下乡去慰问当地的地震后受灾的同胞。藏族同胞的感谢和当地医生的赞许，让我觉得能把自己所学贡献出去是一件非常幸福的事情，当然我能安心在这里做着许多事情，也有你自律自觉，不让妈妈操心的功劳。

上次你说你的数学有进步，通过自己的努力考试进了学校的数学培优班，我很高兴，希望你在夯实基础之外，进一步探索数学的奥秘。语文老师是你的班主任，你说你为了维护晚托班秩序和同学起了冲突被叫家长，吴老师在了解经过以后对你说：你妈妈去援藏了我就是你妈妈，有什么事情都可以找老师。你说你很感动，说实话妈妈也很感动，希望你化感动为动力，明事理的同时注意和同学沟通的方式方法。你说你的英语成绩不够理想，你有很多的担忧，妈妈希望你能在多读多练的同时积极请教老师，不让英语成为你的短板。不管什么事情，只要自己认真去努力，就会有收获，你对自己的学习各科有一个非常客观的评价，也就知道努力的方向在哪里。

妈妈在这里很好，做着我想做的事情，希望我的孩子也能通过自己的努力，武装自己丰富自己，做个对社会有用的人。还有半年，我就要回杭州看到你们了，希望到时候我们可以面对面交流我们彼此的进步、收获。妈妈感谢你对我工作的支持和理解，也希望你日后做个温暖的人，可以帮助到别人。

仅以为念！

妈妈

2021.5.22

梁三红出生在浙江绍兴新昌的农村，小的时候体弱多病，经常要到村里的诊所、卫生院看病，这让她从小立志要成为一名医生，和那些为她看病的医生一样，给病人带来健康。尽管高中时文科成绩更好，她还是毅然报考了医学专业。

2009 年，梁三红从浙江大学七年制临床医学专业毕业，进入杭州市第一人民医院工作，成为了一名消化内科医生。内科医生的工作忙碌，她常常在病房、门诊、内镜室轮转，每天早出晚归。

偶然的聊天中，同为医生的闺蜜跟她分享了援疆的感受，她鼓励梁三红要走出去看看，将自己的所学所长，传授给当地的医生朋友，帮助当地的人民。正是这番话，让梁三红面对医院发布的援藏报名时，动了心。但动心归动心，家里两个孩子都还小，让老公一个人带两个孩子能行吗？她又陷入了深深的犹豫和矛盾中。回家她把自己的想法和家人商量，没想到，儿子问她：“妈妈，你如果不考虑我，只考虑自己的话，你想去吗？”她思忖一番，确定道：“我想去的。”儿子笑了：“那妈妈你去吧！我会照顾好自己和妹妹的。”这一刻，梁三红突然发现小学的儿子已经长大了。在家人的支持下，她争取到了援藏的名额。

梁三红在为孩子做检查

2021年3月，梁三红作为第九批第二轮援藏人才援助西藏省那曲市色尼区人民医院。那曲海拔4500米，相当于在喜马拉雅半山腰，气压很低，低气压导致的头痛是初入藏区的梁三红挥之不去的梦魇，她常常因为头疼辗转难眠，连续一个月都是半夜3点以后才睡着，甚至到了早上7点半要起床了，她还无法入睡。

梁三红在西藏援助期间

那曲常年平均气温只有零下2度，平均湿度、平均氧含量均只有内地一半，缺氧的感觉非常明显，她有时得空给杭州的朋友打电话，电话那头都会让她慢慢来，别着急，把气喘平了再讲，这让她哭笑不得。最折磨人的是缺氧导致的胸痛，这种痛是前胸连着后背、一直穿透过去的。她说，来了西藏，同事们都养成了随身携带速效救心丸、安眠药、胃药这些急救药以备不时之需的习惯。

藏区的医疗条件相对比较落后，梁三红所在的色尼区人民医院没有内镜室，唯一一条内镜还是其他县市捐赠的。她发现了这点以后，积极筹建一个专业的内镜室，在她的多方协调下，内镜室的设计图纸已经完成，亟待开工。

此外，藏区医院里本土医生的持证率很低，很多医生都是先工作再考证，专业能力有待加强。针对这样的情况，梁三红一行人为当地医院的医生们设计、开展了一系列培训课程，内容涵盖体格检查、病例分析、心电图操作、胸片解读等。他们还充分利用杭州的医疗资源优势，多次针对当地典型病人组织网上会诊，不仅方便了藏族同胞的看病就医，也提高了色尼区人民医院内科医生的专业水平。

藏区医疗资源有限，民众卫生习惯不好，在城市里少发的结核病在那曲

梁三红在为西藏的医生们讲课

非常多见。梁三红兼治结核病防治门诊，发现来看结核病的病人里初高中生的占比很大。

一个初中的藏族孩子，多年结核病没有得到珍贵的治疗，个头瘦小到像是一个小学生。梁三红看着孩子的 CT 和核磁共振报告发现情况棘手，因为自己不是结核科的专家，不敢随意下论断，她果断联系了市一医院相关专家开展了网上会诊，专家发现孩子已经出现结核冷脓肿，错过了最佳治愈期，这让梁三红惋惜痛心。她只能根据专家的指导，为孩子做基础治疗，延缓结核病带来的伤害。

为了帮助当地医生快速提高医疗水平，在梁三红和同事们的共同努力下，2021 年 7 月，“浙江—那曲远程医疗云平台”落成。通过这个平台，援藏医生和当地医生们可以随时随地与远在杭州的各科室专家联系，在线上得到专家的实时指导。

“我只是做了普及和推广，”谈及这点，梁三红非常谦虚，“但我也觉得很自豪。”

不仅要在医院坐诊，援藏医生们还要经常下乡义诊。山路崎岖，再加上环境恶劣，有的时候路上塌方修路，梁三红一行走走停停，常常要绕很远的山路，到

梁三红和同事们在西藏义诊

了地方再搭桌子进行义诊，结束时已是夜深。

夜深一个人的时候，梁三红总是想家。但凡得空，她就会想方设法地和家人视频通话，看看儿子和女儿。时常忙碌的梁三红对两个孩子内心多有愧疚，但在问孩子长大的愿望时，儿子说，长大后要和妈妈一样当一名医生！这让她既欣慰又感动，“我觉得他一下子长大了。不过，除了做一个温暖的人以外，我希望他有目标就要好好地努力，只有自己有真才实学了，才能更好地服务社会，才能更好地实现自己的价值。”

梁三红的儿子

梁三红说在杭州和在西藏当医生是完全不同的体验：在杭州，作为一名消化内科医生，用到的大部分是消化科的知识；而在西藏，一个专科医生必须掌握“十八般武艺”，内科外科骨科都得上，这对她也是一种历练和成长。

援藏虽苦，但梁三红从未后悔，再多的困难，也咬着牙一一克服。如果再重新选择一次，她还会选择来到西藏，“人生这么短，总要做点什么，对吧？”

【专家点评】

家书中梁三红说：“妈妈在这里很好，做着我想做的事情，希望我的孩子也能做个对社会有用的人。”“希望你日后做个温暖的人，可以帮助到别人。”这两句读来让人尤为温暖。去不去援藏？去是心之所向，犹豫是因家有牵挂。但梁三红对孩子的教育理念就是让他“做更好的自己，成为对社会有用的人，去帮助他人。”孩子又怎么会反对妈妈援藏，因为那是妈妈心之所向，也是职责所在。梁三红用自己的行动为孩子树立榜样，用自己炽热的心传递着爱与信仰，共同富裕道路上，这也是源源不断的精神力量。

浙江广播电视集团　农书荣

姚波：去支教，一步步，穿越青春

记者：祝佳佳

编辑：华冰

【人物名片】

姚波，1988年出生于绍兴诸暨。2006年就读于绍兴文理学院，主修生物科学师范专业，2009年4月加入中国共产党。曾获得过杭州市“优秀教师”杭州市上城区“教坛新秀”等荣誉称号。2020年，第一所全日制海外中国学校在迪拜开办，当年6月，在杭州市金都天长小学教授数学的姚波，主动请缨，申请前往迪拜中国学校支教。

儿子，亲启！

儿子，收到你的信后，我感慨万千，几度泪目。你的思念，留存于字里行间，我能感受到。作为父亲，在你最需教育与陪伴的时候，我不在你身边，我是不称职的。平时由于电子设备的直接交流，没有

姚　波

静下来思考，谢谢你给我的书信启发，给了这个机会让我自省，有时间为自己的不合格“补课”。

姚波一家三口

儿子，你长大了！曾几何时，爸爸像你这般大的时候，也非常渴望长大，乃至梦中时常幻想一夜长大，去做自己想做的事情，可以没人“管我”。但是，长到“多大”才算“大”呢？以前和你聊天时，你经常会讲到“小时候”上幼儿园时如何如何，你看，对比幼儿园时期，你已然“长大”。所以长大是一个相对论，相对论你可能不懂，就是和以前作比较的意思。在爸爸眼里，你已经长大了，你的独立自主，无时无刻的护母心切，你的小小男子汉气概，你还是学生干部，这些都是你长大的标签。“长大”也意味着责任与担当会重一些，它是一段持续的过程。作为父亲，我觉得有必要与你分享一下“长大历程”：

儿子，请保持纯真，别忘锋芒！纯真与善良是好朋友，它们是一个人良好修养的体现，你要学会礼貌待人，尊重身边的每一个人和每一件事。更要学会倾听，发现别人的闪光点，要学会赞扬。良言一句三春暖，恶语伤人六月寒。要学会有效沟通，但别用言语伤人。纯真、善良没错，但在你保持善良时请别忘了带点锋芒。不能给人“好欺负”“懦弱”的感觉，做事要坚定，但不坚硬，不恃强凌弱。

儿子，请诚实守信，多交朋友！做人做事必须诚实守信，无论对家人还是对同学答应的事情一定要去完成，不夸夸其谈，即便真的无法完成时，要主动解释与道歉。不失信于人，才能多交朋友，小朋友才愿意与你一起玩。请积极主动向优秀的同学学习，取人之长补己之短，不断完善充实自己。

儿子，请培养爱好，习得技能！我像你这么大时，看到别人能歌善舞，我都会羡慕，但都没有主动去学习，到后来一样都不会，没有什么特长本领，在人群中普通得像一个路人甲。但你比我优秀，你在学习钢琴、编程，且兴趣浓厚，成绩也不错，希望在今后的日子里，除了学习别丢了个人兴趣爱好。希望你能持之以恒，就像我和你妈妈给你取的名字“姚以恒”一样，让爱好为成长铺一条彩虹大道，将来终有一天你会感激今天的坚持。

儿子，请多读书，增加阅历！爸爸知道你非常喜欢阅读，甚至有“小书迷”的称号，请保持这一阅读习惯。同时，你长大了，对书籍的阅读也要有所转变，看纯文字书籍也是长大的重要标签哦！爸爸建议你多阅读纯文字类的书籍，可以通过文字展开你的想象空间，感觉会更加奇妙，你会在书中发现不一样的世界！

儿子，你要学会怎么输！人的一生，注定不会一帆风顺，在你“长大历程”中，肯定会出现各种各样不顺心的事情，乃至失败的事情，但请你先学会“输”，再将它转为“赢”的动力。爸爸曾经在一本书中看到，有一个教练在教孩子们玩溜冰，他先是让孩子们都带上护具，然后一连三节课都在教孩子们如何跌倒并保护身体重要部位，千奇百怪的跌倒姿势，鼓励孩子们不要对跌倒恐惧，最后他们都顺利且提前学会了溜冰。记得你上次英语考试没有发挥好，你非常难过，还影响了对英语学习的兴趣及自信心，我希望上面这个小故事对你有帮助，不要因为一时的得失，影响了你的本心，输赢都是人生常态，如果把输赢看得太重就会很累，跌倒了必须勇敢地站起来，微笑面对，从头再来。英语多可爱，我们以后出国玩，爸爸还要请你当我的小翻译呢！

儿子，爸爸很爱你，也很想你，爸爸不在你们身边，你要多体谅你妈妈，她在繁忙的工作之余还要照顾家庭，希望你能多分担家务，更加独立自主，自己的事情主动去完成，承担起男子汉应有的责任，对爷爷奶奶要更加感恩有礼，不能恃宠而骄，从小事做起，将来才会成为对国家和社会有贡献的人。最后，爸爸在国外会好好保护自己，国内疫情又严峻起来，你们一定要做好防护，免受新冠疫情袭扰！

儿子，你长大了！

永远爱你的爸爸

2021.11

“有一束光，微微茫茫，探亮着中华大地的艰难之地；有一束光，温温和和，引导着助学与支教的艰苦崎岖路上。‘去支教，一步步，穿越青春。’教孩子们读书，教他们学习去爱。去感受这个精彩的世界，用不长的时间和孩子们共同成长，让青春在最需要的土地上绽放……”

这是姚波 2020 年 8 月 5 日凌晨 1 点写下的随笔，此时此刻，他即将坐上上海飞往迪拜的飞机，开启他的异国支教之旅。

对于去迪拜支教，众人心中都有一个疑虑：迪拜，一个富得流油的国家，头顶一块布——“全球我最富”，还需要支教？有人质疑姚波的举动，不是为了名就是为了钱。对于这些质疑声，姚波不置可否：“我纵向有余，横向不足。”

纵观姚波的经历，大学求学期间，在诸暨二高参加了实习；2010 年大学毕业，留校（绍兴文理学院）担任了两年的辅导员；因为爱人在杭州，又先后在初中及小学任过教，“基本上除了幼儿园，国内各个阶段的教育都经历过；我就想去看看其他国家的教育，真的没有太多其他的杂念。”

与迪拜教育局局长合影

2020 年 3 月，国内外新冠肺炎疫情最为严重的时候，迪拜中国学校开始筹建，这是教育部首批海外中国学校试点单位，也是中国政府在海外成功创办的第一所全日制学校。6月，姚波主动请缨，申请前往迪拜中国学校支教。“现在孩子还只是上小学，辅导功课的压力还没那么大，父母可以帮忙照顾；自己也正年轻，现在不出去，怕是以后就没这么好的机会了。”

姚波的想法得到了家人的支持；但真到了离别的那一天，心中都是满满的不舍。2020年8月4日，姚波推着两个行李箱赶往杭州二中东河校区集合点，但是行李箱被家人塞得太满，忽然就“爆”了。偌大的一个学校，一时半会还找不到一根合适的绳子。他和家里人吐槽，爱人得知出发时间还早，毫不犹豫地说，要送绳子过来。那一天，正值台风“黑格比”登陆浙江乐清，杭州也是风雨交加。即便姚波百般阻止，爱人还是骑着小电驴出现在了姚波面前，头发都被雨淋湿。虽然被爱人“嫌弃”连这点小事都弄不好，但姚波心里满满都是甜蜜。当姚波问爱人要不要再留下来聊会天的时候，爱人就说了一句话“电动车被雨淋湿了，我直接走了，你小心点”，然后转身离开。背对着，夫妻俩都湿了眼。

带着对未知前途和疫情的担忧，带着家人亲朋的不舍，带着责任使命的担当，姚波毅然背上行囊，果敢启程。此刻姚波的心里，只是想着：希望看到中国教育在世界更多的地方落地生根。

初到迪拜，人生地不熟的姚波一下子并不习惯。相似的纬度却是截然不同的风景，8月5日傍晚，姚波下了飞机，没有想象中的高楼大厦，只见黄沙漫漫，烈日炎炎。

“这里几乎没有下过雨。”姚波说，迪拜的热，是粗暴又野蛮，攻击力极强。“室外温度峰值可高达50℃，待不了3分钟。”刚来迪拜的第一个月，姚波瘦了8斤，也曾因虫子叮咬导致手臂腐烂而不得不进行一次手术。

但是，姚波在日记里写道：“我很爱我的学生们，我爱她们金子般的心灵，爱她们名字中的月亮、山峰、草原和花朵。”

在迪拜，有近30万的华人华侨。早在1999年，当地的华人华侨就有建中国学校的迫切愿望。这项夯实海内外基础教育民生工程，他们盼了20年。这里的学生，大都是中国籍小孩或者混血小华侨。

“当孩子刚听到国歌的时候，有孩子就问：‘我们为什么要向着炮火前进，那不是送死吗？我们为什么是用血肉筑起长城，不是用砖头吗？'" 那一刻，姚波意识到，因出生成长在海外，他们对中国的历史文化非常陌生。“我想到了习总书记说过的一句话：‘中国教育要走出去。’”

要让别人对你的文化认同，你必须要把自己的东西展现给大家。

学校的外墙，安排上了杭州城标，配备着中文简介；孩子们没有吃过腊八粥、不认识粽子，也从来没有收到过春节红包，姚波和同事一起，在 2021 年春节的时候，特意给孩子们准备了春节红包。“迪拜的常用货币是迪拉姆，孩子们很难见到人民币。我们在每个红包里都藏了一块钱的人民币。”端午节包粽子、中秋节穿汉服赏花灯、猜字谜……在灌输中国基础教育知识之外，包括姚波在内的老师们，费尽心思，给孩子们注入一颗滚烫的中国心。

“这里的孩子，正如热烈的沙漠，坦率而奔放。”对他们的爱意，孩子们总是报以最直白的感恩。

由于教师紧缺，姚波作为数学老师，也上阵带了一段时间的体育课。两节课后，他就收到了一份意外的礼物。“他们画了一个我，用刚学会的汉字，毫不吝啬地写上了对我的喜爱。”图片上，甚至还有孩子们学会的国内网络用语——果然数学是体育老师教的。

而在姚波的微信群里，“姚老师，孩子回家会把你教的方法复述一遍，我们觉得孩子掌握得很好”，“姚老师，孩子很喜欢上您的课”这样的留言有很多。

2021 年，姚波任教的虽是一年级，但他同样认真对待。他认为一年级学生能否建立起对数学的兴趣会影响孩子今后的走向。而迪拜中国学校的生源构成比较复杂，有从国内、其他国际学校的转学生，也有从小受西方教育的直升生，还有跟不上进度的降级生，更是一次大的挑战。他创造教学新模式，将魔术、智力游戏、绘本教学、数学实验、项目学习等有意识地融入数学课堂，学生在学习新知识的同时也收获了乐趣。

“去年疫情凶猛，学生与学生之间要隔开 2 米的距离，原来一个班的 24 名学生就要分成两个教室上课，一周 16 节课。”

除了上课忙，每天 7 点，他与同事们坐班车比学生提早一个半小时赶到学校，做好消毒、搞卫生、测环境温度等工作。在姚波和同事们的努力下，学校从未发生过群聚性的人传人感染现象。

围在身边的，都是“别人家”的孩子，姚波的心里也时刻牵挂自己的儿子。相隔6000公里，微信成了父子俩的常用联络工具。作为父亲，在孩子最需教育与陪伴的时候不在身边，姚波觉得自己是不称职的；但是看到中国教育在世界更多的地方落地生根，姚波说：很自豪我是中国人。

【专家点评】

杭州市金都天长小学的数学老师姚波，于2020年6月主动请缨前往迪拜中国学校——中国政府在海外创办的第一所全日制学校支教。在支教的日子里，他爱上了那里的孩子，当然也牵挂着相隔6000多公里的杭州家里的儿子。刚好儿子因为想念父亲给他写了一封信，在他边读边“感慨万千、几度落泪”之后，他便给儿子写了这封饱含对儿子的牵挂与期望的回信。不愧是杭州市优秀教师的称号和上城区教坛新秀的称号的获得者，人们不难看出，在他的牵挂与期望当中渗透着他的相当先进的教育理念。首先，在他一开始肯定儿子长大了的同时便提醒儿子说：“‘长大’也意味着责任与担当会重一些，它是一段持续的过程。”随后便以自己的经历为例告诉儿子，这个过程包括诸如保持纯真与善良、礼貌待人、尊重他人、学会赞扬以及做事坚定而不坚硬等。此外，他还希望儿子“诚实守信、多交朋友”“主动向优秀同学学习，不断完善和充实自己”，还要“培养爱好、习得技能”“多读书，增加阅历”以及“要学会怎么输”，堪称“金针渡子”！有这样的父亲在身边随时耳提面命，小姚波长大之后各方面应该至少不会逊于这位大姚波吧。

中共浙江省委党校　曹文彪

陈天璐：舟山为你骄傲，那曲为你自豪

记者：李轶男

编辑：刘浩

【人物名片】

陈天璐，1989年5月出生，2019年7月援藏，是浙江第九批三年援藏干部中年龄最小的同志，就职于舟山市发改委，受援单位：那曲市发改委，具体工作：承担援藏规划、项目等有关工作。援藏期间，连续创造多个“第一”成绩突出。

陈天璐

亲爱的家人：

自2019年7月入藏以来，眨眼之间已是一年有余。这一年多来，皮肤黑了，记性差了，体检报告也从一页白纸变成了密密麻麻一整页都写不够。从冬季到大约在冬季又回到冬季，看窗外后山上的草地黄了又绿、绿了又黄，作为一个南方人仿佛是把这辈子的雪都看完了。以前总感觉一年半很长，长得都数不清还剩几天才可以回家；现在却总是觉得一年半太短，短得都不忍心去数还剩几天就要回家了。这一年半的时光，感受过漫长又颠簸的土路，经历过难受到整个人模糊的高反，体验过连续几天彻夜不眠的无奈，但是更多的还是美好温暖的回忆、开心欢乐的小确幸。

做一颗高原上的石榴，晒得红彤彤、抱得密密紧。习近平总书记曾指出“各民族要相互了解、相互尊重、相互包容、相互欣赏、相互学习、相互帮助，像石榴籽那样紧紧抱在一起”。入藏以来，藏族同胞这种血浓于水的亲情、溢于言表的热情、琐碎细节的温暖，每一次都能让人深深地感动。尤其是去牧区、去基层调研时候，无论这户人家多么贫穷，屋内总是挂着历任总书记们的海报，虽然语言不通，但是肯定会捧上酥油茶或者风干的牦牛肉，怕你觉得杯子不干净，总是用布擦了又擦，用水小心冲洗。当然，晒得红彤彤、抱得密密紧的还有我们55位援友，来自浙江各地的我们同吃同住、同甘同苦，生病时候的关心、高反时候的问候、遇到困难时候伸出援手，有太多的细节值得回味、有太多的时刻值得纪念，我相信即使多年后回想起来，也能瞬间湿润我们的眼眶。

做一株高原上的牧草，生得柔弱弱、倔得年年绿。习近平总书记曾指出“做好对口支援工作意义重大，责任重大，使命光荣，必须长期坚持和不断完善”。这份长期坚持和不断完善，不就是通过我们一批又一批、前赴后继援藏同志们实现的吗？牧草是那曲最常见的植物，渺小到甚至没人注意过他们具体长什么样，脆弱到轻轻一捏就会折断。但正是这些最常见、最普通的弱小生命，却日复一日、年复一年，在这连树都不长的地方，哺育了一代又一代先民们。而我们，成百上千一批批援友们，不就是援藏这历史长河里，一株株脆弱又倔强的牧草么？不畏高原生命禁区，不怵寒霜风雪凛冽，以“缺氧不缺精神、艰苦不怕吃苦”的精神，以一张蓝图绘到底、一任接着一任干的坚定原则，披荆斩棘、夙兴夜寐、前赴后继，以每个生命星星点点的光芒一次又一次、一年又一年去燃亮那曲更辉煌、更灿烂的未来和希望。

做一片高原上的苍穹，靠得近点点、净得透透亮。习近平总书记曾指出“必须坚持治国必治边、治边先稳藏的战略思想，坚持依法治藏、富民兴藏、长期建藏、凝聚人心、夯实基础的重要原则”。那曲是一片特别的土地，纵使来之前千般想万般念，只有真正来到这片广袤的高原，亲身投入建设中，才能真正体会到她的特别。浙江和那曲的经济社会发展，就像站在那曲的土地上抬头仰望天空，有时觉得近得都快触手可及，有时又远得不能真切地感受到。要真正做好援藏工作，必须坚决贯彻总书记指示，以那曲本地实际为基础，将浙江经验、浙江资源充分本地化。就要像高原上的苍穹，靠得离土地近一点点，认真听听本地的诉求、本地的期望；就要像高原上的苍穹，净得透透亮，所有的举措、办法都要清清楚楚明明白白地表达。做一片高原上的苍穹，当他们抬头仰望时，看到的都是希望。

按照原定计划，我的援藏时光即将结束，在剩下的屈指可数的日子里，我一定会继续挖掘浙江舟山群岛新区、自贸区建设对那曲有用的东西，认真站好最后一班岗，用自己的青春和热情为援藏“小窗口”建设添砖加瓦。也祝愿三年的老大哥们身体健康、凯旋归来！

陈天璐

2020 年 8 月

这是援藏近一年后，陈天璐在那曲写给家人的一封信。作为一个酷爱马拉松的青春健将，陈天璐怎么也没想到，硕士毕业参加工作后，自己竟然有机会前往青藏高原支援西藏，更没想到自己能成为浙江第九批援藏 2019 年入藏年纪最小的、舟山市发改委历史上第一个援藏、唯一一个在援藏期间结婚的三好青年。

从 2019 年 7 月踏上援藏的征程开始，这个东海之滨三好青年的故事便和他的体检报告一样，从入藏前的一页白纸到如今已经变得密密麻麻。

陈天璐的工作激情，就像他参加马拉松源源不竭的动力一般，干劲十足。

“主任，我具体需要做些什么？什么时候正式开展工作？”陈天璐的这种斗志令那曲市发改委副主任达琼印象深刻，用他的话说这是他接待过的、这么多年来第一个在落地那曲后第一时间就要求开展工作、没有任何寒暄的援藏干部人才。

2014年6月，陈天璐从浙江大学公共管理学院硕士毕业，7月由舟山市委组织部、人才储备中心以统一招考方式引进、入职舟山市发改委，到2019年7月援藏，仅仅5年多的工作经验。

但提起陈天璐，无论是受援单位的同事还是一起援藏的同事，几乎所有人都会竖起大拇指。

那曲市受援办的阿旺顿珠掰着手指头，数了下近两年来陈天璐在单位创造的“第一”：树立全委招商引资“第一”标杆，2020年引进招商项目2个投资超5000万元；组织开展那曲历史上援藏项目“第一”次集中开工复工仪式，实现总投资11.3亿元的32个浙江援藏项目集中开工复工；正式出台“交支票”模式下“第一”个援藏项目管理办法，起草编制《浙江省对口支援西藏那曲市项目管理实施细则》，全流程规范浙江援藏项目细节；创新提出“第一”个可行飞地发展方案，起草撰写《关于推进那曲市特色“飞地经济”发展研究的建议》，为那曲首个“飞地”——羌塘长荣服装智造项目签约落地拉萨经开区奠定基础；组织召开“第一”次援藏项目推进多方正式联席会议。此外，在“三交”、援藏项目“互检互学”、“情牵羌塘、助推发展”2020年浙商进那曲“五个一”活动等都能见到他忙碌的身影。

陈天璐：“我想不只是我自己，甚至对我们每一个援藏干部来说，高反再难受、条件再艰苦其实都没什么，最难过的应该是无法陪伴家人甚至缺席家人的那些重要时刻。”

2019年年底，在一次分享会上，主持人问陈天璐援藏期间大家都有什么娱乐活动，他握着话筒沉默许久说：“最好的娱乐活动就是和家人视频。吃完晚饭，我们一排排坐在阳光棚的椅子上，拿出手机，和各自的爸爸妈妈聊聊家常，和爱人妻子聊聊琐事，问问儿子女儿功课进展。然后带着大家的‘知足常乐’再一个人走回宿舍，开灯，关灯。”

陈天璐是一位极具个性的青年，在他身上总能透出一股“初生牛犊不怕虎”的劲儿。万万想不到，首马就跑进3小时28分的他，竟然在抵达西藏的第一天就开启了高原马拉松晨跑和夜跑；原定于2021年1月30日结婚的他，为响应防疫号召决然取消婚礼；被通知第二轮轮换需于3月1日统一入藏的他，竟然在2月27日火速办完婚礼，2月28日急速奔赴萧山机场；4月1日爷爷去世，可他还顶着38.6℃的高烧顽强奋战在援藏一线。

“是有遗憾，让妻子这辈子可能最重要的时刻就这么形色匆匆，也见不到把我养大的爷爷最后一面。但是你请假了，得有人顶上啊，我不可能给组织添麻烦！”

习近平总书记曾指出“做好对口支援工作意义重大，责任重大，使命光荣，必须长期坚持和不断完善”。

这份长期坚持和不断完善，不就是通过一批又一批前赴后继的援藏同志们努力实现的。每一名援藏干部人才都是千千万万援藏大军中的一员，用陈天璐的话说，他只是想成为羌塘草原上最常见的那一株牧草，仅此而已。他表示，牧草虽然渺小、虽然脆弱，但却日复一日、年复一年在这连树都不生的地方，哺育着一代又一代牧民同胞。

“缺氧不缺精神、艰苦不怕吃苦、海拔高境界更高”，陈天璐同志和浙江其他54名援藏干部人才的故事还在继续，也相信在援藏期间，他们依旧积极、坚韧、出彩、卓越，为那曲发展、为援藏事业继续添砖加瓦！

【专家点评】

30岁那年的陈天璐以跑马拉松的姿态拥抱着青藏高原的苍穹，开启了自己奋斗人生的新篇章。作为浙江第九批三年援藏干部中年龄最小的一位，他勇争第一的激情不仅是让人难忘的，也更让人感动。他树立了全委招商引资“第一”的标杆；开启了那曲历史上援藏项目“第一”次集中开工复工的仪式；出台了“交支票”模式下的“第一”个援藏项目管理办法；创新提出了“第一”个可行飞地的发展方案；召开了“第一”次援藏项目推进多方正式联席会议；举办了2020年浙商进那曲的“五个一”活动等，就像他在抵达西藏的第一天就开启了青藏高原马拉松晨跑和夜跑一样，他所创造的所有“第一”背后都有一种敢为天下先的精神和愿做高原上一株牧草的追求，就像他在家书中写道的那样："哪怕生得柔弱弱，也要倔得年年绿。"陈天璐愿做一株牧草的追求，就是新时代青年做中国人的志气、骨气和底气，要做高原上的一株草，年年葱绿满天涯；要做高原上的一片天，离希望更近，离光更近；要做高原的红石榴，红红地微笑，紧紧地拥抱。愿更多的新时代有志青年能够加入援藏建设大军的行列，一张蓝图绘到底，一任接着一任干，让共同富裕的理想从"浙"里起飞，让人生理想信念的风帆从这里启航，让奋斗发展的追求像陈天璐一样以跑马拉松的姿态开启。

中国传媒大学　王宇红

朱全红：我们都是追梦人

记者：祝佳佳

编辑：潘康康

【人物名片】

朱全红，汉族，1981年7月出生，浙江嵊州人，2002年1月入党，2004年8月参加工作，现任绍兴市委党史研究室（绍兴市地方志编纂室）主任。2018年5月，作为第三批浙江援青增派干部前往大柴旦开展援青工作，在精准脱贫、教育医疗、招商引资、文化旅游等方面作出积极贡献，顺利完成分管工作和各项援青任务。

朱全红

绍兴市人力资源和社会保障局：

2020年，贵单位认真贯彻执行党中央对口支援决策部署，全力支持选派的干部在青海省海西州开展对口支援工作，有效助推了青海涉藏州县经济社会发展，充分体现了贵单位高度的政治站位和强烈的责任担当，以及对对口支援工作的充分重视。值此新春佳节来临之际，海西州支援合作办向贵单位长期以来对对口支援工作的关心支持表示衷心感谢和崇高敬意！

2020年，既是“十三五”援青规划收官之年，也是对口支援十周年。一年来，第四批援青团队自觉践行习近平总书记关于对口支援和东西部扶贫协作工作的系列重要指示精神，在海西州委州政府的坚强领导下，扎根高原，接力奋战，聚焦巩固脱贫攻坚、民生改善、生态文明建设等各个领域援青项目建设均取得了新成效，做实“一体两翼”增添智力援建新动力，围绕民族团结实现“三交”互访新拓展，投入援青专项资金展现疫情防控新担当，发挥党建引领迈上援青团队建设新台阶。不仅打赢了疫情防控阻击战，还打赢了脱贫攻坚战，各项工作取得了长足进展，得到了海西人民的广泛好评。

贵单位选派的援青干部朱全红同志牢记重托，不辱使命，坚守高原，勤奋工作，以“真心融入海西、实干发展海西、倾情奉献海西”为已任，克服青藏高原高寒缺氧、低压干燥的严酷自然条件，主动融入，担当作为，发挥才智，积极工作，用实际行动大力弘扬新时代援青精神，圆满完成了援青工作任务，赢得了海西广大干部群众的肯定赞许。

2021年是“十四五”援青规划开局之年，我们将继续坚持以习近平新时代中国特色社会主义思想为指导，全面学习贯彻中央第七次西藏工作座谈会精神，深度践行“四州战略”，强化“五个海西”建设，坚持生态为先、发展为要、民生为本、提质为基、团结为魂，高标准、高质量做好新时代对口支援工作。同时，恳请贵单位一如既往地关心海西的发展，关注对口支援工作，关爱援青干部，为他们回单位开展新的工作提供大力支持！

衷心祝愿贵单位领导和全体工作人员身体健康、工作顺利、阖家欢乐！

扎西德勒！

海西州支援帮扶合作交流工作领导小组办公室

2021年1月8日

朱全红在浙江绍兴人大·海西州大柴旦对口支援座谈会上

“习近平总书记说，我们都在奋力奔跑，我们都是追梦人。这句话给我极大鼓励，能来天高地阔的青藏高原、柴达木盆地开展对口支援工作，是我的荣幸；到祖国最需要的地方去建功立业，也是我无悔的选择！”2018 年 5 月，朱全红作为第三批增派的援青干部，来到了青海海西州大柴旦。

跟大部分刚到青海的援青干部一样，朱全红也感受到了高原反应：头晕、呼吸不畅。但是没有片刻的停歇，2018 年 5 月 28 日晚上从杭州飞到西宁、次日清晨又从西宁飞往德令哈，30 日中午到达大柴旦后的朱全红，就投入到了工作中：到学校、医院、牧区开展走访调研工作，他说：“我要尽快了解、熟悉大柴旦的基本情况，才能更快地融入到当地的环境中。”

大柴旦，缺人才，招人难、留人更难。他努力和绍兴对接，设立“引才引智”专项资金 150 万元和“重现阳光”奖教奖学助学专项资金 10 万元，用于人才培养和引进。面对学校缺老师、医院缺医生、企业缺技术人才的局面，他以人才作为切入点，通过“引进来”和“送出去”的方式，从绍兴请老师、医生和文化艺术人才指导帮扶；同时也把大柴旦的医生、干部和老师，送到绍兴培训学习。

在 2019 年签订新一轮《绍兴市对口支援海西州大柴旦教育工作协议》《绍兴市对口支援海西州大柴旦医疗卫生工作协议》上，朱全红促成绍兴文理学院附属医院和大柴旦行委人民医院签订对口支援协议书，捐赠卫生人才培养资金10万元，协调选派4位大柴旦医护骨干人员赴绍兴市人民医院和绍兴文理学院附属医院学习进修。

2019年年初，朱全红组织7家大柴旦、格尔木的农牧企业、专业合作社，抱团参加绍兴市4场为期19天的农博会，销售有机枸杞、藜麦、牛羊肉等青藏高原特色农产品近百万元。往常在绍兴没有什么销路的枸杞，在朱全红的全力促成下，在绍兴市供销社有了门店；绍兴市行政中心的超市里，设有大柴旦特色农产品专柜……青藏高原特色的农产品在绍兴打开了销售渠道。

经济要搞上去，环境也不容忽视。野黄沙、不毛戈壁、荒凉缺水是多数人对柴达木盆地的最初印象；但是在盆地北缘的大柴旦，你可以看到的是一片葱茏的绿洲。这片“戈壁绿洲”，也倾注了包括朱全红在内的援青干部大片心血。

“在这里种树不像南方那么容易，种活一棵树比养活一个孩子还难得多。”朱全红说，大柴旦的土地是盐碱地，想要成功栽活一棵树，首先要给80厘米深的树坑换上土层，运用滴灌或喷淋技术为树苗供水。树苗种下后也不能放松，要及时对树木的病虫害、流浆等问题进行下药养护。可以说，在大柴旦种树，前期成本高，后期的养护成本也不低，从2016年到2020年，浙江持续投入1400万元，完成绿化造林374亩，极大地改善了大柴旦的生态环境。

栽下梧桐树，引得凤凰来。独特的旅游资源、良好的自然生态环境，给大柴旦的旅游业发展带来了契机。

2020年5月19日的“中国旅游日”，朱全红为大柴旦旅游代言，通过微信公众号、抖音等平台，推介大柴旦旅游资源；筹资22万元策划创作大柴旦旅游宣传片，在北京、上海、广州、西安等全国202个城市高铁站、火车站上线，每天滚动播放30次，共持续3个月；策划创作的大柴旦第一首原创歌曲《我想去大柴旦》，在全国各大城市 KTV 上线推广，争取专项资金 30 万元，拍摄制作《砥砺奋进大柴旦》宣传片；推动“青海人游青海”旅游专列开进大柴旦……

朱全红说：“旅游是朝阳产业、绿色产业，更是富民产业，我们要进一步打响‘丝路新驿站·魅力大柴旦’的旅游品牌，巩固受援地脱贫成果。”

2020 年 8 月，以朱全红带头的绍兴市援青工作组，牵线浙商企业投资 5 亿元的翡翠盐湖开发项目正式签约落户大柴旦；投资 1200 万元的浙江援青项目——大柴旦旅游基础设施配套项目建设，已经全部完工。2020 年国庆假期，大柴旦全区共接待游客 153415 人次，同比增长 79.38%，实现旅游收入 7640.02 万元，同比增长 71.62%。其中，翡翠湖接待游客 131000 人次，水上雅丹景区共接待游客 33303 人次，较平时翻了两番；实现旅游收入 428.58 万元，同比增长 211.41%。在受新冠疫情影响的大背景下，对于一个只有 1.7 万人口的小城而言，这样的成绩无疑是闪亮的。

而朱全红，用创新的理念、开阔的思路、务实的举措，给大柴旦这片土地注入了一股“活水”，他用行动和实绩，书写着浙青一家亲的新篇章。

【专家点评】

读完海西州支援帮扶合作交流工作领导小组办公室给绍兴人保局的感谢信，朱全红的援青之旅给我的印象就如信中写的那样可以用六个字来概括：“真心”“实干”“倾情”。朱全红在海西所做的每一件事情，都能让我们看出一个真字，仅以人才引进为例，谁都知道人往高处走的道理，西部不发达地区留住人才难是一个事实，但朱全红能够真正懂人才、想办法，“引才引智”专项资金和“重现阳光”奖教学助学专项资金的设立重点在体现了对智力劳动的尊重和对人才的尊重，这一个理解的暖心作用远远超过物质奖励的价值。“走出去”和“引进来”相结合的举措让人才流动成为创新发展的源头活水，尊重规律才能把事情办好办成。再来看他的“实干”，大柴旦、格尔木的产品能够走入绍兴是朱全红跑出来的，大柴旦的旅游宣传片，在北京、上海、广州、西安等全国 202 个城市高铁站、火车站上线是朱全红跑出来的，让浙江投入1400万元，在大柴旦建设“戈壁绿洲”，完成绿化造林374亩仍然是朱全红跑出来的，创新的理念、开阔的思路，把一件件实事、好事做成、做好。朱全红身上体现出当代中国人奋力奔跑，努力追梦，共创美好生活的能力与实力，愿我们的身边多一些朱全红这样的追梦人。

中国传媒大学　王宇红

曹黎鸣：我愿做你的奥特曼，去打败世界上所有的“怪兽”

记者：李珏铭

编辑：潘康康

【人物名片】

曹黎鸣，1984年出生，浙江仙居人。2009年5月毕业于绍兴文理学院护理学专业，同年8月入职浙江省人民医院，先后任院神经内科临床护理、肾脏病科护士长助理，现任浙江省人民医院重症康复病区护士长助理、主管护师。2020年2月19日至4月3日作为浙江第五批援鄂医疗队队员奔赴武汉，驰援武汉大学中南医院、武汉金银潭医院。2020年获浙江省护理学会“逆行援鄂杰出护士”称号。

亲爱的儿子：

写下这封信的时候，你应该已经进入了梦乡，愿你的梦里有你最爱的奥特曼。

你曾问我：妈妈，你为什么要去武汉？因为它生病了，一群名叫新冠肺炎的“怪兽”正在攻击着这座城市。妈妈和叔叔阿

曹黎鸣

姨们一起去当奥特曼，努力消灭这群看不见的“怪兽”。

亲爱的儿子，你说你长大了想当警察，去抓坏人，保护世界。其实妈妈有着和你一样的梦想。

17 年前，非典席卷中国的时候，妈妈还只是个山村里的中学生，病毒遥不可及，每天想的都是放假，就像现在的你，偶尔耍赖不想去上学；12 年前，汶川大地震的时候，妈妈是一名在校医学生，为英雄们默哀的一分钟里，我年少的家国情怀高涨，满腔热血却无处挥洒。

如今，新冠肺炎疫情暴发。当国家需要我们的时候，儿子，妈妈的梦想近在咫尺，你能理解吗？挺身而出是一种勇气，也是白衣战士的责任。没有太高尚的目的，我只想告诉你，妈妈生死无惧，选择无悔。

妈妈不在家的日子，希望你能担当起做哥哥的责任，照顾好妹妹，让妈妈心无旁骛地去战斗！

“幸福是什么，幸福就是猫吃鱼，狗吃肉，奥特曼打小怪兽。”在武汉抗“疫”的日子里，妈妈慢慢体会到了这段话的含义。在这个需要信仰的时代，我愿做你的奥特曼，去打败世界上所有的“怪兽”。

永远爱你们的妈妈

记者联系上曹黎鸣时，她刚刚从浙江省海宁市核酸采样回来。和过去的每一次驰援归来一样，她脱下厚重的防护服，摘下布满雾气的护目镜，轻轻地松了一口气。从 2020 年湖北武汉，再到近期杭州丁桥、嘉兴海宁……每一次，她都像“奥特曼”一样，揣着满腔的热血和坚定的决心，奔赴在第一线，为孩子、为老人、为千千万万同胞们击退“疫情”这只怪兽。

曹黎鸣在核酸采样现场

援鄂医患情

2020年，春节的气氛还在酝酿之时，一场没有硝烟的抗“疫”战争已经在武汉打响。时任浙江省人民医院肾脏病科护士长助理的曹黎鸣被选为浙江省第五批支援湖北医疗队队员。她急匆匆地告别家中一家老小，搭上了前往武汉的飞机。

登机的那一刻，曹黎鸣的心里突然涌起千头万绪，“在这样一个全民抗疫的时代，身为一个医护人员，能够尽自己最大的能力去发挥作用，是一件非常荣耀的事情，就觉得支援行动是义不容辞应该去参加的。”她提到，2003年非典时期，自己还是个在山村里读书的中学生，没有这样的能力；到了2008年汶川地震，自己虽然已经在校学医，却依然没有机会前往一线，满腔热血无法挥洒，尽是遗憾；到了这一刻，终于能为国为民奉献，梦想已近在咫尺。然而对未知的恐惧、不安依然缠绕在心头。

这时，她突然听到了现场服务人员的声音，“待到疫情结束，春暖花开，我们再来接您回家。”焦虑和迷茫在那一刻烟消云散，“我觉得这是一件很庄重很神圣的事情，我没有什么后悔的。”

到了武汉机场，原本熙熙攘攘、人头攒簇的到达大厅里只剩下了身着五颜六色队服的各地医疗队队员们，大家微笑着为彼此加油鼓劲，前来接机的武汉人民则是用热烈的掌声欢迎这一位位远道而来、拯救病患的白衣天使。“我感受到了武汉人的热情，感觉自己内心的恐惧一点点地消退了。”

曹黎鸣先后被派驻武汉大学中南医院、金银潭医院。短短45天，她不断被武汉人的热情和细腻所打动。有一位病人在出院时将被子叠成了“豆腐块”，对护士们说：“你们这样照顾我们，我们也绝不给你们添任何麻烦，我们自己打扫好再离开。”还有一位老奶奶行动不便，护士给她洗了一

曹黎鸣在武汉工作时

次头，她便隔三岔五地把香蕉、牛奶送给护士们，说看到她们就想起了自己的孙女。曹黎鸣说，她在其中感受到了相互间的理解、尊重，即便是小小的心意，也觉得付出是值得的。

武汉夜班下

一次下班时，接送的车辆路过武汉长江大桥，司机突然停了下来，炫目的灯光秀映入曹黎鸣的眼帘。“司机说让大家看一下，这是武汉在感谢各个支援队伍，让我们看看里面有没有浙江队。”被这些感动与感激包裹着的曹黎鸣在2020年三八妇女节当天写下了一首小诗《援鄂人心中的武汉》：

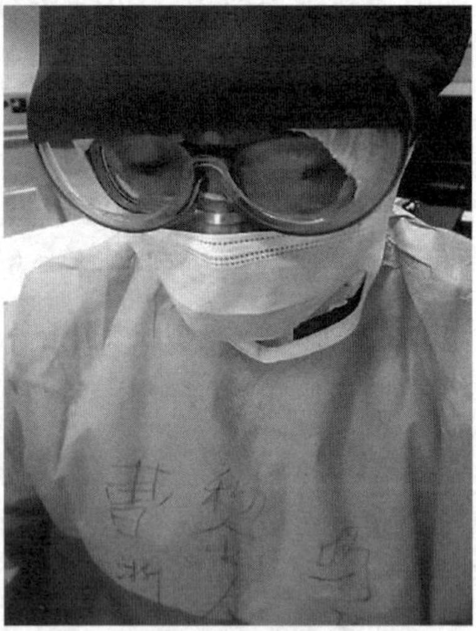

起雾的护目镜

一碗热干面，一口甜米酒，一份共同的担当，一份跨越地域的责任。这是一座温暖的城市，倾其所有保障我们的生活；这是一群热情仗义的朋友，他们事事为我们考虑。

一方有难，八方支援，中华儿女的血液里流淌着家国情怀。峥嵘岁月，何惧风流，在这样一段历史性的时光里，我们和武汉，我们和武汉人，这份深厚的情谊，九死无悔！

待到雨过天晴，无论我们身在何方，哪怕相隔万里，我们愿穿越山海，与你重逢。

武汉，你伫立在中国的心里；武汉，你镌刻进我们每一个援鄂人的岁月里。

浙里有后援

2020 年 4 月 18 日，浙江省第五批支援湖北医疗队结束在安吉的 14 天集中隔离休养，回家团圆。上午，载着 172 名队员的大巴车缓缓开进浙江省人民医院。

一位 7 岁的小男孩左手拿着大红花，右手牵着 4 岁的妹妹，时不时地踮脚张望，他的妈妈曹黎鸣就在大巴上。他已经三个月没有见到妈妈了，上一次爸爸给他看过妈妈发来的家书，里面说妈妈正在打“奥特曼”，打倒世界上的“怪兽”。他迫不及待地想告诉妈妈，他已经知道新冠肺炎是多么可恶的“怪兽”了，它夺走了很多人的生命，可是他也知道了妈妈正在拯救更多人，他为妈妈自豪。

儿子的回信

曹黎鸣在见到家人的那瞬间泪流满面，“那几米就像几公里那么长，时间在那一刻变得非常漫长。当活生生的人站在你面前叫你妈妈的时候，眼泪就绷不住了，思念一下子就爆发出来，一个多月这种压抑着的情绪一下子就释放了。”

在武汉支援时，曹黎鸣不想给孩子们制造恐惧，平时的视频通话也都是聊聊家常，忙碌的工作压抑了她太多的思念与情感。但她的心中其实一直藏着对家人的感激，要谢谢父母、丈夫的理解，感谢他们在后方把家庭安排地井然有序，做坚强的后盾，让她能在一线义无反顾、勇往直前。

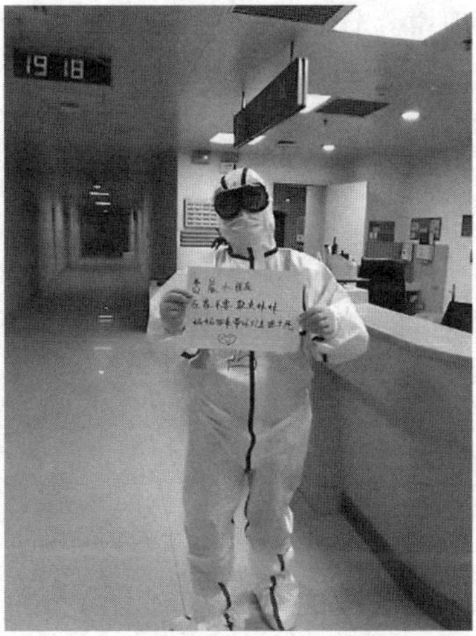

曹黎鸣给孩子的嘱托

出征武汉 45 天，浙江第五批支援湖北医疗队先后整建制接管武汉大学中南医院、金银潭医院重症病区，从院感管控、诊疗制度、护理方案、精细化管理到具体的诊疗救治方案，不断升级改进，累计管护患者 117 人，病情好转后转院转科 50 人，治愈出院 67 人，无一人转为危重，无一人死亡，医护人员零感染。全体队员先后收到来自武汉大学中南医院的感谢信及武汉市金银潭医院授予的“荣誉职工”称号，真正实现了勇于担当、不辱使命、敢打必胜的誓言。

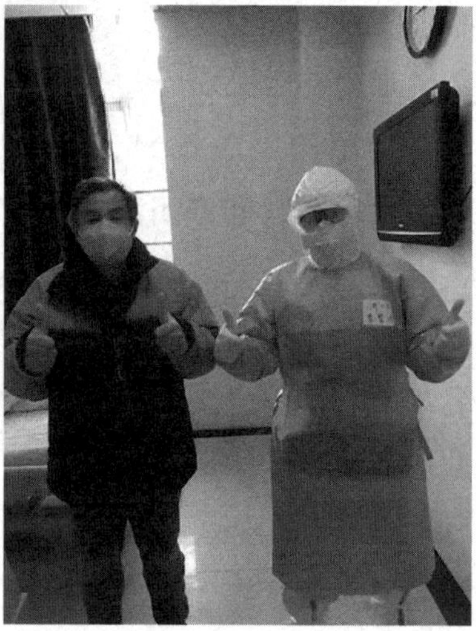

病人出院

【专家点评】

“幸福是什么，幸福就是猫吃鱼，狗吃肉，奥特曼打小怪兽。”曹黎鸣在抗疫期间，还要跟孩子解释妈妈的工作，这封家书感情真挚，读后让人潸然泪下。疫情之下，在我们看得到和看不到的地方，总有一拨人在帮我们挡住黑暗，他们在黑暗面前负重前行，给我们筑起了一道坚实屏障。那就是我们的白衣天使，他们给我们撑起一盏灯，让我们看到光明。

浙江广播电视集团　来钧

余娅娟：我们将更加努力，努力成为那颗最亮的星

记者：李珏铭

编辑：潘康康

【人物名片】

余娅娟，女，汉族，1983年11月出生，浙江建德人。大学本科学历，硕士学位，中共党员，副主任护师职称。2005年7月就职于浙江中医药大学附属第一医院，多次获得医院先进工作者、特别贡献奖等荣誉称号，同时获浙江中医药大学校级优秀共产党员称号。2020年年初，作为浙江省首批援鄂医疗队的队员前往武汉市第四医院参加疫情防控阻击战。历时57天，顺利完成任务返回杭州。现任浙江中医药大学附属第一医院钱塘院区透析中心护士长。

余娅娟

亲爱的妈妈：

春节本是与家人团聚的日子，但是突如其来的新冠肺炎疫情让今年的春节变得与众不同。除夕夜，没有了欢歌笑语；初一，没有了走亲访友。许多医务人员放弃

团聚，舍小家为大家，不顾个人安危逆行挺进疫区，而您就是其中一员。

作为浙江省中医院ICU的一名护士，您常常戴着一副眼镜，留着一头长发，平时脸上总带着微笑，给人一种和蔼可亲、温柔体贴的感觉。以往，在我的心目中，妈妈是一个严格却又有一点胆小的人。有一次，家里进了一只老鼠，您看见了被吓得哇哇大叫。

可是，我又觉得妈妈是世界上最勇敢的人。我们在吃年夜饭的时候，您第一时间响应国家号召，毫不犹豫写了请战书。初一早上，我就看见您一边劝说和安慰弟弟，一边收拾衣物，急匆匆赶往集结地，准备向武汉挺进。半夜，我问爸爸为什么还不睡，爸爸说："我要等你妈妈到了才能睡。"

之后的几天里，我有点担心妈妈在那边的情况，希望您早日归来。但是，在视频通话中您却乐观地开导我："不用担心，这边防护很好，你们放心，不必担心！"

您是我勇敢的妈妈，我以后碰到困难也要努力做到不退缩、不逃避，做一个像妈妈一样勇敢的人。

儿子　何睿

2020年1月25日，你在做什么？对很多人来说，这一天是农历新年的开始，但不同于以往的大年初一，大街小巷里没有了走亲访友的欢笑声，高楼大厦里的灯彻夜长明，所有人都在为武汉担忧。与此同时，一列载着143名浙江省首批援鄂医疗队队员的专列到达武汉火车站。

再度回忆起两年前这场57天的战斗，余娅娟记忆犹新，她记得在年夜饭桌上匆匆写下的请战书、新冠肺炎治愈后重返岗位的武汉医生、重症患者留给世界的最后一张纸条……

年夜饭桌上的请战书

农历2019年的最后一天，余娅娟家里的氛围却不甚轻松。当时是浙江省

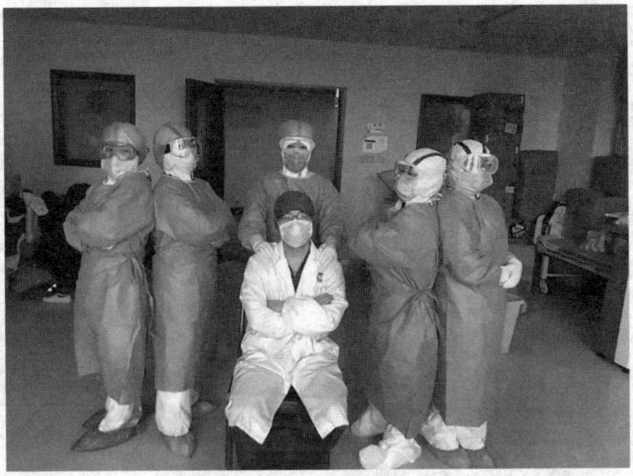

余娅娟和战友们

中医院重症医学科主管护师的余娅娟刚刚接到电话，医院在组织医护人员驰援武汉，所有人要 24 小时待命。武汉的疫情形势极度紧张，家里长辈的语气里充满了担忧，大儿子也知道了事情的一二，两个双胞胎小儿子赖在妈妈身边不肯走，只有同是医务工作者的丈夫向她表达了全力支持。

“当时时间是非常紧急的，我们第一批去武汉的要求也比较高，需要重症经验丰富的、中级职称的医护人员，我刚好是符合条件的。想到那边需要救治的病人很多，我觉得能作点贡献，毫不犹豫地去了。”

安抚好一家老小，余娅娟在餐桌上急匆匆地写下了请战书。“我是 ICU 出来的，啥抢救都见过了！我有信心能胜任此次任务！”第二天，她就搭上了前往武汉的列车，进入武汉市第四医院开展疫情防控工作。

一张歪歪扭扭的纸条

武汉当时的情况远比余娅娟想象得严重。新冠肺炎重症患者的表现大多是呼吸衰竭，需要储氧面罩吸氧，但整个院区的墙式供氧不足，需要护士们把氧气筒搬到病人病床前以供吸氧。如果氧气筒空了，几个人就要再合力把氧气筒搬到一楼更换。一趟下来，整件防护服都会被汗水浸透。

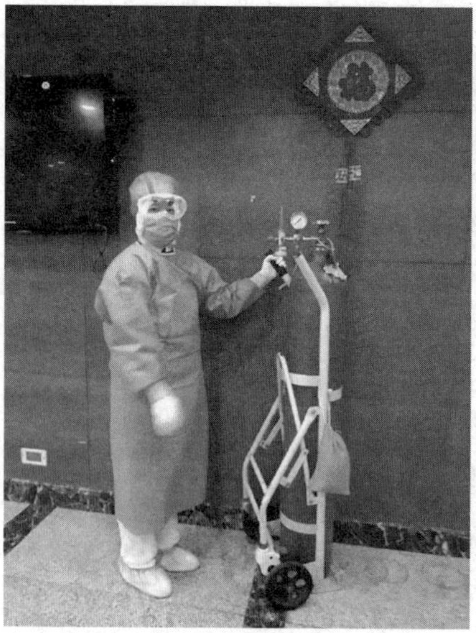

齐人高的氧气筒

余娅娟背着 15L 的消毒水在消毒

余娅娟到现在还记得她接手的第一个重症患者。男子当时住在 43 床，年龄 47 岁，入院时已精神萎靡、高热、发汗，监护仪持续报警。在住院期间，他的病情反复。每天上班，余娅娟都会重点关注这名患者，在床边鼓励和安慰他，有时候隔几分钟就会去探望一次。患者的给氧方式从储氧面罩、高流量吸氧到后面的无创呼吸机给氧，但是氧合还是一天比一天差。“作为一个医护，病人在我们面前，看着他一点点地发展下去，却没有好的方法，那种无力感，那种苍白感，真想马上有奇迹。”

看到病人这么痛苦，余娅娟和同事们急在心里，想把他转到更好的医院去治疗。几经辗转，终于可以将他转院到金银潭医院。转院当天，病人比画着要写字，护士给他送了纸笔。他颤颤巍巍地抖动着手，吃力地写下了：我的遗体捐给国家。

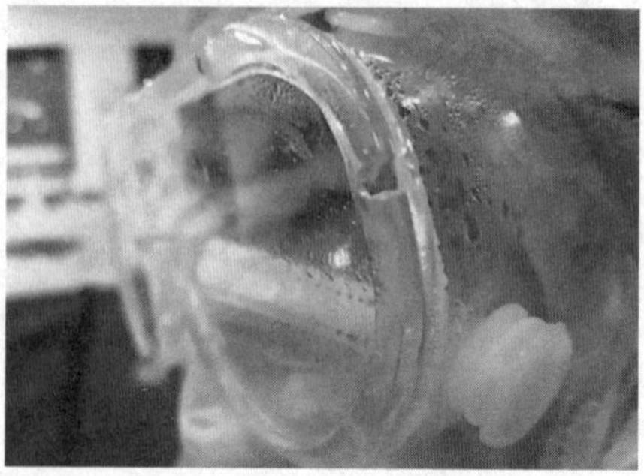

余娅娟充满水汽的护目镜

余娅娟回忆到这里，不禁有些哽咽，“他可能也意识到自己的病情很重，怕一下子万一不行，不能表达自己的遗愿。但他内心是多么强大，他还想着把遗体捐给国家研究，这是多么高尚的情操，需要多大的勇气。住院的这些天，他一直承受了很大的心理压力，这么差的氧合，能坚持这么多天，说明他有很强的求生欲望，而我们却无能为力。这么年轻的生命，真的不想他就这么走了。”

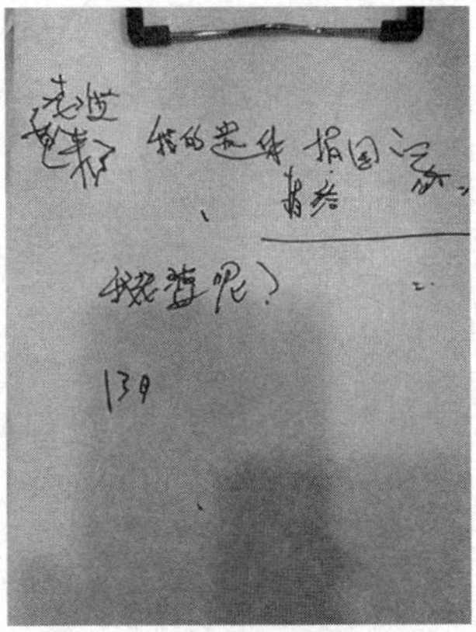
“我的遗体捐给国家”的纸条

在写完“我的遗体捐国家”几个字后，病人又写下了“我老婆呢？”四个字。余娅娟说：“他肯定还有很多话没有和妻子说完，明明相约一辈子，柴米油盐，看着孩子长大，和妻子享天伦之乐，他可能还想和妻子一起出去旅游，出去看世界……”

遗憾的是，该位患者在转院两天后不幸去世。

病愈后重返岗位的医生

当时医院里面遍布着死亡的悲伤，但也不乏生命的希望。余娅娟还记得武汉四院本院的一名姓雷的骨科医生。雷医生当时因确诊新冠肺炎，住在医院 21 床。病情最严重时他的指脉氧只有 78%，全身一点力气都没有，上个厕所都得带个氧气枕，上完回到床上要一个多小时才能缓过神来，每时每刻都在经历胸闷、气喘的濒死感。但雷医生从不放弃希望，“他说需要补充营养，努力吃饭。有时候饭咽不下去，他就着开水吞饭。有一次我们看到他好像剥不动鸡蛋，就靠在枕头上，慢慢地剥，他说还是要摄入蛋白的。”其实当时的雷医生已经虚弱到连吐鱼刺的力气都没有了。

“但就算病情这么重了，他靠自己的努力和坚持，硬生生挺了过来。”雷医生凭借良好的心态、坚强的意志力打倒了病魔，这让余娅娟和同事们都深受鼓舞，“熬过去就是晴天！”

雷医生出院后捐献了有抗体的血浆，休息半个多月后，他返回工作岗位，投入抗疫工作。

在这样一个小小的病区里，余娅娟和同事们从死神手上夺回了一条又一条生命。回忆这一路的艰辛与努力，余娅娟说，这是她最珍贵最有意义的一段人生经历。

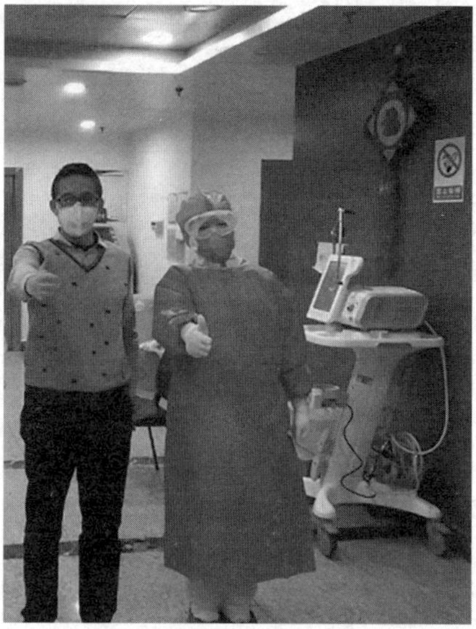
余娅娟和雷医生的合照

据悉，浙江省首批援鄂医疗队于2020年1月25日（大年初一）抵达武汉，进驻武汉四院，在武汉连续工作57天，累计管理床位111张，收治患者293人，其中重症156人、危重症65人，累计治愈出院252人，是浙江省援鄂医疗队中时间最长、工作量最大、收治重症危重症患者最多且出院人数最多的队伍，荣获了浙江省委省政府授予的“新冠肺炎疫情防控工作中表现突出先进集体”称号。

战友们凯旋回杭前在奋斗过的武汉四院门口留念

“冬已去，春会来。接下去，我们将更加努力，努力成为那颗最亮的星。”

【专家点评】

可以看得出，作为“三孩”妈妈的余娅娟，第一时间主动请缨出征武汉，当时内心也是有忐忑和担忧的。但责任和担当驱使她，必须去，一定要去。儿子说她是一个“看到老鼠也会吓得哇哇大叫”的母亲，但也是“世界上最勇敢的母亲”。在这场疫情防控阻击战中，无数像余娅娟这样的人在默默负重前行，他们用必胜的信念和温暖的举动投入到抗疫一线，他们用实际行动诠释了责任与担当，为孩子树立榜样。

浙江广播电视集团　来钧

朱艳丽：我是战士，母亲在等我凯旋

记者：党君雅

编辑：潘康康

【人物名片】

朱艳丽，1980年出生于浙江杭州，中共党员。杭州市第一人民医院心胸外科副护士长，副主任护师，第二届浙江省中西医结合护理专科护士。新冠疫情发生以后，第一时间递交了自己的“请战书”，后作为杭州市支援武汉第三批医疗队队员，2月9日出发驰援，同时被任命为杭州市支援武汉第三批医疗队医疗二队华中科技大学同济医学院附属同济医院光谷院区E1-3病房护士长。2020年被浙江省卫生健康委员会评为“浙江省最抗击新冠疫情援鄂杰出护士”，被中共杭州市委评为“杭州市优秀共产党员”，被杭州市卫生健康委员会评为“杭州市最美援鄂护士”。

朱艳丽

艳丽吾爱：

至今，我有16个日子没有见到你了。时间，从你离开杭州奔赴武汉的那一刻起，就变得如此绵长。那一寸寸的日头，就是无数个时间的针脚，每一秒都是针眼扎在我心头的痕迹。时间的针脚有多长，我的思念就有多深。

自你踏上驰援武汉征程的那一刻起，我牵挂你的心每一秒都不曾放下。作为母亲，我为你义无反顾奔赴疫情一线而自豪；向在生死边缘挣扎的病人伸出救援之手，给他们生的希望和勇气，为你的无私大爱而深感欣慰。同样作为母亲，我是多么不愿意你走上疫情最危险的区域，你也只是一个孩子，是千千万万个和我一样的母亲的女儿，我内心是有多么的不情愿和不舍得！

这 16 个日夜，我总在想，你是不是能做好安全防护，是不是能准点吃上可口饭菜，是不是有足够的睡眠，是不是可以像对待病人那样呵护好自己？我想知道你在武汉抗击疫情工作生活的点点滴滴。但是我什么都没问，我知道，你现在最需要的是鼓励，而不是日常唠叨。你们的目标是和时间赛跑，是要挽救生命。此时，你不仅是我的女儿，更是一名勇敢的战士！

看到你发来的照片，剪去了一头秀发，剃了个小平头。虽然口罩遮住了你的脸庞，但从你竖起的大拇指上，我看到了你作为医护人员战胜病魔的自信。那一刻，我瞬间泪奔！这张照片，我看到我的女儿有着强大的内心。当国家有难，需要有人负重前行，你不畏惧、不退缩，作为党员，第一时间报名投身抗“疫”一线，你用自己的行动，践行着当初在学校的誓言，以南丁格尔精神照亮前方的航程。

作为母亲，我只想说一句话：一定要保护好自己，健康凯旋。我和所有的亲人们，等候我们的小战士圆满完成任务胜利归来！

妈妈　李秀珠

2020.2.25

2020 年的春节注定不平凡，大年三十的晚上，朱艳丽没有和父母商量，直接给护理部发了请战书：主任，您好！思考再三还是想打扰您一下，虽然我

朱艳丽在做健康科普宣教

是外科的，感染和呼吸不是我的专长，但是作为一名共产党员、一名有20年护龄的护士，面对这次的疫情，我听候召唤、服从安排，时刻准备着。

2月8日晚上11点多，朱艳丽接到了医院的通知：第二天出发去武汉增援。第二天一早，她特意赶到父母家把要去援鄂的消息告诉了他们，母亲先是一愣，一阵沉默后说："我想到了你会申请，去吧，注意安全，我们等你回家！"2月9日下午4点，朱艳丽作为杭州第三批援鄂医疗队的医护工作人员坐上了前往武汉天河国际机场的飞机。

作为一名有20年护理工作经验的护士，朱艳丽知道这一次出征面对的不是普通的病毒，自己要像一名战士一样去战斗。女同事们从长发到寸头，备上了成人尿不湿，这是一场只能胜利的战役。

随着飞机降落，朱艳丽和队友们乘坐巴士经过武汉长江大桥到酒店，整个城市一片寂寥，没有昔日的车水马龙，空空荡荡的城市街道灯火通明，"武汉加油"的字样不停闪烁在各座高楼的LED显示屏上。只那一眼，朱艳丽被震撼了，被任命为临时护士长的她，内心的恐惧被一扫而空，听指挥、精准流程，要尽力护理好每一个病人，更要保护好每一个援鄂队员！

2月10日，朱艳丽和队友们一起进驻华中科技大学同济医学院附属的同济医院光谷院区，中午和队友们在医院接受院感培训后返回驻地各自练习，傍晚接到临时通知当晚就要进隔离病房开始收治新冠肺炎重症患者。收治的病人信息一改再改，朱艳丽的工作内容也跟着一变再变。从最初的护理患者，变更为隔离病房的“信息中枢”——办公班。马上患者就要进病房了，完全不同的环境、工作流程、电脑录入系统，从扫码到送检，所有的一切都如此陌生。医疗队的同事们来自杭州各地，第一次磨合，一切从头开始。当零点的钟声敲响，源源不断的新冠肺炎重症患者进入病房，而留给朱艳丽和武汉当地护士面对面交接的机会却只有短短的 2 个小时，而且是唯一的一次。

朱艳丽在武汉同济医院光谷院区

如何保证其他队友们能够顺利地开展工作？朱艳丽找到了唯一“笨”办法，她用笔和纸一点点记录下注意事项、操作规范，字迹工整清晰，标注翔实。出舱后又凭借记忆把常用的内容用图标的形式进行告知，让大家都能提前熟悉新系统。

当天下午 6 点半到达医院，晚上 10 点半进入隔离病房，朱艳丽花了一个晚上的时间协助总护士长梳理出同济医院光谷院区的全部流程和注意事项，等她走出病房时，已经是第二天早上 7 点，一轮太阳缓缓升起，她顾不上擦拭湿漉漉的头发，望着窗外的日出出了神。之后，医疗队伍通过师傅一对一交传带、查阅笔记、微信答疑等方式，很快建立起标准化的工作流程。

由于朱艳丽所在的是重症病房，绝大部分病人都卧床不起，日常生活需要协助。朱艳丽和队友们四班倒，6 个护理人员一个班次，照顾一层楼 62 名病人。每个班次 6 小时，加上穿脱防护服 2 个小时，这 8 个小时为了不上厕所，医护人员不能进食、进水，在进入病房前最多吃一点馒头之类的干货垫垫肚子，所有人都要戴上成人尿不湿。回想起来，朱艳丽说真的是靠毅力支撑着大家坚持下来。不上班时，能喝上一碗热粥就是最大的幸福。

朱艳丽在为武汉病区的病人核对药物

危重病人，都只能卧床，朱艳丽和同事们要负责给他们输液、喂饭喂水、处理大小便，不仅工作繁重，近距离的接触更是让她们长期暴露在大量病毒中。为了做好防护，无论怎样的天气，朱艳丽和同事们都要按标准做好穿戴。长期奔波在病房一线，全身湿透、护目镜充满水蒸气是工作常态，朱艳丽说无论用什么喷雾都阻止不了护目镜里的水汽，她们已经练就了从水汽的缝隙里观察周边人、事、物的本领。由于新冠病毒有极强的传染性，整个院区都不能使用空调。为了降温，同事们把一块块巨大的冰块拉进病区的角落，空隙时间跑到边上用手摸摸冰块降温已是她们最轻松的时刻。

从 2 月 9 日到武汉，到 3 月 31 日结束援鄂任务，朱艳丽和同事们在武汉负重运转了 52 天。从漫天大雪到樱花盛开，他们没有时间去欣赏武汉的美好，他们本身就是美好，用每一滴汗水，战胜每一次恐惧，创造一个个医学上的奇迹。

时光流逝，陷入回忆的朱艳丽依然被武汉人民深深感动，不仅仅是病房里一张张患者留下感谢的字条，也不仅仅是离开武汉当天武警开道送行，市民们自发站在马路两旁的一声声“感谢”，更是医护与病人之间一点一滴温暖的互动。

治疗后期，朱艳丽所在病房的病人们病情逐渐好转，除了西医疗法，还会配合中药和手法按摩帮助他们康复。一次，朱艳丽要为所有病人做耳穴操示范，做操时一定要和病人面对面近距离接触，全程 10 分钟的操体示范录像中，朱艳丽发现被按摩的病人一直用手紧紧摁住鼻翼两端的口罩。那一刻，

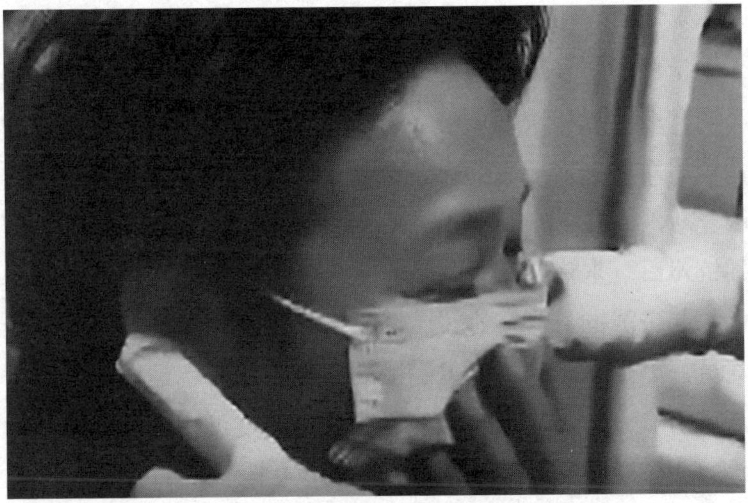

朱艳丽在给患者做耳穴操

一直坚强的她突然泪如泉涌。她明白，那是病人在用自己的方式保护着她，原来武汉人民一直都在用自己的方式爱着医护人员们。

在武汉期间，工作异常忙碌，朱艳丽最多和家人用微信留言的方式交流，她从来都报喜不报忧。妈妈挂念着她，但也深知这一刻不能打扰女儿，于是默默写下文章开头的那封信，鼓励她一定要如同战士一般勇敢，一定要凯旋而归。看到妈妈发来的家书，朱艳丽泪湿了眼眶，但她还是转身义无反顾地投入到工作中。

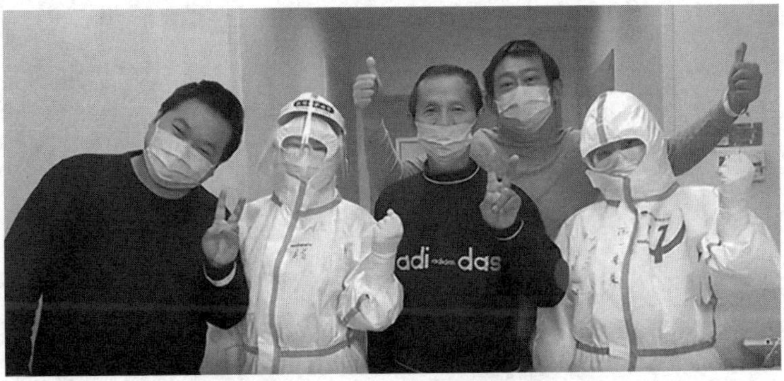

康复的病人们和援鄂医护人员在一起

最终，朱艳丽所在的隔离病房62名危重症病人无一人死亡。完成工作的最后一天，朱艳丽终于脱下防护服和护目镜，见到了一直以来一起奋战在一起的武汉同济医院光谷院区的一名护士，之前她们早已通过声音和护目镜后的眼睛认识了对方。这一次相见，又是一次日出时分，两位护士紧紧相拥在一起。这一刻，她们是护士，是战友，并成为未来一生的挚友。

回到杭州后，朱艳丽从骨科转到心胸外科，每一次疫情的背后，都有她和同事们一起奋战的身影。她说，恐惧谁还没有呢？谁又不会疲惫呢？但我是一名党员，更是一名医护人员，我的职责和使命就是捍卫每一个生命的安全。这个清明节，她又在加班中度过，虽然战疫仍在继续，但她相信胜利就在不远处，没有一个冬天不会结束，而春天一定会到来！

【专家点评】

当时面对很多未知和不确定的因素，但朱艳丽毅然决然奔赴武汉援鄂抗疫。在这场没有硝烟的战斗中，他们不能跟家人团聚，他们含着泪却用笑安慰家人，他们履行着救死扶伤和为人民服务的天职。虽然厚厚的口罩遮住了他们的面容，只留下眼睛，但透过心灵的窗口，他们给大家传递的是真诚、责任、信念和鼓励。我们普通老百姓因为有了他们而安心，而医护人员之所以义无反顾冲锋在一线，除了天职外，更是背后有他们家人在力挺，因为“家人永远是你最坚实的后盾”。感谢白衣天使，感谢白衣天使的家属们，感谢所有为之付出的人！

浙江广播电视集团　来钧

王鹤秋：守护逆行者的逆行者

记者：刘浩

编辑：潘康康

【人物名片】

王鹤秋，1969年9月生，浙江省立同德医院精神科主任、党支部书记，浙江省心理干预专家组副组长，浙江省第三批援鄂医疗队队员，浙江省司法精神医学鉴定专家委员会委员、国家二级心理咨询师考培师，荣获“全国抗击新冠肺炎疫情先进个人”称号。

老婆好：

一晃已经来武汉6天了，结婚24年还是第一次这么长时间分别。开始的几天，天气阴冷，高估了不开空调的承受能力，真是不能适应，夜里几次被冻醒，联系后勤保障部给了件羽绒服又大又重压在上面好多了，睡觉暖暖的。每日三次有盒饭供应也不用担心。

我不会无缘无故几次没接你的电话，

王鹤秋

是因为我在给患者做治疗，不过晚上我都会写篇日记，回来给你看。你关心我不要被感染，给你解释一下：我们浙江的领队对所有医务人员遵守纪律的要求很高，不得聚集交谈，不得串房间，不得擅自上街，不得不戴口罩与人接触——我是个守纪律的人，大大减少了风险，请你放心。

工作按流程穿防护服戴口罩，按步骤洗手消毒，互相监督，严格要求，此外我为了怕忘记顺序，在自己的房门上贴个小字条：1 房卡消毒，2 换衣服，3 换鞋，4 摘口罩，5 洗澡。现在已经很顺了，每天进出可以娴熟地完成规定动作。

老婆，不知道你的感冒好点了吗？每天不要睡得太迟，劳累会使人体的免疫力下降。平时吃饭都是两个人，现在也不知道你怎么做？一个人也要吃好，吃得好才有抵抗力，我们都要保护好自己，明天才能更美好。你在杭州也要做好个人防护，待在家里就是对我和疫情防控的最大支持。如果想给我打电话，22：00 以后比较有空。

我一切安好，一定健康归来！请放宽心。

王鹤秋

2020 年 2 月 15 日

这是王鹤秋抵达武汉一周后，给家里妻子写的一封信。

王鹤秋："当时每天都很忙，家里不知道我这边的具体情况，很担心，一打电话就反复地问我工作、食宿、安全等，我就写了这封信，详细地说明我的情况，他们就会更放心更安心。"

2020 年 2 月 8 日深夜，已经入睡的王鹤秋突然被电话吵醒："大概 12 点 40 分，分管院长给我打电话说，有任务要我驰援武汉，明早就要出发，问我能不能去，我当时就答复说可以，他要我跟家里商量一下，我说不用商量。"

刚挂完电话，妻子就问他为什么不跟自己商量商量，王鹤秋回答："但凡是半夜打电话，一定是紧急任务，这种情况容不得商量。"

王鹤秋知道妻子是担心自己："因为职业的特殊性，她一直很支持我，还

出征仪式上的王鹤秋（右三）

安慰我，说你去了之后不要有顾虑，家里的事情我会处理好的。”

当天晚上，王鹤秋几乎一夜没睡，凌晨5点多，王鹤秋就起床收拾行李，随队启程，一路上虽然表现得很自然，但内心很复杂：“虽然有抗震救灾等重大灾难性事件的心理干预经验，但心情还是很复杂，临走的时候，我把家里的车停在哪、银行卡什么的，都给妻子交代清楚了，真的是做好了回不来的打算。”

2月9日到达武汉，一到驻地王鹤秋就放下行李，投入工作。为尽快了解疫情下的心理危机状况，当晚他就开展了五个人一组的团体心理辅导和治疗。

王鹤秋：“由于当时，正是疫情最严重的阶段，会有一些负面的消息，包括有人感染新冠肺炎病逝等，导致不少医护人员有紧张、焦虑、恐惧的情绪。

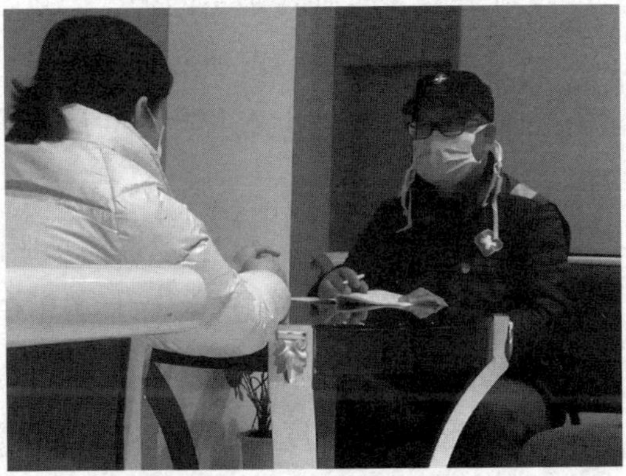

王鹤秋为医护进行心理疏导

经过几个小时的面对面交流疏导后，5位医护人员心理压力明显减轻，紧张和焦虑的情绪也逐渐消除。

面对有可能出现的更多医护心理压力的现状，王鹤秋提出："尽早筛查重点人群，实施分层干预，减少不良情绪蔓延，最大可能降低心理危机影响。"他连夜设计评估方案，连续3天通宵达旦开展评估统计，制定分层干预方案，对轻症者以微信、电话等方式进行线上干预，推送语音催眠和放松训练；对中重症者重点干预，每天进行个别心理咨询或药物干预，有效缓解集体紧张的焦虑氛围，高质量完成一线医护人员心理卫生状况的统计。

王鹤秋说，不论是在出征仪式上，在病房中还是在新闻报道里，我们看到的医护人员都很专业、很坚强，是逆行的英雄，但实际上他们也是普通人。当时面对新的病毒，医护们对病毒的病理认知也都有限，内心也会产生恐惧、焦虑等情绪，直接的表现就是失眠、心悸等症状，干完活一天很累，也不说话，独处时就会产生抑郁，状态不好直接影响身心甚至影响到工作，就得进行心理干预。

当时一个刚参加工作两年的女生在ICU工作，平时精力充沛、工作认真，但第二周的一天，突然变得消沉、紧张、焦虑。

王鹤秋："一位病人在接受治疗过程中，突然挣扎、一阵躁动，就不小心抓破了她的衣服，她相当于暴露在污染的环境中了，就非常焦虑，不吃不睡，状态很差。当下就让她休息，一测体温，有点高，但实际上是'生物热'，只不过她产生了心理作用。我就帮她回忆当时的每一个细节，让她明确，感染的概率很小，同时鼓励她。经过核酸检测、日常督导，慢慢的她就恢复过来了。"

工作在医院重症监护室的护士来自全省各地，年纪较轻，平时工作强度高、压力大。类似的情况还有很多，担心大家的心理状态，他就通过队领导邀请她们到浙江队"大本营"的驻地酒店来吃碗热汤面的机会，给予团体心理辅导。

一次有队员提出，担心自己脱防护服的步骤是不是错了，会不会被感染？还有人说，回忆到白天某个操作是否不恰当，结果一晚上没睡好，第二天醒来体温果然升高了。

王鹤秋从专业角度"解惑"："越回忆越害怕，越害怕越睡不着，睡不着就会影响基础代谢，从而导致体温升高。如果经常有或者频繁出现就会影响睡

王鹤秋离汉返杭前在医院门口留念

眠，影响白天工作的注意力，会有更多的工作失误，那就恶性循环了。建议大家一个组在一起工作时要互相监督，互相帮助，减少暴露的机会和风险。”

在他的引导下，大家通过分享工作中的快乐、困难和委屈，抒发各自的情绪。王鹤秋还建议增加相互鼓励和夸奖队友做得好的地方，通过鼓励痊愈出院的患者树立自己的自信。

在武汉夜以继日的43天工作中，他累计接听热线电话600余次，线上答复求助者问题8000多条，团体心理治疗10余次，个别心理干预40余个小时，发送语音催眠50余人，在多个求助群里发送心理宣教和心理学知识。此外，还参与制定“浙江省心理危机干预预案”“浙江省新冠肺炎心理危机干预工作方案”，开展线上心理咨询，向同行传授心理干预经验。

王鹤秋从事精神卫生临床工作已经近30年，曾经参与汶川地震、猫狸岭隧道火灾、温州动车追尾等重大灾难性事件心理干预。对各种应激性障碍和失眠、焦虑、抑郁症的治疗以及精神疾病的诊治有丰富经验。正因此，他也经常被委以重任派往重大突发事件一线。对病患进行心理干预的同时，也对“逆行者们”进行疏导。

逆行是勇气，逆行是责任，逆行是使命。在无数逆行者背后，也有无数像王鹤秋一样守护逆行者的逆行者，也为他们点赞、致敬！

【专家点评】

“我把家里的车停在哪、银行卡什么的，都给妻子交代清楚了，真的是做好了回不来的打算。”这一句心里话，让人心头一酸。是啊，他们除了医生、护士的职业身份之外其实也只是一个普通人。将生死置之度外，想必任谁都无法轻易做到。可奋战在前线的抗疫人员，他们为了家国平安，在努力着，面对恐惧，坚定奉献着。

浙江广播电视集团　来钧

吴建：无所畏惧，建设那曲

记者：李轶男

编辑：潘康康

【人物名片】

吴建，1984年2月生，山东枣庄人，法学硕士，2009年9月参加工作，曾任金华市中级人民法院法官、办公室副主任，后调入金华市人大常委会从事地方立法工作。2019年参加对口支援西藏那曲市工作。挂任那曲市人大，法制委办公室副主任，负责地方立法、司法监督等工作。

吴 建

亲爱的朋友们：

去年 7 月 29 日进藏，到今天刚刚一年零 20 天。在西藏的每一天，我都被一些东西感动着、感染着、激励着；我的思想感情的潮水，在放纵奔流着；我想把一年来的点点滴滴都告诉给我的朋友们。但我最急于告诉你们的，是我思想感情的一段重要经历，这就是：致敬最可爱的浙江援藏人和那曲在藏干部。

一年前，曾经有人告诉我援藏那曲三

2020 年 6 月，那曲市人大常委会党组书记、主任胡林率考察组赴金华市开展“三交”活动

2020 年 6 月，吴建赴那曲市申扎县开展野生动物保护法执法检查

年“躺着就是奉献”，不要干啥事；一年来，借助指挥部办公室信息审核的“职务”便利，我无数次第一时间得知浙江援藏人在推进项目援藏、产业援藏、民生援藏、智力援藏、浙藏两地“三交”等工作中创造的数不清的第一个、数不清的海拔最高、数不清的援藏模式创新和辉煌成果。随便翻看浙江在线的新闻标题：“世界上海拔最高的口罩生产线在那曲投产运营”“世界海拔最高的农产品质量安全检测中心取得“双认证””“11.3 亿元！ 32 个浙江援藏项目集中开工复工”。所以，默默付出、无私奉献、低调务实的浙江援藏人是最可爱的人。

一年前，作为浙江援藏历史上第一个人大组团，我们人大组团三人抱着要在那曲人大“干成点事”的初心踏上羌塘大地。由于那曲人大常委会刚刚成立（2018 年 5 月撤地设市，成立那曲市人大常委会）不久，机关干部业务能力、履职水平与浙江相差较大，法制委无一人具有立法背景，地方立法权尚未获批行使。“一张白纸好画最新最美的画”，一年来，在那曲市人大常委会领导的充分信任和鼓励下，我们三人登上市人大常委会会议的讲台，轮流给常委会组成人员、机关干部等讲授人大立法、监督、法治政府等专业知识；邀

2020 年 7 月，吴建发挥专业优势走进那曲市委党校，开展民法典宣讲

2020 年 7 月，吴建赴那曲市安多县野生动物保护站宣讲《野生动物保护法》

请浙江专家赴那曲讲授民法典，三年内组织那曲市县两级人大机关干部分批赴浙江人大系统开展为期三个月的跟班学习；执法检查从方案制定、实地检查、报告撰写、反馈市政府等全过程跟踪指导；经市人大常委会票决，在自治区内第一家开展对市政府惠民利民实事开展重点监督——所以，守正创新、突出重点，踏实进取的浙江援藏人大组团是最可爱的人。

一年前，来西藏之前，担心在边疆民族地区，干事创业的氛围不好，援藏三年干不成啥事；一年来，那曲各族在藏领导、干部群众对浙江援藏干部“高看一眼、厚爱三分”，工作上充分授权、生活上十分关心；下乡执法检查路上，在藏干部分享三十年前、二十年前进藏工作的点点滴滴：下乡没有路，只能骑马，刚开始几天屁股裂开花；高原路况差，车坏了，在茫茫草原、冰天雪地冻上一两天很正常；下乡自带干粮，在牧民帐篷里一住几个月，回来后满身虱子。相对比，现在虽然下乡路上几百公里，有时赶不上饭点，路上啃面包，他们也觉得很幸福、很快乐。援藏一年，我突然明白：如果说我们传授给他们的是知识和技能；那么，那曲各族在藏干部传授或者说影响我们的是精神，将使我们终身受益的老西藏精神。所以，特别能吃苦、特别能战斗、特别能忍耐、特别能团结、特别能奉献的那曲在藏干部是最可爱的人。

亲爱的朋友们，当你坐上早晨第一列公交车走向工厂的时候，当你扛上犁耙走向田野的时候，当你喝完一杯豆浆，提着书包走向学校的时候，当你安安静静坐到办公桌前计划这一天工作的时候，当你向孩子嘴里塞着苹果的时候，当你和爱人悠闲散步的时候……朋友，你是否意识到你是在幸福之中呢？你也许很惊讶地看我："这是很平常的呀！"可是，从西藏归来的援藏人，会知道你正生活在幸福中。因为，有一群可爱的浙江援藏干部和那曲在藏干部，在一起为你们守护着祖国海拔最高的神圣国土，那里是国家安全屏障、生态安全屏障、战略资源储备基地。朋友！你已经知道了爱我们的祖国，爱我们的伟大领袖，请再深深地爱我们的浙江援藏干部和那曲在藏干部，他们确实也是我们最可爱的人！

吴建

2020.8

热爱，羌塘大地这片热土，是吴建援藏近两年来最深刻的感受。从初来那曲不适应，到往返上千公里进行调研；从面对着立法空白，到执笔起草那曲第一部地方性法规；从最基础的工作做起，扎扎实实推动当地人大各项工作。

回望两年半援藏中的点滴，吴建有一种归属感，与当地干部能一起战斗；有一种成就感，能够团结当地领导同事谋事、干事、成事；有一种幸福感，触摸到那曲人大的变化脉搏。援藏，是吴建一生中最宝贵的经历之一、最难忘的经历之一。

没想到，两小时，从"浙"里到"那"里，响应组织召唤报名援藏竟改变了吴建的一生。

2019 年 5 月的一天，临近下班时间，吴建接到一个电话，刚成立不久的西藏那曲市人大需要熟悉地方立法工作的干部前往支援，希望能够报名援藏。

家人是否支持？家中的实际困难实际摆在眼前：女儿才刚刚 4 岁；岳父患慢性肾病，需常年服药、定期赴杭州医院看病。

2020 年 7 月，吴建联系协调爱心企业向刚刚通电的那曲市巴青县基层农牧民群众捐赠价值 10 万元的电器、被子等物品

2020 年 8 月，吴建女儿赴藏探亲后所画之布达拉宫

下班后回到家中，还来不及吃饭，就和爱人、父母商量，从援藏的重大意义讲到个人成长历练。家人一下感受到吴建要去援藏的坚定信念，爱人和岳母对他说：“你想去我们支持，家中的事，交给我们，你就放心去援藏吧。”

从接到电话，到决定报名援藏，前后用了不到两小时。第二天，吴建便向组织递交了志愿援藏的申请书。

两个月后，2019 年 7 月底，吴建踏上了遥远而陌生的新征程，目的地是平均海拔 4500 米“世界屋脊的屋脊”——那曲市。

挑战，随之而来。来到那曲后，吴建经历了一段很艰难的适应期。那曲市是“世界屋脊的屋脊”，夏季、冬季空气含氧量仅为浙江的 58%、46%，年平均气温零下 1℃至零下 2℃。面对着低压低温缺氧，在金华倒头就睡的他，到了高原就变成了经常性失眠；血压升高、尿酸升高、心脏变大成为援藏干部们的“标配”。

以前在浙江工作时，写材料、起草立法制度等脑力劳动，没有觉得太难；现在那曲援藏，却变得格外艰难：记忆力衰退，有时撰写汇报材料、起草法规条文，写了后面，忘了前面。

难，但他没有退缩，解决之道，就是更多时间写，保障援藏工作的进度。可问题还是随之而来。2019 年 12 月，吴建在那曲遭遇零下 24℃的低温天气，当晚高烧 38.9 度，紧急回撤到低海拔地区才控制住高烧。接下来的援藏中，不得不更加重视保暖，保持健康的身体，千万不能因身体原因影响援藏工作。

有朋友劝他，在那曲援藏“躺着就是奉献”，这样努力工作不值。但他心中明白，他的一言一行都代表着浙江援藏干部的形象，既然来了西藏就一定要留点东西。相比于常年在那曲工作的在藏干部来说，我这点困难算不了什么。以老西藏干部为榜样，在雪域高原做浙江“重要窗口”的建设者、维护者、展示者。

初到那曲人大，吴建的工作千头万绪。那曲 2018 年 5 月撤地设市，成立那曲市人大常委会。此前，那曲仅设立人大工作委员会，为西藏自治区人大常委会的派出机构，并无立法、监督、人事任免、重大事项决定等法定权限；成立人大常委会后，各项工作如何依法、规范、高效开展，当地有效办法不多。

说实话，那段时间他有些焦虑。作为那曲市人大常委会成立后的第一批援藏干部，虽然在金华市人大工作了四年多，但对如何开展对口支援工作，吴建有些不知所措。

如何有效开展援藏工作？是吴建在那曲思考最多的问题。调查研究，去基层一线、自治区内先进地区找办法！在那曲稍事休整后，从 2019 年 8 月后，吴建便到基层开展了广泛的调研。一方面在那曲区域内，来到一线向各级人大代表取经，个别拜访常委会领导、交流座谈、走访各相关部门，深入了解那曲市情和那曲市人大机关基本情况，了解当地对口支援的实际需求。后来，吴建和同事驱车两千多公里，赴西藏自治区早先撤地设市的日喀则市、山南市考察学习，重点了解先进地区人大工作的经验做法。

通过两个月的扎实调研，吴建迅速厘清了工作思路，明确了三年援藏的重点工作和急需解决的难点问题，连续几十天，熬夜制定了援藏工作计划和工作方向，得到援藏单位的肯定。

缺乏人才，成为当时最初工作面临的痛点问题。例如，由于那曲市人大常委会刚刚成立，干部或为抽调，或人大工作业务底子不牢，那曲市人大法制委员会工作人员中无一人为法学专业。授人以鱼不如授人以渔，吴建突然意识到，必须为当地培养一批带不走的人大干部队伍。于是，从人才培养体系着手，吴建在市人大常委会会议、各类学习会等场合专题辅导培训人大干

2020 年 10 月，在吴建的协调下，那曲市人大机关干部赴金华市专题调研乡村振兴

2021 年 7 月，金华市人大常委会党组书记、主任陈玲玲带队赴那曲市考察指导工作，对接深化对口支援那曲市人大工作

2021 年 7 月，金华市人大常委会党组书记、主任赴那曲市考察指导工作，对接深化对口支援那曲市人大工作

部。2020 年 9 月，为新进那曲人大的年轻干部开展业务培训，上好人大“第一课”。同时加紧和金华市人大等后方派出单位沟通协调，组织那曲市人大机关年轻业务骨干赴浙江跟班学习。截至 2021 年 12 月，共组织 4 批、51 位那曲市人大机关干部赴浙江省人大机关、嘉兴市人大机关和金华市人大机关开展为期近三个月的跟班学习，实现了那曲市人大年轻干部和业务骨干培训“全覆盖”，为羌塘大地培养了一支带不走的高素质人大干部队伍。

吴建始终秉持着一个原则：援藏，不能降低工作标准。困难就是机遇——那曲市人大可以发挥后发优势，高起点实现人大工作的高质量发展。

如何填补那曲人大工作空白？在金华人大法工委工作期间，吴建全程参与了金华市 7 部实体法、1 部程序法的制定工作，积累了较为丰富的立法经验。因此，人大立法工作，成为吴建援藏工作的突破口和花费巨大心血的领域。

2021 年 9 月 29 日，西藏自治区人大常委会第三十二次会议通过《西藏自治区人民代表大会常务委员会关于确定那曲市人民代表大会及其常务委员会开始制定地方性法规的时间的决定》，自 2021 年 11 月 1 日起，那曲市人民代表大会及其常务委员会可以开始制定地方性法规。获批行使地方立法权，这是那曲市民主法治建设进程中的一件大事，具有里程碑式重大意义。

2021 年 3 月起，吴建担任《那曲市制定地方性法规条例（草案）》起草小组负责人，带领那曲市人大法制委员会 2 名业务骨干，担负起这部那曲市历史上第一部地方性法规的起草工作。目前，《那曲市制定地方性法规条例》经那曲市人民代表大会表决、西藏自治区人大常委会批准后，已于 2022 年 5 月 1 日正式颁布实施。4 月 26 日，吴建以起草小组负责人身份参加了那曲市政府新闻办举行的《条例》颁布实施新闻发布会，并回答记者提问。吴建还提前介入并全程指导了那曲市第一部实体法——《那曲市市容和环境卫生管理条例（草案）》的起草和审议。

2021年9月至11月，在吴建的协助下，6名那曲市人大机关年轻干部赴金华市人大跟班学习，系统学习金华人大监督、立法、代表等先进经验。图为实地考察金华市四好代表联络站

2021年11月，吴建联系协调金华爱心企业向那曲市儿童福利院捐赠羽绒服

在吴建看来，那曲的人大虽然“年轻”，但具有后发优势，为人大的高质量发展提供契机。监督工作，正是发力点。正如，习近平总书记指出，地方人大及其常委会要按照党中央关于人大工作的要求，围绕地方党委贯彻落实党中央大政方针的决策部署，结合地方实际，创造性地做好立法、监督等工作，更好助力经济社会发展和改革攻坚任务。

功夫不负有心人。那曲人大这项工作成为自治区内第一家开展对政府民生实事开展人大监督的单位，通过人民代表大会这一制度载体实现了重大民生实事项目的法治化，通过依法议决、监督和评价有力也有效地服务了当地党委政府中心工作的贯彻落实。2020年12月25日，那曲市一届人大常委会第十七次会议对项目完成情况开展满意度测评，代表的满意率和基本满意率均超过90%。

援藏，不仅要做好本职工作，也要充分发挥智力援藏作用。

2020年5月28日，全国人民代表大会通过了《中华人民共和国民法典》(以下简称《民法典》)。习近平总书记指出，民法典要实施好，就必须让民法典走到群众身边、走进群众心里。

吴建作为法律专业研究生，普法正好是他的专长。于是，他第一时间托人购买了《民法典》相关书籍，先学一步。后来，不少单位在听了吴建的讲座后安排专人采购并发放《民法典》单行本，这也无形之中提升了当地干部的法治观念。

民生冷暖无小事，一枝一叶挂心头，脱贫攻坚是党中央的重大决策。如何扶贫？作为援藏干部，一定要因地制宜把好事办好，关键在于精准。

那曲市巴青县巴青乡尤庆村、吉中卡村海拔4400米左右，位置偏远，自然环境艰苦，是那曲市人大机关干部驻村工作点。2020年5月中旬，吴建赴巴青乡实地走访慰问困难群众，调查了解群众的所急所需，得知两村群众刚用上电不久，亟须部分家用电器。他利用回浙时机，积极协调浙江爱心企业，通过各种途径筹措了价值157.1万余元的计划外援藏资金及援藏物资。

吴建说，有幸在羌塘大地援藏，参与推进那曲人大高质量发展是一次终生大考，只要党和组织需要，他定将克服困难、全力以赴、以藏为家，用真心、真情、真干，践行一名党员对党和人民的忠诚。

【专家点评】

吴建的这封家书，字里行间都闪耀着最可爱的人的身影，一下子使我们想到了魏巍那篇《谁是最可爱的人》。魏巍曾在采访中说：“我想了解的就是，为什么他们在朝鲜这么英勇？因为我们的装备跟美国人的装备差得很悬殊，差得很远。所以我就在挖掘他们的思想、他们的灵魂，为什么这么勇敢？这个勇气是从哪里来的？”镜头转向西藏那曲，不同的时空领地，一位又一位像吴建一样的援藏干部带着各自领域的先进经验别离家人，奔赴西藏，建设西藏，这个勇气是哪里来的？用心品读吴建这封家书，答案布满字里行间。如此无私的大爱汇聚骁勇，激发援藏干部的纯粹初心——舍小家、顾大家，让藏民的生活走上小康幸福的康庄大路。吴建们默默地奉献着，我们也看到了像吴建一样的新生代正在源源不断地用实际行动诠释着援藏干部们的那颗炽热的爱党、爱国、爱民之心，塑造着新时代最可爱的人。

向新时代最可爱的人，致敬！

中国传媒大学　王宇红

吴君龙：高原逐梦，让人生更精彩

记者：李轶男

编辑：潘康康

【人物名片】

吴君龙，1972年3月5日生，中共党员，浙江省金华市委直属机关工作委员会副书记、二级调研员，青海省海西州文体旅游广电局副局长、党组成员（援青），浙江省对口支援青海省海西州指挥部办公室主任。

吴君龙

亲爱的女儿：

见字如晤。经常视频，知汝在家自律，学习刻苦，与母相处亲密，互敬互从，吾心甚慰。

刚从巴音河畔踏步归来，又一次领略了柴达木盆地之山清水冽、云静天高。由于长期干旱，高原的夜空异常皎洁，经常看到明月高悬、满天星斗、明河共影的绝美景象，这种画面记得孩提时夏夜的晒谷场上见过。有了它们相伴，高原上再艰苦孤独的夜晚也不再无聊寂寞，反而像是游历在空灵浪漫的高原，会常常不经意间发现一些惊喜和美好。

吴君龙的妻女

现在清明已过，江南花事过半，但德令哈仍是丛木萧条、枯枝干蕊，没有一点儿春的迹象。也许路途太远，也许再恋江南，春风吹到这里还有段时间。以前总是不解“羌笛何须怨杨柳，春风不度玉门关”的意思，到了离玉门关200公里外的冷湖工作了一段时间，终于深切感受到了诗人的精准用词和无以复加的苍凉。

从2018年到高原工作，转眼已近两年，一家人聚少离多，对你照顾犹少，常常觉得愧疚。但是国家的需要、组织的安排，那是老爸的荣幸。来到祖国最需要的地方，到脱贫攻坚的第一线开展对口支援工作，和民族地区的干部群众朝夕相处，甘苦与共，为藏区经济社会发展和群众生活水平提高贡献一份力量，这种经历是百求不得的，我欣然前往。何况在这里工作，不仅可以欣赏异域风景，感受高原精神，还能增长见闻学识，结识当地战友，工作充实而有滋味。援青人总喜欢用“缺氧不缺精神，风沙硬作风更硬”来自勉，其实这不仅是援青的工作口号，更是我们真实的工作写照。

寒假里，我看你阅读了很多书，一起交流了很多道理。以前总觉得是个孩子，现在感觉你蓦然长大，学习主动，家务自觉，尊长敬幼，崇文明理。还经常用“三更灯火五更鸡，正是男儿读书时”提醒我和你一起打卡早读，我自乐其中。

疫情过后，马上要开学了，重新迎来艰苦而又快乐的高中生活。更多的道理已经不用明说，更多的付出一定会换回丰收的喜悦。我还是用在你刚上高中时填的一首词再作勉励吧，祝一切安好！

定风波

莫听窗外打闹声，一心只向圣贤行。有志书山勤作马，谁怕？无边学海慰平生。

昨夜睡迟朝恨醒，微冷，红霞一缕已相迎。回首三年求索路，无数，风雨过后总归晴。

爱你的老爸：吴君龙

2020 年 4 月 11 日于德令哈

2018 年 5 月，当获悉浙江省金华市委决定选派浙江省第四批援青干部前往青海省海西州从事对口帮扶工作时，时任金华市直机关工委副书记的吴君龙没有丝毫犹豫，第一时间报名参加。此时，他女儿正面临中考，年事已高的双亲也需要照料。面对家人的不舍和牵挂，作为家中的顶梁柱，他当然也有千般不舍，但作为一名共产党员，服从和服务于国家发展战略，在助力西部脱贫攻坚、携手奔小康中尽一份力，成为他心底的最强音，于是他舍小家为大家，义无反顾地踏上了西去的征程。

吴君龙和“浙江援青石”

吴君龙在冷湖主持会议

援青三年多，吴君龙用脚步丈量海西大地，用赤诚书写援青人生，将对青海、对海西的热爱融入自己的血脉，全身心投入到海西的发展建设中去。他的辛勤付出，也得到了组织和群众的认可和肯定，年年考评优秀，2019年被评选为海西州“对口支援工作先进工作者”，2020年被评为“对口支援海西先进个人”。

是什么让吴君龙义无反顾地远离家人，只身前往人地生疏、条件艰苦的西北高原默默奉献，吴君龙用自己的实际行动做出了回答。

作为一名接受组织教育多年的基层机关党员干部，吴君龙有着坚定的理想信念，踏实勤勉的工作作风，一直关心东西部对口帮扶、加快西部战略开发工作，在他的心中，一直有一个参与西部建设的理想。

冷湖是吴君龙到青海工作的第一站。“天上无飞鸟，地上不长草，风吹石头跑”是当地人对冷湖的描述。这里地处柴达木盆地西北边缘，大多是寸草不生的盐碱戈壁，年平均降水量只有15.5毫米，蒸发量却高达3000多毫米，空气含氧量不足平原地区的70%，是青海最干燥的地方。长期缺氧、干燥低压的自然条件对于来自浙江的援青干部是一项严峻的考验，初来乍到的他几乎天天鼻腔充血、嘴唇干裂，晚上久久无法入睡。面对困难，他没有退缩，凭着自己坚定的毅力和信念，慢慢适应了当地环境，开始了紧张忙碌的工作。

吴君龙在冷湖的工作节奏飞快，他深入基层开展援青工作调研，倾听各族群众心声，体察民风民情，了解百姓疾苦，慰问老党员、烈士遗属和贫困家庭。冷湖的企业虽然不多，但企业之间相距都在上百公里。他到企业调研，往往一大早就出发，一路颠簸回来，已是深更半夜。

在青海工作的两年多时间里，吴君龙已全面融入了当地的生产建设中，海西州委组织部一位领导曾和他笑谈，“你除了口音听上去还像江南人，其他方面与海西人已经没有区别了。”

浙江对口支援“十三五”项目有6项在冷湖地区，从项目前期开始，到工程推进，直至完工验收，每一项工作都亲历亲为，每一个工程环节、每一个方案设计、每一笔项目经费，吴君龙都一一过问仔细审查。在他手上完成的援建最大单体项目——冷湖文化体育活动中心，共投资1800万元，于2018年年底投入使用，结束了冷湖市民在寒冷的冬天紧裹羽绒衣蒙着脸蛋户外锻炼的历史。同时，该中心与前期竣工的冷湖金华综合商城，共同成为金华援青的标志性项目。

为发展当地经济，吴君龙被海西州政府聘为招商大使，兼任德令哈市工业园区副主任，飞地经济、招商引资成了他扛在肩上、抓在手上的重要工作。在他牵线搭桥下，浙商、婺商在海西州的投资比重逐渐加大。自2018年5月以来，通过吴君龙多方筹措，积极对接，金华市为冷湖行委提供计划外援助

吴君龙在浙江省援青指挥部办公

吴君龙在德令哈街头

资金近 500 万元，全面提升了冷湖的许多发展短板，进一步加快两地携手奔小康的前进步伐。

“海西就是我的第二故乡，我们都在高原上共同逐梦。”在海西两年多时间，因为行政区划调整，吴君龙的岗位换了三四回，他成了同一批援青干部中职务变更最多的援青干部。面对岗位调整和角色转换，吴君龙毫无怨言，总是笑着说个人服从组织、岗位服从需要，“我是一颗螺丝钉，哪里需要哪里钉。”无论在什么岗位任职，他都兢兢业业，克己奉公，把工作做好。

“此心安处是吾乡。”两年多的高原生活，吴君龙已将海西当作了自己的故乡，海西秀美的自然风光也激发了他内心深处的创作灵感。工作之余，他喜欢把援青过程中的见闻感受、人生感悟写成了诗词，至今已经创作了百余首，“学习强国”4 次刊登了他的 12 首作品。今日精彩，离不开昨日奋斗的豪迈。但愿吴君龙在逐梦高原的精彩华章，能够鼓舞遨游学海的女儿，绽放更加璀璨之人生。

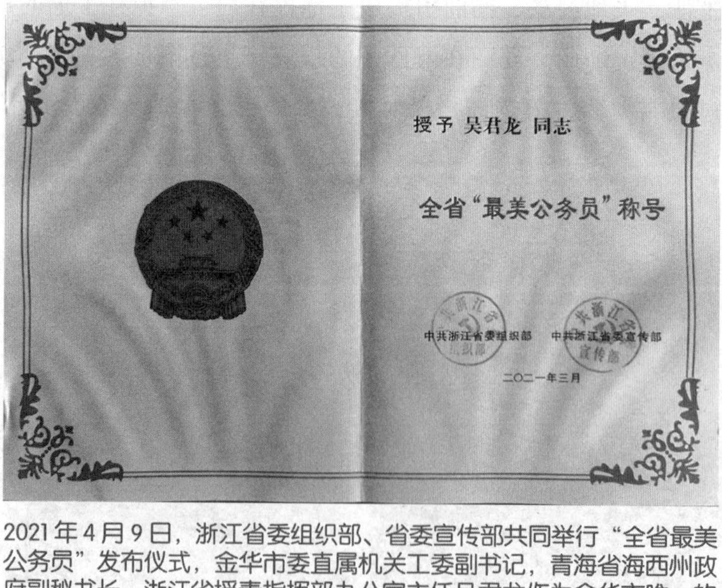

2021 年 4 月 9 日，浙江省委组织部、省委宣传部共同举行“全省最美公务员”发布仪式，金华市委直属机关工委副书记，青海省海西州政府副秘书长，浙江省援青指挥部办公室主任吴君龙作为金华市唯一的援派干部代表，获得“浙江省最美公务员”称号

【专家点评】

“我是一颗螺丝钉，哪里需要哪里钉。”吴君龙是浙江同批援青团队中，职务岗位变更最多的干部。虽然每次面对岗位的调整和角色的转换，他都毫无怨言，但殊不知，一次调整就是一次从头再来，难度可想而知。“你除了口音听上去还像江南人，其他方面与海西人已经没有区别了。”从当地领导干部的评价中，我们也不难看出，吴君龙对于援青工作的投入。

浙江广播电视集团　来钧

张旭：一次海西行，一生海西情旋

记者：李轶男

编辑：潘康康

【人物名片】

张旭，1976年3月出生，中共党员，中学高级教师，杭州市西湖区学科带头人，杭州市袁浦中学德育处主任，援青期间担任青海省海西州德令哈一中教务处主任，先后两次被评为海西州优秀援青教师、海西州援青名师，被浙江省援青指挥部授予优秀援青人才称号。

学群吾妻，见字如面：

最近可好？首先要说一句：你辛苦了！说实话，如果不是咱们浙江援青指挥部有这个“一封家书”的活动，我也提不起勇气给你写信，毕竟现代社会，写信真的不多，再加上我是一个并不善于表达的人（思念的泪水）……

平心而论，作为一位普普通通的社区副书记，你除了做好单位事情，你在家里

张　旭

2020 年 12 月，妻子到海西州探望张旭

也任劳任怨，主动承担家务，真是一位好妻子、好妈妈。在家里我们分工明确，我负责儿子学习，而你负责家里其他事务。相比而言我还是比较轻松的，因为儿子比较争气，学习成绩也是不断进步，相信这也是在我们夫妻和睦相处的家庭环境熏陶下的结果。不过，随着我来德令哈援青支教，你便一个人毅然决然扛起了两个人的活儿。尽管在我来援青之前，我们也会偶尔互相换岗体会彼此工作的不容易，但我觉得你对待我的父母更为贴心，逢年过节都会主动打电话给我的父母嘘寒问暖，所以我真感激能找到你这位贤惠体贴的老婆。

人们都说是缘定三生，在这之前我之前一点也不信，但通过我的经历，我真的信了。从 2002 年登记结婚到今年，我们结婚 18 个年头啦！ 18 年的时间对于人的一生来说不长，但也不短，18 年里，你为这个家操劳费心，也对我很包容，我心存感激。在此我要说一声：老婆，你辛苦啦！虽然经过岁月洗礼、生活磨砺，你已不再年轻，但在我心里你一直都那么美！感谢有你的陪伴！正如苏芮歌中唱的：也许牵了手的手，来生还要一起走！

这次来援青，我知道你承受着巨大的压力，既要一个人照顾我们的家庭，尤其是儿子的生活与学业，还要照顾年迈的父母，特别是你 80 多岁的老父亲。自打岳父气管切开后，你每天都要在家照顾他做雾化、按摩、换药，你单位里还有一大摊子事情等着你处理……说到这儿，我实在惭愧，实在心疼。今年年初的新冠疫情更是让你变得格外忙碌，从大年初二开始每天值班防控疫情，本来我在杭州时每天还能在家管管儿子，替你分担那么一点点担子，但随着青海开学日期临近，指挥部安排我们集体返回青海，家里的所有担子都压在你肩上。可是，你从来没有在我面前抱怨一句，我知道，你这样默默的辛劳，只为让我在青海安心工作。这一切，我铭记在心，也希望你能自己照顾好自己，毕竟我们幸福的一家离不开你。

夜已深，想你，想你，想你！

爱你但并不善于表达的老公：张旭

2020 年 4 月 11 日

浙江援青工作指挥部合影

张旭在德令哈一中的学生家中做家访

2019 年 7 月，张旭以杭州市西湖区第二层次学科带头人和杭州市西湖区首批出国进修班学员的优势，被选派赴青海海西州德令哈支教。在高原缺氧、气候干燥的严酷环境下，张旭以他资深的教学经验，承载着德令哈一中的巨大工作量：一个班的英语教学、教务主任工作以及几个县市兼职教研员工作等。

18 个月里，张旭一岗多责、身兼数职。在他脚下，是 3000 米的高原，每天 10000 步的奔走。尽管分身无术，但这位来自江南西子湖畔的秀才，在德令哈光听课就高达 150 多节，开公开课、讲座 30 多次，培养援青团队 18 人，规整了德令哈一中教务处各项规章制度，教学成绩在德令哈名列前茅……

张旭到德令哈后，在开学前两周走访了全班 48 个学生家庭，他详细了解每位同学的家庭情况和学习基础。为更好帮助学生，张旭针对每位同学的特点提出学习建议，因材施教。

每天工作 12 个小时，对张旭老师来讲是家常便饭。张旭一丝不苟的教学精神，也慢慢在德令哈一中开花结果。作为挂职教务主任，张旭找突破口，实实在在改变教学现状。“风声雨声读书声，声声入耳”，朗朗书声是一个学校的标配，可是德令哈市一中竟然没有晨读，学生从 7：00 进校到 7：30 甚至更久，大多数处在无序松散状态，聊天的、抄作业的、打闹的……不仅浪费

2020 年 9 月，张旭获海西州优秀教师荣誉称号

了晨间宝贵时间，还将影响早上正课的学习状态。于是，张旭和来自杭州的挂职副校长商量提出晨读比赛设想，制定晨读比赛规则，召开各班负责人会议布置，争取各年级老师支持，每天不到 7：00 到校进各班督促，7：15 和 7：25 进行打分评比，每天公布得分结果和小结，一时间各班热情高涨书声朗朗，从此形成了良好的早读氛围。

在青海支教期间，张旭经常因高寒缺氧几乎整夜睡不着觉，让他身体透支明显。可当他看到孩子灿烂的面容，看到学生的进步，张旭总能快速“蓄电”，然后再激情饱满的投入到工作中。

高原的战斗是张旭生命的亮色，援青是张旭此生无悔的选择！

因为，这是张旭向自己儿子言传身教的别样方式，

因为，这是张旭向妻子表达敬意与感激的最佳表达！

张旭一家三口

【专家点评】

习近平总书记一次在给西部支教毕业生群体代表的回信中指出：青年应该到基层和人民中去建功立业，青春之花应该在祖国最需要的地方绽放。张旭作为学科带头人，积极响应总书记教诲，从气候宜人的江南，积极申请、远赴高原缺氧、气候干燥的青海德令哈支教，扎根西部、教书育人，体现了服务人民、奉献祖国的崇高精神，深刻诠释了梦在心中、路在脚下的青春主题。

浙江广播电视集团　来钧

陈云飞：让都兰高原种上“江南花”

记者：李轶男

编辑：潘康康

【人物名片】

陈云飞，1975年7月19日出生，中共党员，嘉兴市文化广电旅游局副局长，现任青海省海西州都兰县县委常委、副县长（挂职）。2019年7月赴青海都兰对口支援，是浙江第四批援青干部之一，连续3年年度考核优秀。

宇潇：

见字如面。家里一切都好吧！

想必你已回到学校开始正常的学习生活了。过去的几个月里，我们每一个人都经历了特殊的日子，经受了身体与心理的双重考验，改变了学习、工作和生活的常规方式，克服了很多难以想象的困难。你也是，上网课、勤复习、补弱项，准备中考的最后冲刺，自主自立自强，付出了很大的努力，爸爸为你点赞！其实，生活就

陈云飞

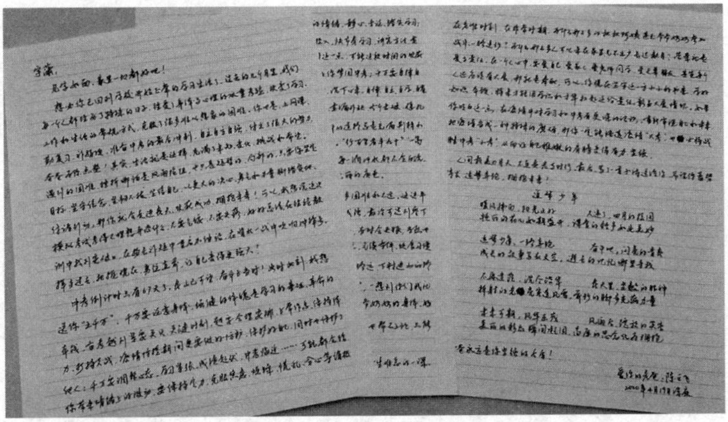

是这样，充满了未知、变化、挑战和希望。遇到的困难、挫折哪怕是风雨险阻，也只是短暂的、局部的，只要你坚定目标、坚守信念、坚韧不拔、坚信自己，以更大的决心、勇气和力量脚踏实地、付诸行动，那你就会走进春天、收获成功、拥抱未来！所以，我想说这次模拟考试考得不理想并没什么，不要气馁，不要失落，好好总结，在经验教训中找到突破口，在扬长补短中重启加油站，在背水一战中吹响冲锋号。挥手过去，把握现在，勇往直前，让自己变得更强大！

中考倒计时只有67天了。春山已可望，奋斗正当时！此时此刻，我想送你“五千万”：千万要注意身体，强健的体魄是学习的基础、革命的本钱，备考越到紧要关头、关键时刻，越要合理安排、正常作息、保持体力、打持久战，疫情防控期间更要做好防护，保护好自己，同时也保护了他人；千万要调整心态，学习紧张、成绩起伏、中考临近……可能都会给你带来情绪上的波动，要保持定力，克服焦虑、烦躁、慌乱、分心等消极因素，保持积极主动的心态和乐观向上的情绪，静心、专注、踏实学习；千万要提高效率，在有限的时间内全身心投入，快节奏学习，讲究方法、贯通领悟、准确解题，这是致胜法宝。做到这一点，可能这段时间的收获和提高会超过你初中三年的总和，一定能让你梦圆中考；千万要自律自省，学习能力在某种程度上就是一种自律能力，沉下心来，自律、自主、自学、自省，制定学习计划，合理分配时间，各科齐头并进，查漏补缺、各个击破、稳扎稳打，做到今日事今日毕；千万要持之以恒，奋斗的道路总是充满荆棘和坎坷，强者，善于从挫折中奋起、从逆境中突围。“行百里者半九十”“一篙松劲退千寻”，咬定目标，咬牙坚持，相信今天的每一滴汗水都不会白流，今天的每一点努力都是感动，因为奋斗是青春最亮丽的底色。

实际上，爸爸到青海都兰来工作，也碰到了很多困难和不适。这边平均海拔3100米，气候干燥、缺氧，昼夜温差大、紫外线强，最冷可达到零下二十几度，所以多少有点高原反应，头晕、气喘、皮肤干，有时会失眠，当然也想家，特别是节假日的时候。从江南水乡到雪域高原，气候条件、饮食习惯、工作环境、分管领域都发生了很大的变化，地方大、路远，下村进山的路很不好走，语言、文化差异，等等。这些我从来没怕过，一想到你们我就充满了力量。但是不能多想，想多了就不能安心工作了。爷爷奶奶的身体、妈妈的辛苦、你的学习……确实放心不下呀，我远在这边也帮不上忙，只能默默地祝福，愿你们安好！我在这边很好，请放心。

爸爸还想对你说，这次疫情给我们上了直观深刻、终生难忘的一课。在危难时刻，在非常时期，为什么那么多的叔叔阿姨甚至爷爷奶奶参与战斗、一路逆行？为什么那么多人可以呆在家里长达数月？答案就是爱和责任。在一个人心中，要爱自己、爱家人、爱老师同学、爱长辈朋友，其实每个人还应该有大爱，那就是奉献。所以，你现在坚守这一方小小的书桌，学好知识、本领，将来才能用学识和才华扛起这份责任，彰显大爱情怀。如果你明白这一点，在疫情中对学习和中考有更深的认识，重新审视自己和未来，把疫情当成一种特殊的磨砺，那你一定能悟透疫情“大考”，也必将战胜中考“小考”，从而让自己稚嫩的肩膀变得有力、坚强。

人间最美四月天，不负春光与时行。最后，写了一首小诗送给你，希望你蓄势待发，追梦奔跑，拥抱未来！

追梦少年

暖风拂面，阳光正好
久违了，四月的校园
艳丽的花儿如期盛开，课堂的铃声如此美妙

追梦少年，一路奔跑
奋斗吧，闪亮的青春
成长的故事写在天空，逝去的记忆哪里寻找

不再迷茫，洗尽铅华
春天里，坚毅的眼神
折射的光亮穿透风雪，前行的脚步充满力量

未来可期，风华正茂
风雨后，绽放的笑容
美丽的彩虹瞬间凝固，高原的思念化为拥抱

爸爸永远是你坚强的后盾！

爱你的老爸：陈云飞
2020 年 4 月 19 日深夜

2019 年 7 月，陈云飞开启了援青之旅。三年来，他和他的援青团队，共同实施了援青规划项目 25 个，累计投入援青资金 5764 万元；招商引资实到资金 5.2 亿元；选派 3 名人才、10 余名医生到都兰进行短期对口援助；开展互访交流 36 批次、300 多人次；共落实计划外援青资金（物资）1400 多万元。

陈云飞与妻儿合影

就如同陈云飞给儿子家书中的那段话——“过去的几个月里，我们每一个人都经历了特殊的日子，经受了身体与心理的双重考验，改变了学习、工作和生活的常规方式，克服了很多难以想象的困难。”

陈云飞言行合一！

作为第四批援青干部，陈云飞一直督促自己，克服海拔3200米的高原反应，努力思创“输血”更要“造血”，推动乡村振兴、携手共同富裕的金点子。

相比浙江嘉兴，都兰当地环境让陈云飞吃了不少“苦头”。强烈的高反严重影响他的睡眠，但即便如此，陈云飞依然常常长途跋涉奔走各乡村调研。

陈云飞在走访中发现，当地的地理环境非常适合种植杭白菊，如果能够将这个项目移植到都兰试种，若成功，按嘉兴桐乡市场价来算，每亩杭白菊产值预计近万元。比种植青稞，经济效益将增长10倍多。

2020年5月30日，在陈云飞和他的战友们的共同努力下，由浙江嘉兴桐乡市农业农村局赠送的2万株优质杭白菊种苗顺利抵达都兰，用一朵杭白菊开启了一条都兰农民的致富路。2020年首次试种杭白菊种苗2万余株获得成功。2021年，种植面积扩大到150亩、75万株，当年杭白菊顺利采收加工并获有机认证。2022年，又扩大种植规模达450亩、245万株，引进抗寒新品种、实施水肥一体化项目，千方百计提高杭白菊产量。此外，都兰本身就有着完

2020 年 5 月，嘉兴援青干部、都兰县委常委、副县长陈云飞在高原亲手种下第一株来自嘉兴桐乡的杭白菊种苗

在青藏高原首次引种杭白菊落户都兰获得成功，嘉兴桐乡对口支援种苗和技术，逐年扩大种植面积达 450 亩，助力乡村振兴，开启百姓“致富门”

整的枸杞产业链，杭白菊与枸杞又是茶饮的最佳拍档，再由嘉兴企业提供加工、品牌、销售服务。“江南花”——杭白菊在高原绽放，开启了都兰百姓“致富门”。

为了让都兰高原特色生态农产品“走出去”，陈云飞还提出了打造政府主导的“都兰优品”区域公用品牌，大力推进标准化生产、品牌化建设、产业化经营，进商场超市，着力打造绿色有机农畜产品输出地。

陈云飞曾在家书中送给了儿子“五千万”，令我们感受到了这位幽默老爸的精神世界是多么的富有。当然，如此阳光的心态，也同样鼓舞着都兰的莘莘学子。

陈云飞在调研中发现，都兰县乡村小学基础薄弱。2020 年，他积极协调嘉兴麒盛科技公司与巴隆乡河东小学结对共建并举行“云签约”仪式，分 8 年向学校定向捐赠 480 万元，用于改善办学条件。至今已捐赠 130 万元进行基础设施改造、教学设备采购和校园文化建设。如今，校容校貌发生了翻天覆地的变化，乡村学校实现了蝶变跃升。

除了发展当地农业和教育外，陈云飞还和他的战友们大力推进热水墓群国家级考古研究基地建设，筹备举办“丝绸之路青海道”主题展，培育了 2020 年度全国十大考古新发现“血渭一号”大墓新热点。援青工作组潜心开发旅游精品线路，充分利用青海湖、茶卡盐湖的“溢出效应”，引流游客；举

2021 年 6 月，组织嘉兴爱心企业捐赠 1176 套羽绒服发放给都兰困难家庭学生，主动关心关爱，增进民族感情

2021 年 7 月，在嘉兴举行青海都兰・长三角文化旅游推介会，宣传都兰文化旅游资源，打响锦绣都兰品牌，提升知名度、美誉度

办文化旅游节，提升都兰知名度、美誉度。

众所周知，浙江嘉兴的公共文化服务是全省乃至全国的佼佼者。陈云飞充分发挥资源优势，巧妙借鉴嘉兴模式，促进精神共富。2021 年，由嘉兴援建、计划外筹资 95 万元的青藏高原首个“智慧书房”正式启用，为当地百姓打造休闲充电的好去处，增强获得感和幸福感。都兰“智慧书房”建筑面积约 120

平方米，藏书约7000册，实现了全面开放、免费借阅、一卡通行的现代化多功能阅读，对丰富群众业余文化生活、提高民众文化素养发挥了重要作用。

【专家点评】

“上阵父子兵，有其父必有其子”，儿子在面临人生大考之一的中考时，父亲陈云飞奔赴青海都兰投身援建工作。一个，在繁重学业中一往无前；一个，在援青的征程中攻坚克难。父亲言传身教，用自己的实际行动激励儿子勇往无前，同时也启迪人生旅途上的千千万万的有志青年。

浙江广播电视集团　来钧